Fritzi Teichert

Storchennest

Fritzi Teichert

Storchennest

Roman

dtv

MIX
Papier aus verantwortungsvollen Quellen
FSC® C019821

Originalausgabe 2024

Umschlaggestaltung: FAVORITBUERO, München
Umschlagmotive: shutterstock.com / Gluiki, Naticka, Kate Macate, Jula_Lily, Nataleana, 8H, lia.lait, Artnizu, arxichtu4ki
Satz: Uhl+Massopust, Aalen
Gesetzt aus der Le Monde Courrier
Druck und Bindung: Druckerei C.H.Beck, Nördlingen
Printed in Germany · ISBN 978-3-423-22046-0

Lärm

Helga

»Nein, Helga, du kannst keine Schwangeren betreuen, keine Wöchnerinnen und auch keinen Kurs übernehmen«, sagt Monika in meinem Ohr. »Das erlaube ich dir erst, wenn Lovis tagsüber mindestens sechs Stunden keine Brust mehr verlangt …«

»Ich werde Milchmahlzeiten dalassen, die Pumpe steht schon bereit.«

»… sie nachts durchschläft und du mir saubere und trockene Wochenbettbinden auf den Schreibtisch legst.«

»Kriegst du«, verspreche ich und versuche, mir das nicht bildlich vorzustellen. »Tröpfelt eh nur noch.«

»Außerdem sollten sich deine Bauchmuskeln komplett geschlossen haben und deine Augenringe verschwunden sein«, doziert meine Freundin, Kollegin, Chefin und Leiterin der Hebammenpraxis *Storchennest*. Ich kenne Monika so lange, dass ich ihr Gesicht vor mir sehe, die Nachdenklichkeit, mit der sie mich mustern würde, säßen wir einander gegenüber. Gut möglich, dass sie auch jetzt, irgendwo unterwegs am Telefon, die Stirn runzelt.

»Zum Abtasten und Herztöne-Horchen brauche ich keine Bauchmuskeln«, werfe ich ein.

»Sag mal, wovor läufst du eigentlich davon? Vor deinem Kind?« Ist es Belustigung, die in Monikas Stimme klingt, oder Sorge?

Ich seufze und lasse mich in den Kissenberg fallen, der seit Maditas Einzug das Sofa beherrscht. »Nein, natürlich nicht. Lovis ist zauberhaft.« Da. Schon wieder. Seit einiger Zeit schleichen sich regelmäßig Madita-Worte in mein Vokabular; neben »zauberhaft« schlüpfte mir unlängst »supi« aus dem Mund, als das Küken verkündete, zum Abendessen gebe es Spaghetti mit ihrer legendären Kräutersoße. Und heute Morgen habe ich mich dabei ertappt, wie ich eines jener Nonsenslieder vor mich hin summte, die Madita Lovis so gern vorsingt. Simsalabimbambaseladuseladim …

»Also, was hast du?«

Ich reibe mir die Schläfen, ahne, dass Monika viel besser weiß als ich, was ich habe. Immerhin ist sie Hebamme und kennt frischgebackene Mütter wie mich. Obwohl ich selbst Hebamme bin, macht es mich noch immer fassungslos, dass ich dieses Wunder bekommen habe, dass ein Kind in mir heranwuchs, sich in mir regte und schließlich das Licht der Welt erblickte – wenn die Geburt auch nicht so einfach verlief, wie ich es nach all den Jahren meiner Berufserfahrung erwartet hatte. Statt meinen Körper souverän machen zu lassen, probte ich den hysterischen Aufstand. Ich schlug und trat um mich, und ich glaube, ich habe sämtliche Menschen um mich herum beschimpft. Überlegungen, was geschehen wäre, wenn Madita nicht dazugekommen und mich zur Besinnung gebracht hätte, vermeide ich. Es ist peinlich genug und inzwischen gut sechs Wochen her.

Ich richte mich in meinen Kissen auf, gerade so weit, dass ich einen Blick in den Stubenwagen werfen kann, der neben der Couch steht. Da liegt sie, meine Tochter, und schläft. Dass ein Gesicht so winzig sein kann, müsste ich wissen, schließlich entbinde ich mein halbes Leben lang schon Babys, und dennoch. Dieses Kind ist anders, natürlich ist es das.

Ich spüre ein Lächeln in mir, breit und glücklich, warm.

Allerdings bleibt es innen, bricht nicht durch meine Mundwinkel hinaus, die herabhängen wie der Rest meines Gesichtes, wie mein Körper an sich. Ich brauche mich gar nicht erst zu fragen, ob ich jemals so müde war wie zurzeit, denn ich weiß, dass mich nicht einmal die längste Geburt meiner Laufbahn derart erschöpft hat wie die letzten Wochen. Dabei dauerte besagte Entbindung dreiundfünfzig Stunden.

»Helga?«

Ich zucke zusammen, apropos eingenickt, schiebe das Handy, das mir zwischen Kopf und Schulter herabzurutschen droht, aufwärts.

»Ich habe nichts«, murmle ich. »Ich bin bloß müde.«

»Und dann willst du wieder arbeiten?« Monika lacht. »Nein, meine Liebe, du bleibst schön zu Hause bei deiner hübschen Tochter und konzentrierst dich voll und ganz auf die Milchproduktion. Und aufs Kuscheln.«

»Hmm.« Meine Lider senken sich herab. »Soll ... ja nur ... bisschen.«

Als ich das nächste Mal hochfahre, ist es still im Handy, die Verbindung unterbrochen. Dafür rabatzt es im Stubenwagen. Lovis brüllt, was das Zeug hält, das Geräusch fräst sich in meine Ohren. Komisch, das Geschrei anderer Babys kommt mir leiser vor, ich kann es ausblenden. Dieses nicht. Es zerrt an mir und weckt ein Erbarmen, das mir die Eingeweide umdreht und völlig unangemessen ist. Immerhin kommunizieren Babys über Gebrüll, sind gar nicht in der Lage, auf andere Weise zu äußern, dass es ihnen an etwas mangelt. Aber seit wann empfindet man verzweifeltes Mitleid, wenn jemand sagt: »Ich habe Hunger.« Muttergefühle sind eigenartig.

Ich denke daran, dass ich nicht nur einmal eine frischgebackene Wöchnerin dazu aufgefordert habe, sie möge sich zusammenreißen, wenn sie, den Tränen nahe, das schreiende

Bündel an sich drückte und überlegte, den Notarzt zu rufen, weil Jonte, Karlo oder Fabia sich einfach nicht beruhigen lassen wollte.

»Lass gut sein«, winkte ich ab und schob vielleicht auch »Krieg dich wieder ein« hinterher. Säuglinge schreien eben. Die Welt ist neu für sie, und das müssen sie erst mal verarbeiten; manchen fällt das leichter, andere stresst es. Wie gern hätte ich mancher Frau ihr Baby aus dem Arm genommen, damit es endlich einmal eine Pause vom ständigen Geschaukelt-, Besungen-, Getröstetwerden bekäme. Manchmal müssen Eindrücke einfach rausgebrüllt werden. Ich habe nie verstanden, warum Mütter von Erstgeborenen das nicht begreifen.

Nun, jetzt dämmert es mir.

Obwohl ich seit der Geburt ein paar Kilo abgenommen habe, ist mein Körper schwer, hievt sich nur mühsam in die Höhe, um sich vorzubeugen und Lovis aus ihrer Decke zu schälen.

»Na, was hast du denn?«, frage ich, lege sie bäuchlings auf meine Schulter, sodass sich ihr Köpfchen gegen meine Wange schiebt. Keine gute Position für mein Trommelfell, und Lovis gefällt sie auch nicht. »Schon wieder Hunger?« Ich überlege, wie lange es her ist, seit sie die letzte Brust leer getrunken hat, erinnere mich jedoch nicht, weiß nicht einmal, wie spät es ist. Vor dem Fenster herrscht seit Tagen Einheitsgrau, der Blick hinaus verrät mir also nichts.

Oder doch. Ein Mann steht dort drüben, im Fenster des Hauses gegenüber. Die Hände in den Hosentaschen wirkt er unschlüssig, als wisse er nicht, was er mit dem nächsten Moment anfangen soll. Gut möglich, dass ich das auch nur denke, weil ich mich frage, ob sein Anblick mir tatsächlich etwas verrät. Über ihn oder mich.

Weil ich keine Ahnung habe, wie er heißt, habe ich ihn Jim genannt, meinen Nachbarn dort drüben, der in den vergangenen Monaten immer mal zu mir herüberschaute, wie es Nachbarn eben so tun, bis er eines Tages damit anfing, Botschaften auf Zetteln an seine Scheibe zu halten. Verschiedene Smileys zunächst, später … mehr.

Bis heute weiß ich nicht, was es ist, das uns verbindet, ob er ein Verehrer ist oder nicht. Weder kommt er zu mir herüber noch habe ich je bei ihm geklingelt, und vielleicht ist das gut so, denn mir gefällt das Namenlose zwischen uns; es ist erwartungsfrei.

Abgesehen davon hatte ich in den letzten Wochen kaum einen Blick für Jim übrig, denn die Tage mit einem Säugling sind zwar lang, bevor sie in noch längere Nächte übergehen, die Zeit an sich jedoch rennt vorüber, peitscht Stunde um Stunde an mir vorbei, sodass ich plötzlich bereits seit mehr als einem Monat Mama bin.

Mama. Ein Wort, das sich so fremd anfühlt in meinem Mund, dass ich mich in den ersten Tagen dazu zwingen musste, es auszuhusten. Mittlerweile habe ich mich daran gewöhnt, und ich glaube, für Lovis wird es gut sein, mich so zu nennen.

Jim hebt die Hand zu einem zaghaften Winken, das ich erwidere, woraufhin mir die Erinnerung an unsere abendlichen Begegnungen am Fenster als leichtes Ziepen durch den Leib huscht.

»Das ist so was von ein heißer Flirt«, würde Madita eventuell benennen, was Jim und ich eine Weile lang per Handzeichen und Zettelbotschaften austauschten und das möglicherweise irgendwohin gewachsen wäre, wenn nicht und hätte nicht.

Als ich mich aufraffe und mit Lovis auf der Schulter ans Fenster trete, hin- und herschaukelnd, weil sie die Bewegung möglicherweise beruhigt, kann ich meinen Gesichtsausdruck, der sich in der Scheibe spiegelt, nicht deuten. Erschöpft trifft es wohl am ehesten, vielleicht mischt sich auch ein wenig

Traurigkeit hinein, wobei ich nicht sagen könnte, was mich bekümmern sollte.

Ich schiebe meine Tochter auf die andere Seite, weil mir das Ohr klingelt, lehne mich ans Fenster, mir selbst zu schwer.

Gegenüber drückt Jim seinen ersten Zettel seit Wochen an die Scheibe: *Wie geht es dir?,* fragt er.

Bevor ich das rausfinden oder irgendeinen anderen Gedanken fassen kann, ruft es von nebenan: »Brauchst du Hilfe?«

Das ist Hans, der Vater meines Kindes. Er muss gekommen sein, während ich geschlafen habe; das tut er regelmäßig, um zu helfen. Ich überlege, ob er unsere gemeinsame Zeit nicht beendet hätte, wäre ich ein paar Wochen früher schwanger geworden. Ob ihm ein Kind Veränderung genug gewesen wäre, um unser Eheleben fortzuführen, das ihm nach all den Jahren zu … ja, was? Vorhersehbar vorgekommen ist?

Du wärst gar nicht schwanger geworden ohne die Trennung, raunt es in meinem Kopf. Und das stimmt wahrscheinlich.

Ich höre Hans in der Küche herumwerkeln, vermutlich macht er belegte Brote fürs Mittag- oder Abendessen, je nachdem, welche Tageszeit wir haben; ich weiß es immer noch nicht. Es ist wohl ein Irrtum zu glauben, man sei an Schlafmangel gewöhnt, bloß weil man als Hebamme einige unruhige Nächte pro Monat oder auch mal mehrmals in der Woche hat. Seit ich Mutter bin, habe ich ausschließlich unruhige bis hin zu anstrengenden Nächten, was aufreibt, zehrt.

»Nein, danke, ich brauche nichts«, rufe ich, streiche mit der freien Hand über Lovis' Köpfchen; sie fühlt sich heiß an vom Schreien.

»Na, dann hast du wohl doch Hunger«, vermute ich. Schon wieder. Gemeinsam wanken wir zum Sofa zurück, ich sinke in die Kissen, fummle mit einer Hand unter meinem Pullover herum. Erst als ich die rechte Brust entblößt habe, fällt mir ein, dass Jim immer noch herüberguckt. Sei's drum. Hat er jetzt eben gesehen, was ihm letzten Sommer wegen Unterbrechung verwehrt blieb. Falls er überhaupt etwas erkennen kann auf die Entfernung.

Während Lovis andockt und saugt, dass es ziept, denke ich an die heiße Augustnacht zurück, in der mein Nachbar und ich … was auch immer taten. Läge kein Hof zwischen unseren Fenstern sowie ein Abgrund von drei Etagen, könnte ich es wohl Fummeln nennen – die Knöpfe meiner Bluse waren bereits geöffnet, während ich am Fenster stand. Gegenüber geriet Jim sichtlich ins Schwitzen. Aber so? Bevor das brennende Pulsieren, das unsere Begegnung am Fenster auslöste, zu etwas werden konnte, das nur durch Erlösung in den Griff zu bekommen gewesen wäre, klingelte es an der Tür, und meine Kollegin Madita zog ein, frisch aus ihrer WG geflogen, im Gepäck Vicky, das vor ihrem narzisstischen Vater ausgerissene und polizeilich gesuchte Teenagermädchen, das sich dem Küken anvertraut hatte, weil es im zweiten Monat schwanger war.

In den Wochen darauf ergaben sich wenig Chancen auf weiteres Fenstergeschehen, denn obwohl Vicky nach knapp zehn Tagen von Maditas Schnuckelpolizisten entdeckt wurde und nach Hause zurückkehrte – das Küken blieb, und das Wohnzimmer mitsamt seinem Fenster avancierte zu ihrem Reich. Es verging mehr als ein Monat, bevor sie ins Gästezimmer umsiedelte, und dann gab es so viel zu tun, dass ich einfach nicht hinüberschaute.

Die nächste Begegnung mit Jim, die letzte vor Lovis' Geburt, war jene am Heiligen Abend, den ich allein verbrachte, weil Madita zu ihrer Familie gefahren war. Unvermittelt tauchte Jim auf, nachdem sein Fenster tagelang dunkel geblieben war. Über den Hof hinweg hörten wir Weihnachtsmusik aus einem

Lautsprecher, und mithilfe eines Lineals schoss er Vanillekipferl zu mir herüber. Was mich aus nostalgischen Gründen anrührte – und beinahe dazu bewogen hätte, doch noch hinüberzugehen, um herauszufinden, ob oder was zwischen Jim und mir passiert, wenn kein Hof zwischen uns liegt. Bevor ich die Wohnung jedoch verlassen konnte, schickte Hans eine SMS und stoppte meinen Impuls.

Ich höre Lovis' Schmatzen zu und finde, dass es kein schöneres Geräusch auf der Welt gibt; bin überwältigt von der Tiefe meiner Empfindungen für dieses winzige Menschlein und werde nie wieder etwas anderes brauchen als das.

Gleichzeitig summt Hans durch meine Seele, mit dem ich weiterhin verheiratet bin, obwohl er nicht mehr mein Mann ist; der mir letztes Jahr eine Wohnung gekauft hat, weil er nach vierundzwanzig Jahren Seite an Seite Angst vor der gemeinsamen Zukunft bekam; dass sie vorhersehbar sein könnte. Hans, den ich wochenlang nicht anrief, wenngleich ich überraschend, endlich und so viel zu spät schwanger von ihm geworden war.

Und Jim, mein Fensternachbar, der gegenüber wohnt und dessen Vornamen ich mir ausgedacht habe; den ich tage- und wochenlang vergessen kann, bevor er plötzlich wieder aufglüht in mir, bloß weil er herüberwinkt. Der mich auf seinen Zettelbotschaften *Nachtvogel* nennt, was ich mag, auch wenn es mir albern vorkommt.

So ist sie also, die Situation: Ich bin zweiundvierzig, vor Kurzem zum ersten Mal Mutter geworden und lebe eher zufällig mit dem Küken, meiner Kollegin, zusammen. Mein Ehemann geht seinen eigenen Weg, was ihn nicht davon abhält, nebenan saure Gurken als Verzierung für belegte Brote in kleine Scheiben oder geschlitzte Schnitze zu schneiden, weil er seiner Verantwortung als Vater nachkommen möchte, zu der es genauso gehört, die Mutter seines Kindes bei Kräften zu halten. Währenddessen lässt mein Verehrer von gegenüber die Schultern hängen und bleibt trotzdem hartnäckig. Warum eigentlich?

Im Flur öffnet sich eine Tür. »Heißa-hopsa, ihr Lieben!« Es rumst; das muss Maditas Hebammentasche sein, die das Küken täglich unter die Garderobe pfeffert in dem rosaroten Glauben, ein Fetaldoppler halte so einen Sturz schon aus, wenn die Wucht nur fröhlich genug in die Wege geleitet wird. So ist sie. Madita Sternberg, Wirbelwind mit schokolierter Sahnehaube und von Geburt an Lovis' Patentante, weil Buntglitzer etwas ist, das ich nicht kann, jedoch glaube, dass es gut ist, wenn mein Kind zumindest ein paar Prisen davon abbekommt. Ach, verflixt, ich mag das Küken einfach.

»Ich war noch bei Nelly.« Madita rauscht herein, fliegt durch den Raum und landet kniend neben mir vor dem Sofa, um der trinkenden Lovis mit der Nasenspitze in die Wange zu stupsen. »Na, du süßestes Wonnebaby ever!«

Lovis gluckst, als würde sie lachen, und Milch tropft aus ihrem geöffneten Mundwinkel. »Ich soll dich von Vicky grüßen, also indirekt. Hat Monika mir ausgerichtet, nachdem sie heute bei den Glossbergs war.«

»Ah, wie geht es ihr?«

Madita sieht auf, macht ein besorgtes Gesicht. »Geht so; die Schambeinfuge macht ihr trotz aller Maßnahmen immer noch zu schaffen, und sie zählt die Tage bis zum Kaiserschnitt.«

»Davon ist sie nicht abzubringen?« Den eigenen Körper aufzuschneiden sollte immer die letzte Wahl sein, meine ich, zumal auch bei gelockerter Symphysis pubica, wie sie Vicky quält, eine spontane Geburt möglich ist.

Madita schüttelt den Kopf. »Die Geburt zu planen passt ihr ganz gut. Drei Tage vorher hat sie eine Klausur in Mathe. Das ist ihr wichtig.«

Meine Augenbrauen heben sich, doch ich sage nichts, weil

es ja nicht Madita ist, die ich überzeugen muss. Vielleicht kann ich Vicky in den nächsten Tagen einen Besuch abstatten, nicht als Hebamme, das erlaubt Monika ja nicht, sondern als ehemalige Komplizin, und unsere Teenagerin beraten. Über die Wichtigkeit von Mathe versus Gesundheit des eigenen Körpers aufklären. Auch wenn ich mir kaum Chancen ausrechne, Vicky von einem einmal gefassten Entschluss abbringen zu können. Das Mädchen hat eine bewundernswerte Resistenz, was äußere Einflüsse betrifft. Wägt ab, bewertet und legt sich fest; die Verletzlichkeit, mit der sie zu uns kam, verblasst immer mehr und macht der Entschlossenheit einer werdenden Mutter Platz.

»Es hat auch sein Gutes«, meint Madita, während sie mit dem Zeigefinger über Lovis' blond beflaumtes Köpfchen streicht. »Immerhin kann sie so einige Tage in der Klinik bleiben und muss nicht gleich zurück in die Überwachungsanstalt.«

Das Küken meint Vickys Elternhaus, das Herr und Frau Glossberg zwar weder mit Gittern noch mit Kameras ausgestattet haben, das durch die herrschende Attitüde des Herrn Klinikdirektors dennoch kein Ort ist, an dem sich aufatmen lässt.

»Ich weiß nicht, was besser ist«, werfe ich ein. »Den Kaiserschnitt lässt Glossberg doch bestimmt in seinem eigenen Spital vornehmen und vermutlich von ausgesuchtem Personal. Ich fürchte, dass Vicky da besser überwacht ist als zu Hause.«

Madita kaut auf ihrer Unterlippe herum. Es war ein schweres Stück Arbeit, Dr. Corvin Glossberg, Ärztlicher Direktor der Lindenklinik, davon abzubringen, sein ungewolltes Enkelkind pränatal loszuwerden, und aus der Welt ist die Problematik an sich damit natürlich auch nicht.

»Stehst du nicht im Kontakt mit diesem Schutzhaus für Frauen? Dem *Shelter?*«

Die Brustwarze rutscht Lovis aus dem Mund, und ich drehe mein Kind, damit es die andere Seite leer trinken kann. »Ja, und die haben Vicky auf ihre Liste gesetzt für einen Platz in möglichst einem Einzelzimmer. Aber das sollte lediglich die allerletzte Möglichkeit sein. Uns mit einem so großen Tier wie Glossberg anzulegen, können wir uns einfach nicht leisten.«

Madita legt ihren Kopf auf der Sitzfläche des Sofas ab, auch sie ist müde, haucht Lovis einen Kuss aufs Köpfchen. Wir schweigen eine Weile, beobachten das trinkende Kind.

»Ich hasse das«, murmelt das Küken irgendwann. »Dass man einfach nicht das Richtige tun kann.« Letzten Sommer wurde sie verhaftet, weil sie aus Angst vor einer erzwungenen Abtreibung im Vorgarten der Glossbergs den Aufstand probte.

Lovis beendet ihre Mahlzeit, und ich hebe sie auf meine Schulter; in ihrem Bäuchlein gluckert es schwer. Sie schmatzt.

»Ach, ich habe übrigens was für dich.« Madita richtet sich auf, Unwillen über die Bewegung im Gesicht. Sie nimmt zu viele Kundinnen an, gibt zu viele Kurse, kommt viel zu vielen Bitten nach. Das Küken ist eine Pfütze aus flüssiger Schokolade, die sich ausbreitet, wenn niemand sie in Förmchen gießt, und die Frauen, die sie fürs *Storchennest* betreut, bedienen sich schamlos. *Du bist so lieb, Madita – kannst du nicht schnell noch mal vorbeikommen? Warum bietet ihr eigentlich keine Kurse zur Rückbildung, für Mehrgebärende, zum Thema Hypnobirthing an?* Seit das Küken Teil des *Storchennests* ist, haben wir drei neue Lehrkonzepte im Programm, und ich warte darauf, dass sie auch noch Übungsabende für werdende Tanten anbietet oder Kochstunden, um den perfekten Babybrei zu kreieren. Vielleicht sollte ich ihr eine Teilnahme bei Ich-muss-nicht-jede-retten buchen.

»Das lag auf der Fußmatte.« Sie zieht einen Umschlag aus der Tasche ihrer hüftlangen Strickjacke, rechteckig, dunkelblau mit winzigen silbernen Sternchen wie ein Stück des Nachthimmels.

»Woher weißt du, dass der für mich ist?«, frage ich, weil ich keine Beschriftung entdecke.

Madita zuckt mit den Achseln. »Es ist deine Wohnung.«

»In der wir beide leben.«

»Na, aber es sieht aus wie eine Gratulationskarte, und du hast gerade ein Kind bekommen.«

»Das ist sechs Wochen her.«

»Vielleicht hast du Geburtstag?«

Ich habe ihr das Datum nie verraten, weil ich Anlässe nicht leiden kann. Genauso wenig habe ich Madita nach ihrem Jubiläum gefragt. Vermutlich sollte ich es tun, bestimmt liebt sie Überraschungspartys. Geburtstagskuchen zum Frühstück auf jeden Fall.

»Schnitten sind fertig!« Hans' Kopf taucht in der Tür auf. »Hallo, Madita!«

»Hi, Hans.« Sie strahlt ihn an; von Anfang an haben sich die beiden gut verstanden; das Küken bringt meinen formellen Ehemann zum Lachen, wie ich es lange nicht gehört habe bei ihm, und seine Stimme lässt etwas in mir vibrieren, wenn sie in lustigen Wellen durch den Raum schwappt. Genauso wie der Blick, mit dem er unsere Tochter betrachtet.

»Ich hab mich noch gar nicht bei dir entschuldigt«, murmelte er neulich in Lovis' kleines Ohr, während er neben unserem Baby auf der Spieldecke lag und sich mit ihr beschäftigte, damit ich Zeit zum Duschen hatte. »Dafür, dass ich deiner Mutter gegenüber behauptet habe, ich wolle dich nicht.«

Ich war in den Türrahmen getreten, frisch gewaschen, die Haare noch feucht, und hatte den beiden zugesehen, wie sie dalagen als Papa und Kind. Jener Moment im Treppenhaus tauchte vor meinen Augen auf, nachdem Hans – nicht von mir – erfahren hatte, dass ich schwanger war. Die Fremdheit seiner Wut, seine Worte *Ich will kein Kind, Helga, hörst du! Ich will es nicht!*, die wochenlang in mir klirrten.

»Das war gelogen«, flüsterte Hans. »Ich will dich unbedingt und bin so froh, dass du da bist.«

Seit Lovis' Geburt kommt er nun also regelmäßig, um sich um sie zu kümmern und Madita und mich im Haushalt zu unterstützen, und ich mag es, wenn er da ist. Auch wenn er sich jedes Mal irgendwann verabschiedet und »Bis dann!« sagt.

»Boa, ich hab Kohldampf.« Madita erhebt sich, und ich folge ihr in die Küche, wo der Esstisch steht. Hans hat frische Blumen mitgebracht und Servietten mit hübschen Ringen eingeführt, weil er das praktisch findet. Wir hatten früher auch welche, fällt mir ein; bei meinem Auszug sind sie wohl bei ihm geblieben.

Obwohl er nicht gern kocht, bemüht Hans sich, dass das Essen hübsch aussieht. Eingeritzte und aufgefächerte Gurkenscheiben zieren die Brote, Radieschenraspeln, Möhrenschnitze.

»Es ist so toll, dich zu haben, Hans, ehrlich!« Im Vorbeigehen drückt Madita ihn an sich, bevor sie sich auf ihren Stuhl plumpsen lässt. »Uff, langer Tag. Drei Vor-, zwei Nachsorgen, ein Kurs und ein Kennenlerngespräch – ich hab das Gefühl, die ganze Stadt ist schwanger.« Sie greift nach einem Käsebrot mit drei Olivenringen.

Als ich mich Madita gegenüber an den Tisch setze, beginnt Lovis zu schreien. Laut und durchdringend, mein Körper seufzt, denn auch ich habe Hunger. Ein weit verbreiteter Irrglaube meint, dass Schwangere für zwei essen müssen. Tatsächlich erhöht sich der Energiebedarf in der Zeit des Austragens lediglich um durchschnittlich dreihundert bis fünfhundert Kalorien pro Tag. Solange man voll stillt, fließen dagegen täglich sechs- bis siebenhundert Kalorien von Mutter zu Kind. Zelebrierte ich bisher gern das, was Hans, als wir noch zusammenlebten, als Künstlerfrühstück bezeichnete – frisch gemahlener schwarzer Kaffee, eventuell mit ausgewähltem Gewürz, dazu fünfzehn Minuten gepflegtes Schweigen, was mir Energie lieferte bis zum Mittag –, so hängt mir heute bereits vor dem Aufstehen der Magen zwischen den Knien, sodass ich noch im Bett ein Schälchen Nüsse oder eine Banane verputze. Manchmal beides.

»Was hat sie denn?«, fragt Hans und deutet auf Lovis, die an Lautstärke zulegt und ein Tremolo in ihrer Stimme vibrieren lässt, das jede Sängerin vor Neid erblassen ließe.

»Ich nehme an, es ist die Verdauung«, erwidere ich im selben Moment, in dem meine Tochter Milch spuckt in einem Schwall, den ich warm durch den Pullover sickern und meinen Rücken hinunterlaufen spüre. Gleichzeitig ertönt ein Knall aus der Windel gepaart mit einem Gluckern, das uns drei Erwachsene Blicke tauschen lässt.

»Ups, Katastrophenwindel?« Hans streckt mir die Arme entgegen. »Soll ich das machen?«

»Oder ich«, quetscht Madita an einem Bissen vorbei.

»Nein, nein, ich erledige das schon.« Ich ächze mich vom Stuhl hoch. »Du hast den ganzen Tag gearbeitet, Madita, und Hans geht einkaufen, putzt das Bad und macht Essen.« Ich schlurfe in Richtung Schlafzimmer. Murmle: »Ich saß nur herum.«

Tatsächlich habe ich seit dem Aufstehen sechsmal gestillt, achtmal die Windeln gewechselt – einmal davon inklusive kompletter Neueinkleidung –, fünfmal festgestellt, dass ich Liedchen singe, und es wieder bleiben lassen, um das Kind vor zu viel Input zu bewahren. Zweimal waren wir spazieren, denselben Weg, weil ich meinen müden Füßen folgte, ohne auf die Route zu achten. Stundenlang habe ich Lovis betrachtet. Und irgendwann Monikas Nummer gewählt, um zu fragen, wann ich wieder einsteigen kann, da das *Storchennest* dringend Personal braucht.

»Ach, ich kann dir helfen.« Madita springt auf.

»Lass mal«, rufe ich über die Schulter. Es klingelt an der Tür. »Erwarten wir Besuch?«

»Wir erwarten das Unmögliche, weißt du doch!«, flötet das Küken, während es nun, statt mir zu folgen, im Flur verschwindet, um die Tür zu öffnen.

Lovis brüllt weiterhin, und ich spüre Feuchtigkeit an der Hand, mit der ich ihren Po stütze. Definitiv eine Katastrophenwindel, die zweite heute. Einhändig krame ich ein Handtuch aus einer der Schubladen der Wickelkommode, halte mit der anderen Hand meine Tochter und brabble gleichzeitig vor mich hin. »Ist ja gut. Das haben wir gleich, hm? Da hatte dein Bäuchlein aber zu tun, kleines Sternchen.« Manchmal werde ich das Gefühl nicht los, dass solcher Wortbrei eher die Eltern beruhigt als das Kind, denn er ist so blödsinnig, dass der eigene Intellekt in eine Art Trance verfällt. Geistige Ohnmacht, ein Kniff der Natur, damit auch die verkopfteste Mutter ihre Ansprüche, Zweifel und Bedenken vergisst und sich auf das Elementarste besinnt. Dabei hatte ich mir vorgenommen, meiner Tochter keinen Nonsens vorzubrummeln.

»Oh, wir essen schon – Hans hat Schnitten gemacht«, höre ich Madita im Flur sagen, als Lovis ein paar Momente lang nach Luft ringt.

»Schon wieder?«

Das ist das Bübchen, Silas, Maditas Streifenpolizist, von dem ich bis heute nicht sicher bin, ob er und Madita etwas Festes miteinander haben oder nur unverbindlich herumflirten. Ich werde den Eindruck nicht los, dass die beiden das selbst nicht wissen. Mal säuselt das Küken Sätze in ihr Telefon, denen ich nicht mal eine Altersfreigabe für Erwachsene erteilen würde. An anderen Tagen murren und knurren die beiden sich an und reden aneinander vorbei, als sprächen sie in verschiedenen Zungen. Tatsächlich sind mir noch nie zwei Menschen begegnet, deren Kommunikation derart verquer lief, obwohl offensichtlich ist, dass sie sich gegenseitig wollen.

Der Nachtwind steht dir, schießt mir beim Stichwort ungeklärte Verhältnisse eine von Jims Zettelbotschaften durch den Kopf, was mich erschaudern lässt. Aber nur kurz, weil Lovis zu Atem gekommen ist und ihr Geschrei wieder aufnimmt.

»Verquer, das trifft es«, sage ich zu meiner Tochter, lege sie auf dem Handtuch ab und knöpfe den Body auf. Gelbe Bescherung quillt mir entgegen.

»So ist das nun mal mit Neugeborenen. Und im Gegensatz zu deinem Dienstplan sind die wenigstens süß«, motzt Madita draußen.

»Es ist doch aber nicht dein Kind.«

»Dein Ernst? Aus welchem Jahrhundert stammt denn bitte dein Rollenverständnis?«

Ein neuer Anlauf im Lautstärketest meiner Tochter übertönt Silas' Reaktion auf Maditas Frage. Ist vermutlich besser so. Ich versuche, Lovis den schmutzigen Body über den Kopf zu ziehen, ohne sie komplett einzusauen, nehme mir vor, in Zukunft ausschließlich Wickelbodys zu verwenden, die man auch am Brustteil knöpft, als sie genau im falschen Augenblick das Köpfchen dreht und die Bescherung voll abbekommt. Großartig.

»Hans?« Ich brülle über Lovis' Geschrei und das Gespräch im Flur hinweg, kann meinem Kind die Ohren nicht zuhalten, weil ich mit beiden Händen die Füßchen fixiere, damit die nicht auch noch gelb werden.

»Was ist los?« Das ruft Madita.

»Kannst du Hans bitten, mit der Wanne zu kommen? Hier ist jemand reif für ein Vollbad.«

»Ach herrje – Hans? Helga braucht die Waschschüssel. Und du, guck nicht so, ich habe eben kein Luxuseigenalleinheim.«

»Bin gleich da! Sorry, darf ich mal durch?« Gleich darauf rauscht im Bad das Wasser.

»Du drehst es so hin, dass *ich* der Böse bin?«

»Da muss ich überhaupt nichts drehen und …«

»Ach, ich *bin* also böse?«

»Das habe ich nicht gesagt … «

»Entschuldigt bitte, bin gleich weg.« Schritte nähern sich. Das ist Hans. Sein Gang ist unverkennbar, grundsätzlich zielgerichtet. Sekunden später tritt er neben mich, stellt unseren zur Babywanne umfunktionierten Waschkorb, in dem lauwarmes Wasser hin- und herschwappt, auf dem Wickeltisch ab.

»Danke. Würdest du dich um die Wäsche …?«

»Sicher.« Hans langt an mir vorbei, greift nach dem durchsifften Kleiderstapel und verschwindet im Flur. »Sorry, ich muss noch mal durch …«

»Boa … können wir uns vielleicht kurz in dein Zimmer setzen?«

Im Wohnzimmer dudelt *Wer hat an der Uhr gedreht* von Beatbone los. Maditas Telefon. Ich hebe Lovis ins Wasser, sie brüllt weiterhin und strampelt meinen Pullover nass.

»Hm, sonst magst du das doch«, höre ich mich sagen, »heute nicht?« Blöde Frage.

»Musst du da jetzt rangehen? Kannst du es nicht *einmal* klingeln lassen?«

»Lasst ihr die Notrufe bimmeln, wenn ihr gerade was Privates zu regeln habt?« Es erstaunt mich immer wieder, wie bissig das Küken klingen kann, wenn sie mit dem Mann spricht, in den sie Herz über Kopf, Leib und Seele verliebt ist.

»Das ist ja wohl was anderes …«

»Ach ja? Banküberfälle sind dir also wichtiger als das Leben geborener und ungeborener Kinder? – Ja? … Was? Lotta?«

»Lotta? Tja, wenn das mal kein Notfall ist …« Klang Silas bis eben gereizt, so beherrscht nun kalte Wut seine Stimme. Weder er noch ich sind Maditas Containerschiffkapitäninschwester bislang begegnet, und doch ist Lotta eine feste Größe in unser aller Leben. Sei es, dass sie uns durch Madita mit Lebensweisheiten und Ratschlägen aus aller Welt beglückt, sei es, dass das Küken alles stehen und liegen lässt, sobald sich Lotta telefonisch meldet. Sie ist Madita wichtig, so viel steht fest, trotzdem beschleicht mich hin und wieder das Gefühl, dass das Küken seine Schwester weniger mag, als sie selbst ahnt.

»Nun bist du wieder sauber, Lovis-Mäuschen« – Himmel, seit wann benutze ich denn Kosenamen? –, »jetzt können wir dir was Frisches anziehen.« Wir, natürlich. Mama und ich. Am liebsten möchte ich mir mit der Hand vor den Kopf schlagen. Ich wickle Lovis in ein sauberes Handtuch, trockne sie ab, was sie genauso wenig mag wie alles andere in den letzten zwanzig Minuten: Sie brüllt immer noch.

Vor der Tür wird Madita ähnlich schrill. »Papa, mach mal langsam. Was genau ist mit Lotta?«

Also doch nicht die Kapitänin, auch wenn es allem Anschein nach um sie geht.

Das Festnetz klingelt, na klar, wann sonst. Ich schiebe eine Windel unter Lovis' Po, will sie schließen und mit dem halbnackten, brüllenden Kind hinüber ins Wohnzimmer laufen, um ranzugehen, als es flatscht und an den Rändern der Windel gelb rausglitscht. Simsalabimbambaseladuseladim …

»Hören Sie mal, für den Lärmpegel im Haus wäre es besser, wenn Sie die Wohnungstür schließen würden.« Kemnich. Mein Treppenabsatznachbar, den Madita Darth Vader nennt, weil er gern schwer atmend hinter seiner Tür darauf lauert, herauszuschießen und ein Lamento zu starten. Hans meint, Kemnich sei vermutlich einsam, ich finde, dann soll er einfach klingeln und fragen, ob er auf 'ne Tasse Kaffee rüberkommen darf. Madita würde ihm sofort auch noch eine Sahnetorte backen, mit Marmeladefüllung, Zuckerguss und Schokohaube.

Kemnich wird genauso nach Gesellschaft fragen, wie du zu Jim hinübergehst, murmelt es in meinem Kopf, was ich gar nicht hören kann, weil Lovis sich über das zweite Bad beschwert, Silas im Flur mit Kemnich diskutiert und im Wohnzimmer weiterhin das Telefon klingelt.

»Kannst du mal rangehen, Hans?«, brüllt Madita. »O Mann, kacke.«

Augenblicke später erscheint Hans mit dem Telefon zwischen Schulter und Wange und bedeutet mir, dass es für mich ist. Ich schüttle den Kopf und hebe die Achseln, weil meine Hände ein glitschiges Baby über Wasser halten, das durchdringend schreit. Hans verschwindet. Und Lovis pupst einen dritten gelben Schwall in ihr Becken. Schlagartig verstummt sie. Offensichtlich ist die Verdauung endlich abgeschlossen.

»Gehen Sie doch einfach zurück in Ihre Wohnung und lassen uns unser Irrenhaus«, motzt Silas.

»Oh, hallo, Herr Kemnich.« Madita. Warum klingt sie so zittrig?

»Fertig telefoniert? Können wir jetzt endlich vernünftig miteinander reden?«

»Nein. Helga?«

Ich hebe meine zufriedene Tochter aus dem schmutzigen Wasser, wickle sie in das nächste frische Handtuch, lege sie an meine Schulter und drehe mich um. Hans und Madita stehen nebeneinander in der Tür, er mit gerunzelter Stirn, sie blass.

»Ich geh dann mal«, ruft es aus dem Flur, worauf niemand reagiert.

»Das war deine Mutter.« Hans deutet auf das Telefon in seiner Hand. »Sie kommt übernächste Woche vorbei.«

Zwei Becken knallen in meinem Inneren gegeneinander. Lovis' Dauergebrüll von eben ist nichts gegen das Geräusch, das sie dabei erzeugen. Gar nichts. »Scheiße«, sage ich. »Was will die denn!?«

Hans zuckt mit den Schultern. »Ich vermute mal, ihr Enkelkind kennenlernen.«

Ich schüttle den Kopf, um das Taubheitsgefühl, das vom Scheppern in meinem Körper herrührt, loszuwerden. »Tja … sie weiß gar nicht, dass sie eins hat.«

»Was?« Hans starrt mich an.

Im selben Moment bricht Madita in Tränen aus. »Lottas Frachter ist von Piraten überfallen worden – oh Gott, die Reederei hat einen Notruf erhalten und Leute geschickt, aber was, wenn die bis dahin alle erschossen haben?«

Die Stille, die sich plötzlich über uns senkt, drückt gegen mein Trommelfell. Im Flur fällt die Wohnungstür ins Schloss.

Mondlicht

Madita

Ein sichelförmiger Mond gießt sein fahles Licht auf die Häuser der Rosenstraße und lässt den Frost glitzern. Ich wiege die winzige Lovis in meinem Arm vor dem Fenster, betrachte die unwirklichen Formen der Schatten in den Gärten und denke an Lotta. Schicke tausend Wünsche ans Universum, dass es ihr gut geht und endlich die erlösende Entwarnung kommt. Mögen irgendwelche Spezialeinheitshelden diese beschissenen Piraten vertrieben haben und die Mannschaft des Containerfrachters vorm Kap der Guten Hoffnung außer Gefahr sein. Das kann doch verdammt noch eins nicht so schwer sein?! Wir leben im einundzwanzigsten Jahrhundert, es ist an der Zeit, dass Piraterie und Kriege endlich genauso nachhaltig aussterben wie die Dinosaurier. Man sollte doch meinen, die Menschheit habe Dringenderes zu erledigen, als sich gegenseitig Gewalt anzutun. Die Rettung des Klimas und der Weltmeere zum Beispiel.

Und doch bestätigt das Internationale Schifffahrtsbüro, dass es allein im letzten Jahr 195 Piratenangriffe gab. Außerdem sagt das Internet, dass die unsichersten Handelswege zurzeit vor Somalia, Nigeria und Indonesien liegen – also eigentlich nicht mal da, wo Lotta entlanggeschippert ist, verdammte Axt. Genauso kacke ist, dass es sich bei diesen Piraten natürlich nicht um die bekannten Abenteuergestalten handelt, die nach irgendeinem coolen Kodex handeln, sondern um einfache

Fischer und Seeleute, die an den Küsten leben und von purer Verzweiflung getrieben werden. Nicht selten nehmen die Geiseln, und viele Überfälle enden tödlich für die Crewmitglieder.

Mir ist immer noch schlecht, als ich daran denke, und ich hasse Google dafür, dass es vorhin so bereitwillig alle Grausamkeiten vor mir ausgebreitet hat.

Ich atme zitternd ein, schaue auf meine geliebte Hello-Kitty-Armbanduhr, die einst Lotta gehörte. Sie zeigt dreizehn Minuten nach Mitternacht, und mir geht durch den Kopf, dass meine Schwester diese erste Stunde des neuen Tages seit jeher als magisch empfindet. Laut ihrer Aussage tauchen dann nämlich die Sirenen aus den Wellen des Meeres auf, um Lieder zu singen. Ach Lotta, komm nach Hause, und wir singen zusammen, meinetwegen sogar einen Song von Blümchen oder Mark Forster. Und wir trinken dabei Caprisonnen. So wie früher, als du mir den Strohhalm in die Tüte gesteckt hast, weil ich zu blöd dafür war.

Lovis' verweinte Äuglein fallen langsam zu, eine meiner Tränen löst sich aus meinem Wimpernkranz, fällt und mischt sich mit ihren. Helga ist nach dem letzten Stillen so erschöpft eingeschlafen, dass sie das Quengeln im Bettchen neben ihrem tatsächlich überhört hat. Eine Premiere. Und da ich sowieso nicht schlafen konnte und im Wohnzimmer auf und ab tigerte, hab ich mir das ebenso schlaflose Baby geschnappt. Zu zweit tigert und weint es sich gleich viel besser. Das sagte Lotta schon, als ich das erste Mal an gebrochenem Herzen litt und sie zur gleichen Zeit durch die Führerscheinprüfung rasselte.

Sehnsüchtig wandert mein Blick erneut hinüber zu den Schatten der Sitzgruppe, auf der ich mein Handy abgelegt habe. Wenn es doch nur endlich klingeln würde und gute Nachrichten brächte.

»Madita, hier bist du«, flüstert es plötzlich aus Richtung

meines Zimmers. Silas steht verschlafen im Türrahmen und sieht mich an. Verstohlen wische ich die letzte Träne aus dem Augenwinkel, schaukle Lovis ein wenig hektischer, was sie aberwitzigerweise entspannter werden lässt. Ihre kleine Hand öffnet sich und wippt im Takt.

»Restless-Legs-Syndrom, ich kann einfach nicht stillliegen«, sage ich. Wobei, mit wem, wenn nicht mit ihm, hätte ich auch nur die kleinste Chance auf Schlaf in solch einer Situation? Silas strahlt oft so viel Ruhe aus, dass es mir meist leichtfällt, mich zu entspannen – eigentlich ein Wunder, wenn man bedenkt, wie turbulent der Herr Kommissaranwärter und meine Wenigkeit gestartet sind. Wir brauchten eine halbe Ewigkeit, um ein Paar zu werden, was vielleicht daran lag, dass ich ihn bei unserer ersten Begegnung mit meiner Autotür beinahe vom Fahrrad holte und bei der zweiten verhaftet wurde, weil ich Vicky, unserer minderjährigen Schwangeren, gegen ihre übergriffigen Eltern beistehen wollte. Das sorgte für allerlei Missverständnisse und Vorurteile, die Silas und ich inzwischen zum Glück hinter uns gebracht haben.

Und jetzt kann er mir nicht lange böse sein, mein Traumprinz, mal abgesehen davon, dass er streng genommen gar keinen Grund hatte, sich gestern Abend so angepisst vom Acker zu machen. Schließlich ist er es, dem mit erschreckender Regelmäßigkeit jedes Verständnis für meine Hebammen-Wochenbett-getrennte-Eltern-Frauen-WG fehlt, was eher mich wütend machen sollte als ihn. Doch auch in mir verpufft jeder Groll, wenn ich bloß an seine graublauen Augen denke oder einer seiner zerknirschten Entschuldigungen lausche, wenn er einsieht, dass ich nun mal recht habe. Oder wie er mich vorhin von meinem letzten Termin des Tages abholte, mit Streifenwagen, Nervennahrung und einer so großen Umarmung ohne Worte, dafür mit umso mehr Gefühl, dass ich dahinschmolz und ein paar Atemzüge lang die Angst um meine Schwester vergaß.

»Alles wird gut«, hatte er irgendwann in meinen Haaransatz geflüstert, während seine Fingerspitzen über meinen Rücken strichen. »Ich bin sicher, ihr Sternbergs habt die besten Schutzengel, die es gibt.«

»Woher weißt du eigentlich, was passiert ist?«, fragte ich ihn später, während wir beim Thailänder auf unser Abendessen to go warteten, weil ich zu aufgerieben war, um zu kochen, Silas nach seiner Schicht zu müde und Helga insgesamt zu feindlich gegenüber Küchen an sich eingestellt ist.

»Helga hat mir's erzählt, ähm … du bist nicht ans Handy gegangen, also hab ich auf dem Festnetz angerufen.« Er schob seine Augenbrauen auf diese unvergleichbare Weise zusammen, die mir jedes Mal einen Schauer durch den Körper jagt. »Ich wollte mit dir reden, über die … die Situation gestern, das ganze Kuddelmuddel, nur du und ich. Ich hatte einen Tisch reserviert. Im Bluebird.«

Dass er jenes Restaurant für eine Aussprache wählte, in dem unser erstes Date mit Pauken und Trompeten gegen die Wand polterte, zauberte ein kleines Lächeln auf mein Gesicht, und er küsste mich warm und innig, bevor ihm der geschäftige Thai-Kellner unsere Tüte mit drei großen Styroporpaketen in die Hand drückte.

Nach dem Essen blieb er einfach bei mir und hielt mich fest, wann immer mich die Sorge um Lotta zu überrollen drohte, und schließlich war ich an ihn gekuschelt eingeschlafen. Wenigstens für eine Weile.

Nun schlendert er langsam zu mir, schlingt seine Arme um meinen Körper und seufzt.

»Ach, Süße. Ich versteh dich ja.« Sein Geruch hüllt mich ein, tröstet ein wenig, und ich lehne meinen Hinterkopf an sein Schlüsselbein. »Ich könnte auch nicht schlafen an deiner Stelle.« Seine Stimme ist sanft, und als er meine vom seelischen Stress papierdünne Haut streichelt, möchte ich mich den Berührungen gleichermaßen hingeben wie sie abschütteln.

Ich kann Papa in meinem Kopf hören, wie er sagte, er habe es geahnt, jedoch gehofft, Lotta würde endlich zur Vernunft kommen und Gefahren aus dem Weg gehen. Allerdings war sie schon als Kind diejenige von uns beiden, die lieber skatete, als mit Puppen zu spielen. Sie gab den Ton an, den ich mit kläglichem Erfolg zu imitieren versuchte. Ich sah zu ihr auf – nicht nur, weil sie schon immer einen halben Kopf größer war als ich – und bewunderte sie für ihre Durchsetzungskraft. Tja, bis heute schicken wir uns jede Woche Snaps, telefonieren, und ich schätze ihren Rat in jeglicher Lebenslage.

Trotzdem: Lotta mag wild sein, unbesiegbar ist sie nicht. Andererseits sind Gefahren ja doch irgendwie das halbe Leben, oder nicht? Es kann überall etwas passieren, beim Überqueren der Straße, Fahrradfahren oder Joggen. Ich hab neulich sogar von einem Mann gelesen, der hat sich an Erbsen verschluckt und ist gestorben. Beim Abendessen.

»Ich fühle mich schuldig, dass ich nicht mehr auf Lotta eingewirkt und ihr diese Tour ausgeredet habe. Besonders weil Papa bald seine Herzoperation hat und Stress sich echt negativ auswirken könnte.« Meine Worte prallen gegen die kalte Fensterscheibe, und Silas' Griff auf meinen Armen verstärkt sich. »Ich verstehe meine Schwester manchmal nicht, in einem Moment schwärmt sie von ihrem neuen Freund und erzählt etwas vom Spießigwerden, und dann nimmt sie solche Aufträge an.«

Ja, Lotta hat seit einigen Wochen was Festes laufen, was sie ganz schön lange verheimlich hat. Weihnachten predigte sie noch Wasser, trank aber schon Wein. Ich hatte säuerlich reagiert, als sie mir Mitte Januar am Telefon von ihrem Mehr-als-Lover erzählt hat, weil ich mich ernsthaft verarscht fühlte. Inzwischen dämmert mir, warum sie mir ihren Mr Right verschwiegen hat. Vermutlich hat sie Angst, dass so etwas wie Beziehung für sie nicht funktioniert und sie blöd dasteht, falls es schiefgeht, weil sie ihre Prinzipien gebrochen hat. Sosehr sie immer für mich da ist, wundere ich mich, dass das umgekehrt für sie schwer zu sein scheint. Anscheinend nimmt sie mich nicht für voll und traut mir nicht zu, eine Hilfe zu sein. Oder denkt sie, ich halte das nicht aus? Kennt sie mich überhaupt?

Ich schlucke schwer.

»Wenn dein Vater und deine Schwester nur halb so stark sind wie du, dann schaffen sie das«, ist ein schwacher Versuch mich zu trösten, aber mein Mundwinkel hebt sich ganz leicht. Ich bin froh, dass Silas seinen Dienst tauschen konnte, um bei mir zu sein. Und dass er diese Umstände überhaupt auf sich genommen hat für mich. Er ist sogar außerordentlich gut darin geworden, so zu tun, als könne er meinen sprunghaften Gedanken folgen. Wir finden nicht immer alles gleichermaßen lustig, aber das ist okay. Humor ist eine Sache, vielmehr kommt es doch aber auf andere Werte an. Und darauf, dass er jetzt, wo ich ihn brauche, da ist. Ohne wenn, aber und mal sehen.

»Alles wird am Ende gut«, wiederhole ich Silas' Worte wie ein Mantra. Wenn ich es oft genug sage, wird es wahr werden müssen.

Er küsst meinen Nacken, blickt auf die kleine Lovis, die im Halbschlaf ihren Mund bewegt. Sie hat unfassbar lange Wimpern, keine Ahnung, wo die herkommen. Weder Hans noch Helga können eine solche Pracht vorweisen.

»Du siehst süß aus mit Baby auf dem Arm«, findet mein Freund, nachdem wir eine ganze Weile schweigend im Halbdunkel des Zimmers gestanden haben.

»Na hör mal, ich sehe auch ohne Baby auf dem Arm süß aus.« Gespielt empört blinzle ich zu ihm auf, versuche ein paar Sekunden, die Angst um Lotta zu vergessen, und genieße die Wärme seiner Anwesenheit. Draußen beginnt es wieder zu schneien, Flocken schweben ans Fensterglas, bleiben daran kleben.

»Natürlich«, beeilt Silas sich, und ich höre das breite Lächeln in seiner Stimme. »Aber dieses Baby ist besonders süß.«

»Ja, das ist wohl wahr.«

Er dreht mich zu sich herum. Ich forsche in seinem Gesicht mit den dunklen Augenringen. Er sieht genauso müde aus, wie ich mich fühle. Unweigerlich stelle ich mir uns beide als übernächtigte frischgebackene Eltern vor. Wie wir uns abwechseln mit Windeln anlegen und Bäuchlein massieren und vor Glück nur so dahinschmelzen. Es ist seltsam, was das mit mir macht, diese winzige Vorstellung, und ich kann mir nicht verkneifen zu sagen: »Was wir beide wohl für hübsche Babys machen würden?« Vermutlich ist das kein günstiger Zeitpunkt, so eine Überlegung laut auszusprechen, aber mir ist alles recht, was mich von Gedanken an hohe See und gewalttätige Kriminelle ablenkt.

Silas wirkt mit einem Schlag wacher. »Dafür müssten wir erst mal üben.«

Er erinnert mich daran, dass ich seit Tagen unser erstes gemeinsames Mal plane, weil ich finde, dass dieser Moment einfach besonders sein muss. Es gibt kein zweites erstes Mal in einer Beziehung, und obwohl ich keine Jungfrau mehr bin, will ich diesen Meilenstein unseres Zusammenseins zelebrieren. Leider kommt immer wieder was dazwischen. Vorzugsweise

Schichtpläne und Schulungen seinerseits und Schwangere und Babys meinerseits. Als würden irgendwo kleine fiese Feen sitzen, die sich in Sabotage üben und über mein vergebliches Bemühen totlachen. Und jetzt, wo wir eigentlich ein traumhaftes Date angehen wollten, zogen die vier Reiter der Apokalypse ein. Mit den feixenden Feen auf den Schultern. Fuck!

Mein Blick wandert erneut zum Fenster, ich drücke Lovis an mich, konzentriere mich auf die Schatten im Mondlicht, die sich wie Getier in die Ecken der Häuser ducken, und versuche, mich nicht von ihnen bedroht zu fühlen. Wenn man sich nur lange genug in Empfindungen wie Unbehagen und Angst reinsteigert, beschwören sie Unheil herauf – so wie meine Mutter den Tod unseres Hundes voraussagte, bis er eines Tages tatsächlich unter die Räder eines Autos geriet.

Ich lache trocken auf.

»Was ist los?«, fragt Silas.

»Kennst du das Gefühl, wie ein Blatt im Wind umhergetragen zu werden, nicht wissend, wo du landest?«

»So fühlst du dich, wenn du an Sex mit mir denkst?«, scherzt er wenig überzeugend.

»Ich meine, es gibt so viele Möglichkeiten, wie das alles ausgehen könnte. Lotta könnte verletzt sein oder …« Meine Stimme versagt, mein Magen krampft, und meine Kehle wird eng. Ich mache mich von Silas frei, um die jetzt tief schlafende Lovis zurück zu Helga zu bringen. Auf dem Weg dorthin findet mein nackter Fuß mindestens drei Kaffeebohnen, die sich irgendwie selbstständig gemacht haben müssen. Memo an mich: Unbedingt staubsaugen, bevor Lovis krabbeln lernt.

Sacht lege ich das schlafende Engelchen ins Bettchen, schleiche auf Zehenspitzen aus Helgas Zimmer und schließe leise die Tür. Im Flur schnappt Silas meine Hand und zieht mich mit sich in mein Reich, hinein ins Bett, breitet die Decke über uns aus und murmelt: »Hör auf, alles zu überdenken. Wir müssen warten, was der Morgen bringt.«

Ich kann im Halbdunkel sehen, wie er seinen Mund zu einem schmalen Strich verzieht, bevor er mich an sich drückt. Während sein Bein sich über meines schiebt und mich noch näher an seinen Körper rückt, entspanne ich mich ein wenig. Wie lieb Silas ist in seinem Bemühen, mich zu erden. Ich habe wirklich Glück mit ihm. Ein Lächeln zupft an meinem Mundwinkel. Sollte er wirklich derjenige sein, auf den ich gewartet habe?

»Du wärst bestimmt ein toller Papa«, höre ich mich plötzlich sagen. Silas hält die Luft an.

»Ich weiß nicht«, antwortet er sehr zeitverzögert.

»In ganz weit entfernter Zukunft natürlich«, springe ich ihm bei. »Ich bin auch noch lange nicht bereit für eigene Kinder.« Die Frage, ob er mich überhaupt als Mutter seiner Kinder in Erwägung zieht, geht in einem Anflug von Panik unter. Denn mein Blick klebt an meiner Hello-Kitty-Armbanduhr. Sie ist stehengeblieben. Verweilt auf fünf vor eins und rührt sich nicht mehr. Eine Millisekunde später klingelt mein Handy mit einem schrillen Ton, der mir sämtliches Blut aus dem Kopf sacken lässt.

*

Jetzt, in diesem Moment gut zwölf Stunden später, in dem ich gemeinsam mit Monika vor einer jungen Asiatin knie, die im Begriff ist, ihr fünftes Kind still leidend im Wohnzimmer ihrer Vierzimmerwohnung eines Hochhauses zur Welt zu bringen, kann ich über den Schock beinahe lachen, den die stehengebliebene Uhr vergangene Nacht in mir ausgelöst hat. Aberglaube ist eine gewaltige Macht. Ob schwarze Katzen von links nach rechts kreuzend oder zerbrochene Spiegel – ich bin empfänglich für alle Dinge, die zwischen den Welten passieren und als schicksalhafter Wink verstanden werden können. Keine Ahnung, wie lange ich vor Erleichterung geheult habe, nachdem mit dem Anruf meiner Eltern endlich die Nachricht kam, dass Lotta und ihre Mannschaft befreit und wohlauf seien.

Die Rettungsaktion, von der Mama mir berichtete, während Papa im Hintergrund noch immer aufgewühlt hin- und herpolterte, muss dramatisch abgelaufen sein. Angeblich feuerten die Piraten mit Maschinengewehren um sich, um Lottas Schiff zu entern, und die Besatzung hatte sich zunächst gewehrt und dann verschanzt, als klar war, dass die Angreifer in Überzahl an Bord stürmten. Mir wird jetzt noch übel, wenn ich mir vorstelle, wie sich das angefühlt haben muss.

Lotta wird als Heldin gefeiert, weil sie erst einen Notruf absetzte, bevor sie sich in den winzigen, hinter der Brücke gelegenen Panikraum zurückzog. Wie man meiner Mutter mitteilte, führte das besonnene Handeln meiner Schwester dazu, dass in kürzester Zeit Unterstützung vor Ort war und die Piraten außer Gefecht setzte, bevor es zu einer Geiselnahme kommen konnte. Lotta wird deswegen vom Unternehmen besonders geehrt werden, versicherte die Reederei meiner Mutter, und ich hoffe für meine Schwester, dass es mehr sein wird als ein feuchter Händedruck. Lotta mag materielle Anerkennung.

Leider habe ich immer noch nicht mit ihr sprechen können, was mich aufkratzt und mir bewusst macht, dass bereits der nächste Mond am Himmel glänzt. Ich schlucke trocken, meine Kopfhaut prickelt.

Zu all dem kommt jetzt also diese seltsame Situation mit der Asiatin hinzu, zu der uns der Ehemann spontan herbeirief, damit wir sein Baby entbinden.

»Ist schneller als denken«, sagte er am Telefon und legte auf, bevor ich ihn darauf hinweisen konnte, dass er sich in einem solchen Fall ans nächste Krankenhaus wenden muss. Ich hatte mir vorgenommen, die Situation vor Ort einzuschätzen und dann den Krankenwagen zu rufen, und nun sitze ich hier.

»Die Mutter ist erfahren, und wenn wir jetzt verlegen, wird es nur kompliziert«, urteilte Monika, die ich herbeigerufen habe, nachdem der energische Vater mich daran gehindert hatte, einen Transport in die Klinik anzufordern. Die Leiterin des *Storchennests* drückte dem Mann die nötigen Formulare in die Hand, die uns die Geburtshilfe in seinen vier Wänden gestatten, und kniete sich anschließend neben mich und die Schwangere.

Mir persönlich ist es ja immer lieber, man lernt sich beizeiten kennen und begleitet die gesamte Schwangerschaft. So hingegen gleicht die Geburt irgendwie einem Blindflug. Ein Storch im Nebel, der nicht einschätzen kann, wie genau es seiner Schutzbefohlenen gerade geht. Wie sie so tickt und was ihr wichtig ist.

Im Gegensatz zu mir ist Monika tiefenentspannt und schätzt, es pünktlich zum *Bachelor* nach Hause zu schaffen. Ist ja schließlich schon das fünfte Kind, das Siriphorn bekommt.

Während wir neben der werdenden Mutti sitzen und ihr beim Atmen zuhören, horcht mich Monika aus, wie es im Hause Fronau so läuft:

»Und Hans kommt regelmäßig vorbei?«

»Ja, der ist wirklich sehr bemüht und süß mit Lovis. Er kann sogar mittlerweile eine Windel richtig herum anziehen.« Ich tupfe der Schwangeren die Stirn mit einem Tuch ab. Ihr Ehemann schleicht die meiste Zeit zwischen Wohnzimmer und dem Kinderzimmer hin und her. Vermutlich versteht er genauso viel Deutsch wie ich Spanisch: buenas noches, adios, por favor.

»Und Helga und du, ihr kommt weiterhin gut klar in eurer famosen WG?«

»Natürlich, sie hat mich gerade gestern erst so lieb getröstet, nachdem ich die Internetbeiträge zu Piraterie gelesen hatte und kurz vorm Hyperventilieren war. Ohne sie wäre ich ausgeflippt.« Monikas Augen werden groß. Es hört sich aber auch zu verrückt an.

»Helga hat dich getröstet?« Die Verblüffung steht ihr ins Gesicht geschrieben.

»Ja, über wen reden wir denn gerade?« Ich lache trocken, massiere das Becken der Schwangeren, die so still ist, als läge sie hier gerade gar nicht in den Wehen. Ich bin immer wieder fasziniert davon, wie sehr sich der Umgang mit Schmerzen in den verschiedenen Kulturen unterscheidet.

»Sie hat sich ganz schön verändert, unsere Helga«, schließt Monika.

»Ist es nicht immer so, dass Muttersein alles neu justiert?« Hab ich zumindest schon oft gehört und erlebt. Ich blinzle zu Monika auf, als Siri meinen Arm plötzlich schmerzhaft kneift. Sie zeigt also doch Regungen.

»Nein, ich meine nicht nur das. *Du* hast sie genauso verändert. Seitdem du Teil des Teams bist, musste sie ganz schön aus ihrer Komfortzone heraus.« Monika runzelt die Stirn, fixiert mich eine Weile mit nachdenklichem Blick, und mir gehen all die Dinge durch den Kopf, in die ich Helga verwickelt habe. Nicht zuletzt die prekäre Sache mit Vicky. Eine Krise der besonderen Art, die wir schlussendlich gut meisterten – gemeinsam. Ich allein wäre aufgeschmissen gewesen und muss grinsen, als ich daran denke, wie Helga diesen arroganten Fatzke, der sich Vickys Vater nennt, um den Finger wickelte und es schließlich schaffte, dass er seine Tochter nicht zu einer Abtreibung zwang.

»Ich finde es jedenfalls toll, dass es so super mit euch funktioniert und alle glücklich sind. Sogar die Schwangeren, die das *Storchennest* betreut, sind so zufrieden wie nie. Wir haben wirklich unfassbar schöne Bewertungen bekommen.« Monika wächst um ganze drei Zentimeter, weil das in den letzten Jahren keine Selbstverständlichkeit war und Helgas manchmal ruppige Natur für das Verlöschen nicht weniger Google-Sterne gesorgt hatte, was sich wiederum in sinkenden Kundinnenzahlen niederschlug.

»Das freut mich.«

Unsere Schwangere wird unruhiger. Die Intensität der Wehen nimmt zu, das kann ich spüren.

»Siriphorn, wir sollten die Position wechseln, um deinem Kind dabei zu helfen, seinen Weg durch den Geburtskanal zu finden«, versuche ich ihr mit Händen und Füßen zu erklären, denn scheinbar hat das Baby Schwierigkeiten damit, auch wenn die Gebärende sich das kaum anmerken lässt, so leise, wie sie dann und wann seufzt.

Jetzt jedoch gerät der Vorgang ins Stocken, und Pana, der Ehemann, scheint sich auf eine lange Nacht einzustellen. Jedenfalls zündet er Räucherstäbchen an, beginnt eine Melodie zu summen und geht anschließend nach seinen vier anderen Kindern im Alter von zwei bis sieben schauen, die es nicht wagen, auch nur aufs WC zu schleichen. Als hätten sie Order, sich unsichtbar zu machen.

»Besser«, findet Siriphorn ein Wort, das ich verstehe, nachdem sie sich auf die Seite gelegt hat und ein Bein auf meine Schulter stützt.

»Du wirst sehen, schon bald ist dein Baby da. Du hast es fast geschafft«, rede ich ihr gut zu und lächle sie an.

Sie blickt auf, in Richtung ihres Mannes, der ins Zimmer zurückgekehrt ist und andächtig eine bunte Kiste vor sich herschleppt. Irgendetwas auf Thailändisch wird besprochen, und bald darauf finden kleine Elefanten aus Holz auf dem Stubentisch Platz. Kurios.

»Ach, die hübschen Figuren bekommen sicher auch nicht jeden Tag so was zu sehen, was?«, scherze ich, und Monika guckt komisch.

»Das Glückbringer, heilig«, erklärt der werdende Papa und gestikuliert wild. Monika und ich tauschen einen Blick, weil wir nicht verstehen, was seine Gesten bedeuten, und er gibt lächelnd auf. Überhaupt wird hier echt viel gelächelt.

»Na, solange Ihre Frau keinen Elefanten gebärt, ist ja alles tutti.« Ich grinse dümmlich, bekomme von Monika ein erheitertes Schnaufen zu hören, während sie von der anderen Seite des Sofas die Hände der kleinen Frau packt, bei der die Austreibungsphase beginnt.

Siriphorn verschluckt ein Kreischen, zwei der aufgereihten Elefanten kippen, als ich aus Versehen mit dem Po gegen den Tisch stoße. Vater Pana beeilt sich, die Tiere wieder in Reih und Glied aufzustellen. Zwischen Siriphorns Beinen kommt eine ballonartige und klare Blase zum Vorschein.

»Wow. Monika. Eine Glückshaubengeburt«, stoße ich so aufgeregt aus, dass Siri mich irritiert ansieht. »Nur ein Aberglaube. So nennt man es, wenn ein Baby mit intakter Fruchtblase zur Welt kommt. Das bringt Glück.« Wem sag ich das. Hauptsache, keine Uhr bleibt stehen.

Pana murmelt weitere Gesänge und tätschelt nervös seine Elefanten. Er sollte lieber ein Foto machen von dieser medizinischen Besonderheit, die nicht alle Tage vorkommt. Ich würde ja, wenn ich könnte, doch die Geburt geht mit großen Schritten voran.

»Noch einmal pressen, Siri«, kommandiere ich und betrachte die sich blähende Blase vor mir. Von Helga weiß ich, dass sie urplötzlich platzen kann. Und ehe ich diesen Gedanken in meinem Kopf zu Ende forme, passiert es auch schon.

»Argh!« Mich erwischt ein fetter Schwall Flüssigkeit, tropft von meiner Nase und meinem Haar. An Abwaschen ist nicht zu denken, meine Hände werden anderswo gebraucht, also eilt Monika an meine Seite und tupft mich notdürftig sauber. Sie lacht sich scheckig, und auch mich durchströmt helle Freude: Beim nächsten Herzschlag rutscht das Baby in meinen Arm.

»Kein Elefant«, stellt Monika zufrieden fest und reicht mir ein sauberes, vorgewärmtes Handtuch, in das ich die neue Erdenbürgerin einwickle.

»Wie süß sie ist«, freut sich meine Kollegin, übernimmt das schwarzhaarige und ziemlich zerknautschte Mädchen und legt es in den Arm der Mutter.

»Ist Junge?« Pana, der einen respektvollen Abstand zu uns wahrt, klingt etwas panisch und wagt es offenbar nicht, den kleinen Monchichi genauer anzusehen. Mir drängt sich der Eindruck auf, dass die Geschlechterfrage für ihn wichtig sein könnte. Dass die Elefanten einen Zweck beziehungsweise einen Wunsch zu erfüllen hatten.

»Ein gesundes Mädchen, es ist alles dran. Fünf Zehen, fünf Finger an jeder Hand und jede Menge Haare. Ist das nicht zauberhaft?«, lasse ich ihn wissen. Wenn das kein Grund zum Feiern ist!

Seltsamerweise schlägt er die Hände über dem Kopf zusammen. »Haben schon Mädchen, viele Mädchen«, setzt er zu einer Erklärung an.

»Mädchen sind toll«, finde ich und warte auf die Nachgeburt.

»Toll, gut, gut. Wir gute Mädchen, aber wir Jungen auch brauchen.«

Wahrscheinlich werden Pana und Siriphorn so lange Elefanten aufstellen, bis der ersehnte Stammhalter der Familie geboren wird. Tja, nicht nur der Umgang mit Schmerzen variiert offenbar von Kulturkreis zu Kulturkreis, sondern auch die Prioritäten.

Später, als wir alles dokumentiert und versorgt haben, erfahren wir noch, dass die Kleine Narisara heißen wird, was so viel wie *die Wundervolle* bedeutet. Und dass wir nicht zur Nachsorge auftauchen müssen, weil Panas Mutter zu Besuch kommt, die eigentlich auch die Geburt hätte begleiten sollen, wenn es nicht verfrüht losgegangen wäre. Ich werde den Verdacht nicht los, dass Pana uns indirekt dafür verantwortlich macht, dass er wieder keinen Sohn bekommen hat. Die eingeflogene Mutti hätte das bestimmt besser hinbekommen.

Monika und ich traben nebeneinander die geschwungene Treppe hinunter, und ich zwirble mir eine verklebte Locke um den Finger. Es ist wirklich enorm, wie die Ekelgrenze sich mit meinem Job verschiebt. Als ich Teenager war, habe ich mal neben unseren Hund gekotzt, weil der die Kacke eines anderen gefressen hat. Heute bringt mich nichts so leicht aus der Fassung.

»Na, wenn das kein Abenteuer war«, meint Monika und stupst mich in die Seite. »Hat mich gefreut, das mit dir gemeinsam zu begehen.«

»Ganz meinerseits. Ist echt gut gelaufen, auch wenn ich die heiligen Elefanten umgekippt habe.« Es grunzt aus Monikas Richtung, und ich fange auch an zu lachen. »Im Ernst, das reiht sich ganz oben in die exotischen Erfahrungen ein.«

»Aber der Name ist zauberhaft, den merk ich mir. Narisara.«

»Lotta würde der auch total gefallen«, denke ich laut, und wieder zerrt es an meinem Herzen, weil ich meine Schwester unbedingt sprechen will. Ich suche nach meinem Handy, kein

Anruf verzeichnet. Ob sie noch bei der offiziellen Befragung sitzt? Papa sagte so etwas.

»Und du und dein Polizist?« Wenngleich Monika nie aufdringlich ist, stellt sie heute echt viele Fragen.

»Läuft wirklich gut. Ich plane gerade den nächsten Schritt«, gebe ich zu und falle fast über meine eigenen Füße, weil Monikas Miene so schockiert wirkt.

»Nächster Schritt?«, quietscht sie.

»Nein, nein. Keine Hochzeit oder so etwas.«

Sie bekreuzigt sich, was irgendwie lustig ist, weil Monika nicht mal zu Weihnachten in der Kirche auftaucht. »Ich kann in naher Zukunft nicht noch eine schwangere Hebamme im Stall gebrauchen. Nach Helga schon gar nicht. Wie stur kann man sein: ›Mutterschutz? Was ist das? Wochenbett, kenn ich mich aus, ist für alle wichtig, brauch ich selbst aber natürlich nicht.‹ Ich hoffe wirklich, du kannst sie bändigen.«

»Ich? Wo denkst du hin.« Wir lachen beide aus vollem Herzen.

»Welchen nächsten Schritt machst du denn dann mit deinem Freund?«, fragt Monika, als wir die Haustür erreichen. »Du willst Helga doch noch nicht allein lassen? Oder will Hans etwa, dass sie wieder bei ihm einzieht?« Sie greift nach der Klinke. Draußen stürmt es. Die eisige Luft verschlägt mir sofort den Atem.

»Solange Helga mich nicht satthat, würde ich gern bei ihr bleiben. Ich könnte mir zwar was Eigenes leisten, aber ich liebe es, mit ihr und Lovis zu leben. Von Hans weiß ich nichts. Der Mann ist ein Buch mit sieben Siegeln.« Witzig, dass ich das Gleiche über Helga dachte, bevor ich sie näher kennenlernte. Wenn man erst mal ansatzweise verstanden hat, wie sie tickt, ist sie nämlich total einfach im Umgang. »Ich plane mein erstes Mal mit Silas.« Ich zwinkere Monika linkisch zu. »Es muss etwas ganz Besonderes sein. Ich denke darüber nach, eine Nacht im Schmetterlingshaus zu mieten. Also, offiziell ist so was natürlich nicht möglich, aber eine Schwangere von mir kennt den Betreiber.«

Blöderweise ist der noch nicht so überzeugt von der Grandiosität meiner Idee und hat Angst um seine Tiere. Als würden wir denen was tun, sie verspeisen oder ihnen die Flügel stutzen. Dabei weiß doch jeder, dass es genau umgekehrt ist und es die Schmetterlinge sind, die einem Menschen gefährlich werden können. Besonders wenn sie einem im Bauch umherflattern.

Fröstelnd zieht Monika den Reißverschluss ihrer Jacke zu und eilt zu ihrem Auto. »Auf die Idee muss man erst mal kommen«, ruft sie mir übers Geheul des Windes zu. »Ich wünsche dir viel Glück und eine unvergessliche Nacht.«

Ich winke ihr zu. »Danke, die werde ich bestimmt haben.« Tatsächlich brauche ich nur daran zu denken, an Silas' Küsse, seine Hände auf meiner Haut, und Hitze strömt durch mich hindurch. Ob er auf mich wartet oder bei sich zu Hause ist?

Februar

Helga

»Wer mag, stellt jetzt mal die Beine auf und baut ein hübsches Indianerzelt – so, seht mal.« Nathalie liegt auf dem Rücken und demonstriert, was sie meint. »Dann legt ihr eure Hände auf euren wunderschönen Muttibauch und atmet einfach mal nur ein und aus.«

»Wie sollten wir auch sonst atmen?!« Ich kann nicht verhindern, dass es aus mir herausmurmelt. »Kreuz und quer?«

Die Frau rechts neben mir kichert, links tuscheln zwei Freundinnen miteinander, irgendeine fragt: »Darf man *Indianer* eigentlich noch sagen?«

Ein Baby fängt an zu quäken, woraufhin sich seine Mutter aufsetzt und es an sich reißt, um ihm die eilends entblößte Brust in den Mund zu schieben. Es ist das dritte Mal innerhalb der letzten dreißig Minuten, dass sie ihr Kind mit Milch zum Schweigen bringt. Vielleicht fehlt ihr die Fantasie oder sie ist zu müde, um etwas anderes zu versuchen. Jedenfalls bin ich froh, dass zwischen ihr und mir zwei andere liegen, sodass ich in Sicherheit sein dürfte, wenn der Säugling die überschüssige Nahrung von sich gibt, egal auf welchem Weg.

Insgesamt stillen drei Kursteilnehmerinnen, vier unterhalten sich, zwei haben die Beine hüftbreit aufgestellt und atmen laut.

»Während der Schwangerschaft hat euer Körper Enormes geleistet, deshalb ist es jetzt wichtig, ihm etwas zurückzugeben und dafür zu sorgen, dass er sich gut erholt«, lässt Nathalie wissen, wer immer ihr zuhört. Warum sie dabei einen Tonfall verwendet, der klingt, als ahme sie ein Kleinkind der dümmeren Sorte nach, ist mir schleierhaft, obwohl ich das Phänomen natürlich kenne. Kaum wird eine Frau zur Mutter, verliert ihr Sprachzentrum Zugriff auf fünfzig Prozent ihres IQ und der Wortschatz reduziert sich auf ein Niveau, das selbst Tinky-Winky und Konsorten bedenklich erschiene. Es muss der Schlafmangel sein gepaart mit dem Kalorienverbrauch und der Hormonkonzentration, die das Stillen mit sich bringt. Andererseits: Nathalie ist die Kursleiterin und hat nicht vor kurzem erst entbunden. Trotzdem bla-blat sie: »Fühlt jetzt mal tief in euch rein, nach unten, ins Zentrum eurer Weiblichkeit ...«

Es gelingt mir, ihre weiteren Formulierungen auszublenden. Ich bin zu spät gekommen, um mitgekriegt zu haben, ob sie Physiotherapeutin ist oder Hebamme; kann gut sein, dass ihre Qualifizierung auch bloß darin besteht, im Kursangebot der Volkshochschule von *Gymnastik für Frauen* gelesen zu haben. So oder so – wenn sie schon nicht vom Diaphragma pelvis, Diaphragma urogenitale und der Schwellkörper- und Schließmuskelschicht, bestehend aus Musculus ischiocavernosus, Musculus bulbospongiosus und Musculus sphincter ani externus, sprechen möchte – wofür ich durchaus Verständnis habe –, so könnte sie das, worum es geht, zumindest bei seinem simplen Namen nennen: Beckenboden.

Denn so heißt, was ausleiert, wenn man ein Baby vaginal zur Welt bringt, und was man trainieren muss, wenn der Muskel seine Arbeit fortan zuverlässig leisten und halten soll, was andernfalls beim Lachen, Niesen oder bei zu großer Entfernung der nächsten Toilette herauströpfelt.

»Ein weiterer Posten auf der langen Rechnung, die man als Frau zu begleichen hat als Gegenleistung dafür, die Gebärmaschine der Familie zu sein«, seufzte einmal eine Mutter, nachdem ich ihr viertes Kind entbunden hatte.

»Wenn du es so siehst«, erwiderte ich, und sie starrte mich Augenblicke lang an, ehe sie meinte: »Ja, am Ende läuft es darauf hinaus. Diese viel beschworenen Momente, in denen dein Baby dich anlächelt oder du noch vor der Geburt seine Bewegungen in dir spürst – die sind gar nichts im Vergleich zur Dauer von Trotzphasen, Gemüseverweigerung, Hausaufgabenstreik oder Taschengelddiskussionen.« Sie zuckte mit den Schultern. »Und immer bist du schuld.«

Ich verkniff mir die Frage, wie ihr geäußertes Empfinden zu der Anzahl ihrer Kinder passte.

Jedenfalls gehört ein schlaffer Beckenboden zu den harmloseren Dingen, die die Mutterschaft mit sich bringt; anspannen, locker lassen, über die Seite aus dem Liegen aufstehen, aus den Oberschenkeln heben statt aus dem Rücken; mehrere Übungseinheiten über den Tag verteilt, fertig. Das hat nichts mit meiner Weiblichkeit zu tun, geschweige denn mit irgendeinem Mittelpunkt oder mit sonst etwas, das man besingen müsste.

»Und noch mal tief, tief, tief einatmen …«

Ich hätte längst die Flucht ergreifen – besser noch, niemals dieses Gebäude betreten, geschweige denn meine Wohnung verlassen sollen. Als ich den sonstigen Tag Revue passieren lasse, ist mir unbegreiflich, wie ich in diese Situation geraten konnte, denn so übel begann er gar nicht, auch wenn Madita behauptet, ich sei zurzeit an sich schlecht gelaunt. Bin ich nicht; ich glaube nur, dass sich unsere Tempi auseinanderbewegen. Während sie einen ganzen Tag durchhastet, vergeht bei mir lediglich eine Stunde. Umgekehrt gelingt es mir mitunter 48 Stunden lang nicht, wenigstens kurz zu duschen, indessen Madita es schafft, nicht nur zehn bis zwölf Familien zu betreuen, sondern sich überdies auch noch die Fußnägel zu lackieren, eine Liste mit Heilkräutern für eine ihrer Schwangeren zu schreiben und anschließend gleich im Onlineshop zu bestellen sowie ihrer Freundin Nelly telefonische Gymnastikanweisungen zu erteilen, weil diese durch den Hautberg, den ihre Schwangerschaft an ihrem Körper hinterlassen hat, unter Minderwertigkeitskomplexen leidet. Ihrem Gesichtsausdruck nach zu schließen ist das Küken bei all dem auch noch konstant damit beschäftigt, ihrem Polizisten nachzuschmachten. Ich bin ja dafür, dass sie endlich mit ihm schläft, um die Amplitude ihrer Gefühlsausbrüche zu dämpfen, sowohl in die eine wie auch in die andere Richtung, aber das Küken hat energische Ansichten, was das betrifft.

»Es ist das erste Mal, Helga, das muss man zelebrieren«, sagt sie und meint damit offensichtlich gründlich durchdenken, planen, bis ins letzte Detail vorbereiten. Würde mich nicht wundern, wenn sie am perfekten Zeitpunkt für den Orgasmus tüftelt, zu dem dann eine Glitzerkanone Flitterherzchen verschießt.

Inzwischen rechne ich damit, bald eine offizielle Einladung für das große Ereignis zu erhalten. *Madita Sternberg und Silas Mauß geben bekannt: Wir werden Sex miteinander haben. Feiere mit uns!*

»So, und jetzt zieht ihr all das, wo eure Männer euch Freude bereiten, nach innen, haltet es fest, fest, fest und lasst dann Millimeter um Millimeter zurück nach vorn flitschen wie kleine Küsschen, schmatz, schmatz, schmatz, bis die Landschaft der Lust wieder glatt vor euch ausgebreitet liegt.«

Die Bilder, die Nathalies Worte in mir erzeugen, veranlassen zwar etliche Muskeln in meinem Körper dazu, sich zu verspannen, allerdings nicht diejenigen, von denen sie spricht. Ich könnte sie darauf hinweisen, dass der G-Punkt, den sie vermutlich meint, tiefer liegt und ihre Symbolik deshalb nicht funktioniert, entscheide mich jedoch dagegen, weil sowieso niemand zuhört.

Einer der Gründe, weshalb ich selbst keine Kurse für frischgebackene Mütter anbiete: Die sind zu sehr mit anderem beschäftigt. Die Zivilisation mag trockene Höschen für wichtig halten – Mutter Natur setzt andere Prioritäten und sorgt dafür, dass Frauen kurz nach der Entbindung entsprechend handeln. Inzwischen haben fünf der zehn Teilnehmerinnen ihre Kinder an die Brust gelegt. Eine entrollt auf der Matte vor sich eine Unterlage und wickelt ihr Baby.

Ich lasse meine Beine sinken und drehe mich zu Lovis, die neben mir liegt und mit den Beinchen strampelt.

»Was für ein Quatsch, Quatsch, Quatsch«, flüstere ich in ihr Ohr.

»Weißt du es etwa besser?« Die Tuschelfreundin direkt neben mir wendet sich zu uns um. Ihre Augenbrauen stoßen über ihrer Nasenwurzel zusammen, der Blick ihrer dunklen Augen versucht, sich in meine hineinzubohren. Ihr Baby schläft.

Ich hauche Lovis ein Küsschen aufs flaumige Haar, zweifelsohne eine jener naturgegebenen Prioritäten, bevor ich nicke. »Ja, in der Tat. Ich habe mehr Ahnung vom Beckenboden und wie man ihn trainiert als Nathalie«, erwidere ich, derweil unsere Kursleiterin uns auffordert, »untenherum Schlitten zu fahren« und über »ein, zwei, drei Steine zu holpern«.

»Und warum bist du dann hier?«

Tja. Gute Frage.

»Habt einen zauberhaften Tag voll Glitzerglück«, zwitscherte Madita, als sie vom Frühstückstisch aufsprang, kaum dass sie sich hingesetzt, einen Schlitz in ihr Brötchen gestochen und löffelweise Marmelade darin versenkt hatte. Die rote

Klebrigkeit tropfte ihr vom Kinn, als sie erst mir, dann Lovis einen Abschiedskuss aufpappte, bevor sie im Flur verschwand, sich Hand- und Hebammentasche schnappte und die Treppe hinunterpolterte. Wie so oft keuchte sie eine halbe Minute später noch mal zur Tür herein, heute mit »Upsi, hab meine Kladde vergessen«, und wieder hinaus.

Mein erster Kaffee des Tages, eine Bohnenmischung namens *Schwarze Verheißung*, dauerte noch zwanzig Minuten, während denen Lovis damit zufrieden war, mit ihren Händchen Bewegungen in die Luft zu malen, und ich damit, ihr dabei zuzusehen, obwohl sich ihre Kunstfertigkeit noch auf auf und ab beschränkt. Wir hatten es gemütlich, wir zwei, bis mir irgendwann die Augen zufielen und ich mich zum Sofa schleppte, und Lovis, kaum dass mein Kopf das oberste der tausend Kissen berührte, anfing zu quengeln. Ich sang ihr etwas vor, das uns beiden nicht gefiel. Ich hielt ihr das von Madita gekaufte und als *Tüti* bezeichnete Schnuffeltuch übers Gesicht und kitzelte sie mit dessen Spitze, was Lovis lustig fand und bei mir zu einem Krampf im Oberarm führte. Mit rechts räumte ich den Frühstückstisch ab, während ich meine Tochter mit links mit mir herumtrug. Eine Weile standen wir am Fenster und blickten hinaus in den trüben Zustand, der sich Februar nennt. Keine Sonne am Himmel, nicht mal Himmel vor lauter Wolkenbehang, und ein jimloses Fenster gegenüber. Aus seinem Fundus an Verpackungsmaterial hat Hans diverse Glitzer- und Knisterfolie mitgebracht, damit glitzerte und knisterte ich Lovis etwas vor, bis ich zurück in die Sofakissen sank und sie zu meckern anfing. Windelwechsel mit dem beliebten Extremitätenspiel »Laaaaaaaangsaaaaaaaaame Füüüüüüüüüüüße, laaaaaaaangsaaaaaaaaame Füüüüüüüüüüüße, schnelle Füße, schnelle Füße«, das sich hoffentlich das Küken ausgedacht hat und bitte nicht ich. Stillen und dabei mit geschlossenen

Augen auf dem Sofa sitzen, anschließend zwei weitere Windeln und ein frischer Body. Wenigstens die Wanne blieb uns erspart. In Ermangelung anderer Lektüre in greifbarer Nähe las ich meiner Tochter die Telefonrechnung vor, die Madita auf dem Couchtischchen liegen gelassen hat. Doch da wir eine Flatrate haben, hatte sich das rasch erledigt, und ich verriet meinem Baby, dass Erwachsene für alles Papierkram benötigen.

Ich schaltete Maditas pinkfarbenes Küchenradio ein und wieder aus, es war gerade mal halb neun. Betrachtete mein Kind, versicherte mir, dass es wirklich meins ist, und vergoss drei Tränen deswegen.

»Ihr macht seltsame Menschen aus uns Frauen«, sagte ich zu Lovis in die Stille der Wohnung hinein, die sich verändert hat, seitdem ich den ganzen Tag zu Hause bin.

Als Lovis quäkte, schreckte ich hoch; wieder blickten wir eine Weile aus dem Fenster, meine Arme schaukelten hin und her, und ich philosophierte ein wenig über Schnee, weil draußen zweieinhalb Flocken vorbeisegelten. Auf der rechten Schulter wiegte ich mein Kind vom Wohnzimmer in den Flur, auf der linken wieder zurück. Fünfzehn Minuten lag sie auf der Spieldecke, und ich kitzelte sie an den Füßen und dachte daran, dass mir vor Jahren eine soeben entbundene Mutter anvertraute, der einzige Grund, warum sie sich für das dritte Kind entschieden habe, sei, weil sie noch einmal mit solchen kleinen Zehchen spielen wolle. Ich weiß, was sie meint; trotzdem wird Lovis ein Einzelkind bleiben. Das Küken hat die Füßchen meiner Tochter in Modelliermasse verewigt, das muss reichen. Zumal es mir nicht gelingt, mir Hans' Gesicht vorzustellen, wenn ich in zwei, drei Jahren zu ihm sage: »Du, schau mal, Lovis hat jetzt Schuhgröße sechsundzwanzig, wäre es nicht schön, noch mal bei achtzehn zu starten?«

Wo doch irgendwann klar gewesen war, dass wir nicht mehr

miteinander schliefen, um auf ein Wunder zu hoffen, sondern nach Jahren wieder einfach so. Bis wir nicht mehr miteinander schliefen. Einfach so.

Ich beschloss, dass es an der Zeit war für einen Spaziergang, wickelte Lovis ins Tragetuch und setzte ihr das Mützchen mit den Öhrchen auf, das »Tante« Vicky ihr zur Geburt geschenkt hat.

»Nice«, urteilte unser Teenagermädchen, als wir ihr via Skype vorführten, wie sich ihr Präsent macht. »Und schau, Schnucki, das ist mega hip.« Sie beugte sich an die Kamera heran, um Lovis ihre eigene Mütze zu zeigen, gleiches Modell, bloß in größer. »Hab ich sogar selbst gestrickt, Mann, hätt nicht gedacht, dass ich das kann, es lebe YouTube.«

Vicky verdankt ihre neuen Fähigkeiten ihrem tyrannischen Vater Corvin Glossberg, der befunden hat, dass die gelockerte Symphysis pubica seiner Tochter es nötig mache, Vickys Aktivitäten für die restliche Dauer der Schwangerschaft weitestgehend auf ihr Zimmer zu beschränken. Sogar am Schulunterricht nimmt sie nur noch online teil. Was sie für den Schmetterling in ihrem Bauch stoisch erträgt, wie sie sagt, aber es würde mich nicht wundern, wenn sie neben Stricktutorials auch Lifehacks zum Basteln von Autobomben konsumiert. Doktor Kotzberg sollte vorsichtig sein.

Lovis und ich stapften durch die feuchte, unentschlossene Luft, die zu warm war für richtigen Schnee und zu kalt für Regen.

»Das ist Wetter«, ließ ich meine Tochter wissen, »gewöhn dich dran.«

Wir stapften weiter, bis meine Beine schwer wurden und ich in den Bus stieg, um ein paar Stationen zu fahren, obwohl es Lovis zu heiß war im Fahrzeug, unter meiner Jacke, im Tuch. Sie fing an zu brüllen, ich ließ die mitleidigen Blicke der Mitfahrenden an mir abprallen. Wir stiegen aus, stapften erneut, Lovis gefiel ihr Geschrei, und sie setzte es fort. Als ihre Äuglein schließlich zufielen, schlurfte ich ein paar Straßen weiter, traute mich ein zweites Mal in einen Bus, was Lovis aufschreckte und mir weitere fünfzig Minuten Fußmarsch einbrachte. Immerhin schlief es dann, das kleine Wunder, das sich an meinen Körper schmiegte, und ich wäre noch hundert Meilen weitergetaumelt, um die winzigen Händchen zu spüren, die links und rechts an meinen Seiten lagen und ein zartes Kitzeln auslösten.

Bis ich auf die Idee kam, mich in der Umgebung umzusehen, um mich zu orientieren, hatte ich mehrere Stadtviertel durchquert und keine Ahnung, wo ich mich befand. Meine Schultern schmerzten, die Blase drückte, weit und breit kein Café, was eine Schande ist. Statt die innerstädtische Dichte von Kinderarztpraxen so zu regeln, dass man in kinderreichen Vierteln mitunter ein Jahr lang auf einen Routinetermin wartet, sollten sich Städteplaner mehr um die adäquate Röstbohnenversorgung der Bevölkerung kümmern; immerhin haben glückliche Eltern gesündere Kinder.

Am Ende blieb mir nichts anderes übrig, als jene grüne Tür zu nehmen, die per Messingschild ins *Ostara – Zentrum für Mütter* führt. Dem Namen nach kannte ich die Einrichtung, natürlich – vor allem nach der Diskussion mit Monika, welchen wirren Grund es geben mochte, eine Hebammenpraxis nicht als solche zu bezeichnen, sondern zu einem *Mütterzentrum* umfunktionieren zu müssen.

»Vielleicht wollen sie damit klarstellen, dass sie keine Geburten anbieten und sich auf die Betreuung vor, während und nach der Schwangerschaft beschränken«, lautete Monikas Erklärung während unserer jährlichen Konkurrenzanalyse.

»Das ist nichts weiter als Wichtigtuerei«, behauptete ich.

»Außerdem ist die Existenz der Göttin Ostara umstritten.« Ich zeigte Monika den entsprechenden Wikipedia-Eintrag.

Sie winkte ab. »Lass gut sein, Helga, und freu dich, dass die die Rückbildung für uns übernehmen. Oder hast du inzwischen doch Lust, Kurse zu geben?«

»Bloß nicht. Aber es grenzt an Fahrlässigkeit, das Muttersein noch mehr aufzublähen, als es eh schon ist. *Zentrum für Mütter?* Also bitte. Am Ende kommt er doch noch, der Elternführerschein, und ich wette mit dir, Frauen, die sich in einem *Zentrum für Mütter* betreuen lassen, sind die Ersten, die danach schreien und ein Zertifikat verlangen.«

Monika hatte gelacht und das Gespräch beendet.

Ich bleibe dabei: Mutterschaft ist das Natürlichste der Welt und sollte entsprechend empfunden werden. Weg mit all dem Tamtam.

Trotzdem stand ich nun also vor der grünen Tür, durstig, erschöpft, harndrängend. Warum ich nach Benutzung der Toilette nicht einfach wieder ging, sondern in den Kursraum stolperte, auf die Frage, ob ich zum Schnuppern gekommen sei, nickte und mich zu allem Überfluss auch noch auf eine freie Matte fallen ließ, weiß vermutlich nicht einmal der Wind. Nur eines steht fest: Ich bereue es. Auch wenn Lovis zufriedene Geräusche von sich gibt und der Schmerz in meinen Schultern und Beinen allmählich nachlässt. Nichts entschädigt mich dafür, dass Nathalie als Nächstes von einer Vogelflügelspitze faselt, die wir »zart winken« lassen sollen.

Mir liegt eine Äußerung auf der Zunge, die mich Google-Sternchen kosten würde, wäre dies ein Kurs des *Storchennestes*. Doch obwohl mich hier niemand kennt und mir die Rezension der anderen Frauen entsprechend egal ist, schlucke ich meinen Kommentar hinunter, denn in der Tasche, die ich am Kopfende meiner Matte abgestellt habe, vibriert mein Telefon.

Tuschelfreundin verdreht die Augen, als ich danach lange, die Stillende zu meiner anderen Seite macht ein Gesicht, auf dem ich Neid erkenne. Einen Das-will-ich-auch-haben-Ausdruck, der mir verrät, dass sie die Erste in ihrem Freundeskreis ist, die ein Kind bekommen hat, und dass all ihre Freundinnen tagsüber arbeiten, während sie allein zu Hause hockt mit ihrem zweifellos süßesten Baby der Welt, aber eben doch ohne Gesprächspartner. Wir leben im einundzwanzigsten Jahrhundert, trotzdem ist es selbstverständlich, dass der Vater ihres Kindes arbeiten geht, weil er ihr das Stillen ja schlecht abnehmen kann und sie außerdem viel zu erschöpft ist, um im wirtschaftlichen Sinne produktiv zu sein. Abends hat er ihr viel zu erzählen vom Chef, vom neuen Projekt, vom Meeting, das gut gelaufen ist für ihn, während sie ihm verschweigt, dass der Supermarkt um die Ecke diese Woche Salatgurken im Angebot hat und die Plakatwerbung gegenüber ausgewechselt wurde. Am Wochenende sagt sie die Verabredung mit ihren Freundinnen ab, weil das Baby fremdelt und sich nicht vom Papa ins Bett bringen lässt. Außerdem sind die Bänder in den Beinen immer noch zu weich, um Schuhe anzuziehen, für die sich das Ausgehen lohnen würde.

»Ach, du Arme, und trinken darfst du ja auch nicht!«

Das nächste Mal fragt die Clique gar nicht erst, ob sie mitkommen möchte. Kein Wunder, dass sie neidisch ist auf meinen Anruf.

Hans, informiert mich mein Display, und meine Gesichtsmuskeln zucken. »Ja?«

»Hallo Helga, bist du heute Mittag zu Hause? Ich habe den Drogerieeinkauf erledigt und kann die Sachen in meiner Mittagspause vorbeibringen, falls es dir passt.«

»Sicher«, sage ich und schiele weiterhin zur Neidischen hinüber, weil mich Tuschelfreundins Blick nervt.

»Das ist nicht dein Ernst«, höre ich Tuschelfreundins Freundin mir zumurren. »Du kannst da nicht einfach rangehen, das hier ist ein Kurs.«

»Bei dem du bis jetzt überhaupt nichts gelernt hast, weil du erstens nicht zuhörst, deshalb zweitens die Übungen falsch umsetzt und drittens die Anleitung so grottig ist, dass nicht aufzupassen tatsächlich unabsichtlich schlau von dir war. Ach, und übrigens, du hältst dein Kind ungünstig. Es trinkt schlecht, oder? Liegt daran, dass vermutlich sein Nacken verspannt ist, lass mal eine Physiotherapeutin draufschauen, in der Südstadt gibt's eine gute Praxis. – So, Hans? Pass auf, ich komme vorbei – seid ihr beiden zu Hause?«

»Helga? Was –? Äh …, nein, ich bin im Büro, und wen meinst du mit ›ihr‹?«

»Woher willst du wissen, dass Jonte verspannt ist?«, fragt Tuschelfreundins Freundin, während mich Tuschelfreundin selbst mit offen stehendem Mund anglotzt. Ich klemme das Handy zwischen Ohr und Schulter, werfe mir das Tragetuch über und greife nach meiner Handtasche. Die Neidische rechts neben mir lächelt in sich hinein, ein paar Anwesende gucken mit ausdruckslosen Mienen zu mir herüber, eine spielt mit ihrem Baby. Nathalie wirkt ratlos.

»Ich bin Hebamme, seit fünfundzwanzig Jahren, und sehe Anfängerfehler. Leider machst du ihn jetzt schon seit sieben, acht Wochen; ist aber nicht so schlimm, ich bin sicher, dein Jonte ist trotzdem ein tolles Kind. Hans? Ich mache mich auf den Weg – bleibt ganz ruhig, ja? Wir kriegen das hin.« Ich hebe Lovis hoch, grinse in ihr niedliches Gesicht, bevor ich sie an meine Schulter lehne und zur Tür rausche.

Irgendwas ruft mir Tuschelfreundins Freundin hinterher, einarmig winke ich ihr und bin draußen, ehe mein Hirn ihre Schallwellen entschlüsselt hat.

»Was für ein grässlicher Ort«, sage ich zu meiner Tochter, während ich sie auf meiner Jacke auf dem Boden ablege, um mir das Tuch zu binden. »Lass uns endlich was Schönes machen.«

*

»Was war das denn für eine Nummer?«, erkundigt sich Hans eine halbe Stunde später, nachdem ich ihn vor der Haustür abgefangen und ins *Amore Belle* geschoben habe, das Café im Erdgeschoss des Altbaus, in dem ich wohne. Mir ist so dringend nach Kaffee zumute, dass es einer Diagnose gleichkommt.

Hans und ich sitzen einander gegenüber an jenem Tisch am Fenster, auf den Madita jedes Mal besteht, weil es der ist, an dem es zwischen uns gefunkt hat – so jedenfalls bezeichnet sie das Gespräch, das wir führten, nachdem die Uterusruptur einer ihrer Schwangeren und die damit einhergehende Lebensgefahr für werdende Mutter und Kind das Küken aus der Bahn geworfen hatte und mich die Erkenntnis, dass ich schwanger war. Diese Unterhaltung habe das Eis zwischen uns gebrochen, behauptet das Küken und ehrt den Tisch, als sei das sein Verdienst. Mir ist Mobiliar egal, aber ich mag es, wenn ich rausschauen kann.

Lovis schläft im Tragetuch, wir sind beide erschöpft, und ich spüre Erleichterung und Dankbarkeit, als Oméro herangleitet und eine achteckige Espressotasse auf einem runden Untersetzer vor mir abstellt, ohne dass ich etwas bestellt hätte. Es zeichnet den Barista aus, dass er weiß, was nötig ist, ohne zu fragen, denn sein fantastischer Ristretto ist das Einzige, das ich jetzt brauche.

Während Hans einen Cappuccino bestellt, stecke ich mir eine der schokolierten Kaffeebohnen in den Mund, die neben der Tasse auf dem Tellerchen liegen, sechs oder sieben, mehr als bei anderen Gästen, schließe die Augen, zerbeiße die bittere Süßigkeit und spüre dem Schaudern meiner Zunge nach.

»Du siehst müde aus.« Hans' dunkle Stimme fließt in das Geschmackserlebnis hinein, rundet es ab und tut mir gut. Ich seufze.

»Ich hatte eine Begegnung der verdrießlichen Art«, sage ich, und Hans' Brauen verschwinden in seinem Haaransatz. »Ich bin in einen dämlichen Kurs geraten und hab so getan, als wärst du der Mann einer Schwangeren mit Notfall.«

»Du bist geflohen?«

»Iwo.« Ich schüttle den Kopf. »Ich habe vermieden.«

Hans lächelt, und der Sonnenaufgang, der sich dabei auf seinem Gesicht abspielt, glitzert in mich hinein. Ich muss den Impuls unterdrücken, nach seiner Hand zu greifen. Was sich seltsam anfühlt.

»Ah, habe ich mir erlaubte, Ihnen eine Köstlichkeit des Hauses zu bereiten.« Oméro materialisiert sich neben unserem Tisch aus dem Nichts, wie nur er es kann, und stellt einen Teller vor mir ab mit zwei üppig mit Serranoschinken, Salat und Kräutern belegten Ciabattaspalten. »Kostet Kraft, so eine süße Baby, eh! Kleine Geschenke von mir für Signora von oben!« Er zwinkert mir zu und wendet sich, bevor ich »danke« sagen kann, an Hans. »Und für die Herr? Darf ich Ihnen ebenfalls etwas für die Seele bringen?«

Hans entscheidet sich für ein Stück Kuchen, und Oméro wuselt glücklich davon. »Oh, habe ich vergessen – ist Paket gekommen für Sie, Signora, bringe ich gleich.«

»Wow, der Barista mag dich, oder?« Hans grinst, und gewiss bilde ich mir nur ein, dass gleichzeitig ein Schatten über sein Gesicht huscht; immerhin ist die Beleuchtung durch den grauen Tag draußen schummrig im *Amore Belle*.

Ich winke ab. »Er versucht, das Klischee des wollüstigen Italieners zu erfüllen, und behandelt alle Frauen so.« Das stimmt nur zur Hälfte. Tatsächlich versprüht Oméro seinen Charme in dieser Intensität lediglich bei Kundinnen über fünfundsechzig und bei Madita und mir. Und wir sind Nachbarinnen.

Ich beiße in meine Schinkenschnitte und genieße das Salz auf meiner Zunge. Das Küken hat recht, Kalorien machen glücklich, auch wenn mir jene, mit denen sie ihren Bedarf deckt, eindeutig zu süß sind.

Oméro bringt Hans' Kuchen und stellt ein Päckchen vor mir ab. Es hat mich ein paar Anläufe gekostet, dem Paketboten beizubringen, dass er Sendungen für mich im Café abgeben soll und nicht bei Kemnich, der sich regelmäßig über die vielen Werbegeschenke beschwerte, die ich als eingetragene Hebamme von den kuriosesten Unternehmen erhalte und die regelmäßig bei ihm landeten, wenn bei uns niemand zu Hause war. Inzwischen spart sich der Zusteller den Weg in den dritten Stock, ob wir da sind oder nicht, und ich werde den Verdacht nicht los, dass Kemnich der Möglichkeit des Sich-Beschwerens heimlich hinterhertrauert. Zumindest hat er sich neue Gründe ausgedacht, seitdem der Paketbote nicht mehr bei ihm klingelt. Lovis' Gebrüll störe ihn, behauptet er, Maditas morgendliches Treppengerenne hinunter, hinauf und wieder hinunter, ihr Streit neulich mit Silas, dessen Schallwellen das ganze Haus wissen ließen, was sie von seinem Rollenverständnis hält.

»Der ist fantastisch«, brummt Hans nach der ersten Gabel Kuchen. Er hat sich für eine Schmandtorte mit Stachelbeeren entschieden, eine Sünde zwar, wenn man die Jahreszeit bedenkt, die den Obstanteil als Tiefkühlware entlarvt, doch so passend für ihn. Hans ist in jeder Hinsicht gemäßigt. Süßer Kuchen mit süßer Sahne und süßer Füllung, wie Madita es liebt, wären zu viel des einen, ebenso Zartbittertorte mit Mokkafüllung und herbem Kakaostaub, die ich mir ab und zu gönne, seit Oméro sie anbietet – das Küken vermutet, er habe sie meinetwegen eingeführt. Gut möglich.

Schmand mit Stachelbeeren auf süßem Boden heben sich in ihrem Extremen jedenfalls gegenseitig auf, und mir geht durch den Kopf, dass Hans, wenn man es so betrachtet, ein Oktobertag ist. Im Übergang zwischen Hitze und Kälte befindlich, von saftigem Grün zu fröhlichem Bunt. Demgegenüber bin ich Ende Januar, Schneematsch und Niesel, das Weihnachtsleuchten verloschen, weit entfernt vom Frühlingslicht.

Ich greife nach dem schuhkartongroßen Päckchen, das Oméro gebracht hat, bohre den Stiel meines Kaffeelöffels in die Rille des Klebebands und durchstoße es. Knirschende Fülldingsis wirbeln mir entgegen, als ich den Kartondeckel öffne; Hans schnappt sich eins, rollt es zwischen seinen Fingern hin und her, beißt sogar vorsichtig hinein. Ich weiß, er kann nicht anders, immerhin ist es sein Job, Verpackungskonzepte zu entwickeln.

»Schlechtes Material«, lautet sein Urteil. »Billig verarbeitet, weder recycelt noch biologisch abbaubar, und der Knautschgrad ist erbärmlich.« Er lässt den Schnipsel zurück in den Karton fallen.

Seine Empörung lässt mich schmunzeln, und ich muss meine Assoziation ihn betreffend insofern modulieren, als dass seine grundsätzliche Mäßigung umso leidenschaftlichere Wellen schlägt, sobald es um Verpackungsmaterialien geht, sein Ein und Alles, als sei ausschließlich bewundernswert, was in optimal ihrem Zweck dienender Hülle daherkommt. Dennoch, denke ich, Oktober bleibt trotzdem passend. Man erwartet nichts, freut sich allenfalls, dass es nicht regnet, und plötzlich platzt die Sonne aus dem Himmel und überrascht mit einem üppig goldenen Tag, der einen die Jacke öffnen lässt. Glänzend wie ein unerwartetes Geschenk.

Ich stecke meine Hand in die Verpackungschips, wie, was ich Dingsis nenne, offiziell heißt, und taste nach dem eigentlichen Inhalt des Päckchens. »Das ist nicht deren Ernst, oder?« Ich halte Hans entgegen, was ich geangelt habe, einen kleineren Karton mit dem Foto eines absurden Gegenstands darauf. Als Hans danach greift, stoßen unsere Finger für einen Moment gegeneinander, nichts, was erwähnenswert wäre, und dennoch brennt die kurze Berührung auf meiner Haut nach, als hätte ich einen Eiswürfel gehalten.

Hans bemerkt davon nichts. Seine Aufmerksamkeit gilt der Schachtel in seinen Händen, die er mit amüsierter Miene öffnet. Zum Vorschein kommt ein Säckchen, in dem wiederum jener Gegenstand steckt, dessen Existenz mir beweist, dass wir offensichtlich keine anderen Probleme haben. Was auf den ersten Blick anmutet wie eine elektrische Zahnbürste mit überdimensioniertem Griff, ist in Wahrheit ein Miniduschkopf, der auf einer Pumpflasche steckt.

»Ist es das, wonach es aussieht?«, fragt Hans.

»Kommt drauf an, was für Assoziationen du hast«, entgegne ich.

»Nun ja.« Er dreht die Gerätschaft hin und her. »Könnte eine Bewässerungsanlage für Balkonpflanzen sein, die per Zeitschaltung funktioniert und die man installieren kann, solange man im Urlaub ist.«

»Sehr schön.« Ich grinse. »Mich erinnert es eher an so ein extrem teures Nerd-Accessoire, eine Öldusche für Salat oder so.«

»Ja, du hast recht. Ich werde meinem Chef davon erzählen, der steht auf so was.« Hans hebt sich die Grünzeug-Öl-Zahnbürste für Nerds vors Gesicht und studiert offenbar ein Logo. »Hast du gesehen, wie das Teil heißt? – HappyHeck®.«

»Tja, Humor haben sie wenigstens.« Ich falte die Gebrauchsanweisung auseinander, die ich im Aufbewahrungssäckchen finde, und überfliege die Zeilen. »Pfff. ›Von Hebammen empfohlen‹, so ein Blödsinn! Eine ganz normale Pflanzenspritze kann das Gleiche und kostet nur einen Bruchteil.« Ja, wir legen Wöchnerinnen, ob mit oder ohne Geburtsverletzung, nahe, nach der Geburt für einige Wochen die Benutzung von Toilettenpapier zu vermeiden und stattdessen mit lauwarmem Wasser, wahlweise versetzt mit Lavendelöl, zu spülen, um das geschundene Gewebe zu schonen. Aber wie gesagt – statt Zwanzig-Euro-Luxusgedöns tut's auch ein 99-Cent-Artikel aus dem Ein-Euro-Shop.

»Hör dir den Slogan an«, sage ich und genieße Hans' erwartungsvolle Miene. Er wird begeistert sein. *»Damit auch untenrum ganz oben ist.«*

Es ist Jahrhunderte her, dass ich meinen Ehemann derart laut habe auflachen hören. In satten Wellen rollt seine Erheiterung durch den Raum und dreht die Köpfe der anderen Gäste in unsere Richtung. Und als ich die Zeile unter dem Stichwort Nachhaltigkeit hinzufüge, ist es um ihn geschehen: *»Saubere Pos für einen sauberen Planeten.«*

Hans bebt, sein Lachen dringt in mich ein und schüttelt mich. Kitzelt die Fasern meines Körpers und bringt die Stränge meiner Seele zum Klingen. Ich sehe den jungen Kerl vor mir, den Jungen aus der Parallelklasse, der, während die anderen Teenagertypen sich darin überboten, lässige Posen einzunehmen und mit wahllosen Leistungen zu imponieren, mit den Händen in den Hosentaschen danebenstand und ihnen leise lächelnd dabei zusah. Er fiel mir auf wegen seiner Zurückhaltung und der Ruhe, mit der er am allgemeinen Geschehen teilnahm; genauso begeistert wie alle anderen, bloß weniger laut. Schwärmende Oktobersonne statt versengender Sommerglut.

»Ach, herrje.« Erst jetzt bemerke ich, dass Hans' Lachen verklungen ist. Sein Blick klebt auf seiner Armbanduhr. »Tut mir leid, ich muss los.« Schneller, als ich »schade« fühlen oder auch nur nicken kann, erhebt er sich von seinem Stuhl. »Karsten und ich sind zum Brainstormen verabredet.« Ein Lächeln huscht über Hans' Miene, während er in seinen Mantel schlüpft. »Ich werd ihm vorschlagen, dass wir uns mal die Verpackungschips vornehmen.« Er deutet auf den HappyHeck®-Karton, der zwischen uns auf dem Tisch steht. »Ich denke schon eine Weile darüber nach, ob man die nicht aus irgendwas herstellen könnte, das sich nach dem Versand praktisch nutzen lässt, zum Beispiel als Blumendünger oder so. Dann muss man sie weder wegwerfen noch aufbewahren, sie gewinnen an Wert und sind mehr als Zeug, mit dem man achtlos umgeht.«

»Lass sie nach Kaffee schmecken und genauso riechen«, schlage ich vor. »Dann kaufe ich Wagenladungen davon.«

Hans lächelt und legt einen Zwanzig-Euro-Schein auf den Tisch. »Sag Bescheid, wenn ich helfen kann«, sagt er. »Ich mache das gern.« Mit seiner einzigartigen Gangart, die dem Wort Fortbewegung einen Akzent verleiht, der erst mit Hans in die Welt floss, strömt er in Richtung Ausgang und verlässt das *Amore Belle*, den Kopf voller wilder Verpackungsideen, ohne sich noch einmal umzudrehen. Ich sehe ihn draußen am Fenster vorbeigleiten, den Mantelkragen gegen die nasse Winterluft nach oben geschlagen, und schon ist er verschwunden.

»Tschüss«, murmle ich und kann mich nicht entschließen, ebenfalls aufzustehen, obwohl Lovis sich regt und jeden Moment erwachen, Hunger haben und eine neue Windel brauchen wird.

Ich seufze, krame in meiner Handtasche nach dem Wohnungsschlüssel. Meine Finger ertasten etwas, das ich nicht zuordnen kann, und ich ziehe den dunkelblauen Umschlag mit den winzigen Silbersternchen hervor, den ich seit Tagen mit mir herumtrage, ohne daran zu denken, ihn zu öffnen.

Nun denn, denke ich, *wer weiß, was mich nach HappyHeck® heute sonst noch erwartet,* und wieder benutze ich meinen Kaffeelöffel, um das Kuvert zu öffnen. Ein Pappkarte fällt heraus, ebenso dunkelblau wie der Umschlag, beschrieben mit einer silbernen Handschrift, schnörkellos, aber schwungvoll. Gelassen und klar. Ich erkenne sie sofort, und ein merkwürdiges Wattezeug kriecht mir den Hals hinauf und lässt mich schlucken. Gleichzeitig kribbeln meine Fingerspitzen. Schwer zu sagen, ob das angenehm ist.

Nachtvogel, steht auf der Karte. *So kann's nicht weitergehen, fürchte ich. Ich habe ein bisschen Angst vor dem, was du in mir auslöst, weil ich so wenig von dir weiß und trotzdem diese Nähe spüre. Dich in den Armen zu halten, an dem Tag, als Du Dein Kind bekommen hast, war unglaublich, und die Wildheit in Dir hat mich tief berührt. Ich weiß nicht, ob es möglich ist, die Kluft, die zwischen uns liegt, zu überwinden, aber manchmal denke ich, einen Versuch wäre es wert. Und dann traue ich mich nicht.*

Denn was, wenn der Nachtvogel davonfliegt?

Schiller

Ich spüre meinen Herzschlag in der Kehle pulsieren, wo er bestimmt nicht hingehört, meine Knie zittern, sogar im Sitzen, was albern ist, sich aber nicht steuern lässt. Außerdem sammelt sich kalter Schweiß in den Linien meiner Handflächen. Einzelne Satzfetzen schwirren mir durch den Kopf, obwohl die Schrift vor meinen Augen flimmert. *Dich in den Armen zu halten ... diese Nähe ... denn was, wenn der Nachtvogel davonfliegt.*

Ich greife in den Karton und zerknautsche mit beiden Händen Verpackungsdingsis, fühle der Bewegung nach, um zusammenzusetzen, was in mir wirbelt.

Schiller.

Der Tag, an dem ich mein Kind bekommen habe? Ich sehe ihn vor mir, den Typen, der mich ins Krankenhaus fuhr, nachdem mich die Wehen vor meiner Haustür überrollten und besinnungslos schreien ließen. Beziehungsweise, ich erinnere mich, dass da ein Mann war und dass ich mich in der Auffahrt des Krankenhauses an ihn klammerte, um nicht im Schmerz unterzugehen. Das war also Schiller – was für ein seltsamer Name! –, und Schiller ist Jim, mein Fensternachbar. Weil mich niemand sonst *Nachtvogel* nennt.

Ich habe Angst, dass du davonfliegst.

Mir fällt auf, dass ich schneller atme. *Der 29. Februar,* denke ich zusammenhanglos. Der seltene Zusatztag, an den man nie denkt und der trotzdem immer wiederkommt, mit treuer Beharrlichkeit. Das ist Jim, Schiller.

Es ist fast Nacht

Madita

Gestern rief endlich Lotta zurück, nachdem ich es gefühlte hundert Mal bei ihr probiert hatte.

»Ich bin's«, sagte sie lapidar. »Krasse Zeit gerade. Ging nicht früher. Sorry.«

»Kein Problem, aber wie geht's dir denn?« Ich holte tief Luft, plapperte weiter. »Mensch, ich dachte, ich werde verrückt vor Sorge. Erst die Sache mit Papa und seiner bevorstehenden Operation und dann so was. Ich bin fast gestorben vor Angst.«

Natürlich filterte Lotta nur eine Sache heraus. »Verrückt bist du doch schon.«

»Oh, danke für die Blumen.«

»Da nicht für.« Es wurde still, bis sie versicherte: »Alles bestens mit mir. Wirklich. War halt echt scheiße, die ganze Geschichte, aber jetzt ist es überstanden. Und ich hab erst mal Erholungsurlaub.«

Weil ich nach einem anstrengenden Tag voller Vorsorgetermine bereits im Bett lag, setzte ich mich auf, um das Telefon ans Ohr drücken zu können, und fragte mich, ob meine Schwester es bewusst vermied, das Wort *Piraterie* in den Mund zu nehmen.

»Wann können wir uns sehen, ich will mich davon überzeugen, dass es dir wirklich, wirklich gut geht«, forderte ich, und es knirschte in der Leitung.

»Es ist alles tutti, Madita. Mach dir keinen Kopf, so was gehört zu meinem Job.« Beinahe hörte sie sich aggressiv an, und ich suchte nach den richtigen Worten und Fragen, um Lotta zu besänftigen. Doch dazu kam ich gar nicht, weil sie das Thema auf Papa und sein Herzproblem lenkte und anschließend so profane Dinge diskutieren wollte wie den nächsten Friseurbesuch.

Sollte meine Schwester diese berufliche Sondersituation tatsächlich so gut überwunden haben, wie sie mich glauben machen wollte? Immerhin ist sie von uns beiden seit jeher diejenige, die sich den Stürmen des Lebens entgegenstellt. Während ich mich in ihren Windschatten ducke, haha. Ich entschied mich, ihr einfach nur zuzuhören und, so aufmerksam ich konnte, zwischen den Zeilen zu lesen. Und dort stand in jedem Fall, dass sie eine Veränderung braucht. Vielleicht kommt mit neuer Frisur ja auch ein Jobwechsel?

Leider verpasste ich den richtigen Moment, um das vorzuschlagen, denn irgendwann sagte sie plötzlich: »Ich melde mich wieder, ja?«, und legte auf. Ich war zu müde, um mich darüber zu ärgern.

Um 23:23 Uhr klingelte mein Handy erneut, und ich schreckte aus den Kissen. Diesmal war es Vicky.

»Huhu, du. Was geht?«, nuschelte ich schlaftrunken und versuchte, meinen Blick klarzustellen und einigermaßen wach zu werden. Schlaf ist in den letzten Wochen irgendwie zur Mangelware mutiert, was nicht zuletzt mit Lovis zu tun hat, die jede Nacht etwa um zwei Uhr beschließt, dass es Zeit ist, den Tag herbeizubrüllen. Jüngst rief das auch noch einen pikierten Herrn Kemnich auf den Plan, der sich besorgt gab, ob wir das arme Baby vielleicht misshandeln. So ein Witzbold.

»Ich hab gehört, die meisten Babys schreien, wenn sie hungrig sind«, meinte er nervös. Seine wenigen Haare standen wie Antennen von seinem Kopf, und unter den Augen zeichneten sich die gleichen tiefen Schatten ab, die ich von meinem Spiegelbild her kenne.

Helgas Reaktion folgte prompt: »Die muss man auch füttern? Himmel, Arsch und Zwirn, hätten Sie ja auch gleich sagen können!«

Immerhin lachte ich herzlich, wenngleich es etwas irre geklungen haben mag.

»Madita, sorry für die Störung, aber ich tropfe«, ließ Vicky mich wissen und atmete lange Sekunden laut in mein Ohr, in denen ich mich darum bemühte, ihre Worte einzuordnen.

»Wie, du tropfst?« Vielleicht war es die Blase, auf die ihr Kind drückte? Zum Ende der Schwangerschaft ist es nicht ungewöhnlich, wenn man diesbezüglich mal Probleme hat.

»Na, es tröpfelt stetig untenrum. Und nein, ich muss nicht auf Toilette. Verliere ich vielleicht Fruchtwasser?« Die sonst so coole Teenagerin hörte sich plötzlich besorgt an.

»Möglich«, antwortete ich nachdenklich, versuchte meine müden Knochen dazu zu bewegen, sich aus dem Bett zu schwingen, aber es ging nicht. Ich fühlte mich wie mit Blei gefüllt. Umpf!

»Was soll das heißen, Madita? Möglich? Sitzt mein Baby gleich auf dem Trockenen, oder was?!« Okay, jetzt wurde sie hysterisch und ich wacher. »So ein Schleimpfropf, von dem du mal was sagtest, ist jedenfalls nicht rausgekommen. Bah, das ist alles so weird.« Sie atmete hektischer. »Sag was. Sitzt mein Schmetterling gleich ohne Fruchtwasser im Uterus?«

»Nein, so schnell geht das nicht. Aber das muss morgen früh sofort abgeklärt werden.« Ich bemühte mich, mir meine Termine ins Gedächtnis zu rufen, was nur schwerlich gelang.

»Morgen früh ist kacke, ich hab um acht Uhr eine wichtige Klausur, da muss ich echt hin, sonst bin ich geliefert.« Vicky stieß einen tiefen Seufzer aus. »Dafür haben wir doch extra meinen so hübsch geplanten kaiserlichen Schnitt verlegt auf in drei Tagen. Drei, Madita. An denen ich noch einiges zu tun habe.«

Ich knipste das Licht an. Aus der Küche nahm ich Geräusche wahr. Vermutlich Helga, die mit sich rang, keinen Caffè Crèma zur Guten Nacht zu trinken. Mehrfach habe ich sie dabei erwischt, wie sie nach Mitternacht die Kaffeemühle füllte, nur um sie gleich wieder zu leeren, weil ihre Vernunft doch stärker ist als ihre Kaffeesucht. Manchmal zumindest.

»Hey, beruhige dich. Alles ist gut.« Ich bat Vicky, mir ihr Tropfproblem und die Konsistenz der Flüssigkeit genau zu beschreiben. Nach wenigen Minuten entschieden wir gemeinsam, dass ich gleich nach meinem ersten Termin zu ihr kommen würde, so gegen elf Uhr, dann wäre ihre Klausur gelaufen, und wir könnten per Test feststellen, ob es sich tatsächlich um Fruchtwasser handelte, das da tropfte.

Doch wie üblich kam alles anders.

Vicky ging zur ersten Stunde zwar in die Schule und schrieb ihre Matheklausur, doch statt anschließend nach Hause zu fahren und dort auf mich zu warten, stieg sie vor dem Schultor zähneknirschend zu ihrem Vater ins Auto, um sich auf direktem Weg in die Lindenklinik kutschieren und dort von »echten Experten« durchchecken zu lassen, wie es Herr Glossberg wohl nannte. Die Nachricht, in der Vicky mir davon berichtete, endete mit drei Totenkopfemojis und jenem, das grüne Kotze speit.

Mich überkam ein mordsschlechtes Gewissen. Vielleicht wäre es doch besser gewesen, noch in der Nacht zum Glossberg'schen Anwesen zu eilen und die Sache sofort zu klären. Gleichzeitig ist ein so geringer Fruchtwasserabgang keine lebensbedrohliche Sache, und ich kann es einfach nicht jedes Mal leisten, von null auf hundert da zu sein. Monika und Helga predigen das seit Monaten, und nach einem Dreivierteljahr storchennestlicher Rufbereitschaft spüre ich, was sie meinen. Auch Hebammen sind anscheinend nur Menschen, deren Batterien hin und wieder aufgeladen werden müssen. Wer hätte das gedacht?

Trotzdem flüstert diese Stimme in mir, dass das keine Rolle spielt, weil ich mir, wenn ich schwanger wäre und mitten in der Nacht Sorge um mein Kind hätte, ebenfalls eine Person wünschen würde, die ich jederzeit anrufen und um Rat bitten könnte. Außerdem höre ich meine Schwester *Augen auf bei der Berufswahl* dozieren. Muss sie gerade sagen!

Nach Vickys WhatsApp eile ich also in die Privatklinik, in der ihr Herr Papa Ärztlicher Direktor und Chefarzt ist, und irre ein wenig durch die schicken Flure mit Marmorböden und abstrakten Gemälden, die aussehen wie in einem Hotel, bevor ich endlich das luxuriöse Zimmer finde, in dem Vicky residiert. Es liegt am Ende der in Weiß und Pastell gehaltenen Entbindungsstation, und ich stürme hinein, ohne anzuklopfen. »Hier bin ich, was ist passiert?«

Vicky sitzt im Bett mit AirPods im Ohr. »Dieses Hemd ist passiert«, sagt sie, pult die Ohrstöpsel heraus. »Popelgrün steht mir nicht. Ich muss mich schon wundern, was die Ausstattung dieser Klinik angeht. Ich meine, ich dachte, das ist 'n Nobelschuppen, und die Patienten haben alle Geld ohne Ende. Wie kann man da am Style sparen?« Mit einer Miene abgrundtiefen Ekels deutet sie auf die Punkte ihres OP-Hemdes, das mich tatsächlich an einen Müllsack erinnert.

Ich drücke Vicky erst mal und streichle zur Begrüßung ihren prallen Babybauch. Versuche, ein wenig Ruhe auf sie zu übertragen, obwohl mein Herz heftig wummert, nachdem ich im Renngalopp hergeeilt beziehungsweise auf meinem Hollandrad angerollt bin, Silas' Ermahnung zum Trotz, bei diesem Wetter lieber nicht zu radeln. Aber was will man machen, ich hatte es eilig, und mein Auto zickt bei nasskaltem Wetter. Außerdem hat er's ja nicht gesehen.

»Jetzt erzähl mal, was die Ärzte gesagt haben.«

»Ach, die.« Vicky macht eine wegwerfende Handbewegung und verdreht die Augen. »Zuallererst sind die wie üblich meinem Vater in den Arsch gekrochen, so weit, da hast du die Füße nicht mehr gesehen. Im Anschluss gab's jede Menge Teststreifen, Ultraschall, Abtasten, Vaginaluntersuchung, die ganze Palette.«

»Und?«

»Na, ist wirklich Fruchtwasser, deshalb haben die das Schnippeln vorverlegt. Auf …«, Vicky wirft einen Blick auf das Display ihres Smartphones, »… in einer Viertelstunde.«

»What?!« Ich halte im Babybauchstreicheln inne und sehe sie an. »Ich fasse es nicht, du bekommst gleich deinen süßen Wonneproppen«, flüstere ich entzückt, stutze jedoch, als sich Vicky merklich verspannt.

»Ja, und rate mal, wer gerade beim Friseur sitzt«, brummt sie. Ihr Gesicht spricht Bände.

»Deine Mutter?«

»Tja.« Vicky dreht sich eine Haarsträhne um den Finger. »Die wird's nicht rechtzeitig schaffen.« Einerseits wirkt sie erheitert, andererseits beunruhigt; unter allem Selbstbewusstsein und aller Unabhängigkeit, die sie während ihrer Schwangerschaft entwickelt hat, steckt immer noch das Kind, das wie jedes andere auch manchmal einfach nur beschützt werden möchte. »Jetzt will mein Vater mit dabei sein, ist das nicht reizend?« Sie schnauft. »Ganz ehrlich, dann können die mir gleich 'ne Vollnarkose verpassen und mich ins Traumland beamen. Meinen Vater halten meine Nerven nämlich nicht aus. Ey, Mann, nicht der Egoarsch.« Ihr hübscher Mund verzieht sich nach unten, und ich sehe sie schlucken; will sie aufmuntern.

»Was sagst du da? Du hast Nerven aus Drahtseilen, ich kenne kaum jemanden, der so taff ist wie du«, versuche ich sie an ihre abenteuerliche Flucht vor ihren Eltern zu erinnern, bei der sie wahrlich bewiesen hat, wie viel Mumm sie besitzt, indem sie tagelang verschwunden blieb und sich sogar vor der Polizei versteckte.

Blitzschnell schnappt sie meine Hand, quetscht sie zwischen Daumen und Zeigefinger. »Ich dachte, *du* könntest mit in den OP.« Ihre blauen Augen bekommen diesen ganz bestimmten Glanz, der von Tränen spricht. Und die Art, wie sie mich ansieht, so voller Hoffnung, dass ich sie nicht damit allein lasse, lässt mich wanken. Ich habe Helga versprochen, Vickys Vater nicht in die Quere zu kommen, ihn nicht zu provozieren, da er sich bessere Anwälte leisten kann als wir, was mir zugegeben echt schwerfällt, weil er wirklich ein Arsch ist. Aber hey, wer sagt denn, dass ich ihn nicht ganz nett dazu bewegen kann, mir seinen Platz in der ersten Reihe zu überlassen? Helga hat es schließlich auch irgendwie geschafft, aus dem babytötenden Monster einen … werdenden Großvater zu machen. Wie formulierte sie es doch gleich? *Bomben entschärft man nicht, indem man sie anzündet.* Das musste ich zuletzt lernen, als Glossberg mich vor einigen Monaten in seinem Vorgarten festnehmen ließ, weil ich darauf bestanden hatte, in meiner Funktion als Hebamme zu Vicky vorgelassen zu werden.

»Ja, das bekommen wir schon hin«, höre ich mich selbst sagen und werde daraufhin von Vicky halb mit ins Bett gezogen und abgeknutscht.

Als ich mich löse, wirkt das Teenagermädchen für einen

Augenblick wie immer. Stoisch und entspannt. Etwa so lange, bis eine Schwester in ihr Luxus-5-Sterne-Privatpatientenzimmer kommt, in dem es neben einer Anrichte mit frisch gefüllter Obstschale einen überdimensionierten Flachbildunterhaltungsscreen gibt, der zusätzlich zum üblichen Fernsehprogramm sage und schreibe vier Streamingkanäle anbietet. Holla, vielleicht sollte ich ein paar Beschwerden simulieren, um ein Bettchen hier zu bekommen. Doch noch bevor ich mir überlegt habe, woran ich spontan leiden könnte, kreischt Vicky auf, weil die Schwester ihr einen Einlauf verpassen will.

»Ist das auf den Mist von meinem Vater gewachsen?«, motzt sie mit hochgeschobenen Augenbrauen und verschränkt die Arme vor der Brust. »So etwas Perfides kann sich nur mein alter Herr ausdenken. Immer für eine neue Entwürdigung gut. Hahaha. Das kommt gar nicht infrage.«

Ich gehe in Deckung, als Vicky so richtig hochfährt und mit knallharten Tönen die junge Schwester samt Equipment rausschmeißt. Ihr Kopfkissen prallt gegen die Tür, und ich grüble. Hatte ich ihr nicht in allen Einzelheiten erzählt, was vor einem Kaiserschnitt so alles auf dem Plan steht? Unter Umständen, je nach Klinik, auch ein Einlauf?

»Ich muss so was nicht machen, oder?«, fragt sie mich scharf, und ich blinzle über die Bettkante hinweg zu ihr hoch.

»Nicht zwingend, aber du solltest daran denken, dass die Operation deinen Darm eine Weile lahmlegt. Und um Verstopfung zu vermeiden …« Weiter komme ich nicht.

»Das ist privat und bleibt privat«, beharrt die bald Teenie-Mum, und es dauert eine Weile, bis ich sie vom Gegenteil überzeugt habe und mir die Ehre des Einlaufgebens zuteilwird. Wir wollen ja nicht schon Komplikationen verursachen, bevor wir Dr. Glossberg dazu bewegt haben, mich an seiner statt in den OP zu lassen.

Etwa gegen dreizehn Uhr ist es dann so weit, und ein Pflegeteam holt Vicky ab. Natürlich will man mich nicht mitnehmen, weil ich nicht angemeldet bin. Vicky verfällt in Schnappatmung.

»Ohne Madita kommt hier heute kein Kind zur Welt«, faucht sie die bedröppelt dreinblickenden Klinikangestellten an und droht damit, sich den gerade erst gelegten Venenzugang wieder rauszureißen. Ihre Finger knibbeln bereits am Pflaster.

Wann ist Vicky eigentlich so dominant geworden? Ich stehe irritiert daneben, denn plötzlich blitzt durch, wessen Kind sie ist. Der Apfel und der Stamm, irgendwas ist genetisch immer mitgeliefert. Und sei es ein herrischer Tonfall.

Da kommt ihr Herr Vater, Dr. Glossberg höchstpersönlich, dazu und sieht wenig erfreut aus, mich in seinem Refugium anzutreffen. Ich grinse dümmlich und hebe die Hand zu einem freundlichen Gruß, den er gepflegt ignoriert. Es überrascht mich nicht.

»Viktoria, ich appelliere an deine Vernunft«, heuchelt er Contenance, obwohl ich kalte Wut in seinen Augen blitzen sehe. »Bitte sieh davon ab, mich an meinem Arbeitsplatz zu blamieren, ja?« Er ringt sich ein Lächeln ab, das misslingt. »Es ist Zeit, alle warten auf dich. Wir werden nun meinen Enkel auf die Welt holen.«

»Gute Idee, es gibt nur ein klitzekleines Problem.« Vicky angelt nach meiner Hand. »Ich will, dass Madita mit reinkommt.«

»Wie bitte? Nein«, knurrt der Klinikdirektor und schaut auf seine fette Protzuhr. »Wo bleibt nur deine Mutter?«

»Die hat Blondierung auf dem Kopf, das kann dauern.« Der vielsagende Blick seiner Tochter scheint Herrn Glossberg verstehen zu lassen.

»Himmel …« Er verstummt, bevor er mit einem gönnerhaften Lachen in die Runde wirft: »Und ich hab ihr heute Morgen extra noch gesagt, dass sie den Termin lieber verschieben soll. Nun ja, so ist sie eben.« Dr. Glossberg zuckt die Achseln, während das Team ringsum kichert und wissend nickt. Ach du meine Güte.

Als sich sein Gesicht zu mir dreht, ist jede Spur von Heiterkeit verschwunden, und ich blicke in eine beunruhigend düstere Miene. »Das hier ist eine Familienangelegenheit, deshalb werden Sie jetzt gehen und unsere Privatsphäre respektieren, Frau …« Offensichtlich hat er meinen Namen verdrängt. Falls er ihn je wusste.

»Madita Sternberg.«

»Wenn das so ist, ernenne ich Madita zur Patentante«, wirft Vicky ein. »Dann gehört sie zur *Familie*.«

Komisch, dass sich ihre Worte wie eine Drohung anhören und der gute Doktor sich tatsächlich unter ihnen zu winden scheint wie unter großen Schmerzen. In seinem Gesicht arbeitet es heftig, und für einen Moment ballen sich seine Hände zur Faust. Dann ist der Augenblick vorbei, Herrn Glossbergs Miene glättet sich, und mit einem aufgesetzten »Nun gut, wer bin ich, dass ich mich dem Wohlbefinden meiner Tochter in den Weg stelle«, erlaubt er, dass man mir ein schmuckes OP-Outfit reicht, ebenfalls in Olivgrün. Ich fühle mich wie von einem Raubtier belauert, während ich hineinschlüpfe, und kann nur hoffen, dass Vickys Vater mir diesen Triumph nicht eines Tages heimzahlen wird.

Das Unbehagen fällt erst von mir ab, als er um die Ecke verschwindet und wir den Operationssaal betreten. Es sind überraschend viele Leute hier: eine der Klinikhebammen, zwei Hebammenschülerinnen, zwei Assistenzärzte, die ausführende Leitende Oberärztin und die Anästhesie. Alles in allem sind wir acht Personen, die wir uns lieb um Vicky kümmern, nachdem die harte Schale, die sie ihrem Vater gegenüber zur Schau getragen hat, in sich zusammengefallen ist, kaum dass sich die OP-Türen hinter uns geschlossen haben.

Eine kleine, graumelierte Ärztin beginnt mit ruhiger Kompetenz, die PDA vorzubereiten.

»Ich hasse Nadeln«, haucht Vicky kaum hörbar und erinnert mich damit an meine Schwester, deren regelmäßiges Trara beim Impfen in der Kinderarztpraxis Legenden schrieb. Ich drücke ihre Finger. Ob Vicky allein dadurch, dass ihr Vater Arzt ist, ein Trauma weghat?

»Du wirst kaum etwas spüren. Nur den winzigen, klitzekleinen …«

»Aua!«, ist die empörte Antwort, als die Betäubung vor der eigentlichen PDA gesetzt wird.

Ich grinse. »Sorry, aber das war's schon. Und gleich darfst du dir einen Traubenzucker nehmen.«

»Sehr witzig, Madita. Heute Morgen mit 'nem Gutelaunebär geduscht?« Offensichtlich ist Vicky nicht zum Scherzen zumute, obwohl sie doch so freudiger Erwartung ist. Sie wäre nicht die erste Schwangere, die sich erst in diesem Moment kurz vor der Geburt wirklich bewusst macht, dass sich alles verändern wird. Ihr ganzes Leben.

»Jetzt den Rücken mal etwas rund machen«, bittet die Ärztin, und Vicky schnauft.

»Reicht es nicht, dass ich vorne rund bin? Really …«

»Mach, was die Frau Doktor sagt«, mahne ich die rebellische Teenagerin, und sie fügt sich.

Während die Anästhesistin ihren Job macht, blicke ich mich um und muss zugeben, dass dieser OP genauso schick ist wie die übrige Klinik: alles in Weiß und Rosa gehalten und nicht in Metallisch und Grün wie in anderen Krankenhäusern.

»Halt!«, schreit Vicky plötzlich auf. »Das geht so nicht, ich kann mich einfach nicht entspannen. Ich kann nicht, ich kann nicht.« Sie beginnt zu heulen. Und zwar so richtig. So tapfer sie die ganzen vergangenen Monate war, so heftig überrollen sie nun all die Emotionen. »Was ist, wenn ich eine Scheißmutter bin?«, schluchzt sie, und alle Beteiligten gucken sich komisch an. Die Frage, ob man ihren Vater holen sollte, wird ausgesprochen.

Bloß das nicht!

»Das kriegen wir auch so hin«, stelle ich mit all der Autorität klar, die ich aufbringen kann, und das Getuschel verstummt. Na also. Ich beuge mich zu Vicky und raune ihr ins Ohr: »Du wirst eine großartige Mama sein, versprochen.«

»Woher willst du das wissen?« Ihre Wimpern klimpern und sprühen Tränen.

»Ich weiß das, weil ich dich kenne.« Ich fürchte, die Zweifel ihrer Eltern nagen an ihr. Die Ernte einer langjährigen, bitteren Saat, würde Helga sagen. Ich schlucke meine aufkeimende Wut hinunter, jetzt ist nicht die Zeit dafür. »Du vertraust mir doch, oder?« Ich lächle, und Vicky nickt. »Dann tu es auch jetzt«, bitte ich und streiche ihr eine Locke unter die OP-Haube. »Was können wir tun, damit es dir besser geht?«

»Ich wünschte, Tyrese wäre hier«, haucht sie und schluckt schwer.

Na klasse, *der* Wunsch ist ohne Fee nicht zu erfüllen. »Babys Superdaddy holen wir uns später per Skype hierher, ja?«, verspreche ich, denn der smarte Junge, der im Überschwang der Gefühle genauso wenig an Verhütung gedacht hatte wie sie, musste schon vor Wochen mit seinen Eltern zurück in die USA. »Was außerdem?«

»Musik?«

Ist immer eine gute Idee. Kurz darauf dudelt *Pass the Dutchie* von Musical Youth aus einem in der Wand installierten

High-End-Hi-Fi-mp3-Player, der teurer gewesen sein dürfte als mein Auto und einen besseren Sound liefert als ein Livekonzert. Also, wenn das kein entspanntes Kind wird, dann weiß ich auch nicht.

Die PDA sitzt. Vicky spürt ihren Unterleib nicht mehr und lehnt sich zurück. Die Hebammenschülerinnen stellen den Sichtschirm auf, der verhindert, dass die werdende Mutter einen Blick in ihren geöffneten Körper erhaschen wird. Ich nehme neben ihrem Kopf Platz. So weit, so gut.

Alle Anwesenden arbeiten routiniert. Vicky wird fixiert, und die freundliche Oberärztin angelt nach dem Skalpell.

»So, dann wollen wir Ihr Baby mal aus dem Bauch befreien«, sagt sie und lächelt lieb, was man an ihren Augen sieht, die über der OP-Maske Fältchen werfen. »Ich fange jetzt an, es ist 12:43 Uhr«, erklärt sie fürs Protokoll. »Gleich ruckelt's mal kurz.«

Ich ducke mich hinter den Sichtschirm und grinse Vicky ins Gesicht, weil ich ebenfalls nicht sehen will, was ich in meinem Jahr als Klinikhebamme ein paarmal miterlebt habe. Wie damals wundere ich mich, wie brutal diese Prozedur ist, selbst wenn man nicht hinschaut. Vicky spürt nichts, nur das angekündigte Beben, als würde sie auf einem Trampolin liegen, auf dem Kinder hüpfen. Ich streichle ihre geröteten Wangen und frage sie immer wieder, ob es ihr gut geht. Ob ihr schlecht ist oder dergleichen, doch sie wirkt jetzt wieder ganz gefasst. Ihre Lippen bewegen sich zum Text von *Pass the Dutie*.

»So, den Popo haben wir schon«, höre ich die Ärztin triumphieren, bevor wenige Sekunden danach der erste Schrei des Babyboys ertönt.

Neville-Lupin gurgelt sich ins Leben, dann liegt das knautschige Gesichtchen an Mamas Wange. Tränen strömen über Vickys Gesicht, sie ist sprachlos. Vollkommen überwältigt.

Irgendjemand durchtrennt die Nabelschnur, jemand anders saugt Fruchtwasser ab, und eine der Hebammenschülerinnen legt ein Handtuch über den Kleinen.

»Madita, check mal, ob alles dran ist«, flüstert Vicky mir zu, und ich lächle. »Er ist perfekt, Vicky.«

»Oh, gut. Und es ist auch nichts zu viel dran? Ich hab mal ein Baby gesehen, das hatte sechs Zehen an einem Fuß.«

»Nein, alles …«, ich breche ab, verenge die Augen prüfend. »… warte kurz, ach nee, doch nur fünf. Alles gut.«

Vicky lacht und weint gleichzeitig. Und einmal mehr bewege ich mich in dieser Schwerelosigkeit, die das Wunder des Lebens ausmacht.

*

Am nächsten Abend habe ich andere Probleme. Mein Silas will mal wieder nicht so, wie ich will.

»Komm schon, probiere es wenigstens mal an«, fordere ich ihn auf und lasse das Hexerkostüm hin- und herschwingen. Ich hab es aus dem Verleih an der Ecke Nelkenstraße, der wirklich geniale Outfits für die fünfte Jahreszeit bereithält. Neben Elben, Hobbits und Hexenmeistern *The Witcher*-like eine ganze Abteilung für Piraten à la *Fluch der Karibik*. Ich selbst habe ein mega Hexenkostüm ergattert und hätte nur zu gern, dass wir als Paar gehen. Doch er ziert sich.

»Eher nicht«, sagt er stur. »Man kann auch unverkleidet kommen.« Demonstrativ hält er den Flyer in die Luft und fährt mit dem Zeigefinger die Schrift entlang.

Mir wird klar, es geht nicht anders. Ich muss meine Geheimwaffe einsetzen, um diesen Abend zu retten. Meinen unwiderstehlichen Bambiblick.

Ich übe einen langen Augenaufschlag und schiebe die

Unterlippe vor, wie Lovis es nicht besser könnte, kurz bevor sie die Sirene anschmeißt. Und die hat es in sich. Ein zuverlässiger Ton, um Kemnich auf den Plan zu rufen, der sich dann demonstrativ vor unseren Augen Ohropax in die Gehörgänge schiebt.

Silas' Mundwinkel zuckt. »Tu das nicht, Madita. Tu das …«

Ich blinzle zu ihm auf, und er seufzt, klaubt mir den Kleiderbügel mit dem Kostüm aus der Hand, und ich triumphiere. Allerdings zu früh. Er hängt es an den Kleiderschrank, holt stattdessen etwas anderes aus der braunen Ledertasche, die er immer dabeihat, wenn er bei mir übernachtet.

»Ich gehe als Peaky Blinder«, bestimmt er.

»Als was?«

»1920er? *Gangs of Birmingham?*« Seine Brauen hüpfen überrascht nach oben. »Du kennst die Serie nicht?«

»Nope.«

»Na, dann haben wir noch einiges vor an Binge-Watching«, freut er sich und setzt sich eine Schiebermütze aus Tweed auf den Kopf. Es steht ihm, das muss ich zugeben. Macht ihn irgendwie … verwegen.

»Du willst als Gangster der 20er gehen? Du?« Die Ironie des Ganzen lässt mich lachen. Mein regeltreuer Polizistenfreund als Gauner, wie cool.

»Ja, wieso denn nicht?« Er zaubert ein helles Hemd, einen Anzug aus Wollflanell mit passender Weste und zwei Krawatten hervor. »Die oder die?« Abwechselnd hält er sich beide an und betrachtet sich im Spiegel. Die eine ist blau, die andere grau mit silbernen Karos.

»Die graue«, bin ich mir sofort sicher.

Eine alte Taschenuhr rundet das Gesamtbild ab, und vergessen ist das *The Witcher*-Kostüm. Na gut, auch so nehme ich Silas sehr gern mit auf die Party.

»Das wird großartig, du wirst sehen«, freue ich mich. »Der beste Fastnachtsball, auf dem ich je war.«

»Fastnacht, meine Güte. Du solltest keine zu hohen Erwartungen an mich haben bei solch einer Veranstaltung. Für mich ist fast Nacht irgendwas gegen 23 Uhr.«

Für einen winzigen Moment tut Silas mir leid, weil echte Verzweiflung über sein Gesicht huscht.

»Na, schon verkleidet?«, fragt Helga, die mit einem Kaffeebecher in der Hand an meinem Zimmer vorbeikommt, Lovis auf dem freien Arm. Ihr Blick bleibt an mir kleben. »Na, so was, ich dachte, du wolltest als Hexe gehen?« Einhändig hievt sie das Baby höher. Über ihren blauen Wollpullover zieht sich eine weiße Milchkotzespur.

»Ja, bin ich doch auch?« Ich schaue an mir runter, bis zu den Stiefelspitzen und wieder zurück in Helgas Gesicht.

»Ach so, ich dachte, du seist die Zuckerfee aus dem *Nussknacker*. So kann man sich irren.« Sie zuckt mit den Schultern und nippt an ihrem Kaffee. Ich bin verunsichert und mustere mich noch einmal eingehend im Spiegel des Kleiderschrankes. Betrachte mein altrosa Kleid mit Tüllanteil, das einen schönen Ausschnitt hat, um damit all die Ketten mit Tierknochen und Totenköpfen preiszugeben. Natürlich alles aus Plastik, optisch aber täuschend echt. Über dem Kleid habe ich mir mühevoll und mit einigen Tricks selbst ein Korsett geschnürt, das meine Brüste zur Geltung bringt. »Wieso? Denkst du, Hexen tragen kein Rosa?«

»Doch, doch, ganz bestimmt.« Helgas Stimmlage verrät Sarkasmus, und ich lasse mich Hintern voran aufs Bett fallen. Mir ist zum Schmollen zumute.

»Was ziehst du denn für ein Gesicht? Du siehst fabelhaft aus, wie immer«, behauptet Helga und wiegt Lovis sacht hin und her, als die anfängt zu quengeln.

»Ja, aber Silas mag keinen Karneval«, lenke ich auf meinen Freund, der sich eben gekonnt die Krawatte bindet. »Und du …«

»Das stimmt nicht«, unterbricht Silas, »ich hab nichts gegen Karneval.« Ich will ihn anlächeln, als er ergänzt: »Zumindest nichts, was dagegen hilft.«

Na super, soll diese Entgegnung etwa meine Laune heben? »Du bist ganz schön gemein«, beschwere ich mich, »hat dir das schon mal jemand gesagt?«

An Helgas Mundwinkel zupft ein Lächeln. Sie findet unsere Kabbeleien drollig. Was auch immer das genau heißen soll.

Silas nimmt die aussortierte blaue Krawatte, ist wenige Herzschläge später bei mir und fängt mich ein. »Aber du bist trotzdem in mich verliebt«, murmelt er, erstickt meine Widerworte in einem Kuss und schlingt den Schlips um meine Handgelenke. Ich lasse mich rücklinks aufs Bett fallen, reiße Silas mit mir hinab. Sein Gewicht drückt mich nieder, und mir wird heiß.

»Ui, was ist das denn?« Ich spüre etwas Hartes an meiner Seite, und Silas zieht eine Waffe und zeigt sie mir.

»Ist die echt?«, frage ich halb entsetzt, halb beeindruckt, wobei mir die Naivität meiner Frage gleichzeitig selbst auffällt.

»Nein, natürlich nicht.« Eine Sekunde lang sieht er mich seltsam an.

»Wusste ich. War nur ein Scherz.« An der Krawatte ziehe ich ihn zu mir herunter, gebe ihm einen Kuss.

»Oje, das wird uns jetzt zu viel Wolke sieben«, verkündet Helga seufzend in Lovis' Richtung, bleibt aber im Türrahmen stehen.

»Ich freu mich seit Tagen auf diesen Ball, und du hast gesagt, du kommst gern mit«, nuschle ich zwischen zwei weiteren Küssen.

»Ja, weil ich auch in dich verliebt bin und Zeit mit dir verbringen will. Ich würde sogar mitmachen, wenn eine Wurzelbehandlung inbegriffen wäre, schätze ich.«

»Na, wenn das mal nicht romantisch ist«, höre ich Helga sagen und muss kichern.

»Ja, irgendwie sehr süß.«

»Nur irgendwie? Ich finde mich phänomenal süß.« Silas' Lippen küssen seine Worte auf meine Lippen, und es wäre um mich geschehen, wenn Helga nicht noch eine weitere Anmerkung in petto gehabt hätte, die Gute: »Jetzt übertreib mal nicht, Romeo«, schnarrt sie. »Weshalb ich hier immer noch herumstehe und mir euer Turtelgetaube antue – Vicky hat angerufen und gefragt, ob wir sie die Tage mal zusammen besuchen wollen.«

»Supergern«, beeile ich mich mit der Antwort, überschlage meine Termine, jongliere mit ihnen und biete schließlich Mittwoch an. Ab Donnerstag bin ich nämlich ausgebucht; Silas hat sich freigenommen, und ab zwanzig Uhr gehört es uns, das Schmetterlingshaus. Denn Donnerstag ist es so weit, Donnerstag erwartet uns die Nacht der Nächte.

*

Eine Stunde und weitere kostümprüfende Spiegelblicke später stehen Silas und ich am Rande der Tanzfläche und akklimatisieren, wie mein Freund es nennt. Scheinbar muss er sich erst aufwärmen; mich hingegen könnte man einfach aufs Parkett werfen und fertig. Jetzt gerade spielt Lambada, und ich hätte echt Lust mitzutanzen wie die Horde flotter Bienen vor uns, die so richtig abgehen.

»Willst du einen Tequila?«, frage ich meinen irgendwie schüchtern wirkenden Peaky Blinder. Für ein Mitglied der berüchtigtsten Gang Birminghams verhält er sich echt zurückhaltend. Eben noch hat er mir erzählt, dass die Gangster eingenähte Rasierklingen in den Mützen trugen, um im Zweifelsfall einen Gegner damit abzumurksen. Und jetzt? Tritt er von einem aufs andere Bein und zögert.

»Ich trinke keine harten Sachen«, erinnert er mich an seinen überschaubaren Alkoholkonsum. »Ich nehme ein Alster.«

Ich hauche ihm einen Kuss auf die Wange. »Bin gleich wieder da, geh mir bloß nicht verloren.«

Als ich loswill, schnappt er meine Hand, dreht mich in seinen Arm und verpasst mir einen Kuss, der meine Knie weich werden lässt. Lieber Gott, warum ist nicht schon Donnerstag? Ich kann die Schmetterlinge in mir kaum im Zaum halten. Doch es darf niemals wieder so ein Desaster von einem ersten Mal werden wie mit meinem Ex, habe ich mir geschworen. Das fand nämlich sehr spontan auf der Rückbank seines alten Audi zwischen McDonald's-Verpackungen und Redbull-Dosen statt und stellte sich im Nachhinein als Sinnbild der ganzen Beziehung heraus. Lotta nennt es mein Sondermülltrauma. Ich finde, es hat etwas mit Selbstachtung zu tun.

Endlich lässt Silas mich los, und vermutlich grinse ich grenzdebil vor mich hin, während ich mir meinen Weg durch Clowns, Elben, Narren und Oger zur Bar bahne. Dort angekommen habe ich es schwer, vom Barkeeper wahrgenommen zu werden. Liegt vermutlich an meiner Größe oder daran, dass sich immer wieder Leute vordrängeln. Eine Blondine im Brautkleid ist besonders dreist und schiebt alle anderen beiseite. Dann tippt mir plötzlich ein Bär auf die Schulter.

»Darf ich dir behilflich sein?«

»Sehr gern! Es gibt zwei Möglichkeiten: Entweder du bestellst einen Tequila und ein Alster für mich oder du hebst mich über diese ganzen Leute hinweg, damit ich selbst die

Chance bekomme.« Ich zwinkere keck, und der Bär klappt den Kopf seines Kostüms zurück. Zum Vorschein kommt ein blonder Schopf mit blauen Augen und Gewinnerlächeln. Nice.

»Ich übernehme das für dich«, sagt er und ordert per Rüberbrüllen gleich vier Shots. Tatsächlich dauert es keine zwei Minuten, bis wir die Getränke bekommen, samt Zitrone und Salz. Der Bär beugt sich zu mir und senkt die Stimme, sodass ich ihn kaum verstehe. »Dafür trinkst du jetzt einen mit mir«, fordert er, und wie könnte ich da Nein sagen?

»Na gut, aber nur einen klitzekleinen«, erwidere ich und überlege, was man eigentlich als Erstes nimmt. Salz oder Zitrone?

Während ich noch grüble, hält der Bär mir schon das Glas entgegen. »Ich muss zugeben, das Warten auf dich hat sich gelohnt«, behauptet er, und die Gläser klirren. »Auf dich.«

»Auf was?« Ich lächle immer noch, und er spricht weiter.

»Kennst du das Gefühl, jemanden zu kennen, obwohl man sich zum ersten Mal sieht?«

Na sowas, ob er als Nächstes vom Schicksal anfangen wird? Doch warum hört sich seine Stimmlage so einstudiert an, während er über Individualität spricht und meine Haare großartig nennt? Ich kippe mein Glas, schaue mich während des Bären-Monologs hilfesuchend nach meinem Freund um. Perfektes Stichwort.

»Ich bin übrigens vergeben«, werfe ich flüchtig ein, und der Bär zuckt nicht mal. Auch nicht, als besagter Peaky Blinder auftaucht und besitzergreifend seinen Arm um mich legt. Er kann also doch gangsterhaft.

»Was läuft?«, fragt Silas, wirft mir einen fragenden Blick zu, als er die leeren Tequila-Gläser in unseren Händen sieht. »Ein Freund von dir?«

Der Alkohol kratzt in meiner Kehle, und der Bär übernimmt

das Reden. »Deine Lady hatte Probleme, mit ihrer Bestellung durchzudringen, da hab ich sie unterstützt.« Er lächelt nett. »Auch einen Shot?« Scheinbar ist er per Du mit dem Barkeeper. Anderen Gästen fällt ebenso auf, dass er es leicht hat, an Getränke zu kommen, und eine Frau in Hummelkostüm beschwert sich lautstark.

Der Bär denkt nicht dran, Platz für andere zu machen, doch Silas schafft es, selbst zu bestellen. Ehe ich mich versehe, stehen drei weitere Drinks parat, vermutlich um zu vermeiden, dass er Schulden beim Bären hat. Ich finde seine Eifersucht sexy, und so kommt es, dass wir einen Shot nach dem anderen kippen und ich für meinen Teil schon bald die Lichter so richtig anhabe.

Als einer meiner Lieblingssongs anklingt, packt mich die Tanzwut. Ich hauche Silas einen Kuss auf die raue Wange, schiebe meine Hand in seine und zupfe an ihm, bis er nachgibt und mir auf die Tanzfläche folgt. Der Bär bleibt zurück, hat ein Mädchen im Elfenkostüm entdeckt, das es nicht schafft, zum Barkeeper durchzudringen, und bietet sich hilfsbereit an. Mir kommt der Verdacht, dass das Methode hat.

Silas schlingt seinen Arm um meine Mitte, bewegt sich mit mir.

»Da lässt man dich eine Sekunde aus den Augen, und schon macht sich so ein Pick-up-Artist an dich ran«, knurrt er nahe meinem Ohr.

»Er war eigentlich ganz süß«, necke ich und werde im nächsten Moment herumgewirbelt. Atemlos landen meine Hände auf Silas' Gangsterbrust, nesteln an den Silberknöpfen der Tweedweste.

»Genau«, sagt er sarkastisch. »Total süß manipulativ, der Typ. Solche Männer studieren sehr gut ein, was sie sagen müssen, um eine Frau ins Bett zu bekommen«, belehrt er mich, seine Zunge durch den zehnten Tequila ziemlich gelockert. Er erzählt mir etwas über seinen Kollegen Matti, der enorme Erfolge mit solcher Masche verzeichnete, bis er vor einigen Jahren die Eine fand. Und wie sehr es ihn selbst stört, wenn Männer auf diese Weise auf die Jagd gehen. Ob Bär oder nicht Bär.

»Mich bekommt nur einer ins Bett«, verspreche ich meinem überaus heißen Peaky Blinder und beiße mir auf die Unterlippe, als Begierde in seinen Augen aufblitzt. Ich will ihn so intensiv, so allumfassend, dass ich vergesse, wie mein eigentlicher Plan aussieht. *Schmetterlingshaus, Madita,* flüstert mein Hirn durch Trockeneisnebel und Flashlights hindurch. *Picknick, Romantik, Kerzenschein, erinnere dich.*

Ich schlucke, mein Tanz wird langsamer. Duran Duran mit *Save a prayer* pulsiert durch unsere Körper.

»Lass uns nach Hause gehen«, höre ich Silas über den Song hinweg sagen.

Mein Herz rennt davon, rennt und rennt.

»Zu dir oder zu mir?«, frage ich und versuche dem Kribbeln in meinem Bauch Herr zu werden. Gefühle sind etwas Übermächtiges. Sie machen, was sie wollen, und lassen sich manchmal nicht einfangen.

Silas beugt sich zu mir herunter. Seine Lippen streifen meine überhitzte Wange. »Zu mir.«

Es dauert keine fünf Minuten, und wir haben unsere Jacken und stürzen aus dem Club, erwischen das erste Taxi und fahren auf der Rückbank knutschend zu ihm. Ich war erst einmal in seiner Männerbude, wie er seine Wohnung nennt. Und ich bin gespannt, ob sich seitdem eines der Bilder, die er vor einem Jahr zu seinem Einzug gekauft, aber nie an die Wand gebracht hatte, selbst aufgehängt hat. Überhaupt wunderte ich mich sehr, wie clean und puristisch er lebt. Es fehlt eindeutig eine weibliche Note, würde Lotta mir zustimmen.

Der Schnee ist geschmolzen, der Fußweg nass und matschig. Fast rutsche ich auf dem Weg zum Haus aus und kralle mich an Silas' Tweedjacke. Er riecht so unfassbar gut.

»Erzählst du mir, was ein Peaky Blinder mit einer Frau anstellt, wenn er sie mit nach Hause nimmt?«, fordere ich ihn heraus und grinse diabolisch. Seine Hand legt sich in meinen Rücken, wandert tiefer, und ich entwende die Plastikpistole aus seinem Holster. Drücke sie an seine Brust. »Zeig es mir, in allen Einzelheiten.«

»Das wirst du früh genug erfahren«, erwidert er mit rauer Stimme, und sein Blick heftet sich an mein Dekolleté. »Und du wirst es nie wieder vergessen.« Mit einer plötzlichen Handbewegung entwaffnet er mich. Ich kann gar nicht so schnell gucken, wie das passiert. Die Pistole verschwindet in seiner Jacke, und ich schlittere über den glatten Boden. Gerade noch stoppt Silas meinen Fall.

»Nicht so stürmisch, ich möchte keine Verletzungen versorgen müssen. Ich habe andere Pläne«, sagt er, und sein Blick wird dunkel.

»Ich bin hart im Nehmen.«

Zweideutiger geht es nicht. Ein Lächeln zupft an Silas' Mundwinkel. Im Hausflur manövriert er mich rückwärts bis zu seiner Wohnungstür. Ich krache dagegen, sein Mund presst sich auf meinen. Seine Lippen sind warm und fordernd, und ich ergebe mich ihnen.

»Ich will dich, und ich kann es nicht erwarten, dich endlich zu bekommen«, murmelt er mit leisem Vorwurf in der Stimme, weil ich ihn so lange hingehalten habe. Wir fallen mehr mit der Tür in seine Wohnung, als dass wir eintreten. Er zieht sich die Mütze vom Kopf, hängt sie an die Garderobe, streift sich die Jacke ab, indem er sie von den Schultern rutschen lässt.

Ganz leise klopft mein gut ausgeklügelter Plan mit Schmetterlingen, Sternchenlicht und sanftem Wasserplätschern noch einmal an, bevor ich alles über Bord schmeiße und mich den Gefühlen, die vornehmlich aus meinem Unterleib drängen, hingebe. Das Kribbeln in mir ist einfach zu süß.

»Scheiß drauf«, höre ich mich zwischen zwei Küssen nuscheln.

»Was?« Irritiert hält Silas inne.

»Nichts«, beeile ich mich, zerre am Reißverschluss meiner Jacke, befreie mich von ihr. Silas ist da viel schneller als ich. Mit einer geübten Bewegung wird er die Krawatte los, und meine Hand krallt sich an seinem Hemd fest. Ich spüre seinen schnellen Herzschlag, während seine Zunge in meinen Mund dringt und meine neckt. Dann lässt er von mir ab, dreht mich um, seine Hände fahren meine Hüfte entlang, öffnen die Schnüre des Korsetts. Ich spüre seine Hitze durch den Stoff des Kleides, während er es mir auszieht und zu Boden fallen lässt. Er manövriert mich an die Wand, ich höre seinen schweren Atem, spüre seine Lippen in meinem Nacken und seufze wohlig.

Es gibt keine Zurückhaltung mehr, keine Vorsicht. Als er mich erneut dreht, in mein Haar greift und meinen Kopf nach hinten zieht, schließe ich die Augen, muss mich strecken, um ihn zu küssen, und bin unendliche Sekunden seine Gefangene. Bis er mich freigibt, um sein Hemd auszuziehen. Sein Blick ist schwer vor Lust, und als er seine Hände um mein Gesicht legt, um mich wieder zu küssen, kann ich deutlich seine Erregung an meinem Unterleib spüren. Ich ersticke sein Stöhnen mit meinem Mund, als ich mich an ihm reibe. Und während seine Hände als Nächstes zu meinem Hintern wandern und mich hochheben, brenne ich bereits lichterloh.

Ich kichere, fahre mit den Fingerspitzen durch sein dichtes Haar, während wir ins Schlafzimmer stolpern. Es sieht noch genauso aus wie vor Wochen. Keines der Bilder hängt, keine

Dekoration ist eingezogen. Egal, ich bin Ausstattung genug, meine ich.

Bald schon finde ich mich auf dem perfekt gemachten Bett mit grauen Bezügen wieder. In mir dreht sich alles, die Nachttischlampe, die Silas anknipst, erscheint doppelt vor meinen Augen, und ich kneife sie zusammen. Blöder Tequila.

»Du bist so heiß, Madita«, raunt es an meinem Schlüsselbein.

Ich schlinge meine Arme um Silas' Hals, atme seinen mittlerweile so vertrauten Duft. Ich kann nichts sagen, nur fühlen. Silas ist ein Sturm, der über mich hereinbricht, und ich bin wie ein Schiff auf hoher See. Mitten in tosenden Wellen, der Natur ausgeliefert. Seine Hände sind überall, befreien mich aus meinem BH. Meine Brüste schmiegen sich an seinen Körper. Mein Bein schlingt sich um seine Taille, plötzlich bin ich über ihm, und meine Haare fallen wie ein Schleier um unsere Gesichter. Ich atme seinen Atem, er meinen. Und während ich mich erneut an ihm reibe, fange ich sein Stöhnen auf, antworte mit einem Lächeln an seinen Lippen. Es trennt uns nur noch wenig Stoff, der rasch verschwindet. Unsere Küsse tanzen, perfekt aufeinander abgestimmt, und als er in mich eindringt, weiß ich nicht mehr, wo ich aufhöre und er anfängt. Da sind nur noch Verlangen und Hitze. Mit jedem Stoß gleite ich davon, meine Seele kitzelt, mein Herz bebt. Seine Lippen, fordernd und warm, begleiten die Wellen, die durch meinen Körper jagen, und ich verliere mich in einem heftigen Höhepunkt.

Flucht

Helga

»Ist noch niemand da, ich warte seit zwanzig Minuten und hab's schon auf dem Handy versucht.«

Vor der Tür zum *Storchennest* steht eine Frau und zuckt mit den Achseln. Ende zwanzig, Anfang dreißig, bunt geringelte Wollmütze vom Typ Eierwärmer, die auf meinem Kopf peinlich wäre, bei dieser Frau jedoch Stilbewusstsein beweist – allein aufgrund der Tatsache, dass sie mehr als zehn Jahre jünger ist als ich. Madita hat mal versucht, mir diese Zusammenhänge zu erklären. Über hellgrauen Boots trägt die Frau einen breit gerippten, wadenlangen Daunenmantel, der sich im Bauchbereich deutlich nach außen wölbt. Mitte bis Ende zweites Trimester, schätze ich.

Ich werfe einen Blick auf meine Uhr, neun Uhr fünfundzwanzig. Selbst für das Küken ist das spät. Seit gut sechsunddreißig Stunden habe ich nichts von ihr gehört oder gelesen, und ich überlege, ob das ein gutes oder ein schlechtes Zeichen ist. Vermutlich ist es gar keins, sondern bloß irgendeinem Umstand geschuldet, den sie mir später wortreich erklären wird. Es ist ja auch nicht so, dass ich seit gestern vor meinem Handy lauere und auf ihre Nachrichten warte, mit denen sie mir sonst mehrmals am Tag mitteilt, was sie gerade treibt, empfindet oder aus anderen Gründen unbedingt mitteilen muss. *Sie ist erwachsen, und wir wohnen nur zufällig zusammen,* denke ich.

»Sag mal, bekommt das Baby überhaupt Luft dadrin?« Das Kinn der Frau deutet auf Lovis, von der kaum mehr zu sehen ist als die Öhrchen ihrer Mütze, die oben aus dem Tragetuch ragen.

Ich lasse den Riemen meiner Handtasche von der Schulter gleiten und krame nach dem Schlüssel. Nebenbei rutscht mir mein Telefon in die Hände, das weiterhin keine eingegangene Nachricht verzeichnet.

»Nein, tut es nicht. Und ich hoffe, es lebt noch.« Für einen Moment schließe ich die Augen. Gut möglich, dass das *Storchennest* soeben einen jener Glitzersterne verloren hat, die Monika so wichtig sind, weil sie die Zahlen unserer Kundinnen beeinflussen. Andererseits platzt unser Auftragsbuch seit Maditas Mitarbeit im *Storchennest* aus allen Nähten, und ein paar Absagen wären heilsam für des Kükens mörderisches Arbeitspensum.

Einen Moment lang herrscht wohltuende Stille, ich krame weiter, die Frau tritt von einem Bein aufs andere; wenn ich Glück habe, überlegt sie, die Flucht zu ergreifen.

»Du magst generell keine Leute, oder?«, fragte mich einst ein werdender Vater, den ich aus dem Geburtsraum des *Storchennestes* warf, weil er seiner Frau und mir mit Anmerkungen à la »Weltweit kommen pro Sekunde etwa vier Kinder zur Welt, also kann's so schwer nicht sein!« auf den Geist ging. Und so erwiderte ich: »Kann man so nicht sagen, aber es gibt tatsächlich verflucht viele, die so sind wie du.«

Statt davonzulaufen, streckt die Frau jedoch ihren Arm aus, »Serena«, und ergreift diejenige meiner Hände, die nicht in meiner Handtasche verschwunden ist. Es ist die falsche, wir schütteln parallel, nicht über Kreuz, als tanzten wir Ringelreihen; das heißt, Serena schüttelt, und ich lasse es geschehen, obwohl ich Händeschütteln hasse und gern auf Schraubstockerfahrungen oder das Gefühl, in einen lauwarmen Waschlappen zu greifen, verzichte.

»Nach der Tennisspielerin«, ergänzt Serena und beendet das Schütteln. Es dauert einige Sekunden, bis ich den Bezug zu ihrem Vornamen herstelle. »Meine Mutter ist total verrückt nach Tennis, und meine Kindheit war geprägt vom Pflong-pflong aus dem Fernseher.«

Tja, und mein Berufsleben ist geprägt vom Pflong-pflong blödsinniger Gespräche. Zum Glück ertasten meine Finger in diesem Moment den Schlüssel, und ich kann mich mit dem Öffnen der Tür beschäftigen.

»Ach, du gehörst zur Hebammenpraxis«, kommentiert Serena mein Tun. »Bist du Madita Sternberg?« Sie folgt mir in den Flur, wo ich mich damit abmühe, jeweils auf einem Bein stehend und an Lovis vorbei die Reißverschlüsse meiner Winterstiefel zu öffnen. »Ich hatte um neun Uhr einen Termin.«

»Ich bin Helga, Maditas Kollegin«, erwidere ich und reiche Serena ein Paar der riesigen Filzüberzieher, die das Küken eingeführt hat, damit sich unsere hochschwangeren Kundinnen weder aus ihren Schuhen heraus- noch in sie hineinquälen müssen. Hätte ich natürlich auch benutzen können, fällt mir ein.

»Hm. Wann kommt denn Madita?«

Gute Frage.

»Sie und ihr Zeitmanagement sind manchmal unterschiedlicher Meinung«, erkläre ich, lange nach meinem Telefon, stelle fest, dass ich immer noch nichts Eingehendes verpasst habe, und schiebe es zurück in meine Tasche. Denke daran, wie glücklich das Küken und ihr Polizist vorgestern Abend abgezogen sind zu ihrem Faschingsball. Sie in einem Outfit, das sich irgendwo zwischen guter Fee und Blumenkönigin bewegte, natürlich, denn so ist das Küken nun mal, auch wenn sie zumindest an diesem Abend gern eine Hexe gewesen wäre. Er versuchte, das Küken in den Klamotten eines Gangsters zu beeindrucken, in denen er allerdings nicht weniger wie ein Bübchen aussah als sonst. Selbstverständlich ist Madita trotzdem dahingeschmolzen, denn Silas hätte auch als Brokkoliröschen gehen können, und ihr Organismus hätte Hormone ausgeschüttet.

»Ich übernehme Maditas Termin.« Schon wieder habe ich das Telefon in der Hand; die anhaltende Leere auf dem Display blubbert allmählich in meinem Inneren, denn ich hätte Wetten abgeschlossen, dass die erste Nachricht noch vom Eingang der Partybar einträfe, ein Selfie, Hexenmaus und Gangsterbube Wange an Wange in die Kamera grinsend, so unglaublich jung, als kämen sie frisch von der Abi-Entlassungsfeier. Ob etwas schiefgelaufen ist?

Ach was! Wenn dem Küken irgendwas passiert wäre, wäre sie längst von irgendeinem Barbesitzer nach Hause begleitet, von einem Pizzabäcker auf seinem Mofa hergefahren oder auch von Dornröschen auf einem Einhorn herbeigezaubert worden. Bei Madita weiß man nie, wessen Bekanntschaft sie macht oder wer sie sonst wo aufgabelt. Alle lieben sie.

Hab dich lieb, Helga, so was schreibt sie manchmal mitten am Tag und scheinbar ohne Anlass. Oder sie schickt mir einen Kaffee-Spruch, der ihr irgendwo begegnet.

Folge deinem Herzen, aber nimm einen Kaffee mit.

Schlaf ist kein adäquater Ersatz für ausreichend guten Kaffee.

Vielleicht hätte ich das ein oder andere Mal antworten sollen, überlege ich, denn *Die einzige Fee, die wirklich existiert, ist die Kaffee* brachte mich tatsächlich zum Schmunzeln.

»Du bist zur Vorsorge da?«, erkundige ich mich bei Serena, während ich die Wiege mit dem Tuchhimmel aus dem Geburtsraum hole, um Lovis darin abzulegen. Sie wacht auf und streckt sich, drückt beide Fäustchen neben dem zerknautschten Gesicht in die Höhe und sieht so putzig dabei aus, dass ich spüre, wie Milch in meine Brüste schießt. So viel zum Thema Hormone.

»Nein, aber ich möchte aufgenommen werden. Madita hat gesagt, eigentlich seid ihr voll, aber ich soll noch mal vorbeikommen, dann schaut sie, was geht.«

Eine Aussage, die meine Stirn zu Runzeln faltet und mich nicht zum ersten Mal denken lässt, dass das Wort »eigentlich« aus dem allgemeinen Wortschatz gestrichen gehört. Vor allem aus Maditas.

»Es ist mein zweites Kind, da weiß ich ja jetzt, wie es geht, und die Geburt verläuft sicher rasch.« Serenas Tonfall schwebt zwischen trotziger Behauptung und Bitte. »Ihr müsst also gar nicht viel Zeit einplanen.«

Ich führe sie ins Büro und bedeute ihr, sich hinzusetzen, schiebe die Wiege neben den Schreibtisch und lasse mich auf Monikas Stuhl dahinter fallen, trommle mit den Fingern auf die Tischplatte. Seit das Küken weg ist, kribbelt eine Unruhe in mir, die mich aufribbelt. Lovis schlief gut ein an jenem Abend, an dem Hexe und Gauner sich kichernd davonmachten, und als meine Tochter tief und langsam atmete, die Händchen entspannt neben dem Kopf, überlegte ich, mich wie früher auf meine Couch zu setzen, bloß ich und eine Tasse Kaffee. Es hätte ein entspanntes Stündchen werden können.

Stattdessen stand ich eine Weile im Flur und spürte meinem Herzschlag nach, der plötzlich wu-wummerte, statt simpel zu schlagen. Und ignorierte die Tatsache, dass die Abwesenheit des Kükens eine gute Gelegenheit gewesen wäre, ungestört am Fenster zu stehen und zu Jim hinüberzusehen. *Schiller.* Und auf seine Karte zu antworten. Nachdem ich stattdessen in mein Bett gekrochen war, wälzte ich mich hin und her im

Rhythmus des leisen Pochens in meinem Ohr: *Angsthase, Angsthase, Angsthase.*

»Wir planen hier sowieso nicht«, sage ich über meine eigenen Gedanken hinweg. »Denn selbst wenn du mit dem fünften Kind schwanger wärst, hieße das rein gar nichts. Allenfalls nehmen wir uns keine Ausflüge oder Reisen rund um den Entbindungstermin vor.«

»Siehst du, das ist genau das Problem. Eure Kolleginnen tun das nämlich, und deshalb hat keine Zeit – ich hab alle Praxen abgeklappert.« Serena klingt erbost und funkelt mich an, bevor sie seufzend in sich zusammenfällt und hinzumurmelt: »Hätte ich das gewusst.«

Ich überlege, ob ich nachfragen soll, kann mir jedoch denken, was sie meint. Offensichtlich gehört sie zu jenen Frauen, die darüber nachdenken, wann im Jahr ein guter Zeitpunkt für die Geburt ihres Kindes ist, entsprechend zurückrechnen und pünktlich ans Werk gehen in dem Glauben, dass gelingt, was man sich entschlossen genug vornimmt.

Tja. Ich habe mir gestern Morgen vorgenommen, auf blödsinnige Nachtgedanken zu verzichten und bei Jim zu klingeln. Doch dann brauchte Lovis eine neue Windel, wollte gestillt werden, nörgelte, war es Zeit für unseren Spaziergang, meldete sich Madita nicht.

Serena scheint besser im Beschließen zu sein als ich. Ihr Kind wird Ende Mai, Anfang Juni das grelle Licht der Welt erblicken, und vermutlich schwelgt sie in rosigen Fantasien darüber, wie schön es werden wird, zum exklusiven Club jener Familien zu gehören, die den Geburtstag des Nachwuchses zuverlässig im Garten, im Wald, am Baggersee ausrichten können mit Stockbrot über Flammen aus der Feuerschale, Schatzsuche unter umgestürzten Bäumen hindurch und sich schlängelnde Flüsschen hinweg, Badespaß und Piratenfest.

Mein Blick fällt auf Lovis, die an einem Zipfel ihres Tütis nuckelt. Und ich denke, dass der Höhepunkt ihrer Geburtstagsfeiern zeit ihres Kinderlebens aus Topfschlagen im Wohnzimmer bestehen und ihr einziger Gast der unbeliebteste Strolch seiner Generation sein wird, den sie nur deshalb einlädt, damit überhaupt jemand kommt. Denn niemand sonst außer den vor Mitleid kranken Eltern des Außenseiters wird sich am zweiten Januar dazu aufraffen, seinen Spross zu einem Kindergeburtstag zu bringen, auf dem das Aufregendste, mit dem man rechnen kann, der Koller ist, dem die gastgebenden Eltern anheimfallen, wenn Kuchen und Teppich glücklich fusioniert sind und Wände und Fenster das Märchen von kleinen Schokokussklebehänden erzählen. Was habe ich bloß getan, als ich nicht *daran* dachte im Moment der Zeugung … Der zugegebenermaßen so überraschend kam, dass kein Gedanke, egal welchen Inhalts, eine Chance auf Entstehung gehabt hätte. Es dauerte keine drei Minuten, und ich hatte ein Geschenk erhalten, dessen Größe ich vermutlich immer noch nicht begreife. Und das zur Folge hat, dass ich fortan jedes Jahr im Januar die Wohnung werde renovieren müssen, sobald Lovis ins Partyalter kommt.

»Warum müssen Himmelfahrt und Pfingsten auch so dicht beieinanderliegen?«, nörgelt Serena, und ich erwidere: »Das ist Absicht, eine Verschwörung, um dir das Leben schwer zu machen.« Vor meinem inneren Auge verlischt erneut ein Google-Stern.

Erstaunlicherweise lacht Serena jedoch, bevor sie sagt: »Hürden sind dazu da, sie zu überwinden. Ihr könnt unmöglich wirklich schon ausgebucht sein, oder? Ein Fensterchen für Notfälle gibt es doch immer.«

Ein Fensterchen für Notfälle. Fast muss ich darüber lachen, weil plötzlich eine kleine Aufregung in meinem Magen zupft.

Immerhin habe ich einen *Fenster*nachbarn. Der offensichtlich durch meine Gedanken spukt, wann immer es ihm gefällt. Ich schüttle den Kopf.

»Da wir über ein Ereignis reden, das in dreieinhalb Monaten eintreffen wird, kann ich dich wohl kaum als *Notfall* vormerken.« Ich schalte das Tablet ein, auf dessen Display der Kalender des *Storchennests* erscheint. Monika nimmt grundsätzlich keine eigenen Geburten an, weil ihr nach all den Jahren die pausenlose Bereitschaft zu schaffen macht, und Maditas Einträge sind derart eng getaktet, dass sich nicht einmal ein Mauseloch findet, geschweige denn ein *Fensterchen*. Meine eigene Spalte sticht mir leerweiß entgegen; Monika hat sie bis Ende August für Einträge gesperrt, ihr Minimum, das ich ihrer Meinung nach an Elternzeit nehmen soll.

»Genieß es, Helga«, sagt sie immer wieder. Von ihrem »Sobald es aufhört zu bluten, gehst du wieder entbinden«, mit dem sie meine Schwangerschaft einst zur Kenntnis nahm, will sie nichts mehr wissen. »Es läuft mittlerweile wieder so gut bei uns, dass wir es uns leisten können, noch eine Weile auf Sparflamme zu arbeiten«, lautet ihr neues Credo.

Doch wenn ich mir das Küken so anschaue, wie es abends kriechend nach Hause kommt, auf dem Sofa zusammensinkt und zufrieden ist mit dem, was ich gekocht, das heißt, von einem kalten in einen warmen Zustand gebracht habe, ist das Wort Sparflamme etwas, das mir Sorgen bereitet. Zwar konnte Monika sie dazu bewegen, tatsächlich ein paar Geburten abzusagen, doch Kurse, Vor- und Nachsorgen halst sich unser Sonnenschein noch immer in so großen Mengen auf, als bestünde ihr Tag aus 48 statt aus 24 Stunden.

»Hör mal, wenn ich mein Kind nicht im Geburtshaus zur Welt bringen kann, verspreche ich dir, dass es wirklich ein Notfall wird«, mischt sich Serena in meine Gedanken. »Ins

Krankenhaus gehe ich kein zweites Mal – die haben da viel zu wenig Leute.«

Eine Welle der Erschöpfung rollt über mich hinweg. Mit einem Mal fühle ich mich wie mit Wasser vollgesogen, schwer und wabbelig. Im selben Moment fängt Lovis an zu quäken; mein Körper wusste es, sie hat Hunger, und schmeißt die Milchproduktion an. Wenn mir nicht flau werden soll, muss ich schnell selbst etwas essen und Kalorien zu mir nehmen. »Okay, Serena, ich übernehme deine Betreuung. Schreib mir deine Adresse und die Daten deiner Krankenkasse auf, dann mache ich den Papierkram fertig.« Ich angle ein weißes Blatt aus dem Drucker und schiebe es über den Tisch zu ihr.

»Was, echt?«

Ich nicke stumm, obwohl mir anderes zu ihrer Frage einfällt.

»Wusste ich's doch – danke!« Serena kritzelt mehrere Zeilen untereinander, durchwühlt ihr Portemonnaie nach ihrer Chipkarte, kritzelt weiter. »Ich versprech's dir, das wird ein Spaziergang, und du kannst die Feiertage für dich nutzen!« Sie springt vom Stuhl. »Du meldest dich dann für den ersten Termin, ja?«

Wieder nicke ich, bin froh, dass sie es plötzlich eilig hat und ohne weiteres im Flur verschwindet. Kurz darauf fällt die Tür ins Schloss. Ich hebe Lovis aus der Wiege, schiebe meinen Pullover nach oben und öffne die Klappe des Still-BHs.

»Ein Problem weniger«, murmle ich, während ich mich zurücklehne und dem leisen Ziepen an meiner Brustwarze nachspüre. »Aber was ist mit dem Küken?«

*

Als ich auf dem Heimweg bin, gibt es immer noch nichts Neues, ich fühle mich erschöpfter und ausgelaugter denn je und halte vor der Eingangstür des *Amore Belle* inne, weil ich nicht weiß, ob ich einen Kaffee trinken möchte oder nicht. Das allein gibt mir zu denken.

Auf meiner Stirn klebt Schweiß, ich bin hergeeilt, als wäre der Teufel hinter mir her. Dabei war es bloß Monika.

»Was machst du denn hier?«, begrüßte sie mich, als sie ins Büro des *Storchennests* gerauscht kam, während ich noch stillte.

Ich musste eingenickt sein, schreckte durch ihren forschen Tonfall hoch und blinzelte. »Ähm … ich habe Madita vertreten. Eine ihrer Frauen hatte heute Nacht Schmierblutungen und bat sie, gleich vorbeizukommen.« Ich zuckte mit den Schultern. »Und hier stand nur dieser eine Termin an.« Ich hatte schneller gelogen als nachgedacht und wunderte mich selbst darüber, denn es ist niemals nötig, die Unwahrheit zu sagen. *Eigentlich.*

Ich weiß nicht, was dem Küken passiert ist, wo es steckt, wieso es sich nicht meldet, aber ich will nicht, dass es Schwierigkeiten bekommt. Monika ist nachsichtig mit ihr, toleriert das notorische Zuspätkommen und das Chaos, das Madita regelmäßig mit neuen Kurskonzepten und Ideen in unserem Kalender verursacht. Doch das Nicht-Rangehen ans Bereitschaftshandy, auf dem Serena versucht hat, Madita zu erreichen, zählt zu den wenigen No-Gos unserer, wenn man es genau nimmt, Chefin.

Ich erklärte Monika, dass ich kurzerhand Serenas Betreuung übernommen habe, und fügte, weil es sich anbot, an: »Ein oder zwei Kurse kann ich ebenfalls geben.« Ich vermied den Blick in ihr Gesicht, denn ich wusste, was sich dort abspielte.

»Das kommt gar nicht infrage.«

Voilà.

»Du hast einen Säugling, kaum älter als sechs Wochen …«

»Zu den meisten Terminen kann ich Lovis mitnehmen, und Hans hat versprochen, sich an drei Nachmittagen pro Woche um sie zu kümmern und auch sonst einzuspringen, wenn es nötig wird.« Ich hatte ihn auf die Möglichkeit angesprochen, dass ich wieder arbeiten werde, irgendwann demnächst. Und er hatte gelächelt und sofort zugestimmt. »Sein Chef ist einverstanden, dass er Stunden reduziert.« Im Gegensatz zu meiner Freundin Monika hält Hans meinen Wunsch nach einer Rückkehr ins Arbeitsleben nämlich für eine gute Idee.

»Das ist mir verdammt noch mal egal.« Selten habe ich Monika fluchen hören; die Tatsache, dass sie es für mich tat, ließ meine Mundwinkel zucken. »Du bist todmüde, dein Körper braucht Erholung – sag mal, bist du nicht eigentlich Hebamme und müsstest das wissen?!«

Sie funkelte zu mir herüber, während ich Lovis an der anderen Brust anlegte und ihr über die rosigen Wangen strich.

»Kannst du nicht antworten?!«, beschwert sich Monika hin und wieder, wenn ich ungesagt belasse, was mir durch den Kopf schwirrt. Etwas an meiner Geste oder vielleicht auch einfach Lovis' Anwesenheit besänftigte sie in diesem Moment jedoch, und in einer besonnenen Tonlage, mit der sie sonst Gebärende anspricht, ließ sie mich wissen: »Ich mache mir Sorgen um dich.«

»Es sollte dich mehr beunruhigen, wenn ich noch länger zu Hause herumsitze.« Noch immer vermied ich ihren Blick, weil ich nicht wusste, ob ich erklären konnte, was ihr eventuell aus meiner Miene entgegenschauen würde.

»Du sitzt doch nicht herum.« Monika ließ sich auf den Besucherstuhl sinken, auf dem zuvor Serena gehockt hatte, und seufzte. »Ist dir das Muttersein nicht genug?«

»Das hat damit nichts zu tun«, erwiderte ich, unsicher, ob das eine weitere Lüge war oder nicht. »Gerade weil ich Hebamme bin.«

Der Satz hing eine Weile zwischen uns, entfaltete sich wie die Blüte eines Nachtschattengewächses bei Mondschein. Monika tippte ihre Fingerspitzen gegeneinander und betrachtete mich, Gedanken im Blick.

»Außerdem«, fuhr ich irgendwann fort, hob Lovis, die fertig getrunken hatte, an die Schulter und ließ sie zweimal aufstoßen, »kann Madita nicht noch mehr Frauen übernehmen.«

»Das heißt nicht, dass *du* sie betreuen musst. Man kann Anfragen auch absagen, weißt du?«

Ich lächelte, während ich den BH schloss, meinen Pullover hinabrollte und begann, das Tuch neu zu binden.

»Da gibt es überhaupt nichts zu grinsen!«

»Ich dachte, du wolltest, dass ich ein bisschen werde wie Madita«, erwiderte ich. »Und sie ist grottenschlecht im Neinsagen.« Beinchen für Beinchen ließ ich Lovis zwischen die Stoffbahnen gleiten, nutzte die Gelegenheit, um ihr drei Küsschen aufzudrücken.

»Ich habe Madita nicht eingestellt, damit du ihre *schlechten* Eigenschaften übernimmst.« Monika klang frostig. »Du solltest *netter* werden. Auch zu dir selbst.«

Ich zog das Tuch straff, spürte den Körper meiner Tochter eng an mich heranrücken, küsste den Flaum auf ihrem Köpfchen. Mit einer Hand griff ich nach meiner Handtasche, mit der anderen schob ich die Wiege Richtung Tür.

»Wir sind noch nicht fertig!« Monika sprang hinter mir vom Stuhl. »Ich kann keine Hebamme gebrauchen, die vor lauter Müdigkeit Fehler begeht!«

Ich hielt inne, mit der Wiege bereits halb im Gebärzimmer. Wie ein Grashalm, den man unvorsichtig durch die Finger gleiten lässt, schnitten Monikas Worte durch mein Ego und riefen meine jüngste, schwere Fehleinschätzung wach: für Übungswehen gehaltene Eröffnungswehen, die dazu geführt hatten, dass aus einer gewünschten Entbindung zu Hause eine peinliche Lektion an Hysterie im Krankenhaus geworden war. Lovis' Geburt.

»Eine Hebamme, die vor lauter Erschöpfung umkippt, kannst du genauso wenig gebrauchen«, murmelte ich, stellte die Wiege neben dem Gebärbett ab und kämpfte mich in meine Winterstiefel. Wie sagt Madita immer? *Memo an mich*: Nächstes Mal erst die Schuhe anziehen, dann das Tuch binden. Ich griff nach meiner Jacke, wandte mich zur Tür. Monikas Worte wehten mir hinterher, als ich ins Freie trat.

»Du ergreifst jetzt nicht die Flucht, Helga!«

Doch genau das tat ich. Eilte über den Kiesweg, aus dem Gartentor hinaus und den Bürgersteig entlang. Weg von meiner Freundin und der Sorge in ihrem Blick.

Jetzt stehe ich hier, ohne Bedürfnis nach Bohnentrunk, checke mein Handy nach einer Nachricht von Madita und finde nichts.

Hab deinen 9-Uhr-Termin übernommen, hatte ich dem Küken von unterwegs aus geschrieben, gezögert und hinzugefügt: *Kaffee ist übrigens Sex aus dem Becher.*

Keine Antwort.

Mein Herz pocht, und mein Kopf schwirrt, aus heiterem Himmel hoffe ich, dass es kein Fehler war, ein Kind zu bekommen. Denn was ist, wenn ich davonlaufe, weil sie mir fehlt, die Gabe für Mutterschaft?

»Blödsinn«, höre ich Gretus sagen, meine Großmutter. »Wenn du mit einem Uterus auf die Welt kommst, bist du auch dafür gemacht, Mutter zu sein.« Das sagte sie einmal zu einer Wöchnerin, die ein paar Tage nach der Geburt ihres ersten Kindes inmitten eines Haufens Dreckwäsche saß, ungewaschen und im Schlafanzug, ihr schreiendes Baby im Arm, von Weinkrämpfen geschüttelt und der Überzeugung erstickt, die schlechteste Mutter auf Erden zu sein. Der Vater des Kindes werkelte draußen im Garten, kümmerte sich um die Obstbäume und Bienenstöcke, um die Erzeugnisse des eigenen Hofladens sicherzustellen.

Ich begleitete Oma Grete regelmäßig, wenn sie zu Vor- und Nachsorgen fuhr, denn seitdem sie mir einen neugeborenen Zwilling in den Arm gedrückt hatte, spürte ich dieses Klopfen in mir, das sanfte Pulsieren, das mich mit dem Universellen verbindet. Seit jenem Tag wusste ich nicht nur, warum Gretus Hebamme geworden war, sondern begriff es.

Meine Großmutter nahm die Wöchnerin in den Arm, sprach ihr gut zu, streichelte ihr den Rücken, zeigte ihr ein paar Stillpositionen, die dem Kind das Trinken erleichtern sollten, und verschwand anschließend in der Küche, um dort das herrschende Chaos zu beseitigen. Ich trug den Müll raus, half beim Abwasch und durfte den Säugling halten, während die Mutter duschte. Nachdem meine Oma ihn eine Weile auf ihrem Unterarm herumgetragen und ihm das Bäuchlein massiert hatte, lag er nun still in meiner Armbeuge, mit zuklappenden Lidern, bis er einschlief.

Ich erinnere mich an das Gefühl, das mich damals überkam, als dieses kleine, hilflose Wesen sich so vertrauensvoll in meine Obhut kuschelte. Wärme, eine grundsätzliche Form von Liebe und eine Verantwortung, die schwerer wog als irgendetwas je zuvor. Und ich verstand, was Gretus gemeint hatte mit ihren Worten. *Wenn du mit einem Uterus auf die Welt kommst, bist du auch dafür gemacht, Mutter zu sein.*

Ja, dachte ich, *das stimmt. Was für ein großes Geschenk!*

Nun, dreißig Jahre später, zweifle ich zum allerersten Mal

an dieser Wahrheit. Obwohl ich weder an Schicksal noch an Bestimmung glaube und beides für Erfindungen halte, mit denen die Menschheit vergeblich versucht, sich aus der eigenen Zufälligkeit zu etwas von Bedeutung aufzublasen, denke ich, dass ich eventuell dazu gemacht bin, Kindern auf die Welt zu helfen. Hebamme zu sein. Das kann ich, darin bin ich gut. Mutterschaft hingegen übersteigt möglicherweise meine Kompetenzen.

Mein Blick fällt auf den Telekommunikationskasten, der vor dem *Amore Belle* auf der Straße steht, und meine Erinnerung zeigt mir, wie ich an ihm herumrüttelte, um nicht im Wehenschmerz unterzugehen, der mich auf offener Straße überfiel, weil ich das Offensichtliche übersehen hatte. Die Geburt meines Kindes. Was wohl geschehen wäre, hätte Jim mich nicht aufgegabelt?

Mein Körper zuckt, und schneller, als ich es selbst bemerke, setze ich mich in Bewegung und bringe die paar Meter bis zum Nachbarhaus hinter mich, bis ich vor einer dunklen Haustür mit Schnitzereien im Holz stehe, Wu-Wummern in der Brust. Wie bei uns reihen sich goldene Klingelschilder übereinander, und ganz oben steht er, jener Name. *Schiller*. Minutenlang starre ich darauf, als würde das irgendwas bewirken.

Angsthase, Angsthase, Angsthase.

Ich weiß nichts über den Mann, der mich schreiend und um mich schlagend ins Krankenhaus fuhr, beruhigend auf mich einredete und tat, was getan werden musste, obwohl ich nicht wollte.

Ich kneife mir in die Nasenwurzel, zweimal und fest. Manchmal muss man stoppen, was einem durchs Hirn wabert, weil es eben doch ein zufälliges Evolutionsprodukt ist und kein logisch konstruiertes Teil und mitunter Gedankentriebe entwickelt, die man besser abknipst, bevor sie zu wuchern beginnen.

Im selben Moment, in dem mein Finger tatsächlich auf den Klingelknopf drückt, vibriert mein Handy in der Tasche. Beinahe lasse ich es fallen, als ich es herausfische, und gehe ran, ohne auf das Display zu achten. »Madita?«

Es schluchzt in meinem Ohr und schnieft.

»Madita! Was ist los?«

»Hier ist Vicky.«

Ich schäme mich, dass ich für den Zipfel eines Wimpernschlags Erleichterung spüre. »Okay, Vicky, dann die gleiche Frage an dich: Was ist los?«

Es dauert, die Teenagerin muss mehrmals ansetzen, bevor sie verständliche Worte herausbekommt. »Mein Alter ist so ein Arsch, Helga, ihr müsst mir helfen, bitte.« Das verängstigte Kind ist zurück, das damals mit Madita mitten in der Nacht vor meiner Tür stand und um Asyl bat. Obwohl ich weiß, dass man nicht einfach abstreift, was unfähige Gärtner eine Kindheit lang kultivierten, erschüttert es mich, Vicky derart schluchzen zu hören. Ihre taffe Fassade hat nicht einfach Risse bekommen, sie ist pulverisiert.

»Atme mal tief ein«, sage ich und hole selbst Luft, dass sich meine Bauchdecke wölbt. »Und aus.« Ich entleere meine Lungen mit einem hörbaren Pusten und beobachte die weiße Wolke, die sich dabei vor meinen Lippen bildet. »Und noch mal.«

Vicky fällt in meinen Rhythmus ein, erst zittrig, dann beruhigt sich ihr Atem. Nachdem wir fünfmal Luft geholt haben, fordere ich sie auf: »So, und nun erzähl mir vom Arsch.«

»Ich glaube, mein Vater will sich an mir rächen.« Vicky spricht leise, hört sich geduckt an.

»Inwiefern und wofür? Hat er plötzlich Angst, sein Enkel könnte ihn entthronen?«

Vicky macht ein verneinendes Geräusch. Dann stammelt

sie: »Er ist sauer, weil ich Madita bei der Geburt dabeihaben wollte und nicht ihn. Vermutlich fühlt er sich vor seinem Personal bloßgestellt.«

»Das kann gut sein.« Corvin Glossberg ist ein Vorzeigenarzisst und seine Mechanismen durchschaubar, wenn man sich damit auskennt. Als Madita mir von der Szene vor dem Kreißsaal berichtete, schwante mir Übles bei dem Gedanken daran, wie Egomanen auf Zurückweisung reagieren. Bevor ich jedoch über Konsequenzen nachdenken konnte, warf der übliche Trubel seine Schwingen über uns, und die Ahnung versank im Sonstwo. Ich hätte Vicky anrufen sollen, sie noch am Tag ihres Kaiserschnitts besuchen. Herrn Glossberg zu seinem fantastischen Stammhalter gratulieren und versichern, wie gut er das hingekriegt habe. Um wie viel ärmer die Welt ohne seine genetische Spur wäre. »Hat er dir etwas angetan?«

Vicky schnaubt. »Definiere ›angetan‹.«

Ich höre sie atmen, gepresst, als hielte sie zwischendurch immer wieder die Luft an. »Wo bist du?«

»Zu Hause. Er lässt eine Klinikhebamme nach mir schauen und behauptet, das wäre das Beste für mich und den Kleinen, pah!«

Ich sehe Vickys trotzige Miene vor mir, die Zornesrunzeln zwischen ihren Augenbrauen, die sie so viel älter aussehen lassen, als sie ist.

»Der will mich bloß kontrollieren und sichergehen, dass ich keinen Besuch kriege. Und …« Sie schluckt, in den nächsten Worten klirren neue Tränen. »… und dass ich Tyrese nicht anrufe. Der Kackarsch hat mein Phone eingesackt mit der Begründung, die Strahlung sei schlecht für Ne-Lu.« Die Bitterkeit in Vickys verzweifeltem Auflachen gehört zu den traurigsten Dingen, die unsere zivilisierte Gesellschaft zu bieten hat. Keine Jugendliche sollte so klingen müssen. »Außerdem hat er meinen Laptop kassiert und im ganzen Haus das WLAN abgeschaltet, selbes Scheißargument.«

Arschloch, wie wahr. »Was ist mit deiner Mutter?«

»Telefoniere gerade mit ihrem Handy, hab aber Angst, dass er das kontrolliert und sie dann dafür runterputzt. Kannst du mir helfen?«

»Hm.« Ich gehe in die Hocke, breitbeinig, damit Lovis zwischen meinen Knien Platz hat, lehne mich gegen die Haustür in meinem Rücken und denke nach. »Lässt er dich raus, oder bist du eingesperrt?«

Vicky schnaubt. »Angeblich hat die Klinikhebamme gesagt: ›Zwei Wochen im Bett, zwei Wochen am Bett, zwei Wochen im Zimmer.‹ Und daran halten *wir* uns natürlich, weil ich selbstverständlich nicht schuld daran sein möchte, wenn mein Sohn irgendeinen Schaden nimmt, bloß weil ich aus egoistischen Gründen meine, das Haus verlassen zu müssen. Mann, Helga, ich würd so gern einfach an ihm vorbeirennen, aber ... ich hab total Schiss.« Weitere Tränen kullern, und ich erwarte fast, sie mein Ohr hinablaufen zu spüren.

»Du hast definitiv das Recht auf frische Luft«, sage ich, und Vicky gibt einen hysterischen Laut von sich.

»Das Fenster darf ich aufmachen.«

»Was die Anweisung der Hebamme betrifft: Manche empfehlen das so, aber solange du dein Neugeborenes in keine Einkaufszentren, Schwimmbäder oder auf Festivals trägst« – alles schon erlebt –, »ist es kein Problem, mit Neville-Lupin vor die Tür zu gehen und eine kleine Runde zu drehen. Du müsstest bloß auf deine Narbe achten und sofort umkehren, wenn es ziept.«

»Ja, aber wie komm ich hier raus? Was weiß ich, was der tut, wenn er mich im Flur erwischt? Kann gut sein, dass er sogar die Haustür abgeschlossen und sämtliche Schlüssel mitgenommen hat. Ohne Strickleiter wird das nichts, aber ich kann doch nicht mit meinem Baby aus dem ersten Stock klettern. Scheiße, Helga.«

Mir scheint, als würden meine Innereien gerade in einem Schraubstock gedreht, und es kostet mich ein paar tiefe Atemzüge, um mich nicht von Vickys Panik überspülen zu lassen. »Was ist mit der Frau vom Jugendamt, die Silas eingeschaltet hat? Hast du noch Kontakt zu ihr?«

»Die war kurz hier, gleich nachdem ich aus der Klinik gekommen bin, hat sich davon überzeugt, dass alles nice ist, und ist abgezogen. Hab zwar allein mit ihr gesprochen und gefragt, ob sie regelmäßig kommen kann, aber mein Vater hat sie angestrahlt, rumgeschwurbelt und wischiwaschi gemacht, und zack war sie überzeugt, erst in vier Wochen wieder aufkreuzen zu müssen. Ich wette, der Wichser hat jetzt schon Ausreden parat, mit denen er dann den Termin verschiebt. Wieso merkt eigentlich niemand, was für ein Psychodiktator der ist?«

Weil wir alle geliebt werden wollen und er so tut, als ob. Meine Knie schmerzen, und ich stemme mich hoch, für zwei Sekunden wird mir schwarz vor Augen. »Leute wie er sind geschickt im Blenden«, murmle ich. »Und sie verstehen es, Menschen emotional an sich zu binden.« Indem sie sie mit Häppchen füttern und hoffen lassen, dass da doch so etwas wie Zuneigung glimmt. Das Perfide daran: Wenn man es merkt, schämt man sich, dass man dumm genug war, auf die billige Masche hereinzufallen. Und schweigt. »Hör zu, Vicky, ich sehe zu, dass ich vorbeikomme und dir ein Handy bringe, mit dem du ins Internet kannst. Welches ist dein Fenster? … Vicky?«

Schnelle Atemzüge und Schweigen. Ich halte die Luft an.

»Fuck!«

»Vicky, was ist los?«

»Du, kacke, ich muss Schluss machen.« Vicky wispert, und

ich verstehe sie kaum. Dann blubbt das Geräusch in mein Ohr, das Gespräche unterbricht. Verflixt.

Meine Beine zwicken und wollen zum Anwesen der Glossbergs losstürmen, damit ich mich über die Buchsbaumhecke mit den absurden Skulpturen werfen kann oder am großen Eisentor rütteln und die Fenster im Obergeschoss kontrollieren. Ich sehe Vicky vor mir, wie sie neben einer beiseitegeschobenen Gardine steht und mit der Hand an die Scheibe klopft, damit ich sie finde. Der Fenstergriff verriegelt und Gitterstäbe außen.

»Beruhige dich«, mahne ich mich selbst. Herr Glossberg ist grausam, aber nicht kriminell, und wenn ich vorschnell handle, spielt ihm das in die Hände. Gut möglich, dass er genau das im Sinn hat. Eine überstürzte Aktion seitens der verrückten Hebammen, die es ihm erlaubt, sie polizeilich entfernen zu lassen. Es wäre nicht das erste Mal.

Tatsächlich gibt es wenig, das ich tun kann, ohne eine Ordnungswidrigkeit zu begehen. Dazu ist das Grundstück der Glossbergs zu groß. Trotzdem sollte ich zumindest hinfahren und versuchen herauszufinden, ob mit Vicky alles in Ordnung ist. Auch wenn ich mir sicher bin, dass ihr Vater keine Gewalt anwendet. Zumindest keine körperliche. Dazu ist der Herr Doktor dann doch zu schlau.

Das Telefon in meiner Hand vibriert.

Mutter anwesend, melde mich, nicht antworten.

In dem Moment, in dem ich die Zeile lese, löscht Vicky ihre Worte bestimmt bereits aus dem Nachrichtenverlauf ihrer Mutter. Noch so etwas, das traurig ist.

Wenn du mit einem Uterus auf die Welt kommst, bist du auch dafür gemacht, Mutter zu sein.

Nein, Gretus, denke ich. *Du hast dich geirrt.* Denn der Frau, die Vicky geboren hat, fehlt eindeutig jede Kompetenz.

Ich friere plötzlich, stelle fest, dass meine Füße eiskalt sind. Als ich mich schüttle, streift mein Blick das Schild mit dem Namen *Schiller* und bleibt daran haften. Eine ganze Weile lang starre ich es an.

»Du hast geklingelt«, sage ich zu mir selbst. Bevor ich Vickys Anruf entgegennahm, habe ich das Knöpfchen gedrückt. Ohne Reaktion.

Jim ist nicht da. Madita meldet sich nicht. Vicky hat Schiss.

Ich renne zurück zum *Amore Belle*, stürze in den Hausflur und haste die Treppe nach oben, so schnell mir das mit meinem Kind im Tragetuch gelingt. Oben muss ich mich am Geländer festhalten und einige Minuten lang verschnaufen, bevor ich mir zutraue, zur Wohnungstür hinüberzutappen und aufzuschließen. Drinnen hebe ich Lovis aus dem Tuch, wickle sie und übertöne meine Gedanken an Vicky und welche Absurditäten sich wohl gerade im Haus ihrer Eltern abspielen mögen mit Fingerreimen für mein Kind. Versuche, die Texte nicht bescheuert zu finden.

»Kommt ein Mäuschen, will ins Häuschen«, murmle ich und tippe meiner Tochter am Arm herum. »Klopft an, bimmbamm, guten Tag, Frau Nasemann.« Ich stupse Lovis' Näschen, sie schaut mich mit großen Augen an. Ich seufze. »Du hast recht. Wie wäre es damit: Wohn' zwei Ammen schön zusammen, Bübchen lacht, schmacht, schmacht, hat das Küken weggebracht.« Ich schüttle den Kopf, nehme mein Kind auf den Arm, schaukle es durch die Wohnung. »Du verzeihst mir das alles irgendwann, ja? Ich dachte, ich könnte es besser.«

Einhändig koche ich mir einen Kaffee, den ich nicht trinke, beschwöre mein Handy, die Ankunft irgendwelcher Nachrichten zu verkünden. Jetzt sind es schon zwei, auf deren Lebenszeichen ich warte.

Ich singe und rassle für Lovis, bis sie einschläft für ihr

16-Uhr-Nickerchen. Sinke im Wohnzimmer auf die Couch. Im nächsten Moment fahre ich hoch, frage mich selbst: »Wie kann man nur so doof sein?!«, und will die Antwort gar nicht wissen. Das Handy rutscht mir zweimal aus den Fingern, weil ich zu schnell danach greife, bevor mir endlich gelingt, was ich vor Stunden hätte tun sollen: Maditas Nummer zu wählen, anstatt das Küken nur anzutexten. Warum bin ich nicht gleich darauf gekommen? Während das Display *Die Neue wird angerufen* verkündet, halte ich den Atem an, den ich mit einem Knurren ausstoße, als mich eine blöde Stimme wissen lässt, dass der angerufene Teilnehmer nicht erreichbar ist.

»Teilnehmer*in*«, motze ich das Telefon an, bevor ich es in die Kissen pfeffere. Ich stülpe mir eins der Plüschdinger über den Kopf, weil ich das dringende Bedürfnis nach Dämpfung verspüre, genug habe von der Außenwelt. Vielleicht auch von mir selbst, was weiß denn ich. Tue, was ich so vielen Frauen rate, wenn ihr Körper sie mit Empfindungen flutet, denen sie sich nicht gewachsen fühlen, atme ein und aus, lang und tief. Spüre, wie sich mein Puls beruhigt, der Frust an Beißkraft verliert. Letztendlich sind es die banalen Dinge, die helfen.

Bis es an der Tür klingelt. Sofort springt das hektische Wuwummern, das bis eben meinen Tag bestimmte, wieder an, und ich zucke zusammen. Der Paketdienst war bereits da, Hans und Madita haben einen Schlüssel, wer kommt sonst noch zu uns? Silas, der Schnuckelpolizist des Kükens. Mir wird flau. Warum taucht er auf, wenn Madita nicht da ist? Bringt er schlechte Nachrichten?

»Du bist hysterisch«, sage ich laut, während ich aufstehe. Trotzdem taumle ich eher zur Tür, als dass ich gehe, und mein Finger zittert, als ich den Knopf der Gegensprechanlage drücke. »Ja?«

»Helga? Mach auf, ich bin's.«

Ich erstarre. Die vertraute, lang nicht gehörte Stimme gießt Eiswasser durch mein Ohr in meinen Körper hinein, und ein paar alberne Sekunden lang quält mich das Bedürfnis, meinen Kopf gegen die Wand zu schlagen. Unten steht Freitag der 13. vor der Tür.

Ein Wolkenbruch kommt selten allein

Madita

Silas liegt schlafentspannt hinter mir, den Arm um meine Mitte geschlungen, als ich in seinem Bett erwache. Ich blinzle gegen leichte Kopfschmerzen an. Auf dem Boden liegen unsere Faschingskostüme kreuz und quer durcheinander. Bruchstückhaft kommen die Erinnerungen an die Wildheit der letzten Nacht zurück und jagen mir einen Schauer durch den Körper. Ich seufze leise, verfluche still und heimlich den Tequila und gelobe, zukünftig nicht so oft ins Glas zu schauen, wenn ich feiern gehe. Hinter meinen Schläfen pocht es zustimmend, als wolle mein Hirn diesem Vorsatz applaudieren. Einige Leute meinen ja, Alkohol mache dumm. Und tatsächlich scheint er das Bedürfnis zu wecken, die Liegestühle der *Titanic* neu zu sortieren, während das Schiff untergeht. Die Prioritäten verschieben sich zumindest ganz eindeutig.

»Krass«, höre ich mich selbst flüstern. Das war es also, unser erstes Mal. Und es war atemberaubend, soweit ich mich erinnere. Das nächste Level unserer Beziehung ist erreicht. Memo an mich: Die Reservierung fürs Schmetterlingshaus absagen. Nur kurz frage ich mich, inwieweit es anders gewesen wäre, hätten wir gewartet, bin dann aber mehr als zufrieden mit dem, was war.

Ich lausche auf Silas' Atem, genieße die Nähe, seine Wärme. All meine Sinne sind auf ihn ausgerichtet, und mein Körper will trotz Kopfschmerzen mehr von ihm. Viel mehr. Für

Sekunden spüre ich ihn wieder überall, seine Hände, seine Küsse.

Irgendwann bewegt er sich, sein Arm zieht mich fester an sich heran, und das wohlige Seufzen, das über seine Lippen dringt, löst ein neues Kribbeln in mir aus. Die Härchen an seiner Brust kitzeln meinen Rücken, und ich spüre noch etwas, das mich zum Grinsen bringt.

»Guten Morgen«, hauche ich und drehe mich zu ihm um. Sein Lächeln ist so süß.

»Du hast mich verzaubert, du kleine Hexe«, spielt er auf meine Kostümwahl an, und mein Grinsen wächst in die Breite.

»Und du hast mein Herz gestohlen, du Gauner.« Ach, sind wir herrlich kitschig.

»Gehört es mir tatsächlich?« Silas schluckt schwer, und sein Blick wirkt plötzlich etwas zu ernst für diesen romantischen Teil unserer Geschichte. Ich streiche mit meinen Fingerspitzen sacht über die Stoppeln seiner Wange und forsche in seinem Gesicht.

»Ich fürchte schon«, gebe ich schließlich zu, frage mich, was er wohl denkt. Aber Männer hassen es, wenn Frauen danach fragen, deshalb formuliere ich die Worte vorsichtshalber nicht und hoffe, stattdessen in seiner Miene lesen zu können, ob er genauso fühlt wie ich oder ob ich ihn in diesem Moment zu Tode ängstige.

Draußen vor dem Fenster schiebt sich eine helle Wintersonne durch graue Wolken und lässt Staub in der Luft glitzern. Genauso verhält es sich mit den Ereignissen letzter Nacht. Mal tanzt hier ein wildes Bild durch meinen Geist, angestrahlt von einem Spotlight, mal dort. Dabei werde ich das Gefühl nicht los, dass ich in den Lücken dazwischen irgendwas Wichtiges vergessen habe. Wie gesagt: scheiß Tequila.

»Du hast meins genauso, Fräulein Wunder«, raunt Silas

endlich, und seine Augen glänzen dabei. »Ich ...«, beginnt er und verstummt wieder. »Ich ...« Seine Stimme bricht, und ich spüre, was er sagen will. Bin versucht, einfach zu antworten: Ich dich auch – bis er murmelt: »Ich glaub, ich habe Hunger.«

Viel zu schnell beugt er sich zu mir, presst seine Lippen an meine Stirn, und die erahnten oder erhofften drei magischen Worte bleiben aus. So ist er, mein Freund: immer für ein Wechselbad der Gefühle gut.

Ich lasse mich ins Kissen zurücksinken und genieße diesen Moment in seinem Reich trotzdem. Auch ohne jene Worte könnte ich für immer neben ihm liegen bleiben. Scheiß auf die Welt, die sich unaufhörlich dreht, dass einem manchmal schwindelig wird. Mit Silas an meiner Seite würde ich einfach aussteigen aus diesem wahnwitzigen Karussell und nur noch Blümchenboot fahren. Ich lächle leise in mich hinein.

»Willst du auch frühstücken?«, fragt er und befreit sich endgültig aus dem intensiven Augenblick. Er redet nicht gern darüber, aber ich weiß mittlerweile, dass es ihm schwerfällt, seine Mauern zu senken. Er deutete so was an, als er ein einziges Mal von seiner Mutter sprach, die an einer chronischen Erkrankung litt und ihn in seiner Kindheit wohl immer mal wieder sich selbst überließ. Das mag so manches erklären, auch wenn ich die Details nicht kenne.

Ich will es ihm nicht schwer machen und ihn nicht dazu zwingen, in dieser eben noch so tiefen Nähe zu verweilen, wenn er es aus Gründen, die nur sein inneres Kind kennt, gerade nicht mehr aushält. Also sage ich: »Ich bin hungrig wie ein Wolf, und ein Aspirin wäre auch toll«, vermisse seine Nähe aber sofort, als er in die Küche geht, und beschließe, ihm wie ein Welpe zu folgen.

Mit einem übergroßen weißen T-Shirt bekleidet mache ich mich dort nützlich, suche eine Bratpfanne und stöbere im

Kühlschrank. Wir lachen und feixen, während wir Rührei und Speck brutzeln und Kakao kochen und uns anschließend den Bauch vollschlagen. Und mein Herz bricht nur ein ganz kleines bisschen, als er zu seinem Dienst losmuss, der eine Ewigkeit dauern soll. Klar, auch ich habe immer wieder mit stundenlangen Monstergeburten zu tun, tags, nachts, wann immer ein neuer Erdenbürger beschließt, den Mutterleib zu verlassen. Und dann kann's auch mal länger dauern als nine-to-five. Doch regelmäßige Zwölf-Stunden-Schichten, die auch noch so geplant sind – never! Und wenn's dumm läuft, rennt der Dieb vom Dienst ausgerechnet gegen Ende der Schicht über Silas' Weg, und dann kann mein sexy Polizist auch nicht einfach sagen: »Ach sorry, würden Sie Ihre Straftat vielleicht morgen begehen? Ich hätte jetzt nämlich Feierabend.«

»Willst du hierbleiben und auf mich warten, bis ich zurück bin?«, fragt er, bevor er geht. Einer seiner Mundwinkel kräuselt sich dabei. Er wirkt angespannt, als hätte er Angst, ich könnte »nein« sagen. Wie sehr ich es genieße, dass er mich gern hier in seinem Leben hat.

»Das ließe sich einrichten«, sage ich. »Ich habe nur ein, zwei Termine heute, und Helga kommt bestimmt allein klar, sie ist ja schon groß. Wann bist du denn wieder zu Hause?«

Zu Hause. Ein Wort, das niemals nur mit einer Örtlichkeit verbunden ist. Ob Silas und ich irgendwann einen gemeinsamen Ort so nennen werden? In ferner Zukunft?

»Morgen früh so gegen sechs. Und ich finde die Vorstellung, dass du dann in meinem Bett liegst, mit nicht mehr als dem hier …«, er zupft am Saum seines T-Shirts, das ich trage, »… bekleidet und bereit für das, was ich gedenke, noch alles mit dir zu tun, ziemlich … heiß.«

Seine Stimme klingt rau, macht mich verrückt und vernebelt mein Denken, genau wie letzte Nacht. Am liebsten will ich ihm die Uniform, in die er schon geschlüpft ist und die ihm so fantastisch steht, dass es wehtut, wieder vom Leib reißen. Seine Hand greift meine, und zwischen Tür und Angel gibt er mir einen letzten intensiven Kuss, bevor er mich in seinen heiligen Hallen zurücklässt. Ich bin selig.

Als das Aspirin endlich wirkt und die letzten Nachwehen des Tequila eliminiert, beschließe ich, ein wenig aufzuräumen und bei der Gelegenheit gleich mal seine Bilder aufzuhängen. Das haben die Wände wie auch die Gemälde verdient.

Gegen späten Nachmittag besuche ich eine Schwangere im zweiten Trimester und versuche krampfhaft einen Zugang zu dieser Frau zu finden, deren Betreuung ich gerade erst übernommen habe. Berta von Thies ist dreiunddreißig, auf eine klassische Art schön und erfolgreiche Unternehmerin in der Schmuckbranche. Ihren Termin hat sie online gebucht, und ich muss zugeben, sie schüchtert mich ein, auf eine sehr unangenehme Weise.

Bereits bei der Begrüßung könnte die Kluft zwischen uns nicht größer sein. Sie schlägt meine Hand zur Begrüßung aus und lächelt milde über mein Erscheinungsbild, das sie mit den Worten kommentiert: »Rosa Haare sind aber nur zur Faschingszeit erlaubt.« Anschließend rügt sie mich, weil ich fünf Minuten zu spät bin.

»Ist doch nicht so schlimm, Liebes. Zeit ist relativ, sagte schon Einstein«, springt mir ihr Partner bei. Ich schätze ihn auf Mitte vierzig, ein Mann, der mit Menschen umzugehen weiß. Zumindest hat er diese gewisse souveräne und weltgewandte Aura, während er sich freundlich von mir verabschiedet, um ins Büro zu fahren, wo er etwas vergessen hat. Ich blicke ihm ein bisschen zu lange nach und lasse mich dann von Berta ins Wohnzimmer geleiten.

»Und wie lange sind Sie schon Hebamme?«, fragt sie mich,

kaum dass wir Platz genommen haben. Ihr Gesicht zeigt keine Regung, überhaupt wirkt sie wie eine Puppe aus Porzellan.

»Drei Jahre insgesamt«, erwidere ich, die Lehrzeit in der Geburtsklinik eingerechnet, und versuche ein Lächeln.

»Das ist sehr übersichtlich.« Wieder keine Mimik, vermutlich ist Botox schuld.

»Unsere Tage und Nächte in diesem Beruf sind lang, da kommt man summa summarum auf mehr Zeit, als man denkt.« Ich lächle noch mal, und meine Wangen schmerzen.

»Warum haben Sie den Beruf gewählt?« Berta von Thies lehnt sich auf der weißen Ledercouch zurück und mustert mich. Ich wette, sie hat einen Fragenkatalog im Kopf und hakt Punkt für Punkt ab, mit einem knallroten Edding. Ich komme mir vor wie im mündlichen Abitur, an das ich keine guten Erinnerungen habe.

»Das ist eine gute Frage, ich glaube, alles begann, als meine Tante verfrühte Wehen bekam und ich ihr helfen musste, ihr Baby auf die Welt zu bringen, ganz spontan also.« Die Erinnerung nimmt mich sofort wieder ein, und ich kann spüren, wie meine Augen vor Rührseligkeit feucht werden. »Es war einer der intensivsten Momente in meinem Leben, muss ich …« Weiter komme ich nicht, da klingelt ihr Handy, und Berta von Thies bringt mich mit einem Fingerschnippen zum Schweigen. Autsch.

Ich halte den Mund, versuche, nicht zu genau zuzuhören, wie sie einen Mitarbeiter wegen Lieferverzug zur Schnecke macht, und bereite alles für die Erstuntersuchung vor.

»Das ist so aufregend, oder?«, frage ich sie irgendwann, nachdem sie aufgelegt hat, während wir dem Herzschlag des Babys lauschen, und sie pflichtet mir bei. Zumindest werte ich das Zucken ihres Mundwinkels als Zustimmung.

»Ist die Schwangerschaft geplant gewesen?«, interessiert

mich, und Berta von Thies kann doch so etwas wie Mimik. Ihre Augen weiten sich, ihr Mund formt ein O, und ich würde die Frage gern zurücknehmen.

»Sehe ich so aus, als überließe ich irgendetwas dem Zufall?« Ihr Ton ist leise, irgendwie gefährlich. Ich bekomme Gänsehaut.

»Nein, nein, ganz und gar nicht«, beeile ich mich und lege ihr als Nächstes vorsichtig die Manschette des Blutdruckgeräts um. Gleichzeitig versuche ich mir vorzustellen, wie Berta von Thies in ein paar Monaten ihr Baby im Arm hält und ihm die Brust gibt. Ob sie überhaupt stillen wird? *Bei manchen funktionieren die Mutterhormone eben anders,* ermahne ich mich selbst dazu, kein Urteil zu fällen.

»So, Ihr Blutdruck ist tipptopp«, sage ich schließlich und notiere alles. Als ich gerade versuche, den Höhenstand der Gebärmutter zu ertasten, geht Berta von Thies erneut ans Telefon und unterbricht damit mein Tun. Unauffällig schaue ich auf meine Hello-Kitty-Uhr, die wieder läuft, seitdem ich ihr eine neue Batterie spendiert habe, und rechne mir aus, wann ich zum Einkaufen komme. Als Berta von Thies' Stimmlage sich hebt und sie sich ruckartig aufrichtet, verlieren meine Pläne zur Lebensmittelbeschaffung allerdings an Bedeutung. Ich kann beinahe spüren, wie sich der Blutdruck der Schwangeren von einem normalen auf ein hohes Niveau begibt.

»Frau von Thies, Sie sollten zusehen, dass Sie den Stress in Ihrem Leben minimieren«, empfehle ich gut gemeint. »Sie teilen jedes Gefühl mit Ihrem Ungeborenen, und das kann die psychische und physische Gesundheit des Babys beeinflussen.« Diabetes, kognitive Beeinträchtigungen oder Depressionen resultieren nicht selten als Spätfolgen eines hohen Stresspegels der Mutter. Das haben Studien herausgefunden.

»Ach, Sie sind ja drollig«, findet meine Schwangere. »Denken Sie etwa, mein Geschäft und der Haushalt laufen von allein, wenn ich die Beine hochlege? Ich muss noch das Kinderzimmer renovieren und den Garten umgestalten.«

»Na ja, Sie könnten sich Hilfe holen«, schlage ich vor und erzähle: »In China ist es werdenden Eltern untersagt heimzuwerken, da man davon ausgeht, dass der Geist des Ungeborenen bereits in der elterlichen Wohnung umhergeht. Um zu vermeiden, dass man es aus Versehen verletzt, hantiert man nicht mit scharfen Gegenständen oder Werkzeugen herum.«

»Und in Kambodscha stehen die schwangeren Frauen morgens weit vor ihrem Mann auf, um zu verhindern, ein faules Kind zu bekommen. Ich kenne den ein oder anderen Aberglauben«, kanzelt Frau von Thies mich ab.

Bevor mir eine nette Erwiderung einfällt, singt mein Handy *Wer hat an der Uhr gedreht* von Beatbone. Es ist Lotta, und ich will gerade rangehen, da hebt Berta von Thies ihre perfekte Augenbraue und schaut mich drohend an. Ich wage nicht, das Handy auch nur anzufassen, und beginne augenblicklich zu schwitzen.

»Ja, gut. Dann haben wir fürs Erste alles besprochen.« Mir scheint, das einzig Nette an Berta ist ihr Ehemann, der bedauerlicher Weise nicht blieb. Ob der Termin in seiner Gegenwart anders verlaufen wäre? Jedenfalls bin ich froh, dass ich gehen kann. Memo an mich: Helga fragen, ob sie diese spezielle Kundin für mich übernehmen kann, sobald sie dem Mutterschutz Ade sagt.

»Dingdong, du hast angerufen«, zwitschere ich in mein Handy, kaum dass ich auf die Straße trete und Lotta zurückrufe.

»Selber dingdong, was machst du gerade?« Meine Schwester klingt nicht so, als interessiere sie das wirklich, aber ich fange einfach mal an.

»Schluss für heute und einen Wellnesstag, damit ich einfach zum Anbeißen bin, wenn mein Boyfriend von der Arbeit kommt«, flöte ich ins Telefon und genieße die warme Vorfreude, die sich dabei einstellt.

»Habt ihr es immer noch nicht getan?« Lotta seufzt, ich kann spüren, wie sie die Augen rollt.

»Doch, doch.« Ich beiße mir auf die Unterlippe; was sie jetzt wohl sagt?

»Glückwunsch.«

Hm, ich hätte mehr Content erwartet.

»Es war so krass gut, auch wenn ich mich nicht ganz an alles en détail erinnere. Es war etwas zu viel Tequila im Spiel«, muss ich zugeben.

Lotta lacht, doch auch das hört sich anders an als sonst. Irgendwie gekünstelt. Was ist los mit ihr? »Du weißt doch, dass du nichts verträgst. Was hab ich dir immer gesagt?«

»Nicht lang schnacken, Kopf in' Nacken?«

»Nein, das andere: *Besoffen hat man keinen Sex,* du solltest aus meinen Fehlern lernen, kleine Schwester, und sie nicht nachmachen. Wozu erzähl ich dir den ganzen Mist eigentlich, wenn du nichts draus machst?«

Ich erinnere mich an Lottas Desaster mit Benjamin Kunz, als sie in der Elften war. Noch bevor es wirklich zur Sache ging, hätte sie es stoppen müssen. Denn während beide noch am Kondom pfriemelten, wurde ihr übel, und wenig später hielt er ihr die Haare. Anschließend putzten sie gemeinsam Zähne, Lotta hat bis heute keine Ahnung, wessen Zahnbürste er nahm. Später versuchten sie es noch mal. Nach weniger als drei Minuten baumelte Lottas Kopf über dem Sofarand, und sie pennte weg. Wohingegen Kai, ein anderer Gast derselben Party, der unweit des Treibens unbemerkt auf einer Luftmatratze lag, alles live miterlebte und am nächsten Morgen die halbe Klasse an dieser überaus peinlichen Sachlage teilhaben ließ.

»Ich hab keinen Fehler gemacht, du hörst nicht richtig zu. Es war mega. Wirklich«, berichte ich aufgeregt. »Und wenn Silas vom Dienst zurückkommt, werden wir das Ganze wiederholen und auf die Spitze treiben.« Tolles Wortspiel, finde ich. Kalte klare Luft nimmt mir den Atem, während ich den Weg zum Supermarkt entlangeile, doch der Hitze, die sich in meinem Inneren entfacht, kann sie nichts anhaben.

Ich beschleunige meine Schritte, lese ein Plakat, auf dem steht: *Wenn du den Sand der Zeit hast, wozu die Sterne befragen?* Darunter blitzt eine Urlaubswerbung durch, die auf Strand und Meer setzt. Das erinnert mich daran, dass ich gern eine Wahrsagerin aufsuchen möchte, um meinen weiteren Lebensweg zu eruieren. Man kann nicht gut genug vorbereitet sein.

»Ich bin so happy, echt, das glaubst du nicht. Wolke sieben ist nicht annähernd die richtige Höhenangabe.«

Es knackt in der Leitung. Ich hätte etwas mehr Begeisterung von Lotta erwartet, und leise Enttäuschung macht sich bemerkbar.

»Lotta? Bist du noch da?« Hat die jetzt einfach aufgelegt? »Lotta!?«

»Genieße es, so lange es anhält. Auf Wolke sieben kann die Luft manchmal dünn werden und Sex für Probleme sorgen«, ist ein ganz neuer O-Ton meiner Schwester.

»Wie meinst du das denn? Was ist aus ›Es gibt kein Problem, das man nicht wegvögeln kann‹ geworden?« Sie antwortet nicht. »Geht's dir gut, Lotta?«, frage ich vorsichtig und höre ganz genau hin, um in ihrer Stimme zu lesen. »Ist was mit *deinem* Lover?«

»Du, Papa will dich sprechen«, ist keine Antwort und wirft bloß weitere Fragen auf.

»Du bist immer noch bei unseren Eltern?«

»Ja, Wasserrohrbruch in meiner Bude. Und da Papas OP ansteht, hab ich beschlossen, eine Weile hierzubleiben.« Was genauso wenig zu Lotta passt wie ihre neue Schweigsamkeit. Sonst hält sie es keine zwei Tage in unserem Elternhaus aus, nicht mal an Weihnachten. Hm. Als ich letzte Woche noch mal mit ihr telefoniert habe, kam sie mir ganz normal vor, nun frage ich mich, wer da am anderen Ende der Leitung mit der Stimme meiner Schwester spricht.

»Das ist super. Ich meine, nicht das mit dem Wasser, aber …«

»Ja. Ich fahre Papa gleich schon ins Krankenhaus, der Termin wurde auf morgen Nachmittag vorverlegt. Deshalb mein Anruf.«

»Oh, wieso? Ist alles okay mit Paps?« Der Schreck lässt mich zusammenfahren.

»Ja, alles bestens, mach dich nicht gleich nass«, knurrt Lotta, und ich zucke prompt noch einmal. »Eine rein organisatorische Sache, aber ich dachte, du gibst ihm noch ein paar aufmunternde Worte mit.« Sie reicht das Handy weiter, bevor ich etwas sagen kann.

»Madita, Maus, wie geht's dir?«, höre ich Papa, in dessen Stimme unverkennbar Nervosität vibriert.

»Mir geht's super, Papa. Und dir?«

»Ich bin ein wenig aufgeregt, muss ich zugeben.«

Bin ich auch bei dem Gedanken, dass man seinen Brustkorb öffnen muss, um den Motor zu warten. Ich reiße mich zusammen, will mir meine eigene Angst auf keinen Fall anmerken lassen. »Alles wird gut werden, ich weiß es.« Denn ich würde doch spüren, wenn irgendein Unheil auf uns zukäme, nicht wahr?

»Ich hab dir heilende Frequenzen, 432 Hz, aufs Handy geschickt, die hörst du dir an, wenn du merkst, dass du unruhig wirst. Sie lösen Ängste, und im Nu hast du alles geschafft«, verspreche ich. »Und am Wochenende bin ich da und nehme dich fest in den Arm.« So der Plan.

»Ja, Mäuschen. Ich hab dich lieb«, sagt mein Papa und gibt an meine Mutter weiter, die weitaus mehr neben sich steht als der eigentliche Patient. Gut, dass Lotta bei ihnen ist.

*

Ich schlafe früh in Silas' gemütlichem Bett ein und wache auf, als er am Morgen aus der Dusche kommt. Der Wecker auf dem Nachttisch verrät mir, dass es bereits nach sechs Uhr ist.

»Du siehst süß aus, wenn du schläfst, weißt du das?«, fragt er, und ich spüre, wie die Matratze sich senkt, während er sich neben mich schiebt. Sofort bin ich wach, hebe die Bettdecke für ihn, damit er darunterschlüpfen kann.

»Meine Schwester sagt, ich mache Geräusche wie ein sterbendes Meerschweinchen.« Oh Lotta, du schürst meine Unsicherheiten.

Silas grinst schief. »Will ich wissen, woher deine Schwester weiß, wie sich so ein armes Tier im Angesicht des Todes anhört?«

»Nein, eher nicht. Lass uns nicht über Lotta reden«, beeile ich mich, und meine Hand berührt seine.

»Du hast angefangen.« Er riecht nach einem herben Duschgel und seinem ganz eigenen Duft. Ich rücke näher, atme ihn und nestle an dem Handtuch herum, das er sich um die Hüfte geschlungen hat.

»Du glaubst gar nicht, wie sehr ich mich auf dich gefreut habe«, raunt er. Seine Hand wandert unter das T-Shirt, das ich wie gewünscht trage, streicht über meine Hüfte, legt sich in meinen Rücken. Sofort beschleunigt sich mein Atem, was Silas nicht entgeht. Mein Körper, mein Geist warten auf die nächste Berührung, den nächsten Schritt.

Ich blinzle zu ihm auf, will, dass er mich noch einmal liebt wie gestern Nacht, strebe ihm entgegen. Seine Hand wandert in Richtung Höschen, langsam und sanft, kriecht unter den Bund und liebkost mich. Ich atme und atme, bekomme trotzdem keine Luft.

Zufrieden lächelt er und schiebt sich über mich. Ein Seufzen später ist sein Handtuch verschwunden, seine Lippen küssen meinen Hals und meinen Mund. Die Hitze und das Prickeln zwischen meinen Beinen wird schmerzhaft, und ich befreie mich von lästiger Unterwäsche. Ich fühle mich begehrt und schön.

Seine Zunge tanzt mit meiner, mit der Hand fährt er in mein Haar, zieht meinen Kopf leicht nach hinten. Es tut nicht weh, aber es hält mich an Ort und Stelle, was ich aufregend finde. Geschickt rollt er das T-Shirt hoch, küsst meine Brustwarzen und zieht eine Spur aus Feuer. Ich kann gar nicht anders, als mich ihm entgegenzustrecken.

Dann verliere ich plötzlich den Takt, als er in mich eindringen will. Irgendwas klopft leise in meinem Hirn und verlangt nach Aufmerksamkeit, was ich im Taumel jedoch kaum wahrnehme. Erst zwei Küsse später blitzt es glasklar auf.

»Stopp, langsam, hast du nicht was vergessen?« Ich starre auf seine Lippen, die nur wenige Zentimeter vor meinen schweben. Es fällt mir schwer, mich von seinen Berührungen nicht ablenken zu lassen. Doch es ist wichtig.

»Was ist?«, höre ich ihn fragen, bevor er mich erneut küsst und sich zwischen meine Beine schiebt. Es widerstrebt mir, mich ihm zu entziehen.

»Die Kondome, wo sind sie? Ich helfe dir.« Ich spüre einen Anflug von Ungeduld. Ich will, dass es weitergeht.

Seine Muskeln verspannen sich, er stemmt sich hoch. »Welche Kondome?« Während seine Brauen sich langsam zusammenschieben und offensichtlich eine Frage in sein Bewusstsein drängt, verwandelt sich das schöne Kribbeln in meinem Bauch in etwas Unangenehmes. Silas wird blass. »Du machst mich echt wahnsinnig.«

Ich frage mich noch, ob das ein Kompliment ist, da liegt er mit einem gewissen Abstand neben mir und starrt mich an.

»Soll das heißen, du nimmst die Pille nicht?«

»Nein, du?«, ist vermutlich nicht die Antwort, die er sich erhofft hat. Aber ich finde sie berechtigt.

Ein seltsamer Laut entweicht seiner Kehle, ähnlich einem Lachen. Die Hitze, die eben noch in uns beiden loderte, verlischt, mir wird kalt, und ich angle nach der zerwühlten Decke. So viel zum Thema Alkohol macht dumm.

»Soll das heißen, wir haben gestern Nacht nicht verhütet?« Ich blinzle verwirrt, frage mich, wann ich das letzte Mal meine Tage hatte und wie es wohl gerade um meinen Hormonstatus bestellt ist.

Silas steht auf, geht zum Schrank und zieht sich eine Boxershorts an. »Ich habe keine Kondome«, brummt er, als spräche er eher mit sich selbst. Was er danach noch sagt, verstehe ich nicht.

»Wieso nicht, du hast eine Freundin. Warum bist du nicht vorbereitet?« Ich muss mich schon wundern, haben nicht alle in der Blüte ihres Lebens stehenden Kerle Verhütetüten in der Schublade? Lotta würde behaupten, ja.

»Ich bin davon ausgegangen, dass du die Pille nimmst. Das macht doch jedes vernünftige Mädchen heutzutage.«

Meine Hand krallt sich in die grau glänzende Bettdecke, knetet sie.

»Nimm du doch die Pille«, murre ich. »Weißt du nicht, wie

schädlich die ist? Das ist ein nicht ganz unerheblicher Eingriff in den Hormonhaushalt …« Logisch. »… und hat enorme Nebenwirkungen. Haarausfall und Depressionen zum Beispiel, um nur die obersten der langen Liste zu nennen.« Ich litt während der Einnahme an Gewichtsproblemen und einer ungewöhnlichen Melancholie, die mir gar nicht stand, und es dauerte viel zu lang, bis ich den Zusammenhang begriff. Tatsächlich war es eine der Hebammen in einem meiner Lehrkrankenhäuser, die mich eines Tages aufklärte. Ich finde ja, man sollte Schreckfotos auf Pillenpackungen kleben, solche Ekelbilder, wie man sie auf Zigarettenschachteln findet. *Achtung, künstliche Hormone machen fett und traurig.* Daneben ein Bild von mir mit knapp zwanzig.

Silas steht noch immer vor seinem Schrank. Der Blick, mit dem er mich bedenkt, gefällt mir noch weniger als meine Gedanken.

»Mensch, Madita. Das hättest du mir sagen müssen«, findet er.

»Wieso, weil Verhütung Frauensache ist?«, schnappe ich und spüre, wie mir meine Gesichtszüge entgleiten.

»Ja, ist sie. Schließlich werdet *ihr* schwanger, oder etwa nicht?«

Touché. Trotzdem hab ich selten so was Doofes gehört.

»Du machst es dir gerade sehr leicht«, stelle ich fest und merke, dass ich wütend werde. Schwungvoll steige ich ebenfalls aus dem Bett, suche meine Klamotten zusammen und ziehe mich an, weil ich mir halb nackt plötzlich schutzlos vorkomme.

Silas rauft sich das Haar, tigert in seinem Zimmer auf und ab.

»Könntest du jetzt schwanger sein?« Sein Blick durchbohrt mich, und die Tatsache, dass ihn die Möglichkeit so ängstigt, schiebt sich wie ein feuriger Dolch in mein Herz.

»Natürlich nicht.« Na gut, so natürlich ist das nicht, und ich muss schwer schlucken, vermeide es, den Mann anzusehen, für den ich so viel empfinde und mit dem ich eben noch beinahe Sex gehabt hätte.

»Woher weißt du das?« Seine Stimme klingt nun ruhiger, und ich beschäftige mich damit, meine Haare zu einem Knoten zu binden.

»Ich kann rechnen«, behaupte ich.

»Du hattest 'ne Vier in Mathe, hast du mir gerade erst gestern gebeichtet«, haut er ungeniert raus.

»Na und? Man sagt doch ›Vier gewinnt‹.« *Scheiß auf Plutimikation,* würde Pippi Langstrumpf mir beipflichten.

Silas schnaubt und kneift sich in die Nasenwurzel, bevor er sagt: »Okay, es hängt doch alles davon ab, wann du den letzten Eisprung hattest.«

»Oh, der Herr hat in Bio aufgepasst«, zische ich, und er verdreht die Augen.

»Mensch, Madita. Versteh doch, eine ungeplante Schwangerschaft, das wäre doch für uns beide gerade ein echter Super-GAU.«

Der Klimawandel ist ein Super-GAU, denke ich und verschränke die Arme. »Ja, ich verstehe schon.«

Silas macht einen Schritt auf mich zu, doch die Hand, die er hebt, hält auf halbem Weg inne. Habe ich vor wenigen Stunden noch gedacht, er würde die drei magischen Worte sagen? Wie naiv kann man sein?

»Es ging gestern alles so schnell, wir hätten beide besser nachdenken müssen«, starte ich trotzdem den Versuch, eine Brücke zu bauen. Vor dem Fenster geht Hagel nieder, übertönt meinen klagenden Herzschlag.

»Ich hätte nicht so viel trinken sollen.« Silas lehnt sich an den Schrank, überkreuzt die Beine dabei und starrt auf seine Fußspitzen. Ich wünschte, er würde mich in den Arm nehmen.

»Möglicherweise«, stimme ich ihm zu, und der Blick, mit dem er mich daraufhin bedenkt, reißt eine alte Wunde auf. Sein moralischer Kompass, den ich imstande bin zu verwirren – oder so ähnlich –, ist wieder Thema? Na, großartig!

»Ich habe dir den Tequila nicht eingeflößt«, sage ich scharf, und Silas' Brauen schießen in die Höhe.

»Das habe ich auch nicht behauptet.« Er stößt sich vom Schrank ab, kommt auf mich zu und greift nach meiner Hand. Doch ich bin viel zu angeschossen, als dass ich in der Lage wäre, jetzt Nähe zuzulassen.

»Aber du hast gedacht, dass das ohne mich nicht passiert wäre.«

Unsicherheit huscht über seine Miene, er fängt sich schnell und lächelt halb. »Du musst zugeben, dass du mich zu Dingen verleitest, die ich sonst nicht tun würde.«

»Das nennt man Leben, Silas. Zieh mal den Stock aus dem Arsch.« Ja, wehre dich, Madita!

Silas stutzt, seine Miene verschließt sich. »Charmant, mein Herz. Danke«, erwidert er gereizt.

»Bitte schön.«

»Du solltest dir die Pille danach holen.«

»Ach, sollte ich das?« So einfach ist das also für ihn. Ein kleines rundes Ding geschluckt und fertig. Ich funkle ihn an und beginne dann, meine Sachen in eine Tasche zu packen. Zum Glück habe ich nicht viel hier. Nur eine Zahnbürste und zwei Pullover. Wie erbärmlich.

»Was hast du vor?«

Wenn ich das wüsste. »Ich gehe.«

»Toll, eskalieren wir jetzt nicht ein wenig?«, fragt ausgerechnet er.

Ich wirble herum, als seine Finger meinen Arm berühren. »Das hast du doch schon erledigt, als du erst Liebe mit mir machen wolltest und mich dann angesehen hast, als hätte ich dir einen Apfel von Schneewittchens Hexe angeboten.«

»Was?!«

»Du weißt genau, was ich meine.«

»Nein?«

»Klar.«

»Ich verstehe mal wieder gar nichts, Madita.« Seine Stimme ist kalt. Vielleicht Selbstschutz, vielleicht auch nicht.

Ich stürze vollends von meiner Wolke sieben und bekomme den verkackten Fallschirm nicht auf. »Wenn das so ist, hab ich hier nichts zu suchen.«

Bam!

Als ich draußen in den Wolkenbruch trete und Hagel mein verheultes Gesicht trifft, fühle ich mich unfassbar allein. So schnell kann die *Titanic* also auf Eis laufen. Großartig!

Während ich durch den Graupel renne, drücke ich Silas' Anruf ungefähr fünfmal weg. Der kann mir den Buckel runterrutschen. Was bildet der Kerl sich ein?!

Als der Himmel aufklart, laufe ich eine geschlagene Stunde ziellos herum und lande letztlich bei meiner Freundin Nelly. Sie könnte der Fallschirm sein, den ich gerade brauche. Die Schulter zum Ausheulen.

»Ich hasse Liebeskummer. Wo ist der Fast-forward-Button, wenn man ihn braucht?«, frage ich sie schniefend, nachdem ich im Schnellverfahren mein Drama erklärt habe.

Aufmerksam hört sie zu, hantiert geübt mit ihrer Babytochter Winni, kocht nebenbei Kakao mit Sahne und macht es uns auf dem Boden des Wohnzimmers auf Kissen neben Winnis Decke und dem rosafarbenen Spielbogen bequem.

Mein Handy klingelt Sturm, und ich stelle es aus.

»Willst du nicht doch mal rangehen?« Nellys Falte zwischen ihren blauen Augen vertieft sich.

»Auf keinen.«

Ich bin zu schockiert, vor allem von mir selbst. Tatsächlich bin ich nach der letzten Nachricht von Silas, in der er fragte, ob ich mir denn nun die Pille danach geholt hätte, in die nächste Apotheke gerannt, knallrot im Gesicht und mit einem Gefühl im Bauch, als täte ich etwas Verbotenes. Ihm zuliebe. Als ich jedoch im Supermarkt nebenan eine Dose Red Bull besorgt hatte und mit der Tablette in der Hand in der Kälte stand, brachte ich es nicht über mich, sie zu nehmen; das kleine Ding in den Mund zu schieben und zu schlucken. Immerhin geht es um ein mögliches Leben, das in mir wachsen könnte. Und eines weiß ich: Den perfekten Zeitpunkt für eine Schwangerschaft gibt es nicht. Helga ist der lebende Beweis dafür. Nach Jahren der ungewollten Kinderlosigkeit wurde sie schwanger just in dem Moment, als ihr Ehemann sich von ihr trennte.

Und überhaupt: Was wäre, wenn ich jetzt, eventuell auch allein, dazu bereit wäre, ein Kind großzuziehen? Der Gedanke löst Schwindel in mir aus. Und nicht nur schlechten.

»Aber hast du mir nicht immer gern gesagt, Kommunikation sei alles?«, unterbricht Nelly meine Gedanken und erinnert mich daran, dass sie findet, Silas und ich müssten uns nur richtig aussprechen, dann würde bestimmt alles gut.

»Auf keinen Fall, der kann mich mal. Bei ihm gibt es nur Schwarz und Weiß, und immer bin ich die Blöde. Ich meine, wozu gibt es Lümmeltüten?«

Nelly nippt an ihrem Kakao, ich trinke meinen mit einem Zug leer und stelle fest, dass er sich nicht gut mit Red Bull verträgt. Mein Magen grummelt laut.

»Willst du es jetzt beenden, einfach wegschmeißen, was ihr hattet?«, wundert sich Nelly, und ich beobachte Winni, wie sie wie ein kleiner Soldat auf dem Rücken liegend verbissene Marschbewegungen macht. Links, zwo, drei, vier.

»Was hatten wir denn schon? Irgendwie ist bei uns von Anfang an der Wurm drin gewesen. Vielleicht passt es einfach nicht zwischen uns. Manchmal fühlt es sich an, als laufe und laufe ich, aber gegen Wände.« Und trotzdem ist ohne ihn plötzlich alles grau.

Ich seufze, schenke mir aus der großen Kanne nach und trinke noch mehr Kakao. Vielleicht überschreibt die Übelkeit in meinem Magen den Herzschmerz in meiner Brust. »Nein, ich fürchte, es ist zu Ende. Alles geht irgendwann vorbei«, rezitiere ich Lotta.

»Manches braucht ewig«, erwidert Nelly und guckt mich vielsagend an. »Ich hätte zum Beispiel nie gedacht, dass ich mal über Marv hinwegkomme. Du hast zwar recht, und manche Menschen passen nicht zusammen. Allerdings sagt mir mein Instinkt, dass es bei euch anders ist.« Sie beugt sich zu Winnifred, die aufgehört hat zu strampeln und nun glucksende Geräusche von sich gibt. »Nicht wahr, mein Schatz? Madita und Silas, das sah nach Happy End aus, oder?«, singsangt sie, bevor sie sich wieder an mich wendet. »Könnte es nicht sein, dass du dich erst mal beruhigen musst, um das Ganze objektiv zu betrachten?«

Ich stoße hart die Luft aus, sehe für einen Moment Silas' entsetzten Blick vor mir, spüre erneut diesen Fall ins kalte Nichts. »Objektiv? Pff.« Mein Bauch zwickt, und ich presse die Hand darauf. »Ich wünschte einfach nur, ich könnte den Scheiß skippen. Zeit heilt doch alle Wunden, oder? Und wenn's so weit ist, lerne ich jemanden kennen, dem ich nicht zu unmoralisch bin.« Meine Stimme bricht beim letzten Wort, und ich schlucke gegen Tränen an. Nelly reagiert sofort, ihre Arme öffnen sich genau in dem Moment, in dem ich zusammensacke.

»Alles cool, mir geht's gut«, schluchze ich und lasse mich tief in ihre Umarmung fallen.

»Ich weiß.« Nellys Stimme erinnert mich daran, dass Herzschmerz und sie ebenfalls alte Freunde sind und ich es war, die sie vor nicht allzu langer Zeit tröstete. Fast höre ich sie in meinem Kopf flehen: *Ich brauch einen Filmriss, damit ich vergesse, wie sehr es wehtut.* Doch sie war damals schwanger, Alkohol oder illegale Substanzen kamen nicht infrage, um ihren Kummer zu betäuben, was natürlich gut war, denn das ist nie eine Lösung.

»Manchen Schmerz muss man aushalten«, hatte ich geklugscheißt, und meine Worte kommen mir nun brutal vor.

»Aber das hier geht ewig«, meinte sie und heulte ebenso jämmerlich wie ich jetzt. Was mich noch mehr zum Flennen bringt und einen heftigen Magenkrampf auslöst.

Doch Nelly ist die Beste. Sie schickt mich wie meine Mama früher mit einem Teddybären, Kamillentee und Wärmflasche in ihr Bett. Ich schlafe ganze vier Stunden und träume wirres Zeug, eine Diskussion mit dem Schicksal zum Thema Timing. Als ich aufwache, dämmert mir, worauf mein Unterbewusstsein anspielen wollte. Auf einen Termin, den ich vergessen, und eine neue Kundin, die ich somit versetzt habe. Zu allem Überfluss ist der Akku meines Telefons inzwischen leer, und ich habe kein Ladegerät dabei. Mist! Monika wird begeistert sein.

Irgendwann gegen vierzehn Uhr verabschiede ich mich von Nelly und schleppe mich nach Hause. Ich zögere, den Schlüssel ins Schloss zu stecken und aufzuschließen, weil ich Stimmen höre. Ob Silas vielleicht auf mich wartet? Ob es ihm genauso schlecht geht wie mir und er sich entschuldigen will? Mein Herz stolpert, beschleunigt sich. Ungelenk krame ich mein Handy aus der Tasche und versuche, mich im schwarzen Display zu spiegeln, wische eilig an schwarzen Kajalschlieren herum.

»Toll siehst du aus, Madita«, sage ich zu mir selbst. »Ganz nach dem Motto: Schau mich an, mir geht's richtig fucking gut.« Ich knurre, suche ein Taschentuch. »Warum meine Augen rot sind? Das sind nur die Pollen der Birken, die noch gar nicht blühen.« Ich ringe mit mir, lausche, höre nichts außer gedämpften Stimmen. Eilig tupfe ich mit einem Taschentuch über meine Augen, was es nur schlimmer macht.

»Nur Mut, er ist hier, um sich zu versöhnen«, sage ich mir und will gerade den Schlüssel drehen.

»Ach, Sie sind allergisch gegen Birkenpollen?«, fragt mich jemand, und ich zucke zusammen.

»Herr Kemnich«, stelle ich fest und schnappe nach Luft.

»Ja, so heiße ich. Wir kennen uns«, frotzelt er doch tatsächlich. »Wissen Sie, wogegen *ich* allergisch bin?«

»Gegen Menschen?«, frage ich.

»Gegen Windeln. Ich verbiete Ihnen, die Hinterlassenschaften des Säuglings im Flur zu lagern.« Er verengt die Augen und mustert mich eingehend.

Ich weiß nicht, was ich sagen soll. Es kam vielleicht dreimal vor, dass wir den speziellen Miefmüll nicht umgehend nach unten brachten, sondern vor der Wohnungstür deponierten, um ihn später mitzunehmen. Doch natürlich sind die Ausnahmen der Regel Kemnichs feiner Nase nicht entgangen.

»Und weil Sie gerade mit sich selbst geredet haben … « Die Augen unseres Nachbarn weiten sich, er stemmt seine dürren Arme in die Taille. Mir fällt eine Laufmasche seines Pullovers ins Auge. »Das kommt vom Schlafmangel und spricht für eine Psychose. Da sehen Sie, was nächtliche Ruhestörung alles anrichten kann.«

Ich lächle gequält, drehe den Schlüssel im Schloss unserer Wohnungstür.

»Sie haben übrigens Besuch«, lässt er mich wissen, während ich zum Abschied winke. Sofort flirrt Hoffnung in mir hoch, dass vielleicht ein reumütiger Polizist meine Ankunft ersehnt.

»Eine Frau, die ich hier noch nie gesehen hab. Sah nicht so aus, als wäre sie sonderlich willkommen. Vielleicht jemand von der Steuer?« Eine gewisse Schadenfreude klingt in seiner Stimme, und mein Herz splittert erneut, weil mir klar wird, dass Silas nicht auf mich wartet.

»Helga, ich bin zu Hause«, rufe ich beim Eintreten, feuere meine Tasche vor die Garderobe und betrachte neugierig das fremde Paar Schuhe. Hohe Stiefel mit modischen Schnallen, schwarz, spitz zulaufend, mittelhoher Absatz. Eher unpraktisch für Schneeregenwetter, aber schick. Hat Helga etwa Freundinnen, von denen ich nichts weiß?

»Freundinnen? Liberica ist meine Freundin«, meinte sie mal, als ich sie nach ihrem Sozialleben fragte, weil ich keines mitbekommen habe, und es dauerte, bis mir aufging, dass das eine Kaffeebohnensorte ist.

Ich linse ins Wohnzimmer, erblicke zwei Teetassen. Die nutzt Helga nie, und ich wundere mich, als eine fremde Frauenstimme sagt: »Und die Wohnung hat Hans dir *gekauft?* Na, da wollte wohl einer sichergehen, dass er dich auch wirklich loswird.«

Hoppla.

Dachschaden

Helga

Es gibt vieles, das ich antworten könnte. *Wer sagt, dass er mich loswerden wollte?* Ich *war es, die gegangen ist,* zum Beispiel, auch wenn es gelogen wäre und *Na, du weißt doch, wie bodenständig Hans ist* souveräner klänge. Das aufgeschreckte Huhn, das in mir umherflattert, seit ich auf den Knopf des Türsummers gedrückt habe, verscheucht jedoch jegliche Souveränität, hackt mit Schnabel und Klauen danach, fetzt Stückchen davon ab und verschlingt sie, um sie erfolgreich in Magensäure aufzulösen. Dass ich nach all den Jahren nicht weitergekommen zu sein scheine, ist erbärmlich, und ich sage nichts. Was die Miene gegenüber des Tisches zufrieden macht. Weil die Person, die sie zur Schau trägt, grundsätzlich recht hat, unabhängig von der jeweiligen Behauptung.

»Hallo allerseits.« Es klopft am Türrahmen. Das Küken tapst ins Zimmer, als befürchte es, der Boden könne an Stabilität verloren haben und unter ihren Schritten wegbrechen. Nun, die Schwerkraft ist in der Tat außer Kraft gesetzt, und ich befinde mich im freien Fall.

Mit zwei Metern Abstand bleibt Madita, wo immer sie so plötzlich hergekommen ist, vor dem Couchtischchen stehen, schaut von mir hinüber zu … der Besucherin, deren gemalte Augenbrauen in den Fransen ihrer hingezupften, durchdacht gefärbten Haarsträhnen verschwinden – ein wirkungsvolles Kurzhaargraublond, das natürlich sein könnte und deshalb geschickt Alter und Eitelkeit kaschiert. Die Frisur kommt derart lässig daher, dass es schon wieder albern ist. Denn wozu müssen Haare *gelassen* sein? Dazu das ganze Outfit, das genauso gewollt unabsichtlich gekonnt anmuten möchte, obwohl jeder Faltenwurf drapiert ist und nach Applaus schreit. Hautenge Bluejeans, ebenso schmal geschnittener Kaschmirpullover in einer Farbe, die mit Sicherheit eine spezielle Bezeichnung trägt, die ich noch nie gehört habe; ein umfangreicher Kragen, der in irgendeiner extravaganten Form dahinstürzt. Ringe an den Fingern, Kettchen um die Handgelenke, ein Schmuckungetüm, das sich vom Hals die Brust hinabwindet und den Pulloverkragen zur Geltung bringt oder umgekehrt.

Normalerweise ist mir Kleidung egal, mag jede tragen, was sie will, doch diese regt mich auf, das ganze Behauptete, ob es nun wahr ist oder nicht.

»Wo warst du?!«, frage ich Madita und höre selbst, wie mein Unmut in meinen Tonfall hineinkotzt. Entsprechend runzelt das Küken die Stirn; das Gegenüber bleckt die Zähne.

»Bei Nelly, wieso?« Madita strafft die Schultern, tritt an den Tisch heran und beugt sich zu mir herunter, um mich kurz zu drücken und mir einen Kuss auf die Wange zu hauchen, wie sie es gern macht, bloß lascher als sonst. Mit weniger Zauberglanz. »Ich hab dich auch vermisst, liebste Helga.«

Das Zwitschern des Kükens ist spitz und dringt tief in mich ein. Kopfschmerzen pochen auf, da hilft auch ein langer Atemzug nicht. Ich seufze, rutsche beiseite und klopfe mit der Hand neben mich. Will »Setz dich« sagen, flüstere allerdings nur, weil ich Angst habe, wie meine Stimme sonst klingt.

»Alles in Ordnung?« Maditas Verstimmung über meine harsche Begrüßung verpufft zu einem warmen Nebel der Sorge. Ich könnte heulen über ihr Kakaoherz, aber das kommt natürlich nicht infrage. Nicht jetzt.

»Helga tut sich manchmal schwer mit Sozialkompetenz«, lacht es von der anderen Seite des Tisches herüber, fröhlich und frei von jeder Ironie, als handle es sich um eine neutral feststellbare Tatsache wie *Wasser ist nass*. »Ich bin Heike.«

Eine Hand schießt über den Tisch, und die Sozialreflexe des Kükens funktionieren fantastisch: Madita greift danach und schüttelt – immerhin mit Irritation im Blick, den sie zwischen mir und *ihr* hin- und herwandern lässt.

Weder von gegenüber noch von mir kommt eine genauere Erklärung. Ich wehre mich dagegen, eine Bezeichnung zu verwenden; *sie* hat es vermutlich nicht nötig.

Madita versteckt sich hinter ihrem Sahnelächeln und verrät Unsicherheit, indem sie mit einer ihrer pinken Haarsträhnen spielt. »Ich bin Madita«, sagt sie schließlich.

Jetzt erst fällt mir auf, wie schlecht sie aussieht. Blass, verwischtes Make-up, um mehrere Kilos schwerer, was ihr Herz betrifft. Gleichzeitig hat sie an Gewicht verloren, als sei sie innerhalb ihres eigenen Körpers kleiner geworden. Etwas, das vorher gefunkelt hat, ist nun stumpf. Also ist doch etwas schiefgelaufen in ihrer Fastnacht. So wie sie und das Bübchen losgeschnuckelt sind, hätte sie schwebend zurückkehren müssen, leuchtend und glitzernd, eine Honigfee und kein Kobold des Elends. Ich überlege, ihr die Schulter zu streicheln.

Sie sagt: »Ich bin Helgas Freundin.«

Gegenüber findet mimische Versteinerung statt, bevor die gepuderte Nase ausgefeiltes Rümpfen zur Schau stellt. »Ach, ist das der Grund, warum Hans dich rausgeworfen hat?« Mich trifft ein Blick, der sich so fern von *nett* bewegt, dass Google sämtliche Sterne an sich vernichten müsste. »Du bist *lesbisch?*«

Maditas Gesicht vollführt ein Kunststück in Sachen Ungläubigkeit. »Hallo?« Offensichtlich kann das Küken nicht fassen, dass sich im 21. Jahrhundert noch mit einem derartigen Tonfall nach sexueller Identität fragen lässt. Tja.

Ich betrachte die Zimmerdecke, während ich erkläre: »Madita ist eine Kollegin von mir. Madita«, ich wende mich ans Küken, weigere mich, über den Tisch zu blicken. »Heike ist … meine Mutter.« Es gelingt mir, das Wort auszusprechen, ohne zu würgen, was eventuell ein Fortschritt ist, über den ich mich freuen sollte.

»Was?!« Das Küken sieht derart überrumpelt aus, dass es mir leidtut. Doch wie hätte ich sie warnen können? Dass Heike sich tatsächlich angekündigt hat, per Telefon neulich, bei Hans, ging in der Piratennachricht unter und schnitt mir erst wieder scharfkantig durchs Bewusstsein, als es schon zu spät war und das Unheil in seinen Modestiefeln das Treppenhaus heraufklackerte.

Mir drängt sich die Frage auf, wieso ich überhaupt geöffnet habe, und ich ärgere mich über mich selbst, was Heike mit Sicherheit bemerkt. Sie genießt den Moment sichtlich.

»Dann bist du auch Hebamme? Freut mich«, behauptet sie und packt ihr Strahlen für taktische Anlässe aus. Das Küken springt automatisch darauf an, lächelt zurück. »Das ist ein … besonderer Beruf. Ich hab Helga immer gesagt, dass sie tun soll, was immer sie möchte.« Ja, bloß dass es bei dir wie *Mach, was du willst, es ist mir egal* klang. »Ich selbst habe mich der Kunst verschrieben.«

»Sie arbeitet als Maskenbildnerin«, kann ich mir nicht verkneifen klarzustellen.

»Auch so ein Beruf, den die Leute verkennen, nicht wahr? Das ist wie bei euch – im Vordergrund stehen andere, aber letztendlich sind *wir* diejenigen, ohne die nichts über die Bühne läuft. Auf die es ankommt.«

»Warum bist du eigentlich hergekommen?«, will ich in Richtung Heike wissen, bevor noch jemand auf die Idee kommt, dass das hier ein Gespräch werden könnte. Das Küken starrt mich an, Heike lächelt.

»Wie immer auf den Punkt, Helga«, schnarrt sie. »Deine Effizienz ist beeindruckend.« Sie zwinkert Madita zu. »Ich bewundere sie ja dafür. Während sich unsereins ständig vom Leben ablenken lässt, hält unsere Helga die Welt beisammen.« Sie klingt so herzlich, dass sich Maditas Mundwinkel erneut heben. Das ist nichts Neues, Menschen sind machtlos gegenüber dem Sprühregen aus Heikes Heiterkeit. Dabei ist jeder einzelne Tropfen mit Gift versetzt, das langsam, aber beständig durch die Haut sickert und sich unbemerkt im Blutkreislauf sammelt. Bis es zu spät ist. »Hätte an ihrer Hochzeit das Telefon geklingelt, hätte sie den armen Hans vor dem Altar stehen lassen, um irgendjemandes Kind zu entbinden, nicht wahr? Die Selbstlosigkeit, mit der du dich an Verantwortung krallst ... tja. Wir können nicht alle so perfekt sein wie du.« Heike zuckt die Achseln. »Ein bisschen Lebensfreude würde aber auch nicht schaden, oder, Schätzchen?« Wieder eine Verschwörungsgeste zu Madita hinüber. »Ich denke, man darf ruhig auch mal Nein sagen und sich selbst feiern.«

Deine Party ist so riesig, dass für uns andere kein Platz bleibt, will ich sagen, finde meine Stimme jedoch nicht, sondern lediglich einen Klumpen, der in meinem Hals heranwächst und an Konsistenz und Größe gewinnt. Das nachsichtige Lächeln, das in Heikes Gesicht klebt, lässt in mir den Wunsch entstehen, mich zu übergeben.

»Äh ...« Auch Madita ist eher sprachlos, und ich bereue, dass ich keine Schokolade auf den Tisch gestellt habe. Das Küken sieht aus, als hätte es welche nötig. Sie trägt ihr Herz vor sich her und gerät ins Stolpern, wenn verbale Äußerungen in einer anderen Sprache erfolgen als derjenigen, die der dazugehörige Körper spricht.

Das ist das Problem mit dem Bübchen, denke ich. Während Silas' Körper dem Küken ein beständiges JA! entgegenbrüllt, blubbern aus seinem Mund lauter Abers hinterher. Das kann nicht gut gehen, denn Madita ist einfach nicht gemacht für Masken, Kostüme und Verkleidungen. Deshalb liebt man sie so, auch wenn es sie eines Tages Kopf und Kragen kosten wird.

»Nun.« Mit großer Geste hebt Heike ihre Tasche vom Boden, seufzt beim Darinherumkramen, als finde sie das Wesentliche unter den vielen anderen wichtigen Dingen nicht, die sie mit sich herumträgt. »Ich weiß, dass du Konversation hasst, Helga, kommen wir also zur Sache.« Sie zieht eine Pappmappe hervor, schwarz und schlicht, und hält sie mir entgegen. »Du musst unterschreiben.«

»Was ist das?«

Die Mappe schwebt zwischen uns über dem Couchtisch, und es ist mir peinlich, dass ich es genieße, Heike warten zu lassen. Also greife ich danach.

»Dein Einverständnis, dass Harald die Wohnung verkaufen darf.« Sie schlägt die Beine übereinander, greift zum ersten Mal nach der Tasse, die ich ihr hingestellt habe. Nippt am Kräutertee. »Hm. Schmeckt erstaunlich gut«, lässt sie uns wissen.

»Hat Madita mir geschenkt«, murmle ich automatisch, während ich die Mappe öffne und auf offiziell aussehendes Papier starre. Der Schriftzug irgendeines Notarbüros protzt in mein Auge.

»Stimmt, du trinkst ja nur Kaffee.« Es klingt wie ein Makel. »Sie fing schon als Teenager damit an«, plaudert Heike für Madita. »Dagegen war ich machtlos.« Ihre Mundwinkel biegen sich auseinander.

Im Gesicht des Kükens glitzert ein Schmunzeln, ihres liebevoll, Heikes geplant.

»Es war dir egal.«

Heike hat es nicht nötig, darauf zu antworten, weil ich mich so trotzig anhöre wie die Teenagerin, von der sie erzählt. Das Mädchen, das die Mechanismen, mit denen Heike arbeitet, nicht durchschaute und ihnen deshalb folgte wie ein Hündchen seinem Menschen. Unterwürfig, den hechelnden Blick aufwärts gerichtet in der Hoffnung auf ein »Braves Tierchen!«, ein Schwanzwedeln aus lächerlicher Dankbarkeit für jeden herabfallenden Brocken an Zuwendung.

»Warum braucht ihr meine Unterschrift, um die Wohnung zu verkaufen, und wieso wollt ihr sie überhaupt loswerden?«

»Auf dem Papier gehört die Wohnung dir, wir haben bloß lebenslanges Nießbrauchrecht.« Heike lehnt sich zurück, wedelt mit ihrer beringten Hand und macht ein Gesicht, das mich eine Ankündigung erwarten lässt, mit der ich nicht rechne. Sie schweigt jedoch, wartet darauf, dass ich nachfrage. Hechelnd an ihr hochspringe. Ich will nicht.

»Ihr habt mir eure Wohnung überschrieben?« Ich blättere durch die Unterlagen, überfliege das Schwurbeldeutsch, in dem solche Dinge verfasst sind. Mir kommt ein Gedanke. »Und wenn ich sie nicht verkaufen möchte?«

Heike zuckt mit den Achseln. Die Gleichgültigkeit in ihrer Miene könnte echt sein. »Deine Entscheidung. Allerdings könnte es dann für Harald eng werden.«

Ein Quäken aus dem Schlafzimmer lässt Madita aufspringen. »Ich mach das schon«, murmelt sie beim Hinausgehen. Mir wäre es lieber, sie bliebe neben mir sitzen.

»Sprich Klartext«, schnaube ich, knalle die Mappe zwischen die Tassen auf den Couchtisch. »Was hat es damit auf sich?«

Heike ächzt, als sei ich schwer von Begriff, und ich möchte

das Geschirr nach ihr werfen. Schäme mich vor mir selbst, dass ihr Verhalten mich ärgert, obwohl es so abgedroschen ist.

»Ich will dich nicht mit den komplizierten Details belasten«, seufzt sie, und beinahe finde ich es *nett,* dass sie nicht »überfordern« sagt. »Dein Vater hat die Wohnung damals gekauft und dich ins Grundbuch eintragen lassen.« Klar, dass das nicht *deine* Idee war. »Er wollte damit Erbschaftsprozesse vermeiden. Das Nießbrauchrecht gewährt ihm die Rechte an der Wohnung, zwingt ihn aber auch, alle anfallenden Kosten zu übernehmen, was der springende Punkt ist: Er findet sie zu groß und zu teuer für sich allein und würde sich gern etwas Kleineres zulegen, was er aber nicht kann, wenn du nicht unterschreibst und ihm den Erlös des Verkaufs überlässt.«

Das Pochen in meinem Kopf wächst sich zu dröhnenden Hammerschlägen aus, für die mein Schädel zu klein ist. Es fällt mir schwer, nach den Details in all den Informationen zu angeln, die Heike mir hingespuckt hat, und das alte Gefühl der Unzulänglichkeit erwacht. Je dümmer die anderen, desto schillernder die eigene Großartigkeit. Und Heike beleuchtet seit jeher ganze Großstädte.

»Ey, Fronau, deine Mutter ist echt heiß!«, verkündete einst ein Klassenkamerad, der sich für die Theateraufführung in der Elften von ihr schminken ließ, denn natürlich schenkte sie der Schule für solche Anlässe großzügig ihre Dienste, was darüber hinwegblendete, dass sie keinen einzigen Elternabend besuchte, nie in die Klassenkasse einzahlte und mich am Ende der Jahresfahrt als Einzige nicht vom Busbahnhof abholte, weil ich *schließlich alt genug sei, um allein nach Hause zu finden.*

Das Urteil der Mädchen fiel ähnlich aus. »Boa, Helga, deine Mutter hat's voll drauf – ihre Stylingtipps sind echt fett! Du hast es so gut!« Nach einem Blick auf meine Frisur und in mein ungeschminktes Gesicht wich die Schwärmerei meiner

Mitschülerinnen erstickendem Mitleid. »Tjaaaa … tschüss dann.«

Als ob Schneewittchen jemals eine Chance gehabt hätte, von der eitlen Schönen im Schloss brauchbare Unterstützung zu erhalten.

»Wieso ist Papa allein?«, quäle ich mich aus meinen Gedanken, als Madita ins Zimmer zurückkehrt, Lovis über ihre Schulter gelegt. Meine Tochter weint.

»Tja, das ist schon ein ulkiger Zufall, nicht?« Heike beobachtet das Küken, wie es sich neben mich setzt und Lovis hin- und herschaukelt. Sie lächelt, aber ich weiß, dass sie Babys nicht leiden kann. Weil sie süß sind und Aufmerksamkeit stehlen. »Dass du und dein Vater am selben Punkt stehen.«

Es ist so einfach, doch ich begreife es nicht. Lovis' Geschrei schraubt sich in meinen Kopfschmerz hinein, und ich greife nach ihr, nehme sie dem Küken ab. Wieder muss ich nachfragen, wie Heike es will. »Und welcher Punkt wäre das?«

Heike schnippt mit den Fingern, als hingen ihre Gedankengänge in der Luft, offensichtlich und für jeden nachvollziehbar, außer für mich natürlich. Obwohl ich es besser weiß, komme ich mir dumm vor. *Langjährig gepflegte Saaten*, schießt mir durch den Kopf. Und: *Davor muss ich Vicky unbedingt retten.*

Mit einer lässigen Handbewegung schlenkert Heike eine ihrer Haarsträhnen aus der Stirn, die bestimmt nur deshalb dahin frisiert ist, um diese Geste zu ermöglichen. »Na, ihr seid beide verlassen worden und steht am Ende einer Ehe, die nicht mehr funktioniert«, summt sie. »Bevor es unschön werden konnte, habe ich mich dazu entschlossen, es zu beenden.« Heike lächelt. »Genau wie Hans.«

Lovis bewahrt mich davor, ihr den Tisch vor die Knie zu treten. Stattdessen schiebe ich meinen Pullover nach oben, öffne den Still-BH und lege meine Tochter an. Das leise Ziepen an meiner Brust dämpft mich sofort, flufft zwischen die Einschläge von außen. Ich liebe dieses Kind.

»Ich dachte, Ammen übernehmen das Stillen heutzutage nicht mehr?«

Der Kopf des Kükens, der in Richtung meiner Tochter geneigt war, weil Madita jedes Baby bestaunt, egal wie oft sie es sieht, ruckt hoch.

Schwer zu sagen, was Heikes Frage in *mir* auslöst. Es könnte Triumph sein: Weil *sie* dieses eine Mal nachfragen muss und nicht ich; weil *sie* es ist, die sich dann blöd vorkommt; weil ich mich auf den kleinen Schock freue, der sich in ein paar Sekunden in ihr Gesicht schleichen wird, ohne dass sie das verbergen könnte. Doch stattdessen kriecht Traurigkeit in mir hoch, bis auf meine Zunge, bitter und schal, und viel zu viel Enttäuschung und erneut – Scham, deren Grundlosigkeit leider nicht dafür ausreicht, um ihre Existenz zu verhindern.

Ich lasse den Siegeswagen stehen und schweige. Und so ist es das Küken, das sagt: »Oh, Lovis ist Helgas Tochter.« Es schiebt ein verunsichertes Kichern hinterher. »Und äh … deine Enkelin.«

Da ist es: das Befremden in Heikes Gesicht. Das Entsetzen und die Wut darüber, dass es mir gelungen ist, sie aus der Fassung zu bringen. Ich schiele rechtzeitig zu ihr hinüber, um das Geschenk ihrer Blöße entgegenzunehmen, die im nächsten Moment schon wieder verpufft.

»Ach was, wirklich? Hm. Hätte ich das gewusst, hätte ich natürlich ein Geschenk mitgebracht.« Es gelingt ihr tatsächlich, enttäuscht zu klingen, und ich drücke Lovis enger an mich. *Und immer bin ich schuld.*

Madita lacht ihr Lachen für peinliche Situationen, laut und mit einer guten Portion Schrill darin, und meint: »Ach, für Geschenke ist es nie zu spät!«

»Lovis braucht nichts«, sage ich.

»Davon gehe ich aus«, erwidert Heike, was immer sie damit meint, und verschränkt die Arme vor der Brust.

Lovis schmatzt, und das Küken dreht sich zu ihr, streichelt ihr die Wange und übergießt mein Kind mit einem Blick voll Zauberliebe.

Klar, dass Heike das nicht erträgt. »Ich wünsche dir, dass sich das nicht als Fehler herausstellt«, flötet sie, als spräche sie von Gesundheit und Frohsinn, und gewinnt dafür Maditas Aufmerksamkeit zurück.

»Was meinst du?«, fragt das Küken, der Heikes Andeutung entgeht.

Sie hätte Schauspielerin werden sollen, diese Frau auf der anderen Seite des Tisches, denn das entschuldigende Lächeln, mit dem sie ihr Gesicht schmückt, würde sogar ich ihr abnehmen. Wenn ich es nicht besser wüsste.

»Ach Schätzchen.« Ein Seufzen, das Bedauern imitiert. »Vor dem ersten Kind weiß man ja gar nicht, auf was man sich einlässt, oder? Könnte man das irgendwie erahnen – ich hätte keins bekommen.«

Lovis unterbricht ihr Saugen, als sich meine Finger in ihren Körper bohren, und sofort lockere ich meinen Griff.

»Aber …«, setzt Madita an.

»Ach, natürlich heißt das nicht, dass Helga nicht willkommen war, nein, nein, i wo.« Heikes Lachen ähnelt biologischer Kriegsführung, ist der nächste giftige Sprühregen. »Selbstverständlich habe ich mich über sie gefreut.«

Ja, weil du protzen konntest: mit deinem niedlichen Baby und deiner Toughness, da du gleich nach dem Mutterschutz wieder arbeiten gegangen bist.

So wie ich, fällt mir ein, und mir wird schwindelig.

»Ich meinte nur, dass man hinterher ja immer klüger ist.

Ich habe einfach festgestellt, dass ich das Muttersein lieber anderen überlasse. Weißt du«, jetzt spricht Heike in jenem Tonfall, mit dem lebenserfahrene Menschen jüngeren ihre wohlmeinenden Erkenntnisse weitergeben, um sie vor künftigem Unheil zu bewahren. »Es ist wichtig, sich die eigenen Grenzen einzugestehen, auch wenn es schwerfällt. Aber nun ja, mir ist das zum Glück gelungen. Wir haben nach dem ersten Kind aufgehört.«

Das Küken zwirbelt an seinen Haaren herum und bekaut ihre Unterlippe, verheddert sich in den Fäden, die Heike gesponnen hat, sich vermutlich nicht bewusst, dass sie ein Opfer ist.

Wie mein Leben wohl verlaufen wäre, hätte ich einen Bruder oder eine Schwester gehabt? Tatsächlich habe ich mir diese Frage nie gestellt, obwohl es mir guttat, in Hans' große Familie einzuheiraten, die mich nicht nur deshalb einlud, um die eigene Herrlichkeit zu feiern, sondern mir das Gefühl vermittelte, dazuzugehören, willkommen zu sein und gemocht zu werden. Damals ging mir ein Licht auf, in dessen Schein sich Heikes Konturen zum ersten Mal klar herausschälten. Mit einem Mal sah ich sie: ihren Panzer, ihre sprühenden Giftdrüsen und mahlenden Kauwerkzeuge, die beständig auf Beute lauern.

Lovis beendet ihre Mahlzeit, ist zufrieden damit, lediglich eine Brust leer getrunken zu haben, sodass die rechte schlaff herunterhängt, während sich die linke hart nach außen wölbt. Ich lege mein Baby auf meine Schulter und schließe zwei Atemzüge lang die Augen, um das Brennen hinter meinen Lidern zu löschen.

»Ach!« In Maditas Stimme kehrt die Schokolade zurück, und sie klatscht in die Hände. »Ich wollte ja schon immer mal wissen, wie Helga zu ihrem Vornamen gekommen ist.«

Vielleicht denkt sie wirklich, irgendwo in Heike ein Fünkchen Glitzer aufstöbern zu können, wenn sie nur lieb und lang genug danach sucht. Ich will sie stoppen, weil das Einzige, das in der Frau da drüben glänzt, scharfkantige Beißklauen sind.

»Heike findet Vornamen nicht wichtig«, sage ich, ehe Heike irgendwas behaupten kann, das sich nett anhört.

»Namen unterliegen flüchtigen Modewellen«, ergänzt sie. »Das wollte ich Helga ersparen.«

»Du hast gewettet.«

Sie zuckt die Achseln.

»Wie, gewettet?«, fragt das Küken.

»Ihre Kolleginnen haben Heike ihre Gleichgültigkeit nicht abgekauft, zehn absurde Namen auf Zettel geschrieben und behauptet, dass sie nicht bereit wäre, ihrem Kind einen zufällig daraus gezogenen zu geben.«

»Du sagst das so, als sei das ein Verbrechen«, kommentiert Heike. »Was ist besser daran, sein Baby nach Großmüttern, Hitlisten oder Kunstfiguren zu benennen? Glaubst du wirklich, es spielt eine Rolle, dass du Helga heißt und nicht Stefanie?« Heike lacht. Herzlich, offen, liebenswert.

Wie immer hat sie gewonnen.

*

»Warum lässt du dir das gefallen?«, fragt das Küken später.

»Was meinst du?«

»Deine Mutter? Sie behandelt dich wie … wie … ach, ich weiß nicht. Sie ist ’ne verdammte Großinquisitorin.«

»Guck auf die Straße!«

Maditas Auto macht einen Schlenker. Weil sie mich mit ihren besorgten Sahneaugen mustert, statt nach vorn zu sehen, laufen die am Straßenrand parkenden Autos Gefahr, ein Andenken an unsere Vorbeifahrt davonzutragen. Zum Glück ist um diese Uhrzeit kaum noch jemand unterwegs, sodass der Gegenverkehr Maditas hektisches Ausweichmanöver unbeschadet übersteht. Nächstes Mal nehmen wir mein Auto, und ich fahre.

»Das geht gar nicht, wie sie mit dir spricht«, motzt das Küken weiter. »Wie kann man nur so fies sein?«

»Vergiss es.«

»Sie ist deine Mutter, Himmel, Barsch und …«

»Thema beendet, Madita!«

Sie umklammert das Lenkrad, starrt auf die Straße und schweigt. Dann breitet sich plötzlich ein Grinsen auf ihrem Gesicht aus. »Immerhin hast du ihr einen ordentlichen Abflug bereitet.«

Mein Lächeln gerät zu einem Zähnefletschen, aber ich spüre warme Bläschen in mir perlen. Nachdem Heike ihre Überzeugung über die Belanglosigkeit von Vornamen kundgetan hatte, ging sie dazu über, Madita in allen Einzelheiten zu schildern, wie es einzig ihrer liebevollen Genialität zu verdanken sei, dass ich meine Kindheit überlebt habe. Mein Vater habe sich ja stets rausgehalten, deshalb sei es an ihr gewesen, sich allein um alles zu kümmern.

Mein Einwand, dass er genauso in ihrem Netz hing wie alle anderen, vergiftet, erstarrt, erstickt, ging in der Erläuterung unter, sie habe mich zum Beispiel deshalb regelmäßig aufs Land zu meiner Großmutter geschickt, um mich vor dem Großstadtmief zu bewahren. Und selbstverständlich nicht, weil sie weder Zeit noch Lust hatte, sich selbst um mich zu kümmern.

»Na, und bei Margarete auf dem Hof hattest du ja immer genug Platz, um dich auszutoben, und warst nicht in einer kleinen Großstadtwohnung eingesperrt so wie deine Klassenkameraden. Du bist quasi in Bullerbü groß geworden.«

Sicher. Bloß ohne die Kinder der anderen Höfe.

Dass ich als Kleinkind während eines Urlaubs am Meer beinahe ertrunken wäre, weil Heike so von ihrem Sonnenbad in Anspruch genommen war, dass sie vergaß, auf mich aufzupassen, stärkte selbstredend meinen Charakter – und hielt mich davon ab, je wieder Spaß an Gewässern zu haben, was Heike als weiteren Pluspunkt verbuchte.

Entsprechend stellte sie es als reine Umsicht dar, keine weiteren Reisen mit mir unternommen zu haben, auf denen etwas hätte passieren können, sodass sie fortan mit meinem Vater allein in die Ferien fuhr, nachdem sie mich bei seinen Eltern abgeladen hatte. Hätte sie vorher geahnt, dass meine dauernden Aufenthalte im Dorf bei meinen Großeltern zu jener Bauernmentalität führen würden, die ja nun bis heute mein Eigen sei, hätte sie meine Freizeit selbstredend anders gestaltet. Aber ich liebte es ja so bei Margarete, das hätte sie mir nicht nehmen wollen.

Dass sie seufzend ihr Bedauern darüber äußerte, nicht auf ihre Ahnung gehört und mich von Gretus ferngehalten zu haben, half. Ich sprang auf, drückte Madita Lovis in den Arm und sagte: »Komm, Heike, ich zeig dir was.«

Tatsächlich war sie überrumpelt genug, mir in den Flur zu folgen, wo ich nach ihrem gefütterten Trenchcoat und ihren Stiefeln griff, alles durch die Wohnungstür in den Hausflur beförderte und Heike hinterherschob. »Das ist der Ausgang, ich hoffe, er gefällt dir.« Die Tür fiel ins Schloss, ich kehrte ins Wohnzimmer zum verdutzten Küken zurück und sagte: »So, und jetzt retten wir Vicky.«

»Was war eigentlich bei *dir* los?«, frage ich nun auf dem Beifahrersitz ihres Autos, »du siehst auch nicht gerade aus, als hättest du Glitzerstunden hinter dir.«

»Thema beendet«, murrt Madita und presst ihre Lippen aufeinander.

»Ups.«

Wir biegen in eine Straße ein, in der mittelgroße Ein- und Zweifamilienhäuser stehen, mit Vorgärten und Carports. Die Reifen knirschen an der Bordsteinkante, als Madita einparkt. »Warte kurz.«

Sie hüpft aus dem Wagen, läuft einen Plattenweg entlang und klingelt an einer Haustür. Ein Mann öffnet, durch das Licht, das ihn von hinten beleuchtet, erkenne ich allerdings nur seine Silhouette. Er überreicht Madita einen unförmigen Gegenstand und ein Kästchen, sie reden eine Weile miteinander. Ich sehe, dass das Küken lacht.

»Hier, halt mal«, sagt sie, als sie sich wieder auf den Fahrersitz wirft. In meinem Schoß landet ein Gerät, das mich entfernt an eine Heuschrecke erinnert, auch wenn es silber ist und auf nur zwei »Beinen« hockt. Dafür ragen vier Flügelchen von zwei Armen ab. »Und das ist die Fernbedienung.« Ich bekomme das Kästchen in die Hände. »Liebe Grüße übrigens von Gerald, Jenny und Tom.« Madita schnallt sich an und rumst uns zurück auf die Straße.

»Das homosexuelle Pärchen, denen die Cousine das Kind ausgetragen hat?«

»Ja, die drei aus dem Geburtsvorbereitungskurs letztes Jahr. Denen geht es total super.« Das Küken strahlt. »Jenny wollte das Kind ja eigentlich an die beiden abgeben und ins Ausland gehen, konnte sich dann aber doch nicht trennen.« Rosa Freude bringt Maditas Wangen zum Leuchten. »Nun bleiben sie beisammen und ziehen Dustin zu dritt groß. Das ist so schön.«

»Ja. Ganz toll, dass es auch einfache Geschichten gibt«, murmle ich und beobachte, wie draußen die dunklen Gassen an uns vorüberziehen. Wir sind eindeutig in vertrackterer Mission unterwegs. Nachdem ich dem Küken von Vickys Anruf erzählt hatte, wälzten wir gemeinsam Ideen, wie wir unserer Teenagerin am besten helfen könnten, ohne verhaftet zu werden oder in andere juristische Schwierigkeiten zu geraten.

»Zunächst mal braucht sie ein Handy, mit dem sie ins Internet und mit Tyrese Kontakt aufnehmen kann«, sagte ich. »Aber ich habe keine Ahnung, wie wir ihr das zukommen lassen sollen. Glossberg kontrolliert sicher die Post.«

Madita kam schließlich die entscheidende Idee: »Wir nehmen eine Drohne. Ich kenne sogar jemanden, der uns bestimmt eine borgt.«

Nun, eine Viertelstunde später, rollt Maditas Auto in das Villenviertel hinein, in dem am Ende einer Anliegerstraße das Glossberg'sche Anwesen thront. Das Küken parkt in einem Seitengässchen. Ich runzle die Stirn.

»Da wir keinen Fahrer haben, müssen wir den Fluchtwagen verstecken«, erklärt sie und kichert.

»Na, du kennst dich ja aus«, brumme ich, werfe einen Blick zu Lovis, die in einer Babyschale auf dem Rücksitz schläft, und beschließe, dass wir sie für einen Augenblick allein lassen können. Es dauert ja nicht lang, und das Küken hat mir eine Babyfon-App runtergeladen.

Die Luft ist kalt, als wir aussteigen, ich wickle mir einen Schal um den Hals, Madita zieht sich ihre Pudelmütze tief in die Stirn.

»Vielleicht hätten wir unsere Gesichter schwärzen sollen«, überlegt sie.

»Ach was, es ist dunkel.«

Trotzdem laufen wir eng an den großen Hecken entlang, die die herrschaftlichen Gebäude der Straße vor der profanen Außenwelt schützen, Madita trägt die Drohne, ich die Fernbedienung. Eine alberne Aufregung kribbelt durch meinen Leib, als sei ich sechzehn und bräche in ein Freibad ein, um mit meiner besten Freundin ein verbotenes Mitternachtsbad zu nehmen.

Du hattest nie *eine beste Freundin,* kräht Heike in mir. *Das hast du nicht hingekriegt.*

»Welches ist Vickys Zimmer?«, frage ich, als wir das Eisentor erreichen, das den Zutritt zu Glossbergs Grundstück versperrt wie ein Drache den Eingang zur Schatzhöhle. Madita streckt den Arm aus, deutet irgendwo aufs Obergeschoss. Die Straßenlaternen stehen in weiten Abständen voneinander und leuchten nur matt, angeblich aus Energiespargründen und zum Wohle der nachtaktiven Tierwelt, in Wahrheit jedoch vermutlich, um den süßen Schlummer der reichen Wähler in diesem Viertel nicht durch Lichtverschmutzung zu stören. Glossbergs Haus steht in einiger Entfernung zur Grundstücksgrenze und ist kaum mehr als ein geduckter Schattenberg.

»Und wie finden wir das richtige Fenster?«

Madita hält mir die Drohne entgegen. »Hier, das Ding hat einen Frontscheinwerfer.« Sie tippt auf eine kleine Lampe am Hauptelement des Gerätes. »Und damit befestigen wir das Smartphone.« Sie zieht zwei dicke Gummibänder aus der Manteltasche und schlingt sie um eine der beiden Kufen, auf denen die Drohne stehen kann. Ich krame das Telefon hervor, das ich zehn Minuten vor Ladenschluss in einem Telekommunikationsgeschäft erworben habe, inklusive SIM-Karte, Vertrag und Internetflat. Was tut man nicht alles.

Madita pfriemelt die Fracht unter die Gummibänder, prüft den Halt und nickt zufrieden. Ich nehme ihr die Drohne ab und reiche ihr stattdessen die Fernbedienung. »Du fährst.«

Ihre Augenbrauen flitschen in die Höhe. »Ich dachte, du hast Angst vor meinen Fahrkünsten.«

»Da oben gibt es keinen Gegenverkehr.«

Madita lächelt und stupst mich mit dem Ellenbogen. »Stell die Drohne ab, man startet vom Boden aus.«

Die Lampe flammt auf, die Rotoren sirren. Sonst geschieht nichts.

»Madita?«

Das Küken fummelt an der Steuerung herum.

»Hast du nicht gesagt, du hättest so was schon mal geflogen?«

»Ja, theoretisch schon.«

Ich atme ein und aus. »Wie – theoretisch?«

»Na, mein Ex hatte so ein Teil, und wir sind manchmal aufs Feld raus, um es fliegen zu lassen.«

»Und?«

»Na ja, er hat immer selbst gesteuert und mich nicht gelassen.«

Ich verzichte darauf, sie zu fragen, ob sie mir das nicht hätte eher sagen sollen, und murmle: »Dann hoffe ich mal, dass du gut zugesehen hast.«

»Klaro. Sah babyleicht aus.«

Endlich hebt die Drohne ab, schaukelt aufwärts wie ein betrunkener Hirschkäfer, bevor sie ein paar Meter weiter mit einer hübschen Steilkurve auf den Asphalt kracht. Zum Glück hat Madita das Rettungshandy für Vicky samt Karton montiert. Sie kichert, während sie hinüberläuft und kontrolliert, ob etwas kaputtgegangen ist. Es klingt ein wenig schrill.

Zehn Minuten und zwei weitere Abstürze später torkelt unser Flugobjekt endlich durch die Luft und hält sich oben. Es gelingt dem Küken, es Richtung Haus und Obergeschoss zu steuern. Der Strahl der kleinen Lampe geistert durch die Dunkelheit wie E.T.s überproportionierter Zeigefinger, unschlüssig, worauf er hinweisen möchte. Plötzlich muss ich ebenfalls kichern.

Madita sieht mich an, grinst, und oben kracht die Drohne gegen die Hauswand. »Upsi.«

Unvermittelt spüre ich unbändigen Harndrang, krümme mich im Kampf gegen mein ausgeleiertes Gewebe und denke: *flitsch, flitsch, flitsch,* was es nicht besser macht. »Schmatz, schmatz, schmatz.«

»Wie?«

»Nichts, sieh zu, dass du das Ding ans richtige Fenster kriegst.«

Madita hopst hin und her, zwischen ihren Lippen blitzt die Spitze ihrer Zunge heraus. »Yes!«, stößt sie irgendwann aus. »Das müsste es sein.«

Inzwischen habe ich die Auseinandersetzung mit meinem Schließmuskel gewonnen und richte mich auf. Der dünne Lichtstrahl schießt in eines der Fenster im Obergeschoss hinein. Hoffentlich wirklich Vickys Reich und nicht etwa das Schlafgemach des Haustyrannen. Obwohl ich neugierig wäre auf seinen Gesichtsausdruck, wenn er, aufgeschreckt und empört durch die nächtliche Störung, hinausschauen und uns vor seinem Haus entdecken würde. Die beiden gemeingefährlichen Hebammen.

Maditas Handy klingelt in dem Moment, in dem sich oben ein Fenster öffnet. Die Drohne sackt einige Meter abwärts. »Scheiße.« Das Küken fängt den Sturz ab, lässt die Drohne wieder aufsteigen. Im Schein des Frontscheinwerfers erkenne ich die Gestalt im Fenster.

»Vicky!«

Das kluge Kind scheint schnell zu begreifen, packt die Drohne von unten und zieht sie in ihr Zimmer. Gleichzeitig drückt mir Madita die Fernbedienung in die Hand und nimmt ihren Anruf an.

»Hier ist Madita … ja? … oh, hallo, Tine … beschreib mal,

wie sich das anfühlt … hm. Ist die Bauchdecke hart?« Sie geht ein paar Schritte, lauscht offensichtlich irgendwelchen Beschreibungen einer Schwangeren mit Beschwerden.

Da wir das Rettungsphone betriebsbereit verpackt haben, dauert es nur wenige Minuten, bis mein eigenes Handy vibriert.

»Mensch, ihr seid die Besten, thanx forever!« In Vickys Triumph knistert Rührung, und sie schluckt. »Ihr rettet mir das Leben.«

»Tun wir gern«, sage ich. »Wir sind Hebammen. Grüß Papa Tyrese von uns.«

»Mach ich!«, verspricht Vicky, bevor sie innehält. »Fuck, ich glaub, da ist jemand wach – ich schick die Drohne runter.« Sie erscheint wieder am Fenster, die Heuschrecke auf der ausgestreckten Hand; das Küken steht in fünf Metern Entfernung und spricht beruhigende Worte in ihr Telefon.

Sah babyleicht aus. Nun gut. Ich drücke auf die Knöpfe der Steuerung in meiner Hand, bediene ein Hebelchen. Erstaunlicherweise surren die Rotoren des Geräts tatsächlich los, und Vicky verschwindet vom Fenster, kriecht vermutlich hastig ins Bett, um sich schlafend zu stellen, falls Kontrolle erfolgt.

In mir regt sich Freude, weil der Tag, der bislang einem Hundehaufen auf dem Bettvorleger glich, sich zu diesem nächtlichen Erfolg durchgerungen hat. Ich grinse, lasse meine Finger einen Siegeswirbel trommeln. Was eine blöde Idee ist.

Die Drohne schwingt herum, kippt zur Seite und gerät ins Trudeln. Ich probiere einen Hebel, die Silberschrecke saust seitwärts, ich drücke irgendwo drauf, sie macht einen Hüpfer. Flutlicht flammt auf, es kracht.

Das Küken taucht neben mir auf, bleibt stehen, blickt mir stumm ins Gesicht. Ich reiche ihr die Fernbedienung, sie hackt darauf herum, keine Reaktion.

»Scheiße«, murmelt Madita. »Für Drohnenschäden haftet der Halter, nicht der Pilot. Und die Dinger sind registriert, wenn sie eine Kamera haben.«

»Die Drohne hat eine Kamera?«

»Klar, dafür kauft man sie sich doch. Für Luftbilder.«

Ich habe mich nie gefragt, wozu sich jemand eine Drohne anschafft. Bis Madita mir vorhin davon erzählte, war mir nicht einmal klar, wie viele Privatpersonen mittlerweile solche Geräte besitzen. Kurz blitzt mir der Gedanke durch den Kopf, dass sich mit einer Drohne Vanillekipferl über den Hof transportieren ließen. Von einem Fenster zum anderen. *Babyleicht.*

»Wir müssen sie zurückholen.«

»Was? Bist du verrückt? Wie willst du denn da reinkommen?« Ich deute auf das Eisentor, das mindestens zwei fünfzig hoch ist.

»Du machst mir eine Räuberinnenleiter.«

Ich kann nicht verhindern, dass mein Blick Maditas Statur entlanggleitet, an ihren runden Hüften hängen bleibt und sich meine Augenbrauen heben.

»Ich bin beweglicher, als ich aussehe.« Das leise Schmollen, das ihre Worte traurig färbt, brennt in meinem Magen.

»Natürlich, tut mir leid.« Ich falte meine Finger ineinander und halte Madita den Tritt entgegen. »Du schaffst das.«

Ich gebe zu, ich bin beeindruckt, als es dem Küken wahrhaftig gelingt, sich mithilfe meines Körpers in die Höhe zu stemmen, die Oberkante des Eisentores zu erwischen und sich daran auch noch hochzuziehen, sodass sie ein Bein darüberschwingen kann. Als sie sich auf der anderen Seite fallen lässt, springt die Alarmanlage des Hauses an. Die Sirene, die man gewiss bis ans andere Ende der Welt hört, fräst sich in mich hinein und lässt mich erstarren. Und jetzt?

»Madita?«, rufe ich, lächerlicherweise nur halblaut, damit mich niemand hört. Schweiß rinnt mir den Rücken hinab, ich zerre mir den Schal vom Leib. In einem Abstand von Vickys Zimmer öffnet sich ein Fenster, im grellen Schein des Flutlichts zackt sich Glossbergs Silhouette in den Rahmen.

»Wer ist da?!«, brüllt er über das Jaulen hinweg, mit dem seine Alarmanlage harmlose Hebammen verpetzt.

Vickys Fenster geht auf. »Was ist denn los? Der Scheißalarm hat Ne-Lu geweckt.« Vicky hält ihr Baby im Arm, das unzufrieden quäkt.

Glossberg dreht sich ins Zimmer. »Karin – stell die Alarmanlage ab«, bellt er. »Und Sie« – jetzt schnauzt er ins Freie, »rühren sich nicht vom Fleck!« Die Silhouette verschwindet.

Wie lange braucht er, um in den Garten zu stürmen? Wo ist das Küken? Und wie zum Teufel will sie eigentlich wieder rauskommen? Auf der anderen Seite gibt es keine Räuberinnenleiter …

Es scheppert, dann zucke ich zusammen und stoße einen Schrei aus, als in einiger Entfernung etwas Großes in Glossbergs Hecke kracht, eine ansehnliche Delle hineinschlägt und mit einem Ächzen auf der Straßenseite auf den Boden purzelt.

»Madita!« Ich hechte hinüber, ziehe sie auf die Beine. Sie lacht hysterisch.

»Lass uns abhauen!«

Weil sie humpelt, greife ich um ihre Taille, schlinge mir ihren Arm um die Schultern und stolpere los. Wir torkeln in die Büsche, kämpfen uns daraus hervor, hasten weiter. Als wir um die Straßenecke biegen, kichern wir beide, und ich muss schon wieder aufs Klo. Madita hat die Drohne im Arm.

»Du hast sie in die Photovoltaikanlage auf dem Garagendach geflogen.« Das Küken bekommt Schluckauf vor Lachen und hickst. »Ich bin über … den Kaminholzstapel … rauf und hab sie … hab sie runtergeholt … und dann … mit ’nem Blumentopf …«

»Was?«

»Da standen Blumentöpfe … ich hab einen reingedeppert, vielleicht … vielleicht denkt Glossberg dann, dass es eine … eine Katze war.«

»Du meinst, eine Katze, die den Blumentopf vom Balkon gestoßen hat?«

Madita nickt, während ich sie auf den Beifahrersitz ihres Autos schiebe. Im Schein des Innenraumlichts, das auf ihr Gesicht fällt, entdecke ich Kratzer und Schrammen auf ihren Wangen und eine Beule auf der Stirn. Ich drücke Madita an mich, das verrückte Huhn mit seinem pinkfarbenen Gefieder und dem zarten Duft nach Blumen. Hauche ihr einen Kuss auf den Scheitel.

»Du weißt schon, dass der Balkon auf der anderen Seite des Hauses liegt?« Ich umrunde das Auto, klemme mich hinter den Fahrersitz.

Während ich den Motor starte, sehen Madita und ich uns an. Im nächsten Moment explodiert unser Lachen im Wageninneren, purzelt, leuchtet und wirbelt, wärmt und heilt, glitzert in allen Regenbogenfarben und durchtränkt uns mit Blubbern. Ich komme gar nicht hinterher, mir die Tränen aus den Augen zu wischen.

Überraschungen für Fortgeschrittene

Madita

Gebraucht zu werden ist wichtig für mich. Ich helfe gern, höre zu, wenn andere es nicht können, und lasse mir Lösungen für Probleme einfallen, auf die sonst keiner kommt. Man könnte sagen, Hilfsbereitschaft ist die Quintessenz meines Charakters, und ich gehe darin auf, Verständnis für andere zu haben. Doch meine Gutherzigkeit hat Grenzen. Nämlich dann, wenn man mich verletzt und auf meinen Gefühlen herumspringt, als wäre ich ein Trampolin. Dann löst Sturheit alle anderen Eigenschaften ab und übernimmt die Führung.

So wie in der gesamten letzten Woche. Ich ging kein einziges Mal ans Telefon, wenn Silas anrief. Dabei wäre es toll gewesen, jemanden zum Reden zu haben, während ich auf der Couch lag und darauf wartete, dass der riesige blaue Fleck an meiner Hüfte schrumpfte und die Kopfschmerzen unter meinen Schrammen nachließen, damit ich endlich wieder arbeiten gehen konnte. Kranksein allein macht keinen Spaß, und allmählich verstehe ich, warum Helga keinen Wert auf Elternzeit legt. Kaum stand fest, dass ich ein paar Tage aussetzen musste, hat sie Lovis Hans in die Arme gedrückt und ist losgestürmt, um meine Termine zu übernehmen.

Helga gibt zu, dass sie beeindruckt ist von meinem Hechtsprung von Glossbergs Garage herunter und durch seine Hecke hindurch, und ich bin es auch. War zwar eine ungeplante Verzweiflungstat, aber hey, das macht es nicht weniger cool.

Vickys fröhliche Nachrichten und die herzallerliebsten Fotos, die sie von sich und Neville-Lupin schickt, entschädigen mich zusätzlich für die einsamen Sofastunden. Heute durfte ich endlich wieder aufstehen und zu meinen Schwangeren gehen – das Leben könnte schön sein. Wenn nicht …

Wieso zum Beispiel ruft er eigentlich immer nur an und schwingt seinen Arsch nicht persönlich zu mir, der Herr Wachtmeister, um mich um Verzeihung zu bitten? So was gehört sich ja wohl. Am besten mit Blumen, Pralinen und einem Kniefall. Immerhin hätte ich seinetwegen fast eine bittere Pille der Zukunft verändernden Art geschluckt und damit gegen eine meiner Grundüberzeugungen verstoßen.

Zum Glück fängt Samira, dreißig Jahre alt und mit Zwillingsmädchen schwanger, meine Gedanken rechtzeitig ein, bevor es zu schmerzhaft wird, und beendet meine Grübeleien. Vorerst.

»Ich hätte nicht gedacht, dass es so junge Hebammen gibt«, sagt sie grinsend, während sie mich ins Wohnzimmer führt. Ein Diamant blitzt auf ihrem Eckzahn. »In meiner Vorstellung sind das alles alte hagere Frauen. Wahrscheinlich schaue ich zu viel Fernsehen.« Sie gluckst, setzt sich auf die Couch. Ich lächle, bin froh, dass meine neue Kundin so ein offenes Wesen hat, und ertappe mich bei dem Wunsch, dass Silas etwas mehr wie sie wäre. Da. Schon wieder er.

»Welches Programm läuft denn bei dir, wenn ich fragen darf?«, erkundige ich mich, um mich abzulenken. »Vielleicht solltest du den Sender wechseln.«

Wir unterhalten uns eine Weile über Sat.1 und warum Samira einst in einem Datingformat mitwirkte. Ich muss schon sagen, sie trägt das Herz auf der Zunge, und ich kann nachvollziehen, warum sich ihr Mann, der mir von einem Foto der beiden entgegenlächelt, in sie verliebt hat. Sie sprüht vor Energie und Lebensfreude. Eine Aura, die ich gerade gut gebrauchen kann.

»Zurück zu den wichtigen Dingen«, sage ich, während sie sich ein großes Kissen aufklopft und in den Rücken schiebt. »Wollen wir doch mal schauen, was bei dir so los ist.«

Samira ist im dritten Trimester, hat alle Frauenarzttermine wahrgenommen, sich aber erst spät zusätzlich für die Betreuung durchs *Storchennest* entschieden.

»Darf ich?«, frage ich, deute auf ihren Bauch, der spitz wie ein Berg vor mir aufragt.

»Aber unbedingt, dafür bist du ja da, nicht wahr?« Ziemlich flott legt sie ihre Schwangerenkugel frei, zieht die Tunika bis zur Brust nach oben und strahlt diesen besonderen Glanz aus, den jede werdende Mama in sich trägt.

»Ta-daa, schau dir an, was mit meiner Haut passiert ist. Ich wette, so viele Schwangerschaftsstreifen hat keine, ich könnte glatt als Zebra durchgehen.« Glockenhell schwingt ihr Lachen durchs Wohnzimmer, auch wenn das Leuchten in ihren Augen ein wenig an Intensität verliert.

»Dein Bauch ist wunderschön, Samira«, sage ich ihr. »Auch mit Dehnungsstreifen. Sie sind Zeugen deines Wunders, trage sie mit Stolz.«

Ein kurzes Zögern, dann ist das Strahlen zurück. »Ja, du hast recht. Wie eine Kriegerin ihre Narben zur Schau stellt, so werde ich es mit meinem Zebrabauch tun.« Sanft streicht Samira über ihre Kugel. »Aber einen Tipp, um der Haut zu helfen, hast du doch bestimmt trotzdem?« Ihr Lächeln gerät schief, und ich kläre sie über allerlei Öle auf, die man benutzen kann. Bestenfalls bereits ab Schwangerschaftsbeginn.

»Schon witzig, dass der Nabel der Welt irgendwann der eigene ist, oder?«, fragt sie anschließend, und ich brauche einen Moment, um zu begreifen.

»Ja, stimmt. Jeder Kosmos schrumpft, wenn man Mutter wird.« Das hat Helga neulich gesagt, und ich denke, sie hat recht. Wie genau es sich wohl anfühlt, wenn man selbst Mutter wird und in dieser Blase voller Fürsorge und Liebe steckt?

Wieder sticht es in meinem Magen, und ich konzentriere mich auf meine Schwangere. »Kannst du dich ein wenig zu mir drehen?«, bitte ich.

»Klar, wenn du einen Kran oder einen Lastenzug hast? Hahaha, nein, warte, ich krieg das schon …« Samira ächzt und wuchtet sich zu mir.

Ich muss zugeben, sie ist eine Marke nach meinem Geschmack. Am liebsten hätte ich sie als Stimmungskanone in einem meiner Kurse. Letzte Woche Dienstag war es so anstrengend wie lange nicht mehr. Lukas, der Mann einer Zahnarzthelferin, hat es sich zur Aufgabe gemacht, den Laden aufzumischen. Zwar gibt es in jedem Kurs einen selbst ernannten Spaßvogel, und Lukas verzichtete sogar auf den üblichen »Elefantenturnen«-Kommentar, der bei Helga in seiner ermüdenden Wiederkehr allergische Reaktionen hervorruft und auch mich mittlerweile schwer nervt. Aber dafür tat er sich mit etwas anderem hervor, leider. Seit Schwangerschaftsbeginn hat Damir, ein junger Kroate, wahnsinnige Angst um seine Katharina und vor der Geburt an sich. Im Kurs klammert er sich regelrecht an seine Partnerin, als könnte er sie dadurch vor was auch immer beschützen. In der letzten Stunde äußerte er seine Befürchtungen zum ersten Mal laut, und ich reagierte mit der Floskel, dass noch kein Kind drinnen geblieben sei und alles ganz natürlich seinen Lauf nehmen werde. Damir atmete auf – zwei Sekunden lang. Dann warf Lukas feixend ein: »Es sei denn, die Mutter wird mit dem Kind beerdigt.«

Ich war so perplex, dass mir keine Erwiderung einfiel, dabei sollte mich das Zusammenleben mit Helga besser trainiert haben. Was sie wohl gesagt hätte? »Mutter und Kind überleben mit Sicherheit, aber um diesen Vater würde ich mir Sorgen machen.« Dazu einer ihrer Blicke und vermutlich sogar ein ausgestreckter Zeigefinger in Lukas' Richtung. Vielleicht hätte ihn das dauerhaft zum Schweigen gebracht.

Ich jedoch beschränkte mich darauf, ihn zu ignorieren und den leichenblassen Damir anzulächeln, als sei Lukas' Spruch ein lustiger Scherz gewesen. Dabei hört jeder Spaß auf, wo andere leiden.

»Du hättest bei unseren Kursen mitmachen sollen. Ich wette, du wärst eine Bereicherung für unsere Gruppe gewesen«, sage ich zu Samira. »Aber weißt du was, auch wenn es spät ist: Ich hätte noch einen Platz für dich frei. Du könntest einfach dazustoßen und ein bisschen Gruppenluft schnuppern.« Ich male mir aus, wie ich sie direkt in der Mitte platziere, doch sie winkt ab.

»Oh, lieber nicht. Ich habe nicht so Lust auf zu viele angehende Mamas auf einem Haufen. Das ist ungesund.«

»Wirklich?« Das habe ich ja noch nie gehört.

»Meine Schwester ist durch eine Überdosierung dämlich geworden.« Samiras Blick huscht zu einem der vielen Fotos an der Wand, darauf eine Frau, die ihr sehr ähnelt. »Ich will unbedingt darauf achten, dass nach der Geburt der Zwillinge auch noch andere Themen relevant sind außer Windeln und Babybrei. Verstehst du?« Ihr großer Mund verzieht sich zu einer Grimasse, und sie hängt irgendeiner Erinnerung nach.

»Na gut, aber wenn du es dir anders überlegst, sag Bescheid.«

»Vielen Dank. Aber du wirst mir doch auch so alles Wichtige erzählen und mich gut vorbereitet in die Geburt gehen lassen, oder?« Als ich nicke, fängt sie unverhofft meine Hände ein und reißt ihre Augen auf. »Ich hab da noch eine Frage.« Plötzlich wirkt sie so angespannt, wie es sich seit Tagen unter meiner Haut anfühlt, als spiegle sie mein eigenes Gefühl. Ich werde nervös.

»Ja?« Ich spüre, wie sich Schweiß in ihren Händen sammelt. Oder ist es meiner?

Samiras Blick senkt sich. »Ist ein wenig peinlich«, murmelt sie.

»Raus damit, vor mir braucht dir gar nichts peinlich sein. So lautet nämlich mein zweiter Vorname«, versuche ich sie zu beruhigen und verspreche: »Du musst nichts zurückhalten, was dir zu schaffen macht. Ich bin für dich da.« Ich wünschte, es wäre jemand da, der mir *meine* Anspannung nehmen würde.

»Ich hab mich fürchterlich geschnitten«, erzählt Samira, und ihr Blick wandert zwischen ihre Beine.

»Beim Rasieren?« Ich vermute goldrichtig und bin froh, dass ich gegen solche Art Wunden leicht etwas tun kann. Im Gegensatz zu den anderen Schnitten in meinem Leben.

»Mit dem Bauch ist das eine totale Qual. Man sieht nix, man ist unbeweglich und dann … zack.« Samira seufzt und wirkt zauberhaft zerknirscht dabei.

»Das passiert vielen, glaub mir. Und Rasieren ist eine mordsgefährliche Angelegenheit. Meine Schwester hat das sogar mal ins Krankenhaus befördert«, gebe ich eine von Lottas unerschöpflichen Anekdoten zum Besten. »Aber das ist eine spezielle Geschichte«, winke ich ab, als Samiras Augen erneut groß werden. »Ich schau's mir mal an, ja?«

Samira gewährt mir Einblick, und während ich den Schnitt begutachte, ärgere ich mich ein kleines bisschen über den Trend zum Kahlschlag. Warum bloß ist es uns Frauen unangenehm geworden, auch nur ein einziges Haar auf der Vulva zu haben? Selbst gepflegte Dreiecke, wie ich eines trage, sieht man nur noch selten. Einen wilden Busch fast gar nicht mehr; unsere sogenannte Zivilisation hat uns unserer Natürlichkeit beraubt. Dabei übernehmen die Haare im Schambereich eine wichtige Funktion: Sie schützen vor Keimen und Reibung, wie ich Samira erkläre.

»Während einer Schwangerschaft ist man anfälliger für Krankheitserreger, weil der pH-Wert der Vaginalflora durch die Hormonumstellung höher und die Muskulatur weicher wird. Das sorgt bei mancher Frau für vermehrte Harnwegsinfektionen oder Scheidenpilz, weshalb frau ihre Frisur wirklich überdenken sollte«, doziere ich und schließe mit: »Im schlimmsten Fall können solche Infektionen Wehen auslösen.« Ich trage Heilsalbe auf die Wunde. »Aber halb so wild, bei dir sieht alles gut aus.«

»Puh, da bin ich aber froh.« Samira atmet auf. »Und danke für die Aufklärung. Zum Glück ekelt sich mein Schatz nicht so leicht. Es gibt ja Männer, die finden einen Busch da unten ganz und gar nicht prickelnd, aber ich denke, Matti wird klarkommen.«

Unwillkürlich wandern meine Gedanken erneut zu Silas. Meine minimalistische Frisur schien ihn nicht zu stören. Oder etwa doch?

»Ich würde dir empfehlen, ein bisschen Haar stehen zu lassen. Let it grow, Girl.« Ich zwinkere Samira zu und muss an eine Geburt denken, bei der ich halb unter der Frau lag, die ihr drittes Kind gebar, den Schriftzug *Mieze* über mir, kunstvoll rasiert. *Ich habe einen echt schrägen Job,* denke ich nicht zum ersten Mal.

»Ich möchte eine megacoole Babyshowerparty«, lässt Samira mich indessen wissen, und ich betrachte ihr schönes Gesicht, während sie ihre Kleidung ordnet. Sie hat schneeweiße Haut, dunkle Haare und blaue Augen, in denen man versinken könnte. Beinahe wie Schneewittchen, und zwei Zwerge sind ja auch schon auf dem Weg.

»Meine Schwester hatte einen Livestream aus der Fruchtblase auf ihrer Party – ihr Mann hat's möglich gemacht. Er ist Arzt und kommt an Geräte heran … Ich möchte das irgendwie toppen, weiß nur noch nicht, wie.« Sie blinzelt linkisch. »'ne Idee?«

»Baby-TV mit Getränken und Kuchen? Wie soll man das denn überbieten?«, frage ich und stelle mir vor, wie das Ultraschallgerät bewegte Bilder auf eine kleine Leinwand im Wohnzimmer wirft und all die Anwesenden mit Ohs und Ahs dem Fötus beim Daumenlutschen zusehen.

Samira redet sich in Rage. »Meine Schwester lebt in Oakland, hat ihren Mann dort kennengelernt. Eine Bilderbuchehe mit bereits drei Kindern, Haus, Ferienresidenz am See, drei Autos und Hausmädchen. Ich hätte niemals gedacht, dass sie mal so abheben wird. Sie tickt vollkommen anders als ich.« Eine kleine Falte zwischen ihren Augenbrauen entsteht. »Und sie hat keine Angst vor Krankenhäusern. So wie ich.«

Ich nehme diese Information auf, komme aber nicht dazu, darauf einzugehen.

»Du hast auch eine Schwester, hast du gesagt?«

»Yap. Und die ist gerade erst aus Takatukaland und vom Kannibalenkönig zurück«, antworte ich und mahne mich selbst, Lotta mal wieder anzurufen. Nach Papas gut überstandener OP haben wir nur einmal gesprochen, und erneut klang sie so anders als sonst, dass es mir fast unangenehm war. Als störte ich sie oder ginge ihr auf die Nerven. Dabei hatte *sie* angerufen. Eigentlich wollte ich ja hinfahren, um vor allem Papa zu besuchen und bei der Gelegenheit Lotta einer Inspektion des Oberstübchens zu unterziehen, doch dann kam mein Superheldinnenstunt dazwischen. Midwifewoman rettet die Welt. Halleluja.

»Ist eine Spontangeburt angedacht?«, frage ich sanft. Teilen sich die Babys die Plazenta und die Fruchtblase, wird manchmal zu einem Kaiserschnitt geraten, doch zwingend nötig ist das nicht.

»Ich möchte es so natürlich wie möglich, denke aber manchmal noch über die Möglichkeit eines Kaiserschnittes nach. Wenn da nur nicht so viele Ärzte, Medikamente und Messer im Spiel wären.«

In diesem Moment bekommt Samiras Bauch eine ordentliche Beule, und sie schnauft, bevor sie lacht. »Ui, das ist bestimmt Anna. Sie ist hyperaktiv, im Gegensatz zu Elsa. Ich schwör dir, die beiden werden gleich aussehen, aber nicht gleich sein, wie meine Schwester und ich …«

»Anna und Elsa?«, wiederhole ich und lächle.

»Ja, wie die ungleichen Schwestern aus Disneys *Die Eiskönigin*. Und falls wir noch einen Jungen bekommen, wird er Olaf heißen.«

Mein Mundwinkel zuckt, und Samira winkt feixend ab. »Nein, Spaß.«

Das Festnetz schrillt, und ich muss mich schon etwas wundern, wie flott und agil sich meine Schwangere mit einem Mal bewegt. In einer einzigen Bewegung schwingt sie sich vom Sofa, tänzelt zum Telefon und anschließend mit dem Gerät am Ohr zu mir zurück.

»Das ist mein Mann Matti«, raunt sie. »Sie hatten einen gefährlichen Einsatz heute, deshalb …« Dann widmet sie sich dem Anrufer. »Hase, ist alles gut geg…« Sie verstummt, senkt die Stimme. »… nein, wirklich?« Ihr Mund formt ein O, eine steile Falte zeigt sich zwischen ihren Brauen. »O Gott. Aber ihr habt den Flüchtigen?« Stolz vertreibt die Sorge aus ihrem Gesicht.

Mein Blick wandert durchs Zimmer, über die vielen Fotografien an den Wänden, die von so viel Glück und Liebe erzählen. Ein Hochzeitsporträt von Samira und ihrem Mann hat es mir besonders angetan. Beide befinden sich samt Festkleidung in einem See voller Seerosen, er hüfttief, sie im Wasser schwebend in seinem Arm. Traumhaft schön.

Ich kneife mir in die Nasenwurzel, will den aufsteigenden Gedanken an Silas vertreiben, da höre ich doch tatsächlich seinen Namen. Aus Samiras Mund. Nanu?

»Ja, gib Silas einen Klaps von mir«, sagt sie, und ich halte die Luft an. Natürlich meint sie einen ganz anderen Silas, sicher. Silas ist ja quasi ein Allerweltsname, richtig?

Trotzdem sticht es in meinem Magen. Ich beginne meine Tasche zu packen, alles an seinen Platz zu legen.

»Dann nutze doch eine Verhörtaktik, wozu seid ihr bei der Polizei?«

Scheiße? Was geht hier ab? Beinahe fällt mir der Fetaldoppler aus der Hand.

»Silas soll sich benehmen und einfach mit Giselle essen gehen. Silas? Kannst du mich hören?« Samira ruft in den Hörer. »Sei ein braver Junge und nutze deine Chance!« Sie lacht, und mir wird kalt. »Na gut, dann bis später, Baby. Die Hebamme ist gerade da. Ja, aus der Praxis, die Silas uns empfohlen hat.« Sie zwinkert in meine Richtung. »Ich dich auch, Kuss, Kuss.« Dann legt sie auf.

Ich bekomme augenblicklich Schluckauf.

»Diese beiden Spinner«, wendet sich Samira kopfschüttelnd an mich. »Ich bin so froh, dass mein Hase einen so guten Partner hat, ehrlich. Der hat ihm nicht nur einmal den Hintern gerettet. Sie kennen sich, seit sie Kommissaranwärter sind. Jetzt gehen sie gemeinsam auf Streife.«

»Aha«, mache ich nur. Hicks.

»In einigen Dingen sind die beiden sich echt ähnlich, wenn ich es mir recht überlege.«

Hicks. Ich starre sie an.

»Mein Matti war auch ewig ein einsamer Wolf, bis er mich traf.« Samira macht eine Ta-daa-Geste und strahlt. »Manchmal braucht es nur die richtige Frau, oder?«

Ich lächle verkrampft. »Ja, genau. Es braucht nur den Deckel zum Topf, die Butter zum Brot, den Arsch auf dem Eimer.« Würde Papa sagen, der behauptet, für jeden Menschen auf dem Planeten gebe es ein Gegenstück.

Hicks. Dieser Schluckauf killt.

»Wir haben die Empfehlung des *Storchennestes* von Silas. Der kennt eine Hebamme, die er auf kuriose Weise bei einem Einsatz kennengelernt hat. Kannst ja mal fragen, welche deiner Kolleginnen zuletzt mit dem Gesetz in Konflikt geraten ist.« Kichernd setzt sie sich wieder neben mich auf die Couch, und ich ersticke.

Silas hat seinem Partner also nichts von mir erzählt? Ich war ihm keine Silbe wert, obwohl wir quasi zusammen sind? Was zum Geier bin ich für ihn?

»Das ist ja total nett von diesem Silas«, murmle ich und verschlucke beim nächsten Hicks das letzte Wort. »Dass er uns empfiehlt.«

»Ja, er ist ein netter Kerl.«

Ich sinniere darüber, dass *nett* bekanntlich die kleine Schwester von *scheiße* ist, und sortiere währenddessen umständlich meine Tasche um, damit meine Hände etwas zu tun haben, bevor sie beginnen, Haare zu raufen. Argh!

»Eigentlich wollte ich keinen Mann mit gefährlichem Job heiraten. Aber wo die Liebe hinfällt, nicht wahr?«, plappert Samira neben mir.

»Ja, wo sie hinfällt, die Liebe.« Mir wird sie scheinbar gern vor die Füße gekotzt, aber so richtig.

»Und Silas fällt die Liebe eigentlich geradezu in den Schoß …«

»Ach ja?« Ruckartig blicke ich auf, halte die Luft an.

»Ja, bloß mit dem Zugreifen tut er sich schwer.« Samira schüttelt den Kopf, als sei so etwas unmöglich. »Nach der Trennung ist seine Ex nach Marseille gegangen, und er konnte sie ewig nicht vergessen. Jetzt ist Giselle zurück und wieder interessiert an ihm. Das hat sie Matti und mir erzählt, als wir essen waren, wir sind befreundet«, plaudert sie aus dem Nähkästchen, und mein Schluckauf wird schlimmer. Vermutlich stülpt sich gleich mein Zwerchfell nach außen. »Und jetzt muss ich Amor spielen, damit sie wieder zusammenkommen, weil er es nicht alleine schafft. So sind sie, die harten Kerle. Nicht wahr?«

»Ja, die harten Kerle, richtig.« Hicks. Gott, mir wird schlecht. Ob ich auch Samira an Helga abgeben kann? Wobei, ich glaube, ich bin nicht sportlich genug, um vor all meinen Problemen davonzulaufen.

»Hey, du, alles gut? Du wirkst auf einmal etwas blass um die Nase«, höre ich meine Schwangere besorgt sagen und spüre ihre Hand auf meiner Schulter. »Och, ich bin aber auch eine schlechte Gastgeberin. Ich mach uns mal einen Tee. Magst du Haferkekse?« Diesmal erhebt sie sich nicht ganz so zackig, und ich sammle mich.

»Vielen Dank, ein anderes Mal. Ich muss dringend weiter«, behaupte ich, obwohl sie mein letzter Termin für heute ist. Ich hatte einen vollen Tag, und bis zum Kurs am Abend habe ich noch vier Stunden Freizeit, die ich nutzen werde, um Yoga zu machen, beginnend mit der Übung Aufgehender Mittelfinger in der Abendsonne. Dazu einen Beruhigungs-Chai-Latte mit Sahne. Oder gleich Wodka.

»Oh, wie schade. Wollen wir gleich einen weiteren Termin ausmachen?«, fragt Samira, verwirrt über meine plötzliche Eile.

»Logo. Ich ruf dich an, hab den Kalender vergessen.« Wie

leicht mir diese Lüge über die Lippen schlüpft. Silas wäre stolz auf mich. Jetzt pulsiert Wut durch meine Adern. Soll er sich doch an seine Ex halten, wenn er will.

»Ciao-i Kakao-i, lass es dir gut gehen«, flöte ich und zerre mir die Jacke über die Schultern. »Hat mich riesig gefreut.« Ein schnelles Händeschütteln, und ich haue mit meiner Tasche eine Blumenvase von der Kommode. Sie hat nun einen ordentlichen Sprung in der Keramik, und ich fühle mit ihr, während ich aus der Wohnung flüchte.

*

Helga sieht mich fragend an. Ich schaffe es nicht, etwas zu sagen, hänge meine Jacke an die Garderobe und wanke wie ein Zombie in mein Zimmer. Auf gewisse Weise komme ich mir unfassbar verraten vor, andererseits hat mir Silas durchaus erzählt, dass er gegenüber seinen Kollegen eher verschlossen ist, was sein Privatleben angeht. Trotzdem habe ich keine Ahnung, was ich von der Tatsache halten soll, dass ich in seinem Berufskosmos offenbar nicht existent bin. Doch halt, das stimmt ja nicht ganz. Immerhin hat er das *Storchennest* empfohlen.

Ich stoße hart die Luft aus, schnappe mir Mr Storch, meinen Plüschvogel, der auf der Fensterbank hockt. Ein Schatten huscht hinter dem Fenster gegenüber vorbei, vermutlich der Spion von nebenan, der eine merkwürdige Wirkung auf Helga hat, wann immer er drüben auftaucht. Erst zuckt sie zusammen, dann tut sie so, als sei er nicht da, obwohl sie ständig verstohlen rüberblinzelt. Ich werde nicht schlau daraus, und für einen Moment wünsche ich sämtlichen Männern der Welt Scharlach an den Hals. Mit Fieber und Schüttelfrost.

»Du hattest Besuch.« Ohne anzuklopfen und mit gerunzelter Stirn kommt Helga zu mir herein.

Ich denke daran, dass ihre Mutter ihr soziale Inkompetenz unterstellt hat, und verfluche diese Heike gleich mit. Ich bin ja immer bereit, erst mal das Beste in einem Menschen zu vermuten, aber das war unfassbar. Helga mag ruppig sein mit Tendenz zum Unverschämten, aber weder spielt noch manipuliert sie oder versteckt sich. Überhaupt, was fällt dieser Heike eigentlich ein, die eigene Tochter in einer Tour bloßzustellen? Wie unfair können manche Leute sein? Mir wird das alles jetzt erst richtig klar, wo meine Gedanken wie wild umherspringen, um schließlich bei mir selbst zu landen. Wie kann es eigentlich sein, dass ich stets fröhlich sein darf, empathisch, lustig und sexy, vielleicht sogar aufregend, aber offenbar nichts darüber hinaus? Was, verdammt noch mal, ist es, das mich Männer und ihren unteren Bereich, aber keine Herzen erobern lässt?

»Wer sollte mich denn besuchen?«, murre ich und komme mir sofort kindisch vor. Als wäre ich jemand, der keine Freunde hat.

»Dein Polizist hat dich gesucht – hast du dein Handy verloren, oder warum findet er dich nicht?«

»Ach, der kann mich mal, der Polizist«, würge ich hervor und werfe Mr Storch quer durch den Raum. Komm, und such dein Glück woanders.

Helga sieht dem Tier nach, das beleidigt mit dem Rücken zu mir liegen geblieben ist, bevor sie sich neben mich auf die Matratze setzt. Eine Weile schweigen wir, mein Blick wandert zu meinen Füßen. Der große Zeh ist auf etwas Grauem platziert, und ich bücke mich. Nicht, weil ich aufheben will, was dort halb unter dem Bett verborgen liegt, sondern um meine Hände davon abzuhalten, sich vor meine Augen zu schlagen und loszuheulen. Es ist Silas' Krawatte, die er nicht zum Peaky-Blinder-Kostüm trug und hier vergaß. Und mir entfährt doch ein Schluchzen.

»Was ist denn passiert?«, höre ich Helga fragen und spüre ihre Hand, die ganz leicht meinen Rücken tätschelt, wie bei Lovis, wenn sie Bäuerchen machen soll. Das genügt, und mein Damm bricht vollends.

»Ich habe den Fehler gemacht, zu denken, dass Silas zu mir gehört«, leite ich die Wiedergabe des Desasters ein. Nachdem ich berichtet habe, nimmt Helga mich in den Arm, was mir beweist, dass es schlimm um mich steht. Helga knuddelt sonst nicht. Ich schlucke schwer und halte mich an ihr fest.

»Ich dachte wirklich, er ist genauso verliebt in mich wie ich in ihn. Aber was weiß ich schon?« Ich flüstere, weil ich bestimmt losheule, wenn ich es laut sage. »Vermutlich bin ich einfach zu dumm, um die wahre Liebe zu finden.« Wenn das wahr ist, sollte ich mir schon mal Katzen anschaffen, mit denen ich einsam alt werden kann.

»Auch ein blindes Huhn findet …«, winkt Helga ab und verstummt, als ich scharf die Luft einziehe. »Vergiss das. Du bist nicht dumm, die Menschen sind nur kompliziert.« Ihre Brauen kräuseln sich angestrengt. »Also, auf mich wirkte dein Polizist aufgewühlt und nicht, als sei ihm egal, was aus eurer Beziehung wird. Vielleicht solltet ihr mal miteinander reden.«

»Der ist nur aufgewühlt, weil er Schiss hat, dass ich schwanger sein könnte«, schnaube ich.

»Könntest du?«

»Möglich.« Laut Ovulationsphase des Menstruationszyklus eher nicht. Aber ein Teil von mir wünscht sich möglicherweise das Gegenteil.

»Rede mit Silas«, rät Helga.

»Was gibt es da noch zu sagen?« In Gedanken sehe ich meinen Freund vor mir, wie er mich zu einem Schwangerschaftstest nötigt, um bei unerwünschtem Ergebnis sofort und offiziell mit mir Schluss machen zu können. Vielleicht war er deshalb hier; um sich frei zu machen für seine Ex, die anscheinend wieder im Land ist. Und die er mir gegenüber nicht ein einziges Mal erwähnt hat, während ich ihm diverse meiner Männerverhängnisse anvertraut habe. Wenn nicht alle.

Ich knete die Krawatte in meiner Hand und stelle mir vor, wie er die Worte ausspricht, mit denen er mein kleines rosa Herz bricht. Natürlich könnte ich mich vorher auch ganz einfach mit seinem Schlips erhängen, um mir den Schmerz, von ihm abserviert zu werden, zu ersparen.

»Vermutlich bin ich nicht die richtige Ratgeberin, was Aussprachen angeht, aber ich habe das Gerücht gehört, dass man an ungesagten Dingen ersticken kann«, holt Helga mich aus meinen dramatischen Gedanken. »Deshalb plädiere ich dafür, dass du deinen Polizisten anrufst und ihr euch zu einer Tasse Kaffee verabredet.«

Ich schnaufe, und sie wühlt mein Handy aus meiner Tasche. Sie kennt sich gut aus in meinen Sachen und wedelt auffordernd damit vor mir herum. Was mich irre macht.

»Ja, später«, versuche ich mich zu drücken.

Helgas Blick wird intensiv. »Jetzt. Das ist besser.«

»Vegane Ernährung ist auch besser fürs Klima, aber ich mag mein Coq au Vin trotzdem und würde niemals drauf verzichten. Und Kaffee ist ebenfalls nicht sonderlich gesund, triggert die Mastzellen und sorgt für Bluthochdruck.«

»Papperlapapp, du lenkst ab.«

»Nö.«

»Tu es einfach. Das ist wie Pflasterabreißen«, behauptet Helga und drückt mir das Handy in die Hand.

Das Display zeigt zwei weitere verpasste Anrufe von Silas, was meinen Magen in Aufruhr versetzt. Ausdauer hat er ja schon irgendwie.

Gerade in dem Moment, in dem mein Finger über seinem

Kontakt schwebt, klingelt es an der Wohnungstür, was mir glücklicherweise einen willkommenen Aufschub verschafft. Zumindest für Sekunden, bis ich Panik bekomme, dass es Silas sein könnte, der im Hausflur wartet. Ich starre Helga an.

»Ich bin nicht da«, hauche ich.

»Ich lüge nicht für dich.« Sie steht auf und geht zur Tür, an der es noch mal schellt, um das Verderben hereinzulassen.

Muss sie denn immer so knallhart sein? Ich pack das nicht. Nicht jetzt. Bitte, Herr, lass sich die Erde auftun und mich verschlucken.

Ich linse um die Ecke, folge Helga auf Zehenspitzen und wappne mich. Etwa auf halber Strecke bleibe ich stehen, erhasche einen Blick in den Spiegel und versuche meine Frisur zu richten. Im nächsten Moment erkenne ich die Stimme.

»Cheerio, Sie müssen Helga sein«, sagt sie. »Ist meine Schwester da?«

Ein Brocken fällt von mir ab, und meine Fingerspitzen prickeln. »Lotta!« Ich stürze zur Tür.

Meine Schwester steht kerzengerade auf ihren High Heels, neben sich einen Koffer, eine Reisetasche in der Hand, und schaut sich interessiert um. Sie hat eine neue Frisur. Der Pony ist kurz, die Seiten kinnlang. Sie ähnelt Audrey Tatou in *Die fabelhafte Welt der Amelie*.

»Was machst du denn hier?«, frage ich mit einer Mischung aus totaler Verwirrung und Freude. Sie kommt nicht dazu zu antworten, da hänge ich schon an ihrem Hals und fange an, wie ein Kleinkind zu heulen.

»Na, das ist ja eine Begrüßung«, murmelt sie in mein Haar. Umarmen tut sie mich nicht, stelle ich fest.

»Da hat man einmal das Baby aus dem Haus«, höre ich Helga sagen, bevor sie seufzt. »Na, dann koche ich wohl mal Kaffee.«

»Super«, meint Lotta zwischen meinen Schluchzern, und ich sammle mich mühsam wieder, den Duft nach *Eternity* einatmend, und löse mich von ihr.

»Du kommst gerade richtig, ich stecke nämlich in einer fetten Krise«, verrate ich ihr.

»Offensichtlich.« Sie drückt mir ihre Tasche in die Hand, und ich ächze. So mordsschwer, wie die ist, hat Lotta ihren halben Hausstand dadrinnen.

»Okay, was machst du hier? Ist was mit Papa?« Ich helfe ihr aus dem Tweedmantel. Regentropfen perlen von dem Stoff.

»Dem geht's gut. Er durfte schon wieder nach Hause und scheucht Mama umher. Deshalb …« Sie verstummt, presst die Lippen aufeinander.

»Deshalb?«

»Habe ich mir gedacht, ich besuche mal meine kleine Schwester, um zu schauen, wie ihr Leben so läuft.«

»Gut, gut.« Rückwärts und bergab.

Helga, die durch die offen stehende Tür alles mithört, räuspert sich laut.

»Bis auf meine Krise natürlich.«

»Madita, steckst du nicht immer in einer Krise?« Lottas Worte klingen etwas zu scharf, während sie an mir vorbei ins Wohnzimmer trippelt und zielsicher das Sofa ansteuert.

»Fühl dich wie zu Hause.«

Da sitzt sie schon zwischen den Kissen, lässt ihren Blick durch den Raum schweifen. Etwas unstet, finde ich, fast hektisch. Darin manifestiert sich das Seltsame an Lotta, das mir bei unseren letzten Telefonaten schon aufgefallen ist, ohne dass ich sagen kann, was es ist.

»Wie lange bist du noch vom Dienst freigestellt?«, frage ich vorsichtig. »Ich meine, fehlt dir das Wasser gar nicht?«

»So lange ich will.« Sie seufzt. »Ich kann ja auch mit 'nem

Kotzbomber aufs Meer, dafür brauche ich keinen Frachter. Und ganz ehrlich? Ein wenig Urlaub kommt mir gerade recht.«

»Kotzbomber?«

»'ne kleine Segeljacht zum Beispiel.« Sie schürzt die Lippen, denkt über irgendetwas nach.

»Ach so.« Ich setze mich neben sie, knibble an meinen Fingern herum und überlege, wie ich aus meiner Schwester herausbekomme, was sie wirklich umtreibt. Denn Lotta hier in der Kleinstadt – einfach so? Never.

Plötzlich winkt sie mich verschwörerisch zu sich, und ich zucke zusammen. »Kannst du ein Geheimnis bewahren?«

»Natürlich.« Ich hab bis heute niemandem verraten, dass sie an dem Kratzer an der Fahrertür von Mamas Transporter schuld ist, weil sie ihn unerlaubt nachts auslieh und Taxi für ihre Freunde spielte.

»Ich habe einen geheimen Auftrag der Regierung zur Unterwanderung der Hebammenpraxen, um außerirdisches Genmaterial in ungeborenes Leben zu injizieren.«

Okay, das hört sich schon mehr nach Lotta an, und ich kichere. Allerdings eher aus Verlegenheit.

»Mal im Ernst?« Ich zupfe an ihrer lila Strickjacke.

»Ernst ist dreißig Jahre alt und Buchhalter.«

Ich vermeide ein Augenrollen, damit ich keine Kopfschmerzen bekomme. Die Luft zwischen meiner Schwester und mir wird spürbar dichter, und wir sagen eine Weile nichts mehr.

Helga steckt ihren Kopf durch die Tür und schickt ein verhaltenes Lächeln zu uns, das genauso viele Fragen aufwirft wie Lottas Spontanbesuch. Dann verschwindet Helgas Kopf wieder, Geschirr klappert, und ich versuche es erneut.

»Raus mit der Sprache, sonst spielen wir *Schiffe versenken.*« Unser Codewort für *Ich ziehe andere Leute mit rein, und wir werden sehen, welche Geheimnisse dann untergehen.*

»Ich brauche einfach mal ein wenig Abstand zu unseren Eltern. Wann sind die eigentlich so anstrengend geworden?« Lotta klimpert mit ihren langen Wimpern, gleichzeitig huscht ein Schatten über ihr Gesicht.

»Vielleicht waren sie es schon immer, und es fällt uns jetzt erst auf«, sinniere ich. »Du weißt schon, mit dem nötigen Abstand und so.«

Lottas Blick schwankt zwischen Spott und Nachsichtigkeit. Ich hasse das. »Wohl aus Versehen den *Klophilosophen* gelesen, oder was?«

»Männo, sag was Liebes oder schweig für immer!«

»Ich bin verlobt.«

»Das ist nichts Liebes.« Das ist maximal verwirrend.

»Stimmt aber.«

»Was?!« Ich falle fast vom Sofa und glotze meine Schwester an. Sie zuckt die Achseln. »Seit wann? Und wie das?«

Lotta verdreht die Augen. »Seit neulich. Ich hab 'nen Antrag gekriegt und Ja gesagt, Schluss, fertig, aus. Und dann hat mich der Storch gebissen.«

»Häh?« Ich kann ihr nicht folgen. So gar nicht. Lotta hält nichts von festen Beziehungen, und was soll das mit dem Storch? Die beißen nicht, die klappern.

»Ich hab ein Brötchen im Ofen.«

Es wird still, nur die Uhr an der Wand tickt leise, und mein Verstand arbeitet gegen mich.

Lotta schnauft. »Einen Kasper in der Schublade? 'nen Braten in der Röhre?«

»Herrgott noch eins, sie ist schwanger, Madita«, hilft mir Helga endlich auf die Sprünge, als sie hereinkommt und eine Tasse Caffè Crèma, einen Espresso und einen Kakao zu uns balanciert.

Ich kann es nicht fassen. Alles in mir und um mich herum

verlangsamt sich, und ich versuche, meine Gedanken zu sortieren. Wie kann meine Schwester jetzt plötzlich ein Baby erwarten, wenn ich mich gerade mit der gleichen Möglichkeit beschäftige? Das ist irgendwie verwirrend unfair.

»Jetzt glotz nicht so«, faucht Lotta, und ich rücke von ihr weg.

Eine Weile weiß ich nicht, was ich tun soll. Schaue dabei zu, wie meine Schwester nach der Tasse Crèma greift, sich dankend von Helga Zucker einfüllen lässt und so tut, als hätte sie nicht gerade eine Bombe platzen lassen.

»Und wer ist der Vater?« Vielleicht wäre das eine angemessene Frage. Oder sollte ich mich lieber danach erkundigen, wie weit sie schon ist? Mein Blick saugt sich an ihrem Bauch fest, aber der verrät noch nichts.

»Noël Rütger, ein Reeder aus Hamburg«, sagt sie, und Helga stößt einen leisen Pfiff aus.

»Was? Wer ist das denn?« Ich steh anscheinend immer noch auf der Leitung.

»Wenn ich richtigliege, ist das der Erbe eines Millionenunternehmens«, erklärt Helga und nippt an ihrem Espresso, als sei das gar nichts.

Lotta nickt.

Ich werde ungehalten. »Ich wünschte, du würdest endlich anfangen zu reden. Ich kann dir nicht alles aus der Nase ziehen«, motze ich. Wieso muss immer ich die gute Fee sein? Ich will auch mal Ork spielen.

Lotta stößt einen abgehackten Laut aus. Ähnlich einem Lachen, doch es ist keins. Tränen sammeln sich in ihren Augen, und sie sackt in sich zusammen, was mich schockiert, weil es nicht zu Lotta passt, ein Häufchen Elend zu sein. Sie ist meine unbesiegbare Schwester, verdammte Glitzerkacke noch mal!

Ich schiele zu Helga, die ihre Tasse umklammert und jene

Miene zur Schau trägt, mit der sie ihre Zugehörigkeit zur Welt leugnet, wenn es ihr zu kompliziert wird. Bisher war ich der Meinung, sie denkt dann immer *Mir doch egal, mir doch egal, mir doch egal*. Seitdem ich Helgas Mutter kennengelernt habe, bin ich mir aber nicht mehr so sicher.

Lotta schluchzt laut auf, und wie im Reflex schließe ich meine Arme um sie. Die meisten Leute berichten von Themen wie Verlobung und Schwangerschaft ja eher mit einem Leuchten in den Augen und ganz viel Enthusiasmus, insofern ist ihre Reaktion also doch typisch für meine Schwester, die nie dem folgt, was die meisten machen. Leider beruhigt mich diese Erkenntnis kein bisschen, im Gegenteil, Lottas Tränen wühlen mich auf, denn normalerweise weint sie nicht. Sie schreit und flucht und wirft mit Sachen, aber schluchzen? Ich muss tief atmen, damit ich nicht selbst losheule.

Helga räuspert sich irgendwann, stellt ihre Tasse ab, reibt die Handflächen an ihrer Jeans. »Aus deiner Reaktion schließe ich, dass du ungewollt schwanger bist.«

Lotta zieht die Nase hoch. »Ich weiß es nicht. Das ist eines von neunundneunzig Problemen.«

»Aber so oder so – ein Baby ist ein Geschenk, oder?« Ich krame nach einem Taschentuch; vermutlich sollte ich den Rand halten, denn der Blick, mit dem mich Helga bedenkt, birgt eine Warnung in sich.

»Was sagt denn der Vater dazu?«, will sie wissen.

Ob der blöd reagiert hat und für Lottas Tränen verantwortlich ist? Wenn ja, kann der was erleben.

»Der weiß es noch nicht. Ich muss erst mal selbst begreifen, was los ist und was ich will.«

Oh, okay. Dann hat er Glück gehabt, vermutlich.

Ich wünschte, ich könnte behaupten, dass ich Lotta voll und ganz verstehe. Der erste Schreck, den eine ungeplante Schwangerschaft mit sich bringen kann, ist mir bekannt. Schließlich habe ich ja selbst beinahe panisch reagiert und bin sofort in die Apotheke gerannt. Aber Silas und ich sind nicht verlobt, haben uns nichts versprochen, keine Zukunft geplant. Und vielleicht war es sogar ein Fehler von mir, nicht diese Pille danach zu nehmen. Ich schlucke trocken.

Was wäre, wenn?, Madita, flüstert es leise in meinem Ohr. *Du könntest auch werdende Mama sein.*

Schnell vertreibe ich die Stimme und nehme Lottas Hand. Sie ist eiskalt.

»Wir helfen dir, Lotta«, verspreche ich, und Helga nickt stumm. »Du kommst zur Ruhe, telefonierst mit deinem Noël, und alles wird sich zum Positiven fügen.« Ja, genau. So einfach ist das.

Lotta deutet ein Kopfschütteln an. »Auf keinen Fall rede ich mit ihm.«

Helga ertränkt ihr Seufzen mit einem großen Schluck Espresso. Also übernehme ich das Reden: »Aber er muss es doch erfahren.«

»Nichts muss der, Madita.« Die Luft zwischen uns scheint zu gefrieren. »Er ist kein guter Kerl.«

»Ach nein?« Haben wir etwa beide ein Händchen für Nieten?

»Ich will jetzt nicht drüber reden, okay?« Sie lehnt sich zurück und schlägt die Beine übereinander. Mit einem Schlenker ihrer Hand sind alle Tränen fortgewischt, und Lottas Lässigkeit kehrt zurück. Ich ahne, dass das nur Show ist, trotzdem beruhigt es meinen Herzschlag.

»Kann ich eine Weile hierbleiben?«

Helgas Mund öffnet sich, ihr Mundwinkel zuckt.

»Logo, du kannst auf dem Sofa schlafen«, antworte ich, und Helgas Mund klappt wieder zu. Ich werfe ihr einen flehenden Blick zu.

»Kein Problem«, brummt sie, und ich gäbe einen Penny für ihre Gedanken. Sie steht auf, murmelt etwas, das ich nicht ganz verstehe, sich aber nach Regen und Traufe anhört. Jemand öffnet die Wohnungstür, vermutlich Hans, der mit Lovis zurückkommt.

»Ich bin gleich wieder da«, sage ich zu Lotta und eile Helga nach, die ihren Sonnenschein in Empfang nimmt.

»Du bist die Beste, Helga. Ich weiß gar nicht, wie ich dir danken soll«, plappere ich in gedämpftem Ton drauflos, während Hans uns begrüßt und das Tragetuch entknotet. »Und sieh es doch mal so, wenn Lotta eine Weile hierbleiben darf, können wir dich noch mehr mit Lovis unterstützen. Und kochen und putzen und …«

»Versuchst du, mich zu bestechen?«

»Keine Ahnung, funktioniert es denn?«

Lovis lächelt mich von Helgas Arm aus an, und mein Herz geht auf. Babyzucker hilft gegen alles!

Hans erzählt von seiner Zeit mit dem Sonnenschein, und in mir keimt der Plan, meine Schwester mit Lovis' Hilfe davon zu überzeugen, dass ein Baby ein Geschenk des Himmels ist und nichts, aber auch gar nichts, an diese wunderbaren Erdenkinder herankommt.

Den kleinen Stich in der Magengegend, der diesem Gedanken folgt, spüre ich kaum.

Gezeiten

Helga

Wir sind einvernehmlich wach, Lovis und ich. Sie weint nicht, und ich fühle mich nicht unterbrochen, weil mein Wachsein die Entscheidung meines Körpers war.

Die Nacht vor meinem gardinenlosen Fenster ist noch schwarz, trotzdem meinte ich vorhin, leise Stimmen und ein Tapsen auf dem Flur gehört zu haben. Jetzt ist alles still, bis auf jene Geräusche, die meine Tochter von sich gibt. Normalerweise schreit sie, wenn sie nachts wach wird, verlangt nach Milch und Nähe, und obwohl ich mir vornehme, sie nach dem Stillen zurück in ihr eigenes Bettchen zu legen, damit sie sich daran gewöhnt, auch allein zu schlafen, wache ich morgens regelmäßig mit warmer Babywange an meiner Brust auf, die Warze feucht und kalt an der Luft, nachdem sie Lovis aus dem Mund gerutscht war. Wenn Brüste Schnupfen kriegen könnten – meine wären dauererkältet.

In dieser Nacht jedoch plagt meine Tochter nichts, und sie ist damit beschäftigt, ihr Fäustchen zu untersuchen. Zumindest höre ich ihren Schlafsack rascheln und das leise Schmatzen, mit dem sie an ihrem Handrücken saugt. Ich warte auf einen Laut des Unmuts, wenn sie feststellt, dass aus diesem Teil des Körpers keine Milch zu erwarten ist, doch Lovis bleibt zufrieden.

»Weißt du, dass ich meinen Wöchnerinnen rate, nachts nicht mit ihren Babys zu sprechen?«, flüstere ich irgendwann, und das Schmatzen hält inne. »Es ist normal, dass Säuglinge zwischendurch aufwachen, und das hat nichts mit Hunger zu tun. Ihnen fehlt einfach noch der ausgeprägte Tag-und-Nacht-Rhythmus.« Ich drehe mich auf die Seite und betrachte mein Kind, das seinerseits zu mir herübersieht. »Den sie übrigens nicht lernen, wenn man bei jedem Pups sofort aufspringt, auf sie einredet und womöglich sogar das Licht anknipst.« Man kann ein paar Worte murmeln oder das Baby streicheln, damit es sich sicher fühlt, tatsächlich kommen aber auch bereits Säuglinge gut eine Weile allein zurecht. Wenn man sie lässt.

Ich strecke meinen Arm aus und streiche über Lovis' Wange, die so winzig ist, dass ich immer noch darüber staunen kann. Im nächsten Moment setze ich mich auf, schwinge meine Beine über den Bettrand und hebe meine Tochter aus ihrem Bettchen, lege sie mir an die Schulter und streichle ihren Rücken. »So viel zum Theoriegedöns. In echt bist du viel zu süß, um deine wachen Stunden zu verschlafen.«

Was predige ich den Müttern stets davon, möglichst früh feste Abendrituale zu entwickeln, Babys zur immer gleichen Zeit hinzulegen, darauf zu achten, mit dem Stillen aufzuhören, bevor sie ganz eingeschlafen sind, damit sie mitbekommen, dass sie in ihr Bettchen gelegt werden. Sich zu kümmern, wenn das Baby schreit, um das Vertrauen aufzubauen, dass immer jemand da ist. Sich jedoch schlafend zu stellen, wenn der Säugling nachts wach liegt, aber zufrieden ist. Hält man sich daran, bleibt einem die Verzweiflung erspart, wenn Undine, Philipp oder Laurin mit zwei noch nicht durchschläft.

So die Theorie. In der Praxis muss sich eben nicht nur das Neugeborene an eine fremde Welt gewöhnen, sondern auch die Mutter, stelle ich fest.

»Was weiß man denn schon vorher davon, was es heißt, ein

Baby in den Armen zu halten? Nichts, rein gar nichts.« Zwischen meinen Worten setze ich Kitzelküsse unter Lovis' Öhrchen, bis sie gluckst. »Es ist in Ordnung, nachts wach zu sein«, sage ich, während ich an ihr schnuppere, weil sie so unglaublich gut riecht, dass ich nicht anders kann. »Solange man niemandem den Schlaf raubt.«

Lovis schiebt sich das Fäustchen in den Mund und sabbert darauf herum.

»Komm, ich zeige dir was«, raune ich ihr zu und trage sie über den Flur in Richtung Küche. »Im Wohnzimmer ist der Blick besser, aber das ist ja besetzt.«

Seitdem ich in diese Wohnung gezogen bin, herrscht reges Kommen und Gehen, was ich eindeutig dem Küken zu verdanken habe; Hans und ich hatten beileibe nicht so viel Besuch, und es stand auch nie jemand vor der Tür, der einen Unterschlupf suchte. Vicky, Silas, Lotta – sie sind allein Maditas wegen aufgetaucht.

Heike zählt nicht, und Hans kommt wegen Lovis. *Das Vatersein tut ihm gut,* denke ich, ohne dass ich es an etwas Konkretem festmachen könnte. Vielleicht ist es das dankbare Staunen, das ihn, seit Lovis auf der Welt ist, ebenso durchwirkt wie mich. Dieses irrationale Glücksgefühl, ein Kind zu haben.

Die Tür zum Wohnzimmer steht offen, als wir vorbeikommen, und das Sofa ist leer. Dafür dringen aus Maditas Reich gedämpfte Stimmen; offenbar lassen nicht nur Lovis und ich die Nacht ungeschlafen hinter uns.

»Umso besser.« Ich verzichte auf Gedanken über Lotta, die ich nicht einschätzen kann, und darüber, was sie um diese Uhrzeit alles mit dem Küken zu besprechen hat. Den Abend haben die beiden Schwestern wortkarg verbracht. Sie begannen Gespräche und brachen sie wieder ab. Rückten nah zueinander und rutschten voneinander weg. Irgendwas stimmt mit Maditas Schwester nicht, und ich bin unsicher, ob ich sie mag oder nicht.

Seltsam, ähnlich verhält es sich mit Maditas Polizisten. Zwar habe ich ihr dazu geraten, sich mit ihm auszusprechen, doch vielleicht nur, um einen klaren Schlussstrich zu ziehen. Es ist offensichtlich, dass sie ihn trotz ihres Streits noch will, doch ich glaube, dass er dem Küken nicht gewachsen ist. Zumindest seinen Gefühlen für sie nicht.

»Menschen sind kompliziert«, lasse ich meine Tochter wissen, während wir ins Wohnzimmer schlüpfen und im Dunkeln zum bodentiefen Fenster hinübertreten. »Darf ich vorstellen: Gottes Entschädigung dafür, dass man jeden Tag aufstehen muss.« Ein Zitat meines Opas; ich lege Lovis auf meinen Arm und lehne ihren Kopf gegen meine Brust, damit sie hinausschauen kann. Wir sind gerade rechtzeitig gekommen, um zu beobachten, wie die Nacht schrumpft und den Himmel von unten herauf in einen Blauton kleidet, der so unwahrscheinlich wirkt, dass er tatsächlich die Schöpfung einer kreativen Energie sein könnte.

Während wir gemeinsam staunen, erzähle ich Lovis von jener Märznacht, in der mich mein Opa vor dem Morgengrauen weckte, obwohl er überzeugter Morgenmuffel war und frühes Aufstehen verabscheute. Er wollte mir jedoch zeigen, worüber wir am Abend zuvor zufällig gesprochen hatten, jene Phase während der Dämmerung, in der durch den Einstrahlungswinkel der auf- oder untergehenden Sonne ausschließlich das blaue Lichtspektrum sichtbar ist, was an den Polen bis zu zwei Wochen lang dauern kann.

Eingewickelt in kratzige Wolldecken, Blechtassen in der Hand, in denen heißer Kaffee dampfte, der mehr Koffein enthielt als alles, was ich selbst je gekocht habe, hockten wir in der Obstwiese und starrten in den Himmel. Bodenfrost stach durch den Stoff unserer Pantoffeln, meine Nase und Wangen brannten vor Kälte, und ich rückte dicht an meinen Opa heran.

»Das also ist die Blaue Stunde«, brummte er, während ich die unglaubliche Farbe bestaunte, die sich über uns spannte. Plötzlich fühlte ich mich gut aufgehoben in der Welt. Lange her.

Auf dem Land war das Blau satter, und man konnte weit genug schauen, um den hellen Streifen zu sehen, der sich vom Horizont aus in die Höhe wölbte. Hier in der Stadt versteckt er sich irgendwo hinter Infrastruktur; dafür tupfen die Straßenlaternen unter uns orangefarbene Punkte ins blaue Dunkel, und die wenigen Fenster der Nachbarschaft, die bereits erleuchtet sind, wirken, als zwinkerten sie uns zu.

Opa hatte recht, es ist eine Entschädigung; vielleicht nicht unbedingt von Gott oder fürs Aufstehen. Aber es ist eine kleine Atempause im Wirbel der Gezeiten, die wir Alltag nennen.

Ich hebe Lovis an mein Gesicht, kuschle meine Wange an ihre. »Weißt du, Sternchen, man muss genießen, was man hat, solange es da ist.« Ich atme ihren Duft. »Das Schwierige ist, dass man manchmal gar nicht weiß, was da ist.«

Wie um meine Worte zu unterstreichen, geht im Nachbarhaus ein Licht an, im Fenster direkt gegenüber. Jim. Er tappt einmal quer durchs Zimmer, verschwindet aus meinem Blickfeld und kehrt zurück. Lässt sich auf seinen Schreibtischstuhl sinken. Seine Körperhaltung spricht von Müdigkeit, und ich frage mich, ob er gerade erst nach Hause gekommen ist, von einer Feier vielleicht, denn er ist angezogen und sieht nicht so aus, als habe er soeben das Bett verlassen.

In den letzten Tagen erwischte ich mich zweimal vor der Tür von seinem Haus, einmal habe ich geklingelt, das zweite Mal nicht, *Angsthase, Angsthase, Angsthase,* weil ich mir plötzlich unsicher war, was ich sagen sollte. Abends erschien er entweder gar nicht am Fenster oder huschte vorüber wie ein Geist.

So kann's nicht weitergehen, fürchte ich, steht auf seiner Karte, die noch immer in meiner Handtasche steckt. *Und dann traue ich mich nicht.*

»Wir hätten die Drohne nicht zurückgeben sollen«, murmle ich. Wunderbarerweise hat das Gerät den Crash in Glossbergs Garagendach mit nur kleinen Kratzern überstanden. Und mit feixenden Smileys teilte uns Vicky mit, dass ihr Vater noch immer darüber rätselt, wie der Blumentopf in seine Fotovoltaikanlage gelangen konnte. Hätten wir das Gerät nicht wieder bei seinen Besitzern abgeliefert, könnte ich damit jetzt *die Kluft, die zwischen uns liegt* eventuell überwinden. Als ich darüber nachdenke, fällt mir allerdings nichts ein, das ich Jim hinüberschicken könnte.

»Offensichtlich facht er meine Fantasie nicht an, der Herr Schiller«, sage ich und lasse statt einer Drohne Lovis emporschweben, drehe sie um, damit ich in ihr Gesichtchen schauen kann, und hebe sie über meinen Kopf, bevor ich sie herablasse, um sie zu küssen. Dreimal darf sie hochfliegen, ehe ich sie zurück auf meine Schulter lege. Dann werfe ich einen Blick zu Jim, der aufgestanden ist und zu uns herüberstarrt. Ich glaube nicht, dass er uns sehen kann, dazu ist es zu dunkel in meinem Wohnzimmer, aber vielleicht hat er die Bewegung bemerkt?

Ein jähes Kribbeln lässt meinen Körper zusammenzucken. Die Möglichkeit, dass er mich ahnt und herüberlauert, pulsiert mit einer Intensität in mir, die mich überrascht. Dass er so fordernd da drüben steht, ohne sich herzutrauen. *Denn was, wenn der Nachtvogel davonfliegt?*

»Nun, vielleicht würde ich das ja gar nicht …«

Licht flammt auf, und ich kneife die Augen zusammen vor der plötzlichen Helligkeit.

»Was machst du denn hier?« Maditas Schwester steht in der Tür.

»Wohnen.«

»Ah, klar. Bleib ruhig, ich hol mir bloß mein Kissen, Madita macht sich breit.« Lotta schlurft zur Couch, schnappt sich das große Ungetüm und verschwindet wieder. Kommt noch mal zurück, um das Licht auszumachen. »Sorry.«

Als ich mich umdrehe, ist das Fenster gegenüber dunkel. Ich glaube, es ist Enttäuschung, die ich in mir pochen spüre. Und ich weiß wirklich nicht, ob ich Lotta mag.

*

»Hey, danke noch mal, dass ich eine Weile bei dir wohnen darf«, sagt Maditas Schwester ein paar Stunden später, während sie sich ein Toastbrot buttert und mit Schinken belegt.

Ich zucke die Achseln. »Kemnich hätte sicher die Polizei gerufen, wenn du auf dem Treppenabsatz geschlafen hättest. Und mit der Polizei hat's zumindest deine Schwester gerade nicht so.«

Lotta starrt mich einen Moment lang an, dann lacht sie laut auf. »Nach dem, was Madita mir anfangs von dir erzählt hat, dachte ich ja echt, 'ne Schreckschraube sei kuschelig gegen dich.« Sie zwinkert mir zu. »Aber meine Schwester hat schon recht – unter deiner Kaffeebohnenschale steckt Zuckerwatte.«

Meine Augenbrauen schießen nach oben. »Das sagt das Küken über mich?«

»Das Küken?« Lotta grinst. »You name it. Und ja, das sagt sie über dich. Sie liebt dich heiß und innig.«

»So, so.« Die Espressokanne hinter mir beginnt zu blubbern, und ich wende mich ab, um den Herd auszuschalten. Ich spüre, wie mir Wärme in die Wangen schießt. »Willst du auch einen Ristretto?«

»Klar.« Lotta gähnt. »War 'ne kurze Nacht.«

Ich hole zwei Espressotassen aus dem Schrank, fülle dampfendes Schwarz hinein und stelle eine davon vor Lotta auf den Tisch.

»Habt ihr Kondensmilch da?«

»Es reicht, dass Madita Sahne im Kühlschrank hält.«

»Nie 'nen Leche-leche getrunken? Ich dachte, du kennst dich mit Kaffee aus.«

»Leche-leche klingt nicht nach etwas, das ich als Kaffee bezeichnen würde.«

Lotta steht auf und tritt zum Kühlschrank, holt Maditas Halbliter-Sahnevorrat heraus. »Café cortado leche y leche«, sagt sie. »Trinkt man in Spanien und Portugal, vor allem auf den Inseln. Kaffee mit heißer normaler Milch und gesüßter Kondensmilch. Geil. Wenn du dir den reinziehst, kannst du komplett auf den Biorhythmus verzichten.«

»Milch im Kaffee ist eine Todsünde.« Ich setze mich zu Lotta an den Tisch und spüre dem Geschmack des ersten Schluckes Ristretto auf meiner Zunge nach, bevor ich hinzufüge: »Und Biorhythmus ist ein Luxus von Leuten mit geregelten Arbeitszeiten.«

Lotta gießt Sahne in ihr Espressotässchen, bis es randvoll ist, und häuft einen Teelöffel Zucker hinterher. Sie scheint Übung darin zu haben, denn es gelingt ihr, ohne dass der Kaffee dabei überschwappt. Anschließend spitzt sie die Lippen und schlürft die von Oberflächenspannung gehaltene Wölbung ab. Ich bin beeindruckt.

»Ganz meine Meinung – prost!« Sie hebt ihre Tasse und macht eine Andeutung zum Anstoßen.

Ich nicke. Werfe einen Blick zur Uhr, ein unförmiges rosa Ding mit Katzenohren und Einhornhorn, das Madita auf dem Kühlschrank deponiert hat, um ihrem Zeitmanagement auf die Sprünge zu helfen. Mit leidlichem Erfolg. Vorhin ist sie mit zehn Minuten Verspätung zu ihrem ersten Termin aufgebrochen, eine Brötchenhälfte mit doppelter Schokoladenschicht in ihrer Hand – *ihre* Version von Biorhythmus.

Es ist kurz vor elf, in ein paar Minuten muss ich ebenfalls los, zum ersten Kurs, den ich ab sofort geben werde. Ein Teil der Vorbereitungsgruppe, die Madita sonst leitet und die ich vom Nachmittag auf den Vormittag verlegt habe, um ein neues Konzept zu probieren. Hoffentlich hat die Nachricht der Terminverschiebung alle Teilnehmerinnen erreicht.

In diesem Moment fängt Lovis, die bis eben in ihrem Stubenwagen lag und an ihrem Tüti genuckelt hat, an zu brüllen. Ich hebe sie heraus und schaukle sie auf meinem Arm. Im Flur klingelt mein Handy.

»Halt mal kurz«, sage ich zu Lotta, trete um den Tisch herum und drücke ihr mein Kind in den Arm.

Maditas Schwester guckt entsetzt. »Äh … nee, Helga!«

»Nur kurz, du schaffst das.« Ich eile in den Flur, krame das Telefon aus meiner bereitgestellten Tasche.

»So ein Scheiß, echt«, begrüßt es mich, nachdem ich das Gespräch angenommen habe.

»Hallo, Serena«, erwidere ich. »Noch einen Feiertag entdeckt, den du nicht in deiner Planung bedacht hast?«

»Nein, hab eine bescheuerte Blasenentzündung gekriegt; ich hab das Gefühl, ich pinkle Schnaps.«

»Dann hättest du es wenigstens schnell hinter dir – Alkohol desinfiziert.«

»Mein Hausarzt hat mir ein Antibiotikum verschrieben, obwohl ja wohl offensichtlich ist, dass ich schwanger bin. Er meint, das sei unbedenklich, aber …«

»Es kommt aufs Präparat an«, unterbreche ich, weil das Gebrüll aus der Küche anschwillt und ich Lotta rasch erlösen möchte. Im Telefon raschelt eine Verpackung.

»Amoxicillin«, liest Serena vor.

»Das ist in Ordnung.«

»Aber es ist ein Breitbandantibiotikum, und es heißt doch immer, dass man lieber eins gegen den spezifischen Erreger nehmen soll.«

»Ja, aber wie du Maditas Schwester selbst schon gesagt hast, ist in deinem Fall das Wohl deines Kindes wichtiger, und bei Amoxicillin gibt es hohe Erfahrungswerte, die keine Auffälligkeiten beim Fötus zeigen. Wenn du deinen Organismus unterstützen willst, kannst du außerdem Cranberrymuttersaft trinken. Pur. Der lässt deine Zunge zwar Blasen werfen, hilft aber, als würdest du tatsächlich Schnaps pieseln.«

»Bist du sicher?«

»Nein, aber ich suche schon länger nach einem Versuchs… Vertrau mir, Serena. Blasenentzündung ist ein Volksleiden, gerade unter Frauen. Und wenn du beim nächsten Mal gleich bei den ersten Anzeichen Cranberrysaft trinkst, sparst du dir sogar das Antibiotikum. Dazu immer mal einen Brennnesseltee und sowieso literweise Flüssigkeit. Ach, und besorg dir Darmbakterien aus der Apotheke, die du jeweils sechs Stunden nach dem Antibiotikum einnimmst. Dann ruiniert es dir nicht die Darmflora.«

»Wow, danke, Helga, das klingt gut.«

Ich lege auf und will in die Küche eilen, um Maditas Schwester zu retten, als ich stutze. Es ist still in der Wohnung. Weder Lotta noch Lovis schreien. Als ich durch den Türspalt äuge, sehe ich, dass Lotta ihren Stuhl auf zwei Beinen balanciert, die Lehne gegen die Arbeitsfläche gestützt, sodass sie schräg sitzt. Lovis liegt bäuchlings und kopfüber auf Lottas Brust, Arme und Beine unter ihrem Körper. Lotta atmet ruhig und tief, bewegt mein Kind rhythmisch auf und ab. Ich beobachte die beiden eine Weile, bevor ich eintrete.

»Interessante Position.«

Lotta sieht auf, kein Lächeln im Gesicht, eher eine Tatsachenmiene. Sie zuckt die Achseln. »Hab ich mal bei einer neuseeländischen Frau gesehen. Die hatte ein Schreibaby, und das Balg war nur still, wenn sie's so hingelegt hat. Sie meinte, weil's ähnlich wie im Mutterleib ist.«

»Steile These«, erwidere ich. »Aber wenn's hilft und das Kind nicht zu schräg und zu lang kopfüber hängt, warum nicht?« Ich setze mich, widme mich dem Rest meines Ristrettos und verfolge aus dem Augenwinkel Lottas Beisammensein mit meiner Tochter. »Du hast ein Händchen für Babys.«

Lotta legt ihre Arme um Lovis, bevor sie samt Stuhl nach vorn kippt. »Ganz sicher nicht«, sagt sie, greift mein Kind unter den Armen, wobei sie darauf achtet, das Köpfchen zu stützen, und streckt es mir entgegen. »Aus Kindern werden komische Leute, und damit will ich nichts zu tun haben.«

*

»Das ist jetzt nur eine Ausnahme, oder? Ich meine, vormittags ist echt ungünstig für 'nen Kurs«, lamentiert der Typ mit seitlich gekämmter Frisur und Modevollbart. Bevor er aus seinem Designermantel schlüpfen kann, unterbreche ich ihn und ziehe seinen Ärmel wieder nach oben.

»Irrtum. Für den Kurs ist die Uhrzeit ideal.«

Er blickt mich an, erst verdutzt, dann mit einem unterdrückten Seufzen im Blick, vermutlich hält er mich für beschränkt. »Wohl nicht, oder? Ich meine, normale Menschen arbeiten vormittags.«

»Na, dann ist es ja gut, dass wir nur Verrückte wie Polizistinnen, Pflegekräfte, Busfahrerinnen, Kassenpersonal, Schauspielerinnen, Feuerwehrfrauen, Rettungsassistentinnen, Notärztinnen und Musikerinnen in unsere Kurse aufnehmen. Wäre sonst ja blöd.«

Der Typ lacht, sieht jedoch verwirrt aus. Die Frau neben ihm, klein, blond, langhaarig, blickt zu Boden und beäugt ihre Fußspitzen, während ein heimliches Lächeln ihre Mundwinkel verbiegt.

»Du kannst übrigens beruhigt zu deinem normalen Job gehen und erledigen, was normale Menschen zu tun haben«, sage ich zu dem Typen. »Der Kurs ist nur für Frauen, und sofern die normal sind, befinden die sich alle bereits im Mutterschutz.«

»Was?« Der Typ stemmt die Hände in die Hüften.

»Neues Konzept, stand in meiner E-Mail.«

»Hä? Wieso? Das geht nicht; wir haben für zwei bezahlt.«

Ich seufze über sein blödes Argument. »Siehst du, mit dir wäre deine Frau also eine zu viel, immerhin trägt sie euer Kind mit sich herum.« Er klappt den Mund auf, ich interveniere. »Was das Wieso angeht: Ab sofort nehmen an diesem Kurs nur Frauen teil, die mindestens mit dem zweiten Kind schwanger sind, sodass die Partner sich bestens auskennen mit dem Thema Geburt. Die Vorbereitung, um die es hier geht, richtet sich an die Mütter und wie sie es schaffen, trotz Wochenbett und Stillen den älteren Geschwistern gerecht zu werden. Und sich selbst.«

»Na ja, das ist doch auch für uns interessant …«

»Außerdem wollen wir über die Väter lästern, und das macht mehr Spaß, wenn die nicht dabei sind, also husch, husch.« Ich drehe den Typen herum und winke in Richtung Haustür, bevor ich seine Frau unterhake und sie mit mir in den Kursraum ziehe. Sie wirft einen Blick über die Schulter und zuckt die Achseln.

»Wir sehen uns später«, ruft sie fröhlich.

Sechs der acht Yogamatten, die ich auf dem Boden bereitgelegt habe, sind bereits belegt. Frauen zwischen schätzungsweise dreißig und vierzig lümmeln in den Stillkissen in ihren Rücken. In der Mitte des Raumes steht ein Blumenstrauß, brennt eine dicke Stumpenkerze, dampft eine Keramikkanne Kräutertee satten Duft ins Zimmer, verströmt frisch gebrühter *Eulenschatz* sein koffeinfreies Bohnenaroma, warten Nüsse, Bananen-, Apfel- und Orangenschnitze darauf, gegessen zu werden, lockt eine große Schale mit schokolierten Erdnüssen, Waffelröllchen und Honigwaffeln.

Monika hat die Üppigkeit des Arrangements mit einem Stirnrunzeln betrachtet, als sie mir dabei zusah, wie ich vorhin zwischen *Storchennest*küche und Kursraum hin- und herlief, um aufzufahren, was mir ein Impuls auf dem Arbeitsweg ins Hirn spülte und zu einem Umweg über den Supermarkt führte.

»Bist du sicher?«, fragte sie, mit frostigen Rändern an den Worten, weil sie nach wie vor skeptisch ist, was meinen Wiederbeginn im Dienstplan betrifft. Ich nickte. Wollte es dabei belassen und drückte sie dann doch kurz an mich.

»Vertrau mir.« Ihrer Reaktion entschlüpfte ich, um die erste Kursteilnehmerin zu begrüßen.

Nun betritt die letzte den Raum und bleibt einen Schritt hinter der Türschwelle stehen, starrt auf das Fußbodenbüfett und bricht in Tränen aus.

»Oh Gott«, schluchzt sie. »Ist das toll!« Sie wankt zur freien Matte zwischen zwei andere, die ihr lächelnd entgegenblicken, und lässt sich schnaufend nieder. »Mein Sohn will zurzeit partout nicht in den Kindergarten und macht zu Hause jeden Tag ein Heidentheater und schreit und brüllt. Sonst bringt mein Mann ihn auf dem Weg zur Arbeit, aber seitdem Tristan den Aufstand probt, fährt Jens allein, damit er nicht zu spät kommt.

Boa, es ist so anstrengend, und ich bin so müde und fett …« Sie streicht über ihren prallen Bauch. »Ich weiß gar nicht, wie ich das schaffen soll, wenn Baby zwei erst mal da ist.« Sie wischt sich mit dem Ärmel über die Augen; es nützt nichts, Rotz und Wasser sind nicht zu stoppen. Ringsum nicken die Frauen.

»Ich weiß, was du meinst«, sagt eine. »Manchmal denke ich, wir hätten nach dem ersten aufhören sollen. Und jetzt kriegen wir Nummer drei.«

Die Weinende greift nach einem bereitgestellten Becher und zur Teekanne, bevor sie zögert und zum Thermosbehälter mit dem Kaffee schielt.

»Der ist koffeinfrei.« Ich nicke ihr zu. »Bedien dich.« Ich weiß nicht, ob ich jemals einen dankbareren Blick erhalten habe. Freude wirbelt in mir auf, während ich die Frauen dabei beobachte, wie sich eine nach der anderen ein warmes Getränk eingießt, nach Obst greift und sich doppelt so viele Kekse nimmt wie Vitaminschnitze. Ich spüre ein Grinsen auf den Lippen und Wärme in mir.

So ist das also, wenn man wie das Küken arbeitet, denke ich. Madita versucht immer, sich auch die letzten fünf Minuten schön zu machen. Ich werfe einen Blick zu Lovis, die neben mir auf einer Decke liegt und die Zimmerdecke bestaunt. Vielleicht ist das etwas, das ich ihr mitgeben kann in ihr Leben: ein bisschen Kükenglück.

*

Sechzig Minuten später stehe ich auf der Straße vor dem *Storchennest*, lehne mich gegen den Zaun und bin erschöpft. Lovis liegt in meiner Armbeuge und gluckst den Winterhimmel an, der sich trübe über uns wirft. Während sie zufrieden ist, quietscht mein Inneres wie ein Fingernagel über eine Tafel.

Ich habe mich geirrt. Zu arbeiten wie das Küken funktioniert nicht; was Seelenpflege werden sollte, manifestierte sich zu fleischgewordenen Vorurteilen, die ich mir der Nettigkeit zuliebe zu verkneifen versuchte. Doch gegen die Realität bin ich machtlos.

Eben stolperte Annie an mir vorbei, eine der beiden einzigen Frauen, die sich lächelnd und mit einem heiteren: »Bis nächste Woche« verabschiedet haben. Der Rest rauschte davon, im besten Falle nachdenklich, die Mehrheit einsilbig, trotzig, Melanie, oder wie die Rothaarige im Pullikleid heißt, verärgert. Ich hätte Schluss machen sollen, am besten noch bevor der Kurs begann. Dabei lief es zunächst ja nicht schlecht.

»Ich stelle mir unser Beisammensein folgendermaßen vor«, teilte ich mit, nachdem alle wieder zurückgelehnt dasaßen, kauend, schlürfend und mit zufriedenen Mienen ihre Bäuche streichelnd. »Der Kurs beginnt um elf, aber hetzt euch nicht, um pünktlich da zu sein. Wer müde ist, kann sich einfach hinlegen und ausruhen, wer eine Massage braucht, sagt Bescheid; sicher finden sich Paare zusammen, die sich gegenseitig Gutes tun können. Ich hab ein paar Themen vorbereitet, über die wir bei Bedarf sprechen können, und falls ihr Fragen habt, fragt. In erster Linie sollt ihr aber entspannen. Das hier ist eure Oase, tankt so viel Kraft, wie ihr könnt. In ein paar Wochen ist es mit der spärlichen Ruhe vorbei.« Noch nie habe ich für eine Ansage im Kurs Applaus geerntet; jetzt jubelte es rings um mich her.

»Wie geil«, rief eine. »Und klasse, dass du die Männer rausgeworfen hast.«

Allgemeines Gelächter. Die nächste halbe Stunde verging wie ein Kaffeekränzchen. Die Frauen tauschten sich mit rosigen Wangen aus, lachten, rubbelten sich gegenseitig die Rücken und massierten Waden. Ich gab weiter, was ich in Hunderten Familien erlebt habe: »Die meisten Kinder freuen sich, wenn sie ein Geschwisterchen bekommen, haben aber trotzdem mit Eifersucht zu kämpfen. Plötzlich müssen sie alles teilen, vor allem die Aufmerksamkeit der Eltern. Von jetzt auf gleich ist da quasi ein fremder Mensch, den Mama und Papa mit jener Liebe angucken, die sie bislang als etwas erlebt haben, das ausschließlich ihnen galt. Das ist nicht leicht zu verkraften. Nehmt euch also Zeit für die Großen und kuschelt besonders ausgiebig mit ihnen, wann immer es geht. Schenkt ihnen irgendein tolles Spielzeug, das sie rausholen dürfen, während ihr stillt.«

»Und benutzt bloß nie dasselbe Kosewort«, warf eine Frau ein, die Anke heißt, wie ich glaube. Seit Lovis auf der Welt ist, lässt mich mein Gedächtnis manchmal im Stich. »Als unsere Zweite auf die Welt kam, hab ich sie *Maus* genannt, und meine Große ist komplett ausgetickt, weil sie bis dahin immer die Maus war.«

»Guter Hinweis«, erwiderte ich. »Außerdem werdet ihr feststellen, dass euer Geduldsfaden kürzer wird. Erinnert euch, wie wenig ihr nach der Geburt eures ersten Kindes geschlafen habt, und macht euch klar, was das im Alltag mit einem großen Geschwisterkind bedeutet. Ob ihr wollt oder nicht, ihr werdet es häufiger anranzen.« Das ungläubige Zwinkern in den Mienen der Mütter, die bislang nur ein Kind haben, hätte mich warnen sollen. Doch ich fuhr fort: »Das ist in Ordnung, denn spätestens jetzt ist es an der Zeit, Grenzen zu setzen. Lasst eure Kinder lernen, mit Konflikten umzugehen.«

Ich hielt inne, versuchte mir vorzustellen, wie ich Lovis anschnauze, ein harsches Wort zu ihr sage, weil sie mit einem Wachsmalstift den Boden bemalt, die Seiten aus meinem Kalender reißt oder dem Nachbarskind ihre Schaufel über den Kopf haut, weil das ihren Sandkuchen kaputt gemacht hat. Oder auch einfach so, weil Kinder so etwas ausprobieren.

Ich konnte es nicht. Ich brachte kein Bild zustande, weder von meiner Babytochter als Kleinkind noch von ihr als Übeltäterin, welchen Kalibers auch immer. Und anranzen werde ich mein Sternchen schon mal gar nicht, niemals. Obwohl ich es natürlich besser weiß und auch Lovis testen wird, welche Grenzen und Gesetze in ihrer Welt gelten.

»Macht euch klar, dass ihr nicht die beste Freundin von euren Kindern seid.« Es war nicht so, als hätte ich eine Pausetaste gedrückt, die das Geschehen ringsum einfror. Dennoch sank der Geräuschpegel hörbar. Zwei Frauen hielten im Kauen inne, eine ließ die Tasse sinken, die sie eben an den Mund hatte heben wollen. Immerhin, zwei nickten, beides Mütter, die bereits mehrere Kinder haben. Eine döste.

»Entschuldige, aber wieso nicht?« Melanie meldete sich zu Wort. »Ich meine, den Spruch hört man ja immer wieder, aber ich finde, es spricht nichts dagegen, mein Kind wie einen Freund zu behandeln. Hast du mal gehört, in welchem Ton manche Eltern über den Spielplatz blöken? Das ist gruselig.«

Kollektives Nicken um mich herum, und ich erinnerte mich daran, warum ich bislang auf Kurse mit Müttern von älteren Geschwistern verzichtet habe. Ich diskutiere nicht gern.

»Du musst dein Kind ja nicht anbrüllen. Aber du solltest es leiten.« Ich starrte zu Melanie hinüber, die trotzig zurückblickte, als wollte ich ihr oder ihrem Nachwuchs Böses. »Kinder brauchen Führung«, erklärte ich. »Einen Leitwolf, der die Grenzen des Reviers für sie absteckt. Regeln geben Sicherheit. Stellt euch vor, ihr erwacht auf einem fremden Planeten, alles um euch herum ist neu. Wenn ihr euch zurechtfinden wollt, seid ihr darauf angewiesen, die Beschaffenheit dieser Welt kennenzulernen, herauszufinden, wie sie funktioniert, welche Gesetzmäßigkeiten es gibt. Überlegt, was sich besser anfühlt: Soll jeden Tag das Gleiche gelten? Soll also meinetwegen ›noch einmal schaukeln‹ immer ›noch einmal schaukeln‹ heißen? Oder wird aus dem ›noch einmal schaukeln‹ am Montag ein ›noch einmal schaukeln, einmal rutschen, fünf Minuten buddeln und zweimal über die Wippe balancieren‹ am Dienstag? Dann werden eure Kinder am Mittwoch und am Donnerstag ausprobieren, welche Regelung an diesen Tagen gültig ist, und zwar so lange, bis sie ein System erkennen, an das sie sich halten können. Blöd nur, wenn es keins gibt.«

Arme wurden verschränkt, nicht nur eine Stirn runzelte sich.

»Sorry, das ist mir zu diktatorisch. Es muss doch auch Ausnahmen geben«, warf Melanie ein. »Manchmal hat man eben noch Zeit und manchmal nicht.«

»Ausnahmen kannst du nur machen, wenn du vorher eine Regel etabliert hast«, erwiderte ich. »Und wenn du noch Zeit hast, um auf dem Spielplatz zu verweilen, dann warte mit dem Aufruf, dass ihr jetzt nach Hause müsst, bis es tatsächlich so weit ist. Sonst lernt dein Kind nicht, was *nach Hause müssen* bedeutet.«

Eine Frau, die sich die Schale mit den schokolierten Erdnüssen zwischen die Beine gestellt hatte, sich eine nach der anderen in den Mund schob und so müde aussah, wie ich mich mit einem Mal fühlte, meinte: »Also, ich erkläre Florentine immer, wenn etwas anders ist als sonst. Kann man doch machen, oder? Ich meine, Zweijährige sind ja nicht blöd, die verstehen viel mehr, als wir denken.«

Ich beging den Fehler, darauf zu antworten, und der Kurs entglitt mir. Warum habe ich mich darauf eingelassen und es nicht einfach bei einem normalen Vorbereitungskurs belassen? Gegen Gymnastik hat noch nie jemand Einwände erhoben, und immerhin bin ich Hebamme und keine Nanny. Sollen sie ihren Prinzen und Prinzessinnen doch vom Mann im

Mond erzählen oder wovon auch immer. Ist es mein Problem, wenn sie sich zu Tode diskutieren, weil Tomma, Frida oder Lara-Mathilda gelernt haben, dass man zwar nicht mit Steinen wirft, weil das dem Lorenz, Martin, Nils wehtut, aber die einzige Konsequenz im Fall des Falles dann allein darin besteht, dass die Beste-Freundin-Mama mit liebevollem Ton ernste Worte spricht? Bauklötze aufräumen zu müssen bedeutet, dass der Papa es selbst tut, nachdem er es dreimal vergebens verlangt hat. Und wenn man nur lang und laut genug danach fordert, gibt es eine Kugel Eis, unabhängig von den vielen »Nein, heute nicht« zuvor.

Ja, denke ich nun hier draußen vor dem *Storchennest*, leider ist es mein Problem. Weil diese Kinder meine Welt bevölkern und die, in die mein eigenes Baby hineinwächst. Ich möchte nicht, dass Lovis mit Gleichaltrigen aufwächst, die entscheiden dürfen, was es zum Mittagessen gibt, in ihren Wünschen aber nicht ernst genommen werden, wenn sie falsch wählen. »Sollen wir heute Reis kochen?« – »Nein, Nudeln.« – »Aber Schatz, Nudeln hatten wir gestern schon. Und Reis ist viel gesünder.« Stell keine Fragen, wenn nur deine Antwort gilt. Außerdem: Wenn du die beste Freundin deines Kindes bist, wer verdammt noch mal ist dann die Mutter?

Und wo bleibt eigentlich Hans? Vor einer Viertelstunde wollte er hier sein und Lovis übernehmen. Doch statt zuzusehen, wie sich die Miene des Mannes, der nicht mehr zu mir gehört, beim Anblick seiner Tochter in einen Sommertag verwandelt, stehe ich im Wintergrau und habe nichts Besseres zu tun, als mit dem Beweis zu hadern, dass entweder ich Mutter nicht kann oder all die anderen. Lasse mich von der Frage durchbohren, ob etwas wahr wird, bloß weil eine Mehrheit daran glaubt. *Tja. Wir können nicht alle so perfekt sein wie du.* Scheiße, und was treibt Heike schon wieder in meinen Gedanken?!

Ich blicke auf, als ich Schritte höre. Es ist Monika, ihre Tasche unter dem Arm, vermutlich auf dem Weg zu den Hausbesuchen des Nachmittages. Als sie mich erreicht, hält sie an, blickt mir ins Gesicht.

»Ich warte auf Hans«, sage ich, ehe sie zu etwas ansetzen kann, das eine Nachfrage wird, ein Erkundigen, ein tröstendes Wort. »Er nimmt Lovis heute noch mal, damit ich ein paar von Maditas Schwangeren kennenlernen kann, die ich übernehmen werde.«

»Toll, dass er so engagiert ist.«

»Ja.«

Monika rafft ihren offenen Mantel um sich herum, schiebt die Träger ihrer Tasche höher auf die Schulter. »Na dann.« Sie zögert, und ich weiche ihrem Blick aus. »Lass mich wissen, wenn du mich brauchst, okay?« Ich spüre eine flüchtige Berührung am Arm, dann eilt Monika davon, den Gehweg entlang, über die Straße, rüber zu ihrem Auto.

Alles ist in Bewegung, denke ich. *Und immer bist du schuld.* In meiner Jackentasche hupt eine SMS.

Verspäte mich. Kann ich Logisch auch bei dir abholen

Ich runzle die Stirn. Seit wann bemerkt Hans nicht, dass die Autokorrektur seinen Text verhunzt? Und seit wann lässt er Satzzeichen weg? Es ist nur ein Detail, und doch fühle ich mich, als gerate gerade alles aus den Fugen; nicht donnernd und krachend, sondern leise knirschend, kaum wahrnehmbar bis zu dem einen Moment, in dem die Welt dann plötzlich mit ordentlichem Getöse auseinanderbricht.

»Deine Mama denkt sich Quatsch zusammen«, murmle ich, während ich Lovis ins Tragetuch binde. »Was ist eigentlich los mit der?«

Meine Tochter antwortet nicht, ich haste heimwärts und erreiche das *Amore Belle* in dem Moment, als Hans mit seinen langen Schritten herangeeilt kommt, das dunkle Haar dicht und mützenlos, seine Wangen von der Winterkälte gerötet. Freude überkommt mich bei seinem Anblick. Und wenn es nicht so albern wäre, würde ich zwei Tränen vergießen über die Vertrautheit, die er mit sich bringt.

»Entschuldige, Helga, ich bin spät dran.« Hans tritt an mich heran und haucht mir einen Kuss auf die Wange. Nanu? Hitze steigt von ihm auf, ich kann spüren, dass er schwitzt. »Ich hab mich verquatscht.« Er lacht, steckt seine Nase zu Lovis ins Tuch und murmelt ihr lustiges Zeug ins Ohr.

»Verquatscht, *du?*« Die leise Aufgedrehtheit in seiner Stimme irritiert und stört mich. Sie gehört so wenig zu Hans wie das Wangenküsschen.

Er lacht schon wieder, beinahe losgelöst. »Ja, mit Marie, der Kursleiterin von dem Babykurs, von dem ich dir erzählt habe.«

»Hast du?« Dunkel regt sich etwas in mir. Tatsächlich erwähnte er, dass er sich mit Lovis zu irgendeinem Treff angemeldet hat; ich wollte ihn noch vor Müttern mit Babys warnen, war jedoch nicht dazu gekommen, weil mich der Anruf dieser Berta von Thies unterbrochen hatte, einer Kundin des Kükens, die sich über den Wechsel in ihrer Betreuung beklagte und mich erst zu Wort kommen ließ, nachdem Hans sich mit einem lautlosen Ich-muss-los auf den Lippen nach draußen verabschiedet hatte.

»Du und deine Stilldemenz«, grinst er, während er Lovis aus ihrem Tragetuch zupft. Er steht so dicht vor mir, dass sein Atem mein Gesicht kitzelt. Ich weiß nicht, ob ich das ertrage, löse den Stoffknoten, ziehe die Stoffbahnen auseinander und reiche sie Hans, der mir im Gegenzug unser Kind zurückgibt, damit er das Tuch um seinen eigenen Körper wickeln kann.

Wir sind gut eingespielt, denke ich. Es ist eine hübsche Choreografie.

»Wir haben zusammen mittaggegessen, Marie und ich«, sagt Hans. »Gleich nach dem Kurs hat sie keine Zeit, weil im Anschluss sofort der nächste beginnt, aber wir wollten uns mal austauschen. Sie macht das echt gut.«

»Ähm. Was?« Wieso lacht Hans schon wieder?

»Na, den Kurs. Ich weiß auch nicht.« Hans hält in seiner Bewegung inne und überlegt einen Moment. »Sie hat eine fröhliche Selbstverständlichkeit an sich. Nicht so überdreht wie Madita, ruhiger und irgendwie tief. Das strahlt auf den ganzen Kurs ab – alle sind danach immer viel entspannter als vorher.«

Während Hans das Tuch straff zieht und die letzte Schlaufe dreht, verstopfen tausend Fragen mein Gehirn. Wieso gehst du mittagessen und knusperst nicht dein selbst belegtes Arbeitsbrot, so wie in den letzten zwanzig Jahren?, will ich zum Beispiel wissen. Oder: Über was wolltest du dich mit deiner Kursleiterin austauschen? Und seit wann fühlst du dich angespannt und brauchst eine Marie, um runterzukommen?

Es vibriert in Hans' Jackentasche, und er zieht sein Handy heraus, blinzelt auf das Display, liest, bricht in schallendes Gelächter aus. Tippt etwas, mehrere Zeilen lang.

»Du, ich muss los«, sagt er, als er das Gerät eine halbe Minute später wieder einsteckt und mir seine Arme entgegenhält, damit ich ihm Lovis reiche.

Ich kann mich plötzlich nicht von meinem Kind trennen und will es an mich klammern. Was blödsinnig ist. Trotzdem zittere ich, als ich Lovis' warmen Körper von mir löse.

»Mach's gut, Sternchen, viel Spaß mit Papa«, raune ich, bevor ich sie in Hans' Hände übergebe.

»Den werden wir haben, nicht wahr, Sonnenschein?« Hans strahlt mich an. »Ich bring sie dir in zwei Stunden zurück. Sie ist satt, oder?«

»Natürlich.« Ich hole Luft, um anzufügen, dass Lovis noch

einmal getrunken hat, während die Frauen in meinem Kurs mit verschränkten Armen das Ende der Stunde abwarteten und schließlich acht Minuten zu früh aufstanden. Dass ich wünschte, es wäre besser gelaufen, weil ich glaube, dass ich den Müttern wirklich etwas mitgeben könnte, es mir aber offensichtlich an *fröhlicher Selbstverständlichkeit* mangelt. Oder an Sozialkompetenz an sich.

Doch Hans dreht sich um, »Tschüss dann«, und strömt davon, ein fremdes Federn in den Schritten. An der Ecke bleibt er stehen und wirft einen Blick auf sein Handy.

Ich bleibe zurück und friere.

Alle Katzen machen Miau

Madita

Ich düse mit meinem Wagen zum *Storchennest*, um den Kurs für inzwischen nur noch Erstgebärende zu geben – Helgas Idee, Mütter, die bereits Kinder haben, extra zu betreuen; ich glaube, sie hat recht, denn tatsächlich beschäftigen die Frauen in der ersten Schwangerschaft andere Fragen als jene, die das Wunder (und die Strapazen) einer Geburt schon mal durchgemacht haben. Nicht nur einmal habe ich es erlebt, dass erstgebärende Kursteilnehmerinnen erblassten, wenn erfahrene Mütter allzu detailliert ihre Geburtsverletzungen schilderten oder davon berichteten, wie eine PDA falsch gesetzt wurde, das Kind nach endlosen Stunden voller Schmerzen schließlich mit einer Zange geholt werden musste oder den Papa zwischendurch die Übelkeit packte, sodass er der Hebamme im Kreißsaal vor die Füße kippte. So was kommt vor, muss man aber nicht jeder Schwangeren in farbenfrohen Einzelheiten vor Augen führen. Flugangst bekämpft man schließlich auch nicht, indem man sich ausmalt, wie das Triebwerk in Flammen aufgeht.

Apropos Katastrophenwarnung: Während ich das Tempo-dreißig-Schild vor mir großzügig aufrunde, versuche ich, mich schon mal gegen Scherzkeks Lukas zu wappnen. Ich muss zugeben, gerade bin ich ein ganz kleines bisschen gegen das männliche Geschlecht eingestellt, so grundsätzlich, dass mir Krallen wachsen wie einer gereizten Katze und mich gleichzeitig Scham erfüllt, weil mir durchaus bewusst ist, dass man nicht alle in einen Sack stecken kann, um draufzuhauen. Aber was soll ich machen? Zurzeit fällt mir tatsächlich nur ein einziger Kerl ein, den es lobend zu erwähnen gilt, und das ist Hans. Dass ich außerdem zum ersten Mal erleben musste, dass ein Mann meine Schwester zum Heulen bringt, macht es nicht besser.

Übrigens Lotta. Die hält mich auch ganz schön auf Trab und blieb nicht lange auf Helgas Sofa. Gleich vorgestern, in der ersten Nacht, schreckte mich ein jämmerliches Geräusch auf. Zuerst verdächtigte ich die Nachbarskatze als Urheberin des quietschenden Jaulens, weil die sich gern mit der Konkurrenz im Innenhof auseinandersetzt, lautstark und durchdringend und natürlich nur, wenn man gerade schläft. Allerdings winselte es aus dem Wohnzimmer, was gegen die Katzentheorie sprach, denn was Stubentiger anbelangt, handhabt Helga es wie Alf, wie sie sagt, »extra scharf und mit Soße«.

Dass es also Lotta sein musste, die wie Miezi auf Helgas Grill klang, ließ mich dem Protest meines Körpers zum Trotz aus dem Bett springen und hinübereilen. Im Wohnzimmer stolperte ich erst mal über Lottas Koffer, der halb ausgeräumt quer vor dem Sofa stand, knallte mit dem Knie gegen das Couchtischchen und stieß einen Schrei aus. Der hätte Lotta eigentlich wecken müssen, doch statt hochzujagen, lag sie weiterhin in den Kissen. Als ich mich über sie beugte, sah ich im Mondlicht, wie ihre Augäpfel wild in den Höhlen rollten und ihre Lippen sich bewegten.

»Lotta, alles in Ordnung?« Ich strich ihr vorsichtig über die Wange, die sich heiß anfühlte, und nun fuhr sie doch aus dem Albtraum hoch und verpasste mir eine Kopfnuss.

»Fuck!« Sie strampelte die Wolldecke von den Beinen.

Ich antwortete das Gleiche und rieb mir neben dem Knie nun auch noch die Stirn.

»Was schleichst du dich so an?!«, blaffte meine Schwester, was sich weniger kalt in mich hineinkrallte als die Tatsache, dass ich Tränen auf ihrer Wange funkeln sah. Schon wieder.

»Willst du bei mir schlafen?« Die Frage rutschte mir schneller heraus, als ich *Schokolade* sagen kann, und ich fürchtete schon, dass Lotta mir gleich ihr Kissen um die Ohren hauen würde. Doch sie klang mild.

»Wie früher, als wir klein waren?« Sie sah aus, als dachte sie über schwierige Fragen nach, knetete den Zipfel der Decke.

Sie so zu sehen machte mich wund, und kurz entschlossen schnappte ich mir ihre Hand und zog an ihr, woraufhin sie sich gönnerhaft zeigte. »Von mir aus – wenn es dir hilft.«

Typisch! Sie schwang sich vom Sofa und übernahm die Führung, wie sonst auch immer, was mich ein wenig beruhigte. In meinem Zimmer warf sie sich aufs Bett, nahm mein Kopfkissen in Beschlag und verkroch sich unter meiner Decke. Mir selbst blieb nur wenig Platz auf meiner Matratze, doch das störte mich nicht. Ich legte den letzten Zipfel der Decke über mich, kuschelte mich an meine Schwester und genoss ihre Nähe, das Gefühl, nicht allein zu sein. Sie griff über mich hinweg zu meinem Nachtlicht, knipste es an und starrte dann nach oben.

»Lotta?«

»Hm?«

»Was hast du geträumt?«

»Von Cocktails mit Sahne und heißem Sex natürlich.«

Ich biss mir auf die Lippe, spürte den Schmerz meiner Schwester. »Männo. Ich heul gleich, weißt du?«

Lotta seufzte. »Soll das 'ne Drohung sein?«

»Nein, ein Angebot. Und wenn du es nicht freiwillig annimmst, träufle ich dir Veritaserum in deinen nächsten Kaffee.«

»Expecto Patronum!«

»Ha! Gewonnen, der hilft nur gegen Dementoren.« Ich

pikste Lotta in die Seite, und sie stieß einen Laut aus, der zumindest ansatzweise in Richtung eines Kicherns ging.

»Na schön, du Nervensäge.« Lottas Ellenbogen traf mich, aber nur sanft. »Vermutlich hab ich geträumt, was ich so gut wie jede Nacht träume.« Sie atmete tief ein, und mich beschlich eine Ahnung, kalt wie Gänsehaut.

»Vom Überfall?«

Sie nickte, und ich rollte mich in ihren Arm.

»Es gibt gar keinen Wasserschaden, weißt du.«

»Was für ein Wasserschaden?«

»In meiner Wohnung. Hab ich dir doch erzählt, aber den gibt's nicht. Ich ... ich halt's einfach nicht aus allein, verstehst du?«

Ein Klumpen bildete sich in meinem Hals, und ich schlang meinen Arm um den drahtigen Körper meiner großen Schwester, die nicht so unbesiegbar ist, wie ich immer geglaubt hatte. Wie sie immer alle glauben lässt.

»Ich hatte echt Angst, Madita.« Ihr Flüstern drang tief in mich ein, nistete dort wie hässliche Kellerasseln. »Als der Alarm losging und wir das fremde Schiff sichteten, war klar, dass die es auf uns abgesehen hatten. Dann ging alles so schnell. Schon stürmten diese vollkommen Irren an Bord und ballerten um sich. Echt, ich hab den Notruf abgesetzt und dachte, den Scheiß überleben wir nicht.« Sie lachte ein wenig; es klang roh. »Und dann die Stunden im Panikraum, die Geräusche von draußen, und du hast keine Ahnung, was vor sich geht. Ob das Knallen bedeutet, dass sie gerade deine Leute hinrichten. Ob du als Nächste dran bist, weil es ihnen gelingt, die Tür aufzubrechen ... In meinen Träumen höre ich ständig das Quietschen und Schaben von Brechstangen auf Metall.«

Lotta ließ zu, dass ich ihren Arm streichelte, mein Gesicht an ihre Wange legte. Eine Weile sagten wir nichts.

»Es tut mir so wahnsinnig leid, dass dir das passiert ist«, hauchte ich irgendwann.

»Ich wünschte, ich könnte es einfach vergessen. Aber ich fürchte, ich bin ab jetzt Erste Vorsitzende im Angsthasen e.V.« Ihre Stimme bebte.

»Du wirst bestimmt bald weniger daran denken.«

»Nee, ich glaube nicht, das ging echt tief.« Lotta schob meinen Arm beiseite, rückte ein paar Zentimeter von mir ab. »Und weißt du, es ist creepy, aber ab dem Moment, als ich dasaß und mir vor Angst in die Hosen schiss, stelle ich plötzlich alles infrage. Mein ganzes Leben, mein ganzes Sein. Das fühlt sich echt scheiße an.«

Ich rollte mich auf den Bauch, stützte mich auf meine Arme und blickte Lotta ins Gesicht. »Weißt du deshalb nicht, ob du dein Baby behalten willst?«

Sie schnaubte. »Nö, *das* liegt eher daran, dass mein liebender Verlobter noch andere Eisen im Feuer hat. Und ich blöd genug war, auf sein Gesülze reinzufallen. Ich sei die Einzige für ihn und ach was noch.«

»Shit. Das ist bitter.«

»Und ob, zunächst hatten wir nur was Lockeres, ganz nach meinem Motto: Bloß ein Dummkopf ist Kostverächter. Aber dann wurde es irgendwie mehr, und ich hatte das Gefühl, hey, vielleicht hat meine kleine Schwester ja doch recht, und es ist mal an der Zeit für was Solides.«

»Es ist definitiv Zeit für das hier«, sagte ich, beugte mich über die Bettkante hinunter und angelte mein Schälchen für nächtliche Notfälle hervor. »Nimm.« Ich schnippte Lotta eins der Schokobonbons zu, die mir helfen, mit der Rufbereitschaft klarzukommen, und wickelte mir selbst eins aus der Folie. »Erzähl mal von vorn.«

»Ach, da gibt's nicht viel zu erzählen.« Mit einem leisen

Knacks zerbiss Lotta ihr Bonbon und griff sich ein zweites. »Na schön. Es fing auf einer Veranstaltung der Reederei an, mein Arbeitgeber fusionierte mit der von Noël, und ich rasselte in ihn hinein, bevor ich überhaupt wusste, wer er ist. Er kam aus der Küche des Hotels, ich hielt ihn für einen Angestellten und kommandierte ihn herum.«

Ich kicherte. »Klar, was sonst?«

»Ey, sorry, aber mein Sekt war piewarm und ich wollte einen neuen. Tja, den bekam ich auch prompt, und wenig später, nach ein bisschen Geplänkel, auch einen Kuss. Keine Ahnung, wie das eigentlich passiert ist.« Hilflos zuckte sie ihre Schultern, während ihre Finger an der Folie eines dritten Bonbons fummelten. »Er hat dieses gewisse Etwas, eine gewisse Zurückhaltung gepaart mit diesem Alphamännchenkram. Steh ich drauf.«

Bei Tageslicht hätte ich es zwar abgestritten, aber hier, im warmen Bett mit zartschmelzenden Kakaobutterkalorien auf der Zunge und meiner endlich zur Plauderei bereiten Schwester, gestand ich mir ein, dass es mir da nicht unähnlich ging. Aus feministischen Gründen müssen wir es ja von uns weisen, aber biologisch gesehen fahren wir Mädels doch manchmal immer noch auf den Typ Ich-jage-für-dich ab und lassen uns gern beschützen. Natürlich soll unser Anführer trotzdem gleichermaßen einfühlsam und verständig sein, was zugegebenermaßen fucking polarisiert. Liegt darin vielleicht mein Problem? Suche ich jemanden, der mich leitet, wobei mir aber sein Weg nie gefällt?

Während ich noch darüber nachdachte, fuhr Lotta fort: »Er konnte gut zuhören, teilte meinen schwarzen Humor und hatte diese Aura, die einen innerlich zum Beben bringt.«

Ich musste an Silas denken, an seine gleichermaßen warme wie distanzierte Ausstrahlung, und stopfte mir zwei Bonbons gleichzeitig in den Mund, während Lotta fortfuhr: »Wir tranken Sekt in der Garderobe und quatschten über alles Mögliche, machten uns gemeinsam über die Geschäftsleitung lustig, die hinter ihren Schreibtischen thront, sich einen auf ihre Position runterholt und dabei so wenig Ahnung vom echten Geschehen auf See hat. Irgendwann hat er mich dann gefragt, ob er mich küssen dürfe. Er *fragte*, Madita, mit einer Stimme, die mich zu allem hätte überreden können.«

»Hm«, machte ich.

»Wenige Minuten und weitere Sektkelche später stand er auf der Bühne und hielt die Begrüßungsrede. Die Begrüßungsrede! Als jüngstes Mitglied des Vorstands ...«

»Shit.« Ich vermied ein Kichern, weil Lotta, während sie das sagte, aussah, als würde ihr schlecht werden. Meine Schwester hasst es, wenn sie die Lage nicht sofort blickt oder sich sogar täuscht. Sie schwört auf ihren Instinkt.

»Größerer Shit ist, dass er mich wenig später so eingewickelt hatte, dass ich blind dafür wurde, was er im Hintergrund abzog. Der ist voll der Kontrolletti und hat alles an sich gerissen; lenkte plötzlich meine berufliche Laufbahn, entschied, mit welchen Frachtern ich welche Zielorte ansteuere und wann.«

»Wie lange ging das denn mit euch?«, musste ich mich doch wundern.

»Einige Monate, sorry, Schwester, aber ich wollte erst selbst sehen, wo es hinführt, bevor ich es an die große Glocke hänge.«

»Verstehe.« Nicht. Ich erzähle Lotta immer alles, was sich in meinem Leben ereignet und mich bewegt, und zwar sofort. Lottas Verschlossenheit schmerzte.

»Jedenfalls geschah dann der Mist mit den Piraten, und wer war nicht da, als ich aus dem Krankenhaus kam? Oder versuchte, ihn zu erreichen? Er bekam nichts davon mit, weil er in Singapur zwischen den Schenkeln einer anderen lag.« Lottas

Stimme geriet spitz und wurde gleichzeitig zerbrechlich wie Glas, auf dem zu viel Druck lastet. Mit zitternder Hand schob sie das leere Schälchen beiseite. Knüllte Folie zwischen den Fingern.

»Wirklich?«

»Tja, er hat mich so geschickt geblendet, dass ich die zweite Frau an seiner Seite tatsächlich übersehen hab. Obwohl es eindeutige Indizien gab. Ha! Nächtliche Anrufe, ein zweites Handy, plötzlich einberufene Meetings. Wie blöd kann man eigentlich sein?« Sie atmete scharf ein und starrte mich an, die Brauen eng zusammengeschoben. »Ich hab es ja schon immer gesagt: Es gibt nichts Dümmeres als eine verknallte Frau.«

»Hat Noël denn zugegeben, dass er eine andere hat?« Es wäre nicht das erste Mal gewesen, dass Lotta einem Jungen zu Unrecht Untreue unterstellte, mal ganz abgesehen davon, dass sie selbst auch schon zweigleisig gefahren ist. Und das nicht nur einmal.

»Welcher Kerl gesteht denn seine Seitensprünge von allein?«, schnaubte sie. »Es sei denn, man hat sein bestes Stück in der Schraubzwinge, macht ein Peeling mit Schmirgelpapier und schmiert Tabasco drauf.«

Nichts gegen Lottas Fantasien, aber diese Vorstellung ließ mich schaudern. »Was macht dich dann so sicher?«

»Ich kenne die Frau. Sie leitet die Geschäfte in Singapur, und als ich sie nach dem ganzen Piratendrama in der Reederei traf, hockte sie in Noëls Büro. Mit dem gleichen Ring am Finger, den ich von ihm zur Verlobung bekommen hatte. So ein exotisches Teil aus Neuseeland.«

»Das ist definitiv seltsam, aber reicht das als Beweis für seine Untreue? Vielleicht mag irgendein anderer Kerl lediglich denselben Juwelier?«

»Och, Madita. Du bist unverbesserlich gutgläubig, da wird

einem ja kotzübel«, schnappte Lotta. »Ich will jetzt auch nicht weiter darüber reden, ich brauche Schlaf.« Sie drehte sich auf die Seite, weg von mir, und ihr kalter Fuß streifte mein Schienbein.

Ich knipste das Licht aus. Unser beider Herzschlag beruhigte sich, als ich sie umarmte. Beim Einschlafen dachte ich an Silas und fragte mich, wieso ich es nicht schaffe, dass ein Prinz mich aus meinem Turm rettet, um mit mir auf seinem Schimmel in den Sonnenuntergang zu reiten.

Warum musst du denn unbedingt gerettet werden, Madita?, flüsterte es in meinem Kopf, und wovor eigentlich? Tja, keine Ahnung, vermutlich ist Disney schuld an meinen romantischen Utopien, und ich hätte als Kind besser andere Filme sehen sollen.

»Ach Maddy, sind wir beide irgendwie verkorkst?«, nuschelte Lotta plötzlich, schon halb im Schlaf.

»Auf gar keinen Fall. Wir sind nicht das Problem.« Ob man Disney verklagen kann?

»Dachte ich mir. Schlaf gut.«

Das tat ich. Ich hieß den Schlaf willkommen, der alles in ein flauschiges Nichts tauchte und meine Selbstzweifel und Sorgen verstummen ließ.

Bis heute zumindest. Der gestrige Tag war so voll mit Terminen, dass ich kaum zur Ruhe kam und abends erschlagen ins Bett taumelte, neben Lotta, die gar nicht erst so tat, als würde sie zurück aufs Sofa wollen. Doch nun kommen meine Sorgen mit einem wilden Aufschrei zurück, denn während ich vorm *Storchennest* parke, entdecke ich Silas, der am Zaun des Vorgartens lehnt. Seine Silhouette umrahmt von mit Raureif überzogenen Rosensträuchern. Wunderschön und aufwühlend zugleich. Na bravo.

Mit fliegendem Puls steige ich aus meinem Wagen und bemühe mich um Haltung. In diesem Augenblick fühle ich nur zu stark, wie sehr er mir fehlt, dass meine Welt in den letzten Tagen beträchtlich kleiner geworden ist ohne ihn.

Er tritt von einem Bein aufs andere, den Blick auf mir ruhend, während ich, um einen festen Schritt bemüht, auf ihn zugehe.

»Erwisch ich dich also doch mal«, sagt er, als ich ihn erreiche. Die Luft ist eisig, doch er trägt nur eine blaue Weste über einem schlichten Wollpullover.

»Erwischen? Bin ich zur Fahndung ausgeschrieben oder so?« Mein Lächeln fällt vermutlich sparsam aus, aber seine Mimik lässt nicht erahnen, was er denkt. Aus den Augenwinkeln sehe ich, dass meine Schwangeren bereits im Kursraum sind. Das Licht ist an, die Schatten der Frauen und Männer bewegen sich hinter den Vorhängen der Fenster, Matten werden ausgebreitet. Ich bin eindeutig mal wieder knapp dran.

»Warum reagierst du nicht auf meine Anrufe?« Silas vergräbt die Hände in den Hosentaschen. Gute Frage, nächste Frage.

»Bist du hier, um dich bei mir zu entschuldigen?« Lotta sagt immer, man darf es den Männern nie zu leicht machen, wenn sie Mist gebaut haben. Sonst hören sie nicht damit auf und machen eine Sportart draus. Wobei, was weiß Lotta schon? Sie hat sich schließlich genauso an der Nase herumführen lassen. Was ich erschreckend finde, denn ich dachte, Frauen wie Lotta passiert so etwas nicht.

»Es tut mir leid, dass ich dich offensichtlich verärgert habe, Madita. Aber können wir uns bitte wie Erwachsene unterhalten?«

Diese Einleitung besänftigt mein aufgewühltes Gemüt nicht im Mindesten. Stattdessen stemmen sich meine Hände wie von selbst in meine Hummelhüfte, und ich schürze die Lippen.

»Hör mal, du hast mich nicht verärgert. Du hast mich verletzt«, stelle ich klar und warte. Leider ist er sogar dann, wenn er mich auf diese ungeduldige und unverständige Weise ansieht, wunderschön. Und ich wünschte, ich könnte seine Gedanken hören, denn es kommt mir so vor, als würden sich in ihm zwei Seelen streiten.

»Das war nicht meine Absicht. Und du musst zugeben, dass die Situation echt scheiße war.«

In der Ferne sehe ich zwei Frauen den Fußweg entlangschlendern, eine von ihnen schwanger. Ich konzentriere mich wieder auf Silas, der trocken schluckt.

Das kann ich auch. »Ja, sicher war das ein Schock. Aber dass du mich hast spüren lassen, wie sehr dich der Gedanke abstößt, ein Kind mit mir zu bekommen, war echt fies. Und mir die ganze Schuld an dem Dilemma zu geben, erst recht. Du hättest genauso an Verhütung denken müssen wie ich.« Ich blinzle, hoffe, dass er mich bittet, ihm zu verzeihen, und mir sagt, dass wir von vorne beginnen sollen. Dass ich ihm gefehlt habe, dass er nicht schlafen konnte, seitdem ich weg bin, und sein Herz wie eine offene Wunde pocht. Bis Sonnenuntergang dauert es zwar noch eine Weile, aber hey, wir könnten ja auch in den Wintertagdunst reinreiten, oder?

»Wir drehen uns im Kreis, Madita«, schnaubt er. »Du musst doch zugeben, dass der Zeitpunkt für eine Schwangerschaft echt ungünstig wäre.« Das Wort *ungünstig* würgt er geradezu heraus, und unser Pferd galoppiert einsam davon.

»Stimmt. Wir sind ja quasi nicht mal *richtig* zusammen gewesen«, schnappe ich, weil mir durch den Kopf geht, dass er vor seinen Kollegen und Freunden kein Wort über uns verloren hat. Da ist er wieder, dieser dumpfe Schmerz.

Die Schwangere und ihre Begleitung halten auf uns zu, sie hebt die Hand und winkt, und ich erkenne sie: Es ist Samira.

Ob sie es sich anders überlegt hat und nun doch am Kurs teilnehmen will? Ich möchte mich freuen, kann es gerade aber nicht.

»Gewesen?«, wiederholt Silas tonlos. »Verstehe, du machst also Schluss, weil ich es nicht feiere, dass du mit dem Feuer spielst und mich damit in eine Situation bringst, die ich nicht kontrollieren kann. Du solltest mittlerweile eigentlich wissen, wie sehr ich das hasse.« Er seufzt, kratzt sich im Nacken. »Hast du die Pille danach genommen?«

»Was, wenn ich finde, dass man so etwas dem Schicksal überlässt, wenn man schon zu blöd zum Verhüten war?«

Die Farbe weicht aus Silas' Gesicht. »Ist das dein Ernst? Ich fasse es nicht …«

Ich will etwas erwidern, als die Frau neben Samira plötzlich »Hu-hu« ruft und meine Aufmerksamkeit fängt. Die schmale Rothaarige, die sich bei Samira untergehakt hat, könnte gut der neusten *Vogue* entsprungen sein. Ich habe die Zeitschrift gestern bei einer Schwangeren durchgeblättert, während sie ihren Urintest machte, und mich über die cleane Mode gewundert, die immer mehr an Beliebtheit gewinnt. Farbenfroh ist anders.

»Fassungslosigkeit ist ein interessanter Zustand«, murmle ich in Silas' Richtung, bevor ich mich wieder zu ihm wende und ihn anblitze. »Und zu deiner Information: Das Leben lässt sich nicht kontrollieren. Es wird immer irgendetwas geschehen, das ungeplant und ungefragt passiert.«

Seine Miene verschließt sich schlagartig. »Ich kontrolliere mein Leben, immer. Nur du bist nicht in der Lage, dich damit auseinanderzusetzen. Dein Leben besteht aus Pustekuchen und Honigherzen, aber so funktioniert das nicht. Mag sein, dass du stets ein tolles Auffangbecken hattest, wenn du mal gefallen bist. Ich hatte das nicht, Madita. Deshalb gehe ich die

Dinge mit dem Kopf an, mit Bedacht. Mit Sinn und Verstand.« Er holt tief Luft, und ich frage mich, ob er mich gerade dumm nennt. »Wenn du das nicht akzeptieren kannst, dann haben wir ein Problem.« Seine Arme verschränken sich vor der Brust, ich trete rückwärts.

»Wo du gerade von Problemen sprichst, Silas. Andere Leute haben echte, um die ich mich kümmern muss. Probleme, die weniger damit zu tun haben, wer wessen Lebensstrategie nicht akzeptieren mag.« Wenn er mich kindisch nennen will – das kann ich auch.

»Du willst dich wirklich mit mir streiten, oder?« Seine grauen Augen verengen sich, funkeln angriffslustig und fordern mich geradezu heraus.

Ich schiebe mein Kinn vor und lege den Kopf schief. Die Bewegung könnte man als zustimmendes Nicken interpretieren.

»Na gut, gerne doch. Du willst alles falsch verstehen, was ich sage, du magst es, aus allem ein Drama zu machen.«

»So was Doofes hat noch nie jemand zu mir gesagt.«

»Na, dann hör mal genau zu: Du bist wie eine Prüfung für mich, verstehst du? Und ich hab das Gefühl, ich kann sie nicht bestehen, obwohl ich …« Er verstummt, seine Schultern sacken nach unten.

»Ja?«

Jemand lüpft die Gardine des Kursraumes, späht hinaus. Ich winke übertrieben.

»Nicht hier, wir können das woanders vertiefen und uns weiterstreiten, wenn du unbedingt willst«, rudert Silas zurück, als Samira und ihre Begleitung uns erreichen. Im unpassendsten Moment meines Lebens.

»Hallo, Madita. Überraschung! Ich hab mich kurzfristig dazu durchgerungen, mir deinen Kurs mal anzuschauen«, zwitschert sie, und ihre Freundin schlingt ihre Arme um meinen Freund.

What the fuck?!

»Silas Mauß: Was machst du denn hier? Hast du dich etwa verlaufen?«, fragt die Rothaarige mit abschätzigem Blick auf meine Wenigkeit, bevor sie ihm einen Kuss auf die Wange haucht.

Maus? *Willkommen im falschen Film,* denke ich und frage mich gleichzeitig, ob sie den Disput zwischen Silas und mir nicht wahrgenommen hat oder einfach ignoriert.

Silas lächelt verkrampft. »Das könnte ich dich auch fragen, Giselle.«

Aha, seine Ex. Na großartig. Silas' Blick huscht von ihr zu mir und wieder zurück. Seine Souveränität zerfällt vollends zu Überforderung. Und wenn ich nicht so sauer wäre, hätte ich beinahe Mitleid mit ihm.

»Sag mir nicht, dass du eine geschwängert hast und hier mitturnen musst. Das hättest du mir dann nämlich gestern schon erzählen können.« Giselle lacht glockenklar, und Silas schüttelt eilig den Kopf. »Das wäre auch zu lustig, du mit deiner Kinderallergie.«

Meine Brauen schießen in die Höhe, vermutlich klappt mein Mund sogar auf, und ich beeile mich, meine Mimik unter Kontrolle zu bringen.

»Ich habe keine Allergie«, wehrt er sich halbherzig, und sein Blick erzählt etwas von einer gebrochenen Seele.

Ich habe keine Ahnung, was ich tun oder sagen soll. Diese Situation ist selbst für mich zu skurril, und ich bin immerhin die, die im Hebammendienst mal ein älteres Pärchen beim Sex in der Rumpelkammer erwischt hat – die werdenden Großeltern vertrieben sich die Zeit, während im Schlafzimmer das ersehnte Enkelchen das Licht der Welt erblickte. Warum hat Silas mir nie gesagt, dass er keine Kinder mag? Ist immerhin keine unwesentliche Info bei meinem Beruf.

»Silas hat niemanden geschwängert, wir reden nur«, finde ich meine Stimme wieder, als Stille zwischen uns vieren entsteht und nur noch die Blicke hin- und herwandern.

»Mauß, willst du uns nicht vorstellen?« Diese Giselle hätte mich auch direkt ansprechen können, tut es aber mit voller Absicht nicht, und ich fühle, wie ich schrumpfe.

»Das ist meine …« In Gedanken beschwöre ich ihn, es auszusprechen: *meine Freundin*. Das kann doch nicht so schwer sein. Leider sagt er nur meinen Namen. »… Madita.«

»Deine Madita?«, hakt Giselle belustigt nach und lässt ihren Blick erneut über mich wandern.

Ich wünschte, Silas würde nicht zulassen, dass diese Tussi ihn so vereinnahmt, sich jetzt auch noch bei ihm einhakt und mit seiner Schulter kuschelt, als wären *sie* ein Paar. Aber wer weiß, was sie gestern getrieben haben. Es wühlt mich auf, dass ich nicht sagen kann, ob ich ihm zutraue, etwas mit seiner Ex anzufangen, bevor wir uns ausgesprochen und die Fronten geklärt haben.

»Ach, du bist die Hebamme, mit der Silas beruflich zu tun hatte? In diesem Vermisstenfall, richtig?«, begreift Samira, und ich überlege auf den Zehen wippend, was ich darauf entgegnen soll. »Warum hast du mir das denn nicht neulich schon erzählt, als du bei mir warst? Du bist meine persönliche Heldin, ehrlich.« Ihre Worte hören sich aufrichtig an, ihre Hand tätschelt meine Schulter.

Silas wirft Samira einen warnenden Blick zu und seufzt dann auf diese bestimmte Art. Es passt ihm nicht, dass sie Interna ausplaudert. Samira stößt hart die Luft aus, eine Wolke sammelt sich vor ihrem Gesicht.

»Stell dich nicht so an, Silas. Wir sind doch unter uns.«

»Wirklich?«, mault Silas, und Samira beugt sich zu mir, wobei mich ihr spitzer Bauch leicht berührt.

»Ich darf das alles offiziell ja gar nicht wissen, aber ich finde es toll, wie du dich für das schwangere Mädchen eingesetzt und deinen eigenen Arsch riskiert hast, um ihr zu helfen, echt mutig!«, flüstert sie.

Aha, das konnte Silas also über mich erzählen, nicht jedoch, dass wir uns daten? Großartig.

»Oh, vielen Dank für die Blumen«, sage ich und fixiere Silas. »Glücklicherweise hatte ich fähige Unterstützer, denen es ebenfalls wichtig war, einem Teenager Gehör und Unterstützung zu verschaffen.«

Silas, stumm wie ein Fisch im Baum, streift Giselles Arm ab, und ein Hauch Irritation huscht über ihr hübsches Gesicht.

»Sei's drum, jetzt zählen andere Schwangere, um die ich mich heldenhaft kümmern muss.« Ich nicke in Richtung *Storchennest*.

Samira springt auf den Themenwechsel an. »Denkst du, es ist okay, wenn ich heute spontan mitmache?«

»Natürlich, sehr gern.« Ich lächle.

»Super, und anstelle meines Mannes habe ich Giselle dabei. Er hat Schicht, aber sie will mich tatkräftig beim Atmen und Turnen unterstützen. Das ist doch in Ordnung?«

»Selbstverständlich«, antworte ich und kriege Gesichtsstarre vom Grinsen. »Ich freue mich sehr, dass ihr unsere kleine Runde vervollständigen wollt. Herzlich willkommen.« And the Oscar goes to … »Wir werden Megaspaß aus Pustekuchen und Honigherzen haben!« Ich strahle in Silas' Richtung und winke die beiden hinter mir her, den Kiesweg zur Eingangstür des *Storchennests* entlang – ganz nach Lottas Tipp: *Zeig ihnen die Zähne – lächle!*

Silas bleibt zurück, stirnrunzelnd und mit all den Fragen, die zwischen uns stehen.

»Ciao, Silas«, ruft Samira, als ich ihr die Tür aufhalte. »Erinnere meinen Mann bitte daran, dass *er* heute dran ist mit Einkaufen. Sonst gibt's abends nichts zu essen.«

Er nickt, die Hände in den Taschen; die Miene eisig wie das Wetter trollt er sich.

Zu spät bemerke ich, dass ich ihm nachgucke, und versuche, seinen Anblick nicht an mich heranzulassen. Etwas kämpft in ihm, das kann ich sehen, und ich fürchte mich davor, wer oder was gewinnt.

»Was war denn mit dem los?«, fragt Samira, als wir im Flur aus unseren Jacken schlüpfen. »Der stand irgendwie neben sich.«

»Ach, Herzchen. Du kennst ihn doch. Er ist wie ein verstimmter Kater, den man gegen den Strich gebürstet hat. Er hatte schon immer seine Launen.« Giselle scheint ihn gut zu kennen, *meinen* Silas.

»Ja, aber er war gestern schon so einsilbig«, raunt Samira, und ich bin versucht durchblicken zulassen, dass ich Silas ebenfalls näher kenne. Ich könnte so etwas sagen wie: »Er kann aber auch ganz anders sein: lustig, frech, sexy, ritterlich. Und echt *hot*.«

»Wart ihr gestern aus?«, verlässt stattdessen eine Frage meine Lippen, ehe ich etwas dagegen tun kann.

»Wir haben meine Rückkehr gefeiert. Und ihn spontan dazugeholt«, antwortet Giselle, während sie die vielen Fotos der frisch geschlüpften Babys bewundert, die den Flur des *Storchennests* schmücken. Die Galerie ist gerade erst um Vickys Neville-Lupin und Nellys Winnifred gewachsen. »Wow, habt ihr die alle entbunden?«

»Nicht alle, aber die Schwangerschaft der Mütter betreut«, erkläre ich und sinniere darüber, dass sich *spontan dazugeholt* immerhin nicht danach anhört, als hätte Silas sich um das Beisammensein gerissen. Oder?

Aus dem Kursraum dringt Geplauder, das plötzlich von einem spitzen Schrei von der anderen Seite des Korridors unterbrochen wird. Mir fällt fast die Tasche aus der Hand. Die Tür zum Geburtsraum schwingt auf, Monika hetzt heraus.

»Huhu, hallo und willkommen. Ich bin Monika. Samira, richtig?« Sie schüttelt ihr die Hand, nickt Giselle knapp zu.

»Ja, wir haben telefoniert.«

»Richtig. Den Papierkram erledigen wir später.« Monika strahlt. »In wenigen Minuten wird erst mal ein kleines Menschenkind das Licht der Welt erblicken.«

Giselle starrt sie ungläubig an. »Etwa hier?«

»Wo sonst?« Monika lacht. »Immerhin ist das *Storchennest* unter anderem ein Geburtshaus.« Ihre Augen haben diesen fiebrigen Glanz, den sie immer bekommen, wenn es ernst wird. Wenn die Endphase bereits eingetreten ist und das Baby sich auf den Weg macht.

Giselle und Samira tauschen einen langen Blick.

»Monika, schwing deinen Hintern her! Es geht los!« Das war Helga, und Giselle zuckt zusammen.

»Oh, là, là, rauer Ton hier«, bemerkt sie.

»Bis später.« Eilig läuft Monika in die Küche, holt frische Handtücher aus dem Trockner und rennt zurück.

Sacht lege ich meine Hand auf Samiras Rücken, während sich die Tür zum Geburtsraum schließt und die Dynamik der Geburt verbirgt.

»So, meine Damen, et voilà: der Geburtsvorbereitungskurs«, trällere ich und hoffe, dass der dezent geschockte Gesichtsausdruck meiner beiden Neuzugänge sich neutralisieren lässt. »Zieht bitte die Schuhe aus, nehmt eine Matte und macht es euch bequem.«

Es wird still im Raum, ich entdecke Lukas, der hinter seiner Maike hockt und ihr den Rücken massiert. Vier andere Paare wippen auf Gymnastikbällen und schauen erwartungsvoll zu mir, während ich mich in Windeseile aus den Stiefeln befreie.

»Hallo, ihr Lieben, und alle einmal herhören«, beginne ich. »Wir haben heute einen Gast. Samira wird sich unseren verrückten Haufen anschauen und vielleicht sogar wiederkommen, wenn wir alle nett zu ihr sind.« Ich grinse, denke mir Giselle einfach mal weg, die mich permanent mit ihren Blicken seziert. »Samira, magst du etwas über dich erzählen?«

Sie zieht eine Matte heran, sitzt wenig später direkt neben Lukas, der ihren mächtigen Bauch anstarrt, als wäre es das siebte Weltwunder.

»Ich bin Samira, schwanger mit Zwillingen und …«

»Boa, das sieht man«, findet Lukas, fährt völlig ungeniert seinen Arm aus und legt die Hand auf Samiras Kugel. Vermutlich ist Samira zunächst zu verblüfft, um zu reagieren, so wie ich.

»Wenn das mal nicht eine Riesenwassermelone ist«, scherzt der Witzbold, und seine Frau sieht aus, als wolle sie sich in Luft auflösen. »Hast du schon Namen für die zwei?« Er zwinkert linkisch, Samira klappt der Mund auf und wieder zu, ohne dass ein nennenswertes Geräusch daraus entweicht.

Na, das läuft ja super. Kursleitung lässt ungehobeltes Verhalten zu und ist nicht in der Lage zu intervenieren.

»Ja, die beiden heißen: *Lass das* und *Nicht anfassen!*«, mischt sich unverhofft Giselle ein, die sich neben Samira niedergelassen hat, und Lukas zuckt zurück, fängt sich jedoch schnell.

»Du siehst dagegen so gar nicht schwanger aus«, haut er raus, seine Variante von: *Und was hast du hier zu suchen?!*

»Lukas!« Maike schaut entschuldigend in die Runde. Einer der werdenden Väter schmunzelt, ein anderer lacht aus vollem Hals.

»Du dafür umso mehr«, kontert Giselle ungerührt mit Blick auf Lukas' angehende Wampe. »Lass mich raten, du bist im sechsten Monat, es wird ein Elefantenbaby und der Rüssel guckt schon raus?« Touch down.

»Na gut, Ladys and Gentlemen.« Ich klatsche in die Hände. »Heute wollen wir über Geburtsschmerz reden.« Ein Thema, bei dem meine Kursteilnehmerinnen betreten dreinblicken. Ausgerechnet in diesem Moment hallt auch noch ein markerschütternder Schrei aus dem Nebenzimmer zu uns herüber.

»Oh Gott.« Giselle legt schützend ihren Arm um Samira.

Es ist eine so liebevolle Geste, dass ich mich daran erinnern muss, dass ich diese Frau nicht mag und sie nach Timbuktu oder Kanada wünsche, jedenfalls möglichst weit weg. Die ich nie wieder an Silas' Seite sehen will. Und warum zum Glitzerteufel noch mal hat sie ihn eigentlich zweimal *Maus* genannt?! Oder meinte sie seinen Nachnamen? Aber wer spricht seinen Ex denn bitte damit an? Ich bin verwirrt.

Ein zweiter Schrei lässt die werdenden Eltern um mich herum zusammenzucken.

»Wir haben heute eine Geburt im Haus«, zwitschere ich. Und trotz sehr guter Schallisolierung hört man sie besser als gedacht, füge ich nicht an. Stattdessen singe ich: »Ist das nicht großartig?« Prompt bekomme ich Gänsehaut von den Füßen bis zum Kopf. Der Schrei von nebenan wird schriller. Ich blicke in Giselles schmale Augen.

»Hört sich nicht nach Spaß an«, findet sie.

»Ich nehm vielleicht doch lieber 'nen Kaiserschnitt. Auch wenn das im Krankenhaus stattfinden muss«, murmelt Samira und verschränkt die Arme vor der Brust.

Der nächste brachiale Laut dröhnt zu uns herein, und meine Schwangeren werden blass. Eine meiner beiden Kolleginnen hat die Tür zum Geburtsraum wohl nicht richtig zugemacht.

Ich springe auf, will nachsehen und sie notfalls schließen, da rennt mir Lukas auch schon nach.

Ein Baby schickt seine ersten Laute in die Welt, und die Zeit verlangsamt sich. Wie jedes Mal, wenn das geschieht, ist es, als rauschten die Sekunden plötzlich durch mich hindurch. Es kommt Bewegung in die Gruppe. Ich halte inne, und neben Samira und Maike tauchen nach und nach alle Kursteilnehmerinnen an meiner Seite auf. Irgendjemand öffnet die Tür zum Flur, um einen Blick zu erhaschen.

»Ladys, wir wollen dieses Ereignis aber nicht stören, richtig?« Richtig.

Maike späht auf den Korridor, und ein Raunen und Staunen geht durch die gesamte Gruppe, als sie die Mutter lachen hören, der Helga nebenan bestimmt gerade ihr Kind in den Arm legt. Ein Laut so voller Glück und Staunen, dass wir das Neugeborene gar nicht sehen müssen, um das Wunder zu spüren, das sich wenige Meter entfernt soeben abgespielt hat.

Lukas tappst hinüber und will durch den Spalt der tatsächlich nur angelehnten Tür linsen. Ich atme tief ein, setze zu Tadel für seine Neugier an, doch der Seufzer, der ihm beim Lunzen entweicht, spricht von echter Überwältigung. Der Witzbold kämpft mit seinen Gefühlen, und ich dirigiere die Gruppe sacht, aber bestimmt zurück an ihre Plätze.

Während der nächsten Dreiviertelstunde hält uns der Zauber in seinem Bann, und sogar Giselle ist vollkommen zahm. Trotzdem bin ich erleichtert, als ich sie wieder los bin. Denn das Bedürfnis, die Krallen zu wetzen und Silas' Ex anzufauchen, will einfach nicht verschwinden.

Nachbarn

Helga

Verflixt noch mal, ich habe mich in die Scheiße geritten, und zwar kopfüber, wie Madita sagen würde. Es wird zu einem erschreckenden Muster, dass die Tage zwar gut beginnen, aber mit jeder verstreichenden Stunde an Beschissenheit gewinnen. *Und immer bist du schuld.* Mit überflüssiger Regelmäßigkeit geistert mir dieser Satz neuerdings in Heikes Stimme durch den Kopf, was in mir das Bedürfnis auslöst, ihn gegen die nächste Wand zu schlagen. Ich lasse es bleiben, um Kemnich keinen Grund zu liefern, sich über den Blutfleck neben der Haustür zu beschweren, denn unser Treppenabsatznachbar hätte mir gerade noch gefehlt.

Ich sitze auf den Stufen vor unserem Haus, trotz Cordhose verwandelt der Stein meinen Hintern in Gefrierfleisch, und das Handy in meinen Händen zittert. Ich starre das schwarze Display an, als könne das irgendwas bewirken, und beschimpfe mich selbst, weil ich die Beherrschung verloren habe, wie es sonst nur das Küken kann.

Ich hasse es, auf fremde Hilfe angewiesen zu sein, aber allein komme ich aus dem Schlamassel nicht raus. Trotzdem ist es lächerlich, dass ich ausgerechnet Maditas Bübchen brauche, um den Tag ohne Anzeige wegen Hausfriedensbruch, Sachbeschädigung, tätlichem Angriff, Verleumdung oder Beleidigung zu überstehen. Ausgerechnet Silas, dessen soziale Inkompetenz sich auf ähnlichem Niveau bewegt wie meine.

Mir bleibt nur die Hoffnung, dass er eventuell ein besserer Polizist ist als ich *nett*.

»Melde dich«, motze ich das Telefon an. »Los!« Jetzt rede ich schon mit Gegenständen, das darf nicht wahr sein!

Um mich abzulenken, gehe ich den Tag durch, versuche zu begreifen, was schiefgelaufen ist und ab wann. Ich komme zu dem Schluss, dass das Beste des Tages bereits mit der *Schwarzen Verheißung* abgehakt war, die ich mir zum Frühstück gegönnt habe. Danach ging es mit Rückenwind bergab.

Das Küken hat heute seinen freien Vormittag, und nachdem ich Lovis an sie übergeben hatte, fuhr ich zu den anstehenden Vor- und Nachsorgeterminen. Gleich nach dem zweiten drängte sich mir die Frage auf, warum ich mir vor zwei Wochen tatsächlich noch die Rückkehr ins Berufsleben gewünscht habe. Mich danach sehnte, mich mit mehr zu beschäftigen als mit Stinkewindeln, Fingerspielen und der Entscheidung, welche Brust zum Leertrinken an der Reihe ist. Manchmal denke ich, ich sollte mich darauf beschränken, Kindern auf die Welt zu helfen, und den Rest anderen überlassen. Aber natürlich ist es einfacher, eine Frau durch die Wehen zu begleiten, wenn man sie und ihre Eigenheiten vorher kennengelernt hat. Trotzdem: Auf Tedas Bekanntschaft hätte ich lieber verzichtet, dabei war sie nicht mal das Schlimmste an diesem Tag.

Ich fuhr zu ihr, nachdem ich bei Lilith und ihren Eltern nach dem Rechten gesehen hatte. Dem kleinen Mädchen, das gestern im *Storchennest* zur Welt gekommen ist, geht es gut, und auch seine Mutter Daniela hat die Geburt bestens überstanden. David, ihr Lebensgefährte, hebt sich vorbildlich von den Knalltypen ab, mit denen ich in letzter Zeit sonst zu tun hatte. Als ich kam, stand er in der Küche, bereitete aus frischen Zutaten eine Kraftbrühe zu und übernahm den Säugling, während ich Daniela untersuchte. Bevor ich ging, erkundigte er sich, was er noch tun könne, um seine Frau zu entlasten, und nickte eifrig, als ich entgegnete: »Du machst den gesamten Haushalt, solange Daniela Wochenfluss hat, du achtest darauf, dass sie nur Besuch empfängt, der euch guttut, dass sie genug Schlaf bekommt und mindestens zweimal täglich eine frische warme Mahlzeit. Sieh zu, dass sie Zeit für ein heißes Bad findet, und massiere sie, wann immer, wo immer und wie lange sie möchte.« Das Küken schoss mir durch den Kopf, und ich fügte hinzu: »Ach, und sag ihr, dass sie eine tolle Mutter ist.«

David versprach all das und dankte mir sogar, bevor ich ging. Nicht wenige Väter reagieren unangenehm überrascht bis fassungslos auf meine Standardliste und jammern mir vor, dass sie aber nur zwei Wochen Urlaub genommen haben, als sei ihre Unfähigkeit in Planungsvermögen meine Schuld. Entsprechend verlieh ich David fünf private Rezensionssternchen für seine Fürsorglichkeit und ein sechstes Extrahimmelslicht, weil er mir einen Kaffee anbot. Mir selbst zog ich einen Stern ab, weil ich anfing, Bewertungen abzugeben.

Als ich im Anschluss bei Teda und Benjamin saß, ignorierte ich das Glas Melissenwasser, das er mir hinstellte, nachdem sie ihn aus seinem Homeoffice im Obergeschoss zu uns herunter ins Wohnzimmer gerufen und angeordnet hatte: »Bring uns mal was zu trinken.«

Kein Stutzen, kein Wimpernzucken seinerseits, offenbar hatte ich es mit dem normalen Umgangston zu tun.

»Braucht ihr noch etwas?«, fragte Benjamin, nachdem er das Serviertablett abgestellt und uns eingeschenkt hatte. »Sonst geh ich wieder rauf und kümmere mich um die Analyse, die …«

»Ach, du kannst ruhig hierbleiben und dich für dein Kind interessieren.«

Benjamin seufzte nicht, während er sich neben seiner Partnerin niederließ, wofür ich ihn bewunderte.

»Es ist nicht nötig, dass dein Mann bei allen Terminen dabei ist«, erklärte ich zu Teda hinüber. »So weit bist du ja noch nicht, und die ganzen Werte, die ich erhebe, kann er später im Mutterpass nachlesen.« Oder ignorieren. Solange alles normal ist, muss sich kein Mann für den vaginalen pH-Wert seiner Frau interessieren oder all die anderen Befunde, die ich notiere.

»Wir sind nicht verheiratet«, stellte Teda klar, bestand auf Benjamins Anwesenheit und schickte ihn anschließend noch viermal los: erst um einen Teller Obst zu holen, dann zurück in die Küche, um es in Schnitze zu schneiden, in den Keller, wo er nachsehen sollte, ob der Heizungsregler korrekt eingestellt war, sie friere so, und schließlich ins Obergeschoss, weil dort ihre Pulswärmer lagen.

»Hör mal, du bist schwanger und nicht invalide«, entschlüpfte mir, als Teda Benjamin, der sich gerade wieder hingesetzt hatte, aufforderte, ihr den Terminkalender von der Anrichte zu reichen – die kaum zwei Meter neben der Couch stand, und zwar auf Tedas Seite.

»Schon gut.« Benjamin stand auf und umrundete den Tisch.

»Nein, ernsthaft.« Der Sozialkompetenz zuliebe packte ich einen Hauch Freundlichkeit in meinen Tonfall; das Lächeln misslang mir. »Die beschwerliche Zeit, in der dir dein Bauch im Weg sein wird, kommt erst noch. Bis dahin solltest du dich ganz normal bewegen; gern auch ein bisschen mehr und an der frischen Luft.«

»Ach was, Benni macht das gern für mich, und ich bin so elend müde«, schnarrte Teda und streckte ihren Arm aus, um sich den Kalender aushändigen zu lassen. Benjamin zuckte mit den Schultern.

Ich seufzte in Vertretung für ihn. »Es geht um deine Gesundheit, Teda, und damit um die deines Kindes. Regelmäßige Bewegung und moderater Sport erhöhen den Sauerstoffgehalt in deinem Blut, wovon dein Baby profitiert.« Ich deutete auf ihren Unterleib, dem man noch nichts ansah von dem Wunder, das er barg. »Außerdem kannst du dir ein paar Schwangerschaftsbeschwerden ersparen oder zumindest lindern, wenn du dich bewegst: Rückenprobleme, Krampfadern, Wassereinlagerungen. Zu guter Letzt stabilisierst du deine Muskeln, was dir bei der Geburt helfen wird. Und du wirst schneller wieder fit.«

Benjamin warf seiner Partnerin einen hoffnungsvollen Blick zu. »Klingt vernünftig, Schatz, meinst du nicht?«

»Boa, ich trag hier unser Kind aus, das reicht ja wohl!«, schnappte Teda in seine Richtung. Und zu mir gewandt: »Ich bin keine von diesen Selbstoptimiererinnen, die verzweifeln, wenn sie nicht spätestens zwei Tage nach der Entbindung so aussehen wie vorher. Im Gegenteil, es ist super, wenn man mir die Schwangerschaft ansieht, dann kriegt wenigstens jeder mit, was ich hier mit meinem Körper leisten muss. So oft ist man schließlich nicht schwanger, und das lass ich mir nicht wegnehmen.«

Ich dachte daran, dass Madita bestimmt versucht hätte, zu Teda durchzudringen, eingeleitet mit einem sanften »Niemand will dir etwas wegnehmen, Liebes«.

Ich hingegen gab an dieser Stelle auf. Es war offensichtlich, dass Teda ihre frohen Umstände dazu benutzte, um Prinzessin zu spielen. Und wenn Benni sich zum Leibeigenen machen ließ, war das seine Sache und nichts, womit ich mich belasten musste. Sollte sie doch träge und untrainiert in die Geburt gehen, immerhin plante sie, in der Klinik zu entbinden, also ebenfalls nicht mein Prob…

Eigentlich!

Ich blieb länger, als ich wollte, bemühte mich, meine Gedanken aus meinem Ton zu halten, und verließ die beiden schließlich mit einem Grollen im Leib.

»Die nächste Vorsorge mache ich bei meiner Gynäkologin. Ich melde mich anschließend bei dir«, trillerte Teda mir hinterher, und Benjamin, der mich zur Tür begleitete, während seine Partnerin im Wohnzimmer die Kissen warm hielt, ließ die Schultern hängen. Wir wussten beide, dass Teda mich nie wieder anrufen würde.

»Die Frauenärztin wird schon aufpassen«, murmelte ich und nickte ihm zu. »Und selbst unter den widrigsten Umständen bringen Frauen gesunde Kinder zur Welt.«

Benjamin lächelte so traurig, dass ich ihm am liebsten vorgeschlagen hätte, Teda zu verlassen, doch das wäre für das Wohl des Kindes wahrscheinlich nicht förderlich gewesen.

»Da leben wir in einem der wohlhabendsten Länder dieser Welt mit optimaler Versorgung, und dann gibt es Mütter, die einen Schwangerschaftsdiabetes riskieren, bloß weil sie plötzlich zu faul sind, ein bisschen spazieren zu gehen.« Erst als ich eine Weile kopfschüttelnd vor mich hin gebrummt hatte, fiel mir ein, dass ich allein im Auto saß, weil Sternchen mit dem Küken unterwegs war. Haben da also bereits meine Selbstgespräche begonnen.

Kurz bevor ich die nächste Adresse erreichte, sagte eine Frau, die vor zwei Wochen im *Storchennest* entbunden hatte, per SMS unseren Termin ab: Ihr sei nicht gut heute, ob ich stattdessen morgen kommen könne. Nein, kann ich nicht, denn dann muss ich meinen ganzen Tag umplanen, Lovis' Betreuung organisieren oder sie mitnehmen und außerdem noch mal so weit zu dir rausfahren, du blöde am anderen Ende der Stadt wohnende Kuh, konntest du das nicht vor einer halben Stunde schreiben?!

Klar, kein Problem. Ich schiebe dich dazwischen, tippte ich und ärgerte mich darüber, weil *nett* so oft zu eigenen Lasten geht, Google-Sterne hin oder her.

Ich wendete das Auto zu schwungvoll und erwischte beinahe einen Radfahrer; der Puls rauschte in meinen Ohren, und ich murmelte: »Glückwunsch, eine weitere schlechte Angewohnheit des Kükens, die auf dich abfärbt.«

Mein Handy hupte erneut, ich fluchte und schielte an der nächsten roten Ampel auf das Display.

Hi Helga, Lust, mich und Ne-Lu zu besuchen? Wir haben sturmfrei – ich lass dich durchs Küchenfenster rein.

Vickys Nachricht dämpfte meinen Groll. Und läutete das kommende Desaster ein, denn natürlich fuhr ich zu ihr.

Wie beim letzten Mal parkte ich das Auto in einer Seitenstraße, damit Glossberg, falls er entgegen Vickys Erwartung nach Hause käme, um seine Festung zu kontrollieren, meine Anwesenheit nicht sofort bemerkte. *Angsthase, Angsthase, Angsthase.*

»Jetzt wirst du auch noch neurotisch.« Ich schnaubte, während ich den schmalen Gehweg entlangeilte, an den riesigen Hecken vorbei, die die großen Gärten vor Einblicken schützen. »Und hör auf, mit dir selbst zu reden.«

Ich erreichte das wuchtige Gartentor, hinter dem Glossberg sein Anwesen versteckt, gab Vicky Bescheid, dass ich da war, und sie öffnete es für mich.

Komm zum Küchenfenster hinterm Haus, wies sie mich per SMS an, während sich das Eisengatter hinter mir leise ratternd wieder zuschob, sodass mich für einen Moment das Gefühl überspülte, in eine Falle getappt zu sein.

»Papperlapapp.« Ich umrundete das Haus, erst über den Granitplattenweg, der von der Einfahrt durch eine Stein- und Kieselwüste zur Haustür führt, dann über modische Bambuskacheln hinweg, die sich schnurgerade über eine breite Schneise aus Lavagesteinskügelchen reihen, eingerahmt von stacheligen Gewächsen und Büscheln aus scharfkantigen Gräsern. Ich dachte an die wildwuchernde Wiese im Obstgarten meiner Oma, an den Löwenzahn und den Klee, die sich dort zu einem bunten Teppich mischten, an die Blumenkränze, die Gretus geflochten und mir zu Kindergartenzeit ins Haar gesteckt hatte. Wie ich mir derart geschmückt vorgekommen war wie eine magische Waldelfe.

Hier dagegen, dachte ich beim Durchqueren von Glossbergs Reich, *leben allenfalls popelfressende Knirschkobolde.*

»Hi, Helga!« Vicky saß im Mantel auf dem Fensterbrett der Küche und ließ die Beine nach außen baumeln. »Die Haustür hat mein Vater wohl *aus Versehen* verriegelt, bevor er zur Arbeit los ist, genauso wie die Terrassentür, aber ans Küchenfenster hat er nicht gedacht.« Sie zuckte mit den Achseln und grinste böse. »Tja, vermutlich weil er die Küche nie benutzt. Das überlässt er großzügig meiner Mutter.«

Neben ihren Füßen stand der Luxuskinderwagen, den Glossberg für sein Enkelkind gekauft hat. Ich betrachtete den Getränkehalter, die an einen Sternenhimmel erinnernde Innenbeleuchtung, die an der Schiebestange montierten Handwärmer, die Handylasche unter dem Verdeck, die eine optische Überwachung des Nachwuchses via Smartphone rein theoretisch auch vom anderen Ende der Welt erlauben würde, und die Holzkette mit Greifelementen, für die Neville-Lupin noch viel zu klein ist. Er selbst schlummerte selig in einen Fellsack eingemummelt.

»Ganz schönes Protzteil, was?« Vicky klang belustigt. »Hat fast zweitausend Euro gekostet, das muss man sich mal reinziehen.«

»Dafür, dass du das Haus nicht verlassen darfst, um deinen Sohn damit herumzuschieben, tatsächlich übertrieben«, stimmte ich zu und wettete mit mir selbst, dass in Glossbergs geräumiger Garage bestimmt sogar Schneeketten für das Vehikel lagern. »Gut, dich zu sehen!« Ich trat zu Vicky ans Fenster, um sie zu drücken, und sie hielt die Umarmung mehrere Sekunden lang.

»Danke, dass du gekommen bist. Ich krepiere hier!« Ihre Wangen waren noch blasser als sonst, und Vicky hatte bereits einiges von ihrem Schwangerschaftsgewicht verloren.

»Klappt denn alles mit dem Handy, das wir dir geschickt haben?«, erkundigte ich mich.

»Klar, aber mir fehlen real People.« Das Teenagermädchen stieß einen tiefen Seufzer aus.

»Tyrese.«

»Der besonders, obwohl wir jeden Tag skypen. Er ist echt sweet mit Ne-Lu.« Einen Atemzug lang schmolzen die kantigen Züge in Vickys schmalem Gesicht zu der weichen Miene eines schwärmenden Teenagers, was ihr gut stand. Bevor sie im nächsten Moment schon wieder so furchtbar erwachsen aussah, dass es schmerzte. Sie deutete auf die Handyhalterung im Inneren des Wagens. »Der Kleine liebt es, wenn sein Daddy ihm Schlaflieder vorsingt. Und wir haben beschlossen, ihn zweisprachig zu erziehen, weißt du, ist doch praktisch, wenn er quasi by the way Englisch lernt.«

Ich beugte mich über den Wagen und betrachtete den Säugling, dessen Wangen rund und rosig leuchteten. Fühlte mich lächeln bei seinem Anblick.

»Wo ist eigentlich deine kleine Magic-Mausi?«

»Passt auf Tante Madita auf und geht mir ihr shoppen.«

Vicky lachte, und es tat gut, sie einen fröhlichen Laut von sich geben zu hören. »Hier, ich zeig dir was.« Sie lehnte sich rückwärts ins Innere der Küche und angelte das Smartphone hervor, das seinen Weg via Luftlieferung zu ihr gefunden hatte. »Ich hab echt coole Buddys in der Stufe.« Sie hielt mir eine Nuudel-Liste entgegen und erklärte: »Das ist mein Stundenplan und wann wer auf Ne-Lu aufpasst. Wir wollen das unserer SoWi-Lehrerin als soziales Projekt vorschlagen. Ich habe zweiunddreißig Stunden pro Woche, wir sind zwölf People und wechseln uns ab, sodass jeder im Durschnitt nur 2,6 Stunden verpasst. Außerdem changen wir nach jedem Durchlauf, damit man nicht immer im selben Fach fehlt.«

Ich betrachtete die Einträge, die sich auf bunte Reihen und Spalten verteilten und kryptische Abkürzungen enthielten. Ein System konnte ich nicht ausmachen, nur wiederkehrende Kürzel. ViMaBibo, FeEngMe, ToSpMe oder SteChBibo.

»Sieht durchdacht aus«, behauptete ich.

»Thanx.« Vicky nickte stolz. »Der nice Nebeneffekt des Ganzen ist, dass Ne-Lu sich an unterschiedliche People gewöhnt und deshalb bestimmt nie rumfremdeln wird. Boa, ich hab 'ne Sis, deren kleines Nervbalg immer noch am Rockzipfel ihrer Mum hängt und in die Fünfte geht!«

»Kinder sind sehr unterschiedlich, was ihr Bedürfnis nach Unabhängigkeit angeht«, warf ich ein, doch Vicky winkte ab.

»Sure, aber die Mutter legt's total drauf an, dass die Kleine ewig zu Hause bleibt. *Bist du sicher, dass du das allein schaffst, mein Schatz? Komm, ich begleite dich noch ein Stück.* Ich meine, wie soll man sich denn da abnabeln?«

Wieder einmal verblüffte mich Vickys Abgeklärtheit und machte mich gleichzeitig traurig. Ich bin ja durchaus eine Freundin von Realitätssinn, einer Sechzehnjährigen hätte ich dennoch etwas mehr Glitzer gewünscht.

»Es kann dir trotzdem passieren, dass Neville-Lupin phasenweise bei niemand anderem bleiben will«, sagte ich, während Vicky die Beine über das Fensterbrett schwang und im

Inneren des Hauses verschwand. »Die meisten Babys fremdeln irgendwann.«

»Das kriegen wir schon hin – willst du 'nen Kaffee?«

»Gern.« Ich trat an den Sims und sah Vicky dabei zu, wie sie den Glossberg'schen Kaffeevollautomaten traktierte. Sie bewegte sich entschlossen und hart, bediente die Knöpfe heftiger als nötig, schmetterte die Türen des Geschirrschranks. »Wann wirst du denn wieder zur Schule gehen?«

Vickys Schultern sackten nach unten, und es dauerte ein paar Sekunden, ehe sie erwiderte: »Keine Ahnung. Muss ich noch mit meinem Vater besprechen.«

»Verstehe.«

Wir schwiegen, während die Maschine Kaffeebohnen schredderte, Milch heiß zischte und ein Glas mit Latte macchiato für Vicky füllte und eine von Glossbergs mintgrünen Espressotassen für mich. Ich hatte das Geschirr bereits letztes Jahr hässlich gefunden, als ich gezwungen gewesen war, allerbeste Miene zum bösen Spiel zu machen und in Glossbergs Büro ganze Wagenladungen voll Honig in seinen Bart zu schmieren, um sein Enkelkind vor der drohenden Abtreibung zu retten. Zwar war es mir gelungen, Glossbergs Niederlage in seinen Augen wie einen Triumph aussehen zu lassen, doch hatte, wie wir wussten, sein Kontrollzwang seitdem stetig zugenommen. Das Mintgrün des Geschirrs kam mir vor wie die Verkörperung von Glossbergs toxischem Innenleben, als vergifte er nicht nur die Menschen rings um sich her, sondern das ganze Equipment.

»Abgefuckte Oberscheiße.« Vicky schlürfte Milchschaum von ihrem Glas und hielt mir das Tässchen hin. »Der Arsch wird mich nie gehen lassen.«

»Er kann dich nicht ewig einsperren.« Ich nahm den Espresso entgegen, dessen Aroma mir in die Nase stieg und mich tief einatmen ließ. Dass ein Idiot wie Glossberg einen derart exquisiten Kaffeegeschmack bewies, ärgerte mich. Seinem Naturell nach hätte er mit Putzwasser gekochte Filterplörre trinken müssen. »Dein Vater mag sich wie ein Diktator und Tyrann aufführen, aber spätestens nach dem Mutterschutz ist er sogar dazu verpflichtet, dich zur Schule gehen zu lassen.«

»So? Bin ich das?«

Ich wirbelte so schnell herum, dass mein Espresso überschwappte und sich über meine Stiefel ergoss. Vicky hinter mir stieß einen spitzen Schrei aus, der Neville-Lupin weckte und zu einer plärrenden Unmutsbekundung veranlasste.

Drei Schritte entfernt, neben einem der zugerichteten Buchsbaumungetüme, stand er höchstpersönlich: Dr. Corvin Glossberg, groß, schlank, die Arme in die Seiten gestemmt, das kantige Gesicht zu einem Ausdruck gezwungen, das eine ekelhafte Form von Genugtuung verriet. Und Mordlust.

Erst als ich gegen Neville-Lupins Outdoor-Survival-Gefährt stieß, fiel mir auf, dass ich zurückwich, und verfluchte mich selbst, weil Glossberg das natürlich ebenfalls bemerkte und sich ein entsprechendes Grinsen in die Visage schnitzte. Neben mir sprang Vicky aus dem Fenster, riss ihr Kind aus dem Wagen und drückte es an sich, wie um es vor dem bösen Wolf zu beschützen. Oder sich selbst dahinter zu verstecken.

Ich trat vor, stellte mich zwischen sie und ihren Vater. »Sie können Ihrer Tochter nicht verbieten, die Schule zu besuchen«, setzte ich an und spannte die Bauchmuskeln, um meinen Ton fester klingen zu lassen, als mir zumute war. Dass es Glossberg gelungen war, sich an uns heranzuschleichen, wurmte mich. Wieso war er nicht in seiner Klinik und nervte seine Untergebenen?

»So, so, die Amme, die widerrechtlich mein Grundstück betreten hat, will mir sagen, was ich tun darf und was nicht.« Glossbergs helle Stimme schnarrte unangenehm.

Vicky schob sich neben mich. »Von wegen widerrechtlich, ich hab sie reingelassen.«

»Ja, und darüber reden wir noch, Viktoria.« Glossberg durchbohrte seine Tochter mit einem Blick, der Schmetterlinge zu Staub zerfallen lassen und Kindergärten in Brand stecken könnte.

Neville-Lupin auf Vickys Arm wimmerte, und ich hatte das Gefühl, seine Mutter ebenfalls, auch wenn sie keinen Laut von sich gab. Mir schoss der bedauernswerte Drache aus diesem Harry-Potter-Buch in den Kopf, der darauf trainiert ist, beim Klang klirrender Gegenstände Schmerzen zu erwarten. Obwohl sie aufrecht neben mir stehen blieb, das Kinn vorgereckt, die Arme um ihren Säugling geschlungen und dem Blick ihres Vaters standhaltend, kam mir Vicky ähnlich geduckt vor wie jene für eine Jugendgeschichte erdachte Kreatur. Was auch immer das Teenagermädchen nach einem »Darüber reden wir noch« ihres Vaters erwartete: Sie hatte Angst davor.

»Hören Sie verdammt noch mal mit Ihren Machtspielchen auf und lassen Sie Ihre Tochter in Frieden!« *Lass das!*, mahnte es in mir. *Bomben entschärft man nicht, indem man sie anzündet.* Das hatte ich letztes Jahr zum Küken gesagt, als es sich darüber amüsierte, dass ich Glossberg mit Arschkriecherei außer Gefecht gesetzt hatte. *Du musst ihn bauchpinseln!*

Vickys Vater wölbte seine Augenbrauen zu halbrunden Bögen, schürzte die Lippen und verschränkte die Arme. Betrachtete mich voller Abscheu über meine Armseligkeit. Mit einem Heike-Blick. »Sie verschwinden jetzt besser, sicher gibt es irgendwo einfache Leute, die Sie bepudern können. *Ich* ziehe Fachpersonal vor.«

Da platzte sie auf, die alte Saat in *mir*, und ich ergab mich ihren reifen Früchten.

»Sie sind ein gottverdammtes Arschloch und ein egoistischer Scheißnarzisst …«

»Helga …«

Ich hörte Vicky flüstern, sah Glossberg rot anlaufen.

»Sie können Ihre Kompetenz sonst wem vorheucheln, an Ihrer universellen Beschränktheit ändert das gar nichts, Sie armseliges Pimmelschwänzchen!«

Mehrere Dinge geschahen gleichzeitig. Glossbergs Mimik verselbstständigte sich, er erzeugte ein Geräusch zwischen Brüllen und Knurren, ballte die Fäuste und warf sich vorwärts. Neville-Lupin verfiel in Sirenengeheul, Vicky hechtete zum Küchenfenster, versuchte, mit ihrem Sohn auf dem Arm auf das Sims zu gelangen. Und ich duckte mich und sprang Glossberg in den Weg. Er prallte gegen mich, stolperte und fiel hin. Vicky rutschte über die Arbeitsfläche in die Küche und stürmte aus dem Zimmer. Ich griff nach ihrem Kaffeeglas, das sie auf der Fensterbank abgestellt hatte, leerte es Glossberg über die blondierte Chefarztfrisur und schleuderte es anschließend gegen die Hauswand, wo es zersplitterte.

»Das werden Sie bereuen!«

Während er sich aufrappelte, rannte ich zur Hausecke, flog darum herum und die Granitplatten entlang zum Gartentor – das geschlossen vor mir aufragte. Ich geriet ins Straucheln, taumelte in ein Pflanzengerippe, hinter mir stürmte Glossberg heran. Laut Vickys Aussage war er nicht gewalttätig, jedenfalls nicht physisch, aber ich wollte mich nicht darauf verlassen, dass er sich an diese Tatsache hielt.

Als ich mich abstützte, um auf die Beine zu kommen, fanden meine Finger einen Gegenstand, eine Handharke für Gartenarbeit. Ich griff danach, riss sie in die Höhe und hielt sie Glossberg wie eine Waffe entgegen, der daraufhin sein Tempo drosselte und nur noch langsam näher kam. Rückwärts wich

ich in Richtung Gartentor zurück, auch wenn es wie eine Burgmauer hinter mir aufragte. Ob ich es schnell genug aufs Garagendach schaffte, um wie Madita durch die Hecke zu springen?

Glossberg blieb stehen, als es hinter mir surrte. Das Tor glitt auf – Vicky! Ich wirbelte herum, warf mich dem Fluchtweg entgegen. Und kam an Glossbergs Auto vorbei, das in der Auffahrt parkte. Blank poliert, glänzend und teuer.

Verwundert sah ich mir selbst dabei zu, wie ich die Gartenharke über den Lack kreischen ließ, bevor ich durch das Tor stürzte, vom Grundstück floh und davonrannte. Die Straße hinunter, die nächste entlang. Drei bis vier Ecken ließ ich hinter mir, bevor ich die Tränen auf meinen Wangen spürte und gegen den Pfahl einer Straßenlaterne sank.

»Vicky! Scheiße, Vicky. Schließ dich irgendwo ein, ja?« Mein Handy fiel mir aus den Händen, als ich es hervorkramte, um das Teenagermädchen anzurufen. Es dauerte, bis es mir gelang, ihre Nummer zu wählen; niemand hob ab. In meinem Kopf sah ich Glossberg über ihrem schmächtigen Körper aufragen, den nichts weiter schützte als ein noch viel zarterer, kleinerer, unschuldigerer Leib.

Mein Atem rasselte, und Schaschlikspieße stachen in meine Seite, bis ich zurück an Glossbergs Grundstück war.

»Vicky?« Mein Ruf klang heiser und verzweifelt. Ich bekam keine Luft. Jenseits des Tores und der Hecken verhöhnte mich Stille.

»Denk nach, Helga!« Ich stemmte die Hände in die Seiten, krümmte mich nach vorn, atmete tief. Einmal, zweimal, dreimal. Dann wählte ich die einzige Nummer, die mich oder vielmehr Vicky und ihren Sohn retten konnte. Zum Glück hatte das Küken ihr Bübchen tagelang so konsequent ignoriert, dass seine Nummer immer wieder im Display ihres Telefons, unseres Festnetzes und schließlich auch meines Handys aufgeleuchtet war und ich sie deshalb vor Augen sah und mit zitternden Fingern auswendig tippen konnte.

»Mauß?«

»Silas? Hier ist Helga, du musst sofort kommen!«

*

Glücklicherweise habe ich Maditas Bübchen nicht lange überreden müssen. Zwar wollte er zunächst nicht glauben, was ich ihm in wenigen Sätzen schilderte – »Du hast ihn ›Pimmelschwänzchen‹ genannt – *du?*« – »Dass ich sein Auto zerkratzt habe, dürfte ihn mehr ärgern …« –, doch er versprach, sofort hinzufahren und nach dem Rechten zu sehen.

»Und du siehst zu, dass du Land gewinnst und nach Hause fährst!«, kommandierte er, und ich gehorchte. Wundere mich, dass mir der Heimweg gelang, ohne jemanden zu überfahren.

Nun sitze ich hier und warte auf Silas' Anruf. Auf die Nachricht, dass alles in Ordnung ist. Dass es Vicky und Neville-Lupin gut geht. Wie sollte ich es mir je verzeihen, wenn Glossberg tatsächlich auf sie losgegangen ist, wenn er genauso die Kontrolle verloren hat wie ich? *Darüber reden wir noch.*

Galle schäumt meinen Hals herauf und sammelt sich auf meiner Zunge, sodass ich mich übergeben will. *Deine Effizienz ist beeindruckend*, höhnt Heike in mir. In so kurzer Zeit einen so großen Haufen Scheiße zu produzieren.

Ein Schrei entfährt mir, als das Telefon in meinen Händen zu klingeln beginnt. Ich springe auf, während ich es ans Ohr presse. »Silas? Was …«

»Alles in Ordnung, Helga.«

»Bist du sicher?« Meine Stimme bebt so sehr, dass sie kiekst wie im Stimmbruch.

»Ja, beruhige dich. Vicky und das Baby sind wohlauf, und Dr. Glossberg ist auf dem Weg zu seiner Klinik, um frisch frisiert seinen wichtigen Kram zu erledigen.«

»Was? Aber wie … das ist unmöglich. Kannst du Gedächtnisse löschen?«

Das Bübchen lacht in meinem Ohr, doch es klingt so traurig, dass mir schon wieder Tränen in die Augen schießen. »Ich wünschte, ich könnte es.« Er seufzt. »Hör mal, Helga, das war total bescheuert von dir.«

»Ich weiß, und es tut mir leid.« Ich krame ein Taschentuch hervor, schnäuze mich. »Was immer mir blüht, ich werde es ertragen.«

»Dir blüht gar nichts.« Sanft wie Schokoladensoße rinnt Silas' Stimme in mich hinein, mein Puls beruhigt sich. Wie macht er das? »Glossberg ist froh, dass er aus der Sache rausgekommen ist.«

»Du verarschst mich!« Ich selbst höre mich an wie altes Schwarzbrot.

Silas lacht, diesmal amüsiert. »Verarsche gehört nicht zu meinem Repertoire, sorry. Aber ich habe Glossberg für die Gelegenheit gedankt, endlich etwas gegen die unsäglichen Hebammen unternehmen zu können, die ihm letztes Jahr sein Kind vorenthalten und ihm ihre moralischen Ansichten aufgezwungen haben. Mir ginge diese Selbstjustiz massiv gegen den Strich, und sicher interessiere sich auch das Stadtblättchen brennend für die Geschichte, zumal mit dem Gesicht des renommierten Direktors der Lindenklinik auf der Titelseite. Das alles werde bestimmt schon morgen zu lesen sein, wenn ich heute noch seine Anzeige gegen dich aufnähme …«

»Das hast du nicht …«

»Da wurde der gute Doktor plötzlich ganz blass und meinte, das sei ja nur eine kleine Auseinandersetzung gewesen und nichts, womit man die Öffentlichkeit langweilen müsse. Er würde das nicht an die große Glocke hängen wollen. Ich tat enttäuscht und bat ihn, es sich doch noch zu überlegen, immerhin sei ich angerufen worden, weil die Nachbarn wüste Geräusche gehört hätten, und man dürfe es nicht hinnehmen, wenn irgendwelche freiberuflichen Kräfte die medizinische Koryphäe unserer Stadt bedrängen.«

Mit der freien Hand reibe ich mir über die Schläfe, versuche Silas' Worte zu sortieren. »Du hast ganz schön dick aufgetragen.«

»Hab ich von dir. Madita hat mir erzählt, wie du Glossberg letztes Jahr geschlagen hast. Und ich dachte mir, dass er es kaum ertragen würde, in der Zeitung zu lesen, wie ihn eine unbedeutende Hebamme in seinem eigenen Garten in die Schranken weist. Du erinnerst dich, wie er den Presserummel rund um Vickys Verschwinden und die Hintergründe abgewürgt hat, bevor rauskommen konnte, dass der ärztliche Direktor der Lindenklink seine Tochter zu einer Abtreibung zwingen wollte.«

»Wow.« Ich brauche ein paar Sekunden, bis die gesamte Tragweite dessen, was Silas gesagt hat, zu mir durchdringt. »Das war genial von dir.«

»Danke.«

»Auch wenn du mich gerade *unbedeutend* genannt hast.«

»Strafe muss sein.« Wieder das Lachen in meinem Ohr, warm und glücklich, und zum ersten Mal bekomme ich eine Ahnung davon, was das Küken an diesem Mann findet.

»Übrigens, ich dachte, du lügst nie.«

»Hä? Tue ich doch auch gar nicht.«

»Und was ist mit der Behauptung, die Nachbarn hätten dich alarmiert?«

Ein kurzes Zögern, kaum länger als der Bruchteil einer

Sekunde, bevor Maditas Bübchen fragt: »Sind wir nicht alle Nachbarn in unserer großen weiten Welt?«

Ich muss grinsen. »Das hast du schön gesagt, und ich bin dir ewig dankbar, Silas. Wirklich. Wenn ich irgendwas für dich tun kann …«

Er schweigt, atmet hörbar aus, und ich sehe ihn vor mir, wie er sich auf der Stelle hin- und herdreht und die kurzen Strubbelhaare rauft, wie er es oft tut, wenn er mit dem Küken diskutiert. Erst jetzt wird mir bewusst, wie vertraut mir der Anblick ist. Wie fest das Bübchen mittlerweile zu uns gehört.

»Silas?«

Er seufzt. »Es wäre mir lieb, wenn du Madita nichts davon erzählst.«

Ich lehne mich gegen den Telekommunikationskasten vor dem *Amore Belle*, starre in eines der großen Fenster und beobachte Oméro dabei, wie er einem Pärchen heiße Schokolade serviert. Ich erkenne es an der Tassenform; die großen runden Schalen benutzt er ausschließlich für Maditas Lieblingsnahrung, sahnebraunes Gold.

»Wieso nicht?« Ich ahne die Antwort, bevor Silas sie ausspricht.

»Weil ich nicht will, dass sie mich für eine vermeintliche Heldentat feiert.« Ärger schleicht sich in seine Stimme, vielleicht auch Resignation. »Sie soll sich nicht genötigt fühlen, sich deshalb bei mir zu melden. Ich … wir haben gerade Funkstille.« Er räuspert sich. »Außerdem bin ich nicht der, den sie in mir sieht.«

Ich unterdrücke ein Seufzen und verschlucke die Frage, warum um Himmels willen er sich so kompliziert anstellen muss. Sage: »Das weißt du nicht, wenn du nicht mir ihr sprichst. Und in diesem Fall *bist* du ein Held. Du hast Vicky und mich gerettet.«

»Darum geht es aber nicht. Helga, bitte, behalt's für dich, ja?«

»Wenn du meinst.«

Er brummt, ich warte darauf, dass er irgendetwas formuliert und hinzufügt. Doch er bleibt stumm.

»Na gut«, sage ich schließlich. »Ich werde deine Qualitäten verschweigen, obwohl es manchmal gerade das Ass im Ärmel ist, das ein ansonsten mieses Blatt rettet.«

»Hast du mich gerade mit schlechten Karten verglichen?«

»Kommt drauf an, wie du sie ausspielst. Aber frag dich mal, wie viele schöne Nachbarinnen dir auf unserer großen weiten Welt wohl noch begegnen werden, für die sich der Einsatz des Asses lohnen würde.«

»Du, ich muss Schluss machen, da kommt ein Ruf rein.«

»Siehst du: Das mit dem Lügen klappt immer besser.«

»Ich lüge nicht, ich ...«

»Tschüss, und danke noch mal.« Ich lege auf und kichere plötzlich, kann gar nicht mehr aufhören, fühle mich müde und erleichtert zugleich, stolpere, als ich mich vom Telekommunikationskasten abstoße, und taumle gegen jemanden, der auf dem Gehweg steht. Zwei Hände fangen mich auf, bevor ich stürzen kann. Bleiben sanft auf meinen Armen liegen.

»Es gibt schöne Nachbarinnen auf unserer großen weiten Welt?« Eine leise, helle Stimme.

Irritiert sehe ich auf und blicke einem Mann ins Gesicht. Etwas größer als ich, breite Schultern, hellbraune Haare.

»Ich glaube, eine davon muss ich heute endlich kennenlernen.«

Mein Puls jagt. Es ist Jim.

Sand im Getriebe

Madita

In der optimal ausgeleuchteten Umkleidekabine eines Klamottenladens versucht Lotta, sich in eine Skinnyjeans zu quetschen. Eigentlich nichts Besonderes, im Gegensatz zu mir trägt meine Schwester stets körperbetont, doch heute wirkt es unnatürlich an ihr. Irgendwie scheint es, als kämpfe sie mit dem Kleidungsstück, würde es am liebsten zerfetzen.

Ich lüpfe vorsichtig den Vorhang und schaue ihr zu, bespaße nebenbei Lovis in ihrem Kinderwagen beziehungsweise in demjenigen, den ich mir für diesen Ausflug geborgt habe. Helga weigert sich nach wie vor, ein eigenes Exemplar anzuschaffen, und ist entschlossen, Lovis zu tragen, »falls nötig bis zum Abitur«.

»Der Kinderwagen, den wir heute kennen, wurde erst 1880 erfunden«, dozierte sie erst kürzlich wieder, als Hans vorsichtig nach einem Babyvehikel fragte, weil er unterm Tragetuch regelmäßig ins Schwitzen gerät. »Davor hat man Kinder erst in Karren transportiert, wenn sie sitzen konnten. Wenn du mich fragst, hat das gute Gründe. Indigene Völker sourcen ihre Babys bis heute nicht aus, sondern binden sie sich an den Körper.«

»So wie du das sagst, hört es sich an, als seien Kinderwagen etwas Böses«, erwiderte Hans, und ich konnte es ihm nicht verdenken. Helgas Blick zu diesem Thema führt mitunter zu Magenbeschwerden.

»Unsinn, aber getragen zu werden ist definitiv schöner fürs Kind«, schnarrte sie. »Ich jedenfalls brauche keinen Baby-SUV.«

Nun, ich schon. Tragen ist toll, aber ablegen können auch. Und dank der Leihgabe einer Mama, deren großes Kind schon in den Buggy umgestiegen ist, während sich das kleine noch in Produktion befindet, darf Lovis heute nach Herzenslust im Kinderwagen strampeln und fuchteln, während meine Schwester Krieg mit der Mode führt.

»Ich flipp gleich aus«, murrt Lotta und zerrt am Stoff.

»Lieber nicht, unsere süße Zaubermaus ist heute so guter Laune, das wollen wir ihr doch nicht vermiesen«, säusele ich in Richtung des Wageninneren. Ich versuche immer noch, Lotta von Lovis' Cuteness-Faktor zu überzeugen, doch nachdem unser Wonneproppen ihr heute Morgen auf die Bluse gekotzt hat, ist meine Schwester erneut auf Abstand zum Säugling gegangen. Dabei finde ich, sie sollte sich auch mit den unappetitlichen Seiten des Mutterseins auseinandersetzen, schließlich kommt das alles bald auf sie selbst zu.

»Du solltest dir lieber Sorgen um mein Gemüt machen, du bist meine Schwester«, höre ich Lotta sagen, während ich Lovis unterm Kinn kitzle, was sie mit einem strahlenden Lächeln belohnt.

»Oh, guck mal, Lotta. Sie ist einfach Zucker.«

Lotta würdigt Lovis nur eines kleinen Blickes, bevor sie wieder hinterm Vorhang verschwindet und in den Spiegel starrt.

»Wenn ich jetzt schon das Gefühl habe, ich werde fett, was für ein Wal werde ich dann erst später werden?« Ihre Worte sind scharf, und Lovis, die ein Radar für schlechte Stimmung hat, empfängt sie prompt und verzieht das Gesichtchen. Eilig bemühe ich mich, die kleine Maus wieder zum Lächeln zu bringen, denn keiner von uns will, dass sie einen ihrer Brüllmomente bekommt.

»Verdammt noch mal, ich dachte, man nimmt erst später zu und nicht schon in der neunten Woche!« Ungeduldig reißt Lotta die Hose runter, sie bleibt auf Höhe ihrer Knie hängen und spielt die Schwerkraft gegen meine Schwester aus. Beinahe fällt sie aus der Umkleidekabine. »Ich glaub, ich hab mich noch nie so hässlich gefühlt.« Lotta hört sich ernsthaft verzweifelt an, und ich strecke meine Hand nach ihr aus, um ihr über die überhitzte Wange zu streichen. Sie weicht mir aus. »Ganz ehrlich, wenn Gott gewollt hätte, dass ich mich von hinten sehe, hätte er dafür gesorgt, dass ich meinen Kopf um dreihundertsechzig Grad drehen kann.« Mit Schwung drückt sie den ausklappbaren Spiegel in seine Ausgangsposition. »Wer entwirft Klamottenläden so, dass sie Gottes Schöpfung so dreist infrage stellen und mir meine Cellulite zeigen?«

Kurz erhasche ich einen Blick in die Reflexion und vergleiche uns beide miteinander. Wenn man es nicht genau wüsste, könnte man unsere Verwandtschaft anzweifeln. Lotta ist schlank, hat dunkle Haare und ein energisches Kinn, genau wie Papa. Ich hingegen bin kompakter, kleiner, habe weichere Züge und große Augen wie unsere Mutti.

»Ich finde, du siehst großartig aus«, betone ich noch einmal, bevor Lotta mich aussperrt.

Lovis, der ich drei Küsschen aufgedrückt habe, weil meine Schwester offensichtlich keine will, gluckst jetzt wieder vergnügt, angelt nach den bunten Stoffpüppchen und Rasseln, die an einer Kette über ihr baumeln, und ich bin ein wenig neidisch, dass sie noch keine Ahnung von Erwachsenenproblemen hat. Manchmal wäre ich auch gern klein und würde mich lieber mit Nuckeltüchern und Teddybären beschäftigen statt mit Liebeskummer und Fettgewebe.

»Du hast keine Cellulite«, versuche ich Lotta zu beruhigen. Normalerweise ist sie mit ihrem Körper, für den jede Frau mit auch nur einem Fünkchen Eitelkeit Augen auskratzen würde, zufrieden. Doch seit einem Telefonat mit ihrem Quasiverlobten Noël, zu dem ich Lotta schließlich doch überreden konnte, steht sie total neben sich, und ich traue mich nicht, mich ernster mit ihr zu unterhalten. Dabei brennen mir so viele Dinge auf der Seele, die ich sie fragen beziehungsweise ihr selbst erzählen will.

»Bist du blind, da sind Krater in meinem Po«, meint sie.

»Quatsch, das ist das Licht. Bei *der* Beleuchtung haben sogar meine Ohrläppchen Cellulite.« Ich schiebe mich neben sie in die Kabine, um mein eigenes Spiegelbild zu kontrollieren – was ich besser nicht getan hätte. Denn sofort fühle ich mich ebenfalls fett, und mir fallen zwei Muttermale am Hals auf, die verdächtig aussehen. Ich sollte einen Kuli nehmen, die Dinger einkringeln und ein Foto davon an meine Dermatologin schicken. Sicher ist sicher.

»Willst du drüber reden?«, wage ich einen Vorstoß.

»Über was?«

»Deinen Verlobten.«

»Der kann sich eine Beziehung auch zu dritt vorstellen, was soll ich weiter dazu sagen?« Lotta knurrt, zieht sich ihre Klamotten wieder an und hängt die anprobierten zurück auf die Bügel.

»Aber das ist doch toll, oder nicht?« Mein Hirn rattert, irgendwo knirscht es, als Lottas Blick mich trifft.

»Er meint die andere Frau, nicht das Baby. Wobei, das hätte er auch gern.«

»Oh.« Mir fehlen die Worte.

Lotta hatte sich zum Telefonieren im Bad eingeschlossen und das Radio aufgedreht, was meinen Lauschangriff am Schlüsselloch vereitelte. Als sie zwanzig Minuten später rausgekommen war, trug sie einen Gesichtsausdruck, der vielleicht sogar Helga eingeschüchtert hätte und jede Nachfrage verbot, sodass ich keine Ahnung habe, wie ihr Gespräch mit Noël verlaufen ist.

»Ich hab ihn abserviert, was ihn vermutlich nicht davon abhält, mich zu suchen, diesen Spinner.«

Dazu fällt mir kein einziger guter Ratschlag ein, und ich glotze Lotta wahrscheinlich ziemlich dümmlich an. Was sagt man in solch einer Situation auch schon? *Sieh es positiv: Wenigstens trägst du ein Andenken von ihm unter deinem Herzen?* Unwillkürlich legt sich meine Hand auf meinen Bauch, und Silas fehlt mir. Schmerzhaft.

»Wer braucht schon Männer?«, sage ich einfach mal und vertreibe sein Gesicht aus meinem Geist.

Lovis blubbert und gurrt, schiebt sich ihre kleine Faust in den Mund. Eine Mahnung daran, dass sie bald etwas von Mamas Muttermilch gebrauchen könnte, wenn wir wollen, dass sie weiterhin so glücklich ist wie ein Glücksbärchi auf seiner Regenbogenwolke.

Ich biete Lotta an, ihre abgelehnte Auswahl zurückzubringen, und überlasse ihr damit ganz geschickt das Schieben des Kinderwagens. Es freut mich, dass meine Schwester dabei nun doch mal einen Blick auf Klein Lovis werfen und, während sie den Wagen durch die Nadelöhre der Gänge zwischen den Klamottenständern hindurchmanövriert, sogar einmal lächeln muss.

»Steht dir fabelhaft, so ein Kinderwagen.« Ich strahle meine Schwester an und denke, dass ich das vermutlich auch gern hören würde. Doch Lotta schnauft nur und wickelt sich lieber ihren karierten Schal doppelt um den schmalen Hals, als darauf einzugehen.

Helga hat mir geraten, Lotta erst mal nicht weiter zu bedrängen, sondern sie auf mich zukommen zu lassen. Manchmal brauche man statt guter Ratschläge Zeit mit sich selbst. Tja, aber ich würde sagen, dass ich Lotta besser kenne. Was sie braucht, ist jemand, der sie daran erinnert, dass es immer irgendwo eine Caprisonne gibt, die einem das Leben versüßt, und wer, wenn nicht ich, könnte diesen Job übernehmen?

Auf dem Weg zum Ausgang kommen wir durch die Kinderabteilung, und ich strande an einem Kleiderständer mit Babyklamotten. Ein Einhornstrampler zieht mich magisch an: Das perlmuttschimmernde Horn auf der Brustpartie leuchtet und schimmert.

»Krasser Scheiß, Lotta, guck mal«, quietsche ich, angle das Teil heraus und wedle damit herum. Dabei haue ich es fast einer anderen Kundin vor den Latz, die hektisch einen großen Bogen um uns schlägt. Ich mache eine entschuldigende Geste und beginne in meiner Daunenjacke zu schwitzen.

»Niedlich«, findet Lotta ebenfalls, schiebt aber ungerührt weiter.

»Darf ich dir das schenken?«

Schlagartig bleibt meine Schwester stehen, so schnell, dass Lovis im Kinderwagen Schluckauf bekommt. »Wieso?«

Mein Blick rutscht auf ihren Bauch, und ich verstehe ihre Frage nicht. »Na, für dein Baby?«

Lottas Hände umklammern den Griff des Kinderwagens, sodass ihre Knöchel weiß hervortreten. Für einen Moment fürchte ich, sie könne ihn zerbröseln wie zwei Tage alte Semmeln.

»Madita, ich weiß doch noch gar nicht …«

Ich trete neben sie, lege meine Finger auf ihre verkrampfte Hand und so viel Liebe in meinen Blick, wie ich kann. »Keine Sorge, ich bin für dich da. Und ich werde alles für dich tun, damit es dir und dem Baby gut geht. Muttersein ist das größte Glück der Erde, und weißt du, was obendrein heftig gut wäre?« In mir wird alles warm und flauschig.

Lotta starrt mich mit einer Mischung aus Erwartung und Resignation an. »Was?«

»Wenn ich auch schwanger wäre.«

Eine winzige Pause entsteht, in der Lotta den Strampler betrachtet, der noch in meiner freien Hand baumelt. So, nun ist es raus. Laut Rechnung hätte ich vor sechs Tagen bereits meine Regel bekommen sollen, der Besuch aus Rotenburg blieb aber bislang aus.

»Ich bin mir sicher, Schwangerschaft ist nicht ansteckend«, meint meine Schwester, bevor sie stutzt. »Moment, was?«

»Es könnte sein, dass ich schwanger bin, es gab da quasi eine klitzekleine Verhütungspanne mit Silas«, rücke ich mit den unterschlagenen Neuigkeiten heraus und spüre ein breites Grinsen in meinem Gesicht. Puh, endlich kann ich mit Lotta darüber reden, und die Vorstellung, gleichzeitig mit meiner Schwester durch die hormongesteuerte Zeit des Mutterwerdens zu stolpern, fühlt sich so schön an, dass ich auf der Stelle heulen möchte. Wenn das mal nicht die ersten Hormone sind, und hatte ich nicht erst gestern das Gefühl, dass meine Brüste spannen? Sehr früh, zugegeben, aber es könnte ein Zeichen sein, dass irgendein vorwitziges Spermium den Sprint bis zu meiner Eizelle tatsächlich geschafft hat. Wahnsinn.

»O Mann, Madita. Das ist nicht dein Ernst, oder?« Lottas Reaktion bringt mich aus dem Konzept.

Verunsichert nehme ich Abstand, das Gefühl, gleich heulen zu müssen, nimmt zu. »Ich finde nicht, dass ausgerechnet du mich jetzt kritisieren solltest.« Ich stolpere am Kinderwagen vorbei, Lovis' Kulleraugen folgen mir. Zumindest sieht es so aus, denn ich bezweifle, dass ihr Sehnerv auf die Entfernung schon so gut scharfstellen kann. »Beanspruchst du das Problem einer ungewollten Schwangerschaft etwa für dich allein?«, frage ich, während ich den Strampler zurück auf den Ständer hänge. »Das kannst du nämlich vergessen, das passiert ständig. Allein in Deutschland etwa siebendreiviertel Frauen am Tag.« Traue keiner Statistik, die du nicht selbst erfunden hast, sagt Papa immer.

»Ja genau, Madita.« Lotta schnalzt mit der Zunge, schiebt den Kinderwagen an und überfährt fast meinen Fuß, als ich sie aufhalten will.

»Gut, dann verrate mir mal, was genau dich so sauer macht.« Ich haste ihr hinterher, remple Kleiderständer und Aufsteller an, dass es ringsum nur so wackelt und bebt.

»Alles, einfach alles. Ein Kind bedeutet nicht nur eitel Sonnenschein, kleine Schwester.« Lottas Stimme gerät laut und schrill. Lovis' Augen weiten sich erschrocken, und ich drängle mich an den Kinderwagen heran, um meine Hände an ihre Ohren zu legen.

»Nicht so laut, diese miesen Schwingungen übertragen sich auf das Baby!«

Wie zur Bestätigung zieht Lovis einen Flunsch.

Lotta schluckt schwer, jetzt sind es ihre Lippen, die sich kräuseln. »Siehst du, das meine ich. Man muss auf alles Mögliche Rücksicht nehmen und ist Sklave eines Windelbombers.« Sie atmet etwas zu schnell für meinen Geschmack. Hyperventiliert sie etwa?

»Lotta, beruhige dich mal.«

»So ein Baby stiehlt einem das Leben, man kann nicht mehr machen, was man will oder liebt. Alles ändert sich. Einfach alles.« Ihre Hände klammern sich wieder an den Kinderwagen, der jetzt sogar leicht vibriert. Dann fährt sie einfach wieder los, gerade noch rechtzeitig, bevor Lovis sich überlegen kann, loszubrüllen.

»Seit wann ist Veränderung per se schlecht?«, frage ich, während ich ihr nachlaufe. Auf wackligen Beinen. Mir ist plötzlich total übel. Schwangerschaftsübelkeit? Jetzt schon? »Ich dachte immer, du bist die Mutige und Starke von uns, die, die jede Herausforderung annimmt?«

Unverhofft bleibt Lotta stehen, und ich krache in sie hinein. Ihr Handy, das sie mir entgegenhält, hab ich nicht kommen sehen. Es donnert vor meine Nase, und ich habe Mühe, das Video zu erkennen. Ein Schiffsbug klatscht in eine Monsterwelle, eine Aufnahme vom letzten Jahr, als Lottas Frachter in einen schlimmen Sturm geriet. Sirenen ertönen, während die Fluten bis an die Scheibe der Brücke schlagen. Eine zutiefst beängstigende Szene.

»Madita, meine jetzige Situation ist nichts gegen diesen Scheiß hier.« Lotta wedelt mit dem Telefon, ehe sie es in ihrer Tasche verschwinden lässt. »Damit kann ich umgehen. Hiermit?« Sie deutet auf ihren noch nicht vorhandenen Bauch. »Keine Ahnung.«

»Du schaffst das, Lotta.« Meine Schwester schafft alles. Sie hat sich im Dschungel verirrt und wieder herausgefunden, sie war die Queenbee unserer Schule und hat einen Piratenangriff überstanden.

»Was, wenn nicht?« Ihre Brauen schieben sich so eng zusammen, dass sich eine steile Falte zwischen ihnen bildet. »Denkst du nicht, dass mir durchaus bewusst ist, wo meine Defizite liegen? Ich bin egoistisch und laufe durchs Leben, als wäre jeden Tag Pimmelschlussverkauf. Meine Menschenkenntnis lässt offensichtlich zu wünschen übrig, und ich bin niemand, der Beziehungen am Laufen hält.« Sie holt tief Luft. »Mütter sind wie Knöpfe, Lotta. Sie halten alles zusammen. So wie Mama, wie du. Aber ich bin anders.« Mit einer schnellen Bewegung schließt sie den Reißverschluss ihrer Jacke.

»Keine Mutter ist wie die andere. Und trotzdem ist jede auf ihre Weise wunderbar. Alles, was zählt, ist ihre Liebe für das Kind.« Vermutlich klinge ich verzweifelt, und so fühle ich mich auch. Lotta war stets mein Fels in der Brandung. Doch ich werde das Gefühl nicht los, dass sie gerade Schlagseite hat wie die *Titanic*, kurz bevor sie unterging.

»Du willst es nicht kapieren«, faucht sie mich an. »Spar dir dein Sonnenschein-Gesülze, ja?«

Autsch. Ich schlucke schwer, spüre, wie mein Hals eng wird, aber es ist Lovis, die an meiner statt zu heulen anfängt. Und zwar so richtig.

Ich eile Lotta hinterher, die in eine Schlange an der Kasse hineingerät. Eine alte Dame denkt nicht daran, meiner Schwester Platz zu machen, sondern guckt in den Kinderwagen.

»Och, das Kind schreit aber laut«, stellt sie pikiert fest.

»Ist mir gar nicht aufgefallen«, schnappt Lotta, richtet Lovis' Decke und setzt ihr das Mützchen mit den Bärenohren auf. Dann versucht sie, den Wagen zur Seite zu manövrieren, bleibt jedoch an einem Regal hängen.

»Sie sollten was tun gegen das Brüllen«, meint die hilfsbereite Dame und bedenkt Lotta mit einem Blick, der verlauten lässt, dass sie meine Schwester für unfähig hält. Dabei macht Lotta in diesem Moment alles richtig. Ich verstehe die Menschen manchmal echt nicht.

»Wenn Sie wissen, wo die Lautstärkeregler sind, tun Sie sich keinen Zwang an.«

Verblüffung huscht über das zerknitterte Gesicht der Alten, als Lotta sie grob zur Seite schubst.

»Na, hören Sie mal, junge Dame.« Der Protest geht in einer Durchsage des Kassenmitarbeiters durch, der den Ausfall des EC-Lesegeräts verkündet.

Ohne sich nach mir umzudrehen, verlässt Lotta den Laden. Es scheint, als wäre es ihr egal, ob sie mich abhängt. Ich kämpfe mich hinterher.

»Du kannst mich nicht einfach so stehen lassen.«

Kann sie schon, hat sie sogar schon mal beim Campen gemacht, mich quasi im Wald ausgesetzt. Damals hatte ich mit einem Jungen geflirtet, den sie gut fand, der aber erstaunlicherweise an mir interessiert war. Lotta, die es nicht gewohnt war, dass ich sie in Sachen männliches Geschlecht ausstach, fand das wenig witzig und lockte mich in die Falle. Zum Glück erbarmte sie sich einige Stunden später und sammelte mich wieder ein, wenn auch vermutlich hauptsächlich deshalb, um bei unseren Eltern nicht in Erklärungsnot zu geraten.

»Lotta!« Ich reiße sie an der Schulter herum und sehe ein tränenüberströmtes Gesicht. Für einen Moment bin ich so schockiert, dass mir mein Magen bis zu den Füßen sackt. »Es tut mir leid«, hauche ich und nehme sie in den Arm.

»Mir doch auch.« Eisiger Wind pfeift um uns herum, wenigstens hat Lovis aufgehört zu brüllen und schaut in den strahlend blauen Himmel über sich. Aus der Ferne dringt die Melodie von Julis' *Die perfekte Welle* aus einem Autoradio und erinnert mich an unsere Kindheit und Caprisonne.

Ich schließe einen Moment die Augen, drücke meine Schwester fester an mich. Es ist schon seltsam, dass das Bild, das wir von einer Person haben, nicht immer mit der Realität übereinstimmt, und ich frage mich, wie die Leute *mich* sehen. Erkennen sie hinter dem Lachen auch meine Ernsthaftigkeit, meine Sorgen und Ängste vor meiner eigenen Unzulänglichkeit? Und wie sehr ähnelt unser äußeres Bild den Geschichten, die wir selbst über uns erzählen?

»Ich hab dich lieb, Lotta«, flüstere ich in ihren Schal, und mein Blick sinkt zu Boden, als ihre Arme sich um meine Taille schließen. Zu unseren Füßen flattert der Werbeflyer einer Astrologin. *Madame Luna blickt mit dir in die Sterne! Lasse dir vom Sand der Zeit zuflüstern und erkenne deine Zukunft.* Na, wenn das kein Wink des Himmels ist, immerhin wollten Lotta und ich uns schon lange einmal gemeinsam die Karten legen lassen – und wann, wenn nicht jetzt?

»Vielleicht wird es Zeit, eine Cassandra Astrolanta aufzusuchen?« Ich löse mich von meiner Schwester, um den dunkelblauen Zettel mit goldener Glitzerschrift aufzuheben und ihn ihr hinzuhalten. »Das nenn ich mal Timing: Wenn das nichts zu bedeuten hat, dann weiß ich auch nicht.«

Lotta blinzelt kurz auf den Flyer und zuckt dann mit den Achseln. »Ach, mir ist alles egal. Meinetwegen können wir den Unsinn auch noch machen, was soll schon passieren?« Sie schnäuzt sich lautstark.

»Lass es uns probieren, ich ruf da gleich mal an und mach einen Termin.« Gesagt, getan. Eine helle Stimme nimmt den Anruf entgegen, und wir können bereits am frühen Nachmittag einen Blick in unsere Zukunft werfen. Vielleicht hilft uns das, um nicht vollends gemeinsam durchzudrehen. Denn manchmal braucht man einfach jemanden, der einem Perspektiven eröffnet oder Hoffnung schenkt.

*

Wir bekamen vieles von der Wahrsagerin. Vor allem einen Zustand geistiger Verwirrung. Immer noch benebelt besuche ich am späten Nachmittag Laura-Sophie, eine Kundin von Monika, für die ich einspringe, um die Geburtsnachsorge zu übernehmen. Als sich die Haustür eines Reihenhauses öffnet, gerät die Gravitation zum zweiten Mal aus den Fugen, denn den Typen, der mir entgegenblickt, den kenn ich. Ich sehe ihn irritiert an und wünschte, das Erkennen seinerseits würde nicht meines spiegeln und ich würde mich einfach nur irren. Doch es bleibt dabei: Vor mir steht der nette Ehemann von Berta von Thies, der mir jetzt freundlich signalisiert, dass wir uns noch nie im Leben begegnet sind.

»Freut mich sehr, Sie kennenzulernen«, knirscht er angespannt, bevor ich was sagen kann. »Meine Freundin hat mir schon so viel von Ihnen erzählt, Monika.« Sein Lächeln gerät schief.

»Oh, ich bin nicht Monika, die ist leider verhindert. Ich dachte, es sei besprochen, dass ich an ihrer Stelle vorbeischaue ...«, erwidere ich und lese in seiner Mimik. Wenn mich nicht alles täuscht, stirbt der Typ gerade tausend Tode. Hinter ihm taucht Laura-Sophie auf, eine Mitzwanzigerin mit blonden Locken, ein winziges Neugeborenes im Tragetuch vor der Brust.

»Kommen Sie herein, Frau Sternberg. Ich freu mich, dass Sie einspringen konnten«, begrüßt sie mich und stellt mir Bertas Mann als ihren Freund Max vor. »Wie geht es Monika denn? Ist sie wohlauf?«

Ich bin froh, dass ich erst mal von unserer Oberstörchin erzählen kann und von ihrem dummen Treppensturz, der sie umgehend zum Arzt verfrachtet hat. Das verschafft mir Zeit, meine Gedanken zu ordnen.

»Wir können uns gern duzen«, findet Laura-Sophie. Ihre Finger drücken fest zu, ihre Miene ist warm und freundlich, wenngleich ihre gesamte Erscheinung Berta von Thies ähnelt, zumindest was den hochpreisigen Stil des Outfits betrifft.

»Gern, ich bin Madita.« Eine Weile stehe ich im Flur, zwischen stylischen Gummistiefeln und Hauspantoletten, und weiß nicht, was ich tun soll. Die Geste, die der Mann hinter dem Rücken seiner Freundin macht, fleht mich an mitzuspielen. Doch es widerstrebt mir brutal. Was ist bloß los mit den Männern dieser Welt? Ist da irgendwas im Grundwasser, das sie allesamt zu Idioten mutieren lässt?

»Ich freu mich jedenfalls sehr, dass mein Schatz den Termin heute miterleben kann. Er ist beruflich immer sehr eingebunden. Zum Glück hat er es zur Geburt geschafft.« Laura-Sophie strahlt, während besagter Schatz mir aus der Jacke hilft.

Ich räuspere mich. »Ja, was für eine …« *Tragödie* liegt mir auf der Zunge, doch ich spreche es nicht aus. Wer bin ich schon, dass ich darüber richten darf, wer wen betrügt und warum?

Laura-Sophie geht mit Baby voran ins großzügige Schlafzimmer, in dem neben dem Doppelbett auch eine Wickelkommode steht, auf der ich das Neugeborene begutachten kann.

»Oh, wie schön, ihr habt ein Babybay?«, sage ich, um irgendwas zu sagen, und deute auf das hübsche Beistellbett. Wenn ich Mutter werden sollte, will ich auch so eines haben, damit mein Zauberschnuckel geschützt und sicher ganz nah bei mir schlafen kann.

»Ja, aber Max fand es zuerst gar nicht so toll«, erzählt Laura-Sophie, und ich vermeide es, ihn anzusehen. »Er so: ›Was ist, wenn der Löwe mal wieder auf die Antilope will? Guckt Emma von nebenan dann zu?‹« Sie grinst. »Du hättest mal seinen schockierten Blick sehen sollen«, plaudert sie weiter aus dem Nähkästchen, und ich würde dem Löwen am liebsten raten, sich mal mit seiner Löwin auseinanderzusetzen, anstatt die Gazelle zu besteigen.

Er schweigt zu Recht beschämt, und ich höre Laura-Sophie dabei zu, wie sie ihre Kennenlerngeschichte vor mir ausbreitet. »Es war im Zug, auf dem Weg nach Hamburg. Da saß er, vertieft in eine Kolumne über beruflich erfolgreiche Frauen und das Muttersein, Titel: *Karriere im Eimerchen*. Irgendwie sind wir darüber ins Gespräch gekommen.« Sie zwinkert ihm liebevoll zu. »Unser Schicksalstag.«

»Ja, das Schicksal ist eine wahnwitzige Sache«, bin ich mir sicher und frage mich, was Berta zu dem Thema zu sagen hätte. Um mich abzulenken, widme ich mich der kleinen Emma, die zufrieden auf der Wickelkommode liegt. Ihre Mutter streicht ihr mit der Fingerspitze über das Näschen und die winzige Kuhle darunter. Die Vergessenheitsmulde, wie Madame Luna, unsere Wahrsagerin vom Dienst, es vorhin nannte. Ich denke an die Geschichte, die sie mir und Lotta erzählt hat: von dem Ort namens Hall, an dem alle Seelen leben und in einen Brunnen blicken, um sich ihr nächstes Leben anzuschauen. Es werden Beziehungen, Freundschaften und Pläne geschmiedet, heißt es. Während der Geburt eines Kindes streicht der Schutzengel mit seinem Finger dann über ebendiese kleine Mulde über den Lippen, und in diesem Moment vergisst die Seele all ihre Abmachungen, ihre Pläne und Bilder. Zurück bleibt der Engelsabdruck.

Mir wird ein wenig schwindelig, als ich mir das vorstelle, und ich ärgere mich über diese Theorie des Vergessens. Denn welchen Sinn haben Seelenbande, wenn man sich später nicht mehr daran erinnert? Das ist doch Bullshit! Aber am Ende, muss ich zugeben, war alles, was diese Madame Luna erzählte, eigentlich totaler Nonsens. Oder etwa nicht?

Während ich Emmas Nabelwunde untersuche, kehre ich gedanklich zurück vor die schwarz lackierte Tür einer Wohnung im sechsten Stock eines Plattenbaus. Lotta klingelte, und ein Mädchen mit geflochtenen Zöpfen öffnete uns. Unweigerlich musste ich an Wednesday von der Addams Family denken und erwartete, im nächsten Moment das eiskalte Händchen auf ihrer Schulter zu entdecken. Lotta ging es genauso, das erkannte ich an ihrem dämlichen Grinsen: ungeniert und provokant, was ich mich nicht getraut hätte.

»Hallöchen, ist deine Mama da?«, fragte meine Schwester.

Wir bekamen ein regloses: »Die ist tot, und heute mache ich keine Séancen.«

Einen irritierten Blick wechselnd standen Lotta und ich da, auf der schwarzen Fußmatte mit aufgedruckten Mondphasen. Vermutlich war das der Punkt, an dem wir besser gegangen wären.

»Wir wollen zu Madame Luna, ich habe einen Termin für die Sternberg-Schwestern«, erklärte ich, und das Mädchen winkte uns in die Zweiraumwohnung mit roten Samttapeten an den Wänden. Ich hatte ja keine Ahnung, dass es so was tatsächlich gibt. Hübsch, aber auch erdrückend.

»Legt ab, die Schuhe bitte umgekehrt an die Nägel hängen und mitkommen«, befahl das Mädchen, und ich wunderte mich über die in die Wand geschlagenen Eisenstifte. Bis zu diesem Zeitpunkt hatte ich mein Schuhwerk noch nie in dieser Form aufbewahrt, aber was soll's.

Während ich meine Stiefel aufhängte, ließ meine Schwester ihre Finger über ein Regal mit uralt aussehenden Büchern gleiten.

Das Mädchen war ins abgedunkelte Nebenzimmer geschritten und bedeutete uns nun mit regloser Miene, an einem runden Tisch Platz zu nehmen. In aller Seelenruhe richtete sie den weißen Kragen ihrer Bluse, die sie unter einem schwarzen schlichten Kleid trug, und musterte uns dabei. Ich spürte, wie sich sogar die winzigen Härchen auf meinen Händen aufstellten und sich vor plötzlichem Unbehagen aneinanderklammerten. Lotta hingegen blieb die Ruhe selbst, so wie ich es von ihr gewohnt bin. Endlich war sie wieder die Schwester, die mir den Strohhalm in die Caprisonne steckte, ohne ihn zu verknicken.

Das half mir durchzuatmen, und ich blickte mich um. In einer Ecke neben einem antiken Kleiderschrank, dessen Innenraum gut nach Narnia führen könnte, standen zwei Käfige mit

Kaninchen. Die zufrieden an Möhren mümmelnden Viecher hatten Höhlen aus Totenköpfchen und Futterstellen aus Knochen. Ich hoffte inständig, dass es sich dabei lediglich um Requisiten handelte. Auf einer Kommode unweit ratterte ein silbernes Hamsterrad, in dem ein dickes, pelziges Tier stoisch Gas gab.

»Wann lernen wir denn nun Madame Luna kennen?« Ich spürte Lottas Ungeduld.

»Ich bin hier, ihr dürft mich Luna nennen«, entgegnete das Addams-Family-Mädchen, und Lotta schnaufte unwillig.

»Mit Verlaub, aber hat man mit zwölf schon eine Steuernummer?«, konnte sich meine Schwester nicht verkneifen, und ich lächelte entschuldigend.

Etwas Dunkles blitzte in den Augen des Mädchens. »Möchtet ihr meinen Gewerbeschein sehen, oder seid ihr hier, um etwas über euch zu erfahren?«

Touché.

»Wir sind sehr dankbar, dass wir empfangen werden, nicht wahr, Lotta?« Ein kleiner Tritt unterm Tisch sollte wirken. »Wir haben so viele Fragen. Wir stecken in einer schwierigen Lebenssituation, sozusagen.«

»Wie neunzig Prozent der Weltbevölkerung jeden Tag«, murrte Lotta und entfachte ein Blickduell mit Luna. Oje, hier trafen offenbar zwei Alphafrauen aufeinander.

»Ihr steht an einer Kreuzung mit vielen Weggabelungen, die ihr selbst in Hall erschaffen habt, und wisst nicht, welchen Pfad ihr nehmen wollt.« Luna flüsterte, und so etwas wie ein Hauch von Belustigung huschte über ihr Porzellangesicht.

»Hall?«, fragte ich irritiert.

»Der Ort, an dem alle Seelen leben, bevor sie geboren werden.«

»Ach so.«

Der Hamster in seinem Rad hörte abrupt auf, wie bekloppt zu rennen. Leider tat er das so unüberlegt, dass das Rad weiterdrehte und er wie ein flauschiger Ball im Waschgang umhergeschleudert wurde.

»Eure Sternzeichen?« Luna griff unter die Tischplatte, zog einen Spiegel hervor, auf dem sich weißer Sand befand, und legte ihn in die Mitte des Tisches.

»Widder«, verriet ich mit piepsiger Stimme, weil die Glühbirne an der Deckenlampe plötzlich atmosphärisch flackerte. Vermutlich Zufall – oder Effekthascherei?

»Aszendent?«, hakte Luna nach und malte mit dem Finger einen Kreis in den Sand.

»Kakao und Käsekuchen«, sprang Lotta ein und verengte misstrauisch die Augen. »Sag mal, was soll das werden? Backen wir gleich Sandkuchen, oder wie? Du bist doch die Astrologin und Wahrsagerin, müsstest du dann nicht wissen, was für Sternzeichen wir haben?«

Fremdschämen leicht gemacht. Aber vermutlich hätte ich nach heute Morgen wissen müssen, dass meine Schwester für solch ein Experiment zu angespannt ist. Besser wäre ich mit ihr ins *Amore Belle* gegangen, um sie mit Oméros Beerentorte abzufüttern.

Derweil stoppten Lunas Finger in der Mitte des Spiegels, ihr Blick hob sich unendlich langsam. »Warum so angriffslustig?« Sie legte den Kopf schief. »Beginne bei dir selbst, und du wirst sehen, dass das Problem nicht die anderen sind, sondern in deinem eigenen Inneren begraben liegt.« Autsch.

»Bitte?« Lottas perfekt gemalte Brauen schnellten in die Höhe.

»Du bist hier, weil du nicht der Mensch bist, den du selbst erfunden hast. Und nun wird es Zeit, dass du die Augen öffnest und die Abmachungen deiner Seele erkennst.« Eine kleine Pause entstand, in der Luna beinahe witternd die Luft einatmete.

Mir fiel auf, dass sie ein blaues und ein braunes Auge hatte. Eine Mutation, die nur etwa ein Prozent der Weltbevölkerung betrifft und, wie ich finde, wunderschön ist.

»Na gut, Luna, dann zeig mal, was du draufhast«, forderte meine Schwester. »Wo du mich ja anscheinend so gut kennst, sag mir mehr über mich.«

So etwas wie ein Lächeln huschte über die Miene des Mädchens. »Sternzeichen Waage, Aszendent Wassermann. Harmonische Astralkombination, die sich durch Toleranz, Individualität und Charme auszeichnet. Du bist belastbar, erfindungsreich, hast einen gefährlichen Job, der mit Wasser zu tun hat.« Treffer versenkt. »Außerdem bist du leichtsinnig. Und deine Eigenart, stets alle Optionen durchgehen zu müssen, bevor du eine Entscheidung fällst, macht dir aktuell das Leben schwer.«

Während ich vermutlich für Sekunden vergessen hatte zu atmen, lehnte sich Lotta zurück und verschränkte die Arme. »Na also, geht doch.«

Luna ignorierte meine Schwester und blinzelte in meine Richtung. »Und du bist Widder im Aszendent Schütze.« Sie zog die Worte in die Länge. »Die Zeichen sind gegensätzlich. Der Widder erdverbunden, sinnlich und gründlich, der Schütze aktiv, beweglich und intuitiv. Feuer und Erde passen eigentlich nicht zusammen.« Sie hörte sich beinahe bedauernd an, wartete ein paar Augenblicke auf eine Reaktion, doch ich war so baff, dass ich das Mädchen nur anstarrte. Selbst Lotta schwieg. Woher wusste diese Luna unsere Geburtsdaten?

»Mit einem Schützen im Aszendenten muss der Widder lernen, den Blick vom Boden zu heben und nach seiner Vision zu suchen. Du bist auf einem guten Weg und spürst die Verabredungen, die du in Hall getroffen hast, intuitiv«, fuhr Luna in meine Richtung fort. Ihr Finger malte eine Schleife in den Sand. »Mein Sandorakel kann mir die nahe Zukunft enthüllen, jede von euch hat eine Frage, wählt sie mit Bedacht.«

Wie durch einen stummen Befehl erstrahlte plötzlich Licht aus zwei kleinen Pyramiden auf dem Fußboden und ließ einen Sternenhimmel an der Zimmerdecke entstehen, mitsamt Aurora borealis.

»Wahnsinn, was für geile Special Effects«, fand Lotta, und Luna nahm das Kompliment mit einem Zucken ihres Mundwinkels zur Kenntnis.

Anschließend wurde es wirklich creepy. Luna schnappte sich meine Hand und drückte sie in den Sand, der unerwartet warm war. Ich wollte zurückzucken, weil es sich unangenehm anfühlte, doch Luna hielt mich fest. »Deine Frage?«

»Ähm.«

»Ja?« Luna senkte ihre helle Stimme.

»Wann werde ich mit meiner großen Liebe glücklich?« Die Frage aller Fragen. Ich konnte in Lunas Gesicht ablesen, wie unkreativ sie mich fand, und mir fiel eine Szene aus meiner Kindheit ein, in der ich meiner Schwester dieselbe Frage gestellt hatte. Wir saßen im Pavillon unserer Eltern und tranken Caprisonne, und Lotta antwortete, dass es nicht auf das Wann, sondern auf das Wie ankäme. Schließlich will man ja eine Geschichte zu erzählen haben.

Luna atmete ruhig. »Es gibt eine Seele, die sich ebenso wie du an eine Bindung erinnert«, sagte sie zu mir und meinte ganz sicher Silas damit. »Ich sehe eine Schnecke, der Weg einer Entscheidung zieht sich hier in die Länge. Es sind innere Kämpfe, die jemand mit sich ausmacht.« Der Sand flüsterte, während Luna mit ihren Fingern um meine tanzte. »Da ist jemand, verborgen und doch ganz nah. Und du wirst einen Wandel durchmachen, um schlussendlich den Himmel zu berühren.«

»Wer soll das sein?«, wunderte ich mich, während insgeheim die Frage in mir pochte, ob sie vielleicht auch ein Baby sehen würde? *Mein* Baby? Denn ich weiß, dass das Herz einer Frau plötzlich anders schlägt, wenn sie Mutter wird.

Im nächsten Moment landete Lottas Hand neben meiner im Sand, ich sah an ihrem Gesicht, dass die Hitze sie ebenfalls überraschte. Inständig hoffte ich, dass es keine Chemikalien waren, die diesen Effekt erzeugten. Nicht, dass wir in Zukunft im Dunkeln leuchten.

»Ich möchte gern etwas zu meiner Familienplanung wissen«, forderte meine Schwester ein.

»Die liegt nicht in naher Zukunft.« Luna klang gelangweilt.

»Das kann ja gar nicht sein«, beharrte Lotta logischerweise.

»Ich sehe jedenfalls keine Babys.« Das war nicht die Antwort, die eine von uns erwartet hätte. Entsprechend ungehalten reagierte Lotta und zog die Hand aus dem Sand.

»Das ist ja wohl totaler Bullshit – meine Schwester ist Hebamme, dir müssten Hunderte Babys winken, wenn du wirklich hellsehen könntest. Und ich bin schwanger«, stellte sie klar und klang eisig dabei.

»Hör mal zu, du Ungläubige. Ich blicke in eure Zukunft, und da sehe ich einiges, aber kein Baby.« Luna machte einen Laut, der wie brechendes Holz klang. »Wenn dir das nicht passt, sieh dir die Zukunft selber an. Und erkenne bestenfalls gleich, was deine Seele mit anderen abgemacht und welche Wege sie damals in Hall kreiert hat, bevor dein Schutzengel dir die Erinnerungen daran nahm.« Sie lehnte sich gemächlich zurück und fixierte meine Schwester mit ihrem kühlen Blick.

»Sehr witzig«, brummte Lotta.

»Sag mir, was du siehst. Den perfekten Mann, den du dir erträumst?«, bohrte Luna ironisch nach.

Lotta atmete laut aus, verweigerte aber sonst jede Reaktion.

Luna kräuselte die Lippen. »Siehst du – ich auch nicht. Weil es ihn nicht gibt. Da kannst du noch so viele Ozeane überqueren, der perfekte Mensch existiert einfach nicht, das ist ein Märchen. Es gibt nur die Bande, die du einst in der Seelenwelt geknüpft hast.« Sie wandte sich wieder an mich, bevor ich mir den Kiefer ausrenken konnte, weil mein Mund so weit offen stand. »Das Gleiche gilt für dich, Herzchen.«

»Wie deprimierend.« Ich versuchte ein Lächeln, gluckste sogar ein kleines bisschen, in der Hoffnung, damit die Stimmung zu heben. Vergebens.

»Ich sag euch jetzt mal was. Du, Madita, musst deine Strohhalme selbst in die Caprisonnen stecken, und du, Lotta, wirst dich endlich ansehen müssen.« Lunas Worte klangen so trocken. »Es gibt unsichtbare Fäden, die euch mit anderen verbinden. Ihr braucht nur an ihnen zu zupfen, und die entsprechenden Seelen finden euch.« Das Mädchen verschränkte die Arme vor der Brust.

»Großartig«, murrte Lotta und schlug sich mit den flachen Händen auf die Oberschenkel. »Vielen Dank für nichts, wir gehen jetzt. Komm, Madita, beweg deinen Arsch. Das hier ist Zeitverschwendung.«

»Das macht hundert Mäuse.« Luna streckte ihre kleine Hand aus.

Ich war es, die das Portemonnaie öffnete, während Lotta noch um Fassung rang.

»Du brennst doch. Das zahl ich nicht.«

»Für jeden von euch.« Luna zog die Beine unter den Po und ließ die beringten Finger auffordernd wackeln. Der Nachthimmel an der Zimmerdecke strahlte plötzlich heller, es blitzte. Der Hamster in seinem Käfig hing an den Gitterstäben seines Käfigs wie ein armer Verdammter des siebten Höllenkreises und beschwor mich geradezu aus seinen schwarzen Knopfaugen, dem Mädchen bloß ihre Kohle zu geben. Auf Lunas Gesicht zeigte sich so etwas wie ein Lächeln, während ich über die Möglichkeit sinnierte, dass es sich bei dem Nagetier um einen nicht zahlungswilligen Klienten handeln könnte.

»Ich fasse es nicht«, motzte Lotta auf dem Weg nach draußen. »Wir haben uns gerade von einem Kind abzocken lassen.«

»Ich für meinen Teil wollte nicht als Hamster enden«, hauchte ich und nahm immer zwei Stufen auf einmal nach unten. Meine Schuhe waren spürbar geschrumpft, und ich verfluchte die mysteriösen Haken an den Wänden, an denen ich sie während unserer Weissagung gelagert hatte. Gänsehaut kroch über meine Arme, während mir gleichzeitig Schweiß den Nacken hinunterlief.

Die Erinnerungen an Hamster, Sand und das Vergessen von Seelenwegen lässt mich erst los, als Laura-Sophie ihre Hand auf meine Schulter legt und mich anspricht.

»Stimmt etwas nicht mit Emma?«, fragt sie mich besorgt, weil ich das kleine Mädchen so angestrengt beäuge.

»Doch, sie ist perfekt.« Ich lache nervös. »Ihre Reflexe sind gut ausgeprägt, und alles sieht bestens aus.«

»Gott sei Dank, dann können wir ja nun zum unangenehmen Teil kommen«, leitet Laura-Sophie ein, nimmt die kleine Emma auf und übergibt sie in die Arme des Papas, dessen Miene sofort weich wird. Das Baby sacht wiegend schreitet er im Zimmer umher, vermutlich heilfroh, dass er seine Aufmerksamkeit von mir weglenken kann.

»Ich fürchte, ich habe ein klitzekleines Stillproblem«, sagt Laura-Sophie und öffnete ohne große Umschweife ihre Bluse. »Im Krankenhaus hat noch alles super geklappt, aber jetzt …«

Ich inspiziere ihre Brüste, die optisch vage an grobe Mettwurst erinnern, was mir selbst sofort wehtut. Die Warzenvorhöfe sind während der Schwangerschaft deutlicher pigmentiert, damit das Baby, das als Erstes hell und dunkel unterscheiden kann, den Weg zur Milch gut findet. Bei Laura-Sophie haben sich kleine Wunden gebildet. Jede Frau kennt vermutlich das Gefühl, wenn sich der Partner beim Sex etwas zu intensiv mit der Brust beschäftigt hat und daraufhin sogar der Wasserstrahl unter der Dusche schmerzt. Den Kerl kann man dann eine Weile auf Abstand halten, aber ein Baby? Die kleinen Vakuumsauger brauchen ihre Milch und kennen da kein Pardon.

»Das ist kein Problem, das bekommen wir in den Griff«, verspreche ich, krame in meiner Tasche nach Erster Hilfe und zaubere Salben, Gelpads und Stillhütchen hervor. Es ist schon toll, was für eine Produktinflation es in den letzten Jahren gegeben hat, um Stillprobleme zu lindern. Man kann sogar eine Softlasertherapie machen lassen, um wunde Brustwarzen zu heilen. Aber für Laura-Sophie genügt sicherlich, was ich mit mir herumtrage.

Wenig später ist sie glücklich, und für mich wird es Zeit zu gehen. In meinem Stiefel drückt es gewaltig, sodass ich ihn noch im Auto ausziehe und untersuche. Ein Zettel steckt darin:

Du wirst mit einem Seelenmenschen die Wolken berühren.

Ich wünschte, ich könnte Kryptisch, verstehe aber nur Bahnhof und werde langsam, aber sicher ganz schön sauer aufs Universum.

Begegnungen

Helga

»Ich hätt jetzt gern ein Stück Papier und einen Stift.« Jims Stimme ist leise, kurz vorm Murmeln, seine Hände ruhen nach wie vor auf meinen Armen; ich sehe zu ihm auf, weil er ein gutes Stück größer ist als ich. Er hat hellblaue Augen, in eines davon starre ich hinein, ins linke, weil es unmöglich ist, den Blick auf beide Augen zu fokussieren. Ich glaube, es ist sein Herzschlag, den ich spüre. Hastig und aufgeregt.

»Willst du mir deine Telefonnummer aufschreiben?«

Er schüttelt den Kopf. Räuspert sich. »Ich bleibe beim Smileymalen. Ich habe nämlich keine Ahnung, was ich am Telefon sagen sollte.« Sein Grinsen könnte genauso gut ein Ausdruck von Panik sein, und vielleicht hält er sich an meinen Armen fest, um sich selbst vom Davonlaufen abzuhalten. Oder mich.

»Wir müssen ja nicht reden«, erwidere ich, senke den Kopf, weil wir so dicht voreinander stehen, dass mein Nacken vom Raufschauen zu schmerzen beginnt. »Ich habe heute schon genug Mist von mir gegeben.«

Sein Atem dringt durch die Fasern meiner Mütze, als er mich zu sich heranzieht und seine Arme um mich legt. Ich verpasse den richtigen Moment, um mich zu fragen, ob er das darf, und lehne meinen Kopf gegen seine Brust, als gehöre sich das so. Lausche dem Wummern seines Herzens, das aus seinem Mantel dringt.

»Wollen wir also ein bisschen schweigen?«

Ich nicke, und wir bleiben stehen. Mir schießt die Frage durch den Sinn, was ich sagen würde, wenn jetzt das Küken auftauchte und uns quietschend begrüßte, bevor es sich mit begeisterter Neugier erkundigte, wer denn der hübsche Mann sei, in dessen Armen ich mich befinde.

Denken ist toxisch, denke ich und verscheuche Madita aus meinem Kopf.

»Du zitterst.«

»Mir ist kalt. Ich saß eine Dreiviertelstunde hier draußen auf der Treppe.«

»Zu dumm«, nuschelt es über meiner Mütze, und die Arme schließen sich enger um mich, »dass mir nichts Charmantes einfällt, mit dem ich dir ein bisschen Wärme versprechen könnte.« Zwei Atemzüge verstreichen. »Oben in meiner Wohnung.«

Mein Pulsschlag stolpert, ich schmunzle in die Aufschläge von Jims Mantel hinein. »Es muss nicht charmant sein, warm reicht.«

»Also … ich hab ein Kirschkernkissen.«

»Als Mann?«

»Wieso nicht?«

»Weil Kirschkernkissen zu den Dingen gehören, die normalerweise Frauen kaufen. Männer frieren nicht.« Ich spreche zu den Mantelknöpfen, weiß nicht, wohin ich meine eigenen Arme legen soll.

»Ach so?«

»Ja, oder hast du schon mal einen Mann mit einer Wolldecke und dicken Socken auf dem Sofa gesehen, Füße unterm Po und die Hände um einen heißen Becher gelegt?«

»Soll das ein Argument sein?«

»Nein, es ist eine Frage, und wenn du nicht innerhalb der

nächsten fünf Sekunden aus voller Überzeugung ›Ja!‹ schreist und mir drei Wolldecken-Männer nennst, habe ich gewonnen.«

Jim lacht, wobei sich nicht nur Wärme in mir ausbreitet, sondern Hitze. Gluthitze. Wie ein unterirdischer Strom zähflüssiges Magma, das unter der verkrusteten Erdoberfläche unvermutet vor sich hin brodelt.

»Na schön, das Kissen hat mir eine Freundin geschenkt, und ich benutze es nie.«

»Gut, ich nehme es.«

Jim lässt seine Arme sinken, und ich löse mich von ihm. Nebeneinander laufen wir zu dem Haus, in dem er wohnt, und er kramt einen Schlüssel aus der Tasche. Wir schweigen, bis wir die Treppen in den dritten Stock hinter uns gebracht haben und Jim seine Wohnungstür aufschließt.

»Herzlich willkommen nebenan, schöne Nachbarin.«

Vielleicht hätte *ich* jetzt gern einen Zettel und einen Stift, weil ich nicht weiß, was ich erwidern soll. Andererseits ist es Jims Part, Smileys zu malen und Sätze zu schreiben, wohingegen ich mich auf Gesten beschränke, die er missversteht. *Die Kluft zwischen uns …*

Während wir aus den Mänteln schlüpfen und Jim sie an eine Garderobe hängt, beäuge ich den Flur. Er ist klein, es stehen keine Schuhe herum, keine Taschen, keine Möbel. Nicht mal irgendwelches Durchgangszeug wie Altglas, Leergut oder Post, die aufs Wegsortieren wartet. Entweder ist Jim sehr ordentlich oder er hat meinen Besuch erwartet. Ein Gedanke, der an der Kruste meiner Erdoberfläche scharrt.

Von der Decke baumelt eine Lampe, die ebenso gut ein Tausend-Euro-Designerstück sein könnte wie zusammengebastelter Metallschrott: verschiedene mattglänzende Elemente, scharfkantig und spitz, wie willkürlich aneinandergeschweißt. Möglicherweise hat Jim eine Schwester, die ihm so was schenkt – er selbst wirkt nicht wie jemand, der sich eine Leuchte kauft, die man auch als Nahkampfwaffe verwenden könnte.

Zwei Türen gehen vom Flur ab; die links von mir müsste in jenes Arbeitszimmer führen, in dem der Schreibtisch unter dem Fenster steht, in das ich von meinem Wohnzimmer aus hineinsehen kann. Als Jim mich fragt, ob ich mich umschauen möchte, verneine ich. Sonst stelle ich am Ende noch fest, dass irgendetwas Absurdes auf seinem Schreibtisch liegt und er weder Architekt noch Kinderbuchillustrator ist, wie ich mir vorstelle. Vielleicht macht er etwas ganz anderes, wenn er in seinem Arbeitszimmer hantiert, und im Moment will ich nicht wissen, was es ist. *Was, wenn der Nachtvogel davonfliegt?*

Jim zuckt die Achseln, »Okay«, öffnet die andere Tür und führt mich in einen großen Raum, der Küche, Wohn- und Schlafzimmer in einem zu sein scheint. Jedenfalls gibt es eine Küchenzeile mit Spüle, Arbeitsfläche, Herd, Schränken und Kühlschrank und einen Couchtisch samt Sessel. An einer Wand hinter dem Tischchen steht neben einem Regal mit Büchern und Zeitschriften, einem Kaktus und einem Radio ein ausgeklapptes Schlafsofa, dessen Ausstattung – zwei Kopfkissen, eine Decke – den Pragmatismus des Schläfers verrät: Nichts ist glattgestrichen oder gar in Form gezogen; in die Decke kann man sich so hineinschrauben, wie Jim sich heute Morgen daraus hervorgedreht hat.

Offensichtlich ist er doch nicht so ordentlich, und es macht mir Spaß, ihm heimlich zwei Sterne zu schenken, weil er sich nicht hastig darum bemüht, das Bettzeug in eine höfliche Form zu ziehen. Überhaupt hat er leuchtende Himmelskörper verdient, mein Fensternachbar, schon allein weil er da ist und den Haufen Scheiße des bisherigen Tages auf seine merkwürdige Art beiseiteräumt. Und weil er *schöne Nachbarin* zu mir sagt.

Er bietet mir den Sessel an, bevor er in einem der Schränke kramt und sich kurz darauf mit einem Lächeln im Gesicht zu mir umwendet, ein blaues Kirschkernkissen in der Hand.

»Du hast es sogar griffbereit und nicht ganz unten in einer Kiste, die irgendwo in einer unzugänglichen Ecke verstaubt?«

»Nee, denn die ist voll mit meiner Wolldecke.« Jim grinst, öffnet die Herdklappe und steckt das Kissen hinein. »Und mit meinen dicken Socken.«

»Ach was.« Das nächste Klümpchen Erdkruste löst sich, und allmählich gewöhne ich mich an die Geschwindigkeit meines Herzschlags. Ich lehne mich zurück, unter mir knatscht das Leder des Sessels. Ein Bild über der Schlafcouch fällt mir auf, quadratisch, kopfkissengroß und realistisch wie eine Fotografie, aber zu unnatürlich, um nicht gemalt zu sein. Es zeigt eine Graslandschaft in düsteren Grüntönen, beleuchtet von einer hinter Dunst verborgenen grellen Sonne, inszeniert in der Silhouette eines im Profil gesenkten Kopfes, in dessen angedeutete Schultern sich ein grüner See ergießt. Ich überlege, ob mir das Motiv gefällt, ob ich es tröstlich finde oder deprimierend, kann es jedoch nicht entscheiden.

Jim kommt um den Tisch herum, lässt sich auf das Schlafsofa sinken und äugt flüchtig zu mir, bevor er den Blick auf seine Hände heftet, die er in seinem Schoß zusammenknäult. »Mann, ich bin echt nicht gut in solchen Dingen.«

Was für Dinge meinst du?, könnte ich fragen und damit kokettierende Blödheit simulieren, um in Gang zu setzen, was ein Flirt werden könnte. Wobei das die Frage aufwürfe, ob ich flirten *möchte*. *Macht nix, lass uns einfach knutschen,* wäre zielführender, obwohl ich mir nicht sicher bin, ob es das ist, was mir vorschwebt. Woher soll ich denn wissen, was ich will? Die Erdkruste ist dick und muss den ganzen Planeten zusammenhalten.

Probier's doch einfach aus, höre ich meine Großmutter Gretus sagen. *Was du nicht versuchst, kannst du nicht beurteilen.* Damals war es um Wahlpflichtfächer in der Schule gegangen, zwischen denen ich mich nicht entscheiden konnte, doch wie so viele von Gretus' Weisheiten ist auch diese universell.

»Wenn man in allem gut sein müsste, um es tun zu dürfen, wäre es ganz schön still auf dieser Welt«, sage ich zu Jims Äußerung.

Er hört auf, seine Finger zu betrachten, und blickt mich an, ein bisschen ungläubig, ein bisschen dankbar und ... hungrig.

Zumindest glaube ich das; es ist schwer, in seiner Miene zu lesen, denn sie gleicht einem Eintopf, der die Reste der letzten acht Tage zu einem konsistenten Ganzen zu vereinen sucht. Nur dass es sich in Jims Fall um die Gefühle der vergangenen zehn Monate handelt. Ich bin versucht, ihm »anbraten und Käse drüber« zu raten.

»Eine stille Welt voller schöner Nachbarinnen«, nuschelt er und greift nach meiner Hand, mit zögerlichem Blick, aber entschlossen. Seine Widersprüchlichkeit raspelt an mir.

»Scheiß drauf«, sage ich, und wir stoßen mit den Knien gegeneinander, als wir gleichzeitig aufeinander zurutschen. Meine Eleganz ähnelt vermutlich meiner Fähigkeit in Einhornglück, als ich halb aufstehe, um zu Jim aufs Schlafsofa zu wechseln, während er seinen Arm um mich legt und mich an sich zieht. Statt in einer fließenden Bewegung zu ihm hinüberzugleiten, plumpse ich über die Lehne des Sessels auf den Boden, rumple beim Aufstehen mit dem Po gegen den Tisch.

Ich ziehe Fachpersonal vor, postuliert Glossberg in meinem Kopf, und ich habe es satt, dass ständig irgendjemandes Stimme durch meine Gedanken spukt. Bauernmentalität? Angsthase? Amme? Auf einmal kriege ich Lust auszuprobieren, was sich mit meiner sozialen Inkompetenz sonst noch so alles anrichten lässt.

Jim ist noch dabei, ein zerknirschtes Gesicht zu machen, als ich mich in die Höhe stemme und für einen Moment sein rechtes Auge fixiere. Nach Smileys und poetischen Sätzen darin suche, nach Vanillekipferl und Leerstellen. Im nächsten Augenblick klafft der Erdboden auseinander, und ich werfe mich vorwärts, kippe meinen Nachbarn, der mir seit Monaten signalisiert, dass er mich will, nach hinten und lande auf ihm. Noch bevor ich begreife, dass ich ihn küsse, entzündet seine Antwort weiße Blitze vor meinen Augen.

Unter mir zuckt Jims Körper, als wolle er ein Eigenleben ergreifen und sich gleichzeitig selbst ausbremsen. Seine Hände auf meinen Hüften fühlen sich heiß an und zittern.

»Du brauchst keine Angst zu haben«, flüstere ich, drücke meine Lippen erst unter Jims Ohr und dann in die Halsbeuge. Er zieht die Schultern nach oben und lacht schnaufend.

»Nicht – ich bin kitzelig.«

»Soll das ein Argument sein?« Mit meinen kalten Fingerspitzen schlüpfe ich unter seinen Pullover, streiche aufwärts, schiebe meinen Kopf hinterher. An seiner kleinen, harten Brustwarze teste ich, was Jim mit *kitzelig* meint.

Er stößt einen gequälten Laut aus, der Erbarmen wecken könnte, aber das Gegenteil bewirkt. Ich probiere weiter und finde mich im nächsten Atemzug auf dem Rücken wieder. Jim liegt schwer auf mir, seine Hände umklammern meine Handgelenke und drücken sie in den Stoff des Schlafsofas. Er keucht, als wäre er zweimal ins Erdgeschoss gerannt und wieder herauf, und sein Blick hat jede Nuance von Unglauben oder Dankbarkeit verloren, wirkt jetzt ein bisschen irre. Nur noch der Hunger pulsiert darin; aufregend blank.

»Greif zu«, will ich sagen, komme jedoch nicht dazu, mehr

zu formulieren als ein Geräusch, das nicht weniger gierig klingt und mich selbst überrascht. *Dass man dieses Gefühl im Laufe der Jahre so einfach vergessen kann,* denke ich noch, und dann endlich nichts mehr.

Funken explodieren, vor meinen Augen oder in meinem Inneren, ich weiß es nicht. Hände glühen auf meinem Gefrierfleischhintern und anderswo. Ich überlasse mich. Gewähre Jim Zugriff auf das letzte Stückchen Erdkruste, das er mühelos auseinandersprengt.

Irgendwann höre ich ihn irgendwas brüllen, laut, verzweifelt und erleichtert. Ich spüre, wie sich die Muskeln in seinem Körper schlagartig entspannen. Und kriege Angst, weil er jetzt nicht einfach verschwinden darf; es gibt doch nur noch Magma um mich herum, und wo soll ich hin mit mir, wenn er mich nicht rettet?

Mein Körper drängt sich an ihn mit einer Dringlichkeit, die mir im äußersten Zipfel meines Bewusstseins peinlich ist, und ich will Jim schlagen vor lauter Hilflosigkeit. Da spüre ich plötzlich seine Finger. Kräftig und punktgenau. Ein auffordernder Rhythmus, der mich verblüfft aufschreien lässt. Mehrfach, vielfach. Bis es mich aus den Angeln hebt.

Sekunden verstreichen. Die Blitze verlöschen, Ruhe stellt sich ein, Jims Hand verweilt auf mir, still jetzt. Über ihm ragt die Schlafcouch auf, und ich weiß nicht, wie mir geschehen ist.

»Liegen wir auf dem Fußboden?«, höre ich mich Atemzüge später fragen.

Er hebt den Kopf, blickt nach oben. »Sieht so aus.« Seine Augen glitzern, als wir uns ansehen. »Nachtvogel.«

»Jim.«

Seine Augenbrauen hüpfen aufwärts, mein Nachbar stemmt sich auf die Ellenbogen und mustert mich. »Jim?«

Ich setze zu einer Erwiderung an, bin selbst gespannt, wie ich ihm die Sache mit seinem Vornamen erkläre, als mich ein kokliger Geruch ablenkt und über uns ein Feuermelder losheult. Tatsächlich ziehen Rauchschwaden durch Jims Küchen-Wohnzimmer, und er springt auf und hastet zum Herd. »Scheiße, das Kirschkernkissen.«

Ich setze mich auf, blicke mich nach etwas um, mit dem sich der Alarm stoppen lässt, der in meinen Ohren kreischt, und entdecke in der Ecke einen Staubsauger. Als Jim sich zu mir umdreht, einen Ofenhandschuh über der rechten Hand und einen schwarz qualmenden Stoffsack zwischen den Fingern, stehe ich lang gestreckt auf seinem Sessel, um mit dem Saugrohr das Knöpfchen zu erreichen, das das Schrillen unterbricht. Ich bin splitterfasernackt, Schweiß trocknet auf meiner Haut; statt Eintopf gleicht Jims Miene jetzt einem Staatsbankett.

Grinsend schwenkt er die Leiche des Kirschkernkissens hin und her. »Sorry.«

Ich zucke die Achseln. »Macht nix, mir ist eh nicht mehr kalt.«

*

Man könnte meinen, dass er mich aufgewühlt hat, dieser merkwürdige Tag, der scheiße begann, bevor er in einem Festessen mündete. Gegen Abend fühlt er sich jedenfalls an, als sei eine ganze Woche vergangen. Ich rechne damit, dass ich müde ins Bett falle, dann jedoch schlaflos herumliege, die Decke anstarre, das Kissen hin- und herschiebe, dreimal aufstehe, um zur Toilette zu gehen, und einmal, um in der Küche einen *Eulenschatz* zu nippen. Oder im Wohnzimmer am Fenster, weil Lotta noch immer in Maditas Zimmer schläft und ich somit hinüberschauen könnte. Zu Jim. Ob er an seinem Schreibtisch sitzt?

Stattdessen schlafe ich tief und fest, träume nichts und erhole mich. Selbst Lovis wacht nicht ein einziges Mal auf in dieser Nacht – zum ersten Mal seit ihrer Geburt. Entsprechend prall sind meine Brüste am nächsten Morgen und spritzen los, noch bevor mein Baby andockt.

Ich komme mir komisch vor, während ich auf der Bettkante sitze und mein Kind stille, anders als sonst, als befände ich mich in einer Ferienwohnung und müsste mich erst einmal zurechtfinden: ein bisschen orientierungslos, gleichzeitig erwartungsvoll. Dann geht mir auf, was es ist.

»Deine Mama hat gute Laune«, sage ich zu Lovis, die sich redlich bemüht, den ihr entgegenströmenden überbordenden Milchfluss zu bewältigen. »Vor zehn Uhr.«

Unweigerlich wandern meine Gedanken zurück zu Jim, der gestern zum zweiten Mal unverhofft genau dann aufgetaucht ist, als ich vor meinem eigenen Haus verloren zu gehen drohte. Wie macht er das? Und wo sind die gewaltigen Gefühle hergekommen, denen er gestern ins Freie verhalf? Noch immer spüre ich ein leises Pochen in mir.

Bezeichnend für den gestrigen Tag finde ich jedenfalls, dass mein Handy klingelte, bevor wir ein Gespräch danach beginnen konnten, und das Küken mich fragte, ob ich zufällig auf dem Heimweg sei, Lovis verlange nach mir, und die abgepumpten Milchvorräte im Gefrierfach seien aufgebraucht. Das Gebrüll meiner Tochter, das sich durch das Telefon in mein Ohr schraubte, unterstrich die Dringlichkeit der Frage.

»Bin gleich da«, sagte ich, schlüpfte in meine Klamotten, von denen ich heute Morgen nicht mehr sagen kann, wann und wie ich sie gestern verlor, und ließ Jim mit einem auf die Wange gehauchten Kuss zurück. Ich habe keine Ahnung, wie es weitergehen wird mit uns, was es überhaupt ist – ein Probieren, ein Argument? Aber das kann ich später immer noch entscheiden; im Augenblick ist mir nach Frühstück.

Madita und Lotta sitzen schon am Esstisch, als ich mit Lovis auf dem Arm in die Küche komme, das Küken blättert in seinem Kalender, Lotta rupft das Weiße aus ihrem Brötchen und drückt es zu einem Klumpen zusammen, bevor sie es sich in den Mund steckt und mit zackigen Bewegungen zerkaut. Eine feindselige Art, Backwaren zu essen.

»Ui, voller Tag heute.« Ohne hinzusehen, greift Madita nach einem Löffel und versenkt ihn in der Schokocreme. »Da bin ich erst zum Abendessen zu Hause.« Ein gehäuftes Schokoladengebilde verschwindet in ihrem Mund, wo sie es mit der Zunge hin- und herschiebt, bis auch der letzte Geschmacksnerv zum Einsatz gekommen ist. »Ist das okay für dich, Lotta?« Sie schaut von ihrem Kalender auf und wirft einen Sorry-Blick über den Tisch.

Lotta zuckt die Achseln, beißt in ihr Brötchen, das ohne seine weiche Füllung splittert und kracht. »Klar. Wieso nicht?«

»Na ja, ich dachte …«

»Denken ist überbewertet, kleine Schwester, manchmal auch Glückssache, also zisch ab und kümmere dich um deine Muttis.«

Das Küken setzt zu einer Erwiderung an, schweigt dann aber, was ungewöhnlich ist. Bereits gestern war sie merkwürdig still, als ich ihr die ungehaltene Lovis abnahm. Ich entschuldigte mich für mein spätes Kommen und rechnete damit, dass Madita ihren kakaobraunen Blick in mich hineingießen würde, um nach einer kurzen Musterung zu bemerken: »Du hast ja ganz rosige Wangen, Helga, was ist los? Erzähl!« Ich wappnete mich für ein Unterhaken und den Abtransport ins Wohnzimmer, wo ich mit Tirilierstimme verhört werden würde, bis ich nicht umhinkonnte, umfassend zu gestehen: das Glossbergdesaster genauso wie die Ermordung des Kirschkernkissens und die Umstände, die dazu geführt haben. Madita riecht so was besser als jede Klatschreporterin und fördert stets alles zutage, was es aufzustöbern gilt.

Gestern jedoch erwiderte sie ein schlichtes »Macht nix« auf meine Entschuldigung, legte mir Lovis in den Arm und verabschiedete sich zu ihrem 17-Uhr-Termin, den sie von Monika übernommen hatte. Als ich Lotta fragte, wie das Shopping gewesen sei, winkte die bloß ab und brummte: »Du willst nicht wissen, wofür mein Schwesterherz ihr Geld ausgegeben hat«, und verschwand in Maditas Zimmer. Bis das Küken am Abend nach Hause kam, zur Tür hereinrumpelte und seine Tasche in die Ecke warf, hingen meine Lider bereits zu tief über den Augen, als dass es für mehr als eine Begrüßung gereicht hätte.

Als Madita nun aufspringt und sich einen zweiten Löffel Schokocreme in den Mund schiebt, bevor sie im Flur verschwindet, bedaure ich das. Gewiss, sie kann quasseln, dass einem das Hirn überläuft und man sich mit Ohrstöpseln und Gehörschutz in eine schallisolierte Geheimkammer in den Keller des Nordpols wünscht, aber trotzdem fehlt mir das Küken plötzlich, obwohl es nur ein paar Meter entfernt an der Garderobe steht und mit seinen Stiefeln kämpft. Wo sind sie hin, die gemeinsamen Stunden, die wir während meiner Schwangerschaft auf dem Sofa verbrachten? Madita Schokolade essend, ich, wenn sie es mir erlaubte, mit einem Kaffee in der Hand, andernfalls frische Obstschnitze kauend, ihre Finger knetend an meinen Füßen, jeweils genau die richtigen Punkte treffend, damit ich mich entspannte. Sie erzählte eine Menge, ich weniger, meistens hörte ich zu, wenn auch nicht immer. Aber immer tat es gut, das gemeinsame Innehalten. Seit Lovis da ist, fehlt uns die Ruhe, seit Silas ein und aus geht und nun gar nicht mehr kommt und seit ich arbeite, fehlt uns die Zeit.

»Arrivischerzi!«, ruft das Küken, eilt hinaus und wirft die Wohnungstür hinter sich zu. Ich zähle bis zwanzig, aber sie kommt nicht zurück, um etwas Vergessenes zu holen.

»Du, sag mal, kannst du mich mitnehmen?« Lotta taucht neben mir auf, als ich eine Dreiviertelstunde später selbst im Flur stehe und mich bereit mache für die Termine, die ich heute Morgen erledigen muss. Inzwischen sind es zwei, die blöde am anderen Ende der Stadt wohnende Kuh, die sich gestern nicht gut genug für meinen Besuch fühlte, und eine neue Kundin, um die ich mich in Vertretung für Monika kümmere, weil die noch immer zu Hause sitzt und ihren kaputten Fuß beschimpft. Mindestens eine Woche Stillsitzen hat der Arzt ihrem verstauchten Knöchel verordnet, an die sich Monika tatsächlich hält, nachdem ihr der Doktor die Andernfalls-Konsequenzen in blutrünstigen Farben ausgemalt hat.

»Wo soll ich dich denn absetzen?«, erkundige ich mich bei Lotta. »Willst du noch mal allein in die Stadt?«

Maditas Schwester schüttelt den Kopf, die schlichten, aber vermutlich teuren Ohrringe klimpern über dem Rollkragen des fein gestrickten Wollpullovers, den Lotta über einer Bluejeans mit ausgestellten Hosenbeinen trägt. Alles an ihr sitzt und ist stimmig und das Make-up so dezent, dass es nicht auffällt – falls Lotta überhaupt welches aufgelegt hat. Keine Frage, Maditas Schwester beherrscht weibliche Effektkunst.

»Nein, ich muss bloß mal raus.« Sie angelt ihren Mantel vom Haken, und mir liegt die Frage im Mund, ob ein Spaziergang nicht zweckmäßiger wäre, als mit mir im Auto herumzufahren. Doch ich ahne, dass es Lotta nicht um frische Luft geht – auch wenn sie jene typische Lässigkeit zur Schau trägt, mit der sich vor allem vermeintliche Alleskönner und Powerfrauen selbst belügen. Ich habe zu viele Selbstbewusste unter der Geburt ihrer Kinder schreien, heulen oder kotzen sehen, zu viele Hochglanzväter im Angesicht von Fruchtwasser, Blut und Nachgeburt wimmern hören und zu viele Schüchterne, Verklemmte und ewig Erfolglose erleben dürfen, die über sich und ihr Selbstbild hinauswuchsen, als dass mich die Hülle, in der Lotta sich zu präsentieren pflegt, beeindrucken könnte. Allein ihre Art, Brötchen zu zerstören, entlarvt sie. Und wenn man genau hinschaut, sieht man auch das Flackern in ihrem Blick.

Ich greife nach dem Babysitz, in dem ich Lovis bereits festgeschnallt habe, und hänge mir meine Hebammentasche um. »Gut, fahr mit. Ich habe zwei Termine, danach können wir zusammen mittagessen, wenn du willst.«

»Nice.« Lotta lächelt geschäftsmäßig, beißt sich aber gleich darauf auf die Lippen, als sei sie versucht mehr zu sagen, als sie möchte.

Ich lasse ihr ihren Kokon, denn wer bin ich, dass ich daran herumbohren sollte?

Schweigend schlängeln wir uns durch den Verkehr, Lovis gluckst auf der Rückbank in ihrem Sitz und brabbelt irgendwas vor sich hin, Maditas Schwester starrt aus dem Fenster. Während das Küken permanent an etwas herumknibbelt, wenn es aufgewühlt ist – Haarsträhnen, Fingernägel, Schokoladenbonbonpapier –, erstarrt ihre Schwester zu einer Regungslosen; ich habe das Gefühl, Lotta blinzelt nicht mal, und wundere mich, dass ihre Augen nicht längst tränen.

Als wir in die Straße einbiegen, in der die blöde am anderen Ende der Stadt wohnende Kuh lebt, ist Lovis eingeschlafen.

»Kann ich sie bei dir lassen?«, frage ich, nachdem ich eingeparkt habe.

»Hm«, macht Lotta, was vieles bedeuten kann, sodass ich

mich entschließe, ihr Geräusch aus praktischen Gründen als Zustimmung zu deuten. Auch wenn ich vermute, dass der Inhalt meiner Frage nicht bis zur Küken-Schwester durchgedrungen ist und ihre Antwort wohl identisch ausgefallen wäre, hätte ich sie gefragt, ob sie mir mal eben mit einem Hunderter aushelfen könnte.

Wird schon schiefgehen, denke ich, während ich auf den Eingang des Mehrfamilienhauses zueile, *was soll schon passieren?* Bevor ich die Haustür erreiche, hupt mein Handy und meldet eine SMS, und ich freue mich, als ich eine Nachricht von Vicky finde:

Big Thanx an euren Polizisten. Er hat ne Tante vom JuAmt geschickt, die will meinen Vaterarsch zum Schirmherrn von so nem Projekt machen. Fühlt sich jetzt mega geschmeichelt und macht auf Vorzeige-Erzeuger. Wer's glaubt, aber immerhin benimmt er sich. ☺

Was immer das im Detail bedeutet – Silas bekommt einen Stein in meinem Brett. Ich verstaue das Telefon in meiner Tasche und klingle an der Haustür.

»Ich habe gestern den ganzen Tag durchgeheult und wollte niemanden sehen«, eröffnet mir Caro, kaum dass ich im Hausflur stehe. »Aber heute geht es wieder.«

Während ich ihr ins Schlafzimmer folge, wo der neugeborene Ludwig in einem Stubenwagen döst, erkläre ich ihr, dass das normal ist. Die ersten Tage nach der Entbindung sind eine sensible Zeit und gleichen einem Zirkeltraining aus Euphorie und Erschöpfung, übergossen von einer satten Portion Hormonhaushalt, der etwa zwei Wochen nach der Geburt zusätzlich mit der Renovierung beginnt.

»Das ist der Babyblues und hat nichts mit Wochenbettdepressionen zu tun«, sage ich, weil Caro eine Heidenangst davor hat, ein pathologischer Fall zu werden. »Die bekommen nur etwa zehn bis fünfzehn Prozent aller Frauen, Heultage hingegen fast alle. Ruh dich aus und kuschle, so viel du kannst, mit deinem Baby, dann wird das schon wieder.«

Mein eigenes Stoffwechseldrama dauerte drei Tage, erinnere ich mich, und Madita futterte während dieser Zeit eine Packung Eis pro Tag, weil meine hormonellen Tränen ihre Kakaoseele so sehr berührten, dass sie unentwegt mitheulte. Und gegen so was hilft im Küken-Universum eben Stracciatella en masse.

Nachdem ich Caro bezüglich ihres Gefühlslebens beruhigt habe, begutachte ich den Kopfgneis, der sich auf Ludwigs Schädeldecke gebildet hat, und empfehle Caro, das Köpfchen ganz normal mit warmem Wasser zu waschen und ansonsten nichts zu tun.

»Auch das ist eine Folge deiner Hormonumstellung; Ludwigs Talgdrüsen produzieren momentan zu viel Fett, aber in ein paar Monaten ist das vorbei.«

»Micha wollte das Zeug schon abrubbeln, weil er es hässlich findet«, murmelt Caro, während sie ihren Säugling betrachtet, wie nur eine Mutter es kann.

»Sag deinem Mann, Finger weg, wenn er nicht will, dass sich da was entzündet. Ansonsten komme ich her und rubble weg, was mir an *ihm* nicht gefällt.«

Caro wirft mir einen unsicheren Blick zu und fragt sich vermutlich, ob ich scherze, was ich tatsächlich äußerst selten tue, da die meisten Menschen unter Humor etwas anderes verstehen als ich. Also lächle ich sie an und sage: »Das wird schon.«

Die restliche Kontrolle ist rasch erledigt, und nach dreißig Minuten verabschiede ich mich. Als ich zu meinem Auto zurückkehre, werfe ich erst einen Blick durch das Fenster auf der Fahrerseite, bevor ich die Tür öffne. Beide leben noch, Lotta und Lovis, die aufgewacht ist und an ihrem Fäustchen nuckelt. Na dann.

Ich drücke den Griff und ziehe, doch es passiert nichts. Das Auto ist verschlossen. Ich klopfe gegen die Scheibe, weil ich den Schlüssel im Zündschloss habe stecken lassen, und Maditas Schwester zuckt zusammen, ehe sie zu mir herumfährt und hektisch die Verriegelung löst.

Ich hebe die Augenbrauen, während ich einsteige und den Motor anlasse. »Alles in Ordnung?«

»Hm … klar. Ich …« Es dauert nur Sekunden, bis sich eine trotzige Miene über das Flackern in Lottas Gesicht schiebt. »Hab mal gelesen, dass es Leute gibt, die Babys von Rücksitzen klauen, wenn man nicht aufpasst. Und bis ich von hier vorn ums Auto gelaufen wär, wären die doch längst weg.«

»Klar.« Ich rolle aus der Parklücke. »Danke für deine Umsicht.«

Wieder lassen wir die Straßenzüge der Stadt, Gebäude und Gegenverkehr schweigend an uns vorüberziehen, während ich die nächste Adresse ansteuere, Monikas Vertretungstermin, der uns in ein Stadtviertel führt, in dem ich selten unterwegs bin, weil es sich im Einzugsgebiet des *Ostara* befindet. Ob es der inzwischen hell leuchtende Nachthimmel unserer Google-Sternchen ist, der die Kundin zum ferner gelegenen *Storchennest* leitete?

Ich steige aus, öffne die hintere Tür und beuge mich zu Lovis hinein, um sie abzuschnallen.

»Du kannst sie ruhig wieder hierlassen«, sagt Lotta vorn. »Dann hast du beide Hände frei.«

Ich zögere. Ein waches Baby ist etwas anderes als ein schlafendes und Lotta bekanntermaßen eine Anhängerin der Kann-man-die-auch-erst-kriegen-wenn-sie-stubenrein-sind-und-sich-ihr-Essen-selbst-machen?-Fraktion. Andererseits hat sie ein intuitives Händchen für Lovis und will nicht allein sein. Das ist offensichtlich, und wenn Maditas Schwester nach der Gesellschaft eines Säuglings fragt, obwohl sie mit »Windelbombern« wenig anfangen kann, muss es dringend sein.

Ich drücke meiner Tochter also ein Küsschen auf beide Wangen und eins auf die Stirn und flüstere: »Bis gleich, mein Sternchen.« Dann rieche ich schnell noch mal an dem Viereck unter ihrem Ohr. Sie verzieht ihr Miench zu einem Engelsgesicht und gluckst. *Nicht – ich bin kitzelig.*

Ein Anflug von Hitze wärmt mich von innen, während ich die Autotür zuwerfe und die Straße überquere. »Kitzelig«, murmle ich. »So, so.«

Das breite Lächeln, das von mir Besitz ergreift, schmückt noch mein Gesicht, als ich bei Monique Pfeiffer läute und sie mir öffnet. Verpufft jedoch rasch, nachdem wir Platz genommen haben und sie zu erzählen beginnt. Obwohl Monika mich gewarnt hat, dass es ein anspruchsvollerer Termin werden könnte, kann ich nicht verhindern, dass Moniques Worte Schubladen und Türen in mir öffnen, deren Inhalt ich mit Lovis' Geburt überwunden zu haben gehofft hatte.

Wir sitzen in einem winzigen Wintergarten, der über zwei Holzstufen in einen Garten hinabführt, der zwar nur handtuchgroß, doch mit einem abgedeckten Sandkasten, Vogelhaus und wetterfester Kinderwerkbank ausgestattet ist. Ich runzle die Stirn, während Monique mir von den vergangenen sechs Jahren erzählt, seit denen sie versucht, von ihrem Partner Timo schwanger zu werden. Der Deckel der Buddelkiste sieht aus, als läge er mindestens ebenso lang dort draußen; die Werkbank trotzt Wind und Wetter ungenutzt.

Monique schildert die Monate des Probierens, Wartens, Bangens, die jedes Mal in neue Enttäuschung mündeten, die Nachfragen der Eltern und Kolleginnen, die anschwellende Verzweiflung, den Frust, der parallel zu den Bäuchen der Freundinnen wuchs, deren Kinderwünsche sich reihum erfüllten. Freundschaften, die den mitleidigen Blicken glücklich gewordener Mütter nicht standhielten; Menschen, zu denen Monique den Kontakt verlor. Schließlich die Untersuchungen und Tests, das Gefühl, minderwertig zu sein, weil der eigene Körper sich weigert, das zu tun, was allen anderen scheinbar spielend gelingt.

Ich kenne den Spott des Stück Papiers in der eigenen Hand, das behauptet, dass alles in Ordnung sei.

Monique ist schmal und trägt eine ähnliche Frisur wie Lotta. Dass sie sich die kinnlangen Strähnen beständig hinter die Ohren zu schieben versucht, verrät mir, dass ihr Haar vor kurzem noch länger gewesen ist. Sie haucht mehr, als dass sie spricht, und mit der rechten Hand knibbelt sie am Rand des linken Daumennagels herum, der wund und verkrustet aussieht.

»Wir haben zwei Spermiogramme erstellen lassen«, flüstert sie. »Ich kann dir erklären, was Spermatozoen-Antikörper sind oder eine Asthenozoospermie, Timo hatte als Kind weder Mumps noch eine Hodentorsion, meine Schilddrüsenwerte sind in Ordnung, ebenso der Hormonspiegel vom Gelbkörperhormon, und eine Hyperandrogenämie habe ich auch nicht.« Monique ist es gelungen, ein Stück intakter Haut von ihrem entzündeten Daumen zu lösen, und reißt nun daran herum. Ich verfluche die Spiegelneuronen in meinem Hirn, die mir lebhaft ausmalen, wie weh das tut. »Künstliche Befruchtung hat nicht funktioniert, und nun ist das Geld leer. Seit einem halben Jahr leben Timo und ich in getrennten Wohnungen, verabreden uns und gehen aus, damit wir mehr Lust aufeinander haben.« Monique lutscht einen Tropfen Blut von ihrem Finger, bevor sie sagt: »Daran liegt es aber auch nicht. Und nun hat mir die Psychotherapeutin, auf deren Warteliste ich stehe, dazu geraten, mich an eine Hebamme zu wenden.«

»Das spricht für sie«, erwidere ich. »Denn die meisten Menschen wissen gar nicht, dass unser Tätigkeitsbereich bereits vor einer Schwangerschaft beginnen kann und ein Kinderwunsch ausreicht, um sich betreuen zu lassen.«

Monique reagiert nicht, sondern konzentriert sich voll und ganz darauf, eine neue Schmerzquelle an ihrem malträtierten Daumen zu finden.

»Wenn du möchtest, machen wir einen Betreuungsvertrag und sprechen das nächste Mal über die Möglichkeiten, die ich dir anbieten kann. Es gibt zum Beispiel eine Reihe von Entspannungsübungen, mit denen ich anfangen würde, wir schauen uns deine Ernährung an und löschen deinen Social-Media-Account.« Es überrascht mich nicht, dass Monique nach diesen Worten doch eine Regung zeigt; ihr Kopf ruckt nach oben. »Ich wette, du hast dir Unterstützung in diversen Foren und Gruppen gesucht, oder?«

Sie nickt, hält zum ersten Mal seit meinem Eintreffen ihre Finger still. »Ja. Dich versteht ja sonst nirgendwo eine. Alle meine Offline-Freundinnen sind inzwischen Mütter und denken, es sei ganz einfach, und man müsse bloß mal aufhören, sich selbst Stress zu machen. Ha!« Wut färbt Moniques Wangen rot, ihr Hauchen ist ein Zischen geworden.

Und immer bist du schuld. »Ich weiß.« Ich kenne die Blicke und das Augenrollen. Das Getuschel, wenn du dich abwendest. *Wenn die mal an was anderes denken würde, wäre sie längst schwanger.* »Und so eine Internetgemeinschaft kann tatsächlich dazu beitragen, dass du dich verstanden fühlst.« Monique nickt heftig, doch ich lasse sie nicht zu Wort kommen. »Gleichzeitig erhöht sie aber auch den Druck, wenn ihr Untersuchungsergebnisse vergleicht oder euch jeden Monat vom neu gemachten Ovulationstest berichtet und du dann diejenigen zählst, deren Namen aus der Chatliste verschwinden, weil es bei denen schließlich geklappt hat.« Moniques Miene verrät mir, wie scharf und tief sich jeder gelöschte Nickname in sie hineingebohrt hat.

»Okay«, flüstert sie. »Ich möchte betreut werden. Damit mein kleiner Zauberwichtel endlich zu mir findet.«

*

»Du siehst aus, als könntest du etwas Stärkeres vertragen als einen doppelten Espresso«, stellt Lotta fest, als wir später am Fenstertisch vom *Amore Belle* sitzen und Oméro unsere Bestellung aufgenommen hat.

»Schwieriger Termin«, sage ich, die Arme um Lovis geschlungen, weil ich sie nach dem Gespräch mit Monique einfach nicht loslassen kann. Mit der Wärme ihres Körpers und ihrem Duft verblassen die Erinnerungen, die mit jedem Wort von Monique hervorgequollen sind. Es ist vorbei, das Kind in meinen Armen hat stumpf werden lassen, was so lange scheuerte, bis ich die Wunde gar nicht mehr bemerkte, obwohl sie nach wie vor offen lag. Das wird mir gerade bewusst.

»Ich frage mich eh, wie du die ganzen Hormone aushältst, mit denen du ständig zu tun hast.« Lotta nickt in meine Richtung. »Und jetzt auch noch deine eigenen.«

»Man gewöhnt sich dran.«

Oméro bringt meinen Kaffee, ein Käsesandwich und für Lotta einen Salat mit Putenbruststreifen. Vielleicht als Kontrast oder aus Trotz zur ernährungsbewussten Hauptspeise hat sie einen Vanillemilchshake dazu bestellt, den sie durch den pinken Strohhalm schlürft, der aus einem Berg Sahne herausragt. Teilen sie also doch gleiches Genmaterial, Madita und ihre Schwester.

»Wie steht es denn mit deinen eigenen Hormonen?«, frage

ich, als Lotta das süße Getränk beiseiteschiebt und ein erstes Stück Fleisch aus ihrer Schüssel heraushackt.

Ich glaube schon, dass Lotta mich ignoriert, weil sie, ohne mich anzusehen, erst eine Gurkenscheibe und dann ein Tomatenstück aufspießt und mehr autoritär als lustvoll zerkaut – Lottas Art zu essen gleicht wirklich militärischer Kriegsführung –, aber schließlich antwortet sie doch.

»Die sind scheiße, und ich wäre sie gern los.«

Ich nippe an meinem Kaffee, lasse das Aroma in meine Nase strömen. Lottas Worte überraschen mich nicht.

»Ich will kein Kind, und ich kann das auch nicht«, fährt sie fort und malträtiert Salatblätter dabei. »Also, ich meine, Mutter sein. Das bin ich nicht, verstehst du?«

Ich nicke, obwohl Lotta mich weiterhin nicht anschaut. »Besser, als du denkst«, erwidere ich, was Maditas Schwester nicht hört, weil sie gleichzeitig knurrt: »Bloß meine Schwester will davon nichts wissen.« Sie schlägt einen Singsang an, der das Küken auf fiese Weise parodiert. »›Alles, was zählt, ist die Liebe.‹ – Boa, ich ertrag Maditas Glitzerkacke manchmal einfach nicht. Und dann wollte sie mir auch noch so einen beschissenen Strampler kaufen.«

Jetzt bin ich doch überrascht. Zwischen den Schwestern hängt mehr schief, als ich dachte, denn Lottas Wut ist kalt und schwarz.

»Du weißt, wie sie ist«, sage ich. Auch wenn das Küken genauso nervtötend wie liebenswert sein kann, habe ich das Gefühl, es in Schutz nehmen zu müssen.

»Ja sicher, das ist ja das Scheißproblem.« Mais spritzt aus Lottas Schale auf den Tisch, weil sie zu schwungvoll hineinsticht. Sie funkelt die Körner so böse an, dass es mich nicht wundern würde, wenn sie im nächsten Moment zu Popcorn zerplatzen. »Sie begreift einfach nicht, dass nicht jeder ein

Glücksbärchiherz besitzt, das dahinschmilzt, wenn man einen Minifurzer in den Armen hält. Ich meine, man muss doch nicht zwangsläufig Mutter werden, bloß weil man kann, oder?«

Ich lasse meine Tasse sinken. Der Espresso ist gut wie immer, perlt jedoch plötzlich zu bitter über meine Zunge, als Lottas Worte mich zurück zu Monique bringen.

Bevor ich ging, führte sie mich in einen Nebenraum mit pastellfarbenen Tapeten. Ein selbst genähtes Mobile hing über einer Wiege mit Tuchhimmel, und Stapel winziger Kleidung und etliches Spielzeug füllten bunte Regale. Für einen kurzen Moment musste ich mich am Türrahmen festhalten, während ich in das voll ausgestattete Kinderzimmer starrte, das auf einen Bewohner wartet, den es vielleicht nie geben wird.

»Siehst du, es ist alles bereit für meinen Zauberwichtel«, hatte Monique gehaucht, während ich mir die Arme rieb, weil Gänsehaut darüberkroch. »Ich wünsche ihn mir so sehr.«

Ich muss mich schütteln, um die Erinnerung abzustreifen. Mir gegenüber wirft Lotta ihre Gabel auf den Tisch und schiebt die halbvolle Schüssel von sich. »Holy Shit noch mal, wir leben im einundzwanzigsten Jahrhundert, da wird man ja wohl noch ficken dürfen, ohne sich gleich für die nächsten achtzehn Jahre für ’nen Vollzeitkackjob verpflichten zu müssen, bei dem man nicht mal Urlaub kriegt.« Jetzt hebt sie den Kopf und starrt mir zum ersten Mal an diesem Tag direkt ins Gesicht. Bohrt ihren flackernden Blick in mich hinein. »Wir sind acht Milliarden Menschen auf der Welt, die meisten davon bettelarm. Es wimmelt da draußen von Scheißarschlöchern, die Schiffe überfallen, Kriege anzetteln und Menschen töten. Männer vergewaltigen Frauen, in Burma bilden sie Kinder zu Soldaten aus, die auf ihre eigenen Familien schießen, und im Labor verpflanzen sie menschliche Gehirnzellen in Ratten – denkt Madita auch mal über so was nach?!

Oder darüber, dass der ganze Planet am Arsch ist, verdammt noch mal?«

Neben meinem Ohr schmatzt Lovis, die inzwischen über meiner Schulter liegt, sodass ich ihr Gesichtchen an meiner Wange spüre. Ich höre, was Lotta sagt, sehe beklemmende Bilder vor meinem inneren Auge auftauchen und ziehe der Menschheit sämtliche Sterne ab, die ihr jemals verliehen worden sind. Trinke den letzten Schluck Espresso, damit die Bitterkeit den schalen Geschmack übertüncht, der mir die Kehle hinaufkriecht.

Gleichzeitig sickert ein starkes Gefühl in mich hinein und verdichtet sich zur Gewissheit: Neben mir könnte die Welt einstürzen – solange meine Tochter da ist, wäre es mir egal. *Alles, was zählt, ist die Liebe,* hat das Küken zu seiner Schwester gesagt, und es stimmt. Die Liebe einer Mutter reicht tief, viel tiefer, als selbst Madita es sich vorstellen kann.

Doch nicht allen Müttern ist sie auf gleiche Weise gegeben.

»Es ist deine Entscheidung, Lotta«, sage ich, während ich meine Tasse abstelle und Lovis über das Köpfchen streiche. »Ich kenne eine Frau vom Beratungszentrum. Wenn du möchtest, vereinbare ich einen Termin für dich.«

La vie en rose

Madita

Der Tag beginnt mit Rosen. Nachdem es an der Tür geklingelt hat, betätige ich den Summer, der unten öffnet, und staune nicht schlecht, als eine Frau mit einem riesigen Strauß im Arm die Treppe hochkommt. Dreißig oder vierzig Schönheiten in Dunkelrot – ich liebe Rosen! Und spüre, wie mein Herzschlag plötzlich lospurzelt. Hat es also gewirkt, das unaufhörliche Zupfen an der unsichtbaren Verbindung zu Silas' Seelenband, von dem Madame Luna gesprochen hat? Erinnert er sich an die Versprechen, die sich unsere Seelen ganz bestimmt gegeben haben?

Ich fühle mich wie im Märchen, in dem der Prinz endlich begreift, für welche Prinzessin sein Herz schlägt, und die er dann mit aller Kraft zu erobern versucht. Vor lauter Freude, die in mir prickelt und mein Herz mit Bläschen des Glücks tränkt, taumle ich gegen den Türrahmen und muss mich abstützen, bevor ich der Botin die Blumen abnehme; mit dem breitesten Grinsen ever im Gesicht.

»Wahnsinn, Wahnsinn«, kichere ich – und höre weitere Schritte die Treppen heraufeilen. Mein Herz schlägt Purzelbäume, das muss Silas sein, der Prinz höchstpersönlich, der mich doch noch auf sein Pferdchen heben und mit mir davonreiten wird, um glücklich bis ans Lebensende mit mir Kakao zu trinken. Und ganz anderes zu tun natürlich …

Hitze schießt mir in die Wangen und anderswohin. Zum

Glück trage ich mein bestes Wollkleid, das meine Figur vorteilhaft in Szene setzt. Und meine Haare habe ich gestern auch erst frisch pastellrosa gefärbt, diesmal mit Lottas Hilfe, um die hellen Fliesen des Bades zu schützen und die Farbe optimal zu verteilen – auf meinem Kopf, nicht dem Boden. Und auch wenn sich Lotta dabei wortkarg gab – mein Haar leuchtet jetzt fast genauso wie meine glühenden Wangen. Gleich ist es so weit …

Ich bin noch dabei, den Bauch einzuziehen und meinen Herzschlag zu beruhigen, als zwei weitere Personen mit bestimmt jeweils fünfzig langstieligen Rosen im Arm unseren Treppenabsatz erreichen. Holla, die Waldfee, was für eine Bitte um Versöhnung! Von wegen beruhigen – mein Herz hört gar nicht mehr auf, Flickflacks zu schlagen, und ich bin selig.

»Guten Morgen, sind Sie Frau Sternberg?« Die junge Frau, die als Letzte oben ankommt, keucht noch, klingt aber euphorisiert, und ich will sie vor lauter Glück schon in meinen Arm ziehen, als sie eine Karte zückt und abliest: »Für dich soll es rote Rosen regnen, jeden Tag, jeden Moment.« Ich schmelze dahin, kiekse in aufsteigende Tränen hinein. »Du bist alles für mich …« O Mann, wie schön kann die Welt sein? »… liebste Lotta …«

What the hell?! Etwas in mir platzt wie eine Seifenblase, nur lauter, und die Tränen in meinen Augenwinkeln gefrieren augenblicklich zu Eis. Mit einem Krächzen in der Stimme brülle ich in die Wohnung nach meiner Schwester. Als sie neben mich tritt, ist sie nicht ganz so erfreut über die botanische Überraschung, wie ich es gerade noch gewesen bin. Ist das wirklich erst fünf Sekunden her? Ich fühle mich um Jahre älter.

Während ich auf meiner Unterlippe herumkaue und versuche, das enttäuschte Brennen in meinen Augen zu ignorieren, steht Lotta mit verschränkten Armen neben mir und bedenkt die Rosenboten mit so finsteren Blicken, wie nur meine Schwester sie abfeuern kann. Und vielleicht Helga. Wobei die, als sie mit Lovis auf dem Arm und Kaffee in der Hand hinter uns auftaucht, das Spektakel eher mit amüsierter Miene verfolgt. Wieso hat sie in letzter Zeit eigentlich so gute Laune? Mir jedenfalls ist nach Heulen zumute, und zwar so richtig.

Immer mehr blumenbepackte Leute tauchen auf dem Treppenabsatz auf, insgesamt sieben oder acht – vor lauter Blüten verliere ich den Überblick, und überhaupt ertrage ich ihren Anblick nicht und möchte mich übergeben. Lotta knurrt jeden Einzelnen an.

»Nehmt bloß das Grünzeug wieder mit – ich will es nicht haben!«

Aber ich! Bitte, warum kann die Lieferung nicht einfach mir gelten?

Ich überlege gerade, ob die Dornen einer Rose dazu ausreichen, um sich die Pulsadern ein bisschen aufzuritzen, als ein sehr repräsentativer und gut gebauter Mann die Stufen heraufstolziert. Er trägt einen stylischen Anzug und jongliert mit verschiedenen Pralinenschachteln.

Fehlen nur noch die Stehgeiger und Minnesänger, denke ich neidisch und stoße Lotta einen Ellenbogen in die Seite, weil sie den Kerl, bestimmt ihr Verlobter, anfunkelt, als sei er Räuber Hotzenplotz.

Noël setzt zu wahrscheinlich wunderschönen Worten an, die mir bereits ungesagt eine Gänsehaut über den Rücken jagen, bei meiner Schwester jedoch präventiv ein genervtes Augenrollen auslösen sowie ein gemurrtes: »Mann, was willst *du* denn hier?! Valentinstag war schon.«

Im nächsten Moment platzt Kemnich aus seiner Tür und lässt es sich nicht nehmen, sich über das Massenspektakel im Hausflur zu beschweren.

Während er Noël und gleich zwei der Lieferanten in eine Diskussion verwickelt, verschwindet Lotta in der Küche. Ich will ihr nacheilen, ein paar Takte mit ihr reden und ihr klarmachen, wie glücklich sie sich schätzen kann, einen solchen Mann erwischt zu haben. Ich meine, hallo, welcher Kerl beweist seine Liebe schon mit so großer Geste? Und wie herzlos muss man sein, um ihm nicht wenigstens zuzuhören, während man sich die Pralinen schmecken lässt?

Da ist Lotta schon zurück und schwingt Helgas Bratpfanne. Ups.

»Sieh zu, dass du Land gewinnst, Reedersohn«, ätzt sie ihrem Rosenkavalier entgegen. Er grinst breit.

»Hör mal, Babe«, setzt er an – und duckt sich beinahe zu spät –, in der nächsten Sekunde saust die Bratpfanne mit deutlich überhöhter Geschwindigkeit über seinen Kopf hinweg, und Kemnich stoppt abrupt sein Lamento. Die ersten Blumenboten schleichen sich davon.

»Zieh Leine.« Wie ein Dirigent seinen Stab lässt Lotta ihren Arm mit der Pfanne schwingen und treibt Noël damit rückwärts die Treppe hinunter. Er versucht mehrmals, einen Satz zu beginnen, doch sie würgt ihn mit barschen Worten ab.

Ich glotze immer noch fassungslos ins Treppenhaus, als meine Schwester mit grimmiger Miene zurückkommt, Kemnich am Arm packt und ihn hinter sich her in unsere Wohnung zieht. »Kommen Sie, ich lade Sie auf einen Schnaps ein.«

Helga merkt etwas an von anderen Umständen und dass sie auf gar keinen Fall Alkohol zulassen wird, was ich angesichts von Lottas Gemütszustand und der Pfanne in ihrer Hand mutig finde, doch ich warte ihre Antwort nicht ab. Das alles ist mir zu viel, und ich entziehe mich der Situation mit brennenden Augen und einem dicken, fetten Kloß im Magen. Zum Glück gibt es Termine, die auf mich warten.

Als ich auf die Straße trete, stolpere ich über eines der zahlreichen Rosenbuketts, die die Boten ringsum abgelegt haben und die in der frostigen Morgenluft wunderschön aussehen. Noël steht an einen Bentley gelehnt, tippt auf seinem Smartphone herum und macht einen lässigen Eindruck. Also, wenn man *mich* so hätte abblitzen lassen …

»Ähm, ich glaube nicht, dass Lotta noch mal runterkommt«, sage ich und muss daran denken, wie meine Schwester einst konsequent unseren Nachbarsjungen ignorierte, nachdem er aus Versehen auf ihr Barbiepferd getreten war und ein Bein abgebrochen hatte.

»Ich rede nie wieder mit dir, du blöder Arsch!«, hatte sie ihm hinterhergekeift. Und das zwei ganze Schuljahre lang durchgezogen. Dann war die Familie weggezogen.

»Meine Schwester ist hartnäckig.«

Noël blickt auf. Ein Lächeln spielt in seinen Mundwinkeln und verrät, dass er es gewohnt ist, grundsätzlich zweite Chancen zu bekommen. »Warten wir's ab.«

Unschlüssig, ob ich Mitleid mit ihm haben oder seine Selbstgewissheit bewundern soll, stiefele ich zu meinem Auto hinüber. Eigentlich lustig, ein Rosenkavalier in der Rosenstraße, trotzdem ist mir zum Heulen zumute.

Sämtliche Gäste des *Amore Belle* starren aus dem Fenster und freuen sich wie Bolle über den Anblick des vornehmen Mannes vor seinem rosenumrankten Luxuswagen und rätseln vermutlich, welchem Märchen er wohl entsprungen sein mag.

Warum eigentlich nie meinem?, denke ich, während ich mich hinters Lenkrad schiebe und zu meinem ersten Termin fahre: Melissa, eine Schwangere mit Nase-voll-Syndrom, deren Geburtstermin vor ein paar Tagen verstrichen ist und die keine Lust mehr aufs Brüten hat. Ihre beiden älteren Kids, drei und vier Jahre alt, machen es ihr aber auch nicht gerade leicht, sich zu entspannen. Nachdem die beiden Jungs mich keine weitere Silbe als »Wunderschönsten guten Morgen, ich bin …« haben sprechen lassen und sich dann an Melissas und meine Beine klammerten, plädierte ich dafür, sie doch einfach mal mit Biene Maja vor dem Fernseher zu parken. Was muss, das muss. Und außerdem lernt man was: mutig zu sein, Fragen zu stellen und anderen zu helfen. Willi zum Beispiel – egal wie oft Maja sich in brenzlige Situationen bringt, er bleibt an ihrer Seite, wie es sich gehört.

Jetzt bloß nicht an Märchenprinzen und Rosenkavaliere denken, denke ich und blinzle zweimal hektisch.

»Ganz ehrlich, ich mag nicht mehr«, jammert neben mir Melissa, als wir uns im Schlafzimmer niederlassen. »Es muss doch Mittel und Wege geben, um die Geburt einzuleiten.« Sie macht ein hoffnungsvolles Gesicht, aber ich bin, solange die Werte gut sind, ganz klar für die Kunst des Abwartens. Viele stellen sich das Einleiten einer Geburt wie ein kleines medizinisches Anstupsen vor, doch es ist viel mehr als das. Medikamente, Tabletten, Gel oder am Ende der Wehentropf setzen einen chemischen Prozess in Gang, der den Körper quasi überlisten soll. Künstlich herbeigeführte Wehen können aber sogar schmerzhafter sein und häufiger anrollen als die natürlichen, und Nachblutungen treten ebenfalls öfter auf. Dadurch, dass man in den Hormonhaushalt eingreift, kommt es eventuell sogar zu Komplikationen, die einen Kaiserschnitt nötig machen können. Natürlich ist das Einleiten trotzdem oft notwendig, und ab Tag zehn nach dem Termin rate auch ich meinen Frauen dazu, da ansonsten die Funktion der Plazenta nachzulassen droht.

Das alles erkläre ich Melissa, doch sie schüttelt den Kopf.

»Ich hab gelesen, dass jede zehnte Geburt Starthilfe bekommt, und in den USA ist das ja ganz normal, dass der errechnete Termin eingehalten wird. Da gibt es gar keine Diskussion«, versucht sie, sich eine Einleitung schönzureden, während ich hingebungsvoll ihr schmerzendes Becken massiere.

»Nun, ab dem Augenblick, in dem eingeleitet wird, musst du im Krankenhaus bleiben. Das wäre doch auch nicht so schön, oder?«, erinnere ich sie an ihre bereits vorhandenen Kinder. »Manchmal dauert es trotz der Medikamente ewig, bis es losgeht.«

»Mir recht, vielleicht bleibt mein Mann dann mal zu Hause und kümmert sich um die beiden Quälgeister.«

Aus dem Wohnzimmer dringen die Laute eines Zoffs um die Wolldecke, und etwas geht zu Boden. Vermutlich die Dose mit Dinkelkeksen, die Melissa den beiden hingestellt hat.

Ich schlage ein wenig mehr Bewegung vor. Aber nicht Treppen steigen, was manche Leute irrtümlich für wehenfördernd halten, sondern tanzen. Ich zeige Melissa YouTube-Videos von Schwangeren, die ihre Bäuche so richtig in Wallung bringen und sich quasi in die Eröffnungsphase grooven. Ziemlich esoterisch, aber wunderschön und megacool. »Bei der Bewegung zur Musik werden Glückshormone freigesetzt, die bestenfalls die Wehentätigkeit anregen«, erkläre ich. »Ganz ohne Chemie.«

Am Ende verspricht Melissa mir, es zu probieren, und ich lasse sie beruhigt mit ihren beiden mit Schokolade und Kekskrümeln verzierten, aber doch sehr liebenswürdigen Quengelkönigen allein.

Zurück im Auto wähle ich Lottas Nummer, um zu horchen, ob ich ihr auch einen Tanz für Glückshormone empfehlen muss. Es wäre doch zu schade um all die Rosen.

»Hey, wie sieht es aus an der Front?«, frage ich, als sie abnimmt. Ich stelle die Freisprechanlage an und manövriere meinen Fiat aus der engen Parklücke.

»Er sagt, er liebt mich. Ist das verrückt?«, höre ich Lotta murren.

»Eigentlich nicht sonderlich, man kann dich nur lieben«, weiß ich aus eigener Erfahrung. Auch wenn sie mir heute Nacht die Decke klaute und mich fast aus dem Bett warf. Und seit unserem Einkaufsbummel ganz allgemein die Mürrische gibt.

»Mag ja sein, aber wie soll ich dem denn noch vertrauen? Er sagt zwar, dass er das mit der anderen beendet hat – aber was sind schon Worte? Ich meine, vor ein paar Tagen hat er noch ein Arrangement zu dritt vorgeschlagen.«

Ich angle nach meinem Thermosbecher mit Notfallkakao und verbrenne mir die Lippen. Autsch!

»Taten zählen«, finde ich. »Und wenn du mich fragst, hat er die vorhin durch die Rosen sprechen lassen. Was doch irgendwie süß ist.«

Lotta lacht hart auf. »Ja, er hat einmal mehr meine Grenzen nicht gewahrt, das trifft es.«

Mein Fuß rutscht von der Kupplung, und der kleine Fiat macht einen Satz nach vorn. »Wieso? Das wünscht sich doch jedes Mädchen, Initiative und Kampfgeist?« Ich bin verwirrt, bremse als Nächstes für einen Radfahrer und muss einmal mehr an Silas und den Wunsch denken, dass *er* diese zuckersüße Aktion hätte starten sollen – für mich.

»Nö, Madita. So kannst du das echt nicht sehen. Ich habe ihn angefleht, er solle mir Raum geben, damit ich durchatmen kann. Tja, und nur weil *er* es nicht aushält, ignoriert er meinen Wunsch. Rosen hin, Pralinen her. Das ist Übergriffigkeit at it's best.«

Der Drachen bekämpfende Ritter vor meinem inneren Auge bekommt eine Bratpfanne gegen den Kopf und sieht Sterne.

»Ja, aber davon abgesehen war es süß«, beharre ich und kann Lottas Augenrollen fast spüren.

»Das finden die Frauen und Mädchen, die unten bei ihm vorbeikommen, auch.« Sie schnaubt. »Die sind ganz entzückt von den Rosen, die er verteilt. Und trotzdem ist es Lovebombing. Ein Arsch bleibt ein Arsch, egal mit wie viel Grünzeug er sich schmückt. Verstehst du nicht? Es geht nicht um eine respektvolle Beziehung, sondern rückt ihn in den Mittelpunkt. Ihn und seine Sicht der Dinge, *seine* Bedürfnisse.«

»Oh.«

»Ja, das fucked up.«

»Oh.«

»Helga ist übrigens ganz meiner Meinung: Das geht gar nicht, was der da abzieht.«

»So, so.« Nun, das überrascht mich jetzt nicht wirklich. Helgas Romantikgen ist nicht sonderlich ausgeprägt. Oder haben die beiden recht, und ich bin zu naiv?

Ich setze den Blinker, biege in die Tulpenstraße ab und muss abrupt bremsen, weil ich zu scharf eingeschlagen habe.

»Lotta, ich muss auflegen«, keuche ich, als sich heißer Kakao auf meinen Schoß ergießt. Der Tag kann nur noch besser werden, sehr schön.

Mit Verspätung komme ich irgendwann bei Samira an. Sie hatte mich angerufen, über Schwäche und Müdigkeit geklagt, weshalb ich vorsichtshalber ihre Zuckerwerte überprüfen will.

»Sorry, ich wurde aufgehalten«, erkläre ich, und sie schließt mich viel zu fest in ihre Arme. Im Grunde mag ich ja kuscheln, aber dass sie sich geradezu an mich klammert, überrumpelt mich nun doch ein wenig.

»Ui, du siehst aber nicht so gut aus, ich meine, du bist hübsch wie immer, aber auf eine grüne Weise«, plappere ich drauflos, als sie mich freigibt, und bekomme Sorge, dass ich mich vielleicht hätte beeilen und zuerst zu ihr anstatt zu Melissa hätte fahren sollen. »Geht es dir schlechter? Kopfschmerzen? Übelkeit?«

Sie winkt ab. »Geht, das ständige Pinkeln nervt, aber das ist es nicht, was mich gerade fertigmacht.« Sie nimmt meine Hand und zieht mich mit sich in Richtung Wohnzimmer, wo sie sich auf einen Sessel sinken lässt. Ihr Bauch mit den Zwillingen sieht riesig aus in dem Hemd, das sie trägt.

»Was für ein Albtraumtag das heute ist«, meint sie, und mit einem heftigen Nicken stimme ich ihr zu. »Ich hätte ihn verlieren können, einfach so. Meine schlimmsten Ängste hätten sich damit bewahrheitet. Ich bin fix und fertig.« Samira lehnt sich zurück, und mit jedem Atemzug hebt und senkt sich ihr Brustkorb hektischer. Ihre Stimme klingt kratzig, als sie erzählt: »Mein Matti hatte heute einen brenzligen Einsatz. Sie mussten eine Wohnung stürmen und sind in einen Hinterhalt geraten.«

Moment, was soll das heißen, brenzliger Einsatz? Etwa mit Silas zusammen?

»Oje, wann war das?«, hake ich nach.

»Vor ein paar Stunden. Matti hat mich gerade erst anrufen können und schreibt jetzt Protokolle.«

Ich lasse sie reden, auch wenn mich schaudern lässt, was sie mir ausmalt, bemühe mich, meinen Job zu tun. Während Samira spricht, öffne ich meine Tasche, greife ihre Hand und teste mit einem winzigen Tropfen Blut von einem ihrer Finger den Zuckerwert. Er ist definitiv erhöht, was auf eine Gestationsdiabetes hinweisen könnte.

»Wer sind ›sie‹?«, hake ich vorsichtig nach, als Samira eine Pause einlegt, und versuche, Ruhe auf die Schwangere auszustrahlen.

»Mein Schatz und Silas, sie sind gemeinsam in diese Wohnung gestürmt, wegen Gefahr im Verzug.«

Mein Schatz und SILAS! Da haben wir es. Augenblicklich

fühle ich mich genauso grün, wie Samira aussieht. Funktioniere nur noch auf Autopilot.

»Es gab wohl einen Tipp von einer Nachbarin oder Freundin oder so«, fährt sie fort, während ich versuche rauszufinden, ob das hier gerade wirklich passiert. »Es geht um diesen semiprofessionellen Drogenring, der sich hier gerade etabliert, so 'ne Gruppe von Typen, und einer hatte sich eben in dieser Wohnung versteckt. Und dann ...« Samira atmet tief ein, und ich lege ihr wie ferngesteuert die Blutdruckmanschette um. Mein eigener Puls pocht in meinem Kopf.

»Geht es den beiden gut?«

Samira zittert, und ich bebe gleich mal mit. »Silas ist auf den Balkon raus«, presst sie hervor, darum bemüht, einigermaßen ruhig zu sprechen, und ich spüre, wie meine Finger zu schwitzen beginnen. »Einen hatten sie im Bad gestellt, aber da draußen lauerte ein Zweiter, und der hat Silas überrascht und ...« Sie schluckt zweimal, bevor sie weiterspricht, und ich stelle das Atmen ein. »... und hat ihn einfach über die Brüstung geworfen.«

»Was?!« Mein Blutdruck jagt in die Höhe, erreicht bestimmt genauso Spitzenwerte wie Samiras, der bei 170/120 liegt. Warum hat diese dämliche Wahrsagerin das nicht vorhergesehen und mich wachgerüttelt, endlich mit Silas zu reden? Was, wenn unsere letzte Begegnung die letzte ...? *Du willst dich wirklich mit mir streiten, oder?* Seine Worte hallen in meinem Kopf nach, und mir wird schwindelig. *Du bist wie eine Prüfung für mich, verstehst du? Und ich hab das Gefühl, ich kann sie nicht bestehen.* O Gott, mein Silas, mein Herz.

»Ist er ...« Ich kann nicht weiterreden, das Wohnzimmer beginnt sich zu drehen. Mir gehen alle möglichen Szenarien durch den Kopf. Silas blutüberströmt auf Asphalt, aufgespießt auf einem Zaun, mit gebrochenem Hals im Vorgarten. Ahhh!

Alles, was zwischen uns war und hätte sein können, zieht vor meinem inneren Auge vorbei, höhlt mich aus. Kann gut sein, dass ich gleich auf den Teppich kotze.

»Er ist auf dem Weg ins Krankenhaus, Knochenbrüche vermutlich.« Undeutlich dringt Samiras Stimme zu mir durch. »Er hatte Glück im Unglück. War nur der erste Stock, aber es wurde sogar geschossen, das musst du dir mal vorstellen! Wie im Krimi, nur in echt.«

Ein abgehackter Laut entweicht meiner Lunge, der ein Schluchzen sein könnte. Silas ist nicht tot.

»Madita? Alles okay?«, höre ich Samira wie durch Watte sagen und hole wieder Luft.

»In welchem Krankenhaus ist er denn?«

»Sankt Marien.« Samiras nächster Gedanke lässt mich tatsächlich würgen. »Oh verdammt, ich muss sofort Giselle anrufen, sie wird außer sich sein.« Sie löst die Blutdruckmanschette und ächzt, als sie sich zu schnell bewegt. Schnaufend umklammert sie ihren Bauch und bleibt doch lieber sitzen, wedelt mit der Hand in Richtung Couchtisch, auf dem ihr Handy liegt. Ich gebe es ihr.

»Gerade jetzt, wo die beiden sich wieder so nahe sind«, haucht sie und entsperrt ihr Telefon.

»Nahe sind?«, hake ich benommen nach.

»Ja, es würde mich wundern, wenn da kein Happy End in Sicht ist.«

Ich habe das Gefühl, die letzte verbliebene Energie, die mich daran hindert, in Panik zu verfallen, fließt gemächlich aus mir heraus.

»Ich muss zugeben, ich kenne Silas nicht so gut, wie ich dachte«, meint Samira und wischt auf ihrem Handy herum. »Giselle sagt immer, er ist stumm wie ein Fisch, wenn es um sein Innenleben geht. Erst gestern habe ich erfahren, dass ihn seine Mutter mal eine Woche allein in der Wohnung zurückgelassen hat. Da war er fünf und hat das fast nicht überlebt. Ist das zu fassen? Was für eine Mutter tut so etwas?«

Ich schüttle den Kopf, weil ich nicht sprechen kann, wünschte, ich könnte behaupten, dass ich Silas besser kenne. Doch ich hatte keine Ahnung.

»Giselle ist es, der er seine Geheimnisse anvertraut hat. Und hätte sie ihn damals nicht so enttäuscht, wären sie lägst verheiratet.«

»Enttäuscht?« Ich höre mich an wie ein Reibeisen und fühle mich auch so. Jedes von Samiras Worten dringt wie ein Raspelsplitter in mein Herz.

»Ja, ein klitzekleiner Ausrutscher, als sie in Marseille war. Aber was sollte sie tun, es war Marseille. Und er war nicht da, weil er seine gewohnte Umgebung nicht verlassen wollte. Ich finde, da sind irgendwie beide schuld.«

»Oh.« Mein neues Lieblingswort, wie mir scheint.

»Ja, es ist nicht leicht, das Vertrauen eines schwertraumatisierten Menschen zurückzugewinnen«, meint Samira abschließend, bevor Giselle am anderen Ende abnimmt.

Ich blende aus, wie Samira noch einmal alles schildert, muss einfach wissen, wie es Silas geht. Meine Seele ist voll von ihm, und ich denke an sein verschmitztes Lachen, an die sturmumwölkten Augen, die Art, wie er den Kopf neigt, wenn er mich ansieht, und seinen Geruch. Jegliche Wut auf ihn, jeder Wunsch, ihn für sein Verhalten dann und wann empfindlich in der Obstabteilung zu treffen, verpufft. Plötzlich will ich nur noch bei ihm sein. Und das tut weh.

Samira beendet ihr Telefonat, stöhnt, stützt ihren Kopf in die Hände.

»Wieder schwindelig?«, vermute ich und besinne mich darauf, dass ich hier einen wichtigen Job zu erledigen habe.

Dass es in diesem Moment nicht um mich, sondern um eine Schwangere mit ernst zu nehmenden Problemen geht. »Gibt es in deiner Familie jemanden mit Diabetes Typ 2?« Ich zücke mein Handy, öffne die App, in der ich meine Patienteninformationen sammle, und finde einen Eintrag, bevor Samira antworten kann.

»Meine Tante, warum?«

Kurzerhand packe ich sie ein, damit ihr Frauenarzt vorsichtshalber einen blutzuckergestützten Suchtest durchführen und den Blutdruck in den Griff bekommen kann. Während der Fahrt gerät Samira in einen richtigen Redeschwall. Ich erfahre, dass Silas Giselle im Grunde durch sie und Matti kennenlernte. Und ich höre von allerlei romantischem Zeug in Giselles und Silas' Beziehung vor der großen Trennung. Zumindest malt Samira ausnahmslos in rosaroten Farben. Vermutlich nicht, um mich zu verletzen, sie hat ja keine Ahnung, was mich mit Silas verbindet, oder muss ich sagen *verband?* Als ich Samira absetze, fühle ich mich so wund, als hätte ich mich in Scherben gewälzt.

*

Eine Stunde später treffe ich im Krankenhaus ein und suche nach Silas. Am Empfang hat man mir verraten, er sei noch in der Notaufnahme, was zumindest bedeutet, dass er nicht sofort operiert werden musste. Ich verlaufe mich prompt in den vielen Gängen und lande schlussendlich mehr durch Zufall im Wartebereich der Röntgenabteilung, in dem ich Silas in einem Rollstuhl entdecke. Er trägt noch seine Uniform, die Jacke nur locker um die Schultern gelegt, den linken Arm notdürftig in einer Schlinge.

»Silas«, hauche ich, stehe ungelenk in meiner mit Kakao

besudelten Hose vor ihm. Ein ordentliches Veilchen ziert sein rechtes Auge.

»Fräulein Wunder.« Sein Lächeln, das langsam sein Gesicht erhellt, wirkt echt und warm. Bislang der beste Moment an diesem Tag. »Was machst du denn hier?«

»Ich habe von deinem Unfall gehört und musste wissen, dass du noch lebst.« Ich setze mich auf die Bank, neben der er geparkt wurde. Zwei Schwestern schieben eine alte Frau in einem Bett in den Röntgenraum, es poltert, als sie am Türrahmen anecken.

»Alles okay, das wird schon wieder.« Silas' Stimme hört sich rau an, und ich versinke für einen Moment in seinen grauen Augen, bevor er sie niederschlägt und meinem Blick ausweicht.

»Na hoffentlich. Und in Zukunft hätte ich es gern, wenn du mehr auf dich aufpasst. Ich meine, du hast doch gar keinen Flugschein oder so was, wie kommst du also dazu, einfach über eine Balkonbrüstung zu hüpfen?«

Verwunderung huscht über sein Gesicht, und ich reiße in knappen Worten an, von wem ich meine Informationen habe.

»Ja, die liebe Samira ist eine ganz schöne Quasselstrippe«, seufzt Silas. »War sie schon immer. Die kann einfach nichts für sich behalten. So gern ich sie habe, aber das nervt.«

»Wäre es dir lieber, wenn ich nichts von deinem Einsatz wüsste und nicht gekommen wäre?« Mit bangem Herzschlag forsche ich in seinem Blick.

Seine Stirn legt sich in Falten, und seine Finger reiben über die Nasenwurzel. »Nein, ich freu mich, dich zu sehen. Wir sind zuletzt so blöd auseinandergegangen. Das tat mir echt leid.«

»Mir auch.« Ich falte die Hände in meinem Schoß, versuche die Kakaoflecken zu bedecken. »Ich war wirklich zickig, aber es tat mir weh, dass keiner deiner Freunde von mir zu wissen schien. Als wäre ich …« Nichts. Ich kann es nicht aussprechen, und Silas' erneutes Seufzen an dieser Stelle macht es nicht einfacher.

»Ja, was Matti weiß, weiß Samira, und was Samira weiß, weiß jeder, und ich fand, die Sache mit uns beiden geht nur dich und mich etwas an. Nicht die ganze Welt. Ich wollte, dass das nur uns gehört.«

Worte, die sich jedes Mädchen wünscht.

»Und das hat nicht zufällig damit zu tun, dass du nicht wolltest, dass deine Ex davon erfährt? Von uns?«

»Wie kommst du denn auf so ein schmales Brett?« Silas wirkt erschrocken, vielleicht aber auch ertappt?

Ich zucke die Schultern, wie soll ich ihm das erklären, wenn er nicht von selbst draufkommt?

»Normalerweise redet man mit seinen Freunden über alles.« Ich zumindest.

Der altbekannte Schatten huscht über Silas' Züge. »Kennst du das Gefühl, inmitten von Menschen zu stehen und der Einzige zu sein, der wirklich etwas über dich weiß?«, fragt er mich plötzlich. »So war es bei mir schon immer. Ich bin in mir selbst, immer. Lausche den Geschichten, die sich die Leute in meinem Umfeld über mich erzählen, und denke, sie sprechen über eine andere Person. Oft liegen sie nur knapp neben der Wahrheit, manchmal sind es Märchen, die ich aber nicht richtigstelle. Ich weiß nicht einmal genau, warum nicht.« So reflektiert habe ich ihn noch nie erlebt.

»Das klingt einsam«, stelle ich bedrückt fest und greife seine Hand, streiche mit dem Daumen über seine Finger. Sie sind so warm.

»Tja.« Er blinzelt, sortiert sich wieder. »Wie geht es dir?«

»Super«, lüge ich und revidiere. »Nicht ganz so super.«

»Was ich dir noch unbedingt sagen will: Falls du schwanger

sein solltest, ich würde dich natürlich nicht im Stich lassen, das ist dir doch klar, oder? So jemand bin ich nicht.«

Mein Herz schlägt härter. Diese gewisse Distanz in seinen Worten verunsichert mich. Gleichzeitig durchbohrt mich der Blick seiner sturmgrauen Augen mit einer Intensität, die mich bewegt.

»Stimmt es, dass du keine Kinder willst?«, komme ich auf Giselles Aussage zurück, anstatt auf seine Worte zu reagieren.

»Ich weiß es einfach nicht.«

An dieser Stelle wünsche ich mir so sehr, dass er mir sagt, er sei sich zumindest sicher, dass er *mich* will. Aber er sagt nichts, sondern schaut mich nur traurig an.

»Es tut mir leid, dass das so mies mit uns gelaufen ist«, hört sich in meinen Ohren nach Abschied an, und mein Herz beginnt noch härter zu hämmern. Es übertönt beinahe die nahenden Schritte, die wie Gewehrsalven durch die Gänge knallen. Jemand auf High Heels hat es eilig.

»Mir auch«, bringe ich noch über die Lippen, bevor das Unheil in Person um die Ecke trippelt. Gott, Giselle ist aber auch eine Plage.

»Mauß!«, stößt sie aus und lässt eine Sporttasche vor den Rollstuhl plumpsen. Ihr Blick huscht gehetzt über mich, dann gibt sie Silas einen Kuss – mitten auf den Mund. Ich schaue weg, mein Unterleib sticht, als würde sich ein heißes Messer in meine Eingeweide bohren. Ich unterdrücke ein Stöhnen.

»Giselle, was soll das …«, beginnt Silas und wird unterbrochen.

»Ich bringe dir Wechselkleidung, Zahnbürste und alles, was du brauchst, falls du hierbleiben musst«, erklärt sie mit einem Augenaufschlag, der wahre Stürme entfacht. In mir. Und zwar mit Windstärke Armageddon.

»Wie …«

Die Tür zum Röntgenraum geht auf, die Schwestern von vorhin schieben das Bett mit der alten Frau heraus, und von drinnen ruft jemand Silas auf, während Giselle noch mit seinem Haustürschlüssel wedelt. Die Tatsache, dass sie einen hat und ich nicht, sagt schlussendlich alles. Giselle ist Silas' Notfallkontakt. Ich bin es nicht.

»Ich wünsche dir alles erdenklich Gute«, flüstere ich inmitten von aufkommender Unruhe, als eine Schwester sich den Rollstuhl schnappt, um ihn in den Röntgenraum zu schieben. Ich krümme mich, mache, dass ich wegkomme, damit ich nicht mit Giselle zurückbleiben muss, und eile auf die nächste Toilette. Als ich mich mit zitternden Knien sinken lasse, stelle ich fest, dass ich zu allem Überfluss gerade auch noch meine Periode bekommen habe. Und zwar so richtig. Natürlich habe ich die Menstruationstasse nicht dabei, wer rechnet denn auch mit so was? Ich stopfe mein Höschen mit Taschentüchern aus, damit das Rot nicht die Jeans tränkt, Kakaoflecken reichen völlig. Holy Shit! Ich möchte tot umfallen – wie viel Schmerz kann eine Frau an einem Tag eigentlich ertragen?

Den gesamten Weg zur Rosenstraße fahre ich wie auf Autopilot. Ich kann mich weder daran erinnern, wie ich den Motor startete, noch wie ich die Parklücke unweit des *Amore Belle* gefunden habe. Zu meinem Entsetzen steht der Rosenkavalier meiner Schwester immer noch da und verteilt sein Grünzeug an vorbeikommende Damen.

Noël entdeckt mich und kommt, bevor ich mich hinter den Telekommunikationskasten ducken kann, mit einem Colgate-Lächeln auf mich zu. »Hey, du.« Gezwungenermaßen bleibe ich stehen. »Du musst mir helfen, deine Schwester und ich, wir werden eine Familie sein …«

Ich weiche rückwärts, den Bürgersteig entlang, Autos rasen an uns vorbei, Besucher des Cafés eilen heran. Andere gehen.

»Liebe ist eine komplizierte Sache, das muss sie doch verstehen«, findet Noël. »Sie klopft leider nie im besten Moment und fragt, ob es gerade passt. Ich musste vieles erst mal sortieren und habe Fehler gemacht.«

»Ja, Liebe passiert einfach«, würge ich hervor, und mein Unterleib zieht sich zusammen, schmerzhaft. »Genauso verhält es sich übrigens auch mit Durchfall, passiert einfach.« Mann, wieso versucht er sich ausgerechnet bei mir zu erklären? »Sorry, ich muss weg.« Fluchtartig wechsle ich die Richtung, fort vom *Amore Belle* und meinem Zuhause.

»Warte mal!«

»Ich komme zu spät, ich komme viel zu spät«, zitiere ich das Kaninchen aus *Alice im Wunderland* und renne über die Straße, bloß weg von dem Typen. Dafür hab ich gerade echt keine Kapazität frei, vielmehr gehen mir Fragen in eigener Angelegenheit durch den Kopf: Vielleicht hätte ich das Gespräch mit Silas viel früher suchen sollen? Vielleicht hätte es noch etwas geändert? Oder hatte ich so oder so an dem Tag verloren, an dem Giselle zurückkam?

Ich presse meine Tasche an meine Brust, vermeide es, die Menschen anzusehen, die mir entgegenkommen. Alles ist grau, das Licht verschwindet hinter dicken Wolken. Als ich weiter vorne zufälligerweise eine meiner frischgebackenen Mütter erkenne, die die Hand zum Gruß hebt, fliehe ich auf den verwaisten Spielplatz, den Helga, weil er so trostlos ist, »lokalpolitisches Totalversagen« nennt. Im Winter ist hier nur wenig bis gar nichts los. Ich umrunde die Schaukel, die sich sacht im kalten Wind wiegt, und tauche unter der Rutsche hindurch in das winzige Bretterhaus. In der hintersten Ecke fange ich an zu heulen.

Der Schmerz zerreißt mich von innen nach außen. Ich habe Silas verloren und bin auch nicht schwanger. Erst jetzt wird mir klar, wie sehr ich mich darauf gefreut habe, Mutter zu werden. Die Erkenntnis, dass es nun doch nicht passiert, lässt heiße Tränen über mein Gesicht rinnen.

Ich weiß nicht, wie viel Zeit vergangen ist, seitdem ich im Häuschen hocke und leise vor mich hin weine. Irgendwann höre ich ein Geräusch, hebe den Blick und starre in ein kleines Gesicht, das von blauer Mütze und Schal gerahmt ist.

»O nein«, sagt die zerbrechliche Stimme eines etwa Dreijährigen. Entsetzt lässt er seinen Bagger sinken, mit dem er vermutlich hier drinnen spielen wollte. »Mädchen danz traurig«, stellt er ganz richtig fest.

Als sich seine großen blauen Augen plötzlich ebenfalls mit Tränen füllen und seine Unterlippe zu beben beginnt, wische ich mir hektisch übers Gesicht. Nur kurz schaut er sich hilfesuchend um, kommt dann aber langsam auf mich zu, mit einem mitfühlenden »Alles wieda dut«, was vermutlich seine Mama zu ihm sagt, wenn er sich wehgetan hat oder aus anderen Gründen weint.

»Alles in Ordnung«, beeile ich mich das Kind zu beruhigen. Leider kippt meine Stimme ins Weinerliche, und ich werde von einem Schluchzer geschüttelt. Großartig, jetzt traumatisiere ich auch noch Kleinkinder in ihrem eigenen Territorium.

Der mitfühlende Fratz tapst zur Tür des Holzhauses, dreht sich sichtlich erschüttert noch einmal um und ruft. »Da! Mädchen danz, danz traurig.«

Nun vergehe ich meinerseits vor Mitleid mit ihm, bevor mir bewusst wird, wie peinlich diese Situation vor einem Elternteil des Kindes werden könnte. Ich muss hier weg, schnell. Außerdem menstruiere ich noch immer und weiß nicht, wie lange die Taschentücher im Höschen das Schlimmste noch verhindern.

Viel zu schnell öffnen sich die Fensterläden zu meiner

Rechten, und ein Mann, der ein etwas schmächtigerer Bruder von Henry Cavill sein könnte, schaut herein. Mist. Jetzt haben wir den Salat.

»Nanu, wer ist denn da?«, fragt er, ähnlich mitfühlend wie der kleine Junge, der sich zurückgezogen hat. Gut, dass er entschieden hat, sich das Elend nicht weiter anzutun. Jetzt muss ich nur noch den Vater loswerden.

»Sie würden mir sehr entgegenkommen, wenn Sie wieder gehen«, versuche ich es möglichst gefasst und strecke mein Rückgrat ein wenig. Er schaut mich eine Weile an und reicht mir dann ein Taschentuch.

»Das geht leider nicht, ich bin Arzt und lebe nach dem hippokratischen Eid. Ich kann verletzte Menschen nicht einfach sich selbst überlassen und mir einen schönen Tag machen, großes Sorry.«

Ich lasse mich zurück in die Ecke sinken, Sand rieselt von oben auf mich herab, als der kleine Junge über mir zur Rutsche läuft. Mühsam blinzle ich zu dem Vater des Kindes auf und wundere mich über die Sanftheit, die er ausstrahlt.

»Aber Sie sind ein Kerl«, überlege ich laut und fürchte mich tatsächlich ein kleines bisschen, was dumm ist. Denn auch wenn es gerade so scheint, als würde diese Gattung ausschließlich Probleme machen, sind längst nicht alle gleich. Das ist sogar mir klar wie Kloßbrühe, obwohl ich mich zunehmend dumm fühle.

»Haben Sie etwas gegen Männer?« Er lehnt sich mit verschränkten Armen auf das Fensterbrett und legt den Kopf auf eine Weise schief, die mich fast lächeln lässt.

»Nichts, das hilft.« Ich beobachte, wie seine braunen Augen sich leicht verengen, bevor er seufzt und sagt: »Manchmal tut das Leben weh, ich kenn mich damit aus. Und vielleicht finden wir gemeinsam eine Lösung für das Problem.«

»Ich kenne die Lösung bereits«, seufze ich. »Vielleicht könnten Sie mich am Herzen oder Hirn operieren – so als Arzt?« Seine Mundwinkel heben sich zu einem sanften Lächeln. Insgeheim denke ich auch noch über Salzsäure nach. Allerdings würde ich es niemals übers Herz bringen, Giselle verschwinden zu lassen. Denn eigentlich kann ich es ihr nicht mal verübeln, dass sie um Silas kämpft und einfach die besseren Karten hat. That's life.

»Ich bin übrigens Robert«, informiert mich der Doktor im selben Moment, als der kleine Junge neben ihm am Fenster auftaucht und mit dem Finger zu mir zeigt.

»Warum Mädchen weint?«, will er wissen und wird mir als Levi vorgestellt. Er bekommt eine rosa Tupperdose mit Keksen und wackelt kurz darauf zu mir ins Häuschen, um mir welche anzubieten. So ein kleiner Schatz. Und als ich ihm daraufhin ein Lächeln schenken kann, geht bei ihm die Sonne auf.

»Levi ist ein sehr feinfühliges Kind«, erklärt Robert. »Das hat er von seiner Mama.«

»Ich wette, das ist nicht der einzige Genpool der Liebenswürdigkeit, aus dem er schöpft.« Buttersüß schmelzen die Kekse auf meiner Zunge, und im nächsten Augenblick versorgt mich Levi doch tatsächlich auch noch mit einer Caprisonne Orange. Vollkommen perplex hocke ich in meiner Ecke und wundere mich über diese Erste-Hilfe-Maßnahme. Die beiden scheint der Himmel zu schicken, also beginne ich zögerlich über mein Dilemma zu berichten. Über meine unglückliche Liebe und meinen Babywunsch, über den ich mir nicht einmal klar gewesen war. Und darüber, dass ich müde bin, so müde.

»Es scheint in dieser Welt unmöglich zu sein, die wahre Liebe zu finden. Diese Art, mit der man Kinder machen will«, spreche ich meine Gedanken aus, und Robert hört geduldig zu. Dann und wann rechne ich damit, dass ich ihn langweilen könnte, und er sagt: »Ach Madita, mach mal halblang.« Männer übertünchen emotionale Dramen um die Liebe ja oftmals mit einer fetten Schicht Testosteron. Doch Robert schenkt mir seine volle Aufmerksamkeit. Und Levi weitere Kekse.

»Vielleicht sollte man, um Kinder zu bekommen, eine Annonce aufgeben: *Suche Mann zum Kinderkriegen, ohne Romantik*«, zitiere ich, was Lotta mal sagte, als das Thema Familienplanung noch in weiter Zukunft lag, woraufhin sich Roberts Haltung verändert. Plötzlich wirkt er angespannt, während er beobachtet, wie ich mit dem Strohhalm der Caprisonne kämpfe.

»Es gibt sie, die große Liebe. Sogar mehrfach im Leben«, murmelt er, streckt seinen Arm zu mir herein und fischt mir die Trinktüte aus der Hand. Geschickt versenkt er den Strohhalm so mühelos wie meine Schwester.

»Was macht dich so sicher?«, will ich wissen und bekomme das Getränk zurück. Unschlüssig drehe ich es in den kalten Fingern, lege den Strohhalm an die Lippen und forsche im Gesicht des fremden Mannes, der sich so lieb um mich kümmert, als wäre er ein Engel auf Erden.

»Ich habe sie erlebt«, verrät er mir lächelnd, und ich überhöre den gewissen Unterton in seiner Stimme, weil Hoffnung in mir aufwallt wie die Wellen des Atlantiks, wenn ein Sturm über ihm tobt.

»Wirklich?«

»Ja.«

Mittlerweile rennt Levi mit einem kleinen Eimer draußen umher und sucht im Sand nach Steinen. Als Kind war alles so einfach – wann ist das Leben so schwer geworden?

»Du musst deine Mitte wiederfinden und glücklich sein. Und bevor du protestierst: Mir ist klar, dass es viel einfacher klingt, als es wirklich ist.«

Ich nehme einen süßen Schluck Caprisonne, der mich mit seinem Geschmack nach Gummibärchenfabrik herrlich erfrischt. »Ich bin eigentlich immer glücklich, selbst wenn ich es nicht bin«, behaupte ich und wundere mich selbst über diese Aussage.

Ein Lächeln zupft an Roberts Lippen, und wir plaudern eine ganze Weile über diese bestimmten Kleinigkeiten, die Glück bedeuten und so unfassbar viel Macht haben. An ihnen hält man sich fest, mit ihnen wächst man. Wie der Geruch nach Regen an einem Sommertag, das Schwärmen eines Vogelschwarms an einem strahlend blauen Himmel und das Gefühl von feuchtem Gras unter den Füßen. Das kann schon reichen, um Glück zuzulassen.

Und vielleicht braucht es manchmal nur jemanden zur rechten Zeit, der einem zuhört und den Strohhalm in die Trinktüte steckt, damit es wieder etwas heller wird am dunklen Horizont und man sich an alles erinnert, was gut ist und Herzschmerz lindert.

Kriegsführung

Helga

Frau Trassberg hat Glück, dass der schwerste Gegenstand, der sich auf ihrem Schreibtisch befindet, ihr Klemmbrett mit dem Fragebogen ist, den sie mit Rasiermessermiene ausfüllt. Denn mein Drang, nach einem Backstein zu greifen und ihn diesem Höhepunkt menschlicher Zumutung in Kaschmirpullover und Blackjeans an den Kopf zu werfen, ist übermächtig. Alternativ könnte ich sie mit ihrem gepunkteten Flugbegleiterinnen-Halstuch strangulieren. Um mich davon abzuhalten, schiebe ich meine Hände vorsichtshalber ins Tragetuch und streichle meiner schlafenden Tochter die Seiten.

»Sie wissen schon, dass Sie ergebnisoffen beraten müssen?«, knirsche ich, nachdem ich mir vorher auf die Lippe gebissen und geschluckt habe, was mir eigentlich auf der Zunge lag. Denn ich weiß nicht, ob Silas eine weitere Bombe für mich entschärfen wird, zumal Madita irgendwas davon sagte, dass das Bübchen einen Unfall hatte. Keine Ahnung, ob er überhaupt einsatzbereit ist. Ich hätte nachfragen sollen.

Lotta, die neben mir sitzt, ist verstummt, vor Minuten schon, und starrt auf ihre Hände. Tränen und Rotz laufen ihr Gesicht hinunter, tropfen auf ihren stylischen Hoodie, der mich mit einem Pink beeindruckt, gegen das Maditas Haarpracht blass wirkt. Ich hätte es nie gedacht, doch des Kükens unverwundbare Kapitäninschwester verzichtet darauf, die Spuren ihrer Verzweiflung wegzuwischen. Sie wehrt sich weder dagegen, ein Häufchen Elend zu sein, noch gegen Frau Trassbergs als Aufklärung getarnte Attacken.

»Dieses Gespräch *ist* ergebnisoffen«, behauptet die sogenannte Beraterin und schürzt die Lippen. Auf unvorteilhafte Art ist sie alterslos, könnte genauso Ende zwanzig sein wie Mitte vierzig. Eine Schaufensterpuppe ohne Lebenslinien im Gesicht. Sie sieht mich nicht an, während sie spricht, sondern fixiert Lotta, die den Kopf gesenkt hält. Als erwarte sie ein Fallbeil. »Aber ich muss sichergehen, dass Frau Sternberg begreift, um was es hier geht, und …«

»Frau Sternberg ist sich sehr bewusst, um was es hier geht.«

»Wenn Sie nicht aufhören, meine Arbeit zu unterbrechen, müssen Sie den Raum verlassen.«

»Und wenn *Sie* nicht aufhören, in Ihrer herablassenden Art auf Frau Sternberg einzureden, melde ich Sie der staatlichen Prüfbehörde.« Nun, das werde ich so oder so tun.

Frau Trassberg zuckt die Achseln. »Ich komme meiner gesetzlichen Verpflichtung nach und versuche, ungeborenes Leben zu schützen, Frau Fronau.« Nun wirft sie mir doch einen Blick zu, einen halben zumindest, mit zuckendem Augenlid. »*Ich* nehme meine Aufgabe ernst.«

Ihre Betonung schmeißt ein *Im Gegensatz zu Ihnen* hinterher, sodass ich überlege, in Ermangelung von Wurfgeschossen meine Tasche als Morgenstern zu gebrauchen; ich habe so einiges im Gepäck, das die Unverschämte zum Schweigen bringen könnte. Als sei mir das ungeborene Leben, das in Lotta wächst, egal. Ist es nicht, wie könnte es? Aber ich bin keine Richterin.

Wenn man sich zu viel mit dem beschäftigt, was hätte gewesen sein können, bleibt zu wenig für das, was ist, habe ich mal zum Küken gesagt. Dennoch wünschte ich in diesem Moment, Lotta und ich wären an einem anderen Tag hergekommen, hätten *SchutzEngel* gestern oder morgen aufgesucht, egal wann, Hauptsache, außerhalb der Dienstzeiten von Frau Trassberg.

»Wir haben total den Krankenstand gerade, und zwei Kolleginnen sind im Urlaub, hm.« Ich kenne Steffi, die das *SchutzEngel*-Büro leitet und die Termine des Vereins koordiniert, der *Beistand für Frauen in allen Lebenslagen* verspricht. Das *Storchennest* steht auf der Empfehlungsliste für Geburtshilfe, andersherum habe ich im Laufe der Zeit einige Frauen hierher verwiesen, wenn es darum ging, passende Unterstützungsangebote für Alleinerziehende im Wochenbett, für suchtkranke Mütter, für obdachlose Schwangere oder für eine nicht gemeldete Geflüchtete zu finden. Zweimal habe ich Frauen zu jenem Pflichttermin begleitet, der offiziell *Schwangerschaftskonfliktberatung* heißt und vorgeschrieben ist, wenn man in Deutschland eine Schwangerschaft straffrei abbrechen möchte. Beide Male fragten die Beraterinnen die persönliche Situation ab, klärten über Hilfsangebote und Unterstützungsmaßnahmen auf, erläuterten die verschiedenen Möglichkeiten des Schwangerschaftsabbruchs, spielten alle denkbaren Szenarios durch – mit und ohne Baby. Berücksichtigten dabei Wünsche und Vorstellungen der Betroffenen. Am Ende händigten sie den Frauen die nötige Beratungsbescheinigung aus und verabschiedeten sich ohne Ratschlag, Aufforderung oder Belehrung, dafür aber mit den besten Wünschen, ganz gleich, welche Entscheidung die Frauen schlussendlich treffen würden. Eine blieb bei ihrem Entschluss, die andere brachte dreißig Wochen später im Gebärzimmer des *Storchennests* ein Baby zur Welt. Tränen des Glücks liefen ihr über die Wangen, als sie es in den Armen hielt.

Lotta bleibt nicht mehr viel Zeit, bis die Frist abläuft, innerhalb derer sie sich gegen die Leibesfrucht in ihrer Gebärmutter entscheiden kann, und Steffi stöhnte, als ich nach einem kurzfristigen Beratungstermin fragte.

»Du ahnst nicht, was zurzeit los ist, als ob es nur noch Krisen gäbe. Puh. Aber warte, hier, wir haben eine neue Kollegin, Belinda Trassberg, die hätte noch ’nen Slot frei.«

Hätte, hätte. Hätte ich doch darauf bestanden, bei einer mir bekannten Beraterin vorzusprechen. Hätten Lotta und ich uns gleich nach der ersten Frage wieder verabschiedet, die uns entgegenschoss, kaum dass wir Platz genommen hatten. Wobei es streng genommen nicht mal eine Frage war, mit der Belinda Trassberg das Gefecht eröffnet hatte.

»Dann verraten Sie mir doch mal, wie das passieren konnte.« Vom ersten Augenblick an klang ihre Stimme vernichtend. Ich wette, wenn sie Weihnachtslieder singt, welkt ringsum das Tannengrün.

Lotta, mit der ich auf dem Weg zum Beratungszentrum darüber gesprochen hatte, dass es in erster Linie um Formalitäten gehe und sie nur dann über Persönliches sprechen müsse, wenn sie bereit dazu sei, zuckte zusammen, als hätte Frau Trassberg sie geschlagen.

Überhaupt gleicht das Nervenkostüm der Superheldin, als die Madita ihre Schwester grundsätzlich darstellt, zurzeit eher zermatschtem Hüttenkäse als Drahtseilen. Als ich vor dem *SchutzEngel* hielt, um Lotta aussteigen zu lassen, griff sie nach meinem Arm, krallte ihre Finger hinein und bat mich mit flackerndem Blick und Panik in der Stimme, sie zu begleiten. Zu Hause hatte sie noch lässig gewirkt, mit den Schultern gezuckt und beim Aufbruch verkündet: »Na, dann hole ich mir mal diesen Wisch.« Madita war schon unterwegs gewesen, und ich weiß, dass Lotta ihrer Schwester nichts von ihrem Termin erzählt hat. »Ach, das bringe ich ihr schon noch bei«, hatte sie gemeint, als ich sie darauf ansprach. »Wenn sie vorher weiß, wo ich hingehe, regt sie sich bloß auf.«

Aber je länger wir im Auto saßen, desto stiller war Lotta geworden, bis sie schließlich mit zusammengepressten Lippen und an den Handgriff der Tür geklammert dasaß und durch das Seitenfenster starrte.

Seit Tagen schwingt Maditas Schwester von Zustand zu Zustand. Mal ist sie unnahbar und abweisend, eine wahre Lehrmeisterin in Sachen Kotzbrocken – Noël mit seinem übertriebenen Grünzeug kann eine Arie davon singen. Dann wieder dreht Lotta auf, stellt sich laut in den Mittelpunkt und gibt die weltgewandte Boss-Frau. Im nächsten Moment schleicht sie wie ein Schatten umher, duckt sich in sich selbst und versucht, unsichtbar zu sein. Oder sie ist wütend, vor allem während der Mahlzeiten, bei denen sie ausnahmslos alles misshandelt, was sie zu sich nimmt.

Erstaunlicherweise scheint das Küken Lottas aufgewühltes Gemüt entweder nicht zu bemerken oder zu ignorieren; wie eh und je plappert Madita munter, strahlt und glitzert wie das Obereinhorn persönlich, wobei ich das Gefühl nicht loswerde, dass das, was sonst ihr ureigenes Wesen ist, neuerdings als Fassade dient. Irgendetwas arbeitet im Küken, gießt graue Schlieren in ihr Lächeln, streut Salz in ihre Kakaoseele und zerknittert ihr Sahneherz. Während Lotta das personifizierte Aprilwetter gibt, zieht über Maditas Sommergemüt eine Aschewolke. Beides gibt mir zu denken, und ich habe mir vorgenommen, unbedingt mit dem Küken zu reden. Doch zunächst gibt es anderes zu bewältigen.

»Was meinen Sie?«, fragte Lotta Frau Trassberg nach deren Aufforderung, das Zustandekommen der Situation zu erklären, und versteckte ihre Hände in der Fronttasche ihres Hoodies.

Die Neue der *SchutzEngel* hob die Augenbrauen und sortierte die Broschüren und Flyer auf ihrem Schreibtisch. Im ersten Moment dachte ich, dass sie die aus Unerfahrenheit dort platziert hatte, weil das Informationsmaterial ausnahmslos rosige Babys unter schmachtenden Mutterblicken zeigte, was keine Frau, die die Möglichkeit in Erwägung zieht, ein Leben zu beenden, dazu ermuntert, über ihr Dilemma zu sprechen. Doch während Frau Trassberg die Broschüren so drapierte, dass Lotta gar nicht anders konnte, als auf das abgebildete Glück zu starren, kam mir in den Sinn, dass das durchaus Absicht war.

Frau Trassberg seufzte und sagte in ihrem lebensfeindlichen Tonfall: »Na, Ihre Schwangerschaft, die Ihnen offensichtlich nicht in den Kram passt. Ich meine, Sie sind erwachsen, da darf man ja wohl voraussetzen, dass Sie zumindest ein paar Grundkenntnisse in Biologie haben und wissen, dass es nicht der Storch ist, der die Babys bringt.«

An dieser Stelle biss ich mir zum ersten Mal auf die Lippen, denn ich hatte beschlossen, mich nicht einzumischen, und war nur mitgekommen, weil Lotta darum gebeten hatte – und mich notfalls vermutlich einfach hinter sich hergezerrt hätte, hätte ich es mit einem Nein probiert. Dennoch: Die Entscheidung, vor der sie steht, muss sie allein treffen, und ich will sie nicht beeinflussen. Welches Recht hätte ich dazu?

Belinda Trassberg dagegen beansprucht die moralische Wahrheit für sich. Im Verlauf des Feldzuges, den sie vermutlich gegen jede Frau führt, die sich fragt, ob sie einer Mutterschaft gewachsen ist, brachte sie meine Zurückhaltung gehörig ins Wanken und schlussendlich zum Einsturz.

»Wieso muss es grundsätzlich Sache der Frau sein, die Verantwortung zu übernehmen?«, setzte Lotta dem ersten Geschützeinschlag noch entgegen. Mit einem Zögern zwar, doch zumindest auch mit einer Prise Trotz.

»Nun ja, weil es *ihr* Körper ist, der schwanger wird. Das mögen Sie als unfair empfinden, aber so ist es nun mal. Und ganz ehrlich, so schwer ist Verhütung nicht.«

Ich senkte den Kopf, um an Lovis' Haarschopf zu schnuppern. Das besänftigt.

»Aber man denkt nicht immer dran.« Lottas Tonfall verlor an Kraft, sodass ihre Antwort schlaff im Raum hing. »Oder es geht was schief.«

»Ach, und Sie meinen, das reicht aus, um ungeborenes Leben zu töten? Meinen Sie nicht, Sie machen es sich da ein bisschen zu leicht, Frau Sternberg?«

Ich schmeckte Blut, während eine erste Träne aus Lottas Augenwinkel tropfte. Maditas Schwester setzte zu einer Erwiderung an, klappte den Mund jedoch wieder zu, ohne dass sie auch nur einen Laut hervorbrachte.

»Da ich mir sicher bin, auf Ihrem Türschild das Wort *Beratung* gelesen zu haben und nicht etwa *Moralpredigerin*, fordere ich Sie auf, Frau Sternberg über ihre Optionen zu informieren, anstatt sie zu belehren«, warf ich barsch ein und ging im Geist vorsichtshalber die Ziffern von Silas' Telefonnummer durch.

Frau Trassberg schob erneut die Flyer hin und her, als mische sie auf infantile Weise ein Kartenspiel. »Bevor ich beraten kann, muss ich mir ein Bild machen.« Sie ließ die Broschüren los, griff nach ihrem Klemmbrett und setzte einen Kugelschreiber darauf ab. Sie wirkte wie eine Hyäne in Erwartung fetter Beute. »Erzählen Sie mal, Frau Sternberg, wie sieht Ihre Situation denn aus?«

»Du musst nicht …«, setzte ich an Lotta gewandt an, doch sie schüttelte den Kopf.

»Schon gut.« Mit Sätzen, die nassen Socken glichen, umriss Maditas Schwester die Umstände. Wie sie vorgehabt hatte, mit Noël Schluss zu machen, weil er sie offensichtlich betrog, dann aber doch vergeblich auf ihn gewartet hatte, als sie nach dem Piratenüberfall im Krankenhaus lag. Wie sie nach ihrer Entlassung allein zu Hause in Panik geraten war, überall Geräusche gehört, Stimmen und Schatten gesehen habe und plötzlich Noël vor der Tür stand, um sich zu entschuldigen. Und wie der Abend emotional aus dem Ruder gelaufen sei. »Ich wollte überhaupt nicht mit ihm schlafen.« Inzwischen strömten die Tränen in langen Schnüren über Lottas Gesicht und malten Spuren in ihr Make-up.

Frau Trassberg kritzelte eifrig auf ihrem Klemmbrett herum und hielt erst inne, als Lotta verstummte.

»Dann hat dieser Noël Sie also vergewaltigt?«

»Fuck, nein. Natürlich nicht.«

»Es war ein freiwilliger Akt?«

»Ja. Mann, er kann sehr charmant sein, und ich …« Lotta schluckte mehrmals und räusperte sich, brachte aber kein Wort mehr zustande.

Frau Trassberg ließ ihren Kugelschreiber klicken, bevor sie zusammenfasste: »Sie haben einen Beruf, vor dessen Ausübung Sie sich inzwischen fürchten, sodass ihr Arbeitgeber Sie auf unbestimmte Zeit freigestellt hat. Bezahlt. Der Vater des Kindes ist gut situiert und kann mit Leichtigkeit nicht nur für das Kind aufkommen, sondern auch für Sie. Nach dem, was Sie geschildert haben, hegt er zudem weiterhin Interesse für Sie, und Sie finden ihn charmant genug, um sich von ihm verführen zu lassen.« Frau Trassberg ließ das Klemmbrett sinken und spießte Lotta mit ihrem Blick auf. »Ganz ehrlich, Frau Sternberg, es gibt keinen Grund, Ihrem Baby sein Leben zu verweigern.«

Das ist der Moment, in dem ich mir Ziegelsteine wünsche. »Sie wissen schon, dass Sie ergebnisoffen beraten müssen?«

»Ich nehme meine Aufgabe ernst.«

»Nein, Sie betreiben Psychoterror.« Lovis wird unruhig in ihrem Tuch und beginnt leise zu quäken.

Frau Trassberg starrt die Stoffbahnen an, die sich unter den

Bewegungen meines Kindes wellen. Ich wünschte, sie würde es nicht tun.

»Wie gesagt, es geht mir darum, Leben zu schützen.«

»Mag sein, aber Ihre Methoden sind fragwürdig.« Ich lege meine Arme um mein Baby. Versuche es mit tiefen Atemzügen.

»Frau Sternberg begeht eine Straftat, wenn sie den Embryo tötet. Ich möchte, dass ihr das klar ist.«

Ich stehe auf, hebe meine Tochter aus dem Tuch und lege sie auf meine Schulter. »Und ich möchte, dass Sie endlich die Klappe halten und uns eine Bescheinigung ausstellen.« Lovis' Wange liegt warm an meiner, und in der Windel knattert es. »Sonst begehe *ich* eine Straftat.«

»Die Beratung ist noch nicht zu Ende.«

»Oh doch, das ist sie.« Eine Bewegung genügt, um die Wickelunterlage aus meiner Tasche zu ziehen, sie auszuschütteln und über den Faltblättern auf Frau Trassbergs Schreibtisch auszubreiten. Schon immer habe ich die Choreografien bewundert, mit denen Mütter ihren Babyalltag meistern. Zumeist sind es einarmige Kunststücke, in denen zig Details zu komplexen Handlungsabläufen verwoben sind, an deren Ende ein Essen gekocht, die Spülmaschine ausgeräumt und der Tisch gedeckt ist, während das große Geschwisterkind Erklärungen zur Sinnhaftigkeit von Kommasetzung erhält. Fast muss ich grinsen, als ich daran denke, dass ich auf dem besten Weg bin, das ebenfalls zu können.

Als ich Lovis auf der Unterlage ablege und ihren Body aufknöpfe, stößt sich Frau Trassberg von ihrem Schreibtisch ab und rollt mit ihrem Bürostuhl rückwärts, das Klemmbrett mit beiden Armen an die Brust gepresst. »Hören Sie mal, Sie können nicht …«

»Wagen Sie es nicht, mir zu sagen, was ich kann beziehungsweise nicht kann, Frau Trassberg.« Schwuppdiwupp ist die Windel offen, unter meiner Tochter hervorgezogen, zugeklappt und gesichert. Mit der Linken halte ich Lovis fest, mit der Rechten angle ich Feuchttücher und eine frische Windel aus meiner Tasche.

»Ich verbiete Ihnen, Ihr Baby auf meinem Tisch …«

»Wissen Sie, worin Ihr Problem besteht?« Ich säubere Lovis und schiebe ihr die frische Windel unter den Po. Dabei streichle ich ihr das Bäuchlein und zwinkere ihr zu. Kitzle ihre Füßchen, bevor ich die Verschlüsse festklebe und den Body wieder zuknöpfe. »Sie haben keine Ahnung, dafür aber sehr viel Meinung – eine gefährliche Kombination.« Während ich meine Tochter zurück auf meine Schulter hebe, räume ich mit der freien Hand meine Utensilien zusammen. »Beschäftigen Sie sich mal ein bisschen mit Geschichte und Psychologie, recherchieren Sie zum Thema Traumatisierung und selbstschädigendem bis suizidalem Verhalten bei Menschen, die entweder von ihren Eltern nicht gewollt wurden oder sich davon überfordert fühlten, selbst Mutter oder Vater zu sein.« Ich greife meine Jacke von der Rückenlehne des Stuhles, auf dem ich niemals hätte Platz nehmen sollen, schlüpfe erst in den rechten, dann in den linken Ärmel, schiebe Lovis jeweils von der einen auf die andere Schulter. Tippe Lotta an, die regungslos vor sich hin starrt. »Wenn Sie Leben schützen wollen, fangen Sie am besten mit jenen an, die bereits geboren sind. Denn nur wenn's denen gut geht, haben die ungeborenen eine faire Chance auf einen guten Start.« Ich ziehe Lotta auf die Füße, und endlich kommt Bewegung in Maditas Schwester. Mit dem Ärmel ihres Hoodies wischt sie sich übers Gesicht, bevor sie sich ihren Trenchcoat überwirft. »Es gibt genug garstige Menschen auf dieser Welt – Sie sind der lebende Beweis. Helfen Sie also wenigstens dabei, dass es nicht noch mehr werden.« Ich strecke meine Hand aus. »Die Bescheinigung, bitte.«

Belinda Trassberg atmet ein und aus, schneller als nötig, an den Grenzen der Hektik. Ihre Miene versucht zu verschleiern, was in ihrem Inneren abläuft, irgendein Kampf, an dessen Ende sie entweder explodiert – 017*3578971: Silas' Telefonnummer – oder in Tränen ausbricht. Sei's drum. In diesem Fall kann ich nur eine retten, und Lotta war zuerst da.

Wie in Zeitlupe zieht Frau Trassberg schließlich einen Zettel unter ihren Notizen auf dem Klemmbrett hervor, rollt zum Schreibtisch zurück und knallt einen Stempel mit solcher Wucht auf das Papier, dass sich der Abdruck sicherlich ins Holz der Tischplatte gräbt. Ein wütender Kugelschreiberkringel bestätigt, dass Lotta hier gewesen ist. Über die Qualität des Gesprächs sagt die Bescheinigung freilich nichts aus, und darin liegt das grundsätzliche Problem mit dem ganzen verfluchten Paragrafen 218a StGB. Er ist ein abstraktes Konstrukt, das Leben schützen soll, obwohl es selbst tot ist.

Ich nehme den Zettel entgegen und schiebe Maditas Schwester sanft zur Tür. »Komm.« Bevor wir in den Flur treten, drehe ich mich noch einmal zu Frau Trassberg um. Für einen Atemzug treffen sich unsere Blicke, und ich bilde mir ein, Traurigkeit in Belindas Augen zu lesen. »Statt alles in Schutt und Asche zu legen, könnten Sie es beim nächsten Mal mit Neutralität versuchen«, sage ich. »Manchmal ist das die bessere Strategie, wenn man gewinnen will.«

*

»Tut mir leid, dass das so gelaufen ist.« Im Rückspiegel verschwindet das Beratungszentrum *SchutzEngel,* und ich seufze. Lotta starrt schon wieder aus dem Seitenfenster und lässt Fassaden und Straßenzüge an sich vorüberziehen. Sie zuckt die Achseln.

»Als ich mit Lovis schwanger wurde, fragte mich deine Schwester, ob ich das Baby haben will«, höre ich mich sagen. »Hans hatte sich gerade von mir getrennt, und ich bin über vierzig, es hätte also Gründe gegeben …«

Ich denke an den Moment zurück, in dem ich erfuhr, dass nach all den Jahren doch noch ein Leben in mir wuchs. Wie fassungslos ich gewesen war, als ich auf das kleine Herz starrte, das auf dem Bildschirm des Ultraschallgerätes vor sich hin pochte. Tagelang hatte ich Angst davor gehabt, mit Hans zu sprechen, fragte mich, wie er reagieren würde. Jetzt kommt mir das albern vor. Sein Wutausbruch, als er nach Wochen durch Zufall schließlich von anderen erfuhr, dass er Vater würde, hat sich schmerzhaft in mich gebohrt. Und auch die Zweifel reichen bis ins Heute, die Zweifel daran, ob ich es gut genug kann, dieses Muttersein. Oder ob die Saat in mir zu schlechten Trieben geführt hat.

Trotzdem. Nie habe ich in Erwägung gezogen, die Schwangerschaft zu beenden. Nicht einen einzigen winzigen Herzschlag lang.

»Man muss ein Geschenk annehmen, ganz gleich, wie überraschend man es bekommt.« Ich spüre, wie Lotta sich neben mir versteift. »Das habe ich damals zu Madita gesagt. Aber … nun, ich weiß, dass nicht jede Schwangerschaft ein Geschenk ist. Ich kenne Mütter, die wären besser keine geworden … meine eigene inklusive.« Es schmeckt sauer, das auszusprechen, doch vielleicht verschwindet der Geschmack, wenn man ihn ausspuckt. Und vielleicht hätte ich das schon viel früher probieren sollen.

Lotta wirft mir einen Blick zu. Bestens, taugt Heike also wenigstens dazu, Maditas Schwester aus ihrer Lethargie zu reißen.

»Es gibt Frauen, die wünschen sich sehnlichst, Mutter zu sein, und werden es nie«, fahre ich fort und habe dabei meinen Besuch bei Monique Pfeiffer vor Augen und die Verzweiflung, die an der Seele dieser Frau nagt. »Manche Mütter haben große Angst vor der Aufgabe und bewältigen sie dann trotzdem ganz wunderbar. Andere machen vieles falsch, und das ist in Ordnung, weil sie ihre Kinder zumindest spüren lassen, dass sie sie lieben. Und dann gibt es die, bei denen alles vermeintlich glänzt und glitzert, das Kind aber trotzdem in der Hölle aufwächst.« Vicky Glossberg. Ich muss bei unserem Teenagermädchen unbedingt nach dem Rechten sehen, notiere ich mir auf meinem Gedankenzettel. »Was ich sagen will: Egal wie du dich entscheidest – du wirst nie erfahren, was gewesen wäre, wenn. Also fang gar nicht erst an mit den Schuldgefühlen.«

»Das sagst du so leicht.«

»Nein, Lotta. Ich hab mehr als vierzig Jahre gebraucht, um das sagen zu können. Und es ist vieles, aber gewiss nicht leicht.«

Maditas Schwester brummt etwas, danach schweigen wir. Auf dem Rücksitz blubbert Lovis Geräusche vor sich hin, dieses Zauberwesen, das an all meinen Gewissheiten rüttelt und nicht wenige davon einstürzen lässt, um sie durch neue zu ersetzen. Die vielleicht wichtigste Erkenntnis, seitdem ich Mutter bin: Ich weiß weniger über mich, als ich denke. Im Grunde weiß ich gar nichts.

»Soll ich dich nach Hause fahren?«, frage ich, als wir an einer roten Ampel halten. »Oder willst du mit ins *Storchennest* kommen? Wir machen einen Informationsnachmittag für Interessierte.« Monikas Idee. Alle drei Monate lädt sie zu einem offenen Nachmittag ein, um über die Arbeit freiberuflicher Hebammen aufzuklären, Vorurteilen über Hausgeburten zu begegnen, Schwangeren und solchen, die es werden wollen,

Alternativen zu eröffnen. Es ist immer wieder erstaunlich, wie wenig die meisten über die älteste und natürlichste Aufgabe der Menschheit wissen. Bis heute begegne ich vielen, die meinen, eine Hebamme wohne ausschließlich der Geburt bei und fertig. Dabei ist es, abgesehen von all den anderen Dingen, die wir tun, genau andersherum: Kein Arzt darf ohne Anwesenheit einer Hebamme entbinden. Von wegen *Ich ziehe Fachpersonal vor.*

»Nein, danke«, erwidert Lotta. »Setz mich einfach hier ab, ich laufe nach Hause.« Ehe ich etwas erwidern kann, schnallt sie sich ab und öffnet die Tür. »Danke fürs Mitkommen.« Die Autotür fällt zu, draußen schlägt Maditas Schwester den Kragen ihres Mantels hoch und stapft davon. Während ich ihr nachstarre, wie sie den Bürgersteig entlangtrottet, ohne sich nach links oder rechts umzusehen, erinnert sie mich an ein kleines Mädchen, das sich vor dem dunklen Keller fürchtet und laut singt, wenn es hinunter muss, um für seine Oma Kartoffeln zu holen.

»Ach, Kind, warum hast du mir denn nichts gesagt?«, fragte Gretus, als ich eines Tages mitten auf der Treppe in Tränen ausbrach, weil auch das lauteste Lied nichts gegen das Gefühl half, dass in den Schatten des Kellers Unbenennbares lauern könnte. Nachdem ich etwas zusammengestammelt hatte, das mehr Fragment war denn Erklärung, holte meine Oma die riesige Taschenlampe aus der Rumpelkammer, nahm mich bei der Hand und jagte sämtliche Schattenwesen zum Teufel, indem sie jeden Winkel des Kellers ausleuchtete und dabei »Ratzfatz, hinfort!« brüllte.

Ich spüre ein Lächeln in mir aufsteigen und nehme mir vor, Lotta die Nummer einer guten Therapeutin zu geben. Dass man erwachsen ist, bedeutet nämlich nicht, dass man auf »Ratzfatz, hinfort!« verzichten muss.

Unwillkürlich schießt mir die Frage durch den Kopf, ob Heike sich ebenfalls einen Zauberspruch gewünscht hätte damals. Ob sie besser dran gewesen wäre ohne mich. *Vor dem ersten Kind weiß man ja gar nicht, auf was man sich einlässt, oder? Könnte man das irgendwie erahnen – ich hätte keins bekommen.* Ob sie über einen Abbruch nachgedacht hat? Und sich nur deshalb dagegen entschied, weil es sich mit einem Baby deutlich leichter in den Mittelpunkt schieben lässt als mit einem: »Hey, Leute, ich war gerade schwanger, hab es mir dann aber doch anders überlegt.«

Bis heute müssen sich Frauen für die Entscheidung, was mit ihrem Körper geschieht, rechtfertigen, und nicht selten können sie nicht einmal im Vertrautenkreis offen darüber sprechen. Zu viel Meinung schlägt ihnen entgegen.

In dieser Sache kann man nicht recht haben, habe ich zu Lotta gesagt. Bin mir allerdings plötzlich nicht mehr sicher, ob das richtig ist. Es geht um Leben, und man sollte nicht leichtfertig damit umgehen. Heike tat es, obwohl und indem sie mich behielt. Wie meine Sozialkompetenz heute wohl aussähe, wenn nicht wenigstens Gretus und Opa mich willkommen geheißen hätten?

Meine Güte, wenn mir schon der Schädel brummt vor lauter hätte, hätte – wie muss es dann erst Lotta ergehen?

Ich erreiche das *Storchennest* und parke ein. Als ich die Babyschale vom Rücksitz hieve, kommt Monika auf Gehhilfen angehinkt.

»Hi, Helga.« Ihre Wange ist kalt, als sie sie zur Begrüßung an meine schiebt, ihre Nase von der Winterluft rot.

»Was machst du denn hier? Ich dachte, ich gebe den Info-Nachmittag?«

»Ach, zu zweit macht es mehr Spaß, und reden kann ich doch auch mit Krücken«, erwidert sie und senkt ihren Blick auf Lovis hinab, um das Grinsen zu verbergen, in das sich ihre Verlegenheit kleidet. »Ich halt's zu Hause einfach nicht aus.« Sie schiebt beide Stützen in eine Hand, um mit dem freien Daumen das Gesicht meines Kindes zu streicheln. »Na, Schnuckelchen.«

Ich lege meinen Arm um Monika, spare mir mein »So, so« und »Siehst du – jetzt weißt du, warum ich wieder arbeiten wollte« und freue mich nur, dass sie da ist. »Na, dann lass uns mal Aufklärungsarbeit leisten. Kommt das Küken auch?«

Monika schüttelt den Kopf. »Zu viele Termine – sie übernimmt meine Betreuungen, die mache ich lieber noch nicht.« Sie deutet auf ihren Fuß, der zu dick bandagiert ist, um in einen Schuh zu passen.

Ich runzle die Stirn, weil das Pensum des Kükens allmählich mörderische Ausmaße annimmt, selbst wenn man Zeitschleifen beherrscht, sage jedoch nichts.

Im Kursraum rolle ich Gymnastikbälle zurecht, hole Monika einen Stuhl aus dem Büro und schiebe die Wiege aus dem Gebärzimmer heran, um Lovis unterzubringen. Ich lege meine Tochter auf den Bauch, weil sie momentan schwer damit beschäftigt ist, ihr Köpfchen zu heben und ihre Halsmuskulatur zu trainieren, um mit ihren großen Augen in die Welt zu blicken. Ich versuche mir vorzustellen, wie es ist, jeden Tag so viel Neues zu entdecken, dass es sich anfühlen muss, als wandle man durch verschiedene Universen. Und wie beruhigend es sein muss, in all dem Erstaunlichen Vertrautes zu entdecken. Kein Wunder, dass Babys so gern kuscheln.

Während Frauen und Männer hereinströmen, meistens paarweise, die Hände ineinander verhakt, schiebt sich plötzlich Jim in mein Bewusstsein. In meiner Welt sorgt *er* für Ungeahntes, für Perspektivwechsel, legt Schichten frei, die ich von mir selbst nicht kannte.

Während ich Gläser mit Wasser herumreiche und Gebäck aus einer Schale anbiete, die, seitdem das Küken zu unserem Team gehört, stets mit Leckerbissen gefüllt ist, überlege ich, ob das wohl die Kunst bei allem ist: die Balance zu finden zwischen Neuland und Vertrautem. Hans ist gegangen, weil es für ihn nichts Unvermutetes mehr im Zusammensein mit mir zu entdecken gab. Wäre er geblieben, wenn er gewusst hätte, dass ich schwanger von ihm würde? Und ... bereut er es jetzt?

»Herzlich willkommen im *Storchennest*«, unterbricht Monika meine blubbernden Gedanken und beginnt mit ihren Ausführungen zum *Storchennest.* Wie lange es uns gibt und welche Expertise wir dadurch vorzuweisen haben. Sie erläutert unsere Dienstleistungen, die so umfangreich und vielfältig sind wie die Frauen, die wir begleiten, und verkündet, dass wir den uns Anvertrauten rund um die Uhr zur Verfügung stehen, wenn es sein muss. »Wir gehen *immer* ans Telefon.«

»Was nicht bedeutet, dass ihr mitten in der Nacht anrufen dürft, weil ihr eure Blähungen für Vorwehen haltet«, murmle ich, weil Monikas Worte zu viele Gesichter aufleuchten lassen.

Sie wirft mir einen stechenden Seitenblick zu, obwohl ich so leise gesprochen habe, dass mich außer ihr niemand gehört haben kann.

Wie aufs Stichwort vibriert das Telefon in meiner Tasche, und ich hole es hervor, um einen Blick aufs Display zu werfen. Die Zahlenfolge sagt mir nichts, also stehe ich auf und verlasse mit einer Geste der Entschuldigung den Kursraum. »So viel zum Thema Rufbereitschaft.« Ich gehe in die Küche hinüber und schließe die Tür hinter mir, bevor ich das Gespräch annehme. »Fronau.«

»Ja, hallo. Äh. Hier ist Benjamin.«

»Okay.« Verflixt noch mal, wer ist Benjamin? Die Stimme kommt mir bekannt vor, ein höflicher Tonfall, der sich nicht aufdrängen möchte, sondern sich eher so anhört, als entschuldige er sich für seine bloße Existenz.

»Ich rufe an, weil … also.« Ein Stöhnen von den Ausmaßen einer Seekuh mit Senkwehen dringt durchs Telefon. »Meine Freundin steht gar nicht mehr vom Sofa auf, dabei ist sie doch gerade erst in der vierzehnten Woche. Boa, ich halte das nicht länger aus – kann ich sie umbringen?«

»Prinzipiell ja, ist aber ungesund fürs Kind.«

Der Mann am anderen Ende schweigt.

»Du bist Tedas Partner, oder?«, rate ich. Die Das-lasse-ich-mir-nicht-wegnehmen-Prinzessin und ihr Leibeigener. Ach herrje. »Du hast zwei Optionen: Rede mit ihr.«

»Und die andere?«

»Renn weg.«

Wieder dieses Stöhnen. Ein satter, tiefer Ton, gut geeignet, um einen Muttermund zu öffnen, bloß dass Benjamin keinen hat.

»Und mein Kind?«

»In der ersten Zeit wirst du es kaum zu Gesicht bekommen, aber je älter es wird, desto leichter lassen sich Wechselmodelle leben.«

Die Länge der Nachdenkpause, die Benjamin einlegt, dehnt sich aus, bis ich frage: »Möglichkeit eins ist nichts für dich?«

»Hab ich versucht. Seitdem beschimpft sie mich.«

Ich öffne den Schrank, suche nach dem Beutel mit den Kaffeebohnen und finde keinen. Der Zustand des *Storchennestes* ist bedenklich, wenn keine von uns dazu kommt, Kaffee zu besorgen. »Wie war es denn vor der Schwangerschaft?«

Benjamin ist gut im Schweigen, das muss ich ihm lassen. Und das Nichtgesagte, das er zwischen uns entstehen lässt, breitet deutliche Bilder vor mir aus. Ich seufze, lasse die Schranktür zufallen und notiere *Kaffee bestellen! Dringend! Eilkurier!*

gleich unter *Bei Vicky nach dem Rechten sehen* auf meiner gedanklichen To-do-Liste.

»Hör zu, ich bin Hebamme und habe keinen guten Draht zu Amor. Aber ich kann dir sagen, dass es Babys und Kindern besser geht, wenn sie bei Eltern aufwachsen, die miteinander klarkommen. Geht zu einer Paarberatung und findet raus, ob ihr gemeinsam Eltern sein könnt oder ob ihr und euer Kind besser dran seid, wenn ihr es getrennt großzieht. Die Beratung kann euch dabei helfen, das zu organisieren.« Im Kühlschrank finde ich einen Rest Käse, den ich wegknabbere, während Benjamin minutenlang nichts sagt.

»Und wenn sie nicht mitkommt zur Beratung?« Eine leise Frage, die die Antwort bereits kennt.

Ich spreche sie trotzdem aus: »Dann weißt du, woran du bist. Sonst noch was?«

»Ja … nein. Danke, Helga.«

»Kein Ding. Und viel Glück.«

Als ich zurück in den Kursraum komme, hat Monika bereits den gemütlichen Teil der Veranstaltung eingeläutet, von dem sie sich erhofft, dass er die Interessentinnen im Anschluss zu Kundinnen macht. Die Liste, in die sich die Schwangeren eintragen können, sofern sie sich gleich für eine Betreuung im *Storchennest* entscheiden, liegt bereit. *Und wenn Sie jetzt buchen, kriegen Sie zwanzig Prozent Rabatt auf den Vorbereitungskurs.* Ja, aktive Akquise ist wichtig. Aber sie geht mir auf die Nerven, und ich mache nur mit, weil die Aufklärungsarbeit wichtig ist.

Jedenfalls stehen die Paare jetzt jeweils hintereinander und massieren dem Vordermann, beziehungsweise in den meisten Fällen der Vorderfrau, Schultern und Nacken nach Monikas Spezialmethode, welche sie an einer Freiwilligen demonstriert, die offensichtlich ohne Begleitung gekommen ist.

In der hinteren Ecke des Raumes fällt mir eine Frau auf, die ebenfalls allein zu sein scheint und beinahe in den Falten der fliederfarbenen Vorhänge verschwindet. Während rings um sie her begeistertes Seufzen den Raum schmückt, hockt sie regungslos auf ihrem Gymnastikball und stiert unseren Praxisflyer in ihrer Hand an. Sie trägt eine Stoffhose, darüber einen flauschigen Wollpullover. Ihre Haare fließen dunkel und glatt bis zu ihren Schulterblättern hinab und rahmen ihr Gesicht. Wenn ich die Wölbung ihres Unterleibs richtig deute, ist sie nicht erst seit gestern schwanger.

Ich gehe zu ihr hinüber. »Na?«

Sie zuckt zusammen und blickt auf, fast erschrocken, als hätte sie vergessen, dass sie sich inmitten von anderen Menschen befindet.

»Wie wäre es, soll ich dich massieren?«

»Ähm, nein. Danke.« Ein Lächeln übertüncht ihr Schaudern, angesprochen worden zu sein. In seiner Breite erinnert es mich an Madita und daran, dass ich dem Küken seine Regenbogenfröhlichkeit anfangs nicht abgekauft habe, weil sie mir zu übertrieben vorgekommen war. Inzwischen weiß ich, dass es so lächelnde Menschen gibt. Zumindest einen.

»Ach, komm schon, das ist super«, mischt sich eine blonde Frau ein, hinter der ein großer Mann gerade seine Finger in ihre Schultern bohrt. »Wir können das ja auch in Reihe machen.« Auf ihrem Ball hopst sie näher heran, schiebt sich hinter die Frau am Vorhang. Ihr Mann folgt ihr, wobei sein Drücken und Piksen in ein energisches Kneten übergeht. »Ich bin total froh, dass ich das Geburtshaus gefunden habe, wisst ihr? Das ist unser zweites Kind«, sie deutet auf ihren Bauch, der flach wie eine Scheibe Toast ist. »Die erste Geburt war die Hölle. Nie wieder Krankenhaus, sag ich euch, die nehmen da Eingriffe vor, die nicht nötig sind, denn an einer normalen Geburt verdienen sie nichts. Mir haben die zum Beispiel einen Wehentropf gelegt, ohne groß zu fragen, und dann gleich noch eine PDA hinterher, weil ich so laut geschrien habe. Als sich der Muttermund dann endlich geöffnet hatte, kam ewig niemand. Zu viele Geburten liefen gleichzeitig ab, und denen fehlte das Personal. Bis endlich wenigstens die Hebammenschülerin auftauchte, war der Kopf schon fast draußen, und dann hat die eine Ärztin dazugeholt, und die hat gleich einen Dammschnitt gemacht, damit sie den später auch noch abrechnen …«

»Lass das.«

»Was?« Die Blonde scheint es nicht gewohnt zu sein, dass man ihren Redefluss stoppt. Sie sieht mich an, als hätte ich ihr soeben eröffnet, dass sie ein Oktopusbaby zur Welt bringen wird.

»Sofern du nichts Hilfreiches zu sagen hast, solltest du schweigen«, sage ich. »Ich weiß nicht, warum es so viele Mütter gibt, die Erstgebärenden Horrorgeschichten von ihren früheren Geburten erzählen müssen. Sprich mit deiner besten Freundin darüber, sofern die nicht selbst schwanger ist, oder mit einer Therapeutin oder von mir aus auch mit einer von uns hier im *Storchennest*, aber nicht mit anderen Schwangeren.«

Die Blonde verschränkt die Arme vor der Brust, während ihr Typ sie weitermassiert, als bekomme er nichts mit. *Könnte eine antrainierte Überlebensstrategie sein,* denke ich.

»Ich warne sie doch nur, damit sie sich vorbereiten kann.«

»Nein, du schürst Ängste, um deine eigenen Erlebnisse zu verarbeiten. Dir mag das helfen, anderen aber nicht. Oder möchtest du, dass ich mal aus dem Nähkästchen plaudere? Ich hab da ein paar hübsche Geschichten auf Lager, falls du dich für blutige Eventualitäten wappnen möchtest.«

Die Finger des Mannes erstarren, die Blonde friert ein.

Schutt und Asche, denke ich, reibe mir die Nasenwurzel und versuche mich dann an einem Lächeln. »Schwamm drüber, okay? Wenn du möchtest, komm zu einer Beratung her, und wir reden über das, was du erlebt hast. Das war sicher schlimm, und du bist leider kein Einzelfall. Aber«, ich wende meinen Blick zu der Dunkelhaarigen neben der Gardine, deren Gesichtsausdruck so ausdruckslos ist, dass ich mir unsicher bin, ob sie überhaupt mitbekommt, was um sie herum geschieht. »Aber hier solltet ihr positiv bleiben und euch gegenseitig stärken. Davon profitieren alle.«

Die Blonde nickt, hopst auf ihrem Ball jedoch ein Stück beiseite, als sei positiv etwas im negativen Sinne Ansteckendes. Na bravo, wenn ich einmal versuche, *nett* zu sein …

Ich seufze, werfe einen Blick auf meine Uhr. »Was ist?«, frage ich die Stille am Vorhang, »soll ich dich nicht doch noch kurz massieren? Fünf Minuten haben wir noch.« Ich strecke meine Hand nach ihr aus, ohne sie zu berühren, doch sie zuckt zurück wie nach einem Stromschlag.

»Nein! Wirklich nicht.« Sie lacht. »Ich kann das nicht haben, wenn mich jemand anfasst.« Mit den Fingern zupft sie am perfekt sitzenden Rollkragen ihres Pullovers herum. Ihr Blick flattert durch den Raum, fliegt dreimal zur Tür.

Vorn klatscht Monika in die Hände, bedankt sich für die allgemeine Aufmerksamkeit und lädt alle ein, sich in die bereitgelegte Liste einzutragen oder es sich in den nächsten Tagen zu überlegen.

»Es ist eure Entscheidung, aber bedenkt, dass es kaum noch freiberufliche Hebammen gibt und unsere Kapazitäten begrenzt sind. First come, first serve.«

Noch während die Anwesenden applaudieren, springt die Dunkelhaarige neben mir auf und lässt ein hastiges »Tschüss dann« zurück, als sie sich durch die anderen hindurchschlängelt und im Flur verschwindet. Ich kann mir nicht helfen, aber ich habe den Eindruck, dass sie vor irgendetwas flieht. Oder vor irgendjemandem.

Streitende Helden

Madita

Fünf Tage sind vergangen, in denen ich die Ereignisse so nach und nach sacken lassen konnte. Was sie zugegeben nicht wirklich besser verdaulich macht, aber immerhin habe ich aufgehört, heimlich zu flennen. Ich will Lotta auf keinen Fall mit meinen Zusammenbrüchen belasten, da sie offensichtlich selbst total neben sich steht. Aber der letzte Versuch, über Noël zu sprechen, endete in einer Analyse von Silas' Körpersprache während einer Rekapitulation der Krankenhausszene.

Lotta beschwor mich, meine Selbstachtung hochzuhalten und mir metaphorisch nicht selbst davonzulaufen. Das wäre ungesund bis tödlich. Ich verstehe, was sie mir damit sagen will: Ich muss die Dinge nehmen, wie sie nun mal sind, und soll nicht bei ihm anrufen, um zu fragen, wie es ihm geht. Silas hat sich gegen mich entschieden, das konnte man in allem lesen, was die Situation im Krankenhaus hergab. Und obwohl Lotta das ganz klar so interpretierte, fiel es ihr nicht leicht, mir das in aller Deutlichkeit zu sagen. Sie rang mit ihrem eigenen Kummer, und ich kämpfte mit den Tränen, während sie die bittere Wahrheit aussprach.

Anschließend schauten wir einen Horrorfilm, um uns abzulenken, und ich verschluckte mich so heftig am Popcorn, dass ich beinahe den Erstickungstod starb, bevor Helga aus der Küche herbeieilen konnte, um Erste Hilfe zu leisten.

Das alles hat jedoch auch etwas Positives. Ich ertrug meine

Periode wie eine Frau und tröste mich nun damit, dass der Richtige, mit dem ich eine Familie gründen werde, ganz sicher bald auftaucht und am Ende eben doch alles gut wird. Denn wenn es nicht gut ist, ist es nicht das Ende, sagte schon Oscar Wilde.

An diesem sonnigen Morgen bin ich sogar leicht optimistisch, was mein Leben ohne Silas angeht. Gerade koche ich mir einen Kakao, als mein Handy summt. Eine Nachricht von Robert, dem jungen Arzt, der die Bruchstücke meines Selbst zwischen Spielplatzsand und Backförmchen aufsammelte, mühselig zusammensetzte und sich zuletzt als Veterinär outete.

Er ist mein ganz persönlicher Held. Keine Ahnung, was ich getan hätte, wenn sein kleiner, zuckersüßer Sohn Levi mich nicht im Rutschenhäuschen gefunden hätte. Wir redeten noch lange, und ich fürchte, er kennt mich jetzt besser als ich mich selbst. Gleichzeitig habe ich einiges über ihn erfahren. Robert ist alleinerziehend. Er verlor seine Frau auf tragische Weise. Ihr Herz versagte während Levis Geburt, Grund war eine unerkannte Kardiomyopathie. Die Art, wie er davon erzählte – durch das Fenster des Holzhauses –, so tapfer und trotzdem emotional, ließ mich meinen eigenen Kummer vergessen. Claire sei seine große Liebe gewesen, gestand Robert, doch anstatt auf das Schicksal wütend zu sein, sei er dankbar. Dankbar für die Zeit, die sie gemeinsam hatten. Dankbar für ihren gemeinsamen Sohn, der nun sein Leben erfüllt. Und für einen Moment hörte ich auf, an all das zu denken, was in meinem Leben aktuell schiefläuft, und zählte mir auf, was gut ist. Und das ist doch eigentlich verdammt viel. Ich kann behaupten, dass Helga und Nelly meine Freundinnen sind, meinem Papa geht es nach seinem Eingriff inzwischen wieder richtig supi, und in meinem Job habe ich in den letzten Monaten eine beachtliche Menge dazugelernt. Alles im allem läuft es also doch bei mir. Manchmal muss man sich das einfach mal klarmachen.

Ich lese Roberts Nachricht:

Hey, Madita. Levi lässt fragen, ob du noch traurig bist?

Mein Mundwinkel hebt sich, und ich tippe drauflos:

Hey, sag ihm, ich habe heute schon ganz viel gelächelt, nur weil ich an ihn gedacht habe.

Das wird ihn freuen.

Ich hüpfe auf die Küchenablage neben dem Herd und mache es mir bequem.

Gerne würde ich mich für eure liebe Fürsorge bedanken. Darf ich euch zu Kakao und Waffeln im Amore Belle einladen? Ich gratuliere mir selbst zu dieser Blitzidee. Robert schreibt, sagt mein Handy. Und er schreibt und schreibt. Derweil blubbert mein Kakao, und ich regle den Herd runter.

Levi ist heute den ganzen Tag mit seiner Sandkastenfreundin verabredet, aber ich würde dein Angebot auch allein annehmen. Zum Nachmittag?

Ich blicke auf die Uhr, rechne mir aus, wie viel Zeit ich für meine zwei Hausbesuche brauche und ab wann ich frei bin.

Wie wäre es mit 15 Uhr?, schlage ich vor und grinse breit, als er zusagt. Hat die Wahrsagerin nicht etwas von es würde jemand in mein Leben treten gesagt, der alles verändert oder so ähnlich? Mir fällt auf, dass ich ganz schön viel von dem, was Madame Luna raunte, wieder vergessen habe. Wahrscheinlich hätte man das Gespräch heimlich aufzeichnen sollen, wenn man später draus schlau werden wollte.

Die Zeit verfliegt, ich taste zwei wunderschöne Bäuche ab, lausche galoppierenden Herztönen und helfe bei der Auswahl einer Babytrage, und dann sitze ich im *Amore Belle* und warte auf Robert. Meine Hello-Kitty-Uhr verrät mir, dass er ganz schön spät dran ist, und allmählich werde ich nervös. Wird er mich sitzenlassen und mich in eine neue Krise stürzen? Unmöglich, so viel Pech kann selbst ich nicht haben …

»Signora Madita, darf es wirklich noch nixe sein? Es wartet sich besser mit einem Cappuccino oder eine Schokolade mit extra Sahne«, versucht Oméro zum wiederholten Mal, mir eine Bestellung zu entlocken. Doch ich will lieber warten, bis meine Verabredung da ist. Geteilte Kalorien sind doppelt lecker!

Die Minuten vergehen, ich erinnere mich an einen Tag im Sommer, als mich mein damaliger Schwarm Bradley vorm Schwimmbad sitzenließ. Geschlagene zwei Stunden hockte ich vor dem Kassenhaus und sah den anderen zu, wie sie hineingingen, um das kühle Nass zu genießen. Ich bekam einen fetten Sonnenbrand auf der Nase und eine Narbe in meinem Herzen. Denn am nächsten Tag ging er mit Ronja Blum, meiner Klassenkameradin, die mir davor noch versichert hatte, sie wäre meine Freundin.

Meine Zehen kräuseln sich, beinahe überlege ich, einfach zu gehen, denn ich würde es nur schwer ertragen, wenn auch Robert mich versetzen würde. Doch da bimmelt das Türglöckchen des Cafés, und der Tierarzt erscheint. Das Licht im Gastraum zaubert ihm einen Heiligenschein, und ich winke ihn aufgeregt zu mir an den Tisch vor dem Fenster.

»Was für ein Tag heute«, begrüßt er mich und setzt sich. »Ich hatte noch einen winzigen Notfall, einen Hamster mit Schleudertrauma«, erzählt er. »Die Besitzerin schlug vor, ihn auf ein Schädel-Hirn-Trauma zu untersuchen, da er sich nach einem Sturz aus dem Laufrad seltsam verhielt. Ist das zu fassen?« Ein Zwinkern, während er sich den Mantel abstreift und ihn über die Lehne hängt. »Sie hat einen richtigen Streit vom Zaun gebrochen und versucht, mich niederzustarren, als ich sagte, dass ich nichts für ihren kleinen Freund machen kann.«

Prompt muss ich an Madame Lunas Hamster und ihren durchdringenden Blick denken. Unmöglich, dass es sich dabei um dieselbe Person handeln könnte, denn sie hätte gewusst, wie es um das Schicksal ihres Hamsters bestellt ist. Ganz bestimmt.

»Dazu sag ich lieber nichts«, antworte ich. »Ich habe als Kind meinen Teddy zum Arzt gebracht, weil sein Ohr eingerissen war, und verlangte eine Operation. Wenn man etwas liebt, versucht man alles, um es zu retten.« Tatsächlich hatte ich sogar nicht nur mein, sondern gleich auch noch Lottas Sparschwein geplündert, falls der Arzt für die Teddyrettung eine hohe Rechnung ausstellen sollte.

»Ja, du hast recht. Trotzdem war es nicht leicht, dem Mädchen zu erklären, dass der arme kleine Hamster lediglich an seinem Alter leidet. Und vermutlich bald von uns gehen wird.« Roberts Blick senkt sich, bleibt am Zuckerstreuer kleben. »So ist das mit dem Leben.«

»Jetzt bin ich traurig.« Meine Unterlippe schiebt sich ganz von allein vor.

»O nein, dann lass uns schnell zum schönen Teil des Tages übergehen«, beeilt Robert sich, und seine Stimme klingt einmal mehr so sanft, dass mir warm ums Herz wird. »Ich habe Levi versprochen, dir das hier zu schenken, warte …« Ungelenk fischt er eine Tüte mit lila Schleife aus seiner Jackentasche und überreicht sie mir feierlich. Innerhalb des Zellophans häufen sich unförmige Klumpen in Sahnebraun. »Karamell. Das haben Levi und ich selbst gemacht, denn wir wissen ja, dass du eine Süße bist.« Diesmal gerät sein Zwinkern linkisch.

»Vielen Dank, ich weiß gar nicht, was ich sagen soll«, gebe ich zu und schmelze dahin. »Dabei wollte *ich* mich doch revanchieren.« Ich blicke mich nach Oméro um, und er eilt heran, um eine fette Bestellung Waffeln, Sahne, Kirschen, Kakao und Kaffee aufzunehmen.

Als mein Blick durch das große Fenster nach draußen gleitet, fällt mir auf, dass der Himmel heute so blau ist wie lange nicht mehr, und ich fühle mich einfach nur wohl, während Robert und ich Anekdoten unseres Berufslebens austauschen und lachen. Es ist, als spende Robert mir ein wenig Licht, unter dem sich Wege und Möglichkeiten aus meinem Seelennebel schälen. Zum Beispiel auch die Tatsache, dass hier ein Mann vor mir sitzt, der sehr geerdet wirkt. Und der Single ist, wie ich im Laufe des Gesprächs erfahre.

Robert lehnt sich auf seinem Stuhl zurück und mustert mich, als ich ihm die Geschichte zu meiner Hello-Kitty-Uhr erzähle. Die Anekdote mit der Jagd nach dem Drachen im Moor, der sich als Papagei herausstellte.

»Du bist wirklich ein verrücktes Huhn«, meint er auf eine liebevolle Weise und so anders, als wenn Silas über meine anscheinend spleenige Art spricht. Im Gegensatz zu ihm scheint sie Robert nicht zu schrecken.

»Heißt das, ich kann dich als meinen Leibarzt wählen, so als Federvieh?« Upsi, flirte ich etwa?

»Jederzeit.« Robert schmunzelt, und eine Weile sagen wir nichts, schauen uns nur an. Auf eine andere Art als eben noch. Mir fällt ein Grübchen an seinem Kinn ins Auge und silberne Strähnen an seinen Schläfen. Was ihn so schön macht, ist seine abgeklärte und positive Ausstrahlung.

Die Waffeln und Getränke kommen. Prompt knurrt mein Magen, ich habe den halben Tag vergessen zu essen und mache mich umgehend ans Werk.

»Es ist mir ein Fest, dich heute so gelöst zu sehen«, verrät mir Robert, während er mir zuschaut.

»Das kann ich mir vorstellen nach dem Drama vom Spielplatz. Es muss verstörend gewesen sein. Ich hoffe, Levi hat den Anblick gut verarbeitet.« Zerknirscht gucke ich Robert an, seine Gabel schwebt über einem Waffelherz.

»Ja, natürlich. Levi ist ein sehr tapferer kleiner Kerl, der kommt klar. Aber wie sieht es bei dir aus? Hast du alles verarbeitet, was dir zu schaffen machte?«

Kurz flackert die Erinnerung durch meinen Kopf: Mein langer Monolog über die Periode, deren Ausbleiben ich mir erhofft hatte, über Exfreundinnen von Exfreunden, Rosenkavaliere und Kakaoflecken auf Lieblingshosen, der alles andere als chronologisch war. »Du meinst, ob ich noch vor Liebeskummer vergehe?«

Robert nickt. »Manches bleibt nicht für immer. Und doch ist das Echo, das nachhallt, prägend und oft wunderschön. Ich denke, das muss manchmal ausreichen.« Wie philosophisch ein Tierarzt sein kann. Ich lächle.

»Du hast sicher recht. Und es geht mir wieder besser. Ich schätze, es war der erste Schock über die Erkenntnis, dass es wirklich vorbei ist.« Ich schiebe mir eine Gabel Kirschen und Sahne in den Mund und lasse ihre Süße auf meiner Zunge explodieren.

»Ich bin der festen Überzeugung, dass man das Leben mit all seinen Tiefen und Höhen spüren und annehmen soll«, meint Robert irgendwann. Und er hat recht: Wozu sich gegen die Strömung des Schicksals wehren? Reine Kraftverschwendung. Mein Lächeln wächst in die Breite.

»Ja, man soll tanzen, bis man den Kopf verliert.«

»Nun, ich weiß nicht, ob man dann nicht zu kopflos wird, aber …« Er hält inne, auch sein Grinsen vertieft sich. »Halt mal still.«

»Hm?«

Robert nimmt eine Serviette. Seine linke Hand schmiegt

sich an meine Wange, mit der anderen tupft er mir Sahne vom Kinn. Seine Berührung ist sacht und sehr erwünscht, stelle ich fest. Und ich frage mich, ob es nicht eventuell jetzt an der Zeit ist, den Kopf zu verlieren. Dann zupft plötzlich etwas an meinem Herzen, und aus dem Augenwinkel nehme ich eine Bewegung draußen auf der Straße wahr. Ein Streifenwagen fährt vorbei. Mein Kopf ruckt zur Seite, ich erkenne Silas auf dem Fahrersitz sofort. Unsere Blicke verbinden sich durch das Fensterglas des *Amore Belle* miteinander, unendlich lange. Die Zeit zerfällt in Einzelteile. Ich bemerke noch, dass Silas' Beifahrer wild gestikuliert, bevor es kracht und der Streifenwagen in einen Transporter rumst.

»O Gott!«, stoße ich aus und knalle mit dem Knie ans Tischbein, als ich aufspringe. Selbst Oméro lässt beim Blick aus dem Fenster fast das Tablett fallen und fängt gerade noch seinen Tassenturm auf. »Mio Dio!«

Ohne Jacke laufe ich hinaus, um zu helfen, werde jedoch von einer eintreffenden Gruppe Gäste ausgebremst.

»Lasst mich durch, ich bin Hebamme«, krächze ich.

»Lasst mich vorbei, ich bin Arzt«, höre ich unweit hinter mir, als ich weiter auf die Straße renne.

Es hat ordentlich gerumst, wie mir scheint. Die Kühlerschürze des Streifenwagens ist eingedellt, ein Scheinwerfer zerbrochen, und der Transporter hat auch gelitten und trägt eine beeindruckende Delle zur Schau. Etwas hilflos bleibe ich vor dem Unfallort stehen, Schaulustige sammeln sich und tuscheln. Für einen Moment wundere ich mich, dass Silas nach seinem Sturzflug im Einsatz schon wieder arbeitet.

In diesem Moment schwingt sich die Fahrerin des Transporters aus ihrem Wagen, schmettert die Tür zu und begutachtet den Schaden. Erst jetzt steigen Silas und sein Beifahrer aus, den ich sofort als Samiras Mann Matti erkenne. Mein Körper verspannt sich, ich spiele mit den Ärmeln meines viel zu dünnen Pullovers.

»Sind Sie eigentlich blind?«, fragt die Frau sauer und stemmt die Hände in die Hüfte. Wow, die hat Eier, zwei Polizisten so anzublöken. »Ich habe geblinkt, stundenlang, und dann erst ganz langsam gebremst. Das hier …« Sie macht eine ausladende Geste in Richtung Schilder. »… ist ein Ladebereich, ich darf hier halten und meine Ware abliefern.«

»Werte Dame, beruhigen Sie sich erst mal.« Samiras Mann tritt ihr entgegen und hebt beschwichtigend die Arme.

»Ja, ja, ich bin die Ruhe selbst. Aber wehe, *mir* wäre so ein Malheur passiert, nicht wahr?«

Ein wenig erinnert sie mich an Lotta, als sie einmal auf einer Landstraße willkürlich für eine allgemeine Kontrolle aus dem Verkehr gewinkt wurde. Mit abgelaufenem TÜV natürlich.

Der Beamte: »Ihre Reifen sind ganz schön abgefahren.«

Lotta: »Oh, vielen Dank. Ihr Blaulicht fetzt aber auch ordentlich.« Stille, ein zuckersüßes Lächeln – und wir durften weiterfahren. Einer der Momente, in denen ich beschloss, mich stets an meiner großen Schwester zu orientieren, die beeindruckend gut durch ihr Leben kommt und sich niemals aufhalten lässt.

Ich spüre, wie mir jemand meine Jacke um die Schultern legt. »Allen Unfallbeteiligten scheint es gut zu gehen«, stellt Robert fest, trotzdem kann ich nur weiter dort hingucken, wo Silas' Kollege versucht, die selbstbewusste Dame, die jetzt Paragrafen zitiert, zu besänftigen.

Silas' Blick huscht zu mir, nur einen Sekundenbruchteil. Viel zu schnell schaut er wieder fort, als wäre es eine Zumutung, mich hier zu entdecken. Er steht regungslos neben Matti, während der mit der Dame diskutiert.

»Und? Kriegen Sie jetzt auch Punkte in Flensburg wegen Unfähigkeit?«, kräht die. »Oder gilt so was nur für Leute in Zivil?«

Die Zuschauer amüsieren sich köstlich, und ich beschließe, mich der Situation lieber zu entziehen. Was soll ich schon tun? Silas denkt sich mich ja eh gerade weg.

Robert betrachtet mich. »Kennst du jemanden?« Mit dem Kinn deutet er zur Unfallstelle hinüber, und ich reiße meinen Blick vom Geschehen los.

»Nicht wirklich«, fürchte ich unvermittelt. Vielleicht habe ich Silas von Anfang an total falsch eingeschätzt. Allerdings fühle ich gleichzeitig, dass meine Worte eigentlich nicht wahr sein können. Oder doch? Oder nicht?

»Komm, wir gehen wieder rein. Die Waffeln werden kalt.« Ich zupfe an Roberts Ärmel, weil plötzlich er es ist, der seine Augen verengt und die beiden Polizisten forschend mustert.

Wir kehren zurück zu unserem Festmahl, doch die Stimmung verliert an Dynamik, weist hier und da ein paar stille Momente auf, die von Nachdenklichkeit zeugen. Trotzdem genießen wir eine weitere Runde Waffeln, bis ich mich verabschiede und nach oben in Helgas Wohnung wuchte.

Ich entdecke Lotta, die aus dem Badezimmer schlurft.

»Hey, du«, sagt sie und knotet sich meinen Bademantel mit den Entchen drauf zu. Ich werfe die Stiefel in die Ecke und folge ihr in Richtung Küche.

»Du wirst nicht glauben, was ich gerade erlebt habe.« Witzig: Ich weiß eigentlich gar nicht, *was* ich genau erlebt habe. Hat Silas am Ende meinetwegen den Unfall gebaut? Hat der Anblick, als Robert seine Hand an meine Wange legte, ihn etwa so sehr abgelenkt? Ihm womöglich etwas ausgemacht? Ich kneife mir in die Nasenwurzel und lasse mich auf den nächsten Stuhl am Esstisch fallen. Lotta setzt sich zu mir.

»Atme mal durch, du bist ja total neben dir«, findet sie und stützt ihren Kopf mit der Hand. Licht fällt in ihr Gesicht, als sie sich zu mir beugt und meine nervösen Hände einfängt. »Hast du dich mit diesem Robert getroffen?«, fragt sie besorgt. »Ist er dir doof gekommen?«

»Was? Nein.«

»Das ist gut, sonst hätte ich mir den mal vorgeknöpft«, reagiert sie mit einem Satz aus ihrem gewohnten Repertoire.

Ich atme tief ein, versuche die Dinge zu ordnen. »Also, wir saßen zusammen im Café, und alles war toll, einfach mega, und dann …« Ich umreiße das Geschehene und lasse meine Finger über die Ränder der gestapelten Zeitschriften wandern. *Eltern*, *Familie & Co.*, *Freundin* und *Focus*. Während ich erzähle, zuckt Lottas Blick immer wieder zu meinen Fingern, und ich bemerke, dass sie mir gar nicht richtig zuhört. Dass ihre Aufmerksamkeit irgendwo zwischen den Zeitschriften liegt oder bei einem Gedanken, der nichts mit meinen Worten zu tun hat. Ich räuspere mich, ihre Augen zucken zu mir.

»Vielleicht hätte ich doch noch mal mit ihm reden sollen.« Erneut spüre ich dieses Loch im Herzen.

»Mit Silas? Wozu, du bist zu ihm ins Krankenhaus gerannt, da wäre es an ihm gewesen, dich zu kontaktieren, oder? Wenn er noch Interesse hätte.«

Harte Worte, aber sie hat sicher recht. Meine Finger stupsen die Elternzeitschrift, und eine Broschüre samt DIN-A4-Dokument rutscht auf den Tisch. Lotta springt von ihrem Stuhl auf, doch ich erwische beides vor meiner Schwester.

»Was ist das?« Ich runzle die Stirn.

Beratung Schwangerschaftsabbruch, steht auf dem Flyer. What the fuck?! Vom Wisch winken mir Lottas Name und ein Datum entgegen.

»Das war ja vorgestern.« Ich starre meine Schwester sekundenlang an, ohne dass sie etwas sagt. »Du hast dich zu einem Abbruch beraten lassen?«

»Jetzt mach bloß kein Fass auf, Madita«, sagt Lotta gefährlich leise. Langsam setzt sie sich wieder auf den Stuhl und strafft sich. Eine nasse Strähne klebt an ihrer Wange, sie wischt sie weg.

»Ganz allein?« Ich reiße meinen Blick von ihrer kühlen Miene los. Ich brauche irgendwas zu tun, also angle ich die Karamellbonbons von Robert und Levi aus der Jacke, zerre am lilafarbenen Bändchen.

»Helga war mit.«

Damit habe ich jetzt gar nicht gerechnet, und ich kann nicht genau sagen, was diese Information mit mir macht. Ich weiß nur, dass sich Eis in mir ausbreitet. Vom Magen bis ins Hirn.

»Was?«, höre ich mich selbst fragen.

»Sie ist wesentlich unaufgeregter als du.«

Na gut, das weiß ich natürlich. Aber was ist das bitte für ein Grund? »Was soll das denn heißen?«, frage ich deshalb und stecke meine Hand in die knisternde Tüte.

»Dass du mich stresst.«

Ich huste, Karamellspucke ist in meinem Hals falsch abgebogen. »Ich dich?« Immerhin ist *sie* mit ihrem Koffer voll Problemen einfach in mein Leben und in meine Routine geplatzt. »Oh, wie nett. Danke, Schwesterherz. Ist ja nicht so, dass ich einfach nur versuche, für dich da zu sein.« Natürlich ist es selbstverständlich, als Schwestern füreinander zu sorgen. Und ich mache das nur zu gern, weil Lotta auch immer für mich da ist, wenn meine Welt mal wieder schief in den Angeln hängt.

Stille entsteht, senkt sich zwischen uns, also knistere ich noch ein wenig mehr mit der Tüte Karamell.

»Und du willst dein Baby einfach abtreiben?« Ich beiße krachend auf ein Bonbon, und mein Backenzahn schmerzt.

»Einfach?« Während Lottas Augen sich verengen und ich mich kurz für dieses kleine Wort schäme, beginnt es draußen zu stürmen. Ich kann es um die Hausecke heulen hören und ahne, dass es in unserem Inneren bald nicht anders sein wird. Ich sollte einlenken, den Frieden suchen.

Lotta wischt sich unruhig über ihr ungeschminktes Gesicht. »Ja, ich denke, ich werde die Schwangerschaft beenden. Meinem Kind keine überforderte Mutter zumuten.«

Ich schlucke. »Du hast dich schon so oft in widrigen Situationen zurechtgefunden. Denk doch nur an dein Jahr als Rucksacktourist in Kanada. Als du dich unterwegs von Tobi getrennt und den Trip dann allein durchgezogen hast.« Ich kann nicht verhindern, dass ich verzweifelt klinge. Ob es nun der Schmerz vom Zahn ist oder der, dass Lotta im Gegensatz zu mir ein Kind erwartet und es nicht will. Wieso ist das Leben manchmal so bescheuert? Wer schreibt diese vertrackten Drehbücher? Der muss echt besoffen sein oder ein Sadist.

»Siehst du, genau das meine ich. Du kapierst es einfach nicht.« Lottas Lachen klingt wie brechendes Holz. »Ich bin nicht bereit für solch eine Verantwortung. Und mir fehlt die Kraft. Auch wenn du das nicht wahrhaben willst.« Sie schnauft, rauft sich das noch feuchte Haar.

»Du bist großartig, du kannst jede Schwierigkeit meistern.« Das weiß ich.

»Nein, Madita. Du willst mich so sehen. Du erwartest von mir, dass ich deine Heldin bin, und es ist verdammt schwer, dem gerecht zu werden.«

Lottas Worte verwirren mich. Das kann sie unmöglich ernst meinen.

»Was? Das ist ja wohl nicht wahr …« Beim Arme vor der Brust Kreuzen fällt mir die Bonbontüte aus der Hand. Ich bücke mich, hebe sie auf und kämpfe mit den Tränen. Ich finde es beschissen, dass sie so tut, als würde ich sie in eine Rolle drängen. *Sie* war es, die stets die Führung übernommen hat, die sich nichts aus der Hand nehmen lassen wollte. Schon gar nicht die Caprisonne, wenn ich den Strohhalm nicht beim ersten Mal ins Loch bekam. Bis heute brennt ihr ungeduldiger Gesichtsausdruck in mir, höre ich ihr Seufzen über meine Unfähigkeit, wenn ich mich zu lange abmühte, spüre ich die Enttäuschung über mich selbst, dass ich nicht toller war. Im Grunde war es so, dass Lotta es grundsätzlich nur schwer ertrug, wenn sich jemand weniger pfiffig anstellte als sie. Und das ließ sie einen spüren. *Darüber* könnten wir uns ja mal unterhalten.

»Du weißt schon, dass jede Abtreibung Risiken birgt? Was ist, wenn etwas geschieht, das spätere Schwangerschaften erschwert oder sogar ausschließt?« In sehr seltenen Fällen kann es zu Infektionen oder Rissen in der Gebärmutter kommen, das ist bekannt. Schließlich handelt es sich um einen operativen Eingriff.

»Dann wäre es eben so«, antwortet Lotta leise, aber mit fester Stimme. »Ganz ehrlich, ich bin in den letzten Wochen an meine Grenzen gekommen. Ich kann zu diesem Zeitpunkt keine alleinerziehende Mutter werden. Unmöglich.«

»Aber Noël will das Baby doch«, beeile ich mich einzuwerfen. Mag er sein, wie er will – wenigstens hat er um Lotta gekämpft, tut es vielleicht immer noch. Zwar hatte er sich nach Stunden des Ausharrens vor unserem Haus irgendwann doch noch zurückgezogen, ließ meine Schwester aber wissen, dass das letzte Wort noch nicht gesprochen sei.

»Ich will Noël nicht. Vermutlich geht das nicht in deinen pinken Zuckergusskopf, doch es ist wichtig zu erkennen, wenn jemand nicht gut für einen ist. Er kommt für eine Zukunft nicht infrage.«

»Aber er hat doch trotzdem ein Mitspracherecht, was das Baby angeht, oder nicht?« Gute Frage. Es ist Lottas Körper. Aber bin ich darauf eingegangen, was Silas wollte, als klar wurde, dass ich schwanger sein könnte? Wenn ich wirklich der Überzeugung bin, dass der Mann mitreden darf, warum habe ich Silas dann so abgekanzelt? Ich schlucke trocken, versuche meine Gedanken zu bändigen.

»Das sogenannte Mitspracherecht hat er verwirkt, als er zweigleisig gefahren ist«, meint Lotta und schiebt die Brauen steil zusammen.

»Wie doppelmoralistisch du bist. Warst du es nicht, die immer gern mehrere Eisen im Feuer hatte?«

Dunkelheit fällt auf Lottas Gesicht, ihre Augen blitzen mich an. Als wir klein waren, war das der Zeitpunkt, an dem ich mich in Sicherheit brachte. Denn ich wollte weder gekniffen noch neu frisiert werden.

»Das kannst du nicht vergleichen.«

»Ach, warum denn nicht?« Meine Stimme klingt provokanter, als mir lieb ist.

»Ich habe niemandem etwas versprochen, Madita. Ich habe niemanden gefragt, ob er mich heiraten will, und dann nebenbei noch herumgebumst. Und außerdem ist das nicht das Kernproblem zwischen mir und ihm. Es geht um Eigenständigkeit, die respektiert werden muss. Das verstehst du anscheinend nicht.« Die Art, wie Lotta das sagt, zerrt an meinem Inneren.

»Wieso versteh ich das nicht?«, will ich wissen und wappne mich, weil ich ahne, dass die Antwort einer Attacke gleichkommen wird.

»Weil du immer jemanden brauchst, über den du dich definierst. Du kannst nicht gut allein sein.«

»Was soll das denn wieder heißen?« Denkt sie etwa, ich wüsste nichts mit mir anzufangen? Oder hätte keine eigenen Ziele, die ich nur für mich verfolgen könnte? Wann war ich eigentlich das letzte Mal ganz allein? Sogar wenn ich schlafe, liegt Lotta neben mir …

»Du brauchst Menschen in deinem Umfeld, die dich beschützen. Du liebst es, das Küken der Nation zu sein. Du lebst dafür, dass du Unterschlupf findest.« Die ausladende Handbewegung, die sie macht, gefällt mir nicht. Sie meint sogar mein Asyl bei Helga. »Du bist auf eine selbstständige Art total unselbstständig, dass es kaum zu erklären ist.« Lotta sieht mich so überheblich an, dass ich ihr gern eine kleben würde.

»Auf *selbstständige Art unselbstständig?* Du tickst doch nicht richtig.« Ich hole tief Luft. »Du versuchst nur, mir den Schwarzen Peter zuzumogeln, weil *du* ein schlechtes Gewissen hast. Weil ich dich, trotz meiner eigenen Sorgen, mit offenen Armen aufgefangen habe und du dann mit Helga zu so einem Termin gehst.« Mir versagt die Stimme bei den letzten Worten, und ich stelle fest, dass ich mich betrogen fühle.

»Halt, Schwesterherz.« Lotta hebt den Zeigefinger. »Mit dir ist geteiltes Leid manchmal doppeltes Leid.«

Ich klammere mich an die Tischkante, kipple dabei ein wenig mit dem Stuhl. Er knarzt.

»Weißt du noch damals, als ich von meinem Ausbilder schikaniert wurde? Als wir uns im Bistro *Balu* trafen und ich dir mein Herz ausschüttete?«

Lotta nur anstarrend warte ich ab. Natürlich kann ich mich gut an einen der wenigen Momente erinnern, in denen meine Schwester Rat bei mir suchte und nicht umgekehrt. Es war beinahe Sommer gewesen und Lotta durch eine wichtige Zwischenprüfung gerasselt.

»Weißt du, ich war so darum bemüht, nicht zu heulen. Diesem Arsch, der es auf mich abgesehen hatte, nicht diese Macht über mich zu geben. Und dann sitzt du da, registrierst die winzigste Träne in meinem Augenwinkel und heulst an meiner statt los, Madita.«

»Ja, weil du mir leidgetan hast«, erinnere ich mich nur zu

genau an den Schmerz, den ich fühlte, weil jemand meiner Schwester so übel mitgespielt hatte.

Lotta steht auf, kehrt mir den Rücken zu. Ich glotze auf die Entchen auf dem Bademantel.

»Ja, aber du hast es damit nicht besser gemacht. Deinetwegen musste ich dann wirklich heulen, und jeder hat es gesehen, das Geflenne. Und das war kacke.« Sie scheint darüber wirklich wütend zu sein.

»Oh, entschuldige bitte, dass ich Gefühle habe.« Was genau wirft sie mir eigentlich gerade vor?

»Deine Theatralik ist nicht immer hilfreich, kleine Schwester. Manchmal torpediert sie.«

»Ich bin nicht theatralisch.« Keine Ahnung, warum. Aber plötzlich werfe ich eine Handvoll Karamellbonbons nach Lotta. Sie wirbelt zu mir herum, blitzt mich wütend an.

»Deshalb habe ich Helga mitgenommen – um das Häufchen Elend sein zu dürfen, das ich im Augenblick bin.« Ich kann Lottas scharfe Stimmlage nicht mit dem Gesagten in Einklang bringen.

»Weißt du eigentlich, wie sehr du mich gerade verletzt?«, frage ich und spüre dabei den Kloß im Hals, der mir die Worte verzerrt. Und meine Unterlippe zittern lässt.

Lotta klatscht in die Hände, wirft dann die Arme in die Luft, wie Mama, wenn sie sich mit Papa über das nächste Urlaubsziel streitet. »Oh, sehr schön. Und da sind wir wieder. Willkommen in der Maditashow. Schon geht es wieder um *dich* und *dein* Innenleben.«

Ich zucke zusammen. »Gar nicht.« Na gut, vielleicht ein bisschen. Aber hey, es spielt doch auch eine Rolle, wie es mir bei alldem geht, oder nicht? Ich werfe noch einen Bonbon, treffe meine Schwester genau auf der Nase und versuche, sie ebenso wütend anzufunkeln wie sie mich.

»Weißt du was, Madita? Bei dir ist gerade eine Stelle frei geworden«, zischt sie. »Ich bin es nämlich leid, dein Leuchtturm zu sein.« Sie holt aus und wirft einen Karamellbonbon zurück. Ich ducke mich, das Geschoss knallt hinter mir gegen den Kühlschrank und zersplittert.

»Mein was?« Ich verstehe nur Ebbe und Flut.

Lotta lässt mich einfach sitzen, rauscht aus der Küche und knallt mit irgendeiner Tür. Erst jetzt bemerke ich Helga, die nach Hause gekommen ist und fassungslos im Türrahmen steht. Bestimmt unsicher, ob sie mit Lovis lieber wieder gehen soll, aus der Wohnung flüchten, die entweder noch ihr Zuhause ist oder inzwischen ein Irrenhaus.

Notfälle

Helga

Mittlerweile verstehe ich, warum Madita mich bat, Berta von Thies' Betreuung zu übernehmen. Die personifizierte Effizienz macht es einem nicht leicht, zu ihr durchzudringen, geschweige denn, das überhaupt zu wollen. Im Gegenteil, dieses Ebenbild einer nichtssagenden Modeschönheit löst Fluchtimpulse in mir aus. Erst rümpfte sie die Nase darüber, dass ich Lovis mit zur Vorsorge brachte, weil Madita selbst Termine zu erledigen hat, Lotta heute Morgen nicht zum Frühstück erschienen ist und ich sie nicht wecken wollte, und Hans erst morgen wieder übernehmen kann. Es gelang mir, Frau von Thies – die nicht geduzt werden möchte, weil das der professionellen Distanz im Wege stehe – davon zu überzeugen, dass die Anwesenheit eines Säuglings im Haus mitnichten die zwangsläufige Kernsanierung des Eigenheims nach sich ziehen muss. Schwerer fiel es mir, die Frage zu stoppen, die sich mir in diesem Zusammenhang aufdrängte: Ob ihr klar sei, dass auch ihre Schwangerschaft mit der Anwesenheit eines Babys enden wird?

Während ich sie untersuchte, telefonierte Berta von Thies mit zwei Kunden sowie ihrer Buchhalterin und diktierte im Anschluss eine E-Mail in ihr Smartphone. Bevor sie sich in ein Meeting einloggen konnte, das »nur zehn Minuten in Anspruch nehmen wird«, erkundigte ich mich, ob sie die Entbindung via Zoom plant.

»Sie sind ja genauso ein Spaßvogel wie Ihre Kollegin«, erwiderte Frau von Thies, während mich die Falte, die sich zwischen ihre Augenbrauen grub, wissen ließ, was sie von Humor hält. Dabei war meine Frage durchaus ernst gemeint. So manche Frau verdrängt, was eine Geburt bedeutet. »Der Termin für den Kaiserschnitt ist mir vom Sankt Marien bestätigt worden ... was? Ja, ich bin gleich da.« Letzteres galt dem Gesprächspartner in ihrem Ohr, der aus einem dieser kabellosen Hörer sprach, von denen ich mich immer frage, wie es den Leuten gelingt, die Teile nicht zu verlieren.

»Hören Sie, Frau von Thies, die Vorsorge ist nicht sinnvoll, wenn Sie nicht bei der Sache sind, und zum Thema Kaiserschnitt würde ich Ihnen ebenfalls gern etwas sagen.«

Sie verdrehte die Augen, ob wegen meiner Aussage oder etwas, das ihr Ohrmensch gesagt hatte. »Ich bin bei der Sache, Frau Fronau, über den Kaiserschnitt diskutiere ich nicht, und was Sie da in den Mutterpass kritzeln, kann ich jederzeit nachlesen. Übrigens wäre es praktischer, wenn Sie die Daten online zur Verfügung stellen würden. Es ist so typisch für unser Land, dass es kein digitales Portal für so etwas gibt.«

»Ich bin ganz froh, dass wir manche Dinge noch immer mit unseren eigenen Händen erledigen dürfen«, entgegnete ich, doch meine Bemerkung ging in Berta von Thies' Worten unter, mit denen sie irgendwelche Personen am Telefon begrüßte. Ich packte meine Sachen zusammen und ging, begleitet von einem Zucken des von Thies'schen Zeigefingers, das ich als Abschiedsgeste nahm. Immerhin.

Während ich Lovis in der Babyschale festschnalle, kommt mir der Gedanke, dass sich Berta von Thies nur deshalb von uns betreuen lässt, weil wir Hausbesuche machen und sie auf diese Weise Zeit spart. *Wir sollten das Konzept überdenken,* überlege ich, und nur noch Frauen in den eigenen vier Wänden betreuen, die wir auch bei der Geburt begleiten – so wie es auch andere Praxen handhaben.

Als Nächste steht Annie in meinem Terminplan, eine der Schwangeren aus meinem verunglückten Vorbereitungskurs für Mehrgebärende. Zum letzten Termin sind zwar alle erschienen, jedoch hing die Atmosphäre wie ein nasser Waschlappen über uns, und die Gespräche der Frauen untereinander fanden im Flüsterton statt. Annie ist die Einzige, die sich außerhalb der Gruppe vom *Storchennest* betreuen lässt, und nachdem ich sie untersucht habe, gebe ich ihr Ratschläge gegen das Karpaltunnelsyndrom, unter dem sie seit einigen Tagen leidet und das sich nachts durch taube Finger und tags durch kribbelnde Schmerzen bemerkbar macht, die von der rechten Hand bis in den Unterarm strahlen.

»Kar-was-für-ein-Tunnel-Syndrom?« Annie nippt an ihrem Kräutertee, einer Mischung, die Madita selbst zusammenstellt und mit dem Etikett *Störchin im Glück* an unsere Kundinnen verteilt. »Nie gehört.«

»Karpaltunnel«, erkläre ich, während ich die Diagnose handschriftlich auf meiner Karteikarte notiere und nicht verhindern kann, dass *Ätschbätsch, Berta* durch meinen Kopf schallt. »Das ist der Kanal, durch den deine Mittelhandnerven verlaufen. Er versorgt Daumen, Zeige- und Mittelfinger und zum Teil auch den Ringfinger. Deshalb ist dein kleiner Finger als einziger nicht betroffen.«

Mit überraschtem Blick starrt Annie ihre Hand an. »Du hast recht – der geht noch!« Sie stellt die Teetasse ab und wackelt mit dem Finger hin und her, als winke sie einer geliebten Person, die sie nach Jahren zum ersten Mal wiedertrifft. Ihre Freude lässt mich lächeln.

»Nun, du merkst ja selbst, dass dein Körper während der Schwangerschaft überall Wasser einlagert.«

Annie nickt, während ihre Hand zu ihrem Ehering wandert, den sie für die Dauer ihrer anderen Umstände an einer Kette um den Hals trägt, weil ihre Finger gleich in den ersten Wochen angeschwollen sind.

»Der Karpaltunnel wird eng von Bindegewebe umschlossen, und wenn das anschwillt und ihn zudrückt, kann es zu Versorgungsengpässen und eben zu jenem Syndrom samt Fingerkribbeln oder Taubheitsgefühlen führen. Solange es sich auf die Schwangerschaft begrenzt, ist es völlig harmlos, aber wenn es dir zu unangenehm wird, lass dir eine Schiene für nachts verschreiben, damit das Handgelenk im Schlaf nicht geknickt wird. Außerdem kannst du dir die Hand regelmäßig massieren und sie heiß und kalt im Wechsel abspülen.« Ich greife nach Annies Hand und zeige ihr ein paar hilfreiche Bewegungen. »Achte bei deiner Ernährung auf ausreichend Salz und Proteine, beides hilft gegen Wassereinlagerungen. Wenn du außerdem den Zucker weglässt, verlierst du in den ersten Tagen ein bis drei Kilo Wasser zusätzlich.«

»Ernsthaft?« Annie greift nach ihrem Smartphone, um sich Notizen zu machen. »Warum sagt einem das keiner?«

Ich stecke meine Unterlagen in die Tasche und schüttle den Kopf. »Dass Zucker schädlich ist und abhängig macht, ist kein Geheimnis«, meine ich. »Es will bloß niemand hören. Und vielleicht solltest du auch etwas weniger mit dem Handy herumdaddeln. Je häufiger du dein Handgelenk abknickst, desto schlimmer wird das Syndrom.« So gesehen würde es mich nicht wundern, wenn in ein paar Jahren die gesamte Bevölkerung über taube Finger und Schmerzen im Unterarm jammert.

Annie verspricht, darauf zu achten, und bedankt sich für die Hinweise. Weil es auf dem Rückweg liegt, fahre ich noch bei Vicky und Neville-Lupin vorbei. Dieses Mal darf ich durch die

Haustür eintreten, auch wenn mich Vickys Mutter Karin mit einem Gesichtsausdruck begrüßt, der einem wütenden Frettchen gleicht. »Ach, Sie sind das.«

Ich verschlucke meine Erwiderung und werde gebeten, meine Straßenschuhe auszuziehen, bevor mich Frau Glossberg ins Obergeschoss geleitet, wo Vicky in ihrem Zimmer, das halb so groß wie meine gesamte Wohnung ist, auf einer Spieldecke liegt und französische Vokabeln lernt, während Neville-Lupin neben ihr die Zipfelmütze eines Stoffzwerges durchsabbert. Ich setze mich daneben, platziere Lovis so über meinem ausgestreckten Bein, dass es ihren Körper stützt, während sie ihr Köpfchen heben und mit freien Händen um sich greifen kann. Sie liebt es und versucht sogleich, beide Fäustchen gleichzeitig in ihren Mund zu schieben. Vicky lacht.

»Ich krieg 'nen Cuteness-Overload, Mann«, urteilt sie.

Obwohl ihr Vater sie vom Personal seiner Klinik betreuen lässt, schaue ich mir ihre Kaiserschnittnarbe an und taste das Gewebe im Unterleib ab. Alles heilt und bildet sich zurück, wie es soll.

Nach ein paar Minuten klopft es, und Frau Glossberg steht mit einem Tablett in der Tür, darauf Kaffee, Tee und Gebäck, und wie schon einmal staune ich über die Geschwindigkeit, mit der sie das Arrangement zusammengestellt hat. Als täte sie nichts anderes, als den lieben langen Tag auf Besuch zu warten – den sie, ihrer Körperhaltung nach, prinzipiell zu fürchten scheint. Obwohl sich Vickys Mutter darum bemüht, aufrecht zu stehen, ist ihr Kopf leicht eingezogen; ihre Schritte setzt sie zaghaft, und wenn sie einen anschaut, heftet sich ihr Blick stets auf einen Punkt auf dem Nasenrücken und nicht auf die Augen. Die jahrelange Ehe mit Corvin Glossberg hat sie gelehrt, dass sie nichts gut genug macht. Egal was sie tut.

»Mann, Mutter, das ist kein Restaurant hier, und wir haben

auch nichts bestellt«, bellt Vicky, ehe Frau Glossberg die Schwelle überqueren kann. Eine Entschuldigung läuft über Frau Glossbergs Gesicht, ohne dass sie etwas sagt.

»Boa, ich hasse diese Vollzeit-Überwachung!« Vicky schießt ihrer Mutter schwarze Blicke hinterher, die sich allerdings längst in den Flur geduckt und die Tür hinter sich geschlossen hat.

Ich streichle Lovis über den Rücken. »Vielleicht will sie nur nett sein.«

Vicky mustert mich, wie um zu prüfen, ob ich noch bei Verstand bin, dann schnipst sie mit den Fingern. »Bullshit. In diesem Haus ist niemand nett.«

Schließt du dich mit ein? Ich wehre mich gegen das aufsteigende Mitgefühl für Vickys Mutter. Es wäre zu leicht, ihre persönliche Unzulänglichkeit ausschließlich auf die Umstände zu schieben. Vicky hat gute Gründe, sauer auf ihre Eltern zu sein und Abstand zu ihnen zu wahren. Doch obwohl Frau Glossberg über einen freien Willen verfügt, werde ich das Gefühl nicht los, dass sie keine Chance hat. Weder ihr Mann noch ihre Tochter lassen sie eine liebende Mutter sein, dabei glaube ich, dass sie das gern wäre.

»By the way«, unterbricht Vicky meine Gedanken, ehe ich mich entschieden habe, ob ich sie laut aussprechen soll oder nicht, »das Projekt vom Jugendamt läuft mega.«

Es fällt mir schwer, mich auf Vickys Erläuterungen über die behördliche Initiative zu konzentrieren, bei der Silas sie angemeldet hat und die sich für Mütter im Teenageralter starkmacht, indem sie ein Netzwerk aus Unterstützungsangeboten knüpft. Dr. Corvin Glossberg ist frischgebackener Schirmherr von *TeenMummy* und lässt sich für sein Engagement gebührend feiern, wie Vicky berichtet.

»Das bläst sein Ego zwar noch weiter auf, aber scheiß drauf.

Lieber bin ich sein Aushängeschild als seine Gefangene. Und das Beste ist: Die holen Tyrese her!« Vickys Wangen röten sich, als sie ihren Freund erwähnt. »Erst mal nur für die Osterferien, aber wenn er nächstes Jahr mit der Schule fertig ist, wollen die sich um ein Stipendium für ihn bemühen, damit er in Deutschland studieren und bei Ne-Lu und mir leben kann. Dann bin ich weg hier! Ist das nicht cross?«

Ich nicke und denke daran, dass ich Corvin Glossberg unter anderem damit davon überzeugen konnte, nicht länger auf die Abtreibung seines Enkelkindes zu bestehen, weil Vickys Sohn ja ganz sicher außerhalb des Einflussbereiches des ungeliebten Schwiegersohnes aufwachsen würde, und frage mich, was der Klinikdirektor wohl zu den neuen Aussichten sagen wird. Doch vermutlich kann er jetzt keinen Rückzieher mehr machen und tröstet sich mit dem Glanz, den seine junge Schirmherrschaft auf ihn wirft. Wenn Tyrese und Vicky schlau sind, ziehen sie in eine Stadt am anderen Ende der Republik.

Ich freue mich, Vicky so positiv und optimistisch zu erleben. Gleichwohl kratzt etwas in meinem Inneren, als ich sie eine Stunde später verlasse und zum *Storchennest* fahre, um dort Papierkram zu erledigen. Vielleicht ist es der Einfluss des Kükens, der mich über das Erreichte enttäuscht sein lässt statt dankbar. Denn es ist lediglich ein Kompromiss und kein Happy End mit Knalleffekt, Feuerwerk und Glitzerkanone. Auf ihre Weise ist Vicky die Tochter ihres Vaters, und ich kann nur hoffen, dass sie das Beste daraus macht.

»Helga, oh wie gut, dass ich dich erwische!« Im Vorgarten des *Storchennestes* fliegt mir eine Frau in den Arm, zart und dünn unter ihrem Mantel, umgeben von einem Hauch Vanille. Erst als ich sie von mir schiebe, erkenne ich Monique Pfeiffer. Ein weinrotes Stirnband umkränzt ihren Bob und lässt sie noch blasser aussehen, als sie ohnehin ist. Obwohl ihr Haar hell und nussbraun ist, erinnert sie mich an Schneewittchen.

Unvermittelt steigt Müdigkeit in mir auf, hängt sich an mich wie eine Bleischürze, als wolle sie mich vor der Ausstrahlung einer weiteren Persönlichkeit schützen. Seit Lovis auf der Welt ist, fällt es mir schwerer, mich abzugrenzen.

»Monique! Was kann ich für dich tun?« Ich winke sie hinter mir her, die Stufen zur Tür hinauf und ins *Storchennest* hinein. Monique zögert, bevor sie eintritt. Reckt den Hals vor und lugt in den Korridor, als lauerten dort mindestens Vergewaltiger, wenn nicht Axtmörder. Schließlich huscht sie herein, schlüpft aus dem Mantel und in die Filzüberzieher für Straßenschuhe. Ich leite sie in die Küche, weil ich unbedingt einen Kaffee brauche.

Monique folgt mir mit gesenktem Kopf, den Blick auf ihre Füße gerichtet, und mir geht auf, was sie fürchtet – den Anblick der vielen Babys, deren Porträts unseren Flur säumen und mir plötzlich vorkommen wie die Trophäen in einer Jagdhütte. Ich warte, bis Monique eingetreten ist, und schließe die Tür, sperre aus, was Schneewittchen daran erinnert, dass ihr fehlt, was andere scheinbar mühelos bekommen. Monique bleibt vor dem Tisch stehen, auf dem ich die Babyschale mit Lovis abgestellt habe, und starrt meine Tochter an, mit einem Ausdruck im Blick, der schmerzt.

»Ähm, was führt dich denn her?«, frage ich und will die Babyschale vom Tisch auf die Anrichte heben, fort aus Moniques Sichtfeld. In diesem Moment gluckst meine Tochter und zeigt ihr wunderschönstes Engellächeln, das jedes Mal ein sofortiges Ziehen in meinen Brüsten auslöst und die Milchproduktion anschmeißt. Großes Hormon-Halleluja!

Moniques Augen weiten sich, und ich befürchte, dass sie im nächsten Moment aufschreien und davonlaufen wird.

Es ist offensichtlich, dass sie normalerweise Orte meidet, an denen sie Gefahr läuft, Schwangeren oder Babys zu begegnen, und ich habe keinen blassen Schimmer, was für ein Notfall sie trotzdem hergeführt haben könnte. Dann verändert sich Moniques Miene, und ein Lächeln von der Zartheit eines Kolibriflügelschlags breitet sich darauf aus.

»Ich fand unser Gespräch letztens so gut«, haucht sie in ihrer wabernden Art. »Und ich würd gern von dir betreut werden.« Sie streckt ihren Finger aus und tippt Lovis vorsichtig an. »Na, du Zauberwichtel.«

»Freut mich, dass du dich für uns entschieden hast.« Ich wende mich ab, um Bohnen in die Mühle zu füllen. »Aber ich hätte dir den Vertrag auch zugeschickt.« Ich mag das Geräusch, wenn Arabica im Mahlwerk zersplittert. Es hat etwas Verbindliches.

»Oh, ich komme nicht nur deswegen«, flüstert Monique hinter mir. »Es ist wegen Timo.« Sie seufzt, und es klingt wie das Schweben eines Gespenstes. »Ich hab solche Angst, dass er mich verlässt.«

»Wieso das auf einmal? Als wir das letzte Mal sprachen, klangst du, als sei alles in Ordnung zwischen euch.« Ich lasse Wasser in das Unterteil des Espressokochers laufen, fülle vier Teelöffel gemahlenes Pulver ins Sieb und schraube die Kanne zusammen, bevor ich sie auf den Herd stelle. Als ich mich umdrehe, zucke ich zusammen. Monique hat sich an den Tisch gesetzt. Im Arm hält sie Lovis und spielt mit deren Fingerchen. Moniques entzündete Nagelbetten leuchten roh neben der zarten Haut meiner Tochter, und mich überläuft ein Schauer. Lovis lacht ihr glucksendes Babygeräusch, Monique übergießt sie mit warmweicher Blickfarbe irgendwo zwischen Sommertag und Feengarten. Vielleicht habe ich mich geirrt, und Schneewittchen läuft gar nicht davon.

»Na ja, seit ein paar Wochen ist er sehr kurz angebunden, und wenn wir ausgehen, kommt es mir manchmal so vor, als wäre er lieber woanders. Neulich hat er sich in der Bar dauernd umgedreht, als halte er nach jemandem Ausschau.«

»Hast du ihn darauf angesprochen?«

Monique zuckt die Achseln. »Nicht so richtig.« Sie hebt Lovis hoch, reibt ihre Wange an der meiner Tochter. Stupst sie mit ihrer Nase, wie ich es oft tue. Ich habe mich immer gefragt, warum manche Wöchnerinnen eifersüchtig reagieren, wenn auch andere Menschen mit ihrem Baby kuscheln. Nun bekomme ich eine Ahnung davon, denn Moniques Gesten haben etwas Besitzergreifendes, das mir missfällt.

»Ich glaube, sie hat Hunger«, höre ich mich sagen und strecke meine Hände aus. Monique sieht überrascht aus und drückt Lovis an sich. Für einen Moment rechne ich damit, dass sie sich weigert, mir mein Kind auszuhändigen. Aber im nächsten Moment legt sie mir Lovis selbstverständlich in die Arme und lächelt mich schüchtern an. *Vielleicht hat Monika recht, und ich arbeite zu viel,* denke ich, während Scham durch meine Adern pulsiert und ich mich setze, um meiner vollkommen zufriedenen Tochter die Brust zu geben, nach der sie momentan überhaupt nicht verlangt. Natürlich trinkt sie trotzdem ein paar Schlucke.

»Ich hab Angst, dass Timo eine andere Frau kennenlernt, die ganz leicht schwanger wird, und dann geht.« Monique betrachtet ihre Finger, sucht vermutlich nach einem Fitzelchen Haut, das sich abreißen lässt.

»Ich kann dir nur raten, mit ihm zu sprechen und deine Ängste zu thematisieren«, sage ich und verschweige Monique, dass ich ihre Befürchtung durchaus für berechtigt halte. Der Kinderwunsch von Männern wird oft unterschätzt. Stets sind es die Frauen, die im Fokus stehen, wenn sich keine Schwangerschaft einstellen will, *sie* bekommen das Mitgefühl und die Aufmerksamkeit. Dass das Ausbleiben von Nachwuchs Männer genauso quälen kann, machen sich viele nicht klar. Timo wäre nicht der Erste, der sein Glück aus lauter Verzweiflung woanders sucht.

Lovis spuckt die Brustwarze aus und hickst. Hinter mir blubbert der Kaffee. Ich stehe auf, trete zu Monique hinüber und halte ihr mein Kind entgegen. »Möchtest du sie noch mal halten?«

Schneewittchen hält inne und blickt zu mir hoch. Das Glück, das ihr Gesicht flutet, während sie Lovis in ihren Arm bettet, gleicht den letzten Sonnenstrahlen des Sommers und bringt mich auf eine Idee.

»Sag mal«, sage ich, während ich die Kaffeekanne vom Herd rücke und zwei Tassen aus dem Schrank angle. »Habt ihr schon mal an Adoption gedacht?«

*

Es ist später Nachmittag, als ich mich auf den Heimweg mache. Alles in allem war heute ein guter Tag, überlege ich, denn ich habe alle betreuten Frauen mehr oder weniger zufrieden zurückgelassen. Bevor ich meinen Wagen erreiche, klingelt mein Telefon. Es ist Hans.

»Hallo, Helga«, höre ich seine dunkle Stimme, die Räume füllt und ein bisschen Zuhause ist. Immer noch, vielleicht für immer.

»Dein Papa ist dran«, sage ich zu Lovis und halte ihr das Handy entgegen.

»Hallo, Sonnenscheinchen.« Ich nehme ein glückliches Lächeln in Hans' Worten wahr und freue mich ebenfalls. Lovis gluckst und strampelt mit den Füßen.

»Sie freut sich«, lasse ich Hans wissen.

»Ich mich auch. Du, ist es okay, wenn ich sie morgen ein bisschen später hole? Ich hab noch ein Meeting reingekriegt und weiß nicht, wie lange das dauert.«

»Kein Problem. Bei mir steht morgen nicht allzu viel an, und irgendjemand findet sich immer, der auf sie aufpasst. Zur Not nehme ich sie mit, hat heute auch gut geklappt.«

»So, so. Du machst es also wie deine Großmutter und ziehst dir den Nachwuchs von klein auf heran.«

»So habe ich das noch gar nicht betrachtet, aber das ist eine gute Idee.« Ich erreiche mein Auto und stelle die Babyschale ab, um aufzuschließen.

Hans lacht. »Dann werde ich unserer Tochter beizeiten aber mal verraten, dass Hebamme kein Beruf, sondern ein Lebensentwurf ist.«

»So, wie du das sagst, klingt es fast nach einem Vorwurf.«

»I wo. Du weißt, dass ich deine Tätigkeit bewundere und es sehr wichtig finde, dass euer Wissen erhalten bleibt.«

»Wie wahr.« Ich spare mir mein Seufzen über die Hindernisse, die uns Freiberuflichen in den Weg gelegt werden. Der Hebammenberuf, wie wir ihn im *Storchennest* praktizieren, ist ein aussterbendes Gewerbe. Das haben die Medien oft genug diskutiert, ohne dass sich daran etwas geändert hätte. Warum haben Menschen, die sich für andere einsetzen, eigentlich keine Lobby? Und warum behandelt unsere Gesellschaft aufopfernde Tätigkeiten wie Saisonschnäppchen vom Grabbeltisch?

»Kann gut sein, dass ich eben mal wieder die Krankenkasse entlastet und die Psyche einer Frau gerettet habe.«

»Händchen gehalten beim Babyblues?«, rät Hans. »Per Atemtechnik Angst vor der Entbindung reduziert? Frau versichert, dass sie nach der Geburt wieder so schön sein wird wie früher?«

»Letzteres wäre eine Lüge, jede Schwangerschaft hinterlässt ihre Spuren«, entgegne ich. »Mögen sie nach außen hin sichtbar sein oder nicht. Nein, ich habe …«

»*Du* bist schöner geworden.«

»… einer Frau mit unerfülltem Kinderwunsch eine Adoption vorgeschlagen, und ich glaube, sie denkt wirklich darüber nach.«

Tatsächlich wies Monique meine Idee im ersten Moment von sich, weil es bei Mutterschaft auch darum gehe, als Frau seinen biologischen Zweck zu erfüllen und Leben zu schenken. Je länger wir jedoch darüber sprachen, desto mehr schien sie der Gedanke zu beseelen, einem fremden Kind Mutter zu sein.

»Nichts ersetzt dir die Schwangerschaft, das ist richtig«, sagte ich zu Schneewittchen. »Dennoch ist sie nur der allererste Schritt auf einem lebenslangen Weg. Muttersein bedarf nicht unbedingt des körperlichen Ursprungs.« So wie Blutsverwandtschaft kein Garant fürs Gelingen ist.

Monique dachte darüber nach, kitzelte Lovis, strich ihr über das Näschen und nickte schließlich. »Vielleicht hast du recht.«

Ich konnte sehen, wie sich vor ihren Augen ein Bild formte, das sie endlich mit einem Zauberwichtel im Arm zeigte, dem sie ihre ganze Liebe schenken kann. Dass es mitunter Jahre dauert vom Entschluss zur Adoption bis zu dem Moment, in dem man endlich ein eigenes Baby in den Armen wiegt, habe ich fürs Erste unerwähnt gelassen. Soll die kleine Saat, die ich gestreut habe, erst einmal keimen, bevor sie sich gegen die Widrigkeiten der Außenwelt behaupten muss.

Monique verabschiedete sich mit einer Begeisterung, die sie von innen quasi leuchten ließ, und beschloss, sogleich zu Timo zu fahren, um die Situation mit ihm zu klären.

»Hallo?« Hans ist schweigsam geworden, als warte er meinen Gedankengang ab. »Hans?«

»Ich … Du, ich muss Schluss machen. Wir sehen uns morgen. Tschüss.«

Nanu? »Dein Vater hatte es aber plötzlich eilig«, sage ich zu Lovis, während ich die Tür des Autos öffne und die Babyschale auf den Rücksitz schiebe. Ein Bild von Hans blitzt vor mir auf, wie er an einer Straßenecke steht und Zeit für einen Anruf bei mir hat, weil er wartet. Und wie er das Gespräch in jenem Augenblick beendet, in dem er eine Marie entdeckt, die auf ihn zuläuft, lächelnd wie eine Frühlingswiese.

»Lass uns nach Hause fahren«, murmle ich. »Dieser Tag soll gut zu Ende gehen.«

Als ich zehn Minuten später das Treppenhaus zu meiner Wohnung hochsteige, schlägt meiner Tochter und mir das Gegenteil von gut entgegen. In der geöffneten Tür seiner Wohnung steht Kemnich und schüttelt den Kopf, zuckt jedoch zurück, nachdem ich kurz innegehalten und dem Gebrüll gelauscht habe, das aus dem Inneren meiner vier Wände dringt und der Grund für Kemnichs Unmut sein dürfte. »Sie haben völlig recht, Herr Kemnich!«

Vermutlich hat ihm noch nie jemand zugestimmt, jedenfalls stolpert mein Nachbar rückwärts durch seine Tür und schlägt sie hinter sich zu.

»Deshalb habe ich Helga mitgenommen, um das Häufchen Elend sein zu dürfen, das ich im Augenblick bin«, motzt es aus der Küche, als ich in den Wohnungsflur trete. Ich halte die Luft an; beichtet Lotta ihrer Schwester also gerade ihren Termin zur Schwangerschaftskonfliktberatung.

»Weißt du eigentlich, wie sehr du mich gerade verletzt?« Das ist das Küken. Es klingt so wund, als würde es soeben durch einen Fleischwolf gedreht. Vermutlich empfindet es auch so.

»Oh, sehr schön. Und da sind wir wieder. Willkommen in der Maditashow. Schon geht es wieder um *dich* und *dein* Innenleben.« Lotta hört sich nicht minder gequält an. Wenn auch mehr wie ein Hund, der sich selbst gebissen hat.

»Gar nicht.«

Die Küchentür steht offen, und ich trete näher, obwohl ich vermutlich einfach in mein Zimmer gehen und abwarten sollte, bis der Sturm vorüber ist. Allerdings ist das, was in der Küche tobt, eine entfesselte Urgewalt, der Ausbruch dessen, was Jahre vor sich hin schwelte, ohne dass es jemand bemerkt hat. Was derart wütet, flaut nicht einfach so ab.

»Weißt du was, Madita? Bei dir ist gerade eine Stelle freigeworden«, schreit Lotta. »Ich bin es nämlich leid, dein Leuchtturm zu sein.«

Ich stehe dicht genug an der Türöffnung, um zu sehen, wie sie irgendetwas Kleines nach ihrer Schwester wirft, die sich hastig duckt. Zum Glück, denn die Wucht, mit der das Geschoss am Kühlschrank zersplittert, hätte dem Küken eine ordentliche Platzwunde beschert. Spaß ist anders.

»Mein was?«

Im nächsten Moment rauscht Lotta an mir vorbei, verschwindet im Bad und knallt die Tür hinter sich zu. Ich höre, wie sich der Schlüssel dreht.

Als Madita sich aufrichtet, treffen sich unsere Blicke, sie zuckt überrascht zurück; offenbar bemerkt sie meine Anwesenheit erst jetzt.

»Helga!« Ärger vibriert in ihrer Stimme, und ich weiß, dass ich in ihrer Welt einen Verrat begangen habe, weil ich Lotta zu ihrem Termin begleitete, ohne Madita etwas davon zu sagen. Nun, in meinem Universum herrschen andere Gesetze, und vielleicht gelingt es mir, dem Küken das zu vermitteln.

Ich sehe, dass sie mir etwas entgegenschleudern will, keinen Gegenstand, sondern Worte, trete zu ihr, bevor sie feuern kann, und drücke sie, so gut es mit Baby im Arm geht, an mich. Der Geschmack des schlechten Gewissens kriecht mir auf die Zunge, weil ich weiß, dass man Madita mit Zuneigung entwaffnet. Aber immerhin meine ich die Geste ernst und benutze sie nicht nur, und tatsächlich entspannt sich Madita spürbar unter meiner Berührung.

»Wie wär's: Wir fahren in den Supermarkt, kaufen von allem das Beste und genießen im Anschluss ein Fünf-Sterne-Luxus-Mahl in Trainingshose auf dem Sofa?« Ich spreche in die pastellrosa Haarpracht des Kükens hinein, nehme ihren unterschwelligen Geruch nach Blumen wahr. »Ich bezahle, und du darfst die Küche zerstören.«

Madita löst sich von mir, und ich kann sehen, wie die Empfindungen in ihr miteinander ringen, sich verknoten und zu etwas werden, das keine Bezeichnung besitzt. Ich entdecke eine Nuance ihres Sahneblickes sowie ein Flackern, das ein bisschen sticht.

»Ich würde mich sehr freuen, wenn du uns dein Kock-o-dingsbums zauberst, und spendiere den Zwei-Liter-Stracciatellaeis-Spezialeimer als Dessert dazu.«

»Es heißt Coq au Vin«, murmelt das Küken. »Und ich mache es nur, wenn wir das Fleisch beim Hähnchenmann kaufen.«

»Das kostet zwar so viel wie die Monatsration an Windeln, aber gut – machen wir.«

Das kleine Lächeln, das meiner Zustimmung folgt, entschädigt mich für das Loch, das Maditas Leibspeise in meine Finanzen reißen wird. Der Hähnchenmann zieht seine Tiere von Hand auf und streichelt sie täglich, bis er sie schlachtet, und Madita behauptet, das schmecke man. Liebe als Geheimzutat. Eventuell ist sogar was dran.

Sie reibt sich die Hände. »Dann mal los.«

Ich lege Lovis in den Stubenwagen, parke das Gefährt vor dem Bad und rufe: »Lotta, wir gehen mal eben einkaufen. Ich lasse Lovis bei dir, ja?« Von drinnen höre ich ein Geräusch, etwas scheppert und fällt zu Boden. »Ich nehme das als Zustimmung. Komm.« Ich packe Madita am Ärmel, der, ihrem Gesichtsausdruck nach zu schließen, eine giftige Bemerkung auf der Zunge liegt, und ziehe sie hinter mir her aus der Wohnung und die Treppe hinunter. Als wir auf die Straße treten, prallen wir mit einem Mann zusammen.

»Wo fliegst du denn hin, Nachtvogel?«

Jim. Verflixt. Eigentlich hatte ich vorgehabt, Madita und Lotta zu bitten, heute Abend auf Lovis aufzupassen – denn ich bin verabredet, wie mir in diesem Moment einfällt. Habe ich im Trubel des Tages tatsächlich komplett vergessen, dass Jim und ich abends vor zwei Tagen am Fenster per Zettel ein Treffen vereinbart haben?

Lust auf meine Wolldecke?, hatte er geschrieben, was ich mit einem gereckten Daumen beantwortete.

Neben mir wippt das Küken auf seinen Füßen auf und ab, ein neugieriger Blick unter der neongeringelten Bommelmütze, die ich im Verdacht habe, im Dunkeln leuchten zu können, auch wenn mir bislang der Beweis fehlt.

»Ich … mir ist was dazwischengekommen«, sage ich zu Jim, in dessen Miene zerfällt, was ich in Maditas mit meiner Einladung zum Fressalien-Shopping so mühsam herbeizuzaubern versucht habe. »Ein Notfall, tut mir leid.«

Madita blickt mich mit hochgezogenen Brauen an, und wenn sie jetzt etwas Falsches sagt, werde ich das Hühnchen, das wir zu kaufen gedenken, nicht in Wein kochen, sondern mit ihr rupfen. Glücklicherweise schweigt sie, denn ich will nicht lügen.

»Eine Geburt?«

Habe ich Jim erzählt, dass ich Hebamme bin? Oder weiß er einfach alles über mich? Mir fällt der Aufkleber ein, der auf der Heckscheibe meines Autos klebt, *Hebamme im Einsatz.* Schützt mich rein juristisch zwar nicht vor Strafzetteln, funktioniert als Appell an das Verständnis der Ordnungshüter meistens aber dennoch.

»Quasi«, antworte ich ihm, und Maditas Brauen verschwinden endgültig unter der Mütze. »Eine schwere Geburt sozusagen – erkläre ich dir später, ja?« Ich bin neugierig, wie ich ihm die Situation erläutern werde, die Zusammenhänge von Leuchttürmen und Kakaoherzen, Muttergefühlen und dem Gegenteil davon. Warum ich jetzt zum Hähnchenmann fahren muss, statt Jim hinauf zu folgen in seine Wohnung, um … ich weiß auch nicht. Vielleicht um mich etwas hinzugeben, das leichter ist als all das andere um mich herum. Oder zumindest anders.

Jim nickt und probiert sich an einem Grinsen, das jedoch nicht in der Lage ist, seine Enttäuschung zu überpinseln.

»Okay«, sagt er. »Meldest du dich? Ich habe ein neues Kirschkernkissen gekauft.«

Jetzt lächelt er wirklich, und ich kann nicht verhindern, dass ich meinen Herzschlag an intimer Stelle pochen spüre, als ich daran denke, warum sein letztes verbrannt ist. Ich muss schlucken und mich räuspern, um zu erwidern: »Mach ich. Bis dann.«

Ehe ich mich an ihm vorbeidrängen und in Richtung meines Autos eilen kann, fasst er meinen Arm und zieht mich zu sich heran, drückt mir einen Kuss auf die Lippen, so schüchtern und fordernd zugleich wie alles, was er tut. Da hat er mich auch schon wieder losgelassen und marschiert mit langen Schritten von dannen, als habe er die ganze Zeit ein Ziel vor Augen gehabt und nicht geplant, dass ich ihn begleite.

Ich beherrsche mich, ihm hinterherzusehen, und setze mich selbst in Bewegung. Das Küken indes starrt Jim hemmungslos nach, bevor es mir folgt und mich einholt.

»Liebste Helga.« Sie schnappt sich meinen Arm, hängt sich ein. »Wer war das denn?«

»Erkläre ich dir später«, würde ich am liebsten sagen, doch ich weiß, dass das nicht zählt, nicht jetzt. Also erwidere ich: »Herr Schiller von nebenan.«

Es dauert ein paar Augenblicke, und wir erreichen mein Auto, bis Madita fragt: »Der Typ, der immer zu uns rüberschaut?«

»Ja.« Ich schließe den Wagen auf und schiebe mich hinter das Steuer.

Madita beeilt sich, zur Beifahrertür zu laufen und einzusteigen. »Ich weiß ja nicht, ob es dir aufgefallen ist, liebste Helga, aber er hat dich soeben auf den Mund geküsst.«

»Was? Nein, ist mir entgangen.«

Madita pikst mir in den Oberarm und zieht ihren berühmten Schmollmund. Ist es ein Hauch von Ärger, der in ihrem Blick flackert?

Ich seufze, kontrolliere im Rückspiegel den Abstand zum Auto hinter mir und setze zurück. Es hat keinen Zweck. Das Küken hat ja recht.

»Ich … im Grunde habe ich keine Ahnung, wer er ist, aber wir haben etwas miteinander. Irgendwas Seltsames.«

Als ich auf Maditas Seite aus dem hinteren Fenster schaue, um den Verkehr zu beobachten, schieben sich verschiedene Empfindungen über ihr Gesicht. Freude, Überraschung und ein Schatten aus … Frust? Wut?

»Das geht schon länger, oder? Ich meine, der Typ guckt rüber, seitdem ich bei dir wohne.«

»Es fing im Sommer an.«

»Das ist acht Monate her.«

Ich zucke die Achseln, schere aus der Parklücke aus und setze mich hinter einen Pkw, der die Rosenstraße entlangfährt.

»Und du wolltest mir nichts davon erzählen, weil?«

»Da gibt es nichts zu erzählen.«

Madita verschränkt die Arme vor der Brust; eine Geste, die trotzig wirkt, von der ich jedoch weiß, dass das Küken sie benutzt, wenn es sich schützen will.

»Hör zu, ich verstehe das, was da passiert, selbst nicht, habe keine Ahnung, worauf es hinauslaufen wird oder soll. Ich finde den Mann interessant, aber …« Bevor ich es ausgesprochen habe, war mir nicht bewusst, dass es ein Aber gibt. Aber da ist es. Hängt am Himmel meines Autos und belauert mich. »Irgendwas steht zwischen uns.«

»Ich hätte da eine Theorie«, murmelt Madita und zupft sich eine Strähne unter der Mütze hervor, um sie sich um den Finger zu wickeln.

»So?«

»Ja, aber du sprichst ja nicht mit mir.«

»Wir reden doch gerade.«

»Ach, hör auf, du weißt genau, was ich meine.« Das Küken kracht gegen die Tür, als ich die nächste Kurve zu scharf und zu schnell nehme.

»Und *du* weißt, dass mir Plaudern nicht liegt.«

Madita richtet sich auf, strafft die Schultern. »Ich rede nicht von Plaudern. Ich erzähl dir jeden Scheiß, breite mein Seelenleben vor dir aus, und du?«

»Menschen sind unterschiedlich.«

»Komm mir nicht mit so was. Wozu hat man Freundinnen, wenn nicht, um offen und füreinander da zu sein? Helga?«

Ich antworte nicht. Wir stehen an einer roten Ampel, und mein Blick hat sich an einer Frau verfangen. Schmal, gesenkter Kopf, in den Händen eine Umhängetasche, deren Riemen herunterbaumeln, statt über der Schulter zu liegen. Sie hastet vor uns über die Straße, biegt rechts in eine Gasse hinein. Als es grün wird, folge ich einem Impuls und steuere hinter ihr her.

»He, was machst du? Zum Hähnchenmann geht es geradeaus!«

»Siehst du die Frau dort?« Im Schritttempo rolle ich die Straße entlang, deute Madita, wen ich meine. »Die war letztens beim Einführungsnachmittag. Und nenn mich verrückt, aber ich glaube, dass ihr Typ sie schlägt.«

»Was? Wie kommst du drauf?« Madita beugt sich vor, um die Frau in der einsetzenden Dämmerung besser zu erkennen. Sie reibt sich die Hände, als friere sie plötzlich.

»Keine Ahnung, Intuition.« Ich erzähle dem Küken von der Veranstaltung im *Storchennest*, zu der die zierliche Brünette allein gekommen war, sich abseits hielt und nicht massiert werden wollte. Wie sie an ihrem Rollkragen herumzupfte, als hätte sie Angst, dass er verrutschen und sichtbar machen könnte, was eventuell eine Faust dort hinterlassen hat. »Ich hab so was schon mal gesehen, Jahre her. Monika hat sie betreut, und die Frau machte jedes Mal ein riesen Trara, wenn sie zur Vorsorge kam, wollte ihren Körper nicht entblößen, ließ uns nur das Allernötigste machen. Bis Monika die Hämatome entdeckte.«

»Oh Gott, was habt ihr unternommen?« Madita klammert sich an ihren Sicherheitsgurt.

»Monika hat sie konfrontiert und noch am selben Tag im *Shelter* untergebracht, das Frauenhaus, in dem ich auch Vicky notfalls einquartiert hätte.«

Die Frau auf der Gasse schlüpft durch ein Gartentor und läuft Richtung Haus, ein frei stehender, ebenerdiger Bungalow mit Flachdach, dessen Tür ein Jahreszeitenkranz schmückt.

Ich parke das Auto, steige aus. »Hallo!« Ich rufe über das Autodach hinweg, damit die Frau mich hört, ehe sie ihren Schlüssel ins Schloss steckt. Ich umrunde den Wagen, trete an den Gartenzaun heran, Madita folgt mir.

Die Frau hat sich umgedreht. Es ist tatsächlich die Brünette vom Infonachmittag. »Ja?« Ihre Stimme klingt normal, keine Spur von Unsicherheit liegt in ihrem Blick.

»Wir haben uns vor ein paar Tagen im *Storchennest* kennengelernt. Ich bin Helga.« Die Frau blinzelt. »Das ist meine Kollegin Madita.«

»Hi!« Das Küken winkt und lässt ihr Sahnelächeln fließen. Mir tut das gut, die Frau zögert. Ich rechne damit, dass sie die paar Schritte zum Zaun zurückkommt und mit leiser Stimme mit uns spricht, damit man uns nicht bis zum Haus hört. Doch sie bleibt, wo sie ist, sagt in üblichem Tonfall: »Na so was« und lacht kurz.

Madita wirft mir einen Blick zu, plötzlich bin ich unsicher. »Ähm, wir kamen gerade vorbei und … also, unsere Betreuungsplätze sind rar, und da dachte ich, wo ich Sie hier gesehen habe, frage ich mal nach, ob Sie es sich überlegt haben …«

»Das ist nett, danke. Aber ich habe mich anders entschieden und lasse mich im *Ostara* betreuen, dem Zentrum für Mütter.« Das Lächeln, das die Worte der Brünetten begleitet, könnte echt sein. Ihr Körper ist gelassen. Bloß die Hände umklammern die Handtasche, als stürze die Welt zusammen, sobald sie sie loslässt.

»Klar, das kennen wir. Dann alles Gute.« Über der Haustür hängt eine gusseiserne Laterne und erhellt das Gesicht der Frau. Vielleicht bilde ich es mir nur ein, doch ich finde, sie wirkt erleichtert, als ich die Hand zum Gruß hebe. »Für Sie und *Ihren Mann*.« Und da ist es. Für den Bruchteil einer Sekunde weiten sich die Augen der Brünetten, und sie zuckt zusammen, bevor sie die Indizien mit dem nächsten beeindruckend authentischen Lächeln übertünchen kann. Aber ich habe sie gesehen, und auch den hektischen Blick, den die Frau Richtung Hausecke geworfen hat, wo ein erleuchtetes Seitenfenster ein gelbes Rechteck auf den Rasenstreifen malt und verrät, dass im Bungalow jemand wartet.

»Wir können Ihnen helfen«, sagt das Küken, äugt zum Schildchen, das am Pfosten der Gartentür prangt, und fügt hinzu: »Frau Trebens?«

Die Angesprochene duckt sich unter dem Klang ihres Namens und kommt nun doch in unsere Richtung. Bleibt allerdings auf halbem Weg stehen. »Hören Sie, ich weiß nicht, was Sie von mir wollen. Ich will jedenfalls nichts von Ihnen und bitte Sie, mich in Ruhe zu lassen, ja? Wenn Ihre Dienste so begehrt sind, wie Sie sagen, finden sich gewiss andere Interessentinnen.«

»Was meine Kollegin sagen möchte, ist, dass Sie sich jederzeit an uns wenden können, wenn Sie Hilfe brauchen.« Ich lege meine Hand auf Maditas Schulter und will sie vom Zaun wegziehen, als sich die Haustür öffnet und ein Mann im Rahmen erscheint. Durchschnittlich groß, nicht sehr kräftig gebaut, zu lange Stoppeln für eine Glatze, zu kurze, um als Frisur durchzugehen. Er trägt eine Jeans und ein Langarmshirt. Nichts an ihm wirkt bedrohlich. Frau Trebens weicht dennoch in den Schatten einer Hecke zurück.

»Wer ist das?« Die Stimme des Mannes klingt weniger fragend als fordernd.

Frau Trebens strafft die Schultern. »Das sind Zeuginnen Jehovas; ich habe ihnen gesagt, dass wir mit so was nichts am Hut haben. Auf Wiedersehen!« Letzteres wirft sie in unsere Richtung, bevor sie sich an dem Mann vorbei ins Innere des Hauses schieben will. Als sie auf gleicher Höhe ist wie er, packt er sie am

Arm und stiert ihr ins Gesicht, bis sie den Kopf senkt. Er wendet sich an uns: »Haben Sie gehört? Klingeln Sie woanders, und wehe, Sie kommen noch mal vorbei!« Die Tür kracht zu.

Neben mir schnappt Madita nach Luft und reibt sich hastig die Oberarme. »Was machen wir jetzt?«

»Nichts.«

»Wie *nichts?*«

Ich ziehe sie zum Auto. »Wir *können* nichts machen.«

»Lass uns die Polizei rufen.«

»Und was sagen wir denen? Madita, selbst wenn der Typ sie vor unseren Augen grün und blau geschlagen hätte – sobald die Polizei da ist, würde sie das leugnen.«

Das Küken bleibt neben der Beifahrertür stehen und verschränkt die Arme vor der Brust. »Ach, und wieso glaubst du das?«

Weil es immer so ist. Weil Menschen deshalb Opfer bleiben, weil sie Angst haben, sich zu wehren. »Die Frau, von der ich dir vorhin erzählt habe – weißt du, was mit der geschehen ist?«

Das Küken schüttelt den Kopf.

»Zwei Tage nach ihrem Einzug ins *Shelter* ist sie gegangen – zurück zu ihrem Mann.« Ich steige in den Wagen.

Madita öffnet die Beifahrertür und blickt zu mir herein. Ich klopfe auf den Sitz neben mir. »Lass uns fahren.«

»Was wurde aus dem Kind?«

»Wir sind Hebammen, Madita. Und helfen können wir nur, wenn man sich uns anvertraut – so wie Vicky.«

»Was ist aus dem Kind geworden, Helga?«

Ich seufze. Hätte ich bloß nicht davon angefangen. Warum bin ich vorhin nicht einfach geradeaus zum Hähnchenmann gefahren? Wir könnten längst auf dem Sofa sitzen.

Hebamme ist kein Beruf, es ist ein Lebensentwurf. Ja, Hans, das stimmt. Aber auch ein Lebensentwurf hat seine Grenzen.

»Sie hat es in der zwanzigsten Schwangerschaftswoche verloren.«

Madita richtet sich auf, starrt zum Bungalow hinüber. Ich ahne, was in ihrem Kopf vorgeht.

»Wir können nichts tun, so leid mir das tut. Bitte steig ein.«

Das Küken schüttelt den Kopf. »Nein, Helga. Man kann immer helfen.«

Jeder ist eine Insel

Madita

Ich steige nicht in Helgas Auto. Ich denke gar nicht dran, das zu tun.

»Wie kannst du es dir nur so leicht machen?«, will ich wissen und unterdrücke das Beben in mir. Ich bilde mir die Not, die diese arme Frau im Haus hinter mir empfindet, nicht ein; sie ist deutlich spürbar. Helga merkt das genauso, schließlich ist es ihr Impuls gewesen, Frau Trebens anzusprechen. Und es ist dringlich, sehr ernst. Also wieso bleibt sie in ihrem Auto sitzen und rührt sich nicht?!

»Du kannst niemanden retten, der nicht gerettet werden will, Madita.«

Meine Finger krallen sich an der Beifahrertür fest, während mein Hirn versucht, Helgas Einwand zu berücksichtigen.

»Ist das nicht eine Ausrede?« Warum sperrt Helga sich, obwohl es um eine wirklich heikle Thematik geht?

»Was redest du?«, will sie wissen. »Wenn ich nicht helfen wollte, wäre ich Frau Trebens doch gar nicht hinterhergefahren.«

»Ganz genau, und deshalb kapier ich nicht, warum du jetzt einfach abhauen willst.« So etwas wie Wut schwappt durch mich hindurch. Wut über Ungerechtigkeiten, gepaart mit der Frage, wann und wo man übergriffig wird oder einfach engagiert ist. Meine Zähne knirschen, und ich mustere meine Kollegin und Freundin, die wiederum mich niederstarrt. Ihre

Mundwinkel kräuseln sich nach unten, ganz bisschen sieht sie dadurch aus wie ihre Mutter, wenn sie Helga mit ihrer Mischung aus Verachtung und Unverständnis betrachtet. Ich sollte meinen Handspiegel rauskramen und ihr das zeigen.

»Du meinst das ernst?«

»Und ob.«

»Wirklich, Madita?« Helgas Miene verändert sich. Kurz denke ich, ein schlechtes Gewissen zu erkennen. Doch ich kann mich auch täuschen, denn dieser Hauch von Zerknirschtheit verflüchtigt sich schneller als ein Blinzeln.

»Als Hebamme muss man auch zwischen den Zeilen lesen können und danach handeln«, klugscheiße ich, weil die Sekunden verstreichen, während ich wie festgefroren neben dem offenen Wagen stehe, unsicher, was ich tun soll. Ich kann mich doch nicht einfach aus dem Staub machen, wenn ich weiß, dass im Bungalow hinter mir ein Mensch misshandelt wird.

»Und wenn zwischen den Zeilen Mauern emporragen, lauter Neins?« Helgas Brauen hüpfen nach oben, und sie klopft noch einmal auf den Sitz neben sich.

»Dann muss man eben dagegenrennen, so lange, bis aus den vielen Neins ein Ja wird«, höre ich mir selbst zu. »Das nennt man Psychologie. Und das Wichtigste dabei ist, dass Hebammen sich nicht gegenseitig in den Rücken fallen.« Ich halte die Luft an, da ich vermutlich gerade vom Thema abgekommen bin.

Helga hat das wohl ebenfalls bemerkt, denn sie fragt: »Moment, reden wir über Hebammen im Allgemeinen? Falls nicht, will ich das auf gar keinen Fall in dieser Arschkälte zwischen Tür und Angel vertiefen.«

»Schön, ich auch nicht.« Ich straffe mich, lasse die Autotür etwas weiter zuschwingen.

»Madita, mach bitte nicht alles komplizierter, als es ist,

und steig ein. Wir fahren zum Hähnchenmann und reden zu Hause.«

Ich zögere. »Ich verkompliziere gar nichts, liebe Helga. Ich habe Prinzipien.« Ich recke mein Kinn vor, während Helga die Hände in die Luft wirft und sich dann anschnallt.

»So langsam dämmert mir, was Silas meint«, murmelt sie, und ich zucke zusammen.

»Was?«

Die Art, wie Helga nach Luft schnappt, lässt vermuten, dass sie das Gesagte am liebsten zurücknehmen würde. Doch ich habe sie nur allzu gut verstanden, zumindest akustisch.

»Ich mag dich, Madita. Aber …«

»Aber?«, falle ich ihr ins Wort.

Helga seufzt. »Aber du lässt Auseinandersetzungen zu gern eskalieren. Manchmal wäre es hilfreich, wenn du stattdessen einen Schritt zurücktreten und versuchen würdest, die Situation aus einem anderen Blickwinkel zu betrachten.«

»Sagt wer?« Denkt Helga tatsächlich so über mich, oder hat Silas sich bei ihr über mich ausgelassen? Und hat sie mir das genauso verschwiegen wie ihren Ausflug mit Lotta? Dann gnade ihr der Racheengel.

»*Ich* sage das.«

»Nicht Silas? Wann hast du ihn getroffen?«

»Gar nicht. Er hat mir bloß bei einer Sache geholfen, aber das spielt jetzt keine Rolle«, meint Helga so ruhig, wie es typisch für sie ist. Normalerweise bewundere ich sie für ihre Gelassenheit im Auge des größten Sturms, doch jetzt reibt mich das auf.

»Gut«, würge ich hervor.

»Gut«, antwortet Helga.

»Du kannst gern nach Hause fahren, kochen, was immer du willst, und dich um meine Schwester kümmern – die schenk ich dir übrigens. Ich hab noch einen Termin, und den schaffe ich allein, ich bin ja schon groß. Erwachsen, um genau zu sein, mit einer durchaus gesunden Selbstreflexion, falls jemand etwas anderes behauptet.« Ich schmeiße die Beifahrertür endgültig zu und stapfe in meinen Teddymantel gehüllt davon.

Sehr erwachsen, Madita, höre ich eine leise Stimme in meinem Hinterkopf, die mich echt aufregt. Meine Arme umklammern meine Mitte, und ich beschleunige die Schritte. Warte auf das Geräusch einer aufgehenden Autotür und auf Worte, die mir hinterherfliegen. Irgendwas. Und sei es: »Ach, komm schon, krieg dich ein.« Stattdessen höre ich hinter mir erst einen Motor starten und dann Helgas Wagen davonfahren.

Das nagt nicht nur an mir, das sticht in mich hinein, heiß und tief, und am meisten ärgere ich mich über mich selbst. Denn eigentlich hat Helga ja nicht ganz unrecht mit dem, was sie bezüglich Frau Trebens gesagt hat. Was hätten wir hier und jetzt schon tun können? Die Probleme anderer Leute lassen sich nur mit Fingerspitzengefühl lösen, wenn überhaupt. Und Kopf und Kragen für jemanden zu riskieren, der das nicht einmal will, wäre dumm. Aber dass mich Helga so enttäuscht und sich hinter meinem Rücken mit meiner Schwester *und* meinem Ex gegen mich verbündet? Das ist Säure in meinem Herzen.

*

»Was ist passiert?«, begrüßt mich Nelly in der Umkleide des Schwimmbades der Seniorenresidenz *Immergrün*, in der das Babyschwimmen für Familien stattfinden soll. Ich hab sie angerufen, weil ich heute Abend natürlich keinen Termin mehr habe. Das weiß Helga ebenso wie ich, weshalb ich auf keinen Fall nach Hause gehen kann. Zumal da zu allem Überfluss ja auch noch Lotta hockt, die mich zurzeit genauso wenig erträgt wie alle anderen anscheinend auch. *Ich bin es leid, dein Leuchtturm zu sein.* Ja, scheiße noch mal!

Es hat mich eine Packung Taschentücher und eine semileckere Schokomilch to go beim Billigbäcker gekostet, bis ich mich gewappnet genug fühlte, um Nellys Nummer zu wählen. Sie zögerte, nachdem ich sie gefragt hatte, ob ich vorbeikommen könne, und ich war drauf und dran, mir den Strohhalm der Schokomilch ins Herz zu rammen, weil nun auch noch sie mich nicht bei sich haben wollte. Doch dann erklärte sie, dass sie auf dem Weg zum Babyschwimmen sei.

»Abends, um 18:30 Uhr?«, wunderte ich mich.

»Das ist ein spezielles Kurskonzept für Kinder mit spätem Einschlafrhythmus – voll gut. Nach dem Schwimmen ist Winni jedes Mal total müde und schläft noch auf dem Rückweg ein und dann mindestens acht Stunden durch – ein Träumchen.« Nellys Begeisterung sickerte tröstend in mich hinein, und so sagte ich »Ja!«, als sie vorschlug: »Komm doch einfach dazu.«

Da bin ich nun, mal wieder zu spät, weil mich unterwegs noch Samira anklingelte und nach einem Rezept gegen »diesen beschissenen Ischias« fragte. Ich beschrieb ihr den Kuhkopf, eine Yogahaltung, die hilft, das Becken zu öffnen und den Druck auf den Nerv zu mindern, und biss mir auf die Lippe, als mir einfiel, dass ich das von Helga weiß. Ich weigere mich, heute noch ein einziges Mal an sie zu denken.

Samira bleiben drei Wochen bis zum errechneten Termin, wenngleich die meisten Zwillinge bereits um die 36. Woche kommen und alles bereits vorbereitet und organisiert ist. Als Beleghebamme werde ich sie in den Kreißsaal begleiten und ihr dabei helfen, ihre Angst vor Krankenhäusern zu bewältigen. Den Wunsch nach einer Hausgeburt, die sie sich in meinem Beisein zutraue, musste ich ihr leider ausreden – die Komplikationen, die eine Zwillingsgeburt mit sich bringen kann, sind ein zu großes Risiko, und selbst Helga, die manchmal sogar allein entbindet, überlässt Zwillingsgeburten den Kolleginnen im Spital. Dass Monika sich, als ich ihr davon erzählte, nicht wie sonst auf Vor- und Nachsorgen beschränkte, sondern ihre Hilfe für die Geburt angeboten und nicht Helga ins Boot geholt hat, kommt mir gerade recht. Ich kann momentan echt jemanden gebrauchen, der mich und meine Art wertschätzt und nicht ständig mit dem Finger auf mich zeigt. Ich meine, hallo – was soll der Mist? Ich halte Helga doch auch nicht vor, was sie meiner Meinung nach alles suboptimal handhabt. Und da fiele mir so einiges ein!

»Also?«, platzt Nelly in meine Gedanken, gerade als meine Augen zu brennen beginnen. »Schieß los.«

»Mein Leben ist passiert«, stöhne ich und beeile mich, aus den Klamotten zu kommen.

Baby Winnifred steckt schon fix und fertig in Schwimmwindel und Winnie-Puuh-Höschen und liegt gechillt in der Babyschale. Sie begrüßt mich mit einem niedlichen lang gezogenen Gru-Laut, begleitet von einem Lächeln, das mein Herz zum Schmelzen bringt. Ich beuge mich zu ihr hinunter, streiche über ihre Stupsnase.

»Wieder Silas?«, fragt Nelly, als ein Junge in Unterwäsche in unsere Sammelumkleide platzt und zu einer Frau mit Handtuchturban stürmt.

»Mama, ich hab aus Versehen im Stehen gepinkelt«, verkündet der etwa Vierjährige, und die Frau, die vermutlich den Kurs vor unserem besucht hat, schnappt nach Luft. »Aber es ist nichts in die Hose gegangen, nur ein bisschen gegen die Wand. Also gar nicht schlimm, keine Panik.«

Nelly und ich tauschen einen belustigten Blick aus, während die Mutter versucht, ihren kleinen Jungen dazu zu bewegen, sich anzuziehen.

»Also, was ist mit deinem Polizisten?«, hakt Nelly nach und stopft unsere Kleidung in ihre Tasche.

»Das mit Silas ist Geschichte«, behaupte ich tapfer. »Er hat mich abgeschrieben.« Wow, hätte nicht gedacht, dass ich das so leicht über die Lippen bringe. Neben uns knutscht der Vierjährige einen Säugling ab, der in einer Babyschale neben Winni geparkt ist und die Attacke seines Bruders mit stoischer Geduld erträgt.

»Ui, das ging schnell. Nur wegen der Pillengeschichte?«, wundert sich Nelly, die so gar nicht up to date ist. In den letzten Tagen habe ich einfach keine Zeit für sie gefunden. Ich stoße ein tiefes Seufzen aus.

»Nein, seine Ex ist aufgetaucht und hat dazwischengefunkt.« Atemlos umreiße ich die ganze Story bis hin zu der Tatsache, dass besagte Ex sogar seinen Haustürschlüssel hat und ich nicht.

»Ach, du meine Güte, du Arme. Das nenn ich mies.« Ratlosigkeit spiegelt sich in Nellys hübschem Gesicht, und sie tätschelt etwas unbeholfen meinen nackten Rücken.

Der kleine Junge neben uns hüpft über die Bänke, fliegt dabei fast auf die Nase und kommt Winni in ihrer Babyschale gefährlich nahe.

»Niko, wenn du jetzt nicht hörst und den Unsinn lässt, darfst du heute nicht mehr fernsehen.« Mit verkniffener Miene entschuldigt die Mutter sich bei Nelly und schnappt sich einen der fuchtelnden Arme ihres Kindes.

»Pff, mir egal. Ich wollte eh kein Fernsehen mehr«, antwortet das Energiebündel. Kurzerhand büxt Niko wieder aus, rennt zwischen zwei halbnackten Damen durch und verschwindet in Richtung Toilette. Die Mutter stöhnt resigniert, stopft einen Schnuller in den kleinen Schmollmund ihres Babys und zieht sich selbst weiter an.

Unvermittelt spüre ich ein Schmunzeln im Gesicht und senke den Blick. Derweil kommt Nelly auf unser Thema zurück: »Ach, wer weiß, wozu es gut ist.«

»Ich vielleicht schon …«

Nelly zieht die Augenbrauen hoch und sieht mich fragend an.

»Ich habe jemand kennengelernt, einen Tierarzt«, verrate ich, und mir wird angenehm warm.

»Oh, lass hören.«

»Es gibt noch nicht viel zu sagen, aber er hat Heldenqualitäten.« Beim letzten Wort zucke ich selbst zusammen. Was, wenn Lotta recht hat und ich von anderen erwarte, dass sie mich retten? Wäre das wirklich so schlimm? Immerhin rette ich im Gegenzug doch auch gern andere Leute. Und wäre die Welt nicht sogar besser, wenn das jeder tun würde? *Wenn jeder an sich denkt, ist an alle gedacht,* sagt Lotta gern. Was ich früher lustig fand, kommt mir mit einem Mal unendlich traurig vor.

Nelly entgeht das Entgleiten meiner Mimik nicht, und sie bohrt nach.

»Er hat einen Sohn, etwa in dem Alter.« Ich nicke zu dem kleinen Jungen, der sich gerade wie auf der Pirsch an seine Mutter heranschleicht, während die sichtlich entnervt nasse Handtücher zusammenlegt.

»Oje.« Nelly schüttelt den Kopf, und ich deute an, dass »mein« Exemplar ganz anders gepolt ist. Friedlicher. Niko lässt sich derweil von seiner Mama eine Jeans und einen Pullover anziehen. Dann setzt er sich auf den Po und streckt seiner Mutter einen Fuß und einen Stiefel entgegen.

»Mama, zieh mal meine Schuhe an«, fordert er.

»Das kannst du selber machen.«

»Aber du bist meine Mama.« Unverständnis zeigt sich auf dem pausbäckigen Gesicht, und ich möchte am liebsten einschreiten, als die Gute sich ächzend in die Hocke begibt, um dem Sohnemann zu helfen.

»Aber das ist nicht das Thema, das dich gerade beschäftigt, richtig?«, vermutet Nelly.

»Helga hat mir doch tatsächlich meine Schwester geklaut.« Das trifft das Kernproblem so ziemlich. Auch wenn andere Faktoren ebenfalls eine nicht unerhebliche Rolle spielen. Wie Lotta mich behandelt, obwohl ich alles für sie tun würde, ihre böse Zunge und die Tatsache, dass weder sie noch Helga einfach mal fragen, wie es mir eigentlich geht.

»Lotta lässt sich ›klauen‹? Hatte immer den Eindruck, sie sei der Gangster in eurer Beziehung und erschieße jeden, der versucht, ihr die Leberwurst vom Brot zu mopsen.« Nelly wundert sich zu Recht. Das Bild, das ich von meiner Schwester gezeichnet habe, schließt Fremdbestimmung kategorisch aus.

Niko hängt jetzt bäuchlings über einer Bank und verkündet, dass er Durst hat. Natürlich bekommt er etwas. Einen Trinkjoghurt, den sich Sohnemann einmal quer durchs Gesicht und über den Pullover kippt.

»Niko, verdammt noch mal«, knurrt die Mutter und nimmt ihm das Getränk wieder weg. »Jetzt hab ich aber genug. Immer dasselbe mit dir. Wie oft habe ich gesagt, du sollst aufpassen.«

»Hab ich doch, das passiert ganz alleine«, meckert Niko zurück und holt aus. Zack, hat Mama eine Backpfeife kassiert. Nelly und ich gucken uns überrascht an, versuchen aber, nicht zu bewerten. Denn wir wissen rein gar nichts über die beiden und die Umstände, in denen sie leben.

»Kein Fernsehen mehr«, lautet Mamas Konsequenz, die Niko jetzt doch sauer macht. Er wehrt sich gegen den unerbittlichen Griff, der ihn durch die Tür zum Ausgang geleiten soll.

»Du machst immer Lügensprache«, kräht er, und Nelly dreht sich um, damit niemand ihr Grinsen sieht. »Erst sagst du, ich darf fernsehen. Und nur, weil ich dann nicht lieb bin, sagst du, ich darf doch nicht. Das ist Lügen«, meint er, und ganz kurz dämmert mir, dass Lotta ein wenig recht hat. Mutter sein ist nicht immer schön.

Mit Schwung greift Nelly nach der Babyschale und schwingt sie hin und her. Zum Glück ist Winni begeistert und lacht so zuckersüß, dass ich das Negativbeispiel Niko schnell vergesse.

»Nun, Lotta kann echt garstig sein und ungerecht. Und zurzeit läuft sie zu Höchstform auf«, wende ich mich den anderen temporären Scheusalen in meinem Leben zu, während ich mich in den uralten, schreiend pinken Bikini quetsche, den Nelly für mich mitgebracht hat. Er zwickt unter den Achseln und klebt in der Poritze. Na, großartig. Ich werfe einen verstohlenen Blick zu Nelly, deren Figur trotz kürzlicher Schwangerschaft in besserer Form ist als meine eigene, und so etwas wie Neid streift mich federleicht an meiner dünnen Haut.

»Oh Mann. Ich glaube, ich finde den Schwimmkurs jetzt schon scheiße«, murre ich, während ich am Stoff herumzupfe.

Nelly zieht übertrieben die Mundwinkel nach unten. »Das wird dir gleich vergehen, wenn du erst mal siehst, wie viel Spaß Winni dabei hat.«

»Versprochen?«

»Jap.«

Ich watschle Nelly auf nackten Füßen hinterher. Der Geruch von Chlor steigt mir scharf in die Nase, als wir von den Duschen in den Schwimmraum wechseln, und ich hatte ganz vergessen, wie wenig ich das glitschige Gefühl des nassen Bodens zwischen den Zehen mag. Aber Winnifred beginnt beim Anblick des Beckens tatsächlich laut zu glucksen. Vorsichtig teste ich die Wassertemperatur mit dem großen Zeh, während Nelly mit Winni bereits ins Nass eintaucht.

»Huh, nicht ganz Badewanne.« Heißa, hopsa, tralala.

Es dauert nicht lange, und das Becken füllt sich. Offensichtlich ist Nelly nicht die Einzige, die die ungewöhnliche Uhrzeit für Säuglingsveranstaltungen liebt. Um uns herum quäken und zappeln nun acht Babys mit ihren Mamas und Papas, ein Vater murrt. Nelly und Winni hingegen sind vollkommen in ihrem Element und planschen fröhlich.

»Wie oft warst du schon hier?«, hake ich nach.

»Dreimal. War immer mega.« Nelly hebt Winni aus dem Wasser, lässt sie zurücksausen, und das Baby quiekt begeistert.

Ich lasse den Blick über die kleinen und großen Köpfe wandern, sehe lauter Mienen voll verliebter Elternseligkeit und muss schlucken.

»Jetzt hör mal auf mit deiner Trauermiene und genieß den Moment.« Nelly stößt mich mit dem Ellenbogen an, und ich tauche tiefer ins Nass, lasse nur noch meine Nase rausschauen und atme tief. Mitten in meiner Bemühung um Entspannung manifestiert sich jedoch Lottas Gesicht vor meinem inneren Auge.

»Wie soll das gehen? Meine Schwester ist schwanger und will abtreiben. Ich dachte immer, ich kenne sie und ihre Einstellung zum ungeborenen Leben. Aber ich hab mich anscheinend total getäuscht. Und das macht mich heftig fertig.« Wasserspritzer von einer Mutter neben mir klatschen mir ins Gesicht, ich muss husten. »Sie ist mir plötzlich total fremd. Als käme sie von einem anderen Planeten.« Na gut, das ist nicht neu. Papa meinte mal, Lotta stamme vom Mond und ich von der Sonne, oder so ähnlich, und mir fällt erst jetzt auf, dass das nicht mal Planeten sind.

Zwischen Drehungen und Wasserhüpfern fasse ich für Nelly zusammen, was Lotta mir vorhin erst an den Kopf warf und dass Helga meiner bescheidenen Meinung nach kein Fingerspitzengefühl besitzt, was den Einsatz von Hilfestellung angeht. Geduldig hört Nelly zu, lässt Winni dabei sacht durchs Wasser gleiten, nickt und seufzt an den richtigen Stellen.

»Und überhaupt, wieso muss man um Hilfe und Verständnis bitten, wenn es offensichtlich ist, dass man beides gebrauchen kann?«, schließe ich und klimpere mit den Wimpern.

»Ich verstehe dich, Madita. Aber seitdem ich Mutter geworden bin, wird mir immer mehr klar, dass jeder eine Insel ist. Bedürfnisse und Sorgen ohne Worte zu entschlüsseln kann man vielleicht bei seinem eigenen Kind lernen, aber auch das nicht immer. Noch weniger funktioniert es bei Leuten, die nicht in deinem eigenen Körper herangewachsen sind. Wir denken vielleicht manchmal, dass wir andere wortlos verstehen, aber das ist ein Irrtum.« Sie zuckt die Achseln. »Solange die Menschheit nicht lernt, durch Telepathie Gefühle zu übertragen, bleibt uns nichts anderes übrig, als Themen deutlich auszusprechen.«

Meine Bewegungen frieren ein, ich bin verdutzt. »Wer bist du? Und was hast du mit meiner Freundin gemacht?« Ich lasse mich rücklings ins Wasser fallen und tauche erst mal unter. Blubberblasen steigen auf, schweben an mir vorbei, und ich pruste, als ich wieder auftauche. »Solltest du dich nicht solidarisch zeigen und mich bemitleiden?«

Wer außer mir ebenfalls bemitleidet werden sollte, ist die kompakte Kursleiterin, die gerade am Beckenrand ausrutscht und beinahe eine Grätsche macht. Auweia. Tapfer rappelt sie sich auf und beginnt die halbe Stunde, die vom Babyschwimmen bleibt, mit einem Lied. Ich kenne es nicht, doch alle anderen grölen mit, und die Frau am Beckenrand klatscht zackig im Takt.

Kaum ist *Winke-winke-blubb-und-fort* verklungen, meint Nelly: »Ich sage dir ganz solidarisch: Halte dich an die Kunst der klaren Kommunikation. Ich hab gerade einen Onlinekurs dazu absolviert und muss dir sagen, es wirkt Wunder. Sprich aus, was du willst und wo deine Grenzen liegen, und zack, hast du Sex.«

Ich verliere den Boden unter den Füßen und schlucke Wasser. »Was?!«

»Ja, du hast richtig gehört.« Nelly zwinkert linkisch.

»Nicht Marv«, bete ich, weiß ich doch, wie ungesund er für Nelly ist. Immerhin hat es eine Ewigkeit gedauert, bis sie ihr Herz vollends vom Vater ihres Kindes entwöhnt hatte. Wenn ich daran denke, wie lang so ein Weg sein kann, graut es mir vor meinem eigenen Pfad. Denn Tierarzt hin oder her – meine Gedanken huschen immer noch ständig zu Silas.

»Hell, nein«, beeilt sich Nelly. »Ein Typ, den ich nicht vorhabe wiederzusehen.« Sie haucht Winni einen dicken Kuss auf den nassen Mund.

Meine Brauen schieben sich fragend zusammen. »So, so. Und wo hast du den kennengelernt?«

»Unwichtig. Wir haben nur einen kleinen Kaffee getrunken …«

Kaffee ist Sex aus dem Becher, geht mir durch den Kopf, was Helga mir vor Wochen schrieb. Fast muss ich lachen. Aber ich will nicht.

»Danach verabredeten wir uns auf ein Sexdate.«

»Wie romantisch«, frotzle ich, und Nelly wirft mir einen strengen Blick zu.

»Nun, es war bloß ein Experiment. Ich wollte wissen, ob untenrum wieder alles intakt ist.«

»Und?«

Bevor Nelly antworten kann, geht der Kurs richtig los. Wir erhalten Ringe und schieben die Babys hindurch, während die Kursleiterin am Beckenrand Gymnastikübungen vorturnt und uns auffordert, ihre Verrenkungen nachzumachen. Ich gerate vom bloßen Zusehen außer Atem.

»Na, es ist noch nicht wieder so wie vor dem Tag, als ich ein wassermelonengroßes Kind durch meine arme Vagina quetschte. Der Sex war total anders.« Nelly schwenkt Winni im Takt eines anderen Liedes, von dem ich glaube, es viel langsamer zu kennen.

»Inwiefern?«

»Na ja, das Gefühl war nicht so, als würde man ein Wienerwürstchen in einen U-Bahn-Tunnel werfen, aber ich schwöre, ich bin nicht mehr so eng wie früher.«

Eine Mutter links von uns, die mit Begeisterung und sehr schief vor sich hin trällert, mustert Nelly interessiert.

»Nelly, dass man nach einer vaginalen Geburt ausleiert, ist ein Mythos. Das weißt du doch.« Unglaublich, dass sich Frauen unter der Parole *Rette deinen Liebeskanal!* sogar für einen Wunschkaiserschnitt entscheiden. Was unsinnig ist, denn im Normalfall bilden sich die Veränderungen durch die Geburt und die Dehnungen in der Scheide von selbst zurück. Was problematisch sein kann, sind natürlich Verletzungen im Bereich Damm, Schamlippen und Klitoris. Mithilfe von Sitzbädern ist Nellys winziger Riss im Damm jedoch wunderbar ausgeheilt, sodass ein Mummy-Makeover, diese sogenannte Schönheitsoperation, überflüssig ist – wie bei der großen Mehrheit aller Frauen.

»Ja, hast du behauptet«, brummt meine Freundin. »Aber im Internet steht es anders.«

Ich rutsche aus, bekomme Wasser in die Augen und sehe nur noch verschwommen. »Bei Dr. Google und seinem Kollegen Mr. Bing, oder was?« Ich klinge so beleidigt, wie ich mich plötzlich fühle. Und für einen winzigen Moment verstehe ich, warum Helga manchmal so genervt ist von Müttern, Eltern. Menschen an sich?

»Und es kann nicht sein, dass der ominöse Typ einfach

anders bestückt ist als zum Beispiel Marv?«, frage ich. »Und dass es sich deshalb anders anfühlte, weil es eben ein anderer Kerl war, mit dem du gedingsbumst hast?« Nelly hat mir erzählt, dass die On-off-Beziehung mit dem Vater ihrer Tochter sechs Jahre lang währte, und ich bin mir sicher, dass dabei eine gewisse Gewöhnung eintrat. »Machst du denn noch brav die Beckenbodenübungen, die ich dir gezeigt habe?«

»Klar, dabei stelle ich mir vor, ich würde mit meiner Vagina eine Zitrone auspressen. Keine Ahnung, ob das hilft.«

Als Nächstes schieben wir die Babys rückwärts durch die Reifen. Winni gluckst, prustet und klatscht mit ihren Händchen auf die bewegte Wasseroberfläche.

»Umdrehen!«, schallt es durch die Halle, und Winni und die anderen Säuglinge werden rucki-zucki auf den Rücken gedreht. Der Babyboy in seiner blauen Schwimmwindel neben mir weiß vor Schreck gar nicht, wie ihm geschieht, und fängt an zu brüllen. Links, zwo, drei, vier und noch einmal. Mit militärischem Drill marschieren wir fröhlich durch die Fluten, bis wir Bälle bekommen, die es vor dem Babygesicht herzutreiben gilt. Inzwischen weinen drei weitere Säuglinge, und ich muss mich wundern, dass Nelly so begeistert von diesem Bootcamp ist. Andere nennen das vielleicht effizient, aber mir geht das alles viel zu schnell. Nach dem Abschiedslied bin ich total fertig und erleichtert, mich unter die heiße Dusche stellen und berieseln lassen zu können.

»Babyschwimmen ist so wichtig«, höre ich Muttis schwärmen. »Nichts geht über die Sinneserfahrungen, die unsere Kleinen da bekommen.«

Gott, bin ich froh, dass mir so was erspart blieb. Meine Mutter hasst Wasser, weshalb sie solche Aktivitäten mied. Lotta und ich haben trotzdem Schwimmen gelernt, und eine von uns fährt sogar zur See.

»Es war wieder so toll«, findet eine andere Mami.

»Für mich fühlte es sich nach rhythmischem Kindertunken an«, rutscht es mir heraus, »Babyhölle mit Dumdideldei.« Alle Köpfe drehen sich in meine Richtung. Glücklicherweise vernebelt Wasserdampf die Sicht, und ich flüchte in die Sammelumkleide, wo ich einen Rekord im Anziehen aufstelle. Vor dem Eingang der Seniorenresidenz warte ich auf Nelly und wundere mich, warum sie, als sie zehn Minuten nach mir das Haus verlässt, mit der Babyschale vor dem Bauch von Hecke zu Hecke schleicht. Als ich auf sie zulaufe, werde ich kurzerhand ebenfalls in Deckung gezogen.

»Ähm, vor wem verstecken wir uns?«, will ich wissen, während sie meinen Kopf tiefer in die Schatten drückt.

»Vor meinem One-Night-Stand.«

Ich pruste. »Sag mir nicht, dass er Bewohner des *Immergrüns* ist«, feixe ich und halte inne, als Nelly nicht sofort antwortet: »Sag, dass das nicht wahr ist!«

»Nein, Mann. Es ist der Sohn eines Bewohners und gerade zu Besuch. Hab ihn am Empfang stehen sehen.« Vorsichtig lüpft sie die Zweige und späht zum Eingang, in dem ein hochgewachsener Mittdreißiger auftaucht und sich eine Zigarette anzündet.

»Sieht doch ganz passabel aus«, finde ich.

»Ja, aber leider ist er intellektuell total insolvent.«

Die ersten Eltern mit Babys kommen an uns vorbei und gucken uns komisch an.

Ich grinse blöd und suche die Straße nach Nellys Auto ab. »Und das hast du nicht schon beim Kaffeetrinken gemerkt?« Ich meine, man unterhält sich doch erst mal ausgiebig, bevor man einen Bumsdingstermin ausmacht, oder?

»Doch, doch. Aber er sieht echt gut aus, deshalb hab ich mir gedacht, macht nix.« Nelly seufzt, zieht Winni die Mütze tiefer ins Gesicht. Das Baby ist tatsächlich total erschöpft und schläft im nächsten Augenblick ein. »Und jetzt ruft der ständig an und will unser Date wiederholen. Ich kann ihm einfach nicht höflich beibringen, dass ich kein Interesse habe.«

Der Typ lässt seinen Blick über die Köpfe der Eltern wandern, die nach und nach die Seniorenresidenz verlassen, und ich wette, er weiß, dass Nelly diesen Kurs besucht. Wo sollten die zwei sich auch sonst über den Weg gelaufen sein?

»Nun, etwas Gutes hat das Ganze«, murmelt meine Freundin in ihrer Deckung.

»Und was?«

Der Typ drückt seine Zigarette aus und geht durch die Drehtür in die Empfangshalle der Seniorenresidenz.

»Ich wette, sein Vater hatte selten so oft Besuch von ihm wie in den letzten Tagen.«

»Du hast recht, das ist ein schöner Nebeneffekt.« Endlich können wir zum Wagen gehen. Nelly klickt Winnis Schale in den Isofix, und ich stehe unschlüssig daneben.

»Kommst du noch mit zu mir?«, fragt Nelly, und ich kann spüren, dass die Situation sie mehr aufwühlt, als sie zugibt.

»Warum nicht? Ich würde eh ungern nach Hause gehen. Sollen Helga und Lotta es sich mal lieber allein gemütlich machen.«

Nellys Miene erhellt sich. »Super, wir kochen zusammen und stopfen uns mit Eis voll.«

Während wir weiter über Gefühlslagen und ihre Tücken plaudern, werfe ich einen Blick in den Rückspiegel. Von Nellys verschmähtem Romeo ist längst nichts mehr zu sehen, trotzdem habe ich das Gefühl, dass sein enttäuschter Blick in meinem Nacken klebt.

Herztöne

Helga

Was für ein Kuddelmuddel, und jetzt habe ich auch noch diese Samira am Telefon, die mir mit solch einer Hektik Informationen ins Ohr presst, dass ich die Augen schließen muss, um Sinnzusammenhänge herauszufiltern.

»Kannst du bitte mal tief durchatmen und der Reihe nach erzählen?«, fordere ich sie auf, weil mein Hirn vor ihrem Wortschwall kapituliert. Mit der freien Hand reibe ich mir die Schläfe, was nichts bringt – wieso sollte es auch? –, und fühle mich wie ein schlecht gehäkelter Topflappen, der sich von den ausgefransten Rändern her allmählich aufribbelt. Zu viel ist in den letzten Stunden, die sich zu einem merkwürdigen Tag zusammengeklumpt haben, an mich angebrandet.

»Ich erreiche niemanden«, sagt es in meinem Ohr, langsamer nun, doch alarmierend zittrig. »Madita hat mir alle Nummern vom *Storchennest* gegeben, aber nirgendwo geht jemand ran.«

»Das sollte natürlich nicht so sein.« Monika sitzt beim Orthopäden, das weiß ich, und das Küken … tja. Das ignoriert sein Handy schon seit mehr als einem ganzen Tag. Zunächst hob sie einfach nicht ab, dann drückte sie meine Anrufe weg, seit einer Weile ist ihr Telefon komplett ausgeschaltet. Was natürlich nicht geht als Hebamme. Und dennoch mehr meine Schuld ist als ihre.

»Madita betreut dich?« Ich erinnere mich vage an den

Namen Samira. Das Küken erzählte während unserer wöchentlichen Teamsitzungen von ihr, aber mir fallen keine Details ein.

»Ja, sie ist meine Hebamme, und ich glaube, die Geburt geht los.«

»Oh … okay.« Ich höre ein Schnaufen, das auf deutliche Wehentätigkeit hindeutet, ein Stöhnen und dann: »Scheiße! Mein Mann geht auch nicht ans Handy.«

»Du bist allein?«

»Ja, oh Mann, Scheiße, Mist, Madita hat gesagt, ich hab noch drei Wochen Zeit.«

»Nun, Babys halten sich nicht immer an die nach starren Formeln berechneten Termine. Wie lange spürst du die Wehen schon, und in welchen Abständen kommen sie?«

Wieder ächzt es in meinem Ohr. Die letzte Wehe ist keine zwei Minuten her; bei Samira wird es also tatsächlich ernst. »Atme tief, wenn du kannst, und bleib ruhig. Ich komme zu dir, und dann sehen wir, was wir tun, ja?«

»Ja, gut. Beeil dich aber bitte.« Sie nennt mir eine Adresse und hört sich an, als sei sie soeben in Tränen ausgebrochen. Scheiße, Mist, wie wahr, und ich habe meine Hebammentasche nicht dabei. Zum Glück sind es von Jims Haus nur wenige Schritte zu mir hinüber und ein paar Treppen hoch. Doch weil Lovis im Tuch vor meinem Bauch hängt, schnaufe ich und muss nach Luft ringen, bis ich oben bin. Auf dem Weg wieder hinunter rufe ich Hans an.

»Du musst Lovis nehmen«, keuche ich ihn an, kaum dass er das Gespräch entgegennimmt. »Eine Geburt, und weder Lotta noch Madita sind da.«

»Ähm, okay. Wo soll ich sie abholen?«

Ich könnte ihn knuddeln für seine Unkompliziertheit. Aber wir knuddeln ja nicht mehr. Stattdessen gebe ich ihm Samiras Straßennamen weiter und stürme aus dem Haus, meinem Auto entgegen.

»Hast du Milch dabei, falls es länger dauert?«

»Verflixt, nein, hab ich vergessen.« Ich hebe Lovis aus dem Tragetuch, setze sie in die Sitzschale, die sich glücklicherweise noch im Auto befindet. »Die Wickeltasche auch. Entweder du holst dir alles aus der Wohnung, oder du deckst dich in der Drogerie ein.«

»Du erlaubst Pulvernahrung?« Hans' belustigter Tonfall sticht nach mir. Aber darüber kann ich später nachdenken.

»Es ist ein Notfall«, stoße ich aus, während ich einsteige und den Motor starte. »Eine verfrühte Geburt und eine Mutter, die nahe der Panik ist. Also ja, Industriefutter für unsere Tochter. Möge sie mir verzeihen. Bis gleich.« Ich beende das Gespräch und werfe das Telefon auf den Beifahrersitz, schleudere den Wagen aus der Parklücke und habe Glück, dass gerade kein Verkehr herrscht. Ich kann jetzt nicht auch noch auf so was Profanes wie entgegenkommende Autos achten.

Die letzten fünfundvierzig Stunden zerren an mir. Gefühlt habe ich mit jedermann kommuniziert, dabei war es nur eine, mit der ich sprechen *wollte*. Zwischen meinen Versuchen, das Küken zu erreichen, ließ zunächst Serena mein Handy klingeln, um sich über ein dauerndes Gefühl der Abgeschlagenheit zu beklagen und darüber, dass ihr ständig kalt sei und sie aussehe wie »eine Kreuzung aus Gespenst und Vogelscheuche: blass und kratzig. Ich dachte, Schwangere seien schön!«.

»Schwangere sind genauso schön oder hässlich wie Nichtschwangere auch«, sagte ich, verkniff mir die Anmerkung, dass ich den Menschen an sich nicht gerade für die hübscheste Kreation der Evolution halte, und erkundigte mich, ob Serenas Mundwinkel eingerissen seien und ihre Fingernägel brächen.

»Ja! Sag bloß, das ist normal – bei meinem ersten Kind war das ganz anders.«

Nun sparte ich mir den Vortrag darüber, dass jede Schwangerschaft individuell verläuft und man nie behaupten würde, »aber letzten Montag hatte ich doch auch keine Kopfschmerzen, wieso also an diesem?«, und schickte Serena zu ihrer Gynäkologin, um ihren Eisenwert bestimmen zu lassen.

»Eine von fünf Frauen leidet unter Anämie, und in der Schwangerschaft steigt dein Bedarf noch. Kauf dir Vollkornbrot, iss Hülsenfrüchte und trink dazu Blutorangensaft – Vitamin C erhöht die Fähigkeit des Körpers, das Eisen aufzunehmen. Ach, und …« Ich konnte nicht verhindern, dass ich seufzte. »Kaffee hemmt die Eisenaufnahme. Warte nach der Einnahme mindestens dreißig Minuten, ehe du Koffein zu dir nimmst.«

Ich legte auf, und gerade, als ich erneut die Nummer des Kükens antippen wollte, hatte ich Monique am Apparat, die mir mit einem Leuchtfeuer in der Stimme erzählte, dass sie eben dabei sei, sich im Internet Informationsmaterial zusammenzusuchen und einen Termin bei der Adoptionsvermittlungsstelle des Jugendamts zu vereinbaren.

»Ui-ui-ui, da steht, dass ich schon in neun Monaten meinen Zauberwichtel bekommen kann«, hauchte sie, »das ist wie eine richtige Schwangerschaft – bloß ohne Kotzen.«

Zum ersten Mal hörte ich sie lachen und brachte es nicht fertig, sie darüber aufzuklären, dass der angegebene Zeitraum zunächst einmal nur der Eignungsprüfung dient, während der Monique und Timo dem Jugendamt Rede und Antwort zu allen Details ihres Privatlebens stehen müssen. Es gibt ihn nämlich doch, den Elternführerschein, zumindest für alle werdenden Mütter und Väter, die nicht selbst gebären. Schneewittchen und ihr Prinz werden ihre Finanzen offenlegen müssen, ihre Wohnsituation, ihre Moralvorstellungen, die Beschaffenheit ihrer Beziehung, welchen Erziehungsprinzipien sie folgen, wie das soziale Umfeld aufgestellt ist, in dem sie leben, in welchen Bahnen die eigene Kindheit verlief, was sie dazu bewogen hat, sich für eine Adoption zu entscheiden. Man wird sie auffordern, ein erweitertes polizeiliches Führungszeugnis vorzulegen und zu beweisen, dass sie kerngesund sind.

Ich kann mich nicht entscheiden, ob ich das sinnvoll finde oder absurd. Jede, die über einen Uterus verfügt und ein Kind darin austrägt, darf Mutter sein, ob sie raucht, trinkt, Schulden hat oder glaubt, dass Schläge auf den Hinterkopf die Denkfähigkeit erhöhen. Egal ob sie ihr Kind in den Schlaf singt oder anbrüllt, damit es endlich still ist. Und niemand würde einer chronisch kranken Frau verbieten, schwanger zu werden; abraten vielleicht, aber ein grundsätzliches Verbot aussprechen, niemals. Möchte man jedoch Mutterschaft schenken, ohne den eigenen Körper an der Entstehung des Kindes zu beteiligen, aus welchen Gründen auch immer, befindet irgendein Fremder darüber, ob man geeignet ist oder nicht. Ob die Quadratmeter deiner Wohnung ausreichen, dein Einkommen genügt, man dir die Verantwortung für einen anderen Menschen anvertrauen darf, nur weil vor Jahren mal ein Myom in deiner Gebärmutter wuchs. Das am Ende gefällte Urteil über dich gilt für zwei Jahre, und findet sich in dieser Zeit kein Kind, das nach Meinung der Entscheidenden zu dir passt, geht das Verfahren von vorn los. Wiederum musst du beweisen, dass du ein guter Mensch bist.

Fast bereue ich, Monique das Ganze vorgeschlagen zu haben, doch vielleicht ist es gut für sie, ihre Energie eine Weile in eine andere Richtung zu lenken, statt sich auf ihren Körper zu fixieren. Sie fragte, ob wir uns bald noch mal treffen können, »um über alles zu reden«, und ich schlug ihr einen Kaffee im *Amore Belle* vor. *Demnächst,* ohne konkreten Termin, um ihre Vereinnahmung zu bremsen.

Danach schickte mir Annie eine SMS und schwärmte von der Schiene, die sie von ihrer Ärztin erhalten hat. *Da kribbelt nix mehr – danke!!!* ☺ Von David und Daniela trudelte ein Familienfoto ein, das sie und Lilith beim Kuscheln auf dem Sofa zeigt. *Wir sind so glücklich – danke euch vom* Storchennest*!* Und Benjamin ließ mich wissen, dass seine Schwiegermutter Teda den Kopf gewaschen habe und seine Partnerin nun endlich mehr Meter zurücklege als jene vom Sofa bis zur Toilette. Gestern sei sie ganze drei Stunden durchs Einkaufszentrum spaziert und habe Mama-Klamotten gekauft. Halleluja.

Die Einzige, von der ich von morgens bis abends und der Zeit dazwischen nichts gehört habe, ist das Küken.

Ich habe ihre Nummer nicht sofort gewählt, als sie nach unserer Auseinandersetzung auch um zwei Uhr nachts noch nicht durch die Wohnungstür in den Flur schlich, über ihre in der Gegend abgestellten Einhornpuschen stolperte, um schließlich in die Garderobe zu rumpeln, wie nur sie es fertigbringt. Aber genauso wenig habe ich wie bei ihrem letzten Abtauchen zwei Tage gewartet, bevor ich sie anklingelte, sondern in den frühen Morgenstunden versucht, sie zu erreichen. Heute, einen Tag später, behauptet mein Handy, dass ich des Kükens Nummer seitdem 63 Mal gewählt habe, was mehr als drei Versuche pro Stunde ergibt, denn inzwischen kann ich *vorgestern* sagen, wenn ich den Zeitpunkt benennen will, an dem sie … ja, was? Davongelaufen ist. *Ich schaffe das allein, ich bin ja schon groß. Erwachsen, um genau zu sein.*

Ja, denke ich, während ich auf dem Weg zu Samira aufs Lenkrad trommle, weil mich die Ampel, an der ich warte, mit beharrlichem Rot verhöhnt. *Du hast recht. Und vielleicht habe ich das tatsächlich übersehen.*

Ich bleibe aber dabei, was Frau Trebens angeht. Wir können ihr nur dann helfen, wenn sie selbst bereit dazu ist. Wir bringen sie, und durchaus auch uns selbst, in größere Gefahr, wenn wir uns ungefragt einmischen. Doch was den von Madita empfundenen Verrat angeht, hätte ich möglicherweise auf sie eingehen sollen. Obwohl ich der Meinung bin, dass sowohl Lotta als auch Silas das Recht haben, selbst zu entscheiden, in was sie Madita einbeziehen wollen und in was nicht. Einerseits.

Andererseits wissen wir alle drei, wie das Küken tickt. Und müssten wir das nicht berücksichtigen? Als Schwester, Freundin, Liebesgefährte?

Manchmal wäre es hilfreich, wenn du einen Schritt zurücktreten und versuchen würdest, die Situation aus einem anderen Blickwinkel zu betrachten, habe ich zu ihr gesagt. Nun jedoch kommt mir der Gedanke, dass es, wenn man stets nebendran stehen bleibt, statt heranzutreten, womöglich auf Kosten der Nähe geht.

Als die Ampel auf Grün springt, überlege ich nicht zum ersten Mal, wo das Küken wohl untergekommen ist. Dass sie bei Silas übernachtet, halte ich für ausgeschlossen; das zwischen den beiden scheint endgültig in Scherben zu liegen, auch wenn ich Madita im Verdacht habe, dass sie heimlich doch noch versucht, die Bruchstücke zu etwas zusammenzusetzen, das glitzert. Mir wird klar: Sie kann nicht anders.

Natürlich fallen mir andere Menschen ein, bei denen sie Obdach gesucht haben könnte – falls sie sich nicht einfach in der Bettenabteilung des Kaufhauses am Marktplatz versteckt, wo der Reinigungsdienst sie morgens aufschreckt und Freund- oder Blutsschwesternschaft mit ihr schließt. Auch das halte ich für möglich.

Dennoch spüre ich, dass es mir lieber wäre, wenn ich wüsste, wo sich Madita aufhält. Wenn ich sie erreichen, mit ihr sprechen könnte, das ein oder andere klären, damit unsere Planeten auf Umlaufbahnen zurückfinden, die sich zumindest hin und wieder kreuzen, statt Galaxien voneinander entfernt zu verlaufen.

Verdammt noch mal, tatsächlich habe ich mich auf das Coque im Wein und die anschließende Eis-Orgie gefreut, obwohl ich gefrorene Speisen für überbewertet halte. Gern hätte ich Maditas überschwängliche Überlegungen mit dosierten Hm-hms kommentiert. Dieses Mal jedoch, fürchte ich, ist sie ernsthaft beleidigt, was ich gewiss nicht wollte.

Als ich nach unserer Auseinandersetzung vor dem Hause Trebens nach Hause kam, habe ich erwartet, dass das Küken mir in spätestens ein paar Stunden folgen würde. Ich fand Lotta und Lovis auf dem Sofa vor. Lotta hatte ein Tablet vor sich aufgestellt und stierte an der Dokumentation über schwindenden Permafrost in Grönland vorbei in ihre ganz persönlichen Ebenen des Daseins, während meine Tochter sich mit runden Augen vom Bildschirmblau beflimmern ließ. Lotta fragte nicht, wo Madita abgeblieben war, verzichtete auf belegte Notbrote, die ich ihr in Ermanglung von leidenschaftlich gegartem Biogeflügel anbot, und verkroch sich alsbald in das Zimmer ihrer Schwester. Morgens begann ich damit, Maditas Nummer zu wählen, hörte diesen Song in meinem inneren Ohr, der seit einer Weile ihr neuer Klingelton ist und von dem ich nicht sagen kann, ob ich ihn mag oder er mich nervt. Beides, würde ich sagen, womit er Teil des Kükens ist, das eine ähnliche Wirkung auf mich hat.

Die Mischung macht's, sagte sie einmal zu mir und wagte es, Sahne in das heilige Schwarz meines Kaffees zu tupfen. Und sind es nicht wirklich die Gegensätze, die das Leben interessant machen, die Kluften, die es zu überwinden gilt?

Uns fehlt die Reibung. Unvermittelt schlägt Hans' Stimme in mir an, und beinahe steuere ich mein Auto in einen parkenden Kleinwagen. Warum spukt mir denn jetzt auch noch mein Nicht-mehr-*mein*-Mann durch den Kopf? *Ich glaube, ich habe Lust auf Veränderung.* Hans' Worte, mit denen er unser Zusammensein vor beinahe elf Monaten beendete.

Tja, Hans, so vieles ist anders seitdem. Zum Beispiel habe ich die letzte Nacht bei einem anderen Mann verbracht und zum zweiten Mal mit ihm geschlafen. Zumindest irgendwie. Denn auch mein Besuch bei Jim glänzte vor allem durch etwas, das ich nicht benennen kann, obwohl es beständig in mir piepst – wie ein vergessener Wecker, der aus einer Nachbarwohnung durch die Wand dringt: gedämpft, in seiner Beharrlichkeit so aufreibend wie Juckreiz, doch ohne jede Möglichkeit, ihn abzustellen.

Ich war zu Jim hinübergegangen, weil ich ihm ja noch eine Erklärung schuldete. Gleichzeitig hobelte die ganze Situation derart in mir, dass ich das dringende Bedürfnis nach irgendetwas verspürte, das nichts mit allem sonst zu tun hatte. Ich hatte nicht nur kommuniziert, was das Zeug hält, ohne zu erreichen, wen ich wirklich sprechen wollte, sondern zusätzlich eine Schwangere und zwei Wöchnerinnen besucht und am Nachmittag einen neu gestarteten Vorbereitungskurs für Erstgebärende gegeben, in dem einer der werdenden Väter mit Anekdoten über die Schwangerschaft seiner Ex bestimmt nicht nur an meinen Nerven zerrte. Als ich nach dem Kurs nach Hause kam, warf Lotta einen Blick in mein Gesicht und orderte ein Familienblech Diabolo, extra scharf.

»Pizza hilft«, behauptete sie und ging mit dem Messer auf ihren Teil der Lieferung los. Während ich aß und Lotta wie üblich Krieg mit ihrem Essen führte, beging Noël den Fehler, auf ihrem Handy anzurufen, und Lotta drohte ihm nicht nur mit einem Anwalt.

»So, Nummer blockiert«, motzte sie, als das Telefon erneut klingelte. Diesen Anruf beendete Maditas Schwester nach zehn Sekunden mit den Worten: »Sorry, Papa, ich muss los.« Statt irgendwohin zu eilen, blieb sie jedoch am Tisch sitzen und fuhr fort, Peperoniringe zu zerhacken.

»Ich reise bald ab«, knurrte sie irgendwann.

Ich war bereits fertig mit meinem Teil der Pizza und schob den Karton beiseite. »Meinetwegen kannst du bleiben, so lange du willst.«

»Nee, lass mal. Danke. Morgen hab ich den Termin, und dann bin ich weg.« Lotta warf das Messer auf den Rest ihrer Pizza und rückte mit dem Stuhl vom Tisch ab, als ekle sie sich plötzlich. »Ich brauch das Meer, glaub ich. 'nen Horizont, den ich anglotzen kann.«

Mir gingen ein paar Erwiderungen durch den Kopf, die ich alle verwarf. Fragte stattdessen: »Soll ich mitkommen – morgen?«

Lotta bohrte ihren Zeigefinger durch eine Salamischeibe und schob sie hin und her. Schüttelte den Kopf. »Das muss ich allein machen.«

Ohne jemals ein Foto aus Maditas Kindheit in den Händen gehabt zu haben, sah ich auf einmal ein kleines Mädchen vor mir. Des Kükens Schwester als unschuldiges Geschöpf, das auf den Wogen des Lebens schaukelt, Treibgut der Erwachsenenwelt. *Du kannst niemanden retten, der nicht gerettet werden will,* schoss mir durch den Kopf. Allerdings bin ich mir unsicher, ob Lotta gerettet werden muss oder nicht.

»Ich geh schlafen, gute Nacht.« Sie stand auf und verließ die Küche, schloss die Tür hinter sich, und ich blieb am Tisch sitzen, einen Pizzakarton mit Resten vor mir. Daneben mein Telefon, dessen Anrufe nicht erwünscht waren.

Als ich eine Weile später Lovis in ihren Schlafsack hüllte

und ins Bett brachte, tat sie sich schwer mit dem Einschlafen, warf das Köpfchen hin und her und nörgelte, bis ich sie auf meine Schulter legte und herumtrug. Unvorstellbar, dass sie einmal zu groß dafür sein wird.

Während wir eine Runde um den Wohnzimmertisch drehten, flammte im Fenster gegenüber Licht auf, und ich beschloss, dass es an der Zeit war, mich um meinen eigenen Kram zu kümmern.

»Komm, wir gehen jemanden besuchen.«

Die Tür zu Jims Haus war nur angelehnt, und Erstaunen malte sich auf das Gesicht meines Fensternachbarn, als er mir oben öffnete, nachdem ich an seine Wohnungstür geklopft hatte. Lovis im Schlafsack und mit Teddyohrenmütze auf dem Kopf im Arm.

»Nanu.«

Ich küsste ihn. Ohne Umschweife. Schlang meinen freien Arm um seine Hüfte und drückte mich an den warmen Körper. Genoss die Antworten seiner Hände, die redselig reagierten, nachdem Jim seine Überraschung überwunden hatte. Wir betteten Lovis in ein Nest auf Jims Bett, das ich aus seiner Decke drehte, und nutzten dieses Mal gleich den Fußboden als Fläche für unser Tun. Für eine Weile katapultierte Jim mich aus allem hinaus, und mein Körper dankte es ihm mit Hingabe. Bis …

»Du, ich muss mal telefonieren.« Ein Gedanke läutete plötzlich in meinem Kopf und ließ mich innehalten im Loslassen.

»Was?«

Ich weiß, dass ich Jim in seinen besten Bewegungen unterbrach, und das tat mir leid, nicht nur für ihn. Dass mir in diesem Moment auch noch einfiel, dass Hans mich nicht nur einmal gefragt hat, wo ich gedanklich gerade unterwegs sei, während ich mit ihm schlief, machte es nicht besser.

»Entschuldige, es ist wichtig.« Ich wand mich aus Jims Umklammerung, die ich bis vor wenigen Sekunden noch aufregend gefunden hatte. Bis Jim »Hilf mir« in mein Ohr geseufzt hatte. »O bitte, hilf mir doch.« Und schon war der Gedanke aufgeploppt: *Man kann immer helfen.* Statt auf meine Anrufe zu reagieren, meldete sich das Küken nun also in meinem Kopf.

Nicht dein Ernst, oder?, dachte ich. *Du vermasselst mir gerade meinen Höhepunkt. Und so oft komme ich nicht dazu.*

Strafe muss wohl sein. Der Augenblick war zerstört, Jim seufzte und ließ mich frei, sodass ich nach meinem Handy angeln konnte.

Ich weiß, du hast mir deine Schwester geschenkt, tippte ich und löschte die Zeile wieder. Auch *Ich bin nicht sonderlich gut im Zwischen-den-Zeilen-Lesen* verschwand, ohne dass ich es abschickte. Während ich *Ich weiß zwar nicht, ob sie gerettet werden will, aber vielleicht kannst du es herausfinden* probierte, spürte ich Jims Blick auf mir, der angenehm heiß in mich hineinfloss und den ich trotzdem ausblendete, weil mir die Nachricht an Madita mit einem Mal wichtiger erschien. Sex ist ein Urtrieb, so gewaltig, dass es bisweilen unheimlich ist. Und doch gibt es etwas, das tiefer geht. Auf Geschlechtsverkehr kann ich notfalls verzichten, glaube ich. Aber das Kakaoherz fehlt – und zwar mit einer Intensität, die mir plötzlich wehtat.

Schließlich tippte ich *Falls du recht hast und man immer helfen kann*, dazu eine Adresse und *Morgen, 10:30 Uhr* und schob das Handy beiseite.

»Wieder eine schwere Geburt?« Mit seinen Fingerspitzen zeichnete Jim mein Schlüsselbein nach, hauchte einen Kuss in die kleine Lücke in der Mitte.

»Ja. Ich fürchte, ich hab zu viele Herztöne ignoriert.«

Jim hob die Augenbrauen und blickte mich an, bevor er

sacht den Kopf schüttelte. »Kann ich mir nicht vorstellen. Es klopft doch so wild.« Er legte seine Hand auf meine Herzgegend, berührte dabei unabsichtlich oder bewusst meine Brustwarze. Streifte mit seinem kleinen Finger die Rundung entlang.

Es war süß, es kribbelte, blieb jedoch an der Oberfläche. Was zwischen meinen Zeilen schwang, schob sich in den Vordergrund, und ich driftete davon; zu weit weg von Jim, der sich liebevolle Mühe gab, aber keine andere Chance hatte, als irgendwann neben mir einzuschlafen, während ich wach lag, seinem Atem lauschte und bis zum Morgengrauen Gedanken wälzte. Auch dafür werde ich mich entschuldigen müssen. Später.

Als sich der Tag mit seiner typischen Unnachgiebigkeit durchs Fenster schob, stemmte sich Jim auf, kochte mir einen Kaffee und knabberte schweigend einen Toast. Zum Abschied umarmte ich ihn und vermied den Blick in sein Gesicht.

»Ich muss ein paar Dinge regeln, dann komme ich wieder, wenn ich darf«, murmelte ich beim Hinausgehen.

»Ich bin hier.« Jim strich mir über die Wange. Und ich dachte noch darüber nach, als mich, kaum war ich unten ins Freie getreten, Samiras panischer Anruf aufschreckte.

Inzwischen habe ich ihre Straße erreicht und halte nach einem Parkplatz Ausschau. In einiger Entfernung entdecke ich Hans am Straßenrand. Er winkt mir zu, und ich quetsche mein Auto in die knappe Lücke zwischen einem teuren Neuwagen und einem protzigen Motorrad, das so blöd abgestellt ist, dass ich Lust habe, es umzunieten. Ich lasse es bleiben.

»Hallo, Helga.« Hans haucht mir einen Kuss auf die Wange, was er sich jetzt wohl angewöhnt hat und mich nach wie vor befremdet. Aber gut.

»Hallo, entschuldige, dass ich dich von der Arbeit hole.«

Er zuckt mit den Achseln. »Dein Job ist wichtiger als meiner.«

Mit den Händen in den Hosentaschen steht er da, während ich die hintere Autotür öffne, und als ich ihm schließlich Lovis in den Arm drücke, strahlt Hans' Gesicht in den grauen Wintertag hinein.

»Hey, Sonnenschein.«

Ich angle meine Tasche vom Beifahrersitz und schließe den Wagen ab. »Ich ruf dich an, wenn ich fertig bin.«

»In Ordnung. Und wir zwei machen es uns schön, nicht wahr?« Lovis gluckst ihren Papa an. Ich glaube, sie mag seine dunkle Stimme ebenso wie ich. Eine Basslinie, die sich beruhigend unter den Lärm des Lebens schiebt. Wie ein Herzschlag.

»Tschüss, ihr zwei.« Ich winke und gehe auf Nummer 72 zu, ein Mehrfamilienhaus mit drei Etagen. Als ich mich noch einmal umdrehe, habe ich den Eindruck, dass Hans mir etwas hinterherrufen möchte, doch er nickt bloß, bevor er seinen Blick auf Lovis heftet und ihr ein Papa-Grinsen schenkt, das mich an seine jüngere Version erinnert, jenen Jungen, mit dem ich in der Elften auf dem Schülerklo knutschte. Was für ein Gedanke!

Ich klingle an der Haustür. Es dauert, bis Samira öffnet. Sie ist blass, Haarsträhnen stehen von ihrem Kopf ab, sie trägt einen Männerpulli und eine Trainingshose. Ihr Gesicht ist mit Angst bemalt.

»Du bist Helga?« Ich nicke. »Ich bin so froh, dass du da bist.« Samira verzieht das Gesicht und stöhnt auf, während sie mich hineinlässt, taumelt über den Flur und durch eine geöffnete Tür in eine Wohnküche. »Sorry … Wehe …« Sie krallt sich an die glatt polierte Arbeitsfläche einer Kochinsel und jault zwischen zusammengebissenen Zähnen, während ich aus den Schuhen schlüpfe und meinen Mantel an die Garderobe hänge.

»Wofür ist Geburtsschmerz noch mal gut?« Samira keucht, als ich neben sie trete. »Der ist scheiße.«

Ja, schon. Ich kann ein Lied davon kreischen. »Er sorgt dafür, dass du einen guten Rhythmus findest«, erwidere ich. »Darf ich dich anfassen?« Samira nickt, und ich lege meine Hände auf ihre Lendenwirbel, stelle mir vor, wie meine Körperwärme zu ihr hinüberwandert und sich sanft zwischen die Muskeln schiebt. »Wenn Wehen eine gemütliche Sache wären, würden sich die Frauen aufs Sofa fläzen, und das Baby müsste seinen Weg ganz allein finden. Durch den Schmerz bewegst du dich und suchst automatisch eine gute Geburtsposition. Außerdem sorgt er für die Ausschüttung von Oxytocin als Linderung, und das wiederum kurbelt die Kontraktionen an, die den Muttermund öffnen und das Baby durch den Geburtskanal schieben.«

Begreife den Schmerz als deinen Freund, und er wird dich leiten, lautet eine Weisheit meiner Großmutter, was mir unwillkürlich ins Gedächtnis ruft, wie verquer ich die Geburt meiner Tochter anging. Ich wehrte mich gegen den Schmerz wie gegen meinen schlimmsten Feind und übersah dabei das Offensichtliche: Was größer ist als du selbst, kannst du nicht besiegen. Also nutze es.

Die Wehe ebbt ab, Samira stützt die Unterarme auf die Arbeitsplatte und lässt den Kopf hängen. Ich reibe ihr den Rücken.

»Du hast ausgewachsene Eröffnungswehen, ich würde gern deinen Muttermund tasten und dich dann in die Klinik bringen. Wo bist du angemeldet?«

Samiras Stimme dringt dumpf unter ihren Armen hervor. »Ich möchte hierbleiben.«

Ich halte in der Bewegung inne. »Ist das abgesprochen?« In meinem Gedächtnis krame ich nach Informationen über

Samira, finde aber nichts. Madita hat von dieser Schwangeren nicht viel erzählt, doch soweit ich weiß, steht in nächster Zeit keine Hausgeburt an.

Und tatsächlich schüttelt Samira den Kopf. »Nein, aber ich hab's mir anders überlegt. Da kam 'ne Dokumentation, und da hatten sie Statistiken, nach denen bei Hausgeburten vieles besser läuft als in Krankenhäusern.«

»Das stimmt«, sage ich. »Und wenn's keine Befunde gibt, die dagegensprechen, plädiere ich immer für eine Entbindung zu Hause. Aber das muss vorher vereinbart sein.«

»Mir egaaaaaal.« Samira bäumt sich auf, als die nächste Wehe anbrandet. »Ich will meine Kinder hier kriegen.«

Ich zucke zusammen. »Kinder?« Starre auf Samiras Bauch, dessen Wölbung tatsächlich beeindruckende Ausmaße vorweist. »Du bekommst Zwillinge?«

Samira gibt ein Geräusch von sich, das ich als Zustimmung werte. Auch das noch.

»Dann geht eine Hausgeburt schon mal gar nicht«, erkläre ich. »Bei Zwillingsgeburten muss außerklinisch immer eine Ärztin dabei sein.«

»Dann ruf eine her. Aaaaaargh … ich beweeeeeege mich nirgäääääänds hin.« Die Wehe rollt über Samira hinweg und rüttelt an ihrem Körper.

»Sei vernünftig.« Ich lege meine Hand auf ihre Schulter, doch sie weicht zurück. »Samira, deine Kinder sind unterwegs, und sie hier zu entbinden ist nicht erlaubt.«

»Nur weil es zwei sind? Das ist doch Blödsinn.«

»Nein, Risikoabwägung. Also lass uns bitte in die Klinik fahren.«

Samira schüttelt den Kopf und hockt sich auf den Boden. Schließt die Augen, stößt zwei kleine Schreie aus und wiegt sich vor und zurück.

Ich glotze sie an. In den über zwanzig Jahren meines Berufslebens ist es mir noch nie passiert, dass eine Frau sich weigerte, ins Krankenhaus zu fahren, wenn ich dazu riet. Ich wäge die Möglichkeiten ab: Ich könnte auf Samira einreden, sie notfalls auf die Beine hieven und vorwärtsschieben. Aber sie ist größer als ich, deutlich schwerer und strahlt eine Entschlossenheit aus, gegen die ich mich in diesem Moment machtlos fühle. Alternativ könnte ich 112 rufen und einen Rettungswagen anfordern, das Problem auf andere abwälzen. Formal richtig, doch nicht gut für den Geburtsvorgang.

Samira wippt auf den Ballen ihrer Füße auf und ab, hält die Augen weiterhin geschlossen und ist in einen Summton verfallen. Meine Ankunft scheint ihr jede Angst genommen zu haben, und sie tut, was wir allen Frauen raten: Sie überlässt sich ihrem Körper und gibt sich seinem natürlichen Rhythmus hin. Sie ist Teil eines uralten Prozesses, und alles, was sie da herausreißt, wird stören. Verflucht.

Ich lasse Samira allein, um durch die Wohnung zu laufen und nach dem Schlafzimmer zu suchen. Dort ziehe ich die Decke vom Ehebett, greife ein Kissen und bringe beides in die Küche. Breite es neben Samira aus, schiebe die Decke, so gut es geht, unter sie. Noch immer summt sie. Tief und volltönend.

Genau so sollte es sein, hier läuft alles richtig. Trotzdem plagt mich die Verantwortung.

»Samira? Ich rufe einen Krankenwagen und begleite dich, ja? Samira?«

Sie wiegt ihren Kopf hin und her, ob im Rhythmus ihres Körpers oder als Verneinung, kann ich nicht sagen. Nur, dass ich mich ratlos fühle. Wo ist meine Expertise, verflixt noch mal? Ich weiß einfach nicht, was ich tun soll, fühle mich unentschlossen und gelähmt. Greife ich ein, oder habe ich Vertrauen in das, was Mutter Natur in ihre Hände genommen hat? Und wieso denke ich überhaupt darüber nach? Bei meiner ersten Entbindung überhaupt kamen Zwillinge auf die Welt, im Dachgeschoss eines schiefen Bauernhauses und in selbstverständlicher Abwesenheit irgendeines Mediziners. Gretus, meine Oma, begleitete die Gebärende, tauchte ein in jenen Rhythmus, wurde eins mit der werdenden Mutter.

Das ist es, wird mir bewusst: Mir fehlt der Zugang zu dieser Frau. Wie nie zuvor in meinem Leben überfällt mich die Angst, dass das hier fürchterlich schiefgeht, weil ich eventuell die falsche Entscheidung treffe. *Man kann immer helfen.*

Ich versuche noch einmal, Samira anzusprechen, doch sie reagiert nicht. Muss sie auch nicht, denn es sieht aus, als ob alles läuft, wie es soll. Hierfür sind Frauenkörper gemacht.

Dennoch. Zwillingsgeburten sind nicht ohne, zumal für eine Erstgebärende. Ich krame mein Handy aus der Tasche und drücke auf die am häufigsten gewählte Nummer. Einmal mehr. *Der gewünschte Teilnehmer ist nicht erreichbar.* Dreckskackenokkolytengerätnocheins!

Ich rufe jemand anderen an, Carola, meine Gynäkologin. »Hast du gerade Zeit?«, frage ich, als sie abhebt.

»Nein, Mittagspause. Sonst hättest du mich kaum erreicht.«

»Ich lad dich ein, wohin und zu was du willst, dafür musst du jetzt aber alles stehen und liegen lassen und herkommen. Ich brauche eine Ärztin.« Ich erläutere ihr die Situation und muss sie nur ein bisschen überreden, bis sie verspricht, sich auf den Weg zu machen.

»Du bringst uns alle in Teufels Küche«, murmle ich, nachdem ich aufgelegt habe und mich neben Samira auf dem Boden niederlasse. Ich betrachte die Frau, die sich in eine Welt verabschiedet hat, in die ich ihr nicht folgen kann. Gebären, habe ich festgestellt, ist nicht meine Stärke. Ich bin nicht gut im Eintauchen.

Aber es gibt eine, die das meisterhaft beherrscht und Samira begleiten kann. Diesmal spreche ich auf die Mailbox.

»Madita? Samiras Zwillinge sind unterwegs, und sie will nicht in die Klinik. Bitte komm.« Ich hole tief Luft und spreche es aus: »Ich brauche dich.«

Ratio und Herz

Madita

Es ist genau 10:30 Uhr. Ich entdecke Lotta vor der Gynäkologischen Ambulanz, während sie die Stufen zum Eingangsbereich hinaufläuft. Es scheint, als zöge sie den feinen Nieselregen hinter sich her wie einen Schatten aus Glanz, der an ihrer schmalen Figur emporkriecht und sie festzuhalten versucht. So fest, dass sie auf der letzten Stufe unvermittelt stoppt und innehält.

Vermutlich ist dieser Eindruck meiner Fantasie geschuldet. Ich hadere immer noch mit Lottas Entscheidung, obwohl es mir nicht zusteht, auch nur weiter darüber nachzudenken. Denn das ist mir inzwischen klar: Jede Frau in Lottas Situation muss das allein mit sich ausmachen.

Ein letztes Mal beiße ich in meinen Apfel, bevor ich den Rest in meiner Tasche verschwinden lasse und Lottas Namen rufe. Sie dreht sich nicht zu mir um, steht stocksteif da und starrt auf die Tür vor sich. Ich werfe meine Haltung zu dieser Sache endgültig über Bord, will einfach nur für meine Schwester da sein, egal ob ich sie nun an Helga weiterverschenkt habe oder doch vielleicht lieber nicht. Tatsächlich bin ich Helga ziemlich dankbar für diese Chance. *Falls du recht hast und man immer helfen kann,* hat sie geschrieben und mir Ort und Zeit genannt.

Meine Schritte beschleunigen sich, ich springe über eine Pfütze und nehme die ersten Stufen. Der Sprühregen dringt in jede Pore und kühlt mich runter.

»Hey, Schwesterherz«, singe ich. »Ein Vögelchen hat mir gezwitschert, dass du heute hier sein wirst, und ich habe mich gefragt …« Ich verstumme, streiche vorsichtig über den nassen Stoff von Lottas Jacke, und sie blickt mich endlich an. Ich hab schon befürchtet, der Schlag könnte sie getroffen haben oder Ähnliches. Doch zumindest körperlich scheint es ihr gut zu gehen. Nur ihre Augen wirken sehr dunkel. Vielleicht hat sie eine unruhige Nacht hinter sich, vielleicht wappnet sie sich aber auch nur gegen das, was sie gerade im Begriff ist zu tun. Und dagegen, was ihre Entscheidung mit sich bringen wird: nicht nur die Tragweite und Endgültigkeit, die vielen Frauen erst hinterher bewusst wird, sondern auch die mögliche Verurteilung durch die Gesellschaft, die beim Thema Abtreibung allgegenwärtig scheint.

Blitzschnell ordnet meine Schwester ihre Gesichtszüge: »… ob du bei dem Spektakel dabei sein darfst?« Ihr verrutscht das Lächeln, und fast fürchte ich, sie schickt mich zum Teufel, doch dann sagt sie: »Klar, kannst du. Wenn du nichts Besseres zu tun hast?«

Ich atme innerlich auf und lege meine Hand kurz in Lottas Rücken.

»Dann lass uns mal reingehen und es erledigen.« Ich stemme die große gläserne Tür auf.

»Wo warst du eigentlich so lange?« Ein winziger Vorwurf flattert in Lottas Stimme. Angespannt entwirrt sie den Schal um ihren Hals und öffnet den Reißverschluss ihrer Jacke.

»Wieso? Konntest du ohne mich nicht schlafen?« Warme Luft hüllt uns ein, und Lotta lotst mich nach links, Pfeilen hinterher.

»Doch, ich habe geschlafen wie ein Stein. Ich hab mich nur gewundert, weil nicht mal Helga wusste, wo du abgeblieben bist«, verrät sie mir, und ich horche auf. Natürlich habe ich bemerkt, dass Helga einige Male versucht hat, mich anzurufen, aber ich war alles andere als bereit, mit ihr zu sprechen, geschweige denn diesem ungewohnten Zeichen der Sorge – oder brauchte sie bloß eine Babysitterin? – Beachtung zu schenken.

»Wir hatten schon spekuliert, ob du durch irgendwelche Zufälle wieder bei deinem Polizisten gestrandet bist.«

Mein Mundwinkel rutscht von ganz allein tiefer, und ich antworte auf diese Absurdität nicht. Stattdessen betrachte ich lieber die mit viel Hingabe gestalteten Hygienetafeln an den Türen, wie man richtig in die Armbeuge niest und sich die Hände desinfiziert. Gibt's solche Piktogramme eigentlich auch für Liebesdinge? Ein Symbol, das simpel erklärt, wie man Herzschmerz loswird … *Lieben Sie mit mindestens 1,5 m Abstand.*

»Also, wo hast du gesteckt?«, hakt Lotta nach einigen Schritten nach.

»Bei Nelly. Ich hatte das überwältigende Gefühl, dass wir alle ein wenig Luft zum Atmen nötig haben. Du weißt schon, manchmal braucht es ein wenig Abstand, eine andere Perspektive.« Zitiere ich da gerade etwas, das Helga mal sagte? Ich glaube nicht, oder? Ich atme geräuschvoll aus. »Man will ja schließlich niemanden anzünden.«

»Du wolltest jemanden in Brand stecken?« Lotta gibt einen abgehackten Laut von sich. »Etwa mich?« Ihre Augen blitzen belustigt, und ich knuffe sie sacht.

»Ausnahmsweise nicht«, sage ich und denke an jemand anderen.

»Helga?«

»Mh.«

»Sie hatte nicht die Absicht, dich zu verletzen, Madita. Es ging allein um mich, sie wollte mich unterstützen.« Lotta verliert den Schal, fängt ihn im Flug.

»Ich weiß«, brumme ich und will eigentlich gar nicht darüber sprechen. Nicht hier. Nicht jetzt.

»Warum bist du dann so sauer?«

Sehr gute Frage. »Lass uns nicht drüber reden. Jetzt bringen wir erst mal das hier hinter uns und machen es uns danach zu Hause gemütlich«, bestimme ich. »Ich habe eingekauft und mache dein Lieblingsessen: Spaghetti Carbonara.«

Lotta nickt, geht zur Anmeldung, und ich bleibe im Flur zurück. Er ist schmal, in einem sanften Grün frisch gestrichen und wirkt beruhigend. An einer Wand stehen zwei mit Stoff bezogene Sessel vor einem Tischchen mit Zeitschriften.

Kurz darauf nehmen Lotta und ich in einem Wartezimmer Platz, das die gleiche warme Atmosphäre hat. Anders als erwartet hängt keine schwarze Trauerwolke über der Einrichtung, und ich merke, wie sich zumindest ein Teil meiner Anspannung löst.

Nach einigen stillen Minuten sagt Lotta: »Es tut mir echt total leid, dass ich dich mit meinem ganzen Scheiß belastet habe, Schwesterherz.« Sie drückt ihre feuchte Jacke an ihren Bauch, und ich forsche in ihrem Gesicht. Lotta trägt heute kein Make-up, ihre Wangen sind erhitzt, wie jedes Mal, wenn sie über etwas grübelt.

»Wozu sind Schwestern denn da? Wenn nicht dafür? Ich werde gern ein Elefant für dich. Und ich trag dich auch über einen Fluss«, spiele ich auf ein gemeinsames Lieblingslied von *Wir sind Helden* an, das wir früher in Dauerschleife hörten. Unsere Mutter kriegt bis heute Pickel, sobald es im Radio läuft. Aber es ist wahr, ich würde alles tun, damit es meiner Schwester gut geht. Und ich glaube, dass sie das auch für mich täte.

Lotta legt ihren Kopf auf meine Schulter. »Schön, dass es dich gibt«, murmelt sie halblaut, und mir wird warm um mein

Herz. Dann zeigt sie mir ein Pflaster an ihrem Mittelfinger. Bis jetzt hatte ich es übersehen.

»Übrigens, ich habe gestern versucht zu kochen«, lässt sie mich wissen und wedelt damit vor meinem Gesicht.

»Was soll ich sagen – das Leben im Allgemeinen ist gefährlich«, bin ich mir sicher.

»Richtig. Man kann sogar durch Infraschall draufgehen«, erwidert Lotta, und die drei Teenagermädchen, vielleicht sechzehn oder siebzehn Jahre jung, die mit uns im Wartezimmer sitzen, stellen die Plauderei übers nächste Wochenende ein und gucken uns an.

»Das ist aber wie bei der Kinesiologie: Du musst dran glauben, damit es passiert.« Zumindest habe ich noch niemanden wegen eines Windrads umkippen sehen.

Die Mädchen gegenüber beäugen uns, Lotta starrt sie nieder. Das konnte sie schon immer gut, die Nachbarskatze, ein fieses, aggressives Tier, kann ein Lied davon singen. Miezi wollte unserem Pudel zu Leibe rücken, und Lotta versengte ihr schier das Fell mit ihrem Blick.

Ich verdränge die Erinnerung und versuche herauszufinden, ob die drei Mädchen aus dem gleichen Grund hier sind wie wir. Und wenn ja, wer diejenige sein mag, die in so jungen Jahren eine Konsequenz ausbaden muss, die zwei verzapft haben.

»Schon mal was von der Macht der Gedanken gehört?«, fragt Lotta zu allem Überfluss, und die Blonde von ihnen antwortet mit: »Du bist voll cringe, weißt du das?« Sie hat Glück, dass Lotta heute nicht ihren besten Tag hat, sonst würde das Mädchen jetzt zu Raubtierfutter.

»Wollt ihr wissen, was wirklich cringe ist?«, entgegnet meine Schwester für ihre Verhältnisse vergleichsweise zahm. »Ich war mal in Indien, und da hat mir mein Matrose gesagt, ich hätte mich mit Lepra angesteckt. Die ganze nächste Woche auf See hatte ich das Gefühl, meine Nase sei locker.«

»Im Ernst?« Die Augen der blonden Teenagerin weiten sich.

»Ja, aber es waren nur meine Gedanken«, höre ich Lotta halb belustigt, halb schockiert weiter zu. Ich muss zugeben, die Geschichte kannte ich noch gar nicht. Wobei – vielleicht denkt Lotta sie sich auch gerade erst aus.

»Unmöglich«, meint eine der Teenies.

»Ganz und gar nicht, das nennt man Placeboeffekt.«

Ja, und es ist enorm, was die Gedankenwelt alles beeinflussen kann, denke ich, *bloß, dass es bei mir kurioserweise nie so klappt, wie ich es mir wünsche.*

»Leo hat gedacht, sie wird beim ersten Mal nicht schwanger«, sagt das augenscheinlich jüngste Mitglied der Gruppe und fügt an: »Vielleicht solltest du dir einfach sagen, du seist nicht schwanger, dann kannst du dir den Scheiß hier sparen, und wir starten gleich ins Wochenende.«

Eine der Freundinnen rammt ihr einen Ellenbogen in die Rippen. Durch Schmerz lernt man.

»Kinder!«, ächzt Lotta und lehnt sich zurück, die Miene leicht genervt.

Jetzt wissen wir immerhin, welches der Mädchen den Weg hier zu gehen hat. Leo ist unscheinbar, trägt lange, kunstvoll gedrehte Zöpfe und einen Hoody, in dem sie fast untergeht. Genauso wie sie zunehmend in dieser Situation versinkt. Ich muss an Vicky denken, an ihren Konflikt und die Stärke, mit der sie ihn schlussendlich meisterte.

Es wird still im Wartezimmer, man kann sogar hören, wie ein Blatt der Zimmerpflanze vor dem Fenster zu Boden trudelt und aufs Linoleum trifft.

»Wenn ich das hier hinter mir hab, dann widme ich mich wieder ganz deinem desaströsen Leben«, sagt Lotta irgendwann, und danach sind keine weiteren Worte mehr nötig. Sie weiß, wie leid es mir tut, dass ich sie mit meiner Meinung in die Ecke gedrängt habe. Und ich weiß, dass sie ihre Kündigung als mein Leuchtturm widerrufen hat.

»Da wirst du viel zu tun haben«, murmle ich leise.

Nach langen Minuten der Stille lachen die Mädchen wieder und tauschen Cocktailrezepte, bis Leo, mit vollem Namen Leona Meiberg-Unkenrich, um exakt 11:15 Uhr aufgerufen wird und die Heiterkeit abrupt verpufft. Lottas Hand verirrt sich zu meiner, und ich drücke sie.

»Wie geht's dir?«, frage ich.

»Gut, eigentlich.« Sie atmet tief ein. »Überall hört man, dass Frauen, die eine Abtreibung vornehmen lassen, innerlich so vollkommen zerrissen sein sollen und furchtbar leiden …« Sie verstummt, als eine Arzthelferin auch ihren Namen von einem Patientenblatt abliest.

»Lotta Sternberg, bitte in Behandlungsraum zwei«, tönt es uns entgegen, und Lotta steht sofort auf.

Einen Herzschlag lang überkommt mich Panik. Was hat Lotta sagen wollen, ist sie vielleicht doch nicht bereit? Oder bin nur ich es, die immer noch hadert? Denn trotz allem – bis ins Letzte kann ich mein Bedauern einfach nicht abstellen. Erst werde ich keine Mutter und nun nicht mal Tante, und die kleine Seele, die sich zu Lotta aufgemacht hat, muss auf ihre Wolke zurückkehren.

»Tut mir leid, Sie sind nicht angemeldet«, hält eine Arzthelferin in Mintgrün mich zurück, als ich mit meiner Schwester in den Raum schlüpfen will.

»Ist schon gut, Madita. Ich schaff das.« Lotta wirkt gefasst, ja, total abgeklärt. Und trotzdem will ich sie nicht allein lassen. Immerhin weiß ich von ihrer Spritzenphobie, und ohne Nadeln kommt kein operativer Eingriff aus.

»Das muss ein Fehler sein, ich bin ihre Schwester und außerdem Hebamme, also quasi eine Kollegin. Ich werde ganz sicher nicht stören.« Ich mache ein liebes Gesicht und bemühe mich, in der ausdruckslosen Miene der Arzthelferin nach einer Regung zu forschen. Ein bisschen sieht es aus, als würde die Frau gedanklich Monopoly spielen oder Schach. Als könnte es sie etwas Entscheidendes kosten, wenn sie nachgibt.

»Hören Sie. Ich weiß, Sie sind ein netter Mensch, ich kenn mich damit aus, ich bin selbst einer«, plappere ich drauflos. »Sie können doch bestimmt eine Ausnahme machen.«

Die jetzt leicht gereizte Dame bespricht sich mit der Ärztin, die hinter der Tür wartet, und schließlich werde ich als Gast zugelassen. Gott sei Dank.

Die freundliche und ruhige Gynäkologin führt ein letztes Gespräch mit meiner Schwester, während ich stumm danebensitze. Fragt sie, ob sie die Tablette, die sie ihr beim letzten Termin gab, genommen habe, um die Abtreibung einzuleiten. Eine von zehn Patientinnen bringt das kleine runde Ding wieder mit und entscheidet sich doch für die Schwangerschaft. Für alle anderen beginnt ab hier der letzte Akt. Das Absaugen des Embryos unter Narkose. Früher mussten die Frauen diesen Eingriff unter örtlicher Betäubung durchmachen, heute nicht mehr.

Lotta nickt, und ich helfe ihr aus der Jogginghose, schaue zu, wie sich meine Schwester auf den gynäkologischen Stuhl setzt. Um uns herum herrscht geschäftiges Treiben, ein sanfter Blick hier, ein aufmunterndes Wort da.

Ich blicke auf Lottas verkrampfte Hand, und sie tut es mir gleich. Zeitgleich heben wir unsere Blicke, und das Band zwischen uns, diese Verbindung, die uns trotz aller Unterschiede schon immer zusammenhält, wird greifbar.

Ich stelle mich hinter Lotta und blinzle zu ihr hinunter, während sie vorbereitet wird. Stumm lässt sie alles geschehen, und ich halte ihre Hand, drücke ihre kühlen Fingerspitzen.

Die beruhigende Art der Ärztin fließt auf alle Anwesenden über. Was wirklich gut ist, denn ich merke, wie sich meine eigene Anspannung zu einem leisen Zittern auswächst, das eher hinderlich ist, wenn man der Fels in der Brandung sein will.

»So, Frau Sternberg. Es wird nicht lange dauern«, sagt die Gynäkologin, und Lotta zuckt zusammen, als sie die Nadel für den Zugang auf sich zukommen sieht.

»Hey, weißt du noch, damals?«, lenke ich meine Schwester ab. »Als ich vom Fünfer springen sollte und so dermaßen Schiss hatte, dass ich mir fast in den Bikini gepullert hätte?«

Lottas Mundwinkel kräuseln sich, und sie löst den Blick von ihrem Handgelenk.

»Du *hast* dir in den Bikini gemacht«, erinnert sie mich hilfreich. Es war einer der fiesesten Momente meines Lebens. Von hinten kam bereits der Nächste den Turm herauf, und man konnte genau sehen, dass etwas an meinen Beinen hinablief.

»Und du hast mich daraufhin vom Turm geschubst«, sage ich halb lachend.

»Ich bin mit dir zusammen gesprungen«, korrigiert mich Lotta, und die Ärztin lächelt über ihren Mundschutz zu mir herüber.

Ich weiß genau, warum Lotta das damals tat. Wenn diese eine Person, die hinter uns den Turm raufkletterte, gesehen hätte, was passiert war, wäre ich auf unabsehbare Zeit das Gespött der ganzen Schule gewesen. Aus Lottas Sicht hat sie mir damals das Leben gerettet.

»Es war gar nicht so schlimm, wie ich gedacht hatte.«

»Ja, danach bist sogar alleine gehüpft«, erinnert sich Lotta, blinzelt zu mir hoch und verpasst damit den Moment, in dem die Ärztin zusticht.

»So, Frau Sternberg. Denken Sie an was Schönes«, sagt die Gynäkologin sanft, und Lottas Lider schließen sich flatternd.

Dann schnallt eine Arzthelferin ihre Beine fest, und ich verlasse den Behandlungsraum. Ich weiß, was nun geschieht, hab das während eines Praktikums mal mitangesehen. Mit einem Stab wird die Gebärmutter ausgesaugt. Blut und Gewebe sammeln sich in einem Behälter. Nichts Gruseliges, nur ein Haufen Schleim. Dennoch wäre daraus ein Leben entstanden, und ich muss ein bisschen schlucken und nach oben schielen, um nicht länger darüber nachzudenken.

Zum Glück dauert es nicht lange, und Miss Monopoly schiebt Lotta in den Aufwachraum, in dem ich auf sie warte. Während sich meine Schwester ins Bewusstsein zurückblinzelt, streichle ich ihren Arm und drücke ihr Küsschen auf die Stirn. Nach einer letzten Kontrolle entlässt uns die freundliche Ärztin. Mit Verhaltensregeln natürlich. Denn solch ein Eingriff ist ein wenig wie eine Geburt. Es entstehen Wunden, die heilen müssen. Von den Gedanken, die einen wund machen können, einmal abgesehen.

Lotta sagt kaum etwas, sie ist hundemüde. Und ich bin nachdenklich, während wir die Ambulanz verlassen. Vor uns gehen die drei Teenagerinnen. Sie haben Leo in ihrer Mitte und kümmern sich lieb um sie.

Ein Schwangerschaftsabbruch ist kein Schnellimbiss. Er kostet ganz schön viel Kraft. Herz und Ratio müssen sich miteinander auseinandersetzen.

In diesem Moment wird mir sehr bewusst, dass es, wenn Frauen kein Kind möchten, Grund genug ist, es nicht auszutragen. Die Entscheidung über den eigenen Körper sollte unantastbar sein, für jeden. Sex bedeutet Verantwortung, immer, wenngleich Männer schlussendlich am kürzeren Hebel sitzen, wenn es um die Frage des Austragens geht. Gleichberechtigung hat eben doch ihre Grenzen.

Es ist 13:12 Uhr, als ich Lotta auf Helgas Sofa verfrachte und mir mein Handy wieder einfällt. Ich habe es total vergessen, weil ich mit meiner Schwester und so einigen Sinnfragen beschäftigt war, und schüttle mich nun unter einem eiskalten Schauer, der mir den Nacken hinabrieselt. Ich habe zehn Anrufe von Samira verpasst, über sechzig von Helga und eine Sprachnachricht von ihr. Mir schwant Übles.

»Madita? Samiras Zwillinge sind unterwegs, und sie will nicht in die Klinik. Bitte komm«, schallt es aus dem Telefon. »Ich brauche dich.«

»Mist, Mist, Mist«, rufe ich und hasse es, dass so etwas stets passiert, wenn man *ein*mal das Handy ignoriert. Als würde das Universum das Desaster absichtlich initiieren, um es bei Cola und Popcorn zu verfolgen.

Und ich hasse es, dass ich jetzt Lotta allein lassen muss. Gerade hatten wir angefangen, über ihre Probleme mit Noël zu sprechen und darüber, dass zu einem guten Abschluss noch ein Gespräch mit ihm fehlt. Mir selbst hätte es schließlich auch gutgetan, wenn Silas mit mir geredet hätte, anstatt mich einfach aus seinem Leben zu schneiden. Manchmal will man hören, weshalb ein Traum zerplatzt. Selbst wenn er davon trotzdem nicht zur Wirklichkeit wird.

Ich verabschiede mich eilig von Lotta und der Eiscremebox auf ihrem Schoß, renne wie eine Bekloppte mit meiner Tasche und der halb angezogenen Jacke die Treppen hinab und düse mit meinem Fiat los. Ich fahre zackig und geschickt über eine kirschgrüne Ampel und komme nur etwa zehn Minuten später bei Samira an. Mit extrem geleertem Tank, da ich schon zu lange auf Reserve fahre. Memo an mich: Mitfahrgelegenheit nach Hause klarmachen und in Zukunft Reservekanister im Kofferraum haben.

Es ist Helga, die mir die Wohnungstür öffnet. Sie sieht erhitzt aus, packt mich am Jackenärmel und zieht mich hinein. Ihre Eile beunruhigt mich.

»Heute Morgen hab ich noch mit Samira telefoniert, da gab es nicht die leisesten Anzeichen«, verteidige ich mich prophylaktisch, damit Helga gar nicht erst dazu kommt, einen Vorwurf zu formulieren. Ich fühle mich ohne schon scheiße genug.

Zu meiner Verwunderung winkt Helga jedoch ab und meint: »Das glaube ich dir ja. Unschön ist nur, dass sie sich weigert, ins Krankenhaus zu fahren.« Ihr rechtes Augenlid zuckt. »Sie hat eine Dokumentation gesehen, und deshalb habe sie kein Vertrauen in solche Massenabfertigungsstationen, sagt sie.«

»Aha?« Gut, ich habe nicht vergessen, dass Samira Schiss vor Krankenhäusern hat, aber dass sie sich nicht mehr an die Risiken einer Zwillingsgeburt erinnert? Immerhin haben wir ausführlich darüber gesprochen und gemeinsam die Anmeldeformulare der Klinik ausgefüllt. Und ich habe ihr versprochen, sie als Beleghebamme zu begleiten.

Doch Helga ist blass, und beim Blick in ihr fahles Gesicht erfasst mich plötzlich dieses fiese Gefühl: Angst. Es gab in meiner Ausbildungszeit eine Phase, da hatte ich sie ständig. Vor der Lehrhebamme, vor der Krankenschwester, vor den Schwangeren, vor den Ärzten. Vor nicht kontrollierbaren Situationen, die unser Job mit sich bringt. Seitdem habe ich hart daran gearbeitet, sie zu besiegen. Denn Angst lähmt, macht entscheidungsunfähig.

»Ich habe meine Freundin Carola angerufen. Sie wird gleich zu uns stoßen und die Geburt begleiten«, erklärt Helga, während ich mich aus der Jacke befreie. »Dann werden wir später wenigstens nicht geteert und gefedert, falls etwas unschön läuft.«

»Gut, gut, gut. Fein, fein, fein. Dann haben wir eine kompetente Ärztin, das ist doch gut. Sehr fein.« Ich wühle innerlich nach meinem Optimismus und bemühe mich wirklich, meine letzte Zwillingsszene von vor etlichen Jahren aus dem Kopf zu bekommen, in der das zweite Baby verkehrt herum lag, sodass ich plötzlich statt des Köpfchens einen Fuß in der Hand hielt. Aber auch Zwillingsgeburten sind ganz natürlich und können wunderbar einfach verlaufen.

»Weiß nicht, ob das so wirklich gut oder gar fein ist«, entgegnet Helga und hebt automatisch meine Jacke auf, die vom Haken der Garderobe gerutscht ist. »Die Fruchtblase ist geplatzt, und es geht alles ein bisschen zu schnell. Im Moment hat sich die Wehentätigkeit zwar ein bisschen beruhigt, aber leider lässt mich Samira den Muttermund nicht tasten. Komm.« Wieder zupft Helga an meinem Ärmel und zieht mich hinter sich her. »Zuerst hockte sie in der Küche, nun guckt sie Gummibärchen.« Hä? Helga atmet tief ein. »Mal schauen, wie lange das hier Spaß macht.«

Ich fächere mir selbst Luft zu, bevor ich hinter Helga vom Flur ins Wohnzimmer biege. In der offenen Küche liegen tatsächlich ein verwaister Kissenturm und Decken.

»Hier bin ich, meine Liebe«, begrüße ich meine Schwangere mit einem honigsüßen und möglichst enthusiastischen Lächeln. »Da haben es zwei aber sehr eilig, auf die Welt zu purzeln, was?«

Samira liegt den Umständen entsprechend entspannt auf dem ausgeklappten Sofa und schaut einen Zeichentrickfilm. Nur ihre Frisur, bei der ein Nest vom Hinterkopf absteht, und die geröteten Wangen verraten ein wenig vom Wehenschmerz. Eine Weile schleiche ich um sie herum, versuche, ihre Stimmung einzufangen, während auf dem Bildschirm die Gummibärenbande einen Zaubertrank kocht. Aha, das meinte Helga also.

»Sorry, dass ich etwas länger gebraucht hab, um herzukommen«, entschuldige ich mich, und Samira runzelt kurz die Stirn, doch ich finde keine Anklage in ihrer Mimik. »Wollten wir nicht in der Klinik entbinden?«, hake ich nach, während ich neben ihr Platz nehme.

Den Blick fest auf die hüpfenden Bärchen gerichtet, schüttelt Samira knapp den Kopf. Um ihren Bauch liegt der Gurt für den mobilen Wehenschreiber. Auf dem lindgrünen kleinen Bildschirm wölbt sich das Herztongebirge der Zwillinge. Alles hübsch so weit.

»Ich kann nicht in ein Krankenhaus, Madita«, murmelt Samira endlich. »Meine Nerven packen das nicht. Und du selbst hast mir immer wieder gesagt, wie wichtig es ist, alles entspannt anzugehen.«

Eins zu null für die Schwangere.

»Na gut, wir schaffen das auch hier«, behaupte ich und lese in ihrem Gesicht, dass eine neue Wehe anrollt.

»Uff«, schnauft sie auch schon, und ich lege meine Arme auf ihre Schultern und atme mit ihr. Animiere sie, es so zu tun, wie wir es geübt haben. Und es klappt großartig.

Helga, sichtlich erleichtert, dass sie nicht mehr allein die Verantwortung trägt, wurschtelt in der offenen Küche herum. Während sie Samiras rosa Kaffeemaschine in Betrieb nimmt, kann ich sie beinahe beten hören: *Kaffee unser, der du bist im Becher. Geheiligt werde dein Koffein, dein Aroma komme und dein Aufputschen geschehe. Arabica Amen.*

Ich blicke auf die lustige Wanduhr, bei der die Zeiger, statt über Ziffern zu laufen, Party-Selfies von Samira und Matti passieren. Auf meinem Lieblingsbild beißen sie gleichzeitig in dieselbe Limettenscheibe und schauen sich tief in die Augen, während die Säure ihre Mienen verzieht. Es ist 13:55 Uhr. »Wo ist eigentlich dein Göttergatte?«, frage ich Samira und wundere mich. Ob er gerade in einem Einsatz verstrickt ist und nicht wegkann? Mit Silas an seiner Seite womöglich Verkehrssünder jagt oder einen Tankstellenüberfall aufnimmt?

Samira hält die Luft an, ihr Gesicht läuft puterrot an. Ihre Fingerknöchel werden weiß, während sie sich an einen Kissenzipfel klammert.

»Das frage ich mich auch. Eigentlich wollte er bloß schnell in den Babymarkt und ein neues Bettchen kaufen. Das erste hat er beim Aufbau gestern nämlich kaputt gemacht.« Sie keucht. Vielleicht ein halbes Lachen. »So geschickt er in manchen Dingen ist, als Handwerker ist er eine null. Er kann nicht mal ein Zimmer streichen, ohne dass es hinterher aussieht wie eine Tüpfelhyäne.«

Silas hat mal etwas Ähnliches über seinen Kollegen gesagt, fällt mir ein. Matti könne Wischwasser nicht vom Kühlsystem unterscheiden, war es, glaube ich.

»Weiß er denn, dass es losgeht?«

»Er wird es erfahren, wenn er zurückkommt.«

Aha. Er wäre also auch fürs Krankenhaus, rechne ich mir aus und lasse es gut sein. Atme gemeinsam mit Samira und schaue Gummibären im TV. Ich mag die Episode; der brummelige Gruffi erinnert mich an Helga. Als die nächste Wehe nachlässt, frage ich Samira, ob ich ihren Muttermund untersuchen darf, und sie lässt mich gewähren.

»Super, sieben Zentimeter«, verkünde ich. Aus der Küche weht Kaffeeduft herüber, und ich fange einen Blick von Helga auf, die mir zunickt und ein Notizbuch aus ihrer Tasche hervorkramt, um die Dokumentation zu übernehmen.

14:20 Uhr. Matti kehrt aus dem Babymarkt zurück, ich höre ihn im Flur fröhlich und nichtsahnend mit jemandem plaudern. Oje, Besuch. Schlüssel klappern, Jacken rascheln an der Garderobe.

»Hast du eigentlich deine Bohrmaschine dabei?«, fragt Samiras Göttergatte beim Eintreten über die Schulter, und mich packt das Entsetzen, als hinter ihm Giselle auftaucht – die Unerwünschte vom Dienst. Oh, happy day! Ich kann nicht mal schmunzeln über das gebrochene Klischee vom Polizisten, der das Topmodel nach Werkzeug fragt.

»Nee, Matti. Aber meinen dressierten Specht, der reicht, um ein Loch ins Holz zu kriegen«, scherzt das Unheil, und ich mag Giselle noch weniger, denn sie ist schlagfertig *und* lustig. Sekunden später gucken beide erschrocken auf, als Samira einen kehligen Laut ausstößt.

»Was passiert hier?«, will Matti wissen und lässt gleichzeitig die Bretter aus seinem Arm zu Boden fallen, dass es rumst. Sein Blick huscht von einer zur anderen.

»Dreimal darfst du raten, du Genie«, haucht Giselle neben ihm. Nach einer knappen Auskunft von Helga beschließt Matti, das Topmodel nach Hause zu schicken. Was mir mehr als recht ist. Ich will nicht sagen, dass ich mit ihr weniger in meinem Job funktionieren würde, aber so kann ich besser denken. Ganz klar fühle ich mich neben ihr kleiner.

»Baby, ich bin so froh, dass du hier bist«, ächzt Samira ihrem Liebsten entgegen und versichert ihm zwischen zusammengebissenen Zähnen hindurch, dass eine Hausgeburt das Beste für sie und die Mädchen ist. Und dass früher alle Kinder zu Hause das Licht der Welt erblickten.

»Oh, Baby. Du bist so taff, ich bewundere dich«, säuselt Matti, küsst Samiras Haaransatz und macht sich danach so nützlich, wie es geht. Er kocht Tee, bringt ein Wärmekissen für den Rücken, massiert und versucht Gedanken zu lesen. Vorbildlicher geht es nicht.

»Ist denn alles in Ordnung mit meinen beiden Mädchen?«, fragt er mich nach einer Weile, in der der Muttermund sich auf acht Zentimeter geöffnet hat. Gleichzeitig klingelt es an der Haustür, und Helga verschwindet im Flur, um ihre Freundin Carola einzulassen. Damit ist unser Geburtsteam komplett, und ich fühle, wie sich Erleichterung in mir ausbreitet. Natürlich ist Carolas Anwesenheit kein Garant für irgendwas, zumal sie als niedergelassene Gynäkologin normalerweise keine Geburten betreut, aber bisher läuft ja alles nach Lehrbuch, und selbst Gruffi ringt sich auf dem Bildschirm gerade ein Lächeln ab. Ich liebe fröhliche Omen!

»Die Herztöne deiner Töchter sind sehr gut«, antworte ich Matti, »die Erste hängt quasi fledermausartig zum Abflug bereit vor dem Muttermund.« Der Wehenschreiber kreiert malerisch hübsche Herztongebirge und noch vergleichsweise sanfte Wehenhügel.

Um 16:22 Uhr gehen wir in die nächste Phase der Geburt, und die Herztöne der Babys verändern sich. Matti, der das Geschehen aufmerksam verfolgt, entgeht das nicht.

»Madita, du siehst das aber schon, oder?«, fragt er mit aufgerissenen Augen, als der Herzschlag eines seiner Kinder auf 100 Schläge pro Minute absackt.

»In der Endphase einer Geburt, wenn die Wehen mächtiger werden, wird die Herztongaloppade von ca. 150 Schlägen auf langsamere 100 Schläge pro Minute heruntergebremst. Das ist das Zeichen für *Jetzt geht's los*. Gerade drückt's nämlich ganz schön auf das Köpfchen deiner Tochter, und deshalb reguliert sie den Puls nach unten.«

»Oh, okay. Na dann.« Ein nervöses Kichern bleibt in Mattis Kehle stecken, denn da geschieht es: Der altbekannte Wechsel der Persönlichkeiten, den viele Gebärende irgendwann ab einem bestimmten Zeitpunkt zeigen.

»Nein, nein, ich will nicht mehr«, schreit Samira und versucht sich aufzurichten. »Ich sterbe, ich weiß es!«

Sofort zuckt Matti zusammen, und die Stimmung im Wohnzimmer kippt. Carola, die mit Helga bis eben entspannt geflüstert hat, springt auf, doch Helga ist schneller. Mit einer Bewegung, wie nur sie sie hinkriegt, ist sie neben uns und untersucht Samira, während ich meine Schwangere im Arm halte und ihr leise ins Ohr summe.

»Alles, wie es sein soll«, resümiert Helga kurz darauf, zögert und spricht zu ihren Füßen, als sie hinzufügt: »Ich weiß, wie du dich fühlst, aber du machst das sehr gut, Samira. Und du bist in den besten Händen.«

Ich komme kaum dazu, mich zu fragen, ob Helga das wirklich gerade gesagt hat, denn Samira, die ich als mutig und keck kennengelernt habe, wird trotz der Ermunterung hysterisch.

»Matti, rette mich!«, schreit sie und wirft ihre Arme wie eine Ertrinkende ihrem Mann entgegen, dem prompt der Schweiß ausbricht.

»Was soll ich tun?«, fragt er mich, und ich weiß es selbst nicht, habe keine Ahnung, wo diese plötzliche Panik herrührt.

»Hilf ihr, sich auf die andere Seite zu drehen«, mischt sich Helga ein, und die Wehe ebbt ab. Samira bricht in Tränen aus, Matti wird bleich.

»Ich hab sie noch nie weinen sehen«, haucht er erschrocken.

»Okay, ihr hattet recht. Holt einen Krankenwagen«, jammert Samira und tritt nach Helga, die beim Ausweichen mit dem Couchtisch kollidiert. Sehr schön, Kraft hat unsere Gebärende noch.

»Dafür ist es jetzt zu spät.« Brummend kommt Helga wieder auf die Füße und hängt sich zwischen Samiras Beine, während ich mich halb unter Samira schiebe, um sie zu halten. Ich kriege ihren Arm gegen den Kopf und habe plötzlich Sorge, dass etwas innerhalb ihres Körpers passiert, von dem wir nichts wissen. Eine Blutung vielleicht, doch dann dämmert es mir. Es muss ein Trauma sein, etwas nicht Bewältigtes, das in dieser Ausnahmesituation zutage tritt. Vielleicht wurde Samira mal ein Zahn gezogen, und die Betäubung hat nicht gewirkt. Oder es ist bei einem anderen Eingriff etwas geschehen, das sie in diesem Augenblick verrückt macht. Mir fällt auf, dass Samira mir nie erzählt hat, warum sie Krankenhäuser hasst. Ich hätte nachfragen sollen.

»Ich will einen Kaiserschnitt!«, kreischt sie als Nächstes und blinzelt zu Carola, die abseits steht und uns mit beunruhigter Miene beobachtet.

»Sie da«, zischt Samira sie an. »Sie haben einen Eid geschworen.«

Ich weiß nicht, wieso Carola sich plötzlich über die Schulter schaut, als wäre nicht sie gemeint, sondern ein anderer Arzt, der sich hinter dem Küchentresen versteckt hat und gleich hervorspringen wird, aber sie tut es. Ob sie sich überfordert fühlt?

»Samira, schau mich an.« Ich greife sanft unter ihr Kinn und drehe ihr Gesicht zu mir, streiche ihr mit den Fingern über Stirn und Schläfen, lege eine Hand an ihre Wange. Ich muss unbedingt zu ihr durchdringen, weil sie drauf und dran ist, wie ein wilder Mustang durchzugehen.

»Ich kann das nicht, ich geh hier drauf.« Samira wimmert, Helga knurrt und stellt sich zu Matti, dessen Nerven inzwischen blank liegen. Gut, dass wir zu zweit sind!

»Hören Sie, so kenn ich meine Frau nicht. Irgendwas geht da schief«, höre ich ihn sagen.

»Nun, unter der Geburt lernt ein Mann seine Frau erst richtig kennen«, belehrt ihn Helga in ihrer charmanten Art, und Matti zerpflückt ein Taschentuch in mikroskopisch kleine Einzelteile, während ich weiter auf Samira einrede.

»Samira, hör zu«, sage ich und verbinde meinen Blick intensiv mit ihrem. »Du bist stark, du bist eine mutige Frau, und ich verspreche dir, dass deine beiden Töchter gesund auf die Welt kommen.« Endlich scheine ich sie zu erreichen.

»Ehrenwort?«, haucht sie, und ihr Körper entspannt sich etwas, übernimmt wieder die Führung. Er weiß, was zu tun ist, und ich übersetze seine Sprache für Samira, halte sie, atme und töne mit ihr.

Um 17:12 Uhr wird unsere Gebärende zu einem bettelnden Häufchen Elend, und mir zerreißt es das Herz.

»Liebes, ich kann das Köpfchen schon sehen, deine Tochter kommt«, sage ich ihr mit Blick hinunter zu dem Geschehen zwischen ihren Beinen. »Fühl mal.«

Helga und ich müssen nicht viel reden, wir verstehen uns. Hier ein Nicken, da eine Geste. Sie greift nach Samiras Hand und legt sie auf die haarige Wölbung, die sich inzwischen zeigt, und Samira schluchzt auf.

Das nächste Wimmern schwillt zu einem Stöhnen.

»Super machst du das, Samira.« Der dunkel beflaumte Hinterkopf schiebt sich weiter durch den Scheidenausgang in Richtung Licht. Helga lässt sich von Carola ein kaffeegetränktes Handtuch reichen, da sich der Damm auswalzt und sich weiß zu färben beginnt.

»Ich würde ja …«, meint die Ärztin, die hinter Helga stehen geblieben ist, bekommt jedoch nur ein knappes Kopfschütteln von meiner Kollegin. Ich weiß, was sie denkt. Zu frühes Einschreiten bedeutet gestresste Kinder. Und Helga ist stolz auf ihre Dammrissquote, die, Kaffeekompressen sei Dank, gegen null geht.

Also atme ich weiter mit Samira zusammen, bin ganz bei ihr, lasse mich zeitgleich von Helgas souveräner Art führen und warte die nächste Wehenpause ab, in der das Köpfchen im Scheidenausgang haltmacht und das Dammgewebe Zeit hat, sich an den Druck, der auf es wirkt, zu gewöhnen. Mit der nächsten Wehe ploppt das erste Mädchen heraus, und die Zeit bleibt stehen. Einmal mehr und wie immer in diesem Moment.

17:33 Uhr. Helga fängt Anna auf und reicht sie an Carola weiter, die das winzige Mädchen untersucht, säubert und versorgt. Mit einem glückglitzernden Strahlen im Gesicht.

Mir bleibt keine Zeit, mich mitzufreuen, denn Samira bäumt sich auf und ächzt.

»Pressen, fest pressen«, feuere ich sie an, mein eigenes Herz hämmert wie verrückt.

»Ich kann nicht mehr, ich schaff das nicht«, japst meine arme Schwangere und sinkt in meinen Arm.

»Kein Problem, lassen wir das Zweite einfach drin. Eins reicht ja auch«, höre ich Helga sagen und schnalze missbilligend mit der Zunge. Beschwichtigend lächelt sie mir zu und fügt an: »Samira, du machst das ganz toll.« Unsere Gebärende entspannt sich.

Na also, geht doch. Ich streiche eine Haarsträhne aus Samiras verschwitzter Stirn und gurre: »Anna ist gesund und munter, und Elsa wird ebenfalls bald bei dir sein.«

»Warum höre ich Anna nicht weinen?«, fällt Samira ängstlich auf, und Matti übernimmt die kleine skeptisch und zerknautscht in die Welt blickende Maus von Carola und bettet sie auf ein Kissen neben Samiras Kopf, damit die junge Mama sie zum ersten Mal sehen kann.

Leider hat Samira nicht viel Zeit, den Anblick zu bestaunen, denn die nächste Wehe ist stark.

»Ich helf dir, Samira. Wenn ich *jetzt* sage, presst du mit aller Kraft.« Sie rutscht näher an den Sofarand, ich halte ihre Hände fest, Helga stemmt sich ihren Füßen entgegen und bietet ihr Widerstand.

»Großartig, ich kann das Köpfchen fühlen«, sagt meine Kollegin, Samira presst, und ein weiterer schwarzer Schopf taucht auf.

»Noch mal«, flüstere ich, »noch ein einziges Mal!« Samira brüllt, knurrt, bäumt sich auf und gibt alles. Dem Köpfchen folgt ein Körper, und Helga fängt die kleine Elsa auf, die sich sogleich lauthals Gehör verschafft.

»Geschafft, Samira. Herzlichen Glückwunsch«, gratuliere ich mit vor Aufregung zitternder Stimme. »Herzlich willkommen, Zaubermaus Nummer zwei.«

Elsa holt tief Luft, um noch lauter zu brüllen. Carola nimmt die Kleine an sich, untersucht auch sie rasch und bettet sie dann neben ihre Schwester Anna in den Arm von Samira. Während Elsa wütet und kleine Tränchen über ihr mit Käseschmiere verziertes Gesicht laufen, runzelt Anna die Stirn und starrt ihre Schwester verwundert an. Ein Bild für die Götter, das ich mit dem Handy festhalte. Ansonsten glaubt mir keiner, wie unterschiedlich diese eineiigen Zwillinge auf die Welt reagieren.

»Wahnsinn, was für ein Abenteuer«, hauche ich ergriffen, und Helga kommt auf die Beine, klopft mir auf den Rücken. Gemeinsam betrachten wir die frischgebackene, glückliche Familie.

»Sie sehen aus wie du, Baby«, meint Samira zu ihrem Mann, und Matti bricht in Tränen aus. Zuerst versucht er, es zu verbergen, besinnt sich schließlich und schluchzt hemmungslos, während er sacht Samiras schweißnasse Locken aus ihrer Stirn wischt und seine drei Frauen betrachtet wie ein Gemälde, an dem er sich niemals sattsehen kann.

Die Nachgeburt lässt nicht lange auf sich warten, und Carola näht einen kleinen Riss am Damm, der bei Elsas Geburt entstand. Doch das bemerkt die glückliche Mutter dank Hormonüberdosis gar nicht. Ende gut, alles gut.

»Ich danke dir, Baby«, haucht Matti und küsst Samiras Stirn. Der beste Zeitpunkt, die vier kurz allein verschnaufen zu lassen.

»Na, das war ja mal ein Erlebnis«, raunt Helga, während sie ihre Sachen zusammensucht und ihren Becher mit kaltem Kaffee leert.

»Tut mir leid«, sage ich, weil ich fürchte, dass sie sauer ist, nachdem ich den entscheidenden Anruf verpasst habe.

»Was denn?«, fragt sie und starrt mich mit gerunzelter Stirn an.

»Na … dass ich so spät war.«

Helgas Züge werden weich, was ein so ungewohnter Anblick ist, dass ich beinahe zusammenzucke. Sie greift nach meiner Hand, die, während ich so dastehe, hilflos an meiner Seite baumelt.

»Du hast heute einen verdammt guten Job gemacht.« Das Grün ihrer Augen leuchtet mich an.

»Ja?« Warum auch immer ich das auf diese Weise frage. Ich forsche in Helgas Gesicht, will, dass wir uns wieder vertragen und vielleicht einfach vergessen, was war.

Sie seufzt, aber ein Lächeln schwingt darin mit. »Na schön, Küken: Ich halte dich für die beste Hebamme, mit der ich je zusammengearbeitet habe, und ohne dich wäre ich heute aufgeschmissen gewesen.« Helga hält inne, ihre Miene ist wieder neutral, wie gewohnt.

»Wirklich?«

»Ja, wirklich. Herrgott, was muss ich denn noch alles sagen, bevor du das selbst merkst?« Die feinen Linien ihrer Stirn kräuseln sich. »Ohne deine einfühlsame Art hätte das hier ganz großartig schiefgehen können. So war es eine besondere Geburt.«

»Oh.« Ich spüre, wie Verlegenheit in mir aufsteigt und meine

Wangen rötet. »Danke.« So langsam fange ich an zu genießen, was Helga sagt. Auch wenn sie offensichtlich um die Worte kämpfen muss. Oder gerade deshalb. Umso erstaunlicher, dass sie noch nicht fertig ist mit den Mitteilungen.

»Mit dem, was du gesagt hast, du weißt schon, hattest du in weiten Teilen übrigens recht.« Normale Menschen würden jetzt bestimmt den Kopf senken und verlegen auf ihre Füße gucken. Helga hingegen starrt mir weiterhin mit ihrem grünen Blick in die Augen. »Man muss füreinander da sein, sich gegenseitig den Rücken stärken. Ich hätte mit dir reden sollen wegen deiner Schwester.«

»Ach, ich bin nicht mehr sauer deswegen. Vielleicht bin ich manchmal tatsächlich etwas empfindlich«, beschwichtige ich, denn so viel Süßes vertrage selbst ich nicht, und mein Gesicht glüht mittlerweile.

»Deine Feinfühligkeit macht dich aus, ich hätte darauf Rücksicht nehmen können«, meint Helga, wendet sich ab und greift nach ihrer Tasche. »Wir sind ein gutes Team, bei Geburten wie auch sonst.«

Ich reagiere nur noch, schließe meine Arme um sie und drücke sie an mich. »Ich hab dich auch lieb, Helga«, brumme ich ihr ins Ohr und erhasche den irritierten Blick von Carola, die soeben zu uns tritt und aussieht, als traue sie ihren Augen nicht.

Helga drückt mich kurz, schiebt mich dann auf den gewohnten Abstand zurück und tätschelt mir den Kopf wie einem Pudel. Aber das stört mich nicht, im Gegenteil, ich liebe es.

»Super, dann ist das ja geklärt.«

»Ja, äh, und ich kann doch sicher bei dir mitfahren, oder? Mein Sprit ist alle.«

»Das ist doch mal wieder … egal.« Helga lacht.

Bevor wir uns verabschieden und die kleine Familie allein

lassen, betrachte ich noch ein letztes Mal die beiden gleich aussehenden Schwestern, die in den Armen ihrer Eltern kuscheln. Beide wurden vom selben Mutterkuchen genährt, nur wenige Minuten nacheinander geboren, und trotzdem sind sie so unterschiedlich. Und das ist sie doch, die Quintessenz. Jeder für sich ist einzigartig, und dennoch sind wir miteinander verbunden. Durch Geburt, durch das Leben, durch Freundschaft und durch Liebe.

Draußen erinnert Carola Helga daran, dass die ihr etwas schuldet, und eilt dann winkend davon. Ich hake mich auf dem Weg zu Helgas Auto bei meiner Lieblingskollegin ein und erleide einen Laberflash. Berichte von meinem Vormittag mit Lotta, von meinem Treffen mit Robert und teile mit ihr den ein oder anderen Gedanken über Silas und über Beziehungen, wie Matti und Samira sie haben. Helga schaltet vermutlich auf Durchzug, nickt jedoch und lächelt hier und da tapfer.

»Ich bin so aufgedreht, so was kann sonst nur Kakao«, sage ich, als ich mich anschnalle. »Was hören wir?« Meine Hand wandert zum Radio. »Ein bisschen Rock oder doch was mit Technobeats?«

Mit Schmackes haut Helga meine Finger vom Regler. »Wie wäre es mit dem Sound der Lüftung?«

»Oh, okay. Kein Problem, ich kann auch singen, soll ich?«

»Gott bewahre.« Helga startet den Wagen, und wir lachen beide. Was für ein schöner Moment.

Rumpelstilzchen

Helga

Das Küken summt. Ich vermute, sie merkt das gar nicht. Ihr Körper erzeugt die Klänge so automatisch, wie sich bei anderen Leuten Schweißflecken unter den Achseln bilden; quasi eine natürliche Reaktion auf die Umwelt. Ich beschwere mich nicht, denn ich habe ja beschlossen, dass Maditas Anwesenheit in meinem Leben wichtiger ist als zum Beispiel Sex, und Madita summt eben. Außerdem: Auch Geschlechtsverkehr hat Nachteile.

Während ich von der Hauptstraße abbiege, fische ich mein Handy aus der Tasche und werfe es Madita in den Schoß.

»Ruf mal bitte Hans an und sag, dass wir Lovis abholen kommen.« Meine Brüste sind unangenehm hart, und wenn meine Tochter nicht bald etwas abtrinkt, werden sie auslaufen und meinen Pullover tränken. Darüber hinaus vermisse ich mein Kind. Wie immer, wenn ich es mehrere Stunden nicht im Arm gehalten, keinen Kuss auf die zarte Haut gesetzt, nicht seinen unvergleichlichen Duft gerochen habe. Niemals hätte ich geahnt, dass jemand jemals so sehr Teil von mir werden würde.

»Ich brauche die PIN für dein Handy.« Madita blinzelt zu mir herüber.

»Null-acht-fuffzehn.«

»Dein Ernst?«

Ich zucke die Achseln. »Irgendwie muss man sich all den Passwortunsinn ja merken.«

»Du könntest so was nehmen wie den Geburtstag eines lieben Menschen.« Maditas Augenaufschlag weht eine Sturmbö zu mir herüber. »Ich hab am vierten vierten, bleibt spitzenmäßig leicht im Gedächtnis.«

In meinem Mund formt sich eine Erwiderung über den Sinn oder Unsinn vom Feiern bestimmter Daten im Speziellen und der überbewerteten Bedeutungsaufladung von Jubiläen im Allgemeinen, doch ich schlucke sie hinunter.

»Könntest du bitte einfach Hans anrufen, damit er Lovis fertig macht? Wir sind gleich da«, sage ich stattdessen. Es ist seltsam, die vertraute Straße entlangzufahren, in der ich so lange gewohnt habe. Seit meinem Auszug bin ich nicht mehr hier gewesen. Normalerweise kommt Hans zu mir, wenn es einen Grund gibt, sich zu treffen. In letzter Zeit war er allerdings kaum noch da, fällt mir auf, und ich frage mich, wann er aufgehört hat, Mahlzeiten für uns zuzubereiten, einen gemeinsamen Kaffee im *Amore Belle* zu trinken oder den Babyeinkauf in der Drogerie zu übernehmen. Momentan beschränkt sich seine Präsenz in unserem Leben auf Begegnungen auf der Straße; fünf Minuten, in denen wir uns unsere Tochter übergeben.

»Man darf sich ruhig auch mal feiern lassen«, quatscht das Küken in meine Gedanken hinein. »Das tut gut, weißt du?« Aus dem Augenwinkel bemerke ich, dass sie sich eine Strähne ihrer rosa Haarpracht um den Finger wickelt, was ein untrügliches Zeichen dafür ist, dass noch etwas folgen wird, von dem ich mir sicher bin, dass ich es nicht hören möchte. »Ich wette, deine Mutter ist schuld. Heike hat sich nie 'ne Schatzsuche für dich ausgedacht, oder? Quer durch das Viertel, mit Rätseln, Spielen und Überraschungen? Mit Schokokusswettessen, bis einer kotzt? Und Heliumballons, wobei niemand lachen darf, nachdem du das Zeug eingeatmet hast und dann aus der *Bravo* vorliest?«

Kawumm, ich hatte recht und entgegne: »Du wolltest Hans anrufen!«, weil ich mich ganz bestimmt nicht daran erinnern werde, dass Heike erst die ganze Klasse einlud, um vor Eltern wie Kindern damit zu protzen, dass sie sich eingekaufte Alleinunterhalter leisten konnte, meinen Geburtstag in späteren Jahren aber dann mit einer lapidaren Geste beiseitewischte. *Für so einen albernen Kinderkram bist du schon zu groß, oder?*

»Okay, ich rufe Hans an.« Endlich tippt das Küken auf meinem Handy herum. »Allerdings hätte ich dir zu ihm ebenfalls so manches zu sagen, liebste Helga.«

»Da bin ich sicher.« Wir erreichen unser Ziel, als das Küken das Telefon ans Ohr hebt. Die Azaleengasse liegt im Dämmerdunkel des Winterabends, dessen Schatten die Einzelheiten der Fassaden schluckt. Dennoch wölbt sich der vertraute Anblick der fantasielosen Reihenhäuser in mich hinein, und die Hecke vor der 21 kommt mir vor wie die Wolldecke auf meinem Sofa; Bestandteil von etwas, das ich *zu Hause* nenne. In diesem Fall: genannt habe.

Ich schüttle den Gedanken ab, parke den Wagen am Straßenrand und stelle den Motor aus. Als ich zu Madita blicke, zuckt sie mit den Achseln.

»Hans' Mailbox«, meint sie.

»Nanu?« Ich bin mir sicher, dass ich die noch nie am Apparat hatte. Irgendwie gelingt es Hans, grundsätzlich erreichbar zu sein, obwohl er strikte Zeiten einhält, in denen er das Handy nicht nur stumm, sondern in einem Anflug von Verwegenheit sogar ganz ausschaltet. Aber doch nicht, wenn er auf unsere Tochter aufpasst. *Vielleicht wickelt er sie gerade,* überlege ich, *und hat keine Hand frei.*

»Hi Hans«, zwitschert das Küken. »Wir sind's, wir klingeln gleich bei dir, um Lovis zu holen. Äh ... upsi, in echt sind wir schon da. Also, bis jetzt.« Sie lässt das Telefon sinken und kichert. »Irgendwie sinnlos, die Nachricht.« Ach was.

Beim Aussteigen summt sie schon wieder, zwischen der Hecke und der Haustür hüpft das Küken sogar.

»Letztens hab ich eine Wöchnerin besucht und den beiden großen Geschwistern vorgelesen, damit mal für 'ne halbe Stunde Ruhe im Karton war – total zauberhaft, das Buch hieß *Frau Honig*, und die ist ein Kindermädchen, das ungefragt auftaucht, wo es gebraucht wird. Das Beste: Frau Honig trägt ihre Kindheit in der Manteltasche mit sich herum, um wenn ihr danach ist, holt sie sie raus und genießt es. Dumdideldum.«

»Dumdideldum?« Ich schüttle den Kopf. »Wenn ich *meine* Kindheit aus der Tasche ziehe, ertönt Zwölftonmusik, gespielt von einem gehörlosen Katzenzüchter auf einer Kinderplastikflöte in Quietschgrün.«

Madita packt mich am Arm und schwingt mich einmal um sich herum. »Ich bin so froh, dass wir uns wieder vertragen, Helga. Mir fehlt deine gute Laune!« Sie zwinkert mir zu, lässt mich los und springt die Stufe zur Haustür hinauf. Im Rhythmus der euphorischen Weltenmelodei, die des Kükens Leben untermalt, drückt ihr Daumen auf die Klingel, und ich bekomme Mitleid mit Hans.

»Der Arme kriegt noch einen Tinnitus, wenn du nicht aufhörst«, murmle ich.

»I wo, Hans doch nicht, der freut sich, dass wir da sind, und singt gleich mit. Wirst sehen.«

Ein Bild ploppt vor mir auf: Hans an der Wickelkommode, womöglich die Dose mit Babypuder in der Hand, die er als Mikro verwendet, um mit seinem Papa-Lächeln im Gesicht für unsere Tochter im Takt der Klingel zu ding-dongen. Das ist so absurd, dass ich lachen muss. Gleichzeitig frage ich mich, ob Hans überhaupt eine Wickelkommode besitzt. Eher nicht, denke ich. Vermutlich legt er Lovis auf sein Bett, um sie frisch zu machen. Das riesige Ding, das wir vor einem halben Leben gemeinsam im Kaufhaus Probe lagen, ausgiebig und kichernd, bis ein Mensch in Angestelltenkluft uns aufforderte, das Möbel entweder zu kaufen oder die Abteilung umgehend zu verlassen. Was auch immer Hans und ich damals in unseren Jackentaschen hatten – Kindheit, Jugend, Übermut –, irgendwann ist es verschwunden. Nach und nach herausgesickert, bis nichts mehr davon übrig war. Warum eigentlich?

Maditas Daumen hält inne, sie dreht sich zu mir um. »Ich glaube, Hans ist nicht da.«

»Hm. Dann ist er vielleicht bei uns?« Im Eisfach lagern mehrere Tüten mit abgepumpter Muttermilch, bestimmt ist er hingefahren und hat sie geholt, um aufs Industriepulver verzichten zu können. Er weiß ja, was ich davon halte, und ich verleihe ihm einen funkelnden Stern dafür, dass er, trotz allen Spotts, Rücksicht darauf nimmt. Ich tippe meine Festnetznummer ins Handy und lasse zu Hause das Telefon klingeln. Niemand hebt ab. »Wo ist Lotta?«

Das Küken tritt von der Haustürstufe herunter neben mich. Der Glitzerglanz in ihrem Gesicht verpufft.

»Keine Ahnung«, sagt sie. »Eigentlich sollte sie auf dem Sofa liegen, sich ausruhen und darauf warten, dass ich sie verwöhne.« Sie kramt ihr eigenes Smartphone hervor und ruft vermutlich ihre Schwester an. Sekunden verstreichen. »Nichts. Mailbox.« Madita starrt mich kurz an, bevor sie den Ärmel ihrer Jacke hochschiebt und einen Blick auf ihre Comicarmbanduhr wirft, die bei anderen Menschen mit über fünf Jahren als natürliches Verhütungsmittel fungieren würde, bei Madita hingegen das Gesamtbild abrundet. Ohne diesen Zeitmesser in Kitsch würde definitiv etwas fehlen.

»Tja, ich wollte Carbonara kochen, was ausgefallen ist. Kann also gut sein, dass sie unten bei Oméro sitzen und abendessen.«

Tun sie nicht, stellen wir fest, als wir zwanzig Minuten später das *Amore Belle* betreten. Es ist halb acht. Aus meiner linken Brust tropft es, und die Stilleinlage klebt feucht an meiner Haut.

»Na gut, dann haben sie lauter leckere Boxen beim Asiamann geholt und sind jetzt oben in der Wohnung«, schlägt Madita vor.

Wir steigen die Treppen hoch, und obwohl ich nicht an Vorahnungen glaube, überfällt mich ein dumpfes Gefühl der Unbehaglichkeit, wie wenn man am höchsten Punkt einer Bergwanderung angekommen ist und über dem Nachbargipfel schwarze Wolken aufziehen, begleitet von einem Donnergrollen.

Der Tag, die Geburt der Zwillinge … das alles hat mich eindeutig überreizt, und so nehme ich es sogar als schlechtes Zeichen, dass Kemnich weder vor noch hinter seiner Tür auf uns lauert. Tatsächlich ist es still, als wir den Treppenabsatz erreichen, sogar das Küken schweigt, während ich den Schlüssel suche und aufschließe.

Alle Zimmer sind dunkel.

»Lotta?«, rufen Madita und ich gleichzeitig. »Hans?«

Ich verschwinde im Bad, um Einlagen und Pullover zu wechseln. Über dem Waschbecken drücke ich beide Brüste ein wenig aus, um den Druck zu mindern. Während ich dabei zusehe, wie das, was meine Tochter nähren sollte, im Abfluss verschwindet, spüre ich, wie Ärger seine Finger nach mir ausstreckt, an meinem Nacken zupft und in meinen Magen sticht.

»Ich glaube, ich schenke dir meine Schwester doch wieder.« Madita taucht im Türrahmen auf, wischt sich mit dem Ärmel über die Augen. »Die fiese Biene hat sich einfach aus dem

Staub gemacht.« Sie hält mir einen Zettel entgegen, den ich als Briefumschlag der letzten Telefonrechnung identifiziere. Muss ganz oben auf dem Altpapier gelegen haben.

Bin weg. Nicht böse sein, Schwesterherz, aber du weißt,
ich hasse Abschiede. Danke für alles, dicker Knutsch.
@Helga: Thanx.
War nice bei euch – und rauft euch bloß zusammen!

Lotta

»Wieso sind die plötzlich alle weg?«

Gute Frage. Wir probieren noch mal alle Handys und Festnetznummern, die uns einfallen – nichts.

»Kann doch nicht sein, oder?«

Mir fällt keine Antwort darauf ein, ich spüre ein seichtes Zittern in mir, versuche mich zu erinnern, ob Hans irgendwas von einem Termin gesagt hat. Andererseits – es ist Freitagabend, was hat man da schon für Termine?

Er ist ausgegangen, dängelt es in meinem Kopf. *Mit Marie.* Und hat Lovis mitgenommen? Aus den Fingern des Ärgers werden Fäuste, die weit ausholen. Ich möchte nicht, dass diese Frau, von der ich lediglich weiß, dass sie Spannungen löst – und das reicht mir schon! –, mein Kind ansieht oder es gar auf den Arm nimmt. Denn sie ist schuld, dass sich die Details ändern. An Hans. Dass er Wangenküsschen gibt, im Gehen Nachrichten auf seinem Handy schreibt und sich vertippt. Was soll das bitte für ein Hans sein? Demnächst meldet er sich noch bei irgendeiner Plattform an und followed irgendwem oder lässt sich einen Dreitagebart wachsen. Außerdem möchte ich mein Kind bei mir haben, jetzt!

»Lass uns runtergehen und gucken, ob sie spazieren sind.«

»Um die Uhrzeit?« Das Küken zieht eine skeptische Miene,

stülpt sich aber dennoch die Mütze wieder auf den Kopf, die, wie ich feststelle, übrigens nicht im Dunkeln leuchtet. Sogar Maditas Glitzer hat wohl Grenzen, was mich unsinnigerweise noch wütender macht.

»Was weiß ich, vielleicht konnte Lovis nicht einschlafen. Los, komm mit.« Ich ziehe sie hinter mir her ins Treppenhaus hinaus, funkle Kemnichs schweigende Tür an und trete die Treppenstufen. Auf der Straße weht uns kalter Abendwind ins Gesicht, durchtränkt mit Sprühregen – natürlich. Am Telekommunikationskasten vor dem *Amore Belle* bleiben wir stehen. Ich blicke den Gehweg auf und ab, niemand ist unterwegs. Freitagabends hat man Besseres vor, als sich eisig nassnieseln zu lassen.

Ich schiebe die Hände in die Jackentaschen, finde weder meine noch sonst irgendeine Kindheit darin, nur Leere und einen Ersatzknopf. Gerade als in mir der Impuls wächst, meinen Fuß gegen den Telekommunikationskasten zu rammen, spüre ich plötzlich Arme, die sich um meine Schultern legen, und eine warme Wange an meiner.

»Wollen wir nicht wieder raufgehen?« Maditas Atemwölkchen ziehen an meinem Gesicht vorbei. »Hans taucht bestimmt bald auf und bringt uns die Zaubermaus.«

Ich schüttle den Kopf, schließe die Augen und atme ein bisschen. Gegen die Wut und die leise Angst, die sich daruntermischt und in silbernen Fäden nach und nach aufsteigt, sodass sich, ohne dass ich es merke, ein feines Netz spinnt, das mich einwickelt und ersticken wird. Früher oder später.

Hinter uns öffnet sich die Tür des *Amore Belle* und wirft ein Rechteckt aus Licht auf uns, das sich sofort wieder zurückzieht, als fürchte es sich vor Hebammen.

»Wir könnten einen Kaffee trinken – ich lad dich ein.« Das Küken kann so lieb gucken, dass es wehtut.

»Danke, aber ich mag jetzt keinen Kaffee.«

Zwei Hände umfassen mein Gesicht, und der Sahneblick trifft mich mit voller Wucht.

»Das ist doch Quietsche-Quatsch, Helga. Der Tag war lang und anstrengend, und nun ist er auch noch komisch. Kaffee wird es besser machen.«

»Du magst prinzipiell keinen Kaffee, Madita.«

»Ich trink natürlich einen Kakao mit Sahne, Schokoladenstreuseln und Vanillesirup.«

Ich setze zu einer Erwiderung an, komme jedoch nicht dazu, sie auszusprechen.

»Nachtvogel?« Der Laut weht mich an, so zaghaft, dass die silbernen Angstfäden in mir vibrieren.

Jim steht mit einer von Oméros To-go-Tüten vor uns. Hier auf ihn zu treffen ist scheinbar der Running Gag meines Alltags. Vermutlich ist das traurig.

»Hi«, sagt das Küken, »ich bin Madita.«

»Äh … hi. Schiller.« Die Hände der beiden zucken kurz, doch dann nicken beide bloß und grinsen sich schief an. Sogar Grußformeln haben an Sicherheit verloren, was mich auf einmal wahnsinnig aufregt, obwohl ich Händeschütteln nicht leiden kann.

Jim blinzelt durch den Niesel zu Madita hinüber, die ihn mit jener Offenheit anlächelt, mit der sie jedem Menschen begegnet, den sie neu kennenlernt: vorurteilsfrei, zugewandt, neugierig, erwartungsvoll. Als könne die Begegnung nichts anderes sein als ein Geschenk. Bislang kam mir das naiv vor, nun denke ich, dass es eventuell eine Gabe ist.

»Ich suche mein Kind«, platzt im nächsten Moment aus mir heraus, was meinen Körper quält und an meinem Inneren rüttelt. »Der Babysitter ist spurlos mit ihr verschwunden.« Meine Stimme klingt dünn, und es wird eng in meiner Brust, auch wenn es albern ist. Denn das Küken hat ja recht, und Hans wird gleich hier auftauchen und mir Lovis in die Arme drücken, eine Entschuldigung auf den Lippen und ein Lächeln in den Augen. Die Basslinie seiner Stimme wird sich um mein aufgewühltes Empfinden legen und es beruhigen. Seit ich denken kann, war das so.

Madita greift nach meiner Hand, ihre Haut brennt heiß auf meiner.

»Dein Baby?« Jim runzelt die Stirn. »Das habe ich vorhin gesehen.«

Mein Körper versteift sich, ich lasse Maditas Hand los, trete meinem besonderen Nachbarn einen Schritt entgegen, aber nicht nah genug, um seinen Geruch wahrzunehmen. Ich brauche einen klaren Kopf. »Wann? Wo?«

Mit der freien Hand fährt Jim sich durchs Haar. »Hier. Vor einer Dreiviertelstunde etwa, als ich runtergekommen bin, um mir ein Sandwich zu holen.« Er hebt seine Tüte hoch. »Du trägst dein Kind doch immer in diesem Tuch herum, oder? Blautöne, gestreift? Das hatte der Mann über der Schulter hängen.«

»Welcher Mann? Hans?«

»Keine Ahnung, wie er heißt. Der Typ, der zu dir ins Krankenhaus gekommen ist. Nach der Geburt. Seid ihr … seid ihr nicht verheiratet?« Jims Gesicht zeigt einen gequälten Ausdruck, und er scheitert daran, ihn wegzuwischen.

»Bürokratisch gesehen schon.« Ich höre, wie Madita neben mir die Luft einsaugt, und frage: »Weißt du, wo er hingegangen ist?«

»Na ja, das nicht, aber er hat dein Kind sowieso an eine Frau übergeben, bevor er ging.«

»An eine Frau?« Marie? Gnade Hans Werauchimmer, falls.

»Ja.« Jim zuckt die Achseln. »Halblange Ponyfrisur, schlank, auffällig blass.«

Augenblicklich wird mir kalt. »Scheiße. Schneewittchen!«, entfährt es mir, und zwei Augenpaare heften ihren Blick auf mich. »Die wünscht sich sehnlichst ein Kind!«

»Äh, Helga …« Madita legt mir eine Hand auf den Oberarm, streicht mit den Fingerspitzen meinen Ärmel entlang. Ich wünschte, sie würde das lassen. »Das mit dem Kinderwunsch ist Schneewittchens Mutter. Und die stirbt bei der Geburt.«

Jim runzelt die Stirn und schürzt die Lippen, sieht von Madita zu mir und zurück. Kann sich nicht dazu entschließen, etwas zu sagen.

Ich muss erst Luft holen, bevor ich sprechen kann. »Monique Pfeiffer, eine Kundin von mir, ich berate sie wegen ihres Kinderwunsches, und sie wollte sich mit mir treffen. Hier.«

Das Küken zieht die Nase kraus, während mir glühende Ameisen über den Rücken laufen, Eisnadeln in die Kopfhaut piksen und sich das silberne Netz in meinem Inneren zuzieht.

»Was hat die mit Hans zu tun?«

»Nichts.« Wenn ich nicht sofort schlucke, werde ich mich übergeben. »Aber mit Lovis. Sie findet sie süß.«

»Das will ich doch hoffen!« Maditas Bewegungen auf meinem Arm werden hektischer, Sorge zieht in ihre Miene ein. »Lovis *ist* süß.«

Ich schüttle den Kopf. »Du verstehst nicht. Monique ist geradezu verzweifelt, weil sie seit Jahren kein Kind bekommt, und ich hab ihr zu einer Adoption geraten …«

»Ist doch supi.«

»… inzwischen ist ihr aber vermutlich klar geworden, dass das dauert, und nachdem sie sich quasi schon morgen mit einem Baby im Arm gesehen hat, kann sie's nun bestimmt nicht mehr abwarten und … verflucht!«

Hab mal gelesen, dass es Leute gibt, die Babys von Rück-

sitzen klauen, wenn man nicht aufpasst. Lottas Satz, der seit Jims Beschreibung von Schneewittchen an die Tür zu meinem Gedächtnis geklopft hat, verschafft sich nun gewaltsam Zugang und gongt in meinem Kopf. *Dass es Leute gibt, die Babys klauen; dass es Leute gibt, die Babys klauen.*

»Hoffentlich versteckt sie sich nicht.« Ich packe Maditas Hand auf meinem Arm. »Wir fahren hin!« Hektisch eile ich in Richtung Wagen, gezwungenermaßen stolpert das Küken hinter mir her.

»Helga, warte!« Sie stemmt die Beine in den Boden, will mich bremsen. Ich zerre sie weiter. Jim folgt uns, ich höre seine Schritte.

»Warum sollte Hans eure Tochter an Monique übergeben?«

Madita rumpelt in mich hinein, als ich stehen bleibe und mich zu Jim umdrehe, der gerade noch anhalten kann. Oméros Tüte hängt durchnässt zwischen seinen Fingern. Ein Hauch von Angst glitzert in seinem Gesicht. Angst vor mir?

Ich steche meinen Zeigefinger in seine Brust. »Was hat Hans zu der Frau gesagt?«

»Keine Ahnung.« Jim schüttelt den Kopf, Niesel rinnt ihm durchs Haar die Schläfen hinab. »Ich bin bloß an ihnen vorbeigegangen, als sie aus dem *Amore* kamen. Ich habe deinen Mann erkannt und am Tuch dann auch Lovis … ich hab an dich gedacht.« Er sieht unglücklich aus.

Ich sehe, dass Jim sich wünscht, die Situation zu verstehen und Teil davon zu sein, und in mir wachsen Empfindungen, wollen sich auftürmen und Blüten treiben. Doch das geht jetzt nicht, das ist mir zu viel, und ich blende sie aus.

»Ich melde mich.« Ich wende mich ab, lasse Jim stehen. Schon wieder, als sei er wirklich nichts anderes als ein sich beständig wiederholender Scherz. Dabei dachte ich doch, er sei der neunundzwanzigste Februar.

Als wir mein Auto erreichen, drücke ich dem Küken meinen Schlüssel in die Hand. »Du fährst.«

»Was, echt?« Ungläubig starrt sie darauf hinab, als hätte ich ihr eine Handgranate zugesteckt. »Du machst Witze.«

»Ich scherze nicht. Schon vergessen? Und ich töte jemanden, wenn ich jetzt fahre, also steig endlich ein.« Ich öffne ihr die Tür, drücke sie auf den Fahrersitz und hechte um das Auto herum. Sehe nicht zu Jim, der am Straßenrand steht und uns hinterherstarrt: ein nasser Mann mit aufgeweichter Sandwichtüte in der Hand. Ich hätte ihn bitten können, uns zu begleiten.

Stattdessen nenne ich Madita die Adresse, und wir rollen durch den verregneten Abend. Schweigend, bis das Küken fragt: »Bist du sicher, dass Hans dieser Monique euer Kind anvertrauen würde?«

»Was weiß denn ich? Kann schon sein.«

»Kann sein?« Madita bremst.

»Fahr weiter! Jim hat es doch gesehen.«

»Ja, aber vielleicht hat Monique Lovis nur mal kurz auf den Arm genommen und sie dann zurückgegeben?«

»Und warum meldet sich Hans dann nicht?« Ich halte mein Handy hoch, mit dem ich soeben den Posteingang meines amtlichen Ehemannes habe wissen lassen, dass er mich umgehend anrufen soll. »Der hat unsere Tochter abgegeben und macht sich ’nen netten Abend.«

Ohne in den Rückspiegel zu schauen, fährt Madita wieder an und kassiert ein Hupen.

»Arschloch!«, behaupte ich dem Wegfahrenden hinterher, und das Küken kichert. Es klingt hysterisch.

»Hör zu, Monique ist speziell, sie hat so was Übergriffiges, gegen das man sich nicht wehren kann.« Ich sehe sie vor mir, wie sie Lovis in der Küche des *Storchennests* liebkost, ihre

Wange an der meiner Tochter reibt und sie an sich drückt, als ich ihr Lovis abnehmen möchte. Von wegen *Bauernmentalität,* ich hatte recht mit meinem Unbehagen! »Und Hans ist nett. Die wird ihm schon was erzählt haben, das ihn überzeugt hat.« Das silberne Netz in mir färbt sich grün. Mir ist übel, was nicht an der Kurve liegt, die Madita mit physikalischer Unmöglichkeit nimmt.

Das Küken kaut auf ihrer Unterlippe herum. »Ich weiß nicht, er kennt sie doch gar nicht, oder?«

»Offensichtlich haben sie sich kennengelernt. Sie kamen gemeinsam aus dem *Amore Belle.*« Ich atme durch den offenen Mund, stoßweise und tief. Madita wirft mir einen Seitenblick zu. »Monique wollte sich dort mit mir treffen. Wir haben nichts Festes vereinbart, aber ich wette, sie saß stundenlang da und hat auf mich gewartet. Und dann kam stattdessen Hans mit Lovis.« Moniques blasses Gesicht steht mir vor Augen. Ihre Hoffnungslosigkeit bei unserem ersten Treffen, das Glühen, nachdem sie begriffen hatte, dass eine Adoption sie ihrem Traum vom Zauberwichtel näherbringen könnte.

Schneewittchen ist labil, denke ich. Das hätte ich sehen und ernster nehmen müssen. Ich schlage auf die Armatur, das Handschuhfach springt auf, und Madita zuckt zusammen. Wir streifen einen Bordstein und rumpeln zurück auf die Fahrbahn.

»Helga, ehrlich!« Das Küken klammert sich ans Lenkrad. »Wenn du recht hast und Lovis tatsächlich bei Monique ist und Monique sich so sehr ein Kind wünscht, dann wird sie sich bestens um die Zaubermaus kümmern, meinst du nicht? Also, schön weiteratmen und runterkommen – wir fahren hin und gucken nach.«

Worte, die zu einer Erwiderung werden könnten, quälen sich meine Kehle herauf und bleiben stecken, bevor sie ihren

Weg nach draußen finden. Ich denke an Moniques entzündete Fingerkuppen und stelle mir vor, wie sie damit über Lovis' Köpfchen streicht. Hexenhände, die sich meine Tochter gegriffen haben. Meine Wangen glühen.

Als wir endlich in Moniques Straße einbiegen, formuliere ich eine weitere Nachricht an Hans, diesmal auf die Mailbox: »Ich weiß nicht, wie du dazu kommst, einer Wildfremden unser Kind anzuvertrauen, jedenfalls sind Madita und ich gleich da und holen Lovis ab. Und falls es ihr nicht gut geht oder sie nicht dort ist und du nicht in den nächsten fünf Minuten zurückrufst, dann alarmiere ich die Polizei.«

Madita rollt quer in eine enge Parklücke und holpert mit den Vorderrädern auf den Bürgersteig, bevor sie das *Hebamme-im-Einsatz*-Schild aus dem Fach in der Tür angelt und es hinter die Windschutzscheibe legt. Sie sagt nichts, was ich unerträglich finde.

Ich stürme den Weg zur Haustür entlang. Dieses Mal betätige *ich* die Klingel nach dem Sound *meines* Universums, schlage mit der Faust darauf, zweimal hintereinander, trete gegen die Tür, weil sich nichts regt.

Das Küken tippt mich an. »Niemanden umbringen, ja?« Ich weiß nicht, ob sie das witzig meint oder nicht; über ihrer Nasenwurzel stoßen die zusammengezogenen Brauen zusammen, sie sieht besorgt aus.

»Kann ich nicht versprechen.«

Madita drückt mir ein Küsschen auf die Wange. »Alles wird gut, versprochen.«

Am liebsten würde ich sie von mir schubsen, aber da zieht sie sich zurück, und das geht auch nicht. Erneut kracht meine Faust auf die Klingel. »Du kannst nichts versprechen, wenn du die Umstände nicht kennst.«

»Na, aber ich kann Vertrauen haben.«

Ich wirble zu Madita herum, weiche nun doch einen Schritt vor ihr zurück. »In was? In einen Zaubertrank, der dich hüpfen lässt wie ein Gummibärchen? – Monique, mach die Tür auf!« Ich hämmere gegen das Holz.

»In Hans.« Maditas dunkler Blick ähnelt in seiner Intensität dem ihrer Schwester. Während in Lottas Augen jedoch Höllenfeuer lodert, ergießt sich aus Maditas Zartschmelzendes, und ich starre sie an, weil ich nicht weiß, ob ich das ertragen kann.

Ein Hauch trifft mein Ohr. »Helga? Was machst du denn hier?« Plötzlich steht die Haustür offen, und im Rahmen lehnt Schneewittchen im knielangen Kuschelpullikleid. Darunter trägt sie Stulpen über einer Leggins. Flauschpuschen an den Füßen und im Gesicht einen überraschten Ausdruck.

»Wo ist Lovis?«, herrsche ich sie an.

»Was? Wieso?«

Moniques Gespensterstimme geht mir auf den Geist. Herrgott, kann sie nicht normal sprechen!? »Wo ist mein Kind?«, brülle ich ins Haus hinein, schiebe Moniques schmalen Körper beiseite und dränge mich in den Flur. »Lovis?«

»Ähm, Entschuldigung …«, höre ich das Küken sagen, ignoriere den Rest und haste zu jener Tür hinüber, hinter der sich Moniques Katalogversion eines Kinderzimmers verbirgt. Ich reiße sie auf, stürze zur Wiege hinüber, schlage die Bahnen des Tuchhimmels beiseite. Bettwäsche in Pastellregenbogen leuchtet mir entgegen, eine Decke und ein flaches Kissen, glatt gestrichen von hundert sehnsuchtsvollen Streicheleinheiten für jemanden, den es noch nicht gibt. Niemand liegt darin. Kein Zauberwichtel, kein Sternchen. Ich reiße Boxen aus dem Regal, hebe Deckel von Kisten an, fühle mich fiebrig.

Monique ist gar nicht Schneewittchen, denke ich zusammenhangslos. *Es ist Rumpelstilzchen, das die Königstochter raubt.*

»Helga?« Madita kommt herein, tritt mir entgegen, bleibt

jedoch drei Schritte von mir entfernt stehen. »Monique war nicht im *Amore Belle*, Lovis ist nicht hier.«

»Unsinn. Wo soll sie denn sonst sein?« Ich lasse einen Hampelmann fallen, laufe an Madita vorbei zurück in den Flur. Dort steht das Rumpelstilzchen, die Arme um den Körper geschlungen, noch immer dieser verwirrte Blick. Sie äußert irgendwas, doch ihre Worte verflüchtigen sich, bevor sie bei mir eintreffen. Ich wende mich ab, lasse die Wohnzimmertür aufkrachen, sehe mich um. In meiner Tasche klingelt mein Telefon. Wer immer es ist, Serena, Benjamin, Anni, der Henker oder der Kuckuck, muss warten. Die Wolldecke auf dem Sofa ist verwaist, hinter den bauchigen Vorhängen finde ich nichts. Auch auf dem flauschigen Teppich, der sich vor einem Sitzsack mit Lesetischchen rollt, fehlt jede Spur von Lovis. Ich kontrolliere den Mülleimer in der Küche, in dem sich keine Windeln befinden, öffne im Schlafzimmer die Türen eines mit Blumen bemalten Bauernschrankes und stoße auf Moniques Kleiderauswahl. Vom Flur dringen Stimmen zu mir herein, das Küken spricht aufgeregt. Ich bücke mich, schaue unter das Bett, zucke zusammen, als ich von draußen ein Maunzen höre. Die Gardinen sind zugezogen, ich reiße sie beiseite. Zwei glühende Augen leuchten mir entgegen. Einen Wimpernschlag lang stiert mich eine Katze an, dann springt sie vom Sims und verschwindet in der Dunkelheit.

Im Bad erschrecke ich vor meinem eigenen Spiegelbild: Ich bin blass, rote Flecken wandern vom Dekolleté in mein Gesicht hinauf, Strähnen lösen sich aus meinem Haarknoten. Auf der Waschmaschine steht ein Wäschekorb mit getragenen Kleidern, die ich alle einzeln auf den Boden werfe, bis ich den Grund erreiche. Ich halte inne und lausche; höre die Stimme meiner Tochter, ihr leises Quäken, wenn sie sich selbst etwas erzählt. Doch leider nur in mir selbst. Außen um mich herum ist es still, sogar die Stimmen im Flur sind verstummt. Ich spüre Tränen hinter meinen Augen und schleudere den Wäschekorb beiseite, der ein paar Shampooflaschen vom Badewannenrand fegt, gegen die Kloschüssel kracht und schließlich auf dem Boden vor dem Waschbeckenschränkchen liegen bleibt.

In meinem Kopf hämmert es. Ich trete in den Flur, verkünde: »Ich rufe Silas an.« Ein Blitz lächerlichen Stolzes trifft mich, weil ich mich normal anhöre, vernünftig, und Fachpersonal hinzuziehe, statt Monique etwas anzutun, weil mein Kind verschwunden ist.

Sie steht neben dem Zugang zum Wintergarten, zieht weiterhin ein unschuldiges Gesicht, als sei sie Schneewittchen. Doch ich lasse mich nicht täuschen vom Rumpelstilzchen, und ich weiß, ich bin schneller, falls es die Flucht durch den Garten ergreift.

Ich angle nach meinem Handy, doch ziehen mir Finger das Telefon aus der Hand, bevor ich auch nur meine PIN eingeben kann. Kakaoaugen schieben sich in mein Blickfeld. »Lovis geht es gut. Hans bringt sie hierher. Sie war bei Lotta.«

Es dauert, bis ich dem Gesagten eine Bedeutung abringen kann. Während mein Kopf noch arbeitet, streicht eine Hand über meinen Rücken.

»Wenn man sich nur Frisur, Figur und Gesichtsfarbe anschaut, sieht Lotta Monique ein bisschen ähnlich, weißt du? Jim kennt die beiden ja nicht, und da haben wir sie einfach verwechselt. Wir dachten ja, Lotta sei abgereist. Wollte sie auch, aber dann hat sie Hans im *Amore* gesehen, der verzweifelt auf uns wartete. Er hat wohl irgendein dringendes Sondertreffen reingekriegt, zu dem er Lovis nicht mitnehmen wollte. Also hat Lotta angeboten, auf sie aufzupassen.« Ich kann den Ausführungen des Kükens nicht folgen, aber es lacht. »Hätte ich in meinem Zimmer nachgesehen, hätte ich da auch noch Lottas Koffer stehen sehen. Sie war mit Lovis spazieren und hat nicht gemerkt, dass ihr Handyakku leer war. Tja, und Hans hat irgendeinen coolen Deal unter Dach und Fach gebracht und konnte solange ebenfalls nicht telefonieren. Voilà, alles gut – wie ich gesagt habe.«

Die Beine knicken unter mir weg, und ich finde mich auf Moniques Sofa wieder, in der Hand ein Glas Wasser.

»Wo ist mein Kind?« Ich klinge wie Schneewittchen, durchlässig, bloß ein Hauch im Weltenrausch.

»Kommt gleich.«

Und dann halte ich sie in den Armen, meine Tochter, drücke sie an mich, weine sie nass, schluchze, als sei sie tatsächlich entführt worden. Getuschel und Gewusel um mich herum, Hände und Wortfetzen. Ich lege Lovis an meine Brust und verschwinde von hier.

»Komm, ich fahre euch nach Hause«, raunt irgendwann eine Basslinie in mich hinein. Als ich aufblicke, bin ich jenem Augenpaar ausgesetzt, das sich nie entschieden hat, ob es blau oder grau sein möchte. Ich wende mich ab, um den Still-BH zu schließen und Lovis an meine Schulter zu heben. Im Flur komme ich an Monique vorbei.

»Es tut mir leid.« Ich kann ihrem Blick standhalten, auch wenn sich Scham durch meine Adern brennt.

Sie blinzelt, streckt ihre Hand nach Lovis aus, die ich nie wieder loslassen werde, zieht sie jedoch zurück, bevor sie meine Tochter berührt. »Ich kann das nachvollziehen, glaub ich. Mich hätte es auch wahnsinnig gemacht, mein Kind so lange nicht zu sehen.« Sie lächelt. »Kommt gut heim.«

Hans legt seine Hand zwischen meine Schulterblätter und schiebt mich hinaus. »Monique hat nicht mitgekriegt, dass du sie der Entführung bezichtigt hast. Irgendwie ist es Madita gelungen, dass sie das Ganze für ein Missgeschick hält.« Er schnalzt mit der Zunge. »Sie ist unglaublich.«

Wie wahr. Allmählich kehrt mein Denken zurück, und ich beiße mir auf die Lippen, bis ich Blut schmecke. Ohne die Zauberkünste des Kükens hätte ich einen immensen Kollateralschaden verursacht. Wie konnte ich?

Ich werde Monique durch den Prozess der Adoption begleiten, beschließe ich, als ich die Autotür öffne, jeden einzelnen Schritt mit ihr tun, bis sie ihren eigenen Zauberwichtel in den Armen hält. Und wenn es Jahre dauert.

Ich setze mich hinten in Hans' Auto, auf die Rückbank neben die Babyschale, halte Lovis' Fäustchen in meiner und streichle über ihre Finger. »Wo ist Madita?«

»Fährt mit deinem Auto Lotta zum Bahnhof. Die will unbedingt den Zweiundzwanziguhrzug kriegen.« Hans' Augenpaar taucht im Rückspiegel auf. »Alles in Ordnung?«

Ich hasse diese Frage, den Generalanspruch, der darin mitschwingt, bin jedoch zu müde, um mich zu ärgern. Sage einfach nichts. Hans seufzt.

»Was habe ich eigentlich falsch gemacht?«, fragt er zwei Straßenecken weiter, und ich merke, dass sich gar nichts beruhigt hat in mir.

»Du kannst unsere Tochter nicht einfach irgendwem in die Hand drücken und dann verschwinden«, sage ich.

Hans nimmt die nächste Kurve so sanft, dass ich den Richtungswechsel kaum bemerke. Physik kann er besser als das Küken.

»Lotta ist wohl kaum irgendjemand, und ich bin nicht verschwunden.« Hans verteidigt sich nicht, er stellt fest. Doch seine Ruhe, die mich so viele Jahre geerdet hat, die mich zurückholte, wenn ich abzudriften drohte, nachdem ich ein weiteres Mal ein Leben verloren hatte, bevor es zur Welt kommen durfte – in diesem Moment stößt sie mich ab. Dass sich dieses Detail jetzt ebenfalls verändert hat, ist der Funke, der noch gefehlt hat.

»Und ob du verschwunden bist!«, blaffe ich. »Oder vielmehr: Du hast *mich* verschwinden lassen.«

Säße Madita am Steuer, hätte das Auto jetzt sicher einen Schlenker gemacht, vielleicht ein parkendes Gefährt gerammt oder sogar einen Dackel getötet. Hans jedoch lenkt unbeirrt weiter. »Darum geht es?«, fragt er. Und als ich nicht antworte: »Wollen wir darüber reden? Im *Amore?*«

»Das hat jetzt zu.«

»Bei dir in der Wohnung?«

»Nein.«

Hans bremst, weil vor uns eine Ampel auf Gelb springt. Madita wäre noch drübergefahren. »Und du wunderst dich, dass ich verschwinde?«

»Wie meinst du das denn jetzt?«

Hans dreht sich zu mir um, aber ich kann ihn nicht ansehen. Will nicht wissen, was sich auf seinem Gesicht abspielt. Schaue auf unser Kind hinunter.

»Helga, du redest nie über irgendwas.«

Ich streichle Lovis über die Wangen, schiebe eine Haarsträhne aus ihrer Stirn. Eines Tages werde ich ihr Zöpfe flechten. »Hat dich nie gestört. Übrigens, es ist Grün.«

Hans wendet sich ab und fährt an. »Nur weil etwas nicht stört, heißt das nicht, dass es gut ist.«

Die Traurigkeit in seiner Stimme verblüfft mich. Sie raubt jedem Funken in mir die Sprengkraft.

»Die meisten Leute schweigen zu wenig«, fährt er fort. »Aber wir beide haben es zu oft getan.« Er macht einen Schulterblick, bevor er abbiegt. »Das ist mir in den vergangenen Monaten klar geworden.«

Lovis fallen die Augen zu, ich zupfe an der Decke herum, die ich über sie gebreitet habe. »Durch Marie?«

»Was?« Das Unmögliche geschieht, und Hans verursacht einen Knick in seiner Fahrspur. Winzig, aber da. Ich würde schmunzeln, wenn mir nicht zum Heulen zumute wäre. Ich bin wahrhaftig überdreht. »Was hat Marie mit uns zu tun? Bist du eifersüchtig?« Zum zweiten Mal schielen mir Hans' Augen aus dem Rückspiegel entgegen. Klingt er erwartungsvoll?

Ich schüttle den Kopf. »Keine Ahnung, nein. Du hast dich entschieden, ein freier Mann zu sein.«

»Ich hab mich entschieden, unseren Trott zu durchbrechen, Helga.« Wir biegen in mein Viertel ein. »Und ist nicht etwas Wunderbares daraus entstanden?« Er wirft einen kurzen Blick über die Schulter, obwohl wir weder an einer Ampel halten noch um eine Ecke kurven. »Wir haben unseren Sonnenschein bekommen.«

Das ist wahr. Und es ist das Tiefste, das ich je erfahren habe. »So, wie du das sagst, klingt es, als hättest du es so geplant.«

Hans stößt einen Laut aus, und ich will, dass er lacht. Aber es ist ein qualvolles Geräusch. »Das Thema war für mich abgeschlossen, als du damals das Infomaterial der Adoptionsberatungsstelle weggeworfen hast.«

Wir rollen die Rosenstraße entlang bis vor das *Amore Belle*. Die Fenster sind dunkel, der Schriftzug über der Eingangstür nicht beleuchtet. Ich schnalle mich ab.

»Ich hatte keine Lust, auf den Prüfstand gestellt zu werden.« Vor meinen Augen taucht der Stapel mit Informationsmaterial auf, den meine Hände einst endlos hin- und herschoben, bevor ich mich dazu durchrang, mir die Bestimmungen durchzulesen, um endlich der Leere etwas entgegenzusetzen, die in meinem Inneren hauste. Jene Lücke, die zwei stille Sternchen in mir hinterlassen hatten.

Doch ich konnte es nicht, brachte es einfach nicht über mich, mich der Prüfung zum Elternführerschein zu stellen. Statt anzutreten und es wenigstens zu probieren, füllte ich den Korb mit Altpapier.

»Ich weiß.«

Wir steigen gleichzeitig aus, ich umrunde den Wagen, hole Lovis aus der Babyschale, wickle die Decke um das schlafende Kind.

Sie sieht Hans ähnlich, denke ich. Das ovale Gesichtchen, die runde Nase. Die Augen hat sie von mir, sie sind mandelförmig. In unserer Tochter sind Hans und ich noch zusammen.

»Mir war nicht bewusst, dass es für dich infrage kam«, sage ich. »Eine Adoption, meine ich.«

Hans legt eine Hand auf die geöffnete Autotür, starrt Augenblicke lang auf die Spitzen seiner Schuhe hinab. »Siehst du, das meine ich«, erwidert er, bevor er den Blick hebt. Wir stehen abseits der nächsten Straßenlaterne, und ein Schatten liegt auf seinem Gesicht. Ich bilde mir ein Glitzern in seinem Augenwinkel ein. »Wir schweigen zu viel.« Er beugt sich vor und haucht mir einen Kuss auf die Wange, ehe er sich ins Auto schwingt. »Gute Nacht.« Er schlägt die Tür zu und lässt den Motor an. Rollt in die Nacht davon.

Da stehe ich, mit meiner Königstochter im Arm, und habe mich geirrt. Das Rumpelstilzchen bin *ich*.

Wenn ich ein Vöglein wär …

Madita

Was für eine turbulente Woche: Zwillingsgeburtenabenteuer gefolgt von vermeintlicher Kindesentführung. Noch immer staune ich, dass Helga, die Steißlagen entbindet, ohne einen Schweißtropfen zu vergießen, sich derart verrennen konnte. Andererseits macht sie das auch unglaublich menschlich, sodass ich sie noch lieber mag als sowieso.

Nach wie vor ist sie zerknirscht wegen der ganzen Sache, und auch ich finde erst langsam wieder zu mir und zu einem gewissen Entspannungsgrad zurück, der meinen Ruhepuls auf normalen Kurs bringt.

Apropos Kurs: Lotta hat sich tatsächlich mit Noël ausgesprochen und mit ihm Frieden geschlossen. Nach einem Telefonat mit ihm sagte sie so etwas wie: *Wenn man eine Schraube locker hat, könnte es an der Mutter liegen.* Eine Anspielung auf Noëls Kindheit, in der so einiges schiefgelaufen sein muss. Lotta will jedenfalls nicht weiter böse auf ihn sein und wünscht ihm eine rosige Zukunft. Nur eben ohne sie.

Ich bin stolz auf meine Schwester, denn ich weiß genau, dass es sie einiges an Überwindung gekostet hat, sich dem Ganzen noch mal zu stellen. Sonst neigt sie ja eher dazu, in Konfliktsituationen die Segel zu streichen. Wortwörtlich. Doch nachdem sie ihre Probleme endlich angegangen ist, kann sie jetzt viel besser an dem Erlebten arbeiten und nach vorne blicken. Wobei ihr das in Mamas Blumenladen, in dem man die

Welt vor lauter Pflanzen nicht sieht, nicht leicht gemacht wird, wie ich hörte. Mama und Papa hüten Lotta wie eine empfindliche Topfblume, seitdem sie wissen, was im Leben ihrer Großen alles los war. Umso glücklicher bin ich, dass meine Schwester Fortschritte macht und die Zeit, die sie darauf warten muss, bis ihr Schiff von seiner aktuellen Route zurückkehrt und sie für eine neue Tour an Bord gehen darf, für eine Gesprächstherapie nutzt.

»Ach, Lotti, am Ende wird eben doch alles gut«, zwitschere ich ins Telefon.

»Und wenn's nicht gut ist, ist es nicht das Ende – ich weiß, du Einhornfohlen«, lächelt Lotta in meinem Ohr. »Und, wie läuft es an deiner Front? Was macht Robert?«

Ich wechsle das Handy auf die andere Seite. »Er will, dass ich ihn auf eine Hochzeit begleite.«

»Oha.«

»Soll ich das tun?«, frage ich mich.

»Warum denn nicht?«

»Weil es ja irgendwie ein Signal wäre, oder? Und ich weiß noch nicht so genau, was das zwischen uns ist.« Wir schreiben öfter miteinander, und es macht total Spaß. Manchmal haben wir die gleichen Gedanken und machen die gleichen Witze, so als würden wir uns schon lange kennen.

»Geh einfach mit, hinterher weißt du mehr«, denkt Lotta, bevor ich in meinen Gefühlen ein Aber aufgestöbert habe.

»Vielleicht weiß ich dann mehr, aber macht mich das unbedingt schlauer? Manchmal ist man hinterher auch einfach nur überfressen, betrunken oder schwanger«, frotzle ich. Vielleicht gibt es aber kein Aber an Robert? Könnte das möglich sein?

»Sehr witzig, kleine Schwester.«

»Ist das Madita?«, höre ich Mama im Hintergrund. »Was machen die Babys?«

»Sie rauben mir den Schlaf«, spiele ich auf die letzte Nacht an, in der Lovis Probleme mit ihrer Kauleiste hatte. Irgendwas drückte da wohl.

»Sehr schön, sehr schön«, höre ich Mama zeitgleich mit der Türklingel ihres Ladens und verabschiede mich für heute von Lotta. Ich habe noch was vor.

Ich parke mein Auto an derselben Stelle, an der Helga vor ein paar Tagen hielt, und atme tief durch, fünfmal, bis ich mich aus dem Wagen hieve und auf den Bungalow zugehe. Meine gute Tat des Tages soll der Rettungsversuch einer Ertrinkenden sein. Jawohl, ich habe beschlossen, es noch einmal bei Frau Trebens zu versuchen.

Leider habe ich das unangenehme Gefühl, dass der Rettungsring, den ich ihr ein paar Minuten später zuwerfe, sie empfindlich am Kopf trifft, statt ihr Halt zu verschaffen. Die Haustür öffnet sie nur halb, ihr Blick geht durch mich hindurch, und sie wirkt total konfus.

»Aber, aber ich war gar nicht da …«, stammelt sie, als ich sie auf heute Morgen anspreche. Da stand sie nämlich auf der gegenüberliegenden Straßenseite des *Storchennestes* und sah sehnsüchtig zu mir herüber, während ich die Tür aufschloss, um mit einer anderen Schwangeren hineinzugehen. Als ich Frau Trebens entdeckte, wollte ich eigentlich sofort zu ihr hinübereilen. Bis ich allerdings meine Schwangere gebeten hatte, es sich drinnen im Untersuchungsraum schon einmal gemütlich zu machen und kurz zu warten, war Frau Trebens verschwunden. Aber den vollkommen verlorenen Ausdruck auf ihrem Gesicht konnte ich einfach nicht vergessen und schon gar nicht ignorieren. Vorsicht hin, Warnung her; alle fordern mehr Zivilcourage, und die wächst eben nicht auf Bäumen. Ich denke an die Drohnenaktion vor dem Hause Glossberg und lächle halb. Supermidwife ist wieder im Einsatz.

»Ich bin mir sicher, Sie erkannt zu haben. Und ich werde das Gefühl nicht los, dass Sie Unterstützung brauchen könnten«, verdeutliche ich mein Ansinnen. »Ich weiß, das ist vielleicht etwas anmaßend, aber ich möchte Ihnen so gerne helfen.«

Immerhin tritt sie beiseite, lässt mich in die Wohnung hinein und schließt nach einem unruhigen Blick auf die Straße die Tür. Gleich darauf bereut sie ihre Entscheidung sichtlich, denn sie streicht sich nervös über ihr brünettes Haar und guckt mich mit Befremden im Blick an. Ihren kindlichen Typ hat sie mit zu viel Schminke und einem Föhn verhunzt. Und der Abdeckstift schafft es nicht ansatzweise, einen blauen Fleck unterhalb des Kieferknochens zu verstecken. Mir läuft es kalt den Rücken hinunter.

»Anmaßend, ganz recht«, bringt Frau Trebens schließlich heraus und mustert mich mit ihren unruhigen braunen Augen. »Es ist etwas kompliziert bei uns zurzeit, aber das ist nicht der Rede wert.«

»Das ist es immer, wenn es um Gefühle und Beziehungen geht«, bin ich mir sicher. Ich gebe ihrem Blick nach, um sie nicht zu sehr in die Enge zu treiben. »Sie sind verheiratet?«

Sie nickt, und mir entgeht nicht, dass sie immer wieder durch das Fenster an der Haustür linst, als erwarte sie ihren Mann jederzeit zurück.

»Er schlägt Sie …«, spreche ich aus, was wir beide wissen, und ich sehe in Frau Trebens' Gesicht, wie sie mit dem Reflex, die Tatsache abzustreiten, ringt.

Doch dann zerfällt etwas in ihrem Inneren, und sie flüstert: »Er war nicht immer so. Aber seit dem Unfall trinkt er. Alkoholismus ist eine Krankheit.« Die Entschuldigung für einen Menschen, dessen dunkle Seite nach einer Krise zutage tritt. Wobei nicht jeder Alkoholkranke zum Monster mutiert.

»Was hatte Ihr Mann für einen Unfall?«, versuche ich das

Gespräch zu vertiefen, und Frau Trebens reibt sich unbehaglich die Arme.

»Es war beim Skifahren. Mein Mann ist unglücklich gestürzt, musste mehrfach operiert werden. Und dann ist es nicht gut verheilt. Seitdem hat er oft Schmerzen.« Frau Trebens spricht so monoton, als lese sie eine Gebrauchsanweisung vor, und ich weiß, dass sie diese Erklärung immer und immer wieder abspult. Für alle anderen und für sich selbst.

»Mh«, mache ich. »Schmerzen sind scheiße, keine Frage.«

»Schließlich hat er auch noch seine Position in der Firma verloren, da er einfach nicht mehr so funktionierte wie bisher.« Sie atmet tief, und ein Mundwinkel hebt sich leicht. »Er war Projektmanager bei Skobens und Partner, Sportgeräteentwickler. Er hat die Firma ganz nach vorne gebracht.« In ihrer Stimme schwingt der Stolz vergangener Tage mit. »Er hatte immer gute Laune, hat mich jeden Morgen damit angesteckt, ganz nach dem Motto carpe diem.«

»Oha.« Es fällt mir schwer, Anerkennung für das zu zeigen, was ihr Mann einst geleistet hat. Wie sehr doch Schatten früheres Licht schlucken können.

»Er steckt in einer echten Krise«, verteidigt Frau Trebens ihren Mann und wiederholt ausdrücklich: »Alkoholismus ist eine ernst zu nehmende Krankheit.«

»Ist mir bekannt, aber dennoch …«, antworte ich, während ich weiterhin in ihrer Miene forsche. Welche schöne Variante der Wahrheit sie sich auch immer zurechtgelegt hat, es wird schwer, zu dieser Frau durchzudringen. Und womöglich bin ich nicht die Richtige für diesen Job.

»Als Ehefrau habe ich eine Verantwortung gegenüber meinem Partner«, sagt sie. »Das ist doch so?« Die Art, wie sie diese Frage stellt, hört sich an, als zweifle sie selbst daran. Als brauche sie jemanden, der sie freispricht.

Es wird still, hier im Flur mit einem Hochzeitsfoto aus glücklichen Tagen an der Wand. Ich betrachte die wunderschöne, lächelnde Braut der Vergangenheit, bevor mein Blick auf die Hämatome im Gesicht der heutigen Frau fällt, und entscheide mich, voranzupreschen.

»Nun, Sie werden bald Mutter sein und tragen bereits jetzt die Verantwortung für Ihr Ungeborenes. Was, wenn Ihr Mann mit der Gewalt nicht aufhört?« Ich bemerke, wie Frau Trebens' Hände sich in den Pulloversaum krallen, als könne er ihr Halt bieten.

»Er würde doch niemals …« Sie verstummt, schaut mich vorwurfsvoll an und ringt mit sich. Sie steht kurz davor, mich vor die Tür zu setzen. Ich hätte etwas mehr Fingerspitzengefühl zeigen müssen. Diese Situation macht mich jedoch so wütend, dass mir die Geduld für einen Eiertanz fehlt.

»Vielleicht nicht, aber die Angst, die Sie jetzt verspüren, hat bereits Auswirkungen auf Ihr Kind. Es fühlt alles, was Sie durchmachen.« Nicht nur das, weiß ich. Nicht selten kommt es durch Stress während der Schwangerschaft zu späteren Komplikationen in der Entwicklung des Nachwuchses. Oft haben Kinder, deren Mütter während der Schwangerschaft Schockmomente oder längere Angstphasen durchlebt haben, später Probleme und leiden unter langfristigen Folgen wie Lernverzögerungen oder kognitiven und motorischen Einschränkungen.

»Ich bin mir sicher, Sie spüren instinktiv, wie gefährlich die Lage für Sie und Ihr Baby ist«, fahre ich fort. »Deshalb waren Sie heute Morgen auch beim *Storchnest*. Sie wissen, dass wir es wissen. Und dass wir helfen können.« Ich tanze doch auf Eiern, wie mir scheint.

Frau Trebens verschränkt die Arme, reckt ihr Kinn. »Sie machen einen netten Eindruck, und schlau sind Sie sicher auch, aber was genau stellen Sie sich vor? Dass ich einfach meine Koffer packe und meinem erkrankten Mann sage: ›Hey Schatz, ich weiß, es hieß in guten und in schlechten Zeiten, aber, sorry, ich geh dann mal‹?« Sie atmet tief ein, legt ihre Hände um ihren runden Bauch. Gleichzeitig lächelt sie so bitter, dass ich mir sicher bin, dass das Gepäck in ihren Gedanken längst bereitsteht. Was ihr fehlt, ist jemand, der ihr beim Tragen hilft.

»Ich habe niemanden, außer meinem Mann. Wo soll ich schon hin?« Ihre Worte sind ganz leise, gesprochen mit einer Portion Entsetzen über die Situation, in der sie gelandet ist, obwohl sie sie niemals für möglich gehalten hätte.

»Sehen Sie, Frau Trebens …«, beginne ich sanft.

Sie unterbricht mich. »Joana.« Überraschend reicht sie mir ihre Hand, und Hoffnung wallt in mir auf.

»Ich bin Madita, und ich kann dir beistehen, wenn du mich lässt.« Es ist seltsam, was geschieht, sobald man ins Du übergeht. Ich finde, es ist wie bei *Star Trek*, wenn sie die Schilde senken und auf einer ganz anderen Ebene zu kommunizieren anfangen. Das Schlimmste ist dann vorbei, zumindest für diese Episode.

Wenige Herzschläge vergehen, Joana starrt mich nur an, und ich rede weiter. »Ich hätte ein Zimmer in einer sicheren Unterkunft, wenn du willst. Natürlich nur übergangsweise, bis du auf eigenen Füßen stehen kannst und alles Rechtliche geklärt ist.« Selbstverständlich bin ich schlau. Ich habe vorgesorgt und mit dem *Shelter* telefoniert, bevor ich hergekommen bin, für den Fall, dass ich einen Moment erwische, in dem sich Joana für sich und ihr Kind entscheiden kann und mich tatsächlich begleitet.

Und ich halte an meiner Hoffnung fest, zähle auf, wie ihr Leben ohne schlagenden Ehemann aussehen könnte, male das Bild in möglichst schönen Farben. Eröffne ihr auch die Option einer Begleitung durch einen Krisen- und Sozialdienst, der ihrem Mann helfen kann; will ihn nicht komplett aus ihrem Leben tilgen. Es ist wichtig, dass sie eine Perspektive behält und keine Schuldgefühle entwickelt. Auch wenn ich glaube, dass diese Ehe ihr Ende erreicht hat.

Was dann passiert, ist wie aus einem schlechten Familiendrama. Von wegen, das Schlimmste sei vorbei ... Die Haustür fliegt auf, und Joana erschreckt sich so sehr, dass sie aufschreit. Auf der Schwelle vor uns steht ihr Herzensgatte. In desolatem Zustand.

»Was zum Teufel«, stößt er aus, wankt leicht und versucht sich zu sammeln. Er trägt einen Anzug, die Krawatte auf halb acht und den Hosenstall halb geöffnet, vermutlich beim letzten Besuch des Kneipen-WCs nicht sachgemäß geschlossen.

»Joana?«, knurrt er und lässt seinen Blick über mich schweifen. »Wir hatten eine klare Abmachung, keine Besuche. Und schon gar keine Zeugen Jehovas.«

Es überrascht mich, dass er mich erkennt. Aber was ein wahrer Kontrollfreak ist ...

»Wenn du von Abmachungen sprichst ...« Joana bemüht sich um eine aufrechte Körperhaltung, und im Stillen feure ich sie an: Weiter so! »Du hast versprochen, dass du nicht mehr trinkst. Für mich, für unser Kind.« Ihre Stimme zittert leicht, aber sie stemmt die Hände in die Hüften; lässt sie nach einer winzigen Geste ihres Mannes jedoch sofort wieder sinken.

Ich wende mich dem Kerl zu, öffne den Mund – und werde abgewürgt.

»Wenn Sie über Gott reden wollen, versuchen Sie es beim Nachbarn. Die glauben noch an so einen Schwachsinn«, knurrt er mich an.

»Oh, nein, nein. Das ist ein Missverständnis.« Ich probiere

es mit einem Lächeln. »Ich bin Hebamme und eine Freundin Ihrer Frau, freut mich, Sie kennenzulernen.« Freundlichkeit ist eine Tugend, und ich reiche ihm die Hand, um die Stimmung zu entschärfen.

»Da ist die Tür, kommen Sie ein anderes Mal wieder«, sagt er und hat Mühe, die Worte zu formulieren. »Meine Frau und ich haben etwas zu klären.«

Oje, die Klärung kann ich mir bildlich vorstellen, und als Joanas Blick sich ängstlich auf mich heftet, ist klar, dass ich bleibe.

»Wie schade, das ist leider nicht machbar«, erkläre ich also einigermaßen mutig. *Supermidwife hat alles im Griff,* beruhige ich mich selbst und bemühe mich trotz allem, diesem Menschen gegenüber fair zu bleiben und ihn nicht zu dämonisieren. Er ist auch nur ein Opfer seiner Geschichte, schätze ich.

»Was haben Sie gesagt?«, zischt der Gute wie eine gereizte Schlange und fährt sich doch tatsächlich über die Stoppeln auf seiner Glatze, wie ich es in Tausenden von Gangsterfilmen gesehen habe. Gruselig.

Ich taste in meiner Tasche nach einer Waffe und finde einen Kuli. Immerhin.

Herr Trebens dreht sich von mir weg und säuselt in Richtung Joana: »Schmeiß die Tussi ganz schnell raus, sonst mach ich das.«

Joana bebt, doch nicht wegen seiner Worte. Ihre Hand legt sich auf ihren gewölbten Bauch, und ich bin mir sicher, dass es ihr Baby ist, das sich bemerkbar macht. Meinem empathischen Verstand wird klar, dass sie in genau diesem Moment eine Entscheidung trifft.

»Ich verlasse dich, Nils«, sagt sie, und ich nicke ihr zu. Ja! Ja! »Du musst allein aus deiner Sucht finden.« Sie streckt ihre Hand nach mir aus, wie ein Kind, das sich nicht über die Straße traut, und ich reagiere, nehme sie. Obwohl ich dadurch viel näher an ihren Mann heranmuss, dessen alkoholgeschwängerter Atem mich sofort betrunken macht.

»Du gehst nirgendshin.« Sichtlich irritiert stiert Nils seiner Frau nach, während Joana mich die Treppe in den ersten Stock hinaufzieht. Ich bin froh, dass ihr Mann uns nicht folgt, vermutlich muss er die Widerworte seiner Frau erst mal verdauen. Beinahe ist es zu einfach.

Dann geht alles recht schnell. Joana kramt einen Koffer hervor, reißt den Kleiderschrank auf, und ich begreife: Sie hat nicht nur oft darüber nachgedacht zu gehen, sondern bereits mehrmals gepackt. Alles, was sie braucht, liegt beisammen, sogar Pass, Urkunden, wichtige Bankunterlagen, Medikamente und ein kleines Fotoalbum.

»Es ist die richtige Entscheidung, Joana«, bestärke ich sie, als ihr Tränen übers Gesicht laufen. Und während sie mich stumm auffordert, die Sachen, die sie in Windeseile aus Kommoden und Schränken holt, einigermaßen sinnvoll in den Koffer zu bugsieren, muss ich mir innerlich immer wieder selbst bestätigen, dass es richtig war, sich einzumischen. Denn der Hurrikan fegt bereits durchs Haus, nähert sich uns mit donnerndem Poltern. Nils erscheint im Türrahmen, sieht den Koffer auf dem Bett, den ich gerade versuche zu schließen, und rastet aus.

»Was glaubst du eigentlich, wer du bist?!«, faucht er mich an und treibt eine Wolke aus alkoholisiertem Zorn vor sich her, die mir eine Gänsehaut verpasst.

»Ich bin Madita, und Joana wird sich eine Auszeit nehmen und mit mir kommen«, antworte ich einfach mal.

Nils ignoriert mich, drängt sich an mir vorbei, seiner Frau entgegen, und setzt ein Niemals-Gesicht auf.

»Joana, pack die scheiß Koffer wieder aus, aber sofort!«,

schreit er sie so laut an, dass ihm Spuckefäden aus dem Mund fliegen.

Sie zuckt zusammen, weicht zurück, und ich klettere übers Bett, gehe dazwischen – und werde wie eine Puppe einfach weggeschubst, krache in die nächste Kommode. Sämtliche Luft entweicht aus meinen Lungen, und ich ächze.

»Nils, spinnst du?«, kreischt Joana, als ich wieder auf die Beine komme. Verzweiflung paart sich mit unbändiger Wut, und der Koffer, der nur halb geschlossen war, fliegt vom Bett, die Hälfte von Joanas Sachen landet auf dem Teppich. Gleich darauf zerbirst die kleine Lampe, die eben noch auf dem Nachttisch stand.

Mein Herz kommt mit dem Pumpen nicht hinterher, und mir fällt kein Schlachtruf ein, der helfen könnte. Ich habe schlichtweg Angst. Wie Joana und ich es ins Bad schaffen, ist leicht verschwommen. Doch wunderbarerweise klickt der Schlüssel im Schloss, bevor es ungehalten von außen gegen die Tür trommelt. So sehr, dass ich fürchte, sie wird gleich aus den Angeln fliegen. Wir sind gefangen, für Joana offenbar nichts Neues, denn sie wirkt nicht verängstigt, sondern eher resigniert und kaut an ihrem Fingernagel.

»Verdammt noch mal, wie hast du das so lange ausgehalten?«, rutscht es mir heraus. Ich lehne mich an die Duschkabine, meine Schulter brennt von der Begegnung mit der Kommode.

Joana seufzt, und ich blicke mich um. Nur ein winziges Fenster führt in die Freiheit, zumindest wenn man fliegen kann. Ach, wenn ich ein Vöglein wär …

»Und jetzt?«, will Joana von mir wissen, und ich laufe wie ein kopfloses Huhn hin und her. Zum Glück habe ich mein Handy in der Hosentasche und rufe Helga an. Sie weiß bestimmt Rat. Muss sie einfach.

»Was gibt's?«, fragt sie, und ich höre die Kaffeemaschine im Hintergrund.

»Schwierigkeiten?«

»Nicht schon wieder.«

»Doch, ein bisschen …«

Helga seufzt, und ich rechne mit einer bissigen Bemerkung, à la Was hast du jetzt wieder angestellt. Doch nix dergleichen, sie murmelt: »Allmählich werden wir richtig gut darin, scheint mir.«

Wärme durchflutet mich, allerdings nur für Sekunden, denn an der Badezimmertür poltert es lauter, und Joana setzt sich auf den Rand der Badewanne, stützt den Kopf in die Hände.

»Du erinnerst dich an Frau Trebens?«

Ich kann Helga schnaufen hören, gefolgt von einem leisen Fluchen, als hätte sie sich an ihrem heiligen Koffein verschluckt.

»Sie heißt Joana, und ich bin gerade bei ihr«, erkläre ich. »Ich hatte mir Folgendes gedacht: Joana steckt zurzeit in einer gefährlichen Krise, aus der …«

»… nur du sie retten kannst, richtig?«, vollendet Helga meinen Satz, als die Tür unter dem nächsten Schlag erzittert. Ich breche in Schweiß aus, weil ich nicht weiß, wie lange das Holz das noch aushält. Gott, die Lage ist so unschön, da hilft kein Konfetti.

»Na ja, so würde ich es nicht sagen. Aber ich muss zugeben, in unserer derzeitigen Lage, in der wir im Bad des Obergeschosses festsitzen, weiß ich aktuell nicht weiter.« Wie gern hätte ich eine Stopptaste, um die Welt anzuhalten.

Helga überlegt ein paar Sekunden, bevor sie mich mit den Worten »Bleib, wo du bist, ich überleg mir was« allein lässt.

»Du bist lustig«, murre ich mein Telefon an. »Wohin sollte ich schon gehen?« Ich setze mich neben Joana, streiche über ihren Rücken und bin froh, dass das Poltern an der Tür eine Pause einlegt. Vermutlich holt der Wüterich sich ein Bier aus dem Kühlschrank. Mein Impuls, die Gelegenheit zu nutzen, um den Schlüssel im Schloss zu drehen und aus der Gefangenschaft zu entkommen, wird von Joana mit einem heftigen Kopfschütteln unterbunden.

Also hocken wir weiter nebeneinander, schweigend, jede gefangen in ihren Gedanken. Bis es nach einer Ewigkeit an der Haustür klingelt. Ich jage hoch, lausche an der Tür.

»Wir müssen uns bemerkbar machen«, wittere ich eine reelle Chance für uns beide und hoffe auf einen großen, kräftigen Paketboten. Jetzt kommt sogar Leben in Joana, und sie eilt zum Fenster, versucht einen Blick zu erhaschen. Vergeblich, weil das Bad zum Garten zeigt und man halb hinausklettern müsste, um auch nur ansatzweise die Straße zu sehen.

Ich wage es. Mit einem leisen Klick drehe ich den Schlüssel und schleiche auf Zehenspitzen zur Treppe. Sollten es diesmal echte Zeugen Jehovas sein oder die Heimfrostleute, haben die hoffentlich Zivilcourage, wenn sie erkennen, was hier vor sich geht. Helga kann es unmöglich sein, da hätte sie sich schon beamen lassen müssen, um so schnell nach unserem Telefonat hier anzukommen.

Zu meiner Überraschung hat Joanas Ehemann Nils ganz selbstverständlich geöffnet und stellt sich dumm, als eine Männerstimme nach mir und seiner Ehefrau fragt. »Nein, meine Frau ist gerade nicht da«, sagt er allen Ernstes. So ein Arsch.

»Wir haben Informationen, dass Ihre Frau sich mit Frau Sternberg, einer Hebamme aus der Gegend, zu ihrem Schutz in Ihrem Bad einschließen musste.« Die Stimme kenn ich doch! Das ist Matti, Samiras Göttergatte! Mein Herz macht einen Satz, Gott sei Dank! Ihn schickt der Himmel. Oder Helga.

»So ein Schwachsinn«, grunzt Nils, halb lachend.

»Sie haben doch sicher nichts dagegen, wenn ich mich einmal umsehe?«

»Doch, habe ich. Und ich denke nicht, dass Sie einen Durchsuchungsbefehl haben, oder?« Nils' Worte triefen nur so vor aufgesetzter Freundlichkeit, und mich überfällt die Angst, dass der Typ womöglich damit durchkommen könnte. Bevor ich überlegen kann, renne ich die Treppe hinab.

Bestimmt ist Nils nicht darauf gefasst, dass eine von uns Frauen sich traut, das Bad zu verlassen, und in seinem Gesicht spielt sich in diesem Moment vieles ab: Erkenntnis, Verblüffung, Angst?

»Hilfe, wir brauchen Hilfe!«, brülle ich. »Es kam mit diesem 064 zu einem 043, was wiederum in einer 058 endete, und wir brauchen dringend 020 für eine HiLoPe, von mir aus mit Tatütata«, werfe ich mit von Silas gelernten Polizeikürzeln um mich. Übersetzung: Es kam mit diesem Betrunkenen zu einer Streitsituation, die in Bedrohung ausartete. Wir brauchen Geleitschutz einer hilflosen Person. Oder zumindest so ähnlich.

Nils' Schlachtruf, ein dumpfes *Uah*, umfasst drei Oktaven, als er versucht, dem Hüter des Gesetzes die Tür vor der Nase zuzuschlagen, und wandelt sich im Moment, da Matti sich zur Wehr setzt und ihm dieselbe vor den Latz knallt, zu einem fassungslosen *Üh*.

Gleichzeitig, während ich das Gerangel von der Treppe aus beobachte, knicke ich beim Laufen mit dem Fuß um und falle. Der Versuch, mich ans Geländer zu klammern, scheitert. Als mein Kopf irgendwo anschlägt, wird erst alles dumpf, dann schwarz.

Irgendwann komme ich wieder zu mir, höre Stimmen und gebe mein Bestes, meinen Blick scharf zu stellen.

»Ah, ich hab keine Lust mehr«, nuschle ich. Meine Welt ist

verschwommen, undeutlich, bis sich ganz, ganz langsam ein Gesicht vor mir zusammensetzt. Sturmaugen, zusammengezogenen Brauen, Dreitagebart.

»Silas?«, hauche ich, blinzle und rechne damit, dass meine Augen sich täuschen. Eben war es doch noch Matti, der zu Hilfe kam. Oder nicht?

Ein Lächeln huscht über Silas' Lippen, er stützt mich, und meine Hände suchen Halt an seiner blauen Uniformjacke.

»Geht's dir gut? Du bist ganz schön fies gefallen.«

Seine Sorge ist süß, und ja, jetzt, wo er es erwähnt, spüre ich den Schmerz am Hinterkopf und kann das Pfeifen meines rechten Ohrs auch nicht länger ignorieren.

»Aua.« Ich blinzle.

»In was bist du hier nur wieder reingeraten?« Silas' Frage geht in Mattis Äußerungen unter, mit denen er Nils in seine Schranken verweist, der immer noch die Fäuste schwingt und wüste Beschimpfungen ausstößt.

»Ich kann Sie auch festnehmen, Herr Trebens. Ist Ihnen das lieber?«

Silas' Finger streichen über meine Wange. Mein Hirn schaltet in eine Art Notfallmodus. Beinahe kann ich spüren, wie es quasi den Strom minimiert und auf halber Leistung weiterläuft.

»Das alles sind Lebensprüfungen«, meine ich. »Auf Herz und Nieren, sozusagen. Punkte sammeln fürs Karma. Glaub ich.« Es entsteht eine kurze Pause des Grübelns, denn ich kapier selbst nicht, was ich sage.

»Glaubst du?«, hakt Silas nach und betrachtet mich ausgiebig. »Mir scheint, dein Selbsterhaltungstrieb ist kaputt.« Ich spüre, wie sein Blick mich abtastet. Warm und intensiv.

»Und? Was machst *du* so fürs Karma?«, will ich wissen und versuche, mich am Fuß der Treppe aufzurichten. Peripher bekomme ich mit, wie Matti Nils klarmacht, dass seine Frau gehen wird und er keinerlei Recht hat, sie aufzuhalten oder auch nur ansatzweise zu bedrängen. Er tut das mit einer stoischen Ruhe, die mich beindruckt und ihm mit Sicherheit hilft, ein toller Papa zu sein. Ich hingegen hätte gerade Lust, Joanas Ehemann einfach umzunieten. Das ist vermutlich der Stress und das Adrenalin, das durch meinen Körper jagt. Denn Supermidwife hin oder her – umhauen tue ich mich höchstens selbst, so schwindelig, wie mir ist.

»Ich weiß nicht, wovon du redest«, behauptet Silas, legt seinen Arm auf meinen Rücken, und ich bette kurz meinen dröhnenden Schädel an seine Schulter.

»Na, atemraubende Zungenküsse und eine Leidenschaft, die einem die Sinne raubt, bringen wohl kaum Pluspunkte, oder?« Das wäre nicht gut. Denn so könnten einige Bösewichte sicherlich ihren Kopf aus der Karmaschlinge befreien, um nicht als Ameise wiedergeboren zu werden. Und die bösen Jungs sind ja oft die Guten … Verdammt, jetzt verwirre ich mich noch mehr.

Silas kichert ein bisschen, und ich versuche möglichst neutral zu gucken. Und nicht an Giselle zu denken. Mist, hat nicht geklappt.

»Ich glaube, du solltest dich von einem Arzt durchchecken lassen«, meint Silas, und als ich gerade protestieren will, lädt er mich auf seinen Arm und hebt mich vom kühlen Fliesenboden auf.

»Hey, lass mich runter«, maule ich halblaut, schmiege mich aber an ihn und klammere mich an seine Jacke, als gebe es kein Morgen mehr. Als wäre es das Einzige, das zählt.

»Kommt nicht infrage, Madita. Da musst du jetzt durch.« Gekonnt trägt er mich über die Schwelle hinaus ins Freie. Kühle Luft küsst mein Gesicht, ausnahmsweise ohne Nieselregen.

Aus dem Haus höre ich Nils brabbeln.

»Ehrlich, ich hab gar nichts gemacht«, verteidigt er sich bemüht zivilisiert. »Sie sind doch sicher auch verheiratet. Da kommt es eben mal zu Reibereien«, findet der Idiot. »Joana, bleib bei mir. Das kannst du mir nicht antun«, jault er als Nächstes und fängt gleich darauf an zu heulen wie ein Baby.

Ich nehme Joana wahr, die ihren Koffer aus der Haustür bugsiert und neben uns zum Streifenwagen läuft. »Wird sie wieder?«, fragt sie mit Blick auf mich.

»Unkraut vergeht nicht«, ist kaum schmeichelhaft, trotzdem entlockt mir die Sanftheit in Silas' Stimme ein Lächeln.

Matti kommt zu uns und hilft Joana mit dem Koffer.

»Meine Güte, die muss sofort zu einem Arzt«, diagnostiziert er. Meint er mich? »Sicher eine heftige Gehirnerschütterung.«

Ich wanke, als ich meine Füße auf dem Boden spüre und Matti die Autotür zur Rückbank öffnet.

»Erschütternd ist nur, was Menschen einander antun können«, verkünde ich mit Blick auf Joana, die auf der anderen Seite einsteigt und sich anschnallt, um in einen hoffentlich neuen Lebensabschnitt zu fahren. Matti tätschelt mir die Schulter.

»Wie geht's deinen drei Frauen, Matti?«

»Sehr gut, sie machen sich großartig. Aber jetzt kümmern wir uns erst mal um dich.«

»Du bringst dich noch mal in Teufelsküche«, mischt sich Silas ein.

»Ich konnte nicht wegschauen und einfach *nichts* tun«, verteidige ich mich und lasse meinen Hintern auf den Sitz fallen.

»Dinge lassen sich auch still klären«, entgegnet Silas. »Man muss nicht immer gleich mit Pauken und Trompeten anrücken.«

»Still ist vielleicht Trend beim Mineralwasser, aber ich

mache den Mund auf, wenn ich Unrecht sehe«, erinnere ich ihn an mein Gemüt und ernte dafür ein Schnauben.

Im nächsten Moment spüre ich ein Flüstern an meinem Ohr. »Du glaubst nicht, wie sehr ich dich vermisse.« Silas reicht mir den Gurt, und ich bin mir nicht sicher, ob ich seine Worte richtig verstanden habe.

Jemand drückt meine Hand. »Danke, dass du so hartnäckig warst. Ich hab das gebraucht.« Joana lächelt mir schüchtern zu, als Matti den Motor startet. Während der Fahrt dreht sich Silas vom Beifahrersitz aus die ganze Zeit zu mir um, lässt mich nicht aus den Augen.

»Nicht einschlafen, okay?«, fordert er, und Matti beginnt von Samira und den Zwillingen zu plaudern.

»Du wirst nicht glauben, was ich gestern im Kühlschrank gefunden hab«, erzählt er halb belustigt, halb entsetzt. »Eine von Samiras Binden.«

Gerne würde ich Silas' Gesichtsausdruck sehen, als er ruckartig zu seinem Kollegen schaut.

»Getränkt mit gelber Substanz, ich dachte echt, jetzt dreht sie durch.«

»Getränkt mit Kamillentee? Wirkt Wunder für die Heilung«, sage ich.

»Ja, hat sie mir dann auch erklärt. Trotzdem war ich erst einmal entsetzt, als ich mir mein Mittagessen aus dem Kühlschrank holen wollte und das dort fand.« Matti lacht. Der Wagen geht in eine Kurve.

»Hast du gar keine Elternzeit eingereicht?«, wundere ich mich, und Matti winkt ab.

»Noch nicht, wie sollte ich auch? Die Kinder hatten's ja so eilig. Außerdem kann ich den hier …« Er deutet auf Silas. »… wohl kaum allein lassen, so neben der Spur, wie er seit Wochen ist.«

Mir bleibt keine Zeit, um über diese Information nachzudenken, denn Matti hält an der nächsten Ecke vor einer Arztpraxis, und Silas zwingt mich, hineinzugehen und mich dort untersuchen zu lassen, während Matti Joana zur Wache fährt und eine Anzeige wegen häuslicher Gewalt aufnimmt. Anschließend wird er sie im *Shelter* unterbringen.

Dank Silas' energischem Auftreten oder aufgrund seiner schönen Uniform kommen wir gleich dran, kaum dass wir in der Praxis an den Tresen getreten sind. Zuerst muss ich die Finger des Arztes, ein Mittfünfziger mit grauem Haar, zählen und werde dann zum Sprechen aufgefordert. Eigentlich ist das bei mir ja unnötig, aber mit einem Mal fühle ich mich doch ganz schön müde.

»Erzählen Sie mir ein wenig von Ihren letzten Tagen«, bittet der Arzt und prüft Reflexe, während Silas wie ein Zinnsoldat in der Ecke des Behandlungszimmers steht und zuschaut. Ich habe darauf bestanden, dass er mit reinkommt, habe ich mich doch rasant an seine Anwesenheit gewöhnt.

»Oh, wo fange ich da an«, überlege ich. »Meine Freundin und ich dachten, Lovis, ihr Baby, sei entführt worden. Das war ätzend. Und meine Schwester, die kürzlich von Piraten überfallen wurde und dann mit ihrem Verlobten Schluss machte, hat ein Trauma. Oberätzend. Aber dann brachte ich Zwillinge auf die Welt. Also nicht ich selbst, sondern beruflich, das lief super.«

»Klingt … spannend«, findet der Doktor, während er mich mit seiner Taschenlampe blendet.

»Ich bin Hebamme. Das ist auf jeden Fall spannend.«

»Aber Ihr Job ist bestimmt auch nicht ohne.« Nun tastet er den Kopf ab, findet eine dicke Beule am Hinterkopf und fordert mich auf, einfach weiterzuplaudern. Sicher will er wissen, ob ich Wortfindungsprobleme oder so etwas habe.

»Die letzte Woche war die Krönung. Viele Streitereien …« Ich mache eine resignierte Geste. »Frauengeschichten, dazu ein Besuch in der Abtreibungsklinik, es war wirklich viel Stress. Eine Zeit voller Mist und Dramen.«

Silas' Blick, der mich eben noch so aufmerksam betrachtete, flackert.

»Oh nein, nicht, was du denkst«, beeile ich mich in seine Richtung klarzustellen. »*Lotta* hatte eine Abtreibung. Ich war nicht … schwanger.« Meine Stimme versagt, und Silas wird blass.

»Nun, Stress sollten Sie in nächster Zeit jedenfalls vermeiden«, rät der Arzt und unterbricht den intensiven Blickkontakt zwischen meinem Ex und mir, indem er sich dazwischenschiebt und meine Stirn abtastet.

Nachdem wir ein Rezept für Kopfschmerztabletten und eine Krankschreibung bekommen haben und auf dem Weg nach draußen sind, spüre ich, dass Silas etwas sagen will. Ich bleibe stehen und sehe ihn an.

»Spuck es aus, was willst du loswerden?« Vermutlich klinge ich ein wenig ungeduldig, aber ich bin es leid, ständig das Gefühl haben zu müssen, dass es Ungesagtes zwischen uns gibt.

»Ein anderes Mal«, weicht er mir wie gewohnt aus. »Helga ist sicher auf dem Weg, sie müsste gleich da sein, um dich nach Hause zu bringen. Ich hab sie auf dem Laufenden gehalten.«

Natürlich hat er das.

»Noch ist sie nicht hier, also sag, was du sagen willst«, fordere ich ihn heraus, denn seine gesamte Körpersprache schreit mich geradezu an. Und mir dämmert, dass zwischen uns jede Entscheidung, etwas nicht auszusprechen, Zähne kriegt.

»Ich wollte oft zu dir kommen und mit dir reden«, verrät er mir, doch die Freude, die ich darüber empfinden will, bleibt aus.

»Oha, echt?«

Er nickt, will mich stützen, da ich leicht wanke. Ich weiche zurück, stoße gegen einen Gummibaum neben der Eingangstür. »Ich sag dir mal was, Silas. Machen ist wie wollen, nur krasser. Es wäre besser gewesen, du hättest es einfach getan.« Bam!

»Ist mir klar, allerdings hast du mich ja ganz schön schnell ersetzt.«

Nun bin ich es, bei der es innerlich heftig einschlägt. Er kann ja wohl nicht Robert und das Treffen im Café *Amore Belle* meinen. Oder etwa doch?

»Das sagt der Richtige«, wehre ich mich. »Wer hat denn sofort mit seiner Ex angebandelt und mich gemieden, als hätte ich die Pest oder die Pocken oder einen Zombievirus oder Brechdurchfall oder …?«

»Was habe ich? Dich gemieden?« Irgendwie mag ich das Lachen in seiner Stimme nicht. Sein Blick verengt sich, sein Mundwinkel kräuselt sich leicht.

»Komm schon, mach mir nichts vor«, bitte ich und gehe in Gedanken den Moment im Krankenhaus noch einmal durch. »Deine Giselle wurde sofort nach deinem Unfall informiert, wahrscheinlich ist sie dein Notfallkontakt. Und sie hatte deinen Haustürschlüssel und hat gleich für dich Sachen gepackt. Was glaubst du, wie das für mich ausgesehen hat?« Und wie es sich erst anfühlte? Ich gucke ihn vielsagend an.

»Ich mache dir nichts vor«, knurrt er. »Giselle weiß noch von früher, wo der verdammte Ersatzschlüssel liegt, Madita. So einfach ist das. Und sie wusste von Samira, was passiert war. Ich hatte sie nicht darum gebeten, mir Sachen zu bringen oder mich zu bemuttern. Aber so ist sie nun mal, sie wollte mir helfen.«

»Helfen«, ätze ich und habe das Gefühl, ein Specht picke mein Hirn frei.

»Ja, genau. Nur weil Giselle und ich keine Zukunft hatten, heißt das nicht, dass uns nichts mehr verbindet.« Silas atmet scharf aus. »Du hättest mich mal darauf ansprechen können, anstatt dir deinen eigenen Reim darauf zu machen.«

»Hätte ich machen können.« Ich verschränke die Arme, kneife mich ein bisschen.

»Ja, Madita, machen ist wie wollen, nur krasser.« Touché. »Und du ...« Er macht eine bedeutungsvolle Pause, in der ich Schluckauf bekomme. »Du hast mir im Krankenhaus einfach ein schönes Leben gewünscht und bist gegangen. Ganz ehrlich, so bin ich noch nie abserviert worden.« Während sein Zeigefinger kurz vor meinem Gesicht haltmacht, nehme ich Silas' gepressten Atem wahr.

»Abserviert? Ich hab dich doch nicht abserviert. Willst du mir allen Ernstes sagen, *ich* hätte das mit uns allein versaut?« Ich reiße die Augen auf, starre ihn vermutlich an wie eine koksende Meerkatze.

»Nein, das habe ich nicht gesagt. Du hörst wieder nicht richtig zu, ich versuche nur ...«

»Was?«

»... dir zu erklären, dass ich ein Idiot bin und du mir unglaublich fehlst.«

»Klar, auf einmal.«

»Ich musste das alles erst mal begreifen und sortieren, das braucht manchmal Zeit.«

Der Schluckauf artet aus. Und plötzlich geht alles so schnell, dass ich mich nur noch wegdrehen kann und in den Topf des Gummibaums breche. Gott, was ist bloß mit meinem Karma los?

»Somit ist dieses Gespräch über die absolute Unfähigkeit der Kommunikation vorerst beendet«, sage ich möglichst majestätisch beim Aufrichten, während Silas mir mit der einen

Hand ein Taschentuch reicht und mich mit der anderen festhält, damit ich nicht in die Pflanze kippe.

»Na gut, verstehe.«

»Ich muss das erst mal sacken lassen.« Und mich drei Tage in einen dunklen Raum einsperren und überlegen, ob ich jemals wieder rauskommen will. Jetzt gerade ist mir mein Leben einen Hauch zu kompliziert.

Zum Glück drückt genau in diesem Moment Helga die Tür zur Praxis auf, sieht uns und schlägt die Hände über dem Kopf zusammen.

»Ach, Küken! Was wäre mein Leben doch langweilig ohne dich.« Sie hält inne, legt den Kopf schief. »Du siehst echt scheiße aus.«

»Mir geht's gut, reg dich nicht auf«, entgegne ich.

»Ich bin die Ruhe selbst«, meint sie, und ich eiere auf sie zu, falle in ihre wunderbarerweise geöffneten Arme, und sie fängt mich auf.

Silas hält den Blick gesenkt.

»Wenn wir dich nicht hätten, Silas«, höre ich Helga feierlich sagen. »Vielen Dank, dass du so schnell da warst. Wer weiß, was sonst noch alles mit unserem Glitzerküken geschehen wäre. Dabei hab ich sie noch gewarnt, dass mit häuslicher Gewalt nicht zu spaßen ist.«

Ich will ihr sagen, dass ich die Gehirnerschütterung eher mir und meinen dummen Füßen zu verdanken habe, im engsten Sinne zumindest, bleibe aber stumm, da ich fürchte, sonst erneut kotzen zu müssen.

»Ich bin immer gerne für euch da«, antwortet mein Ex mit Heldenqualitäten. Ein Superman, der herbeigeeilt kommt, wann immer man ihn braucht, der jedoch zu feige war, sich mit seinen Gefühlen auseinanderzusetzen und mich zu konfrontieren. Na gut, das Gleiche gilt dann wohl auch für mich.

Keine Ahnung, ob ich sauer oder froh darüber bin, dass er offenbar noch etwas für mich empfindet. Im Moment freu ich mich auf jeden Fall auf zu Hause und ganz viel Ruhe, um den Vöglein, die um meinen Kopf herumschwirren, aufmerksam zugucken zu können.

Bande

Helga

Friedvolle Tage liegen hinter uns. Madita zeigt sich folgsam, was die verordnete Ruhe des Arztes anbelangt, und hütet seit dem Wochenende das Sofa. Sie lässt sich von Oméro mit Kakao-samt-extra-Sahne-Lieferungen behandeln und therapiert sich selbst mit Schokolade pur, Schokoladenkeksen und Schokolade in Schokocreme getaucht. Dazu nimmt sie meine Snackteller mit Sandwiches und Obst entgegen, während sie romantisches Zeugs auf ihrem Laptop guckt und sich mit verklärter Miene durch den Tag seufzt. Das und wie sie der Sache mit Frau Trebens nachgegangen ist, lassen wir unausgesprochen.

Ich bleibe dabei, dass selbst unser Beruf Grenzen hat, die man wahren darf und sollte. Dennoch lässt mich der Gedanke nicht los, dass eine Gehirnerschütterung vielleicht ein annehmbarer Preis ist für ein Leben von Mutter und Kind. Nicht unwahrscheinlich, dass das Küken bei anderer Gelegenheit einmal Kopf und Kragen riskieren wird, doch ich kann es nicht leugnen: Ihre Bereitschaft, für ihre Überzeugungen einzustehen, koste es, was es wolle, nötigt mir Respekt ab. Zumal ich selbst in Sachen Heldinnenqualität zuletzt wohl eher Schulden angehäuft habe.

Nun, ich bemühe mich. Zum Beispiel habe ich uns vorhin zum Mittagessen den Pastatraum vom Italiener zwei Straßen weiter spendiert – eine Köstlichkeit mit Basilikum und gesalzener Knoblauchbutter –, und jetzt hocken wir nebeneinander in den Kissen und piksen mit den Gabeln um die Wette. Ich erzähle Madita von früher, von Oma Gretus, bei der ich so viel Zeit verbracht habe, dass mir statt der Stadtwohnung, in der ich mit Heike und Harald lebte, der Fronauhof vor Augen steht, wenn ich an das Zuhause meiner Kindheit denke. Von dem Jungen auf dem Schulhof, in den ich mich so verliebte, dass mir Hören und Sehen verging, und der nun der Vater meines Kindes ist. Von den Babys, auf die ich lange gewartet und dann verloren habe, und den Leerstellen, die beide hinterließen, ohne dass ich es merkte.

Das Küken wischt sich gerade mit einem gehauchten »Ach, Helga!« die Augen, als das Telefon klingelt und eine befreundete Hebamme mich um Hilfe ins Sankt Marien fleht.

»Ich darf nicht im Krankenhaus entbinden, wenn ich nicht als Beleghebamme gebucht bin, das weißt du doch«, sage ich zu Gabi, die sich hektisch anhört, müde und gestresst. »Wo stecken denn deine Kolleginnen?«

»Zwei sind krank, eine hat Urlaub. Wir sind hier heute nur zu zweit und haben fünf Geburten, zwei davon Erstgebärende und eine mit Wehenstillstand.«

Ich schüttele den Kopf, spüre Ärger in mir kribbeln über all die Gegebenheiten, die jeder beklagt, aber niemand bekämpft. Wie oft mahnt irgendjemand die Zustände in Entbindungsstationen an – Berufsverband, Journalistin, Lokalpolitiker? Wie oft hört man Warnungen vor dem Hebammenmangel? Und wie viele Menschen mit Entscheidungsgewalt nehmen sich der Sache tatsächlich an?

»Wir sollten das echt mal gegen die Wand fahren lassen, sonst ändert sich nie etwas.« Ich schiele zum Küken hinüber, sehne mich danach, mich wieder neben sie fallen zu lassen.

»Bin dabei.« Gabi seufzt. »Aber nicht heute. Die Babys können ja nichts dafür.«

»Natürlich nicht.« Genauso wenig wie morgen und übermorgen. Es gibt keinen Zeitpunkt, an dem wir uns zur Wehr setzen könnten gegen das, was sich zynischerweise Gesundheitssystem nennt. Denn würde ich Steine werfen gehen, fehlte einer werdenden Mutter irgendwo die helfende Hand.

»Bin unterwegs.« Es fällt mir schwer, dennoch lasse ich meine Nudeln zurück, übergebe Lovis an Madita, winke beiden und mache mich auf den Weg. Natürlich, denn man kann immer helfen.

Als ich das Krankenhaus erreiche und die Entbindungsstation betrete, hastet Gabi herbei, ein abgekämpftes Blinzeln in den Augen, ein Lächeln im Mundwinkel. Sie packt mich am Arm und zieht mich hinter sich her. »Du glaubst nicht, wie froh ich bin, dass du da bist! Ich brauche deine Erfahrung.«

»Gut. Irgendwelche besonderen Befunde?«

»Deeskalation.« Sie schiebt mich an drei Entbindungszimmern vorbei, hinter einer der Türen brüllt eine Frau. Der Tonlage nach hat sie noch einiges vor sich.

»Wie?«

»Ich hab hier eine Großfamilie, die irgendwelche Grabenkämpfe austrägt und mir die ganze Station zerlegt. Lass deinen Elsa-Charme spielen und kühl die Irren runter, ja?«

»Moment, ich dachte, ich bin hier, um euch bei den Geburten …« Ich bleibe stehen, stoppe Gabis hektische Schritte und starre sie an.

»Was? Nein, das haben wir mittlerweile im Griff, und eins der Babys ist auch schon da.« Sie lässt meinen Arm los, streicht sich gelöste Haarsträhnen hinter die Ohren und lacht. »Du musst die Trolle bändigen.«

»Kommt gar nicht infrage! Gibt's hier keinen Sicherheitsdienst? Junge, kräftige Assistenzärzte? Bufdis? 'ne Praktikantin mit Kampferfahrung?«

»Personalmangel.« Gabi zuckt mit den Achseln. »Wir sind froh, dass wir die Rettungsstelle besetzen können.« Sie setzt sich wieder in Bewegung, und ich überlege noch, ob ich ihr folgen und diskutieren oder gleich die Flucht ergreifen soll, als einige Meter vor uns eine doppelflügelige Tür mit Milchglasscheiben aufspringt und uns einen taumelnden Mann vor die Füße wirft. Ein Geschoss fliegt über seinen Kopf hinweg, kracht an die gegenüberliegende Wand und zerbirst. Eine Tischpalme plumpst zu Boden, Hydrokulturkügelchen kullern über den Gang.

»Danke, dass du dich kümmerst, Helga.« Gabi winkt mir zu, bevor sie in einem Raum den Gang hinunter abtaucht.

Vor mir kommt der Mann auf die Beine, dunkles, strubbeliges Haar, etwa Mitte zwanzig.

»Verpiss dich.« Aus dem Zimmer hinter den Milchglasscheiben tritt ein zweiter Kerl, Typ Fitnessstudio, Fünftagestoppeln auf und im Gesicht. Hinter ihm stampfen ein Walross und ein Gorilla heran, beide älter als ich, vielleicht Mitte, Ende fünfzig.

Der Dunkelhaarige, nicht eben schmächtig, im Vergleich mit den drei umfangreicheren Gestalten jedoch eine Makkaroni neben Maultaschen, schüttelt sich, bevor er die Hände in die Hüfte stemmt und wütende Blicke verschießt. »Du kannst mich mal.«

»Ja?« Der Fitnesstyp federt auf ihn zu, Gorilla und Walross verschränken die breiten Arme vor der Brust und stieren. »Was denn, Schwuchtel?!« Mit der flachen Hand stößt er dem Dunkelhaarigen gegen die Brust. Der tritt auf Hydrokultur und strauchelt erneut. Im Raum hinter den Milchglasscheiben klirrt Gekeife.

»Ihr könnt jetzt alle mal schön ins Wartezimmer zurückgehen und euch abregen.« Des Kükens mangelnder Selbsterhaltungstrieb scheint auf mich abzufärben, und ich trete zwischen die streitenden Männer und ordne in Richtung Walross und Gorilla an: »Sie gehen vor! Das hier ist ein Kreißsaal und keine Arena.«

»Und wer bist du?« Der Fitnessstudiotyp klatscht mir einen Blick entgegen, mit dem ich Samstagabendkotzepfützen an Bushaltestellen betrachten würde, und rümpft die Nase. Nett.

Ich beschließe, Google zu zitieren. »Ich bin Helga, Schreckschraube mit dem Einfühlungsvermögen eines Brecheisens. Auf Deutsch: die Hebamme, die dir den Arsch versohlt, wenn du nicht sofort tust, was ich sage, also Abmarsch.«

Offenbar zu perplex für eine Reaktion lassen sich die drei Männer vor mir mit einer Husch-husch-Bewegung zurück in den Wartebereich der Station winken; der Dunkelhaarige folgt uns, und ich grüble über die in den letzten Wochen beängstigend gewachsene Zahl an Begegnungen mit gewaltbereiten Männern nach – und über deren mögliche Ursachen. Falls das Küken recht hat und es so was wie Karma gibt, scheint Hebamme ein höchst zweifelhafter Beruf zu sein.

Seufzend betrete ich das Schlachtfeld. Das Sankt Marien rühmt sich mit der Auszeichnung »Schönster Kreißsaal der Region«, die es dreimal in Folge für seine Bemühungen erhalten hat, aus einem Krankenhaus einen Ort mit Atmosphäre zu machen. Tja, dieses Jahr wird daraus nichts werden, denn die Anwesenden haben alles darangesetzt, solcherlei Prädikat in die Vergangenheit zu befördern. Neben einem umgekippten Tisch liegen Zeitschriften auf dem Boden, ein umgeworfener Stuhl zerdrückt eine Box Taschentücher, und die Zimmerpalme sieht aus, als hätte sich jemand in sie hineingesetzt. Zwischen mehreren verstreuten Pappbechern und Holzstäbchen zum Umrühren steht eine Frau am Kaffeeautomaten und starrt eine Geschlechtsgenossin nieder, die sich neben einem Bücherregal an die Wand drückt. Mehrere Romane und Sachbücher, offenbar als Wurfgeschoss missbraucht, liegen im Raum verteilt, eines muss in das Bild eines Nordseestrandes gekracht sein, wo es einen breiten Sprung im Glas hinterlassen hat. Eine dritte Frau sitzt mit übereinandergeschlagenen Beinen auf einem roten Sofa und tippt in ihr Handy.

Bauernmentalität und Elsa-Charme, denke ich, *wollen doch mal sehen, wozu das gut ist.* »Also, was ist hier los?«

»Cherry kriegt unser Kind …«

»Der Behinderte hat meine Schwester gebumst …«

»Die glauben, die könnten uns unsere Tochter …«

»Die bedrohen meinen Sohn!«

»Die Fotze denkt, sie kann hier einfach Oma spielen.« Zeigefinger bohren sich hier und dort durch die Luft, zwei Fäuste drehen Kreise.

»Sie gehören alle zur selben Geburt?«, frage ich.

Der Dunkelhaarige nickt, worauf der Fitnesstyp in seine Richtung »Das hätte der gern« motzt und die Frau am Kaffeeautomaten mich wissen lässt: »Das regeln wir allein.«

Ich wende mich zu ihr um. »Wohl kaum. Ich möchte wissen, wer zu wem gehört und was hier los ist.« Mehrere Personen holen gleichzeitig Luft, ich weise auf die Frau neben dem Bücherregal. »Von Ihnen.«

»Aber die hat …«

»Hören Sie …«

»RUHE!«

Unterbrochen von den Einwürfen der Versammelten höre ich mir Schilderungen an. Constanza ist eine Frau Ende vierzig, mit brünettem, zu einer physikalischen Unmöglichkeit aufgestecktem Haar, und erzählt von ihrem Sohn Dennis und dessen Frau Cherry, bei der in den frühen Morgenstunden die Wehen eingesetzt haben.

»Ey, der durfte meine Schwester überhaupt nicht heiraten«, wirft Max, der Fitnesskerl, ein, als Constanza erzählt, dass Cherry vor einiger Zeit vor ihrer Ursprungsfamilie geflohen ist, jedoch vorhin, unter dem Einfluss ihrer Hormone, aus dem Taxi eine Nachricht mit der frohen Botschaft verschickte, sie bekomme ein Kind.

»Der Crime hat Cherry zwei Jahre vor uns versteckt!«

»Sie ist abgehauen, weil ihr alle scheiße seid«, murrt Dennis. Der Gorilla – Max' beeindruckend behaarter Vater Klaus –, das Walross – dessen Bruder Andi – und Max setzen gleichzeitig auf ihn zu, sodass der ganze Raum in Bewegung zu geraten scheint. Babette, die Mitdreißiger-Blondine mit pinkfarbenem Pony am Kaffeeautomaten, untermalt die Reaktion mit einem wütenden Aufschrei; Nathalie, Max' auf dem Sofa sitzende Mutter, lässt das Handy sinken und hebt den Kopf.

»Alle außer Constanza halten die Klappe! Und ihr geht da rüber.« Ich scheuche Babette und die Herren in Richtung Couch, stelle mich neben Dennis und winke Constanza zu mir. Klare Linien helfen.

»Dennis und Cherry haben also heimlich geheiratet und bei dir gewohnt.« Ich blicke Constanza an.

Sie nickt. »Vorübergehend. Ihre Familie hat offensichtlich etwas gegen meinen Sohn …«

»Weil er behindert ist, Mann.« Max' Körper zuckt erneut vorwärts, und ich hebe meine Hand, um ihn zu bremsen.

»… da sind sie gemeinsam weg und jetzt für die Geburt zurückgekommen, damit ich ihnen mit dem Kind helfen kann. Denni muss ja arbeiten, und Cherry möchte ihr Abitur nachholen.«

»Bullshit«, kommentiert Babette, »Cherry braucht den Scheiß nicht. Sie kommt mit zu uns.«

»Das hättest du wohl gerne.« Dennis tritt gegen den umgekippten Stuhl, der über den Boden rutscht und in einigem Abstand neben Babette gegen das Sideboard mit dem Kaffeeautomaten kracht. Sie hebt die Brauen und spitzt die Lippen zu einem Teufelinnengrinsen.

»Cherry hat keinen Bock auf euer Rumgesumpfe, die will was aus sich machen und sich bloß mit euch versöhnen, damit Nadia in eine große Familie hineingeboren wird.«

»Haben wir nix gegen, solange *du* Leine ziehst.«

Mein Blick wandert zum Kaffeeautomaten, und ich überlege, ob ich es riskieren kann, mir einen Becher Spitalplörre zu ziehen. Atmosphäre hin, Auszeichnung her – Krankenhausgetränken ist grundsätzlich zu misstrauen. Aber ich muss ja nicht unbedingt davon trinken; vielleicht reicht der Geruch aus, um den aufsteigenden Drang zu dämpfen, alles ringsum in Brand zu setzen. Ich reibe mir die Stirn.

»Die glauben, die haben irgendein Recht oder so, dabei haben die Cherry jahrelang wie Dreck behandelt – die durfte gar nix!«

»Dennis, es ist nicht hilfreich, wenn …« Meine Stimme geht unter.

»Ich liebe meine Schwester!«

»Dir werd ich …«

»Was bildest du dir ein, Hurensohn?!«

»Die wollen nicht, dass Cherry sich weiterbildet, weil sonst jeder merkt, wie beschränkt die alle sind. Und dass jedes Stück Scheiße mehr Grips hat als die alle zusammen.«

Das Walross brüllt auf, Klaus lässt die Fäuste knacken, Babette holt mit ihrer Handtasche Schwung, Max mit seiner Faust. Ich setze mich in Bewegung und sehe im nächsten Moment Sterne.

»Oh, Scheiße, Mann, sorry.«

»Ey, du Fickfehler hast die Hebamme k. o. geschlagen.«

»Halt die Klappe, Lauch!«

Ein Händepaar hilft mir, mich aufzurichten. Allmählich klart sich das Bild. Neben mir steht Constanza, die mich besorgt begutachtet, vor mir Max, mit verschränkten Armen und trotziger Miene.

Dennis tritt mir entgegen, blinzelt und gibt den ertappten Lausbuben. »Alles in Ordnung? Hey, tut mir voll leid.« Er beugt sich vor und starrt mich an, als sei er nicht sicher, dass seine Worte ankommen. »Ich wollte eigentlich den da treffen.« Sein Finger sticht in Max' Richtung, der sofort wieder die Arme hebt und die Fäuste ballt.

»Ihr seid beide Vollpfosten«, will ich eigentlich sagen, doch ich höre, dass lediglich ein Nuscheln meinen Mund verlässt.

»Trau dich ruhig, Geringverdiener, vielleicht triffst du dieses Mal den Oberarzt.« Max feixt, Dennis knurrt und macht einen Schritt vorwärts.

»Stopp!« Dieses Mal spreche ich klar und deutlich, und meine Stimme füllt den Raum. »Noch ein Wort, und in fünf Minuten gibt's eine Polizeieskorte!« Silas wird sich freuen, wenn ich ihn schon wieder anrufe; allmählich kann ich eine Flatrate bei ihm buchen. Der einzige Trost: Dieses Mal sind weder das Küken noch ich selbst schuld an der Misere, was ein gewisser Fortschritt ist.

Ich bücke mich, krame die Episiotomieschere und die Geburtszange aus meiner Hebammentasche und drücke Max Letzteres in die Hand. Dennis erhält die Schere. Anderthalb Meter Abstand liegen zwischen den beiden; ich weiche zum Kaffeeautomaten zurück.

»So, ich schlage vor, ihr geht jetzt aufeinander los und regelt die Sache ein für alle Mal. Klaus holt derweil den Notarzt, Andi schreibt Protokoll, dann geht's nach der Verhaftung schneller.« Ich werfe dem Walross einen Notizblock zu, der zu Boden fällt, weil Andi mich anglotzt, statt zu reagieren. »Wir anderen warten auf die Polizei und machen uns die Nägel schön.«

Die Runde starrt mich an. Endlich herrscht Ruhe. Ich drücke auf einen Knopf und lasse schwarzes Ungetränk in einen Pappbecher laufen. Ungewöhnliche Situationen erfordern drastische Maßnahmen.

»Wie jetzt?«, fragt Max schließlich. »Was soll ich mit dem Grillding?«

»Das ist eine Geburtszange. Damit kannst du Dennis' Ohren einklemmen oder sie ihm in den Rachen stecken, falls du eher grobmotorisch veranlagt bist.« Ich zucke die Achseln. »Deiner Fantasie sind keine Grenzen gesetzt.« Vorausgesetzt, du hast überhaupt welche, woran ich zweifle. »Und du, Dennis«, ich wende mich an ihn, »siehst zu, dass du Max möglichst oft mit der Schere erwischst, bevor er dich zu greifen kriegt, ja? Für jede Stichwunde gibt's ein paar zusätzliche Jährchen auf Staatskosten, und wir anderen haben länger Ruhe. Auf geht's.«

Niemand rührt sich. Ich nippe am Becher. Kein schönes Erlebnis.

»Du hast die Hebamme voll erwischt, Hurensohn.« Max sieht aus, als könne er sich nicht entscheiden, ob ihm das Respekt oder Spott abverlangt. »Die hat sie nicht mehr alle.«

»Ich dachte, ihr wolltet euch fertigmachen?«

»Ja, Mann, aber doch nicht so.«

Ich hebe den umgekippten Stuhl auf, ziehe die Sessel heran, spüre dem Pochen in meiner Schläfe nach. Wumm-wumm. Trinke einen weiteren Schluck aus meinem Becher; nützt ja nichts. »Setzen.«

»Hörn Sie mal, Frau Hebamme«, murrt Andi. Das Sofa ächzt, als er sich neben seiner Schwägerin fallen lässt.

»Ich heiße Helga und höre nicht.« Ich zapfe mir einen zweiten Becher braune Flüssigkeit aus dem Automaten und leere ihn in einem Zug. Als ich mich umwende, hat sich Babette zwischen Nathalie und Andi auf die Couch gequetscht, Klaus und Max nehmen die beiden Sessel in Beschlag. Letzterer klappt die Geburtszange auf und zu, überlegt vielleicht, wofür *ich* das Utensil normalerweise benutze. Wer weiß, vielleicht findet er ja doch noch ein Fitzelchen Vorstellungsvermögen in seinem Hirn. Mir jedenfalls geht da so einiges durch den Kopf.

Constanza und Dennis setzen sich auf zwei Stühle gegenüber des Cherry-Clans. Sie wirkt betreten, er ratlos. Ich richte den Tisch auf und lasse mich daraufsinken.

»Und jetzt, Mann?«

»Jetzt hältst du den Mund und hörst mir zu, klar?« Max senkt den Kopf unter meinem Blick.

»Aber der hat …« Babettes Kinn reckt sich Dennis entgegen.

»Es ist mir scheißegal, wer was hat«, unterbreche ich sie. »Ehrlich gesagt seid ihr mir alle egal, jeder einzelne Bekloppte von euch. Von mir aus – tötet euch.« Manchmal bin ich mir selbst nicht sicher, ob ich scherze oder nicht, was ungünstig wäre, sofern am vom Küken propagierten Karma-Gedöns doch was dran ist. Also füge ich hinzu: »Oder aber ihr reißt euch zusammen und kommt auf den wundersamen Gedanken, dass ihr alle aus demselben Grund hier seid.«

Die verwirrten Gesichter ringsum bereiten mir größere Kopfschmerzen als der Schlag ins Gesicht. Ich seufze, deute mit der Hand zur Tür. »In einem der Zimmer dort draußen kommt gerade ein Baby auf die Welt, geboren von einer Frau, die euch allen etwas bedeutet. Und der *ihr* etwas bedeutet. So unverständlich das von außen auch erscheinen mag.« Ich kann nicht verhindern, dass ich das Letzte laut sage. Sei's drum. Das mit dem Karma ist sowieso zu spät. »Jedenfalls hat Cherry euch alle hergebeten, oder?«

Ein Nicken geht reihum, wenn auch in Dennis' Miene das schiere Unglück einzieht und er nach wie vor sichtlich mit der Entscheidung seiner Frau hadert.

»Schön. Dann schlage ich vor, dass ihr euch besser kennenlernt, bis eure gemeinsame Tochter, Nichte, Enkelin, wie auch immer … das Licht der Welt erblickt. Immerhin wünscht sich Cherry eine Familie für ihr Kind.« Ich atme zweimal tief ein, denke an Madita und Vicky, die eines Abends so unvermittelt vor meiner Tür standen und um Obdach baten. An die gemeinsamen Tage, die darauf folgten, meinen anfänglichen Unmut, der mit jedem Teller Spaghetti in Kräutersoße schrumpfte, in Babybrei aus Gläschen versank und sich schließlich zu einem wachsenden Gefühl der Verbundenheit wandelte, als wir uns gemeinsam durch einen Karton mit Kosmetikpröbchen lachten. Das Selfie, das dabei entstand, pinnt am Spiegel im Bad: drei Frauen zwischen sechzehn und Mitte vierzig mit glänzenden Wangen, glitzernden Augen und einem Kichern im Gesicht. *Familie kann so einfach sein,* denke ich und sage: »Lieblingsessen.«

»Hä?« Max runzelt die Stirn. »Ich denk, das Baby kriegt bloß Milch?«

Ich freue mich über sein Fachwissen und erwidere: »Wir spielen das Lieblingsspiel einer Freundin. Einer nennt eine Kategorie, und jeder antwortet. Wir beginnen mit ›Lieblingsessen‹.« Madita ist zwar einfallsreicher, was die Fragen betrifft, aber zwischen Cherrys Angehörigen bin ich in bester Gesellschaft. »Also? Meine Lieblingsspeise ist schwarzer Kaffee.«

»Ey, das ist doch kein Essen«, behauptet Max, und sein Eifer könnte mich glatt begeistern.

»Du hast keine Ahnung, Bürschchen.« Ich nicke ihm zu. »Was ist mit dir?«

»Äh, keine Ahnung. Döner?«

Dennis lacht auf; Verachtung ragt in das Geräusch hinein, so spitz, dass er sich daran schneiden wird, wenn er nicht aufpasst. »Du bist voll das Klischee, Alter.«

Max erhebt sich halb, reckt Dennis die Geburtszange entgegen. Vermutlich entwickelt er allmählich tatsächlich Ideen, wofür er das Werkzeug benutzen könnte, was ich ihm als Fortschritt durchgehen lasse.

»Was isst du denn gern?«, frage ich Dennis, und er zuckt mit den Achseln.

»Weiß nicht.« Er runzelt die Stirn und denkt nach. »Die Mayo, die Cherry zu Kartoffeln macht? Die ist hammer.«

»Ja, stimmt.« Alle Blicke flattern zu Nathalie hinüber, die die Augen zusammenkneift und sich über die Lippen leckt. »Cherry hat ein Geheimrezept, so was gibt's nicht noch mal«, schwärmt sie.

Zustimmung von allen Seiten; überall ähnliche Ausdrücke des Entzückens auf den Gesichtern. Na bitte, noch eine Gemeinsamkeit: Baby Nadia wächst in eine Familie von Mayonnaisengourmets hinein.

Es könnte schlimmer sein, und im Laufe der nächsten Minuten entwickelt das Thema Leibspeise wahre Zauberkräfte. Nachdem die Sippschaft nach der Mayo Nathalies Apfelkuchen lobt, Dennis und Onkel Andi sich auf Nudelauflauf einigen und Constanza schüchtern einwirft, sie liebe alles, was ihre Mutter koche, wagen wir uns an zunehmend heiklere Kategorien heran. Babette fragt nach dem liebsten Kleidungsstück und erträgt es, dass Max über die Teddypuschen feixt, die sie bis ins Teenageralter getragen hat. Er selbst schwärmt uns von einem Pullover vor, der so bequem sei, dass er manchmal darin schlafe, was wiederum Dennis erheitert.

»Was grinst du so, Opfer, dein Lieblingsfetzen ist doch bestimmt 'n Schlüpfer in hässlich«, speit Max ihm entgegen.

Dennis dreht die Schere zwischen seinen Fingern, und ich überlege schon, ob ich sie ihm abnehmen sollte, als er sagt: »Okay, Nächstes: Was Blödes, das du mal gemacht hast.« Er blickt niemand Bestimmten an; sein Blick hüpft ein paarmal durch den Raum, bevor er sich an einen Punkt an der Decke heftet. Die Versammelten schweigen. Ich überlege, was ich anführen könnte, und kaue auf meiner Lippe herum, weil mir zu vieles einfällt.

Es ist Klaus, der mich rettet, bevor ich mich für eine Untat entscheiden kann. »Ich hab den Typen von der Autowerkstatt darauf aufmerksam gemacht, dass er sich um ’nen Hunderter vertan hat, zu *meinen* Gunsten«, schnaubt er. »Das war ganz schön blöd.«

Alle nicken, auch Dennis und Constanza.

»Blöd vielleicht, aber anständig«, werfe ich ein, worüber Max sichtlich nachdenkt.

»Ich hab in der Schule immer welchen aufs Maul gegeben, die schwächer waren als ich. Das war auch blöd«, äußert er irgendwann. »Ich mein …«

Doch was er meint, erfahren wir nicht, denn in diesem Moment schwingen die Milchglasscheiben auseinander, und Gabi erscheint mit einem winzigen Bündel im Arm. Einen Wimpernschlag lang gefriert jede Bewegung im Raum, dann wirft Klaus hektische Blicke zu Nathalie, in deren Gesicht ein zaghaftes Lächeln sprießt. Babette springt auf und rumpelt mit Max zusammen, der gleichzeitig auf die Füße kommt und Dennis beiseitestößt. Er erreicht Gabi zuerst, weicht im letzten Moment jedoch vor ihr zurück.

»Scheiße, ist das mini«, entfährt es ihm, was ein Kommentar ist, den ich in dieser Situation tatsächlich noch nie gehört habe.

Derweil reicht Constanza Andi ein Taschentuch, in das er

mehrmals hineinschnäuzt, als gelte es, ein Signal ins Nachbargebäude rüberzudröhnen.

»Glückwunsch, die Herren«, lacht Gabi. »Cherry hat euch ein zauberhaftes Mädchen geschenkt. Sie duscht gerade – möchte einer von euch solange?« Sie streckt ihre Arme aus und hält den beiden Männern das in ein Handtuch gewickelte Neugeborene entgegen, das mit großen Augen in seine neue Welt blickt und ein bisschen sabbert.

Max und Dennis sehen sich an, beide halten noch immer meine Werkzeuge in den Händen, Sekunden verstreichen.

»Mach du.« Max greift nach der Schere in Dennis' Händen.

»Echt?«

»Klar, Mann, Spast, bist doch jetzt ihr Alter.« Max grinst schief.

Dennis übergibt ihm die Schere. Seine Augen weiten sich, als Gabi ihm das Kind in den Arm legt. Im nächsten Moment laufen ihm Tränen übers Gesicht, und er lacht. Indessen kann Max gar nicht mehr damit aufhören, seinem Schwager auf die Schulter zu klopfen und »Boa, Mann, ey« zu murmeln. »Das gibt's nicht.«

*

Erschöpfung schiebt sich durch meinen Körper, als ich aus dem Auto steige. Dennoch fühlen sich meine Beine an, als würden sie hüpfen wollen, so gelöst komme ich mir vor – was erstaunlich ist. Trotzdem hüpfe ich nicht. Aber ich stelle mir vor, wie Madita es tut, und grinse. Krame in meiner Tasche nach dem Hausschlüssel.

Vor mir hustet jemand und klingt, als ersticke er beinahe. »Scheiße, Helga! Was ist dir denn passiert?!«

Es ist Silas, der aus dem *Amore* tritt, in jeder Hand einen

Pappbecher. Er starrt mich an, als trüge ich ein Paillettenkleid mit Federboa oder stünde splitterfasernackt vor ihm. Was für ein Bild.

»Nichts, wieso?«

»Hast du mal in den Spiegel geguckt?«

»Sollte ich?«

Weil er nickt, beuge ich mich zum Schaufenster des Cafés, um mich in der Scheibe zu begutachten.

»Ach herrje.« Meine Finger tasten über meine Schläfe, was ein Stechen in meinem Kopf auslöst. Ein nuancenfrohes Kunstwerk in Rot wölbt sich in beachtlichem Ausmaß über den linken Wangenknochen bis in meinen Augenwinkel hinein. Nice, würde Vicky vermutlich sagen.

»Ach herrje? Na, du machst mir Spaß. Ich dachte, ihr entbindet Babys.«

»Tun wir auch.« Ich zucke die Achseln. »Aber manchmal gehört halt mehr dazu, als bloß die Hände drunterzuhalten.«

Silas schüttelt den Kopf. »Ich hab das Gefühl, man kann euch gar nicht mehr allein lassen.«

»Apropos«, ich hebe die Brauen und sehe ihn an. »Warst du oben?«

Ein- oder zweimal hat Madita mit Silas telefoniert, seit sie zu Hause das Sofa hütet, und gewiss auch ein paar Nachrichten mit ihm getauscht, wobei ich mir nicht sicher bin, ob manche nicht auch an jenen Robert gingen, von dem sie erzählt hat, ohne dass ich dahintergekommen bin, welche Rolle er im Kükenleben spielt. Gesehen hat sie keinen von beiden, obwohl ich glaube, dass sie zumindest einen von beiden schwer vermisst.

»Ich brauche mal wirklich Zeit für mich«, sagte sie, als ich fragte, auf wie viel Besuch ich mich einstellen müsse, da ich damit rechnete, Heerscharen an Genesungswünschern in der

Wohnung ertragen zu müssen. »Und natürlich für mein Patenschnuckelchen.« In der Tat kuschelt Madita momentan mehr mit meinem Baby als ich, und es ist schön zu sehen, wie beide es genießen.

»Ich trau mich nicht.« Fast geht Silas' Antwort in meinen Gedanken unter. Er spricht leise, stiert zwischen seinen Pappbechern hindurch zu Boden. »Ein paarmal war ich oben, nachdem ich Kaffee geholt habe.« Er deutet auf die gegenüberliegende Straßenseite, wo Matti an einem Streifenwagen lehnt und in sein Handy grinst. »Hab dann aber doch nicht geklingelt.«

Ich nicke. »Das Küken kann beängstigend sein.«

Silas hebt den Blick, in seinem Gesicht schmunzelt es. »Ich würd's anders ausdrücken, aber ja, vermutlich trifft es das.« Sein Lächeln erlischt und kippt ins Gequälte. »Ich weiß einfach nicht, was richtig ist. Wie ich sie erreiche.«

»Liebst du sie?«

Silas verblüfft meine Frage, das kann ich sehen. Und er zögert mit seiner Antwort, scharrt mit seinem rechten Fuß im Winterdreck herum.

»So wird das nichts«, erkläre ich ihm. »Madita mag ein gigantisch großes Glitzerherz haben, doch weil es jederzeit bereit ist, sich zu öffnen, steckt auch eine Menge Verunsicherung darin. Das macht es nicht immer einfach.« Ich seufze. »Du musst bereit sein für das Küken.«

»Bereit?« Silas will sich durch die Haare fahren, bemerkt zum Glück aber rechtzeitig, dass er noch immer zwei Pappbecher in den Händen hält, und lässt die Arme wieder sinken, bevor er sich selbst eine Kaffeedusche spendiert. »Bist *du* denn bereit? Manchmal wirkst du, als seist du genauso überfordert wie ich.«

»Das stimmt. Madita ist … eine Herausforderung.« Ich mustere Silas, wie er da so vor mir steht: Ratlosigkeit im Blick und etwas Verlorenes. Ein kleiner Junge, der im großen Trubel der Menschheitsgeschichte den Überblick verloren hat und nach einer Hand sucht, an die er sich klammern kann. Ich denke an Madita und ihren Streit mit Lotta, in dem es um Leuchttürme ging. Wenn das Küken Silas' Hand ergreift, überlege ich, gehen sie entweder beide verloren – oder sie finden gemeinsam den Weg.

»Keine Ahnung, ob ich für das Küken je bereit genug sein werde«, sage ich. »Aber ich weiß, dass ich nicht bereit bin, auf sie zu verzichten.«

Wir blicken uns an, ich blinzle in Silas' rechtes Auge, er fokussiert sich auf mein linkes.

»Ja, ich liebe sie«, murmelt er. »Was kann ich tun, damit sie mir das glaubt?«

»Das ist einfach.« Ich grinse, denke an Noël und seine Rosenschlacht, an Maditas Einsatzhandbuch, das sie für die Planung ihres ersten Mals im Schmetterlingshaus erstellte, und an ihre Vorliebe für Disneyromanzen, die sie auch beim zigsten Mal mit Tränen in den Augen miterlebt.

»Mach was richtig Großes«, rate ich Silas. »Etwas Riesiges mit Glitzer, Wummsgetöse und Tamtam.« Ich zwinkere ihm zu. »Und vergiss die Schokolade nicht.«

*

Einen Tag später stehe ich in der Küche und beschimpfe die Butter, die sich um die Haken des Rührgerätes klumpt, statt mit Mehl und Eiern zu einer homogenen Masse zu fusionieren, wie es das Rezept meiner Großmutter vorsieht.

»Das ist doch alles Drecksgedöns!«, motze ich. »Backen hat jemand erfunden, der Menschen hasst!«

»Kann ich dir helfen?« Das Küken erscheint im Türrahmen, Lovis im Arm, gute Laune im gesprochenen Wort. »Oder willst du die Butter töten?« Sie deutet auf das Messer, das ich soeben in den angebrochenen Block gerammt habe.

»Gute Idee.« Beim Versuch, das Messer herauszuziehen, um erneut zuzustechen, bleibt die Klinge stecken, und ich fluche.

»Was sagt die Mama denn da Böses, hm?«, tiriliert das Küken meinem Kind zu, bevor sie neben mich tritt und mir Lovis in den Arm drückt. »Halt du die Zaubermaus und überlass das Handwerk der Fachfrau.« Sie lässt ihre Schulter gegen meine rumsen und zwinkert. »Was soll's denn Schönes werden?«

»Vanillekipferl.« Ich nehme Lovis an mich und lasse meinen Organismus von ihr beruhigen. Wie auch immer mein Kind das anstellt, in Sekundenschnelle hat es meinen Puls verlangsamt und meinen Atem normalisiert. Schlicht, weil es da ist. Familie kann so einfach sein.

»Im März?« Das Küken runzelt die Stirn. »Bald ist Frühling, liebste Helga, Vanillekipferl backt man im Advent.«

»Ich weiß. Trotzdem.« Ich schiebe ihr das Rezeptbuch entgegen. »Bitte.«

Gestern Abend habe ich Madita von meinem Erlebnis mit dem Cherry-Clan im Sankt Marien erzählt, denn natürlich reagierte sie ähnlich entsetzt auf den Abdruck von Dennis' Faust in meinem Gesicht wie Silas. Nachdem ich ihr die schillernden Facetten ausgemalt hatte, bedankte ich mich für ihr Spiel mit den Kategorien, mit dem sie einst Vicky aufgeheitert und mir und allen anderen gestern eine Begegnung mit dem Pathologen erspart hatte.

»Ja, das Spiel ist cool und hilft immer.« Madita strahlte mich an und freute sich so sehr, dass sie einen Stracciatella-Eimer zur Feier des Tages verlangte. Allmählich gewöhne ich mich daran.

Nachts ging mir durch den Kopf, was ich zu Max, Dennis und den anderen gesagt habe: *Ihr seid mir alle egal.* Und: *Oder aber ihr kommt auf den wundersamen Gedanken, dass ihr alle aus demselben Grund hier seid.* Ich machte mir einen Kaffee, wanderte mit dem Becher in der Hand durchs Wohnzimmer und starrte ein wenig zum dunklen Fenster hinüber, bevor ich auf dem Sofa einschlief und mich in wirren Träumen verfing. Lovis weckte mich gegen fünf, und während ich dem sanften Ziepen ihrer Lippen an meiner Brust nachspürte und ihr mit den Fingern übers Köpfchen strich, beschloss ich, dass es tatsächlich an der Zeit ist, ein paar Dinge zu sortieren und Schulden zu begleichen.

Während Madita in der Küche summt und einen Teig zustande bringt, über den ich nur staunen kann, setze ich mich an den Esstisch und formuliere eine Karte an Heike. Lasse sie wissen, dass Mütter und Töchter nicht zwangsläufig Kontakt miteinander haben müssen, weil Familie etwas anderes ist als eine durch Geburt festgelegte Verpflichtung. Ich denke an die Episiotomieschere, schreibe: *Ich habe mich längst von dir abgenabelt – du bist frei*, und am Ende gelingt es mir sogar, der Frau, die mich geboren hat, ein angenehmes Leben zu wünschen. Die Worte fühlen sich gut an.

Als das Küken elegante Monde formt und das Blech in den Ofen schiebt, rufe ich Harald an, meinen Vater. Er ist überrascht, meine Stimme zu hören, braucht einen Moment, bis er begreift, dass ich es bin, die ihn sprechen möchte. Dann flutet Freude in seinen Tonfall hinein, und wir plaudern eine Weile. Ich erzähle ihm, dass er Opa geworden ist, und lasse Lovis in den Hörer glucksen.

»Vielleicht können wir dich ja mal in deiner neuen Bleibe besuchen, damit du deine Enkelin kennenlernst«, schlage ich vor. »Falls du das möchtest.«

Seine Antwort ist ein krächzendes Geräusch, in das sich das leise Glucksen erstickter Tränen mischt, das meine eigenen Augen zum Brennen bringt. Ich hätte mich früher bei ihm melden sollen, aber das spielt jetzt keine Rolle mehr. Es ist ja nicht zu spät.

Schließlich sind die Vanillekipferl fertig. Madita bestreut sie mit Puderzucker, und wir naschen jede eines, bevor wir sie abkühlen lassen. Anschließend fülle ich sie in eine Tüte, binde ein Bändchen darum, und das Küken zeigt mir, wie man die Enden mit einer Schere kräuselt. Ihres windet sich in einer fröhlichen Spirale das Zellophan hinab, meines imitiert eine halbherzige Wölbung.

»Nur die Liebe zählt«, behauptet Madita, als ich mich darüber beschwere, und wünscht mir Glück.

Ich werfe mir den Mantel über, trete mit der Tüte in der Hand in den Hausflur, wo mein Blick auf Kemnichs Wohnungstür fällt. Kurz entschlossen gehe ich noch mal zurück, um einige von den übrig gebliebenen Kipferln auf eine Untertasse zu legen und unserem Nachbarn vor die Tür zu stellen. Vielleicht ist er wirklich bloß einsam. Dann nehme ich die Stufen hinunter.

Am Nachbarhaus hole ich zweimal tief Luft, bevor ich klingle. Mit einem Summen öffnet sich die Tür, und ich steige hinauf – Stufe für Stufe. Oben erwartet mich Jim und tritt mit einem Lächeln im Gesicht beiseite, als ich bei ihm ankomme, um mich einzulassen. Ich lächle zurück, fühle, wie Wärme in mir aufsteigt und ein Wispern meinen Körper durchläuft. Schüttle jedoch den Kopf, und die Freude in Jims Miene zerplatzt. Ich atme noch einmal tief ein.

»Tut mir leid.« Ein Widerstand in meinem Hals macht es mir schwer zu sprechen. Doch es muss sein. »Es ist schön mit dir«, krächze ich. »Und du könntest sehr gut Teil meines

Lebens bleiben.« Er hebt die Brauen, vielleicht will er etwas sagen. Ich lasse ihn nicht. »Aber es gäbe immer etwas, für das ich dich stehen lassen würde.«

Jim mustert mich. Tastet mit seinem Blick mein Gesicht ab, verharrt kurz auf dem Veilchen unter meinem Auge. »Und wenn mir das egal wäre?« Wie immer ist seine Stimme leise.

Ich räuspere mich, und endlich kommen die Worte klar aus meinem Mund. »Dann wäre ich nicht gut für deine Selbstachtung und sollte das, was wir haben, deshalb beenden.«

Jim senkt den Kopf, sodass ich nicht mehr sehen kann, was sich in seiner Miene abspielt. »Der Nachtvogel fliegt also wirklich davon.« Die Traurigkeit in seinen Worten sickert in mich hinein, legt sich wie ein Film über mein Empfinden.

»Ja.« Ich halte ihm die Tüte mit den Vanillekipferln entgegen. Er nimmt sie, ohne mich anzusehen. »Danke. Für alles.« Ich drehe mich um und will die Stufen nehmen, die mich fortführen von meinem Fensternachbarn, als er nach meinem Arm greift, mich an sich zieht und küsst. Zögernd und verlangend zugleich. Es ist ein langer Moment und dennoch mit dem nächsten Herzschlag vorbei. Bevor ich es begreife, ist Jim in seiner Wohnung verschwunden, und ich höre die Tür ins Schloss fallen.

Bis ich im Erdgeschoss angelangt bin, habe ich vergessen, welche Farbe seine Augen haben. Ein leiser Schmerz versichert mir, dass ich tatsächlich Schulden abtrage, statt neue anzuhäufen. Und ich denke, dass nur richtig sortierte Bande halten können. Auf was man nicht aufpasst, hakt und verheddert sich, reißt irgendwann oder klumpt sich zu Undurchdringlichem zusammen. Also habe ich gestutzt und neu geknüpft, lose Enden verflochten oder entfernt, die einzelnen Stränge meines Lebens in ordentliche Bahnen gelegt. Zumindest hoffe ich das.

Ich erreiche den Fuß der Treppe und stoße die Haustür auf. Am Himmel überlegt die Sonne, ob sie durch die Wolken blinzeln soll, und kann sich nicht entscheiden. Ich hüpfe die Stufe zur Straße hinunter. Jetzt gibt es nur noch einen, der fehlt.

Wolke sieben

Madita

Plötzlich bin ich mir nicht mehr sicher, ob ich Überraschungen mag. Helga fährt mich jetzt bestimmt schon eine halbe Stunde irgendwohin, während sie mir dann und wann seltsame Blicke zuwirft, als müsse sie einen letzten Zweifel zum Schweigen bringen. Und wenn Helga erst mal anfängt, irgendwas Verstummen zu lassen – na dann halleluja! Wobei … sie ist zahmer geworden in den letzten Tagen, irgendwie entspannter, als habe sie ein Unterhemd aus Wolle abgelegt, das jahrelang auf ihrer Haut gekratzt hat.

Hinter uns schläft Lovis selig in der Babyschale und wird bei Ankunft fit wie ein Turnschuh sein, für was auch immer.

»Kannst du mir nicht einen klitzekleinen Tipp geben?«, bettle ich zum wiederholten Male und bekomme ein unbarmherziges Kopfschütteln von Helga. Okay, doch nicht süß.

»Zieh dich warm an, wir haben was vor«, hat sie vorhin gesagt, und weil der Himmel blau ist, am heutigen Sonntag kein Termin ansteht und ich von Natur aus neugierig bin, folgte ich ihr zum Auto wie ein Schaf dem Metzger zur Schlachtbank. Ob das voreilig war? Bei Helga weiß man nie; sie picknickt nicht, sagt sie, da fehle ihr der Tisch, und sie mag keine Sommerrodelbahnen, die seien ihr zu hektisch. Also, was hat sie vor?

Die Vorstadt haben wir bereits verlassen, der Kleinwagen rauscht über Landstraßen. Bäume, die zaghaft die ersten Knospen ausbilden, fliegen vorbei, und die Sonne lacht vom Himmel.

»Entspann dich, Küken«, meint Helga, als sie beim nächsten Blick meine skeptische Miene bemerkt. »Es wird dir gefallen.« Mittlerweile wirkt sie extrem zufrieden mit sich, und ich grüble weiter.

»Besuchen wir einen Ponyhof?« Neulich habe ich mal erwähnt, dass ich zu gern mal wieder Mähnenträger streicheln würde. Doch falls ich das so formuliert habe, könnt's vielleicht auch eine Lamafarm werden, überlege ich. Auch gut, mir reicht ein liebes Tier, das ich ausleihen und auf einem Spaziergang begleiten darf. Ich muss gar nicht draufsitzen, dann kann ich auch nicht runterfallen, Hauptsache, flauschig und zum Kuscheln.

»Nein.«

Ich vergaß: Helga kuschelt auch nicht. Also rate ich weiter. »Für eine Bootsfahrt ist es noch recht frisch, oder? Fahren Boote überhaupt schon im März?« Mir kommen noch etliche weitere Einfälle, und ich zähle alles auf, was mir so durch den Kopf wandert. Wecke sogar Lovis damit, weil meine Stimme mit jeder Idee eine Oktave höher rutscht.

»Madita, nimm die Finger aus der Steckdose und hör auf zu raten, sonst pflastere ich dir deinen hübschen kleinen Mund zu.« Helga biegt ab, wir fahren durch ein Dorf und dann direkt weiter in die Pampa. Überall nur Kuhställe, Wiesen und Felder.

»Erzähl mir lieber, was dich gestern vom Einschlafen abgehalten hat«, fordert sie mich unvermittelt auf und drückt auf die Tube.

»Wieso?« Dass ich tatsächlich stundenlang in meinem Kissen lag, mich hin- und herrollte wie ein Schnitzel beim Panieren und Mr Storch, meinen Plüschvogel, knautschte, bis er mir vorwurfsvoll aus den Händen glitt und sich unters Bett rettete, kann Helga unmöglich mitbekommen haben.

»Ich habe dich mit den Zähnen knirschen hören.«

Ooookay. Jetzt ist sie mir unheimlich. Ich schiele zu ihr rüber.

Sie grinst. »Deine Tür stand heute Morgen offen, und ich habe deine Schokopapiere gesehen.«

»Oh.« Nach Mr Storch war mein Schokobonbonvorrat dran.

»Also? Was war?«

Ich seufze: »Robert«, und dabei entgeht mir nicht, wie plötzlich ein merkwürdiger Ausdruck über Helgas Miene huscht. Sieht sie besorgt aus?

»Der Tierarzt?«, will sie wissen. »Mit dem du dich einige Male getroffen hast?«

»Genau genommen zweimal. Und das letzte Mal war irgendwie komisch.«

Lovis in ihrer Babyschale reckt sich, gurrt leise und klappt die Augen wieder zu. So entspannt möchte ich auch mal sein.

»Ich glaube, er wollte mich küssen, aber es passierte dann doch nicht«, denke ich an jenen Moment in der Pizzeria zurück, in die er mich vor einer Woche einlud. Die Frage, ob ich ihn mit auf die Hochzeit eines Freundes begleiten würde, hing den ganzen Abend wie Dunst über uns, doch keiner von uns sprach das Thema an. Wir lachten viel, die Art, wie wir miteinander scherzten, fühlte sich leicht und locker an. Vielleicht *zu* fluffig?

»Wieso nicht? Hat er motorische Einschränkungen?«, scherzt Helga, aber ihre Stimme ist belegt, ihr Blick auf die Straße verhangen.

»Nein, Unsinn. Ich glaube, es lag an mir. Ich wollte es, glaube ich, gar nicht«, analysiere ich. »Ich war nicht bereit.«

»Das ist gut.«

Ich will gerade nachfragen, als wir aus dem just durchquerten Waldstück herausfahren und eine große Wiese ansteuern. Mir klappt die Kinnlade runter, und ich stoße ein Quieken aus, das Lovis aufschreckt. Und dann vergesse ich das Atmen: Auf dem Rasenstück parkt riesengroß, rund und rosa-weiß gestreift ein Heißluftballon.

Als Helga anhält und obendrein »Wir sind da« verkündet, wird mir warm und kalt zugleich.

»Oh. Mein. Gott«, hauche ich und quietsche gleich noch mal, als ich den Mann erkenne, der lässig am Korb lehnt: Silas.

»Ich dachte, wir machen was *Schönes*«, presse ich hervor und spüre Panik in mir aufsteigen.

»*Du* machst was Schönes, ich bleibe unten.« Helga schwingt sich aus dem Wagen, und ich sinke tief in den Sitz, bis sie neben mir auftaucht, die Tür öffnet und mich zum Aussteigen nötigen will.

»Ich hab Höhenangst«, gestehe ich ihr. »Das habe ich nie erwähnt, oder?«

»Tatsächlich nicht. Was lustig ist, weil du sonst alles erwähnst.« Helga runzelt die Stirn und seufzt leise. »Aber du bist doch auch mal von einem Fünfer gesprungen, oder nicht?«

Meine Zähne knirschen. »Wie kommst du jetzt auf Springen?«

»Vergiss das. Springen soll heute niemand.«

Ich schiele zu Silas, in dessen Armen ein bunter Strauß aus Wildblumen wächst, gekrönt von einer einzelnen roten Rose in der Mitte. So eine Scheiße, romantischer geht es ja wohl nicht.

»Komm schon, der arme Junge wartet auf dich und stirbt vermutlich tausend Tode, weil du nicht zu ihm gehst.«

»Apropos tausend Tode, das hier …« Ich deute zum Feld mit dem Fluggefährt. »… kommt für mich aktiver Sterbehilfe gleich, ist dir das klar?«

Helga zuckt mit den Schultern, greift meine Hand und zerrt mich aus ihrem Auto. »Vererbst du mir Mr Storch?«

»Sehr witzig.«

»Jetzt hör mir mal zu, Küken. Dieser Junge ist verrückt nach dir. Und du nach ihm. Also macht das Beste draus und hört endlich auf, eure Zeit zu verschwenden!« Helga setzt mir meine Pudelmütze auf, rückt sie zurecht und lächelt so lieb, dass mein Herz sich ein wenig beruhigt.

Trotzdem sehe ich für einen Moment mein Leben in Bildern an mir vorbeiziehen. Besonders die todtraurigen Stunden nach dem Streit mit Silas, die Zeit ohne ihn. Ich denke an das Telefonat vor ein paar Tagen, bei dem Silas und ich versucht haben zu rekapitulieren, wie es dazu kommen konnte, dass beide Seiten missverständlicherweise annahmen, die Beziehung sei nicht mehr zu retten.

Ich grübelte und grübelte, legte die Füße auf den Couchtisch, klammerte mich ans Handy und meinte: »Vermutlich passiert so was, wenn die Summe aller Erfahrungen, die man im Laufe seines Lebens bereits gemacht hat, und all die Sat.1-Liebesschnulzen, die man bisher gesehen hat, zusammenkommen.«

»Ich gucke kein Sat.1«, antwortete Silas, und ich konnte sein Grinsen hören.

»Es tut mir jedenfalls leid, dass ich dir keine Chance gegeben habe, mit mir zu sprechen, am Telefon. Ich dachte halt, du solltest zu mir nach Hause kommen.«

»Und ich dachte, du willst mich nicht sprechen, geschweige denn mich sehen. Ich wollte dir Raum geben.«

»Sorry.«

»Du musst dich nicht entschuldigen«, beeilte er sich.

Doch, das muss ich, dachte ich plötzlich, denn wenn ich nicht vor der Situation weggelaufen wäre und Silas ignoriert hätte, wäre vielleicht alles anders gekommen. Wir hätten weniger Zeit verschwendet. »Vermutlich hat mein inneres Kind mich blockiert. Ich habe darüber gelesen: Jeder hat so einen seelischen Zwerg, der all unsere Entscheidungen beeinflusst.«

»Hört, hört, Madita hat ein Psychologiestudium auf Wish bestellt. Mit Rabattcode.«

Wir lachten beide, stritten lange, wer mehr Grund zum sich Entschuldigen hat, und schließlich versprach Silas mir, dass wir uns bald sehen würden. Er musste den Ballon da bereits gebucht haben. Und Helga wusste davon. Ob es ein gutes Zeichen ist, dass sie mit Silas unter einer Decke steckt?

Meine geheimniskrämerische Freundin hat sich Lovis ins Tragetuch gebunden und schiebt mich energisch voran, während ich mich zusammenreiße.

»Falls ich sterbe, werde ich dir nie verzeihen und dich heimsuchen«, murmle ich mit zusammengekniffenen Augen, und Helga lächelt sanft.

»Das hoffe ich doch.« Sie räuspert sich und hält an. »Also, nicht das mit dem Sterben, aber die Heimsuche.«

Mir wird trotz allem wärmer, und ich will etwas erwidern, als Helga mir einen kleinen Schubs versetzt und ich vorwärtsstolpere. Mein Blick fällt auf Silas, und ich bin augenblicklich abgelenkt. Wie auf Wolken gehe ich auf ihn zu, kann ihn nicht mehr aus den Augen lassen. Denn in diesem Moment mache ich mir klar, was er hier für mich auf die Beine gestellt hat. Und was das bedeutet.

Seine Augen strahlen schöner als die Mittagssonne. Vermutlich ist er der schönste Mann, den ich je gesehen habe, wie er dort steht, den Strauß Wildblumen mit der Rosenkönigin vor der Brust, und mich anlächelt.

»Madita«, sagt er, als ich ihn erreiche. »Schön, dass du da bist.«

»Ich bin mir noch nicht ganz sicher.« Mein Lächeln gerät etwas gequält. »Was hast du dir da nur ausgedacht?«

»Was Großes, für dich.« Diese Antwort entzückt mich dann doch ziemlich sehr.

Silas' Arme breiten sich aus, bereit, mich zu umarmen. Und ich lege mich hinein, rieche den unglaublichen Blumenduft und genieße es, fühle seinen wummernden Herzschlag in seiner Brust durch den Stoff der Jacke hindurch.

»Bist du ready, mit mir abzuheben?«, fragt er mich.

Ich lausche den Vögeln, die weit entfernt ihre Lieder von Freiheit singen, während mein Herz sich gleichzeitig erneut an Silas kettet, und nicke.

Ihm entgeht meine Unruhe trotzdem nicht.

»Was ist los?«, fragt er, und Unsicherheit huscht über sein Gesicht. Er streicht mir mein Haar über die Schulter und sieht mir ernst in die Augen.

»Ich habe ein klitzekleines bisschen Angst. So ein Ballon fliegt ziemlich hoch, oder?« Ich blinzle zu ihm hinauf.

»Ich bin bei dir und passe auf dich auf«, verspricht er. »Vertraust du mir?« Irgendwie ist er doch ein richtiger Prinz, der seine Prinzessin vor Drachen beschützt. Und ja, ich geb's zu, ich steh drauf.

»Ja, das tu ich.«

Er legt die Blumen beiseite und öffnet seine Hände zu einer Räuberleiter, während ich versuche, einfach weiterzuatmen, mich an der Schönheit des Tages, des Ballons und der Tatsache zu erfreuen, dass noch nie ein Mann so viel für mich in Bewegung gesetzt hat.

»Wir haben einen sehr fähigen Ballonfahrer und das perfekte Wetter«, meint Silas und zwinkert mir zu. »Bleib einfach ganz cool.«

»Oh, ich bin cool. So cool, hinter mir schneit's«, scherze ich tapfer.

Hinter der Brüstung taucht unser Pilot auf, lächelt, stellt sich kurz vor und prüft dann seine Geräte. Endlich stelle ich meinen Fuß in Silas' Hände, und er gibt mir den nötigen Halt, während ich über den Rand des Korbs klettere und mich in die Gondel plumpsen lasse. Ich werfe einen Blick zu Helga, die, mit Lovis vorm Bauch, dasteht und mir winkt.

»Und was machst du?«, brülle ich zu ihr hinüber.

»Ich schau, was ich in meiner Manteltasche finde«, ruft sie zurück, aber mir bleibt keine Zeit, über ihre kryptische Aussage nachzudenken, denn Silas reicht mir die Blumen, bevor auch er sich über den Rand des Korbes schwingt, mich an sich zieht, kaum dass er neben mir steht.

»Du hast mal gesagt, ich solle Sachen machen, die ich nicht kontrollieren kann«, erinnert er mich an einen lang zurückliegenden Vorwurf, dass er ein Kontrollsuchti sei.

»Das war aber, glaube ich, anders gemeint«, hauche ich.

Und da passiert es. Der Pilot dreht das Feuer auf, und viel zu schnell, um es wirklich zu begreifen, steigen wir auf. Ähnlich wie bei der Fahrt in einem Aufzug werden wir nach unten gedrückt, und mein Magen flieht ins Unendliche. Ich klammere mich unwillkürlich an Silas' Jackenkragen und blicke nach unten, wo die Welt immer kleiner wird.

»Ja, wie denn dann?«

Ich höre sein Lächeln und bemühe mich, mich auf die Unterhaltung zu konzentrieren, damit ich nicht verrückt werde. »Menschen. Du kannst nicht alle Menschen kontrollieren.«

Wir steigen immer weiter, fahren mit dem Wind nach Süden. Obwohl das Feuer hinter uns in der Mitte des Korbes laut rauscht, ist es unfassbar still hier oben.

Silas' Mundwinkel wandert nach oben. »Das will ich gar nicht, alle kontrollieren. Mich interessiert zum Beispiel überhaupt nicht, was Johnny Depp gerade macht«, feixt er, und ich knuffe ihn.

»Du bist ein Idiot«, kichere ich nervös. Meine Hände zittern leicht.

»Aber ich bin *dein* Idiot«, erwidert er und legt den Kopf schief. Sein Blick wird fragend, bittend. »Oder?«

Ich sehe genau hin. Studiere sein Gesicht, die Sorgenfalte zwischen seinen Brauen.

»Ja, das bist du.«

»Ich werde versuchen, mich zu ändern, Madita«, sagt er und legt einen Arm um meine Mitte. Ich genieße gleichermaßen die Nähe zu Silas, wie ich das Ziehen in meinem Magen zu ignorieren versuche. Helga und Lovis werden dort unten auf dem Feld immer winziger. Gemeinsam winken sie uns zu, aber ich wage es nicht, zurückzuwinken.

»Dazu gehört aber, dass wir offen miteinander sprechen, damit es keine Missverständnisse gibt.« Ich atme aus, als ich Silas' Hände auf meiner Schulter spüre.

»Vermutlich habe ich Mauern gezogen, von denen ich gar nichts wusste«, murmelt er. »Und es ging mir lange echt gut damit. Bis ich mich in dich verliebt habe und damit Bodenwellen kamen, die Verletzungen aufrissen, an die ich mich nicht erinnern wollte«, bemüht er sich zu erklären.

»Verstehe.«

»Ich konnte es nicht benennen, wollte nicht so tief graben. Aber jetzt will ich es. Für dich.« Silas' Lächeln ist sanft, seine Grübchen sind zu erahnen.

»Okay, ich will auch versuchen, nicht so stur und explosiv zu sein«, verspreche ich, und sein Lächeln vertieft sich.

»Das ist die Quintessenz deines Charakters, schätze ich«, meint er. »Ich lerne einfach, damit umzugehen.«

Einen Moment kommt mir die Frage in den Sinn, was wäre, wenn Mauern nun mal zu seinem Charakter gehörten. Und ob ich sie dann nicht ebenso respektieren und mit ihnen leben lernen müsste. Kann ich das? Vermutlich ja, mit der Zeit zumindest, denn Übung macht den Meister.

»Wir lernen uns immer besser kennen, ich schätze, irgendwann lesen wir uns wie offene Bücher und wissen genau, woran wir sind«, sage ich.

Es ist windstill im Ballon, wir fahren über Wälder, ich erahne die unterschiedlichen Baumarten. Die Felder schrumpfen zu kleinen Quadraten und Rechtecken, und auf den schnörkeligen Landstraßen rollen käfergroße Autos. Dann passieren wir ein Dorf, schweben über die Kirchturmspitze, und ich fühle mich in meine Kindheit versetzt, als ich noch mit Playmobil eigene Welten in Miniausgabe kreierte. Ich lehne mich in Silas' Umarmung. Und ich liebe es, wie er mich festhält, während wir diesen Moment ganz nah an unsere Seelen lassen.

Was weiß ich eigentlich über die Liebe? Manchmal verstehe ich nicht, wie sie fließt und sich bewegt. Aber als ich mich umwende und in Silas' Gesicht blicke, verstehe ich das Kribbeln in meinem Magen und weiß, dass dieser Mann es wert ist, geliebt zu werden, genauso wie ich. Also verfalle ich ihm erneut. Die Wahrheit ist ohnehin: Ich habe nie aufgehört, ihn zu lieben. Und von nun an werde ich mich weigern, ihn noch einmal gehen zu lassen.

»Madita?«, flüstert er irgendwann.

»Silas?«

»Darf ich dich küssen?«

»Unbedingt.«

Meine Hände legen sich in seinen Nacken, ziehen ihn ein wenig zu mir herunter. Seine Lippen treffen auf meine und beantworten die letzten offenen Fragen.

Silas' Kuss ist behutsam und langsam, seine Hände umschließen dabei mein Gesicht. Und als er mich intensiver küsst, spüre ich seine Hoffnung und Zuversicht. Seine Arme legen sich um meinen Körper, halten mich. Und so wird meine Liebe immer größer, je weiter wir uns von der Erde entfernen.

Irgendwann, unzählige wilde Herzschläge später, lösen wir uns voneinander.

»Bist du glücklich?«, fragt er und schmiegt sich an mich.

»Ja, sehr.«

»Dann hab ich da noch etwas für dich«, flüstert er, und ich drehe mich zu ihm um, ein Rauschen in den Ohren.

»Du brauchst mir nichts schenken«, sage ich über meinen plötzlich wummernden Herzschlag hinweg. Dieses Abenteuer in 400 Metern Höhe und Silas' Offenheit sind Geschenk genug.

Er greift dennoch in seine Gesäßtasche und zieht eine kleine Schachtel heraus, überreicht sie mir feierlich. »Mach es auf.«

Ich nehme das Kästchen, löse das kleine weiße Bändchen mit zitternden Fingern und öffne es. In ihm liegt ein Haustürschlüssel.

»Silas.«

»Der Schlüssel zu mir. Du sollst nie wieder das Gefühl haben, dass du nicht zu meinem Leben gehörst.« Er räuspert sich. »Du sollst ein und aus gehen können, wie du magst. Denn du bist das Beste, das mir seit Langem passiert ist, und ich will für dich da sein. Und auch, wenn es für mich auf Wolke sieben zeitweise etwas neblig wurde, versichere ich dir, war mein Herz die ganze Zeit bei dir.«

Eine Träne tropft aus meinem Wimpernkranz; ein Hoch auf die Erfindung wasserfesten Mascaras.

»Und ich will, dass du weißt, dass ich dich niemals alleingelassen hätte, wenn du schwanger gewesen wärst«, fährt er fort, während sein Zeigefinger meine Träne einsammelt. »Selbst dann nicht, wenn du mich nicht mehr gewollt hättest.«

Scheiße, gleich heule ich richtig los. »Lass uns das Vergangene hier und jetzt loslassen«, quetsche ich hervor. »Und in die gemeinsame Zukunft blicken.« Manches bedarf keiner weiteren Worte, auch wenn ich sonst gerne rede.

Wir steigen noch ein wenig auf, sind schwerelos und staunen, als ein Schwarm Wildgänse mit uns fliegt. Ihre Rufe begleiten uns, und manchmal kommen uns die wundervollen Tiere so nahe, dass ich am liebsten versuchen würde, sie zu berühren. Es ist atemberaubend.

Der Ballonfahrer erzählt von einem Erlebnis, als ein Vogel sogar kurz Rast auf dem Ballon einlegte, bevor er weiterflog, und beginnt dann, uns über die wichtigsten aeronautischen Fakten aufzuklären. Zum Beispiel fliegt man keinen Ballon, man fährt ihn, und diese Art des Reisens gilt als ziemlich sicher. Keine roten Ampeln, keine Hindernisse, kein Gegenverkehr.

Leider lässt das Wort *ziemlich* meinen Geist nicht mehr los, und ich klammere mich mehr an Silas als an die Schlaufen der Gondel, als wir am Ende unserer Fahrt sinken und der Ballonfahrer besorgniserregend wortkarg wird. Im Vergleich zum feinen Aufstieg gerät der Endspurt unseres Trips tatsächlich eher holprig. Wir streifen sogar die Äste einiger Bäume.

Der Moment, in dem der Korb schließlich auf den Boden rumpelt, erinnert mich intensiv an das Leben an sich – manchmal muss es dich erst erschüttern, um dir einen sicheren Stand zu geben.

Ab sofort trage ich den Adelstitel: Aeronautin Himmelstürmerin Madita von Sternberg.

Alles in allem habe ich heute unfassbar viel gewonnen.

*

Helga

Mit der Hand schirme ich meine Augen vor der Sonne ab und schaue dem zartfarbigen Ungetüm hinterher, das lautlos in die Höhe steigt und wohin auch immer entschwebt. Ich sehe, wie

Madita sich an den Korb klammert, und weiß nicht, ob ich Mitleid mit ihr haben oder mich für sie freuen soll. Ihrer Gesichtsfarbe nach zu urteilen hätte sie lieber zwei Doppelschichten hintereinander auf einer Entbindungsstation geschoben, trotz Personalmangel, voll besetzter Geburtsräume, zwei Notfällen, einer PDA und einer sich übergebenden Mutter in den Wehen. Vielleicht hätte Madita obendrein auch noch einen werdenden Papa bevorzugt, der beim Anblick des Köpfchens zwischen den Beinen seiner Frau in Ohnmacht fällt, sowie Insta_Sista, die erst noch ein Reel drehen muss, bevor ihre wehende Freundin pressen darf. Auch eine Form von Komplikation.

Andererseits – das Strahlen, das sich auf Maditas grün gefärbte Züge legte und sich mit jedem Schritt ausbreitete, den sie Silas entgegentaumelte, hat mich davon überzeugt, dass es richtig war, die Komplizin für den Buben zu spielen.

»Ist das groß genug?«, wollte Silas wissen, nachdem er mich angerufen und vom Ballon erzählt hatte.

»Das ist komplett verrückt«, erwiderte ich. »Madita wird's lieben.«

Nun, nicht ganz, würde ich heute sagen. Wie alles, was die beiden gemeinsam anfassen, eiert die Situation ein wenig, aber vermutlich ist es das, was dem Küken beim Tierarzt fehlt. Madita braucht weder einen Hochglanzprinzen noch einen Leuchtturm; Blaulicht und Tatütata sind eher ihr Ding. Und ich glaube, sie weiß das sogar.

»Da fliegen sie nun«, sage ich zu Lovis und ziehe ihr das Mützchen vom Kopf, damit sie spürt, was junge Frühlingssonnenstrahlen vermögen. »Drück mir die Daumen, dass mein Wummsgetöse genauso funktioniert.« Ich werfe einen Blick auf meine Uhr. Ein paar Minuten bleiben mir noch. Mein Herzschlag ist ruhig und regelmäßig, ich schließe die Augen und halte mein Gesicht dem Licht entgegen. Atme.

In meinem Kopf ziehen Sequenzen der letzten Tage vorbei. Serena hat ihre 29. Schwangerschaftswoche begonnen und ist damit in die Ächz- und Stöhnphase eingetreten, weil es ihrem Baby ab jetzt vor allem um Wachstum und Gewichtszunahme geht. Etwa fünfhundert Gramm pro Woche wird sie beziehungsweise ihr Kind zulegen, was sie durch einen zunehmenden Druck auf den Uterus und den Magen-Darm-Trakt zu spüren bekommt. Ich habe ihr viele kleine Mahlzeiten am Tag empfohlen statt einzelner großer Menüs sowie moderate Bewegung bei regelmäßigen Ruhepausen. Weil sie sich in einem Anfall von Schwangerschaftsblues der Zukunft mit einem weiteren Kind nicht gewachsen fühlte, schaute ich ein Tennismatch mit ihr, knabberte Möhren mit Quarkdip und blieb neben ihr sitzen, bis sie sich beruhigt hatte. Mutterschaft kann durchaus Angst einflößen, egal wie viel Erfahrung man bereits damit hat.

An einem anderen Tag begleitete ich Carola ins Kino, als Dank für die Hilfe bei Samiras Zwillingsgeburt, und verfolgte eine Tragikomödie rund um einen Autisten. Vielleicht sollte es mir zu denken geben, dass der Saal lachte, wenn ich die Stirn runzelte, und ich kichern musste, während die Leute neben mir still blieben. Wenigstens gab es salziges Popcorn.

Gemeinsam mit dem Küken habe ich einen kleinen Jungen im *Storchennest* entbunden. Dieses Mal bestand ihre unschätzbare Hilfe darin, das Nervenbündel, das dabei war, Vater zu werden, in die Küche zu schieben und dort in eine Runde Poker zu verwickeln, sodass die Frau in Ruhe gebären konnte, ohne sich durch die permanenten Angstlaute ihres Gatten stören zu lassen. Bis er sein Kind in den Armen hielt, verlor der Mann fünfundvierzig Euro, was vermutlich weniger an Maditas Kartenglück als vielmehr an ihrem großzügigen Dekolleté gelegen haben mochte.

Wir trafen uns zu einem Spaziergang mit Vicky im Park, denn sowohl Madita als auch ich machen momentan lieber einen weiten Bogen um das Glossberg'sche Anwesen. Man weiß nie, was sonst geschieht. Während Vicky Neville-Lupin in seinem Geländevehikel über die aufgeweichten Wege der Grünanlage schob, färbte die Vorfreude auf ihren Freund Tyrese ihre Wangen rot und ließ unser Teenagermädchen blühen.

»In zwei Wochen kommt er, ey, Mann, ich kann's nicht erwarten.«

Das Küken und ich grinsten uns an, dachten jedoch bestimmt nicht das Gleiche. Während sich Madita gewiss in Fantasien verlor, in denen ein rosenumrankter Balkon und Minnegesang vorkamen, beschäftigte mich die Frage, wie wohl Corvin Glossberg den Besuch seines Quasi-Schwiegersohns überstehen wird.

»Übernachtet Tyrese bei euch?«, erkundigte ich mich.

»Bist du irre? Eher lädt mein Vater *dich* zum Kaffee ein, als dass er Ty ins Haus lässt.« Vickys Worte verhärteten sich, flogen wie Kriegsgeschosse aus ihrem Mund. Nach wie vor ist es schmerzhaft, sie so zu erleben, doch das gehört wohl dazu. »Ich hätt uns ja 'n Zimmer in einem Hotel gebucht, 'nem Nobelschuppen mit Frühstück im Penthouse oder so, aber das hat der Alte natürlich verboten. Nun steigen wir in so 'nem Dings vom Jugendamt ab. Gemeinschaftsbad im Flur und Früchtetee zum Frühstück. Aber wenigstens sind wir für uns.«

Max und Dennis trainieren mittlerweile im selben Fitnessclub, und Baby Nadia kann sich gar nicht retten vor liebevoller Betreuung durch die bunte Großfamilie.

Auch Schneewittchen habe ich besucht. Madita half mir, noch einmal zu backen, dieses Mal einen kleinen Kuchen mit Schokoladenglasur, den ich Monique vor zwei Tagen vorbeigebracht habe. Sie freute sich über mein Kommen, und ich sprach über Ernährung und machte ein paar Entspannungsübungen mit ihr. Als ich ihr im Anschluss Lovis in den Arm legte, spannte sich ein Lächeln über ihr Gesicht, das tief ging und weit reichte. Vielleicht werde ich sie fragen, ob sie ab und zu babysitten möchte, wenn Madita und ich beide arbeiten und auch Hans unabkömmlich ist.

Apropos. Ein Auto nähert sich, pünktlich auf die Minute, rollt an den Straßenrand und kommt neben meinem Wagen zum Stehen. Akkurat, in einem vernünftigen Abstand, die Stoßstangen parallel zueinander.

»Da ist dein Vater«, lasse ich Lovis wissen und bin unschlüssig, ob ich ihm entgegengehen soll. Mein Pulsschlag stolpert plötzlich, pocht in meinen Ohren. Ich spüre ein Ziepen auf der Haut. Hans steigt aus, knöpft seinen Mantel zu und wickelt sich einen Schal um den Hals. Als er auf uns zukommt, setze ich mich ebenfalls in Bewegung. Er bleibt als Erster stehen, drückt, als ich ihn erreiche, unserer Tochter ein Küsschen aufs Köpfchen, bevor er mich anblickt.

»Du wolltest, dass ich herkomme?«

Ich nicke, vergesse all die Worte, die mir seit Tagen in Variationen durch den Kopf gewandert sind, sich gut anhörten und lächeln ließen. Jetzt habe ich das Gefühl, dass sich Brausepulver in meine Blutbahn mischt. Wenn ich spreche, werde ich blubbern. »Gehen wir eine Runde?«

Hans hebt die Augenbrauen, folgt mir jedoch, als ich mich umdrehe und losstapfe, über die Wiese haste, als hätte ich es eilig. Er holt mich ein und läuft neben mir her, in seiner unvergleichlichen Art, die ich *strömen* nenne. Ich höre ihn atmen. Zweimal setze ich an, finde dann jedoch nichts, das ich sagen möchte. All die Worte zerschellen an meinem Empfinden.

Ich stecke eine Hand in meine Jackentasche und taste nach dem Ersatzknopf, doch er ist verschwunden. Höchste Zeit, dass ich etwas Neues hineinstecke. Aber erst als wir am anderen Ende der Wiese eine Gruppe von fünf oder sechs Bäumen erreichen, platzt sie aus mir heraus. Jene Frage, die seit geraumer Zeit Blasen in mir wirft und mich über Wochen hinweg in ein Rumpelstilzchen verwandelte. »Hast du was mit Marie?«

Hans bleibt stehen, also halte ich ebenfalls an, greife nach den Händchen meiner Tochter und halte mich daran fest. Vermeide den Blick zu ihrem Vater und starre stattdessen in die Krone des nächsten Baumes hinauf, eine Pappel oder so. Der März ist mild in diesem Jahr, eine Ahnung der ersten Knospen wölbt sich an den Ästen.

Hans sieht mich lange an. Ich spüre seinen Blick auf mir und weiß nicht, ob er darüber nachdenkt, was er sagen soll. Die Antwort scheint schwerer zu wiegen als *ja* oder *nein*. Am Baum vorbei schiele ich in den Himmel, kann Silas' und Maditas Ballon jedoch nirgends entdecken.

»Marie ist nur eine Freundin«, sagt Hans endlich.

»Nur?« *Madita ist meine Freundin,* denke ich. *Aber mit* nur *hat das nichts zu tun.*

Er kickt einen kleinen Stein davon. »Vielleicht fand ich sie eine Weile lang … interessant.«

Mein Kopf muss unbedingt wissen, was in Hans' Miene vor sich geht, und wendet sich ihm zu. Umsonst. Hans' Gesicht ist ausdruckslos. »Und dann?«

»Dann?« Jetzt zucken seine Mundwinkel. »Dann hat sie ein bisschen zu viel geredet.«

Sein Mundwinkelspiel steckt an. Das Brausepulver in meinen Adern beginnt zu schäumen. »Ich hab mit einem anderen Mann geschlafen. Anderthalb mal.«

Verblüffung wandert über Hans' Züge und ein Hauch von Schmerz, der mich ein wenig freut, mehr jedoch beschämt. Tut mir leid, will ich sagen, aber Hans fragt: »Und?«

In meinem Körper prickelt es von innen nach außen, was mich so unruhig macht, dass ich mich wieder in Bewegung setzen muss. Hans strömt neben mir her.

»Es funktioniert nicht.« Ich lege meine Arme um Lovis, die aus dem Tragetuch herausschaut und zufrieden mit ihrem Dasein ist. Manchmal beneide ich sie.

»Technische Probleme?« Hans grinst, und ich stoße ihn mit meinem Ellenbogen, kichere.

»Wir schweigen zu viel.«

Hans lacht auf. Bleibt stehen, fasst mich am Arm und dreht mich zu sich. Hoch über seinem Kopf entdecke ich ihn plötzlich, den Ballon.

»Sieh mal«, ich deute hinauf zu dem kleinen rosa Punkt, der vor dem blauen Himmel verschwimmt. »Das sind Madita und Silas. Er hat sie mit einer Ballonfahrt überrascht und gesteht ihr hoffentlich gerade seine ewige Liebe.«

Hans legt den Kopf in den Nacken und blickt ebenfalls nach oben. »Da oben? Wieso das?«

Was dem Küken an Romantik durch die Adern fließt, fehlt dem Vater meines Kindes komplett. Das Sentimentalste, das er je getan hat, waren vermutlich die belegten Brote, die er vor Jahren in Windeseile immer dann zusammenzauberte, wenn ich zu Unzeiten zu einer Geburt gerufen wurde und im Flur schon in Schuhe und Jacke schlüpfte. Irgendwie kriegte er es hin, dass es nicht einfach zusammengeklappte Scheiben mit Wurst oder Käse waren, die er mir in einer Tüte beim Hinausgehen in die Hand drückte. Nein, Hans' Schnitten sind Doppeldecker mit geraden Kanten, die perfekt aufeinanderpassen, die Butter gleichmäßig bis in die letzte Ecke verstrichen, ein Salatblatt unter dem Aufschnitt, eine Radieschenscheibe oder ein Gurkenschnitz darauf.

»Viel Freude!«, rief er mir hinterher. Unzählige Male.

»Sag mal, ist es nicht langsam Zeit, dass wir heiraten?«, fragte er eines Tages unvermittelt. Ich weiß noch: Ich lehnte an der Spüle in der Wohnküche unserer damaligen Zweizimmerwohnung und schlürfte meinen Morgenkaffee. In ein tiefes Glücksgefühl getaucht, weil seine Liebe zu mir sein Bedürfnis nach Konsequenz erfüllte, hatte ich »Klar« gesagt, bevor wir uns küssten und ich Kaffee über Hans' Pullover vergoss. Immerhin.

»Madita liebt große Gesten«, beantworte ich im Jetzt Hans' Frage, und er schürzt die Lippen und nickt. Sieht aus, als verarbeite er eine wichtige Information.

»Und du?« Plötzlich rutscht sein Blick in mich hinein, das Grün seiner Augen, das vielleicht ein Blau ist, oder umgekehrt. Was weiß denn ich? Ich taste noch mal nach meiner Jackentasche, obwohl ich weiß, dass das, was ich finden möchte, woanders steckt und nicht in der Vergangenheit. Was zählt, ist jetzt. Ich atme.

»Ich will reden«, sage ich und strecke meine Hand aus. »An guten wie an schlechten Tagen.« Ich spüre, wie mich etwas überwältigen will. Lasse es geschehen. »Mit dir.«

Hans schiebt seine Finger zwischen meine. Grinst wie der Junge, damals auf dem Schulhof. Seine Basslinie raunt durch meinen Körper, in meine Seele hinein, als er erwidert: »Ja, ich will.«

Beim nächsten Wimpernschlag werde ich ihn küssen. Stürmisch und wild.

Sechs Monate später

Helga

»Okay, schönster Moment während einer Geburt?«, fordert Madita und taucht ihren Löffel in das Porzellanschälchen mit weißer Mousse au Chocolat. Es ist Samstag, und sie war dran, den Nachtisch auszusuchen. Auch wenn ich finde, dass Dessert eher etwas fürs Mittag- oder Abendessen ist und nicht fürs Frühstück. Doch mach mal etwas gegen das Küken.

Ich überlege. Ich habe vielen Kindern dabei zugesehen, wie sie sich auf diese Welt kämpften, oft wurde nachgeholfen, meist abgewartet und immer wurden sie in Empfang genommen. »Das ist schwer. Geht auch kurios?«

Madita schüttelt den Kopf. »Nee, Schummeln ist nicht.«

Wir hocken auf meinem Sofa, von draußen glänzt Sonne durchs Fenster. Der Oktober tut, als gehöre er noch zum Sommer, der sich in diesem Jahr ausgedehnt hat, Ende April begann und nun seine letzten Zipfel über das Erntedankfest hinaus wirft. Ich bin mir sicher, dass Madita während dieser Saison den Weltrekord im Picknicken aufgestellt hat. Es gab keine freie Minute, in der sie ihren Polizisten nicht irgendwohin lotste, um an einem beliebigen tischlosen Ort auf einer Decke zu sitzen und Dinge aus einem Korb zu futtern. Und bestimmt hat sie dabei auch so einiges vernascht.

Immerhin scheint es zu funktionieren zwischen den beiden, denn wenn sie sich angrummeln, dann nie, ohne sich hinterher nicht detailreich zu küssen. Manchmal beschleicht mich das Gefühl, als stritten sie nur, um hinterher Versöhnungssex zu zelebrieren. Wie gesagt, tatütata.

»Ach, keine Ahnung«, sage ich. »Viele Geburten sind schön.«

»Kneif nicht!«

Ich seufze, tausche meine unberührte Dessertschüssel gegen meine Kaffeetasse und überlege, während ich Espressoduft in meine Nase steigen lasse. »Barbara hat mich beeindruckt. Das war eine Mutter, die ich als Hebammenschülerin betreute. Großes Klinikum, wilde Nacht. Barbara bekam ihr drittes Kind, und weil so viel zu tun war, sollte ich allein bei ihr bleiben. Klassische Arsch-auf-Grundeis-Situation.«

Madita lacht. »Du?«

»Na, ich war auch mal ein Küken, weißt du?«

»Was ist passiert?«

»Im Grunde nichts Besonderes. Barbara hatte Wehen, schimpfte, brüllte ein bisschen, das Übliche. Bloß ich hatte Schiss, eierte um sie herum und fragte sie ständig, ob sie was brauche.«

Madita zieht eine ungläubige Miene. »Du kannst plappern?«

Ich gehe nicht darauf ein. »Irgendwann griff sie nach meiner Hand, sah mir in die Augen und meinte: ›Entspann dich, das wuppen wir gemeinsam.‹ Und dann hat *sie* mich angeleitet statt umgekehrt.« Dabei hatte ich mich bereits erfahren gefühlt, als ich die Ausbildung begann. Jahrelang hatte ich meine Großmutter während der Ferien begleitet, wenn sie zu einer Geburt aufbrach. Was sie bis ins hohe Alter tat. Das letzte Baby hat Gretus mit sechsundsiebzig entbunden. Drei Monate vor ihrem Tod.

Dennoch, ohne ihre Souveränität an meiner Seite fühlte ich mich plötzlich verunsichert, zumal im hektischen Kreißsaal, wo die Geburten so anders funktionierten als in den Dachstuben, Wohn- und Schlafzimmern auf dem Land. Viele Frauen waren ängstlicher, brauchten mehr Hilfe von außen, trauten sich nicht, ihrer Intuition zu folgen, oder kamen nicht dazu.

Barbara jedoch demonstrierte mir, dass Kinder auch bei angelehnter Tür in grell durchleuchteten Räumen, mit Reingerufe und Rausgelaufe auf ganz natürliche Weise auf die Welt kommen können, sofern die Mutter sich hingibt und dem Rhythmus folgt, den wir seit Anbeginn in uns tragen. Sie streichelte meine Hand, atmete mit mir und blendete die Welt für uns beide aus.

»Wow«, urteilt Madita, als ich versuche, in Worte zu fassen, was damals zum Teil meines Selbstverständnisses wurde.

»Und du?«, frage ich. »Absurdeste Geburt?«

Madita tippt sich mit dem Löffel gegen die Nase, während sie überlegt; ich blicke zu Lovis hinab, die über den neuen Flusenteppich kugelt, den Madita vor kurzem neben dem Couchtischchen ausgerollt hat. Meine Tochter versucht sich in die Höhe zu stemmen und ihren Körper vor- und rückwärts zu wippen. In ein paar Tagen wird sie loskrabbeln. Unfassbar.

»Das war mit Daisy Hottenstedt, dieser C-Prominenten aus 'ner Dokusoap, die bei uns entbinden wollte und sich aufführte, als sei sie Madonna.« Madita kichert, als sie die Erinnerung hervorkramt. »Die hatte 'nen Türsteherkerl dabei und meinte allen Ernstes, das sei ihr Bodyguard. Ich werd nie vergessen, wie die Schichtleitung den abgekanzelt hat, weil der jeden, der rein- und rausging, abtasten wollte. Oh, die war fast ein bisschen wie du.« Madita grinst mich an. »Ich wette, der Typ hat im Besucher-WC geheult.«

Meine Augenbrauen heben sich. »Ich bringe niemanden zum Heulen.« Wie um mich Lügen zu strafen, gleitet mein Blick durch den Raum und zum Fenster hinaus. Fällt auf den Schreibtisch im Dachfenster gegenüber und den Umzugskarton, der darauf steht. Ein paarmal bin ich Jim in den letzten

Monaten auf der Straße begegnet. Jedes Mal schaute er gerade woandershin. Seinen Schreibtisch hat er lange nicht benutzt; nun packt er also.

»Aber der Anästhesist war süß«, schwärmt Maditas Stimme im Hintergrund. »Eigentlich wollte Daisy ja keine PDA, aber dann …«

»Wirst du eigentlich irgendwann zu ihm ziehen?«

»Was?« Madita fällt ihr Löffel aus der Hand.

»Zu Silas.« Ich reiße meinen Blick vom Fenster los. »Wollt ihr nicht zusammenwohnen?«

»Ich liebe deine Themenwechsel, Helga.« Madita beugt sich vom Sofa und angelt nach ihrem Besteck. »Willst du mich loswerden?«

»Nein. Ähm. Im Gegenteil. Bloß, na ja, ich könnte verstehen, wenn ihr …«

»Nein, es ist supi so, wie es ist.« Maditas Sahneblick flufft auf. »Der räumliche Abstand tut uns gut.« Sie zwinkert, bevor ihr Strahlen an Intensität verliert. »Oder brauchst du das Zimmer für Hans? Ich meine, was ist mit euch?«

Ich grinse. »Der räumliche Abstand tut uns gut.«

Tatsächlich beschweren sich unsere Männer nicht über die unausgesprochene Entscheidung, unsere Hebammen-WG beizubehalten. Sie akzeptieren, dass sie in unserem Reich vorerst Gäste bleiben und zu Besuch kommen müssen, wenn sie eine von uns sehen wollen. Es ist ein Kommen und Gehen, ein Verweilen und Wiederaufbrechen. Wir halten uns nicht für selbstverständlich, sondern bestätigen uns mit jeder Ankunft neu.

Madita löffelt ihre Mousse zu Ende. »Ach, übrigens Wohnung: Joana hat eine gefunden und zieht mit ihrer schnuckeligen Lisabeth und einer anderen Mutter mit Kind aus dem *Shelter* nächste Woche um. Weg von hier.«

»Trifft sie ihren Mann noch?«

Madita schüttelt den Kopf. »Er hat den Entzug in der Klinik abgebrochen.«

»Schade.«

Wir hängen jede unseren Gedanken nach. Irgendwann rutsche ich vom Sofa und hocke mich neben Lovis, die mich anlächelt wie ein Sommertag. Ich bedecke ihren Kopf mit Küsschen und bin glücklich.

Bis Madita plötzlich aufstöhnt und ihre Gesichtsfarbe verliert.

»Irgendwie ist mir schlecht«, würgt sie, springt auf und stürzt aus dem Zimmer Richtung Bad.

Meine Brauen heben sich. »Das kommt davon«, murmle ich und will gerade aufstehen, um ihr nachzueilen, als mein Telefon klingelt.

»Helga? Hier ist Dina. Ich glaub, das Baby kommt!«

Ich frage die Fakten ab und teile Dinas Einschätzung. »Ich mache mich auf den Weg«, verspreche ich, hebe mein eigenes Kind hoch und eile in den Flur, schlüpfe in meine Jacke. Frage Hans per SMS, ob er Lovis übernehmen kann.

»Madita?« Ich stecke meinen Kopf ins Badezimmer. »Ich muss los, eine Geburt. Kommst du klar?«

Sie kniet vor der Kloschüssel und wischt sich den Mund. »Alles supi – ich begleite dich.«

Ich runzle die Stirn, deute mit dem Kinn zu ihr hinunter. »Und was ist damit?«

»Das, liebe Helga«, sie kommt auf die Füße und strahlt mich an mit allem, was sie an Glitzerglanz zu bieten hat. »Das ist erst der Anfang!« Sie zwinkert mir zu und drückt mich an sich, bevor sie in den Flur huscht.

Parallel zu meinem Begreifen wächst ein Lächeln in meinem Gesicht, und ich spüre meinen Herzschlag.

»Das Leben ist bunt«, singt das Huhn an der Garderobe. »Und ich will nichts davon verpassen.«

Gleichzeitig greifen wir nach unseren Hebammentaschen.

»Auf geht's.«

Dankeschön

Kein Buch schreibt sich von allein. Deshalb gilt unser Dank all den Menschen, die dazu beigetragen haben, dass wir Helgas und Maditas Geschichte in diesem Band weitererzählen und zu einem, wie wir meinen, guten Ende führen durften.

Dazu gehören:

Anja, unsere Agentin. Danke dir fürs Antreiben, Bestärken, Aushandeln!

Isabel, unsere Lektorin. Du bist beeindruckend tief bis ins letzte Detail dieser Geschichte vorgedrungen und nicht müde geworden, auch die letzte Silbe auf den Prüfstand zu stellen. Sollte noch ein winziges Eckchen Ungereimtheit übrig geblieben sein, ist es allein unsere Schuld. Lieben Dank für dein Engagement und deine Begeisterung!

dtv, unser Verlag. Wir danken dem gesamten Team für die Unterstützung, Begeisterung, Hingabe. Ohne eure Verpackung wäre unsere Geschichte nur halb so schön.

Ihr, unsere Leserschaft. Unser tiefer und begeisterter Dank gilt euch, die ihr dieses Buch gelesen habt, unsere Hebammen vielleicht schon seit Band 1 *Storchenherzen* begleitet. Ihr seid nicht müde geworden, eure Leseeindrücke auf Social Media zu teilen, und habt damit maßgeblich dazu beigetragen, dass unsere Geschichte vielen Menschen Freude bereiten konnte. Danke schön!

Verena Breuer @Kapitel11 Du hast bei unserem Gewinnspiel auf Instagram mitgemacht und einen Babynamen gewonnen. Auf S. 228 findest du deinen Gewinn. ☺ Vielen Dank fürs Mitmachen!

Mina dankt:

Es ist immer wieder faszinierend, wenn man ein Projekt in die Welt entlässt. Und es treibt mir auch jedes Mal ein wenig die Tränen der Ehrfurcht in die Augen. Nicht zuletzt haben an einer großartigen Geschichte auch immer großartige Leute im Hintergrund einen Anteil. Die Familie, die ohne Murren Launen aushält, weil man gerade mit einer Passage ringt. Danke für eure Nerven aus Drahtseilen! Und Freunde, die versetzt werden, weil einem ausgerechnet während einer Geburtstagsfeier der Ideenkobold ins Ohr schreit. Lieb, dass ihr nicht meckert, wenn ich plötzlich alles aufkritzeln muss und eine Stunde out of order bin. ☺

Aber was mir bei diesem Projekt besonders die Tränen in die Augen treibt, ist Folgendes: Durch die Idee der Umsetzung der *Storchenherzen* hat sich die Freundschaft zu meiner Co-Autorin sehr intensiviert. Ich danke dir, dass es dich gibt, Fritzi! Du bist ein wundervoller Mensch, eine großartige Autorin, Seelenstreichlerin, Ideenbrunnen, die, die alles im Blick behält und das Chaos beherrscht, und meine Herzensschwester. Ich hab dich lieb!

Friederike »Fritzi« dankt:

Bis heute staune ich, dass dieses Buch entstanden ist, denn das Jahr, innerhalb dessen wir die Geschichte formulierten, forderte uns beide gesundheitlich wie privat in nie gekanntem Ausmaß heraus. Mein Dank gilt deshalb meiner allerliebsten Mina, weil ich ohne deinen Zuspruch, dein offenes Ohr, deinen einmaligen Humor zwischendrin aufgegeben hätte. Ich danke dir, dass du mein Fluchen erträgst, meine wiederkehrende schlechte Laune und meine panischen Phasen. Ich danke dir für alles.

Großer Dank auch an meine Familie, die mich auffängt, wenn ich strauchle, und an meine Kinder, die zwar die Augen verdrehen, wenn ich im Buchladen begeistert auf den Stapel unseres Werkes zustürze und laut durch den Laden brülle: »Schaut mal! Unser Buch!« Die aber genauso Verständnis haben, wenn ein Abschnitt fertig werden muss und ich sie deshalb zigmal mit »Ich komme gleich!« vertröste. Ihr habt mir beigebracht, eine Mutter zu sein. Danke, ihr Süßen!

In diesem Buch geht es um Begegnungen, Saaten und Seelenverbindungen. Deshalb gilt mein letzter Dank meinem geliebten Ehemann. Marc, als wir uns zum ersten Mal begegneten, war ich ein ziemlich merkwürdiges Gewächs. Du hast mir nicht nur geholfen, Blüten zu treiben, sondern auch festes Wurzelwerk, das mich bis heute aufrecht hält. Unseren Kindern hast du einen Nährboden bereitet, der sie in den Himmel wachsen lässt. Dein Weg ist so hart, und dennoch bist du bei mir. Wo auch immer du diese Stärke herhast – ich liebe dich. Für immer.